ro
ro
ro

rororo

Pressestimmen zu «Opfer»:

«Ein starkes Debüt, das in der Tradition von Sjöwall und Wahlöö bis hin zu Stieg Larsson steht … ‹Opfer› ist in diesem Jahr vermutlich der beste schwedische Thriller.» *De Telegraaf*

«Gerade wenn man sich auf der sicheren Seite wähnt, wenn man denkt, man weiß, was als Nächstes passiert, zieht einem Svernström den Boden unter den Füßen weg.» *Aftonbladet*

«Ein außergewöhnlicher Erstling mit einem Plot, der eine vollkommen unerwartete Wendung nimmt.» *Dagens Nyheter*

«Clever und interessant. Ein ausgesprochen spannendes schwedisches Debüt.» *Skånska Dagbladet*

«Ausgezeichnet und überraschend.» *Skaraborgs Allehanda*

«Ein Pageturner, den man in einem Rutsch verschlingt.» *Boktanken*

«Svernströms Debüt hat in Schweden große Aufmerksamkeit erregt, viele sehen ihn als Nachfolger von Lars Kepler.» *Forlagsliv*

Bo Svernström

SPIELE

Thriller

AUS DEM SCHWEDISCHEN
VON ULLA ACKERMANN

Rowohlt Taschenbuch Verlag

Die Originalausgabe erschien 2020
unter dem Titel «Lekarna»
im Albert Bonniers Förlag, Stockholm.

Deutsche Erstausgabe
Veröffentlicht im Rowohlt Taschenbuch Verlag,
Hamburg, September 2020

Redaktion Justus Carl
Covergestaltung ZERO Werbeagentur, München
Coverabbildung Ebru Sidar / Trevillion Images
Satz aus der Dolly Roman
Gesamtherstellung CPI books GmbH, Leck, Germany
ISBN 978-3-499-27630-9

Die Rowohlt Verlage haben sich zu einer nachhaltigen Buchproduktion verpflichtet. Gemeinsam mit unseren Partnern und Lieferanten setzen wir uns für eine klimaneutrale Buchproduktion ein, die den Erwerb von Klimazertifikaten zur Kompensation des CO_2-Ausstoßes einschließt.
www.klimaneutralerverlag.de

FSC www.fsc.org
MIX
Papier aus verantwortungsvollen Quellen
FSC® C083411

Danke, Mira, Loke und Siri –
für die Erinnerungen,
die ihr mir schenkt.

Prolog

Viel später, als er Olindas zierlichen Körper in der Felsspalte liegen sah, war Sixten das Auto eingefallen, das er an dem Nachmittag vor der Schule gesehen hatte. Ein weißes Auto, das lange dort gestanden hatte, mehrere Stunden, glaubte er – doch als er sich umgedreht hatte, um nach Hause zu gehen, war es plötzlich nicht mehr da gewesen.

Und seitdem war auch Olinda verschwunden.

So würde er es im Gedächtnis behalten und fest bei dieser Version bleiben, damit sich keine Zweifel in seine Erinnerung einschlichen.

An dem Tag hatte es geregnet. Ein anhaltender, dichter Bindfadenregen. Seine Klassenkameraden waren nach der letzten Stunde schnell nach Hause gerannt. Mit Kapuzen auf den Köpfen, die Hände tief in die Hosentaschen geschoben. Rote und schwarze Gummistiefel, die durch Pfützen sprangen. Aber er hatte am Rand des Schulhofs gewartet und nach Olinda Ausschau gehalten, nach ihrer roten, viel zu großen Regenjacke, die ihr bis zu den Gummistiefeln reichte. Er hatte gehofft, dass sie kommen würde, dass sie zusammen nach Hause gehen würden. Manchmal trafen sie sich nach der Schule zum Spielen. Aber immer so, dass niemand etwas davon mitbekam. Sie erzählten es keinem. Sie hatten ihre eigenen Spiele, geheime Spiele, nur sie beide.

Der Regen war in seinen Kragen getropft, hatte seinen Pony durchnässt und war über Augen und Nase bis auf die Lippen heruntergelaufen. Er hatte die Tropfen weggeleckt, gemerkt, dass sie anders schmeckten als im Sommer, als hätte der Herbst einen eigenen Geschmack, nach Kälte und etwas anderem, das er nicht benennen konnte.

Er hatte lange gewartet, bis er schließlich ganz allein auf dem Schulhof stand.

Aber Olinda kam nicht. Obwohl sie direkt hinter ihm aus der Klasse gelaufen war …

Ein letztes Mal hatte er seinen Blick über die Schaukelgerüste und den leeren Schulhof schweifen lassen, dann hatte er sich umgedreht und war so schnell davongerannt, dass das Regenwasser über die Gummistiefel bis auf seine Jeans hochgespritzt war.

TEIL EINS

1

Montag, 19. Oktober

Ich trage einen dicken Norwegerpullover, der am Hals kratzt. In meiner Wohnung ist es eiskalt. Wahrscheinlich hat das Fernwärmesystem nicht schnell genug auf den gestrigen Wetterumschwung reagiert. Aber vielleicht ist es auch eine bohrende Unruhe, die mich frieren lässt.

Ich starre aus dem Küchenfenster, durch die Regenschlieren auf der Scheibe, und versuche nachzudenken. Dann fällt mir ein, dass mich jemand von der Straße aus am Fenster sehen könnte, und gehe ins Wohnzimmer.

Heute ist mein Geburtstag. Ich werde neununddreißig. Nichts, was ich feiere, aber trotzdem habe ich für meine Verhältnisse aufwendig gekocht: Entrecôte mit Pommes frites (Tiefkühlware, im Backofen zubereitet) und den Tisch mit dem guten weißen Porzellangeschirr gedeckt, das ich von meinen Eltern geerbt habe und das ich nur zweimal im Jahr benutze (an meinem Geburtstag und an Heiligabend). Das Glas, aus dem ich Cola getrunken habe (Wein rühre ich nicht mehr an), hat ein geschliffenes Blumenmuster.

Dann passierte es: In dem Moment, als ich den ersten Bissen nehmen wollte, klingelte mein Handy. Mich ruft nie jemand an, um mir zu gratulieren – eigentlich ruft mich überhaupt nie jemand an –, es war also eine Art *Ereignis*. Deshalb ging ich ran, obwohl ich die Nummer nicht kannte.

«Spreche ich mit Robert? Robert Lindström?»

Eine Frauenstimme, ziemlich aufdringlich (ganz bestimmt keine Gratulantin).

Während ich überlegte, wer die Frau sein könnte (eine Verkäuferin?) und wie ich mich verhalten sollte (einfach auflegen oder etwas sagen?), fuhr sie fort: «Hallo! Sind Sie da? Robert?»

Irgendwie fühlte ich mich genötigt zu antworten: «Ja.»

«Gut, dass ich Sie erreiche. Mein Name ist Lexa Andersson.»

«Ich kaufe nichts», erwiderte ich, inzwischen überzeugt, dass die Frau mir irgendetwas aufschwatzen wollte.

Sie lachte (wiehernd, wie ein Esel, beim Einatmen). Ich hatte keine Ahnung, was sie daran lustig fand; die einzigen Leute, die mich sonst anrufen, *sind* Verkäufer.

«Nein, ich will Ihnen nichts verkaufen, ich will mit Ihnen *reden*!», erklärte sie, nachdem sie ausgewiehert hatte.

Als sie das Wort «reden» betonte, wusste ich Bescheid: *eine Journalistin.*

«Kein Kommentar», sagte ich rasch.

Ich hielt das Telefon ein Stück von mir weg – wie ein Butterbrot – und ließ sie reden, dass wir uns treffen sollten, und ich weiß nicht, was noch alles. Schließlich beugte ich mich vor, sagte «Auf Wiederhören» und legte auf.

Ich habe einmal mit einem Journalisten gesprochen. Und das ging nicht gut aus.

Den Rest des Abends habe ich über sie nachgegrübelt, ein mulmiges Gefühl im Magen gehabt. Ich bin mir sicher, dass sie wieder anrufen wird, dass sie einer dieser Menschen ist, die nicht lockerlassen.

2

Montag, 2. November

«Hören Sie mir doch zu, bitte!»

Nastasia Sikonova drückte das Handy mit einer Hand ans Ohr und versuchte, das Zittern ihrer anderen Hand zu unterbinden, indem sie sich am Küchentisch festhielt. Sie gab sich Mühe, ihn beim Sprechen zu fixieren: die verschrammte braune Holzplatte, die Ringe, die von einer heißen Pfanne stammten, der Kratzer, den Olinda mit einer Gabel verursacht hatte ... Auf einmal waren die Spuren überdeutlich und erschienen ihr vollkommen fremd. Die ganze Küche kam ihr unbekannt vor, als hätte sie sie noch nie zuvor gesehen, die Kühlschranktür mit den vielen Klebezetteln, die Fensterbank, der Ausblick ... Alles Dinge, die sie nie wahrgenommen hatte – und die jetzt nicht mehr so waren wie zuvor.

Die Küchenuhr an der Wand zeigte 20:53. Seit Olindas Schulschluss waren fast sechs Stunden vergangen.

Ihr Mann saß auf einem Stuhl vor ihr und ließ sie nicht aus den Augen. Ivan. Sie sah ihn an, in seinem schwarzen Anzug, dem aufgeknöpften weißen Hemd, sein mageres Gesicht mit dem dünnen schwarzen Bart, die leicht zerzausten und erstaunlich hellen Haare – und sie spürte, dass sie nie wieder in seiner Nähe sein wollte.

«Diensthabender Jönsson am Apparat», meldete sich eine Stimme am anderen Ende.

Nastasia unterdrückte einen Weinkrampf, bemühte sich, die Fassung zu bewahren, während sie all das wiederholte, was sie schon dem Mitarbeiter in der Notrufzentrale gesagt hatte, und auf dieselben Fragen antwortete.

«Nein, ich glaube nicht, dass sie nach der Schule ‹mit zu einer Freundin› gegangen ist. Sie sollte nach Hause kommen, wo unsere Babysitterin auf sie ... Ja, Tuva, Tuva *irgendwas*, der Nachname fällt mir gerade nicht ein ... ich kann nicht ...»

Sie schloss die Augen, versuchte, nicht daran zu denken, was Olinda zugestoßen sein könnte, nicht daran zu denken, wie viele Stunden inzwischen vergangen waren, dass es ihre Schuld war, noch nicht ...

«Wir waren im Konzert ... Mein Mann und ich ... Was wir uns angehört haben ... Was spielt das für eine Rolle?»

Sie waren in einem Kammermusik-Konzert im Stockholmer Konzerthaus gewesen, nur sie und Ivan. Es sollte ein Abend werden, an dem sie ihre Ehe wieder reparierten, sie wollten aufeinander eingehen und versuchen, das aufleben zu lassen, was früher zwischen ihnen existiert hatte, vor Olinda, vor der Fehlgeburt, vor den Streitereien und den nächtlichen, im Flüsterton geführten Auseinandersetzungen, bei denen das Wort Scheidung gefallen war ...

«Sie vernachlässigen Ihre Partnerschaft zugunsten Ihrer Elternrolle», hatte die Familientherapeutin gesagt, ihr die Hand auf die Schulter gelegt, aufmunternd genickt und gelächelt. *Die dumme Kuh!*

Sie zerrte am Ärmel ihres Kleids, als wollte sie es ausziehen, ein Designerkleid, das sie liebte und nur zu besonderen Anlässen trug. Sie hatte es sich förmlich vom Mund abgespart, aber sie wusste, dass sie es nie wieder anziehen würde.

Als sie nach dem Schlussapplaus den Saal verließen, hatte Ivan den Arm um sie gelegt, und zum ersten Mal seit Jahren hatte sich die Berührung warm angefühlt, angenehm ... Dann hatte sie das Handy aus ihrer Handtasche geholt und den Flugmodus ausgeschaltet – und im nächsten Moment hatte es gepiept. Wieder und wieder, gepiept und vibriert, wie besessen.

Schon bevor sie die erste SMS öffnete, hatte sie es gespürt, gewusst, dass etwas nicht stimmte. Dann hatte sie die Nachricht gelesen:

Olinda ist immer noch nicht nach Hause gekommen. Rufen Sie mich an. Bitte!

Die Nachricht war von Tuva, der Babysitterin, alle Nachrichten waren von ihr. Elf SMS, fünfzehn entgangene Anrufe, fünf neue Sprachnachrichten.

Wie lange war ihr Handy aus gewesen? Doch sie musste nicht überlegen. Es war nach zwanzig Uhr. Sie hatten das Telefon schon zum Aperitif im Restaurant Gondolen ausgestellt. Hatten ungestört sein wollen. *Ivan* hatte es gewollt. Darauf bestanden, dass es an diesem Abend nur um sie beide gehen sollte.

Nicht einmal in der Pause hatte sie das Handy angeschaltet. Als sie es aus ihrer Handtasche nehmen wollte, hatte Ivan seine Hand auf ihre gelegt. «Nicht ...»

Sie machte die Augen zu, ertrug seinen Anblick nicht.

«Finden Sie sie, bitte ...», sagte sie, bevor sie auflegte.

Ivan sah sie fragend an.

«Sie beginnen mit der Suche in der Nähe der Schule ... Vermisste Kinder haben immer Priorität. Aber ich glaube ... Ich glaube ...»

Nastasia schüttelte den Kopf. Ivan griff nach ihrer Hand, doch sie zog sie rasch weg.

«Wir müssen los. » Sie deutete mit dem Kopf in Richtung

Flur und Haustür. «Die Polizei braucht Fotos. Eine Personenbeschreibung ...»

Als Nastasia Sikonova auflegte, waren dreizehn Minuten vergangen, seit der Mitarbeiter in der Notrufzentrale ihren Anruf entgegengenommen hatte. Eine knappe Stunde später traf der erste Suchtrupp an der Schule ein. Bei Tageslicht hätten sie auch einen Hubschrauber und eine Drohne eingesetzt, aber nicht jetzt.

Nicht bei Dunkelheit.

3

Montag, 19. Oktober

Es gibt ein paar Dinge, die ihr über mich wissen müsst.

Erstens: Ich bin ein böser Mensch. Als ich elf Jahre alt war, habe ich einen gleichaltrigen Jungen umgebracht. Ich habe seinen Kopf mit einem Betonklotz zertrümmert. Auf dem verlassenen Baustellengrundstück in unserer Siedlung. Er war sofort tot. Meine blonde, unheimlich süße Therapeutin sagt, es müsse nicht zwangsläufig *Mord* gewesen sein. Es könnte auch Totschlag gewesen sein, etwas, das ich nicht vorsätzlich getan habe. Beinahe unabsichtlich. Aus einem plötzlichen Impuls heraus.

Aber welche Kinder bekommen solche Impulse?

Vielleicht will sie einfach nur nett zu mir sein, mit ihrem aufmunternden Lächeln und dem festen Blick, der meinen unentwegt festzuhalten versucht und mich zu irgendetwas zwingen will, was auch immer das sein sollte.

Ich weiß es nicht. Freundlichkeit erschließt sich mir nicht.

Der Junge hieß Max. Er war mein Spielkamerad.

Wenn ich mich morgens in dem fleckigen Teakspiegel mustere, der im Flur hängt (ein Erbstück meiner Eltern), sehe ich manchmal etwas Dunkles über mein Gesicht huschen. Etwas Wütendes. Ich verändere mich dadurch nicht, es ist wie der flüchtige Schemen von *etwas*, das man im Augenwinkel erhascht.

Ich habe eine stärkere Glühbirne in die Deckenlampe geschraubt, aber diese dunklen Schemen sind trotzdem noch da. Nach dem Aufstehen, wenn ich müde bin oder mit den

Gedanken woanders und einen zerstreuten Blick in den Spiegel werfe. Als würde ich innerlich, ohne mir dessen bewusst zu sein, vor Wut rasen.

Doch wenn ich mich dann näher zum Spiegel beuge und mein Gesicht mustere, ist alles wieder ganz normal: Ich sehe meine schiefe Nase (als Kind bin ich mit dem Fahrrad einmal eine Treppe in unserem Haus heruntergefahren), meine Augen (dunkelbraun), meine aschblonden Haare (Promenadenmischung) ... Und wenn ich mir mit der Hand über die Bartstoppeln fahre (mal rot, mal braun), fühlt es sich wie immer an.

Ich bin nicht hässlich. Meine Gesichtszüge sind nicht schön, nicht im klassischen Sinn, aber sie sind relativ ebenmäßig. In euphorischen Momenten – kurzen, realitätsfernen Augenblicken – bilde ich mir ein, dass eine Frau mich attraktiv finden könnte. Doch das tut keine. Ich glaube, Frauen spüren diese Dunkelheit, diese Raserei in mir, und das schreckt sie ab.

Meine Therapeutin hält das für Unsinn. Sie meint, dass ich genau wie jeder andere Mensch wütend werden kann, dass Wut eine ganz natürliche Emotion ist.

«Sie haben extreme Dinge erlebt, Dinge, die Ihre Erinnerung noch unter Verschluss hält. Es ist nicht ungewöhnlich, dass Sie das als Dunkelheit empfinden.»

Es ist schwer für mich, etwas dazu zu sagen, denn meine Therapie dreht sich vor allem um die Dinge aus meiner Kindheit, an die ich mich nicht erinnern kann.

Das ist das Zweite, das ihr über mich wissen müsst: Große Teile meiner Kindheit sind komplett weg, ausgelöscht. Jahre meines Lebens, über die ich nicht mehr weiß als das, was meine Eltern mir erzählt haben oder was mir unbehaglich fremde Fotos zeigen.

Wie das auf meiner Küchenfensterbank: ein verblasstes Farbfoto von einer Familie – nicht meiner richtigen, sondern meiner Pflegefamilie –, aufgereiht wie die Orgelpfeifen vor einem weißen Haus. Ich stehe ein Stück abseits, ein kleiner Junge mit hängenden Schultern, krummem Rücken und strähnigen rattenfarbenen Haaren. Die Eltern und ein Mädchen, das ein paar Jahre älter als ich zu sein scheint, lächeln in die Kamera, während ich das Gesicht halb abwende. Als wollte ich nicht gesehen werden. Als hätten sie mich vor die Kamera gezerrt. *Du musst auch mit aufs Bild, komm jetzt!*

Ich erinnere mich, dass ich ein paar Jahre bei einer Pflegefamilie gewohnt habe, die mich dann aus irgendeinem Grund nicht mehr bei sich haben wollte. Aber an Namen, Ereignisse oder Orte kann ich mich nicht erinnern. Da ist nichts.

Ich weiß nicht einmal mit Sicherheit, ob ich nicht noch mehr Kinder getötet habe. Gut, niemand hat etwas dergleichen behauptet, ich wurde nicht festgenommen, und ich habe keine Zeitungsartikel darüber gelesen, aber das muss nichts heißen.

Manchmal denke ich, dass sich in meinen Gedächtniszellen womöglich weitere Morde verbergen. Kinder, denen ich die Schädel eingeschlagen und die ich in irgendeinem Wald verscharrt habe. Dass ich mich deshalb an nichts erinnere.

Meine Therapeutin lachte, als ich diese Theorie während einer Sitzung einmal ansprach. «Auch wenn Sie sich nicht daran erinnern, was mit Max passiert ist, wirkt sich das Ereignis auf einer unbewussten Ebene auf Sie aus. Aber das bedeutet nicht, dass Sie zig Kinder umgebracht haben.»

Vielleicht hat sie recht. Ich weiß es nicht. Ich habe in ihrem weichen Lammfellsessel gesessen und stumm genickt.

Dann hat sie mich mit schiefgelegtem Kopf und ihrem

Mona-Lisa-Lächeln mit den zwei tiefen Grübchen in den Wangen angesehen und gesagt: «Glauben Sie nicht, dass Ihre Psyche heilen kann, wenn Sie dem Prozess einfach seinen Lauf lassen? Dass Sie sich erinnern werden, wenn Sie bereit dazu sind?»

Ganz ehrlich: Nein, das glaube ich nicht.

Trotzdem gehe ich weiter jeden Freitag um dreizehn Uhr zu ihr.

4

Dienstag, 3. November

«Alle mal herhören, bitte! Für die, die mich nicht kennen, ich heiße Jens Sköld und bin der Einsatzleiter. Wir helfen heute bei der Suche nach der elfjährigen Olinda Sikonova.»

Sie hatten sich hinter der Schulmensa versammelt, auf dem Lehrerparkplatz, etwa sechzig Personen in gelben Westen, auf deren Rücken «Missing People – Sweden» stand. Angespanntes Stiefelscharren, über dicken Fleecepullovern und Gore-Tex-Jacken verschränkte Arme, ernstes Kopfnicken von allen Seiten.

Es war acht Uhr morgens. Es regnete nicht mehr, doch die Luft war unverändert feucht und rau, das Thermometer zeigte nur wenige Plusgrade. Irgendwer hatte hinter dem Bus mit der Aufschrift «Missing People – Einsatzzentrale» einen wackeligen Campingtisch aufgestellt, auf dem vier große Pumpthermoskannen standen. Warmer Kaffeedampf stieg auf, als jemand in seinen Becher blies und vorsichtig einen Schluck trank. An dem Tisch saß eine Frau, die sich mit unhandlichen Umgebungskarten abmühte, auf denen sie rote Kreise und Quadrate einzeichnete und die sie mit der Überschrift «Suchsektor» versah.

Jens Sköld fielen zwei Jungen auf, die ein Stück oberhalb des Abhangs in der Nähe des Parkplatzes auf ihren Schultaschen saßen. Sie redeten nicht miteinander, beugten sich neugierig vor, die Hände fest um die Riemen geballt. Jemand sollte sie in ihre Klassenzimmer schicken, dachte er. Doch niemand außer ihm schien die beiden zu bemerken.

«Gestern war um 14:30 Uhr Unterrichtsschluss, danach wurde Olinda von niemandem mehr gesehen!», rief Sköld mit lauter Stimme, die vom Gebäude widerhallte. «Sie wohnt nur circa dreihundert Meter von der Schule entfernt und geht normalerweise alleine nach Hause. Inzwischen ist sie seit fast achtzehn Stunden verschwunden.»

Erneutes Kopfnicken, diesmal besorgt. Er kannte mehrere der freiwilligen Helfer von früheren Einsätzen, bei denen sie gemeinsam nach Vermissten gesucht hatten.

Manchmal fragte er sich, warum er das eigentlich tat, warum er aus der Haustür stürzte, sobald sein Handy klingelte oder eine SMS eintraf – hin und wieder mitten in der Nacht –, warum er durch feuchte Sumpfgebiete stapfte und über Wurzeln stolperte – aber er kannte die Antwort. Der Grund war trivial, fast schon klischeehaft. Vielleicht sprach er deshalb nie mit Außenstehenden darüber. Wenn ihn jemand fragte, sagte er immer, dass ihn die Gewissheit beruhige, sein Möglichstes getan zu haben. Und das stimmte. Gewissermaßen. Zu suchen gab ihm Frieden. Allerdings nur vorübergehend. Er war nicht naiv, er wusste, dass er seinen eigenen Sohn nie finden würde. Falls William noch am Leben war, würde er im Herbst siebzehn Jahre alt. Doch er glaubte nicht, dass sein Sohn noch lebte. In seiner Vorstellung war William ertrunken – in der Nähe des Sommerhäuschens, in dem er mit einem Kumpel das Wochenende verbracht hatte, gab es einen sumpfigen Waldsee –, auf den Grund gesunken und vom Schlamm zugedeckt worden. Wie ein Fossil.

Jens Sköld schlug seinen Notizblock auf, rückte die kleine Lesebrille mit den silberfarbenen Bügeln zurecht und räusperte sich.

«Olinda trug zum Zeitpunkt ihres Verschwindens eine blaue Jeans, einen grünen Pullover, eine große rote Regenjacke und Gummistiefel. Die Farbe der Stiefel kennen wir nicht.»

Er blickte auf.

«Ihr bekommt die Beschreibung noch ausgehändigt. Ich möchte es nur kurz vorwegschicken ...»

Wieder sah er auf seinen Block.

«Olinda hat lange braune Haare, braune Augen und ist circa einen Meter vierzig groß. Zierlich. Sie wiegt etwa fünfunddreißig Kilo. Schuhgröße fünfunddreißig.»

Er nahm seine Lesebrille ab, ging zu dem wackeligen Campingtisch, auf dem ein laminiertes Foto von Olinda lag, und hielt es in die Höhe.

«Das ist Olinda Sikonova. Das Foto wurde diesen Herbst gemacht, es ist also aktuell. Ihren Eltern zufolge hat sie noch dieselbe Frisur.»

Bei der Aufnahme handelte es sich um die Vergrößerung eines Schulfotos. Olinda trug darauf ein blaues Kleid, hatte die Haare zu einem Pferdeschwanz gebunden – und sie lächelte. Wie es auf einem Schulfoto erwartet wurde.

«Unsere primären Suchgebiete sind der Berghang hinter der Schule und das Waldstück in südöstlicher Richtung, an den Bahngleisen entlang zum Wasser runter.»

Er deutete in die Richtung.

«Das Gleisgelände ist abgesperrt, aber durchkämmt das Gebiet unterhalb des Bahndamms, geht durch die Fußgängerunterführung und setzt die Suche auf der anderen Seite fort. Weiter unten gibt es einen zwanzig Meter hohen Berghang mit großen Felsblöcken. Seid dort vorsichtig. Geht keine unnötigen Risiken ein.»

Sköld machte eine Pause, um zu sehen, ob seine Instruktionen angekommen waren, dann fuhr er fort:

«Denkt daran, keine zu großen Lücken entstehen zu lassen. Meldet eventuelle Funde über eure Funkgeräte und markiert sie mit gelben Fahnen. Niemand fasst etwas an. Wir treffen uns später hier wieder. Konzentriert euch auf ...»

Er unterbrach seine Rede, als ein Auto mit hoher Geschwindigkeit auf den Parkplatz fuhr. Eine Frau und ein Mann stiegen aus, warfen sich einen unsicheren Blick zu, wandten sich dann zum Suchtrupp um und steuerten auf Jens Sköld zu.

Es waren Olindas Eltern. Er trug einen Anzug und sie ein elegantes Kleid, darüber einen dünnen Mantel. Sie sahen aus, als wollten sie ausgehen, aber ihre Kleidung wirkte ungepflegt, zerknittert. Ivan Sikonovas Haare standen wirr in alle Richtungen ab, als wäre er gerade erst aufgewacht. Die Hochsteckfrisur seiner Frau Nastasia war halb auseinandergefallen, einzelne Strähnen hingen lose herunter, doch sie schien es nicht zu bemerken. Als Sköld am frühen Morgen mit ihnen gesprochen hatte, hatten sie dieselben Sachen getragen und einen ebenso aufgelösten Eindruck gemacht wie jetzt.

Sie gingen Hand in Hand. Aber Ivan Sikonova folgte seiner Frau, als müsste sie ihn zu dem Campingtisch schleifen, vor dem Sköld stand. Der Suchtrupp teilte sich automatisch, um die beiden durchzulassen.

«Wir wollen mithelfen», rief Nastasia heiser. «Wir müssen sie finden ... Sie darf nicht ...»

Sie verstummte und drehte sich flehend zu ihrem Mann um.

«Wir können nicht tatenlos zu Hause sitzen und abwarten», fügte Ivan Sikonova hinzu, ohne aufzusehen.

Sköld nickte und wandte sich wieder an den Suchtrupp.

«Okay, dann fangen wir an!», verkündete er. «Olindas Foto, die Karten und die Funkgeräte bekommt ihr von Karin.» Er deutete mit dem Kopf auf die Frau, die hinter den Umgebungskarten und Thermoskannen an dem wackeligen Campingtisch saß. Dann richtete er sich wieder an das Ehepaar Sikonova.

«Kommen Sie, gehen wir ein Stück, wo wir ungestört sind ...»

Behutsam legte er eine Hand auf Ivans Arm und führte die beiden zur Seite.

«Was könnte ihr zugestoßen sein?», fragte Nastasia mit schriller Stimme. «Wo ist sie?»

«Vielleicht hat sie sich nur verlaufen», beschwichtigte Sköld. «Ist müde geworden und hat sich verirrt.»

Er wollte nicht allzu optimistisch klingen, hörte aber selbst, dass sein Vorsatz misslang. Nastasia Sikonova nickte eifrig und rang die Hände.

Sköld fiel auf, dass die beiden Grundschüler aufgestanden waren. Er musste sie daran hindern, dem Suchtrupp zu folgen.

«Bitte, finden Sie sie», sagte Nastasia Sikonova.

Er wandte sich von den Jungen ab und begegnete ihrem hoffnungsvollen Blick.

«Wir werden unser Möglichstes tun», versprach er.

5

Dienstag, 20. Oktober

Das ist die dritte Sache, die ihr über mich wissen müsst: Für den Mord an meinem Spielkameraden bin ich nie bestraft worden. Jedenfalls nicht mit Gefängnis oder dergleichen. *Du bist davongekommen …* Stattdessen hat man mich in eine psychiatrische Klinik eingewiesen. Soweit ich weiß, für fast ein ganzes Jahr. *Um nicht noch weitere Kinder zu verletzen.* Als ich schließlich entlassen wurde, kam ich zunächst in eine Pflegefamilie, ehe ich nach einigen Jahren zu meinen leiblichen Eltern zurückdurfte.

Ich finde nicht, dass ich davongekommen bin. Ich habe meine Strafe erhalten.

Jetzt wohne ich allein in einer kleinen Zweizimmerwohnung im Stockholmer Stadtteil Hägersten (genau genommen ein trister grauer Vierziger-Jahre-Vorort von Stockholm) und gebe mein Bestes, die Welt auszusperren. Ich habe kein Auto. Kein Sommerhäuschen. Und, wie ich vielleicht schon erwähnt habe, keine Freunde, keine Beziehung, keine Geschwister. Nachdem meine Eltern mich bekommen hatten, wollten sie keine weiteren Kinder mehr.

Aber ich habe einen Job. Ich arbeite als Buchhalter bei einer Zeitung. Keiner großen, renommierten Zeitung, sondern einer kleinen Illustrierten mit zweifelhaftem und absolut unseriösem Inhalt.

Ein richtiger Job ist es auch nicht wirklich. Einen Teil meines Gehalts zahlt das Arbeitsamt – oder die Sozialversicherung, ganz genau weiß ich das nicht – als Arbeitgeberzuschuss. Ich glaube, sie nennen das eine «besondere Stelle». Von mir wird nicht erwartet, eine «volle Arbeitsleistung» zu erbringen.

Damit wir uns nicht missverstehen: Ich arbeite zwar bei einer Zeitung, ein Journalist bin ich aber nicht. Mit der eigentlichen *Zeitung* habe ich nichts zu tun. Ich leite Rechnungen an die richtigen Stellen weiter, verbuche Quittungsbelege von Konferenzen oder Redaktionsfeiern und kümmere mich darum, dass die freiberuflichen Fotografen ihr Honorar bekommen, wenn die Zeitung eines ihrer Fotos abdruckt. Solche Dinge.

Ich spreche nie mit irgendwem. Allein der Gedanke, jemanden anzurufen, macht mich nervös. Einmal habe ich mir vor einem Telefonat sogar einen ausführlichen Gesprächsfaden geschrieben, mit meinen Fragen und Formulierungen – und den Antworten, die ich von meinem Gegenüber erwartete.

Aber als ich am Ende des Gesprächs auflegte – ich glaube, es ging um den Kauf eines neuen Handys –, war mein Telefon trotzdem schweißnass. Als hätte ich die ganze Zeit Angst gehabt, der Verkäufer könnte allein an meiner Stimme erkennen, wer ich bin. Oder richtiger: *Was* ich bin.

Jeden Morgen kontrolliere ich mein Aussehen gründlich in dem fleckigen Flurspiegel, während ich sozusagen die Gestalt wechsele. Heute trage ich ein Hemd (hellblau), eine Hose (beigefarben) und habe ein dezentes Aftershave aufgelegt, irgendeinen französischen Duft, den ich im Kaufhaus in der Innenstadt gekauft habe (nachdem mir ein Kollege diskret zu verstehen gegeben hatte, dass ich schlecht rieche). Hermès heißt die Marke, glaube ich.

Ich habe mir einen «Robert» ausgedacht, den ich verkörpere, wenn ich unter Menschen bin. Einen anderen «Robert», einen mit Anführungszeichen. Dieser Anführungszeichen-Robert ist auf eine unpersönliche Art freundlich und gepflegt, spricht nicht viel und nie über private Dinge. Ein langweiliger und unscheinbarer Kerl.

Aber er ist kein Kindermörder.

Meine Therapeutin meint, das sei eine wichtige soziale Kompetenz. «Jeder von uns passt seine Persönlichkeit an unterschiedliche soziale Kontexte an. Das nicht zu können ist … eine Einschränkung.»

Ich glaube, sie will professionell sein und das Wort «krank» vermeiden. Ich selbst halte mich für «krank», für jemanden, der zwanghaft vorgibt, ein anderer zu sein.

Jedes Mal, bevor ich aus der Wohnung gehe, sehe ich durch den Türspion und vergewissere mich, dass das Treppenhaus leer ist. Gerade ist es das. Trotzdem schiebe ich meine Tür nur einen Spalt weit auf und lausche. Es ist schon vorgekommen, dass ich einen Nachbarn getroffen habe, den ich durch das Guckloch nicht gesehen habe. Wenn das passiert, gebe ich immer vor, in Eile zu sein, und haste, mehrere Stufen auf einmal nehmend, die Treppe hinunter, um nicht mit ihm (oder ihr) reden zu müssen.

Heute hängt ein leichter Parfümduft im Treppenhaus. Ich werfe einen Blick in den nächsten Stock hinauf – leer –, schließe schnell die Tür hinter mir ab und hetze zur U-Bahn. Wie immer habe ich das Gefühl, dass die Leute mich ansehen. *Da ist dieser Verrückte aus dem ersten Stock. Der Kindermörder.*

Mir ist klar, dass ich mir das einbilde. Doch als ich heute aus dem Haus komme, bleibt wirklich eine Frau stehen und sieht mir nach, während ich den Bürgersteig hinuntergehe. Gut, ich drehe mich nicht um, aber ich *spüre* ihren Blick im Rücken wie eine unbehagliche Wärme. Und als ich in der

U-Bahn sitze, brennt mein Nacken an der Stelle, wo ihr Blick mich getroffen hat.

Wie gesagt: Ich bilde mir häufig Dinge ein. Setze mir *Hirngespinste* in den Kopf, hätte mein Vater gesagt, aber was weiß er schon?

Bis zur Redaktion auf Östermalm brauche ich fünfunddreißig Minuten, sie ist nur ein paar Schritte von der Östermalmshalle entfernt, wo die steinreichen High-Society-Ladys Lachsfilets und Hirschsteaks zu Wucherpreisen kaufen. Um mich gegen alle U-Bahn-Pendler abzuschotten, habe ich mir ein Paar übertrieben große Kopfhörer mit Außengeräuschunterdrückung zugelegt. Es funktioniert nicht ganz so gut, wie die Werbung vorgaukelt, aber wenn ich die Lautstärke aufdrehe, höre ich nur meine Musik – heute Crystal Castles, eine aggressive Synthpunk-Band.

Nach dem eiskalten Regen gestern scheint heute die Sonne. Während ich den Bürgersteig entlanglaufe, wirbeln meine Schritte das Herbstlaub auf, wie natürliche Klebezettel von den rotgelben Bäumen am Östermalmstorg. Es ist vollkommen windstill. Die Leute haben ihre Mäntel und Jacken aufgeknöpft und atmen die frische, klare Luft ein.

Wie immer gehe ich zielstrebig auf die große Glastür mit dem Zeitungsnamen zu und versuche dabei, den anderen Passanten, so gut es geht, auszuweichen. Ich halte meinen Plastikchip vor das Lesegerät und gehe am Empfang vorbei (ohne die Mitarbeiterin zu grüßen, eine junge, attraktive Frau, die mich verunsichert) und fahre mit dem Fahrstuhl in den fünften Stock.

Wir sitzen in einer offenen Bürolandschaft. Helle Wände, schallisolierte Decke, die Toilettentüren und die Garderobe in der Mitte des Raums sind mit dunklen Holzpaneelen eingefasst, der Konferenzraum ist durch eine Glaswand abgetrennt. Die Architektur soll Offenheit signalisieren, glaube ich, Transparenz, Ehrlichkeit ... Es gibt nicht einmal Trennwände als Sichtschutz zwischen den Schreibtischen.

Ich hasse das.

Man hat mich einer kleinen, dreiköpfigen Gruppe zugeteilt. Jeder von uns hat seinen festen Schreibtisch. Mir direkt gegenüber sitzt Anna L., neben ihr sitzt Lisa. Seit Anna S. – eine jüngere Version von Anna L. – in Elternzeit gegangen ist, ohne dass eine Vertretung für sie eingestellt wurde (ein schlechtes Zeichen, vor dem ich die Augen verschließe), ist der Schreibtisch neben mir leer. Anna L. und Lisa «arbeiten» am Empfang und sind in der Redaktion die sprichwörtlichen Mädchen für alles.

Unsere Arbeitsaufgaben haben nichts miteinander zu tun. Ich bin nur mit ihnen zusammengewürfelt worden, damit ich einen festen Sitzplatz habe. (Warum ich nicht einfach bei den Kollegen aus der Buchhaltung sitze, ist mir ein Rätsel, aber ich traue mich nicht zu fragen. Vermutlich hat es mit meiner «besonderen Stelle» zu tun.)

Ich grüße die beiden flüchtig. Sie nicken kaum merklich und unterhalten sich dann weiter. Sie sind beide Mitte fünfzig und stark geschminkt, die eine von ihnen ist blond (Anna L.), die andere brünett (Lisa). Ungefähr die Hälfte ihrer Arbeitszeit geht fürs Quasseln drauf. Ihren Gesprächen habe ich entnommen, dass sie sich auch in ihrer Freizeit treffen, dass Abnehmen ihr wichtigster Lebensinhalt ist (beide sind übergewichtig und mit einer üppigen Oberweite sowie ausladenden Ärschen ausgestattet), dass sie mit zwei faulen Schweinen verheiratet sind, denen Liebe und Romantik völlig abgehen, die aber gerne vögeln. Und dass sie wissen, was ich bin: ein Kindermörder.

Und nein, das bilde ich mir nicht ein. Ich *weiß*, dass sie es wissen.

Aus Höflichkeit – einen anderen Grund kann ich mir nicht vorstellen – fragen sie mich manchmal, ob ich mit ihnen Mittagessen gehen möchte. Wenn ich dann lächelnd ablehne, wirken sie immer ein bisschen erleichtert. Als würden sie denken: *Jetzt haben wir uns anständig verhalten und müssen erst in ein, zwei Wochen wieder fragen …*

Mir macht das nichts aus. Wenn sie weg sind, untergehakt und mit zusammengesteckten Köpfen, stehe ich auf und hole mir beim Chinesen an der Ecke etwas zum Mitnehmen und setze mich anschließend in die Personalkantine im Keller – beigefarbene Wände, Holztische mit verchromten Stahlrohrbeinen, ein paar Sofas und ein unpersönlicher Bartresen aus Edelstahl (der mich immer an eine Schlachtbank erinnert). Während ich esse, schaue ich mir auf dem Handy irgendeinen Film auf Netflix an.

Ich habe keine Erwartungen an mein Leben. Allein dass ich diesen Job habe, erstaunt mich, also führe ich mich exemplarisch auf. Mein Vater (der als Statistiker bei einer Versicherung gearbeitet hat) hätte gesagt: *Beißt sich an seinem Schreibtisch fest.* Genau das tue ich – mit Kiefersperre.

Deshalb bekomme ich auch ein mulmiges Gefühl, als ich heute nach der Mittagspause aus der Kantine ins Büro zurückkomme und Anna L. und Lisa sich flüsternd über unsere Vorgesetzte Jessica unterhalten. «Glaubst du, sie hat damit gemeint, dass die Redaktion umzieht?», höre ich Lisa sagen, obwohl sie die Köpfe zusammenstecken und misstrauisch in meine Richtung schielen.

Ich habe meinen überdimensionalen Kopfhörer abgesetzt, sehe aber wie üblich auf meinen Bildschirm.

«Ich hab's von einer Freundin aus der Gewerkschaft gehört», antwortet Anna L.

Ich starre weiter mit leerem Blick auf meinen Monitor, schweige und warte auf die Fortsetzung. Aber sie sagen nichts mehr, sondern fangen hektisch an zu arbeiten. Als ich kurz hochblicke, sehe ich, dass Jessica bei unserer Arbeitsgruppe steht.

«Hallo», sagt Anna L. überrascht, als hätte sie die ganze Zeit gearbeitet. *Büro spielen* kann sie gut.

Ich sage nichts. Starre weiter auf meinen Bildschirm, doch jetzt lese ich tatsächlich.

«Robert», wendet sich Jessica mit aufgesetzt sanfter Stimme an mich. «Hast du fünf Minuten?»

«Klar», erwidert «Robert» unbekümmert und folgt ihrem quadratischen Rücken, während ich versuche, sie mir beim Sex vorzustellen.

Das mache ich immer, wenn ich mich langweile oder unter Stress stehe: x-beliebige Leute, in der U-Bahn, im Büro, im Supermarkt. Bei einigen ist es leicht, sich ihren Gesichtsausdruck vorzustellen, bei anderen hingegen vollkommen unmöglich. Ich glaube, es hängt davon ab, wie sehr die Leute mit sich im Einklang sind und wie viel sie von sich selbst preisgeben. Dieser Gedanke ist mir während der Therapie gekommen. Meine Seelenklempnerin hat gelacht, gemeint, dass das eine gute Übung sei, und dann gefragt: «Wie stellen Sie sich selbst dabei vor?»

Ich habe keinen blassen Schimmer. Ich habe seit Jahren mit niemandem mehr geschlafen. Als ich ihr das sagte, schaute sie bestürzt drein und fragte: «Warum?» (Immer diese *War-*

ums.) Was soll ich darauf antworten? Ich gehe doch zu ihr, um Antworten zu bekommen, keine Fragen.

Meine Chefin Jessica ist ein paar Jahre jünger als ich und eine Person, die ihre Hinterhältigkeit hinter übertriebener Freundlichkeit und einem aufgesetzt sanften Tonfall verbirgt. Sie ist immer elegant gekleidet, was aber nicht über ihr Allerweltsaussehen und ihre vorzeitig gealterten Gesichtszüge hinwegtäuscht. Alkohol, Zigaretten, Stress oder Bewegungsmangel, wer weiß. Vermutlich eine Kombination aus allem.

Ich stelle mir vor, wie ihr aufgedunsenes Gesicht sich vor Erregung rötet, wenn sie mit ihrem Mann schläft (oder irgendjemand anderem – ich bin ein Kindermörder, wer bin ich, mich zum Moralapostel aufzuschwingen?). Sehe vor mir, wie ihr die verschwitzten blonden Haare in die Augen fallen, in ihre ausdruckslosen blauen Fischaugen – ich bin mir ziemlich sicher, dass sie zu den Menschen gehört, die die Augen beim Sex offen lassen. Die Augen zu schließen, lässt ihr ausgeprägtes Kontrollbedürfnis gar nicht zu. Ich stelle mir vor, wie sich ihre breite Kartoffelnase weitet und noch breiter wird, wenn sie lustvoll einatmet. Aus irgendeinem Grund stelle ich mir auch vor, dass ihr massiger, unförmiger Körper (unproportional kleine Brüste und kaum erkennbare Hüften) oben ist. Bei ihrem Kontrollzwang kann ich mir kaum denken, dass sie unten liegt.

«Wie du sicher schon gehört hast …», beginnt sie und schiebt einen Papierstapel auf dem Tisch hin und her.

Wir sind in den einzigen Raum der Redaktion gegangen, der nicht aus Glas besteht: ein enges Kabuff mit Blümchentapete, zwei Stühlen und einem niedrigen, runden Tisch, an dem ich mich vorbeigezwängt habe. Jetzt sitze ich eingeklemmt *(in der Falle)* zwischen Tischkante und Wand, während mir ihr aufdringliches Parfüm in die Nase steigt. Es ist extrem unangenehm.

«Nein, ich habe nichts gehört», sage ich mit meiner hellen, ängstlichen Stimme (nicht mit «Roberts» unpersönlicher).

Jessica zieht erstaunt die Augenbrauen hoch (sie sind dunkel, viel zu dunkel, um natürlich zu sein): «Nicht? Okay, dann fange ich von vorne an.»

Während sie redet, stelle ich mir vor, wie sie kommt: nur ein leises Stöhnen. Nein, ich ändere meine Meinung: Sie stöhnt nicht, sie hält nur für einen kurzen Augenblick die Luft an und atmet dann erleichtert aus. Wie beim Kacken.

6

Dienstag, 3. November

Obwohl der Regen schon vor einiger Zeit aufgehört hatte, waren der Boden und die Felsen nach wie vor nass, von gelbbraunem Laub bedeckt und trügerisch glatt. Der Suchtrupp arbeitete sich methodisch den Abhang entlang, durchkämmte die flachen Büsche, das Gestrüpp, die Hohlräume zwischen den riesigen Felsblöcken, die groß genug waren, um einen zierlichen Mädchenkörper zu verbergen. Langsam bewegten sie sich voran, Meter für Meter.

Es war ein schwieriges Terrain. In der Felswand entdeckte Jens Sköld mehrere Karabiner, offenbar trainierten dort Kletterer. Plötzlich rutschte er aus und fluchte über seine Unachtsamkeit. Er hatte schon als Kind gelernt, in unwegsamem Gelände festen Halt zu finden, und wusste, wo man besser nicht hintrat. Aber nachdem er Olindas Eltern überredet hatte, auf dem Parkplatz zurückzubleiben, hatte er schnell zu den anderen aufschließen wollen.

Die Suchkette befand sich ungefähr ein Dutzend Meter vor ihm, er hörte ihre gedämpften Stimmen, sah, wie sie Äste und Zweige zur Seite bogen, über Baumstümpfe stiegen und sich vorsichtig bewegten, um nicht auszurutschen.

Ihre Aufmerksamkeit war nach vorne gerichtet, auf die nächste Senke im Gelände, den nächsten Strauch, die nächste Eiche, die ihr goldrotes Laub noch nicht verloren hatte. An einem dichten Gebüsch blieben sie stehen, bogen Äste zur Seite und blickten hinein. Angespannte Atemzüge, gefolgt von enttäuschten Seufzern.

Ein Stück weiter unten durchkämmte eine zweite Suchkette die linke Seite des Waldstücks und schritt die vergilbte Wiese ab. Oberhalb des Berghangs waren die aufgeregten Rufe einer dritten Gruppe zu hören, und Sköld fragte sich, ob sie etwas gefunden hatten. Doch dann übertönte ein vorbeifahrender Zug alle Geräusche, und als der Lärm verklungen war, waren die Stimmen verstummt.

Kurz darauf hatte er die vor ihm gehende Suchkette eingeholt und reihte sich ein. Er wollte sich gerade zwischen ein paar niedrigen Tannen hindurchzwängen, die sich an einen großen Felsblock klammerten, als links von ihm jemand rief.

«Hier!»

Die Kette blieb stehen. Eine etwa fünfunddreißigjährige Frau bückte sich und betrachtete etwas, das auf dem Boden lag.

«Ein Pullover», rief sie. «Dunkelgrün. Sieht neu aus.»

«Markieren Sie die Stelle!», rief Jens zurück.

Die Frau versah den Fund mit einer gelben Fahne und zeichnete die Stelle auf ihrer Karte ein.

«Okay», fuhr Jens fort. «Vielleicht finden wir hier noch mehr …»

Ein schriller Schrei ließ ihn verstummen. Die dichten Äste der Tanne vor ihm wurden zur Seite gebogen, und ein Junge kam zum Vorschein. Er war blass, seine Augen vor Schreck geweitet. Jens erkannte ihn wieder. Es war einer der beiden Jungen, die vorhin in der Nähe des Schulparkplatzes gesessen und ihre Vorbereitungen beobachtet hatten. Der Junge stolperte panisch vorwärts – als wollte er *weg*, dachte Jens, als liefe er vor etwas davon –, dann drehte er den Kopf zur Seite und übergab sich. Im nächsten Moment tauchte der zweite Junge hinter ihm auf.

«Was zum Teufel macht ihr hier?», fragte Sköld. «Was habt ihr hier zu suchen?»

Die Jungen gaben keine Antwort, einer von ihnen deutete in Richtung der Büsche hinter sich. Jens bat die beiden Helfer neben ihm, bei den Jungen zu bleiben, während er auf die Tannen zuging. Er blickte auf den Boden, achtete sorgfältig darauf, wo er hintrat, um keine Beweise zu zerstören, und zwängte sich durch die Äste.

Das Erste, was er sah, war der Fuß, der aus einer kleinen Höhle unter einem großen Felsblock hervorragte. Er war unbekleidet und sah klein aus. Nicht wie Schuhgröße fünfunddreißig. Unbewusst spannte er sich an, ging in die Hocke und blickte in die Höhle hinein. Der zierliche Mädchenkörper lag zusammengekrümmt auf der roten Regenjacke. Das T-Shirt war nach oben gerutscht und entblößte ihren Bauch und die Brust, die Hose war halb heruntergezogen. Ihre Arme waren ausgestreckt, als hätte sie versucht, sich zu wehren. Aber es hatte nichts genützt. Die obere Hälfte ihres Kopfes war zertrümmert, das dunkle Haar blutverklebt und verfilzt. Sie sah winzig aus. Unfertig, dachte er. Wie ein Vogeljunges, das aus dem Nest gefallen war.

Er zwängte sich rückwärts durch die Tannen, drehte sich um und hielt abwehrend die Arme in die Höhe, damit sich niemand vom Suchtrupp dem Fundort näherte.

«Wir haben sie gefunden», sagte er gepresst. «Personenbeschreibung und Aussehen stimmen mit Olinda Sikonova überein.»

Er griff nach seinem Funkgerät:

«Wir haben sie gefunden!»

Dann ging er zu den beiden Jungen, die mit hängenden Armen dastanden, die Schultaschen schief über den Schultern baumelnd, auf den Boden starrten und mit den Schuhen im Moos scharrten.

«Was hattet ihr hier zu suchen? Wie heißt ihr?», fragte er.

Die beiden schwiegen.

«Nicklas», sagte schließlich der molligere von beiden.

«Und du?»

«Sixten», sagte der andere, der sich übergeben hatte.

«Habt ihr in der Höhle irgendwas angefasst?»

Sixten blickte auf und sah ihn verständnislos an.

«Habt ihr in der Höhle irgendwas angefasst?», wiederholte Jens mit Nachdruck.

«Ich bin gestolpert ... Ich wollte nur nachsehen ... ob sie tot ist.»

«Was? Was meinst du?»

Sixten deutete mit dem Kopf auf seine Schuhe.

«Ich wusste nicht ...»

«Bist du etwa auf sie draufgefallen?!»

«Ja ...»

Sköld wandte sich an den anderen Jungen, Nicklas.

«Und du? Bist du auch gestolpert?»

Nicklas schüttelte den Kopf.

Jens zog einen Block aus der Tasche, um die Namen der Jungen zu notieren – die Polizei würde mit ihnen sprechen wollen, ihre Fingerabdrücke und ihre DNA nehmen –, als ihn jemand unterbrach.

«Ey, yo Alter! Du da!»

Er drehte sich um.

Zwei Jugendliche kamen den Abhang oberhalb der Tannen hinunter und steuerten auf ihn zu. Wo kamen die denn so plötzlich her?

«Bekommen die was?», rief einer der beiden, ein ungefähr

fünfzehnjähriger Teenager mit dunklen, fettigen Haaren und verpickeltem Gesicht.

Er trug eine übergroße Jacke, die im Vergleich zu seiner übrigen Kleidung viel zu teuer und neu aussah.

«Wie bitte?», fragte Jens.

«Bekommen die was? Geld oder so? Als Finderlohn?»

«Nein», erwiderte Sköld schroff. «Sie bekommen nichts.»

«Gut, denn sonst hätten wir die Kohle bekommen müssen. Wir waren nämlich zuerst hier.»

7

Freitag, 23. Oktober

Seit dem *Gespräch* mit meiner Chefin, der asexuellen Jessica, bin ich krankgeschrieben. Ich habe einfach meine Sachen gepackt und bin gegangen.

Zu Hause habe ich überwiegend auf dem Sofa gelegen (in Fötusstellung) und Musik gehört. The XX, Leonard Cohen (*Famous Blue Raincoat*), Nick Cave, Bon Iver und Gil-Scott Heron.

Heute setze ich zum ersten Mal wieder einen Fuß vor die Tür.

Freitags gehe ich immer zur Therapie. Die Praxis meiner Therapeutin befindet sich in ihrer Wohnung auf Östermalm, die von der Zeitungsredaktion aus gesehen am anderen Ende des Viertels liegt, also westlich, in Richtung Vasastan. Die wuchtige Eichentür mit den geschnitzten Spiegeln gibt mir immer das Gefühl, nicht dorthin zu gehören, ein Eindringling zu sein. Wenn ich über den Marmorboden laufe und meine Schritte von der hohen Decke widerhallen, warte ich immer darauf, dass sich jemand hinter meinem Rücken räuspert und fragt, was ich hier zu suchen habe. Deshalb haste ich schnell den Treppenabsatz nach oben, zu der Tür mit dem Messingschild, auf dem «E. Ulvsson» steht. Meine Therapeutin heißt Elise mit Vornamen, also nehme ich an, dass es ihre Wohnung ist. Dass sie dort lebt.

Als sie die Tür öffnet, lächelt sie mich an, aber nicht weil sie sich freut, mich zu sehen, sondern, wie üblich, um mich zu motivieren. Als wollte sie sagen: *Kommen Sie schon, es geht los! Sie schaffen das!*

Heute dränge ich mich an ihr vorbei, stürze fast in den Flur, um meine schwarze Lederjacke an ihre viel zu klein geratene Designergarderobe zu hängen.

«Was ist los?», fragt sie freundlich, als sie sich auf ihren Stuhl gegenüber von meinem grauen Lammfellsessel setzt (mir wird klar, dass ihre anderen Analysanden ebenfalls in diesem Sessel sitzen).

«Ist etwas passiert?»

Erst jetzt merke ich, dass ich hyperventiliere, als ob ich den ganzen Weg gerannt wäre (was ich vielleicht auch bin, ich habe seit Tagen auf diese Sitzung gewartet).

«Sie wirken völlig aufgelöst», fährt sie fort und mustert mich interessiert.

«Ich …», beginne ich, verliere aber augenblicklich den Faden.

Wo soll ich anfangen? Mir ist schlecht, und ich könnte auf der Stelle in Tränen ausbrechen. Damit ihr versteht, wie ungewöhnlich das für mich ist: Ich weine nie. Soweit ich mich erinnern kann, habe ich nicht einmal als Kind geweint. (Aber andererseits erinnere ich mich kaum an etwas aus meiner Kindheit.)

Elise sieht mich geduldig an, wartet darauf, dass ich weiterrede.

Ich hole tief Luft, verschränke die Hände ineinander, damit ich nicht mit meinen Haaren spiele, und stoße hervor:

«Ich bin gefeuert worden.»

«Einfach so?» Elise wirkt aufrichtig erstaunt.

«Ja!», sage ich.

Oder habe ich geschrien? Denn sie sieht mich merkwürdig an und erwidert:

«Beruhigen Sie sich, Robert. Hier sind Sie sicher. Niemand

will Ihnen etwas Böses. Möchten Sie mir erzählen, was passiert ist?»

Ich erzähle ihr, was meine Chefin bei unserem Gespräch vor drei Tagen gesagt hat: Der Zeitungsbranche geht es immer schlechter. Die Abonnentenzahlen sind rückläufig. Das Internet gewinnt an Bedeutung, doch das Onlineangebot der Zeitung kann den finanziellen Verlust durch die sinkenden Printauflagen nicht ausgleichen ... Bla, bla, bla.

«Die Redaktion wird nach Malmö verlegt», erkläre ich. «Da haben die anderen Zeitschriften der Verlagsgruppe ihren Sitz, und der Verlag will Einsparungen vornehmen, Funktionsbereiche zusammenlegen oder abbauen. Meine Aufgaben soll in Zukunft die Buchhaltung erledigen, *nebenher ...*»

Elise nickt ernst, mitfühlend.

«Sie können mich nicht mehr beschäftigen», sage ich. *«So gerne sie es würden.»*

Beim letzten Satz ahme ich Jessicas Stimme nach.

«Außerdem finden sie, dass ich langsam bin.»

Wir sitzen eine Weile schweigend da. Ich weiß nicht, was ich noch sagen soll. Elise spielt an ihrem Rocksaum, fährt mit einem Fingernagel immer wieder die Naht entlang. Ihre übliche Geste, wenn sie darauf wartet, dass ich weiterrede. Ich habe sie getestet: Sie kann die ganze Therapiestunde (die nicht wie eine Zeitstunde sechzig Minuten dauert, sondern fünfzig) so dasitzen.

Schließlich beende ich das Schweigen.

«Ich bin der Einzige, den sie feuern», fahre ich fort. «Die anderen können entweder mit nach Malmö gehen oder andere Tätigkeiten im Haus übernehmen ...»

«Das muss sehr belastend für Sie sein», erwidert Elise mit ihrer sanften Therapeutenstimme.

Belastend? Es ist mehr als das. Ich kann mit Veränderungen nicht besonders gut umgehen. Genauso wenig wie mit Stress. Ich brauche Sicherheit, eine sichere Existenz ohne Anforderungen.

«Ich werde mir die Therapiesitzungen nicht mehr leisten können», murmele ich nach einer Weile.

Meine Stimme ist kurz davor zu versagen, und es fehlt nicht viel, dass ich wirklich in Tränen ausbreche. Wieder sieht Elise mich interessiert an, als sei dies gegenüber unseren sonst eher routinemäßig verlaufenden Sitzungen ein großer Fortschritt.

«Wir können die Therapie unterbrechen», sagt sie, beugt sich vor und legt eine Hand auf mein Knie (das hat sie noch nie gemacht). «Und sobald Sie eine neue Arbeit gefunden haben, nehmen wir die Sitzungen wieder auf – wenn Sie möchten. Sie sind intelligent und talentiert. Es gibt keinen Grund, weshalb Sie diese Situation nicht meistern sollten.»

Manchmal frage ich mich, ob wir während der Sitzungen über dieselbe Person sprechen – über mich.

Als ich nach Hause gehe, ist das bisschen Wärme vom Vormittag verflogen, von irgendwoher sind graue Wolken aufgezogen. Ich fühle mich krank. Achtlos dränge ich mich auf dem Bürgersteig an den Passanten vorbei und renne förmlich zur U-Bahn-Station in der Birger Jarlsgatan. Ich habe das Gefühl, die Luft anzuhalten, als befände ich mich unter Wasser. Hoch über mir schimmert meine Wohnung wie eine glitzernde Wasseroberfläche. Erst als ich meine Wohnungstür hinter mir abgeschlossen habe, kann ich ausatmen.

Ich schalte die Stereoanlage ein und kauere mich in Fötusstellung aufs Sofa.

Damit ihr mich versteht: Ich kann mir beim besten Willen nicht vorstellen, einen neuen Job zu bekommen. Leute wie mich stellt man nicht ein. Nicht in diesen Zeiten. Niemals. Ich besitze nicht die nötige ... *Ausstrahlung*. Ich bin weder positiv noch dynamisch und erst recht nicht auf diese Art motiviert, wie man es offenbar sein muss, um überhaupt zu einem Vorstellungsgespräch eingeladen zu werden.

Wenn ich mir ausmale, wie es weitergeht, sehe ich mich auf einer Parkbank schlafen, in Zeitungen und eine schmutzige hellblaue Decke gehüllt.

Dieses Bild ist nicht einmal völlig aus der Luft gegriffen.

Als ich fünfzehn war – das letzte Jahr bei meiner Pflegefamilie –, bin ich abgehauen. Ich hatte kein Geld und keine Ahnung, wo ich eigentlich hinwollte. Ich erinnere mich, dass ich vor dem Haus meiner Eltern stand – meinem richtigen Elternhaus, in dem ich aufgewachsen bin – und durch die Fenster dabei zusah, wie andere Menschen sich im gelben Schein der Lampen darin bewegten, fremde Menschen.

Zwei Tage später wurde ich von der Polizei aufgegriffen, als ich schlafend auf einer Parkbank lag, eingehüllt in Zeitungen und eine hellblaue Decke, die ich in einem Container gefunden hatte. Nach unendlich vielen Gesprächen mit Sozialarbeitern («Ich verspreche, nie wieder wegzulaufen») durfte ich zurück zu meiner Pflegefamilie.

8

Dienstag, 3. November

«Nein, nein, nein ...»

Nastasia Sikonova näherte sich der Trage seitwärts, wie ein Tier, das sich einem Feind stellt. Ihr Mann griff nach ihr, wollte sie am Weitergehen hindern, aber sie schüttelte seine Hand irritiert ab.

Ihr Blick war starr auf die beiden Männer gerichtet, die vorsichtig den lehmigen Pfad herunterkamen. Sie trugen eine Trage mit einem festgeschnallten Leichensack zwischen sich. Obwohl er verschlossen war, konnte sie sehen, dass der Körper, der darin lag, viel zu klein für den Sack war, so klein, dass er kaum eine Wölbung verursachte.

Ein uniformierter Polizeibeamter stellte sich ihr in den Weg und streckte die Arme aus, um sie am Weitergehen zu hindern, doch sie stieß ihn grob zur Seite.

Als sie die Trage erreichte, zog sie den Reißverschluss des Leichensacks auf, zerrte daran, bis der kleine Mädchenkörper zum Vorschein kam.

Sie beugte sich über die Leiche, strich ihr mit zitternden Fingern über das Gesicht, die Haare, den halb entblößten Bauch, wo das T-Shirt hochgerutscht war, die heruntergezogene Hose, das kleine Muttermal direkt unter dem Nabel, mit dem sie immer spielte, wenn Olinda und sie badeten oder sich bettfertig machten.

«Nein, nein, nein ... Olinda, was hast du gemacht? Mein kleines Mädchen! Keine Angst ... Alles wird wieder gut. Mama ist jetzt da. Alles wird wieder gut. Wir bleiben jetzt zusammen … Hörst du mich, Olinda? … Mama ist da. Du musst keine Angst mehr haben … Wir gehen nicht mehr weg … Nie wieder! Versprochen …»

Sie beugte sich vor und küsste die Stirn ihrer Tochter, immer wieder, ohne zu merken, dass geronnenes Blut an ihren Lippen kleben blieb.

Auf der Wiese neben dem Pfad standen noch einige Helfer des Suchtrupps und beobachteten die Szene, verlegen, unsicher abwartend. Aber Nastasia sah sie nicht, nahm kaum wahr, dass der Polizeibeamte behutsam den Arm um sie legte.

«Es tut mir so leid», sagte er.

Nastasia drehte sich zu ihm um. Der Mann war jung, höchstens dreißig.

«Wird sie wieder gesund?», fragte sie mit einem offenen, schutzlosen Gesicht, dem der Schock jeden Ausdruck genommen hatte.

Der Mann wich ihrem Blick aus.

«Nein. Sie ist … tot.»

Ihr Schrei ließ ihn zusammenzucken.

«Sie irren sich! Sie muss nur nach Hause. Ich kümmere mich um sie. Sie wird wieder gesund …»

Nastasia fuhr sich hektisch übers Gesicht, riss die Haut mit ihren Nägeln auf.

Niemand sagte etwas. Als Ivan sie vorsichtig am Arm packte, um sie am Kratzen zu hindern, schnellte sie herum und schlug ihm ins Gesicht. Die umstehenden Bäumen sogen das Klatschen der Ohrfeige auf, es verlor sich wie ein Geräusch in einem Vakuum. Ivans Kopf flog zur Seite, aber er tat nichts, reagierte kaum, ließ seine Frau einfach nur los und stellte sich stumm neben sie, als sie sich erneut über ihre Tochter beugte.

Ein Lachen weckte Nastasia aus ihrer Apathie, sie zuckte zusammen und sah auf. Zwei Jugendliche kamen mit drei uniformierten Polizeibeamten den Pfad herunter. Einer der beiden grinste breit, stieß seinen Kumpel an und zeigte auf sie, als würde er etwas lustig finden.

Nastasia Sikonova ging zu ihnen hin und stellte sich vor den Grinser.

«Wart ihr das?»

Ihre Stimme klang schrill und heiser zugleich.

«Was?», fragte der Junge.

Er grinste wieder, warf seinem Kumpel einen Blick zu. Plötzlich, noch bevor der Junge schützend die Hand heben konnte, schlug sie ihm genau wie ihrem Mann ins Gesicht.

«Hast du sie noch alle, du verdammte Bitch?! Wir haben nichts gemacht!»

«Ihr habt meine Tochter umgebracht! Ihr habt Olinda umgebracht!», zischte sie.

«Was laberst du, Alte? Red keinen Scheiß …»

Der junge Polizeibeamte nahm Nastasia sanft am Arm und führte sie den Pfad hinunter, weg von den beiden Jugendlichen.

In der Zwischenzeit waren zwei Rettungswagen eingetroffen und hatten auf der Wiese neben dem Pfad geparkt. Eine blonde Frau mit einer gelben Reflektorjacke trat auf Nastasia zu und legte behutsam den Arm um sie. Die Männer mit der Trage zogen den Reißverschluss des Leichensacks zu und brachten ihn zu dem Leichenwagen, der ein Stück entfernt von ihnen wartete. Nastasia folgte den beiden mit dem Blick.

«Nein, nein, nein …»

Doch jetzt klang ihre Stimme hoffnungslos.

«Nastasia, so heißen Sie doch?», fragte die Frau mit der

gelben Reflektorjacke. «Mein Name ist Åsa, ich bin Krankenschwester. Ich werde Ihnen etwas geben, damit Sie sich ein bisschen besser fühlen.»

Nastasia wandte sich zu ihr um und legte wie ein kleines Mädchen den Kopf ein wenig schief. Sie weinte nicht, wehrte sich nicht, ihre Arme hingen schlaff an den Seiten herunter.

«Bitte lassen Sie mich sterben», flüsterte sie.

9

Sonntag, 25. Oktober

Ich kann es nicht leiden, wenn sich jemand aufdrängt. Etwas von mir will. Einen Haufen Fragen stellt.

Ich hasse es.

Wie heute. Schon als es an der Tür klingelt, spüre ich, dass etwas nicht stimmt. (Es klingelt *nie* jemand an meiner Tür. So gut wie nie.)

Als ich in den Flur gehe und durch den Türspion gucke, sehe ich eine dunkelhaarige, etwa fünfunddreißigjährige Frau im Treppenhaus. Ich erkenne sie wieder. Es ist die Frau, die am Dienstag, als ich entlassen wurde, draußen vor dem Haus stand und mir nachgesehen hat.

Ich weiß, warum sie hier ist. Ich habe solche *Besuche* schon häufiger bekommen.

Es fing vor acht Jahren an, nachdem ich den Fehler gemacht hatte, im Fernsehen aufzutreten (in einer seriösen Talkshow auf SVT). Die Vereinbarung war, dass ich die Gelegenheit bekommen sollte, etwas über mich selbst zu sagen, eine Stellungnahme abzugeben, mein Leben zu schildern (oder besser gesagt: den Mangel an Leben). Der Moderator (den Namen habe ich vergessen) hatte mir im Vorfeld lauter großartige Worte um die Ohren geschleudert: *einmalige Gelegenheit, Rede und Antwort stehen, zu Wort kommen, von öffentlichem Interesse, bla, bla, bla ...*

Aber als die Sendung dann ausgestrahlt wurde, stellten sie mich als Psychopathen und Mörder dar.

«*Bereuen Sie, was Sie getan haben?*», fragte der Moderator.

Zoom auf mein Gesicht, meinen unsicher flackernden Blick: «*Nein.*»

Nach diesem Nein habe ich noch viel mehr gesagt. Dass ich mich nicht an den Mord erinnern und deshalb keine wirkliche Reue empfinden könnte. Doch all das hatten sie weggeschnitten.

«*Hat man Sie bestraft?*»

Neue Großaufnahme. Mein schiefes, unsicheres Lächeln, das auf dem Fernsehbildschirm einfach nur böse wirkte. «*Nein.*»

Und ein neuer Schnitt.

«*Was für eine Art Beziehung hatten Sie zu Max?*» Diese Frage stellte mir der Moderator während der Sendungsaufzeichnung immer wieder, und am Ende habe ich mit mechanischer Stimme geantwortet: «*Er war mein Spielkamerad, mein Freund …*»

«*Trotzdem haben Sie ihn erschlagen?*»

«*Ja.*»

Schnitt.

Nach jeder Frage.

Ich wurde *Der böse Junge*. Das Monster.

Seit dieser Ausstrahlung ist mein Fall (der in der Presse den Namen «Betonmord» erhielt) in diversen Fernsehsendungen und Zeitungsartikeln aufgetaucht. Meistens in Infokästchen mit wichtigen Eckdaten zu anderen Kindermorden. Und jedes Mal hat irgendein Oberschlauer anschließend meinen Namen gegoogelt und beschlossen, etwas zu *unternehmen*.

Meistens bekomme ich Briefe. «Für solche wie dich sollte man die Todesstrafe wieder einführen!» Krakelige Buchstaben, billiges Papier. Manche schneiden auch Buchstaben aus Zeitungen aus wie in anonymen Erpressungsschreiben.

Es hat mir auch schon mal jemand Fäkalien in den Briefkasten gesteckt (einmal) oder «Kindermörder» an meine Wohnungstür geschmiert (auch mit Fäkalien, zweimal). Als ich nach dem zweiten Mal gerade dabei war, die Schmiererei von meiner Tür zu entfernen, kam der Vorsitzende der Wohnungsgenossenschaft – ein etwa fünfunddreißig Jahre alter Schlipsträger mit weißem Hemd – und ermahnte mich, auf Sauberkeit zu achten und meinen Dreck zu beseitigen, sonst sähen sie sich gezwungen, *Maßnahmen zu ergreifen.* Während er das sagte, hielt er sich demonstrativ die Nase zu und sah mich verächtlich an.

Deshalb stelle ich mich jetzt in die Mitte des Flurs und warte darauf, dass die Frau wieder verschwindet, damit ich ihren «Dreck» schnell beseitigen kann. Aber stattdessen öffnet sie die Briefklappe in der Tür und ruft durch den Schlitz:

«Ich höre die Musik. Ich weiß, dass Sie da sind. Machen Sie auf!»

Ich habe tatsächlich vergessen, die Stereoanlage auszustellen.

«Ich möchte nur mit Ihnen reden!»

Ich erkenne die Stimme wieder. Es ist diese Journalistin, die mich vor ein paar Tagen angerufen hat.

«Machen Sie auf! Oder ich schreie durch den Briefschlitz.»

Ich mache auf. Aus Angst, glaube ich. Davor, dass die Nachbarn etwas mitbekommen oder der Lackaffe von Vorstandsvorsitzendem zufällig vorbeiläuft.

«Was soll das?», fragt die Frau jetzt. «Warum haben Sie nicht aufgemacht?»

Sie sieht mich wütend an, als hätte *ich ihr* etwas getan. Im nächsten Moment schlüpft sie geschickt an mir vorbei in den Flur. Während ich noch phlegmatisch im Türrahmen stehe, dreht sie sich schon wieder zu mir um. Ihre dunkle Pagenfrisur (seit wann ist dieser Schnitt wieder modern?) schwingt dabei wie ein Kettenkarussell um ihr Gesicht.

«Ich heiße Lexa, Lexa Andersson. Die meisten nennen mich Lex. Ich bin Journalistin», feuert sie mir entgegen.

Als ich keine Antwort gebe, fährt sie fort:

«Sie sind doch Robert Lindström, oder?»

Sie spricht so schnell, dass ich kaum verstehe, was sie sagt. Sie rattert die Silben herunter wie ein Fernschreiber in einem alten Film. Trotzdem nicke ich, murmele ein «Ja».

Sie lächelt. Triumphierend. Ich sehe sie unfreundlich an.

«Was wollen Sie? Ich will nicht, dass Sie ...»

«Ich möchte mit Ihnen reden.» Sie marschiert ins Wohnzimmer, bleibt mit einer Hand in die Hüfte gestemmt stehen und *inspiziert* den Raum.

Vielleicht sollte ich erwähnen, dass – obwohl ich seit fast zehn Jahren in dieser Wohnung lebe – die einzigen Möbelstücke, die ein wenig Wohnlichkeit verbreiten, drei zusammengewürfelte, randvolle Bücherregale an der Stirnseite des Wohnzimmers sind. Taschenbücher, Folianten, Unterhaltungsromane, Fachbücher – in einer chaotischen Unordnung über- und nebeneinandergestapelt.

Der Rest der Wohnung vermittelt einen kalten oder besser: *spartanischen* Eindruck. Als hätte jemand nur eine Handvoll ausgedienter Möbel in den Zimmern verteilt. Willkürlich. Ohne nachzudenken. Ein durchgesessenes grünes Vierziger-Jahre-Sofa (vom Flohmarkt), ein zerkratzter Glastisch, der vorne etwas schief ist (auch vom Flohmarkt) und eine weiße Blumensäule in der Ecke (ein Erbstück meiner Eltern, meiner leiblichen).

Das ist alles. Der Rest ist leere Fläche.

Ich weiß auch nicht, warum. Ich *habe* mir Mühe gegeben.

Ehe ich sie davon abhalten kann (eine linkische Hand auf ihrem Arm, die sie nicht zu bemerken scheint), geht sie zum Sofa. Zwei der drei Sitzplätze sind unter Bergen von Papieren verschwunden. Überwiegend «wichtige Papiere»: Ungeöffnete Schreiben von der Bank, Jahresabrechnungen, Broschüren vom Finanzamt … Sachen, die ich hasse, die ich mich aber nicht wegzuwerfen traue. Doch dazwischen stecken auch ausgerissene Zeitungsseiten, deren malträtierte Ränder aus dem Wust hervorragen.

Sie zieht eine der Zeitungsseiten heraus und beginnt zu lesen. Dann sieht sie mich verblüfft an.

«Heben Sie die auf? Artikel über Kindermörder?»

Ich nicke verlegen, als hätte sie mich bei etwas Unanständigem ertappt.

Ich bin nicht die Nummer eins der «Kinder, die getötet haben»-Liste – es gibt einen Jungen, der erst fünf war, als er gemeinsam mit seinem Bruder einen Spielkameraden erwürgt hat. Meistens liege ich auf dem dritten oder vierten Platz, je nachdem, welche Fälle noch berücksichtigt werden.

Falls ihr euch fragt: Ich bin *kein* Messie. In meiner Wohnung gibt es keine Zeitungsstapel, die bis zur Decke reichen, keine schmalen, von Müll gesäumten Durchgänge, nichts in der Art.

Lexa geht weiter ins Schlafzimmer (ungemachtes Bett, Schmutzwäsche auf dem Boden). Ihre Schritte wirbeln eine Wollmaus auf, die im Luftzug über den Boden gleitet, als würde sie ihr neugierig folgen.

Als sie am Ende ihrer Wohnungsinspektion die Küche erreicht, dreht sie sich zu mir um.

«Sie sind verrückter, als ich dachte», sagt sie.

Einfach so. Kein ironischer Tonfall, kein freundliches Lächeln. Sie mustert mich. Irgendetwas in ihr spannt sich an, ihr Kiefer verkrampft sich. Ich sehe deutlich, wie sie zum Zeichen ihrer unumstößlichen Entschlossenheit die Halsmuskeln anspannt, als wolle sie ein störrisches, beschwerliches Hindernis in Angriff nehmen (mich).

Sie: Elegante schwarze Kleidung, die auf diese frisch gewaschene, saubere Art raschelt, eine Silberkette mit Anhänger, der leise klirrt, als sie zerstreut meine Küchenschränke öffnet und die Regale in Augenschein nimmt.

Ich: Ein schlabbriges T-Shirt mit einem Ketchupfleck auf der Brust (sehe ich jetzt erst), eine verwaschene, schmuddelige Jeans. Mehr nicht. Nicht mal Socken. Wahrscheinlich rieche ich nach Schweiß.

«Wo haben Sie den Kaffee?», fragt sie.

Ich deute mit dem Kopf auf den Schrank über der Dunstabzugshaube. Sie geht zur Kaffeemaschine und füllt Wasser ein.

Sie: Kurvige Figur mit auffallend großen Brüsten (Implantate?), die sie mit einem schwarzen, sehr engen Pullover betont.

Ich: Bauchansatz (nicht groß, aber vorhanden), der sich über meiner verwaschenen Jeans abzeichnet.

«Was wollen Sie?», frage ich.

Ich mag sie wirklich nicht.

«Wie gesagt, ich bin Journalistin, schreibe aber überwiegend Reportagebücher. Ungefähr wie Dokumentationen im Fernsehen. Nur eben in Buchform.»

Als ich nichts darauf erwidere, fährt sie fort:

«Ich habe mir Ihren Fall angesehen. Es wurde viel darüber geschrieben, damals, als es passiert ist, und an den Jahrestagen. Aber bisher hat niemand das Ganze aus Ihrer Sicht geschildert.»

Sie sieht mich prüfend an, als wollte sie sich vergewissern, dass ich ihr folgen kann.

«Das möchte ich tun. Ein Buch aus Ihrer Perspektive schreiben. *Die Geschichte eines Kindermörders.* So in etwa.»

«Ich werde in diesen Artikeln nie thematisiert ...», sage ich, ohne sie anzusehen.

«Das habe ich gemerkt. In sämtlichen Artikeln geht es um das Opfer, um Max Sander. Deshalb möchte ich Sie mit einbeziehen. Dieses Buch soll von Ihnen handeln. Das ist mein USP.»

Ich muss wohl ein ziemlich verständnisloses Gesicht gemacht haben, denn sie erklärt schnell:

«USP. *Unique Selling Point.* So habe ich meinem Verlag die Story verkauft. Das Buch soll zum dreißigsten Jahrestag erscheinen.»

«Ich möchte das nicht. Ich habe schon mal bei so einer Reportage mitgewirkt. Das ...»

«Welche Reportage war das?», unterbricht sie mich.

Als ich es ihr sage, schnaubt sie verächtlich:

«Die war furchtbar! Aber so wird das Buch nicht werden. Das verspreche ich Ihnen. Sie werden zu Wort kommen. Das sagen können, was Sie sagen wollen.»

Ich verschränke die Arme vor der Brust und habe meine Mundwinkel skeptisch nach unten gezogen, während ich dabei zusehe, wie sie zwei von *meinen* Kaffeebechern aus dem Küchenschrank nimmt und sich an *meinen* Küchentisch setzt.

«Also, was sagen Sie?»

Ich antworte nicht. Doch statt unsicher zu werden und

aus dem Konzept zu geraten, redet sie unbeirrt weiter, noch schneller als ohnehin schon.

«Sie können alles aufschreiben, alles, woran Sie sich erinnern, über sich, Ihre Kindheit, Ihre Freundschaft mit Max, den Mord, Ihre Eltern, wie Ihr Leben sich entwickelt hat. Aber wenn Sie nicht wollen, müssen Sie nichts aufschreiben. Ich möchte Sie sowieso interviewen. Die Interviews transkribiere ich hinterher. Das kann ich gut. Um Recherchen und den ganzen Kram kümmere ich mich. Ich organisiere auch die Gespräche mit den anderen beteiligten Personen von damals. Sie müssen nur dabei sein. Wir werden beide als Autoren des Buches genannt und teilen uns den Vorschuss.»

Sie sieht mich enthusiastisch an, scheint zu erwarten, dass ich begeistert zustimme.

«Das ist Ihre Chance, *Ihre* Geschichte zu erzählen. Die Leute dazu zu bringen, Sie zu verstehen.»

Dieselben Argumente, sogar fast dieselben Worte wie vor acht Jahren.

«Aber ich will nicht, dass die Leute mich verstehen», wende ich ein. «Ich will, dass sie mich vergessen ...»

Sie wirkt verblüfft.

«Sie waren ein Kind, Robert! Kein psychopathischer Mörder. Das ist eine Chance für Sie, um ... ich weiß nicht ... sich selbst zu verzeihen, vielleicht.»

Woher will sie wissen, dass ich kein Psychopath bin? Sie kennt mich nicht.

«Können Sie sich an den Mord erinnern?», fragt sie (als hätte ich schon eingewilligt).

«Kaum.»

Falls ich es nicht schon gesagt habe: Ich kann mich *nicht* an den Mord erinnern, habe nie eine Erinnerung daran gehabt.

Die Psychologen haben von Gedächtnisverlust gesprochen, von *dissoziativer Amnesie*. Offenbar eine normale Reaktion bei Kindern, die schwere Traumata erlebt haben. Ob es bei Kindern, die ihre Freunde umgebracht haben, ebenso normal ist, haben sie nicht gesagt.

«Ihre Erinnerung wird zurückkommen», sagt Lexa. «Wenn wir an die Orte von damals fahren ... mit Ihren Freunden von damals reden und Personen, die Ihnen nahegestanden haben.»

Sie lächelt mich an, nachsichtig und aufmunternd zugleich.

«Geben Sie sich einen Ruck ...»

Ich glaube nicht, dass es an ihren Worten liegt, eher an ihrer Art. Ich weiß nicht, wie ich sie beschreiben soll. Ihr ganzes Wesen ist irgendwie überspannt. Forciert, manisch. Aber schließlich höre ich mich selbst sagen: «Okay.»

Das war heute Morgen. Jetzt habe ich Angst. Ich habe ihre Nummer in der Anrufliste meines Handys aufgerufen (die einzige in der Rubrik «Letzte Kontakte»), mich aber nicht getraut zu wählen.

Meine persönliche Zehntausend-Kronen-Frage lautet: Wer wäre ich, wenn ich an jenem Tag nicht auf das verlassene Baugrundstück gegangen wäre und Max den Betonklotz gegen den Kopf geschlagen hätte?

Ein anderer. Das ist das Einzige, was ich weiß. Alles wäre anders.

Als ich diese Frage einmal Elise – meiner jetzt *Ex*-Therapeutin – gegenüber geäußert habe, meinte sie, sich diese Frage zu stellen sei ganz natürlich, nur würden Fragen dieser Art niemanden weiterbringen.

«*Alles*, was wir erleben, wird zu einem Teil unserer Erfahrungen und trägt dazu bei, uns zu den Menschen zu formen, die wir sind. Man kann Dinge nicht aus seinem Leben entfernen, nicht einmal schmerzhafte Ereignisse, ohne dabei Teile von sich selbst zu entfernen. Erinnerungen und Gefühle lassen sich nicht amputieren.»

Dann lächelte sie mich an und sagte, dass ich die Entscheidung getroffen hätte, es nicht wieder zu tun (jemanden umzubringen) und dass ich so viel mehr sei als diese drei Minuten meines Lebens. (Irgendwer hat ausgerechnet, dass ich drei Minuten gebraucht habe, um Max zu erschlagen.)

Ich bin nicht sicher, ob Elise recht hat. Manchmal denke ich das genaue Gegenteil, dass diese drei Minuten alles sind, was ich bin: ein Kindermörder. Dass das die einzige unumstößliche Wahrheit über mich ist.

10

Dienstag, 3. November

Hinterher konnte Sixten sich nicht erinnern, wie er vom Berg hinuntergekommen war. Er hatte die Leiche gesehen und sich übergeben, daran erinnerte er sich genau – und daran, dass er an einem Krankenwagen gestanden und jemand seinen Arm gepackt hatte. Doch er wusste nicht mehr, wie er dorthin gekommen war. Das war merkwürdig. Er war noch nie so ... weg gewesen.

«Du musst zu einem Arzt», sagte die Frau, die ihn am Arm festhielt. «Kennst du die Telefonnummer von deiner Mama oder deinem Papa?»

Sixten schüttelte den Kopf.

«Wir müssen deine Eltern anrufen.»

«Nein», krächzte er heiser. «Ich will nicht!»

Erstaunt sah ihn die Frau an.

«Aber wir müssen sie kontaktieren, das verstehst du doch? Du stehst unter Schock und musst zu einem Arzt. Deine Eltern müssen dich begleiten.»

Er starrte hartnäckig auf den Boden.

«Wo ist Nicklas?», fragte er.

«Dein Freund?»

Er nickte.

«Er ist im Krankenhaus. Seine Eltern waren hier. Und deine müssen auch herkommen ...»

Störrisch schüttelte er den Kopf, die Lippen fest aufeinandergepresst.

«Wen sollen wir dann anrufen?»

«Mir fehlt nichts. Glauben Sie, ich bin verrückt, oder was?»

«Nein, natürlich glaube ich das nicht, aber ...»

«Ich bin okay!»

Nachsichtig lächelnd schob sie ihn auf die Krankenwagen zu.

«Natürlich bist du okay, aber gerade stehst du unter Schock. Das ist ganz normal.»

Sixten riss sich von der Frau los, drehte sich um und rannte davon. Seine Schultasche, die noch immer über seiner Schulter hing, schlug ihm gegen die Hüfte.

«Warte! Komm zurück!», rief die Frau, aber er lief weiter, an den Krankenwagen und den Einsatzfahrzeugen der Polizei vorbei, die mit blinkendem Blaulicht dastanden. Zuletzt kam er an dem schwarzen Leichenwagen vorbei, wo die beiden Männer die Trage, auf der Olinda lag, gerade vorsichtig in den Laderaum schoben.

11

Freitag, 30. Oktober

Heute gehe ich zur Arbeit (zum ersten Mal seit der Kündigung). Als ich in die Redaktion komme, springt Anna L. von ihrem Stuhl auf und zieht mich in eine voluminöse Umarmung. Buchstäblich. Ich versinke in ihrer üppigen Oberweite, schnappe keuchend nach Luft – wie ein Hamster, den sein Besitzer zu fest drückt – und atme eine parfümgeschwängerte Duftwolke ein.

«Wie geht es dir?»

Sie ist spürbar bewegt. Ich nicke, weiß nicht, was ich sagen soll. Lisa ist ebenfalls aufgebracht.

«Das ist eine riesengroße Schweinerei!», ruft sie empört.

Zugegeben, es ist ein schönes Gefühl, dass sie Anteil nehmen. Sofern sie es nicht nur tun, weil sie Angst haben, selbst entlassen zu werden ...

Anna L. fragt mich, wie lange ich noch bleibe. Als ich antworte, dass heute mein letzter Tag ist, explodieren beide.

«Das ist nicht erlaubt! Du hast mindestens drei Monate Kündigungsschutz! Ich werde mit ihnen reden. Das können sie nicht machen!», ruft Anna L.

Sie ist irgendwann (der genaue Zeitpunkt ist schwammig) mal Gewerkschaftsvertreterin gewesen. Lisa stimmt mit ein. Wörter wie «Schweine» und «rücksichtslose Psychopathen» fallen. Ich kann sie nicht zum Schweigen bringen. Erst als ihnen vor Erschöpfung die Luft ausgeht, verstummen sie.

«Sie zahlen mir eine Abfindung», sage ich.

Anna L. wirkt enttäuscht.

«Wie viel?», fragt Lisa skeptisch.

«Sechs Monatslöhne.»

Beide nicken, als würden sie diese Abmachung gutheißen, doch mich beschleicht das Gefühl, dass sie die Sache interessanter fanden, solange ich noch das Opfer unfairer Arbeitgebermethoden war. Wir stehen eine Weile schweigend da. Als ich schließlich aufblicke, haben sich ein paar Kollegen um uns versammelt. Sie sehen mich an.

Aus dem Nichts blitzt eine Erinnerung auf: Die Horde Jungen, die mich auf dem verschneiten Schulhof umzingelt. Die Angst in meinem Bauch, meine Muskeln, die sich in Erwartung des Unausweichlichen anspannen. Jemand, der sich schräg von hinten anschleicht und mir das Knie in den Oberschenkel rammt. Der Schmerz, mein Bein, das taub wird. Das Grinsen auf ihren Gesichtern, als sie mich zu Fall bringen. Die Tritte in den Bauch und den Rücken, während ich im Schnee liege. Die Spucke in meinem Gesicht, in meinen Haaren, die harten Schneebälle …

Und dann die Stimme des Lehrers: «Ihr ärgert Robert doch nicht etwa?»

Wo? Welche Schule? Ich weiß es nicht.

Schnell blende ich die Erinnerung aus. Zwinge sie zurück. Gierig ringe ich nach Luft, um wieder in die Welt oberhalb des dunklen Wassers zurückzukehren, auf dem ich unentwegt treibe.

«Wir werden dich vermissen», sagt Jessica, die plötzlich vor mir steht.

Ich zucke zusammen, ich habe sie nicht kommen sehen.

«Du bist … ein zuverlässiger … ein guter Mitarbeiter gewesen.»

Sie sagt noch mehr, aber ich höre nur «Bla, bla, bla ...» und zum Schluss: «Alles Gute für die Zukunft!»

Alle klatschen.

Ist das meine Verabschiedung? Offensichtlich. Denn sie überreicht mir einen Blumenstrauß und eine kleine, in Geschenkpapier eingewickelte Schachtel. Erneutes Klatschen, diesmal etwas weniger enthusiastisch.

Dann sehen mich alle an, als erwarteten sie, dass ich etwas sage.

«Danke!», sage ich. Und als sie mich weiter ansehen: «Es war eine schöne Zeit ... Ich werde euch vermissen ...» (eine Lüge).

Ein paar vereinzelte Klatscher. In der Teeküche stehen Kaffee und Torte bereit (ich hasse Torte), und mit einigen wenigen «Viel Glück» und «Du wirst das schon machen» verschwindet die Gruppe schnell in Richtung Kaffeemaschine.

Ich warte, bis alle weg sind, dann öffne ich das kleine Geschenk. Ein Parker-Kugelschreiber. Ich stecke ihn in meine Tasche, zu den persönlichen Gegenständen, die ich schon weggeräumt habe: eine Dose Vitamintabletten, eine kleine Holzfigur, die ich selbst geschnitzt habe, und einen Kaffeebecher mit dem Spruch «In Sweden we call it a fika».

Den Blumenstrauß lasse ich auf dem Schreibtisch liegen.

Es ist kurz nach zwei, als ich der Mitarbeiterin an der Rezeption zunicke und das Gebäude durch die Glastür verlasse.

Zu Hause liegt ein Brief im Flur. Ein normaler weißer Umschlag im C5-Format. Er enthält nur ein einziges Blatt. Darauf steht in schwarzen Großbuchstaben: «DU HAST MAX UMGEBRACHT». Als würde der Verfasser den Satz herausschreien. Ich schaue auf die Rückseite. Sie ist leer.

Bisher habe ich solche Briefe nur bekommen, wenn mal wieder irgendwo ein Artikel über mich oder Kindermörder im Allgemeinen veröffentlicht wurde. Aber jetzt?

Dann komme ich darauf: Diese Frau, Lexa, hat *sie* mir das eingebrockt? Hat sie mit irgendjemandem geredet?

Ich knülle das Blatt zusammen und werfe den Papierball in den Mülleimer in der Küche, will sie anrufen. Doch als ich das Handy in der Hand halte, überlege ich es mir anders. Wieder.

Mit dem Drohbrief zur Polizei zu gehen wäre jedenfalls sinnlos. Das habe ich früher gemacht. Doch schon während sie meine Anzeige aufnahmen, war klar, dass sie keine weiteren Schritte einleiten würden: «Eine Möglichkeit zur Strafverfolgung ist nicht gegeben.»

12

Dienstag, 3. November

Kriminalhauptkommissar Carl Edson drängte sich an ein paar neugierigen Kindern vorbei, die auf dem matschigen Weg vor dem blau-weißen Absperrband standen. Er trug einen hellen Herbstmantel über seinem üblichen dunklen Anzug und ärgerte sich, dass er seine Gummistiefel nicht angezogen hatte. Sie lagen noch im Kofferraum seines Wagens. Carl zeigte einem uniformierten Polizisten seinen Dienstausweis, worauf dieser das Absperrband hochhob und ihn durchließ.

«Verdammte Idioten!», fluchte eine gereizte Stimme ein Stück weiter oben auf dem Abhang.

Der Kriminaltechniker Lars-Erik Wallquist kam ungelenk den Pfad hinunter.

«Was ist los?», fragte Carl.

«*Was los ist?*», wiederholte Lars-Erik und blieb stehen. «Was für eine dämliche Frage. Bist du schon da gewesen?»

«Nein», erwiderte Carl.

«Da bist du wohl der Einzige.»

Carl hob die Augenbrauen, und Wallquist fuhr fort:

«Die Schwachmaten von Missing People und ein halbes Dutzend Einsatzbeamte haben den Fundort komplett zertrampelt. Und zu allem Überfluss ist irgendein Balg über die Leiche gestolpert und hat sich übergeben ... Man sollte doch meinen, dass die Leute Besseres zu tun haben ... Kaffee trinken, fernsehen oder mit ihren Handys herumspielen – weiß der Teufel was –, aber nein ...»

Lars-Erik ging weiter zum Technikerbus, den jemand auf

wundersame Weise den schmalen Pfad hinaufmanövriert hatte.

«Gut, ich habe verstanden.» Carl folgte Wallquist. «Kannst du schon etwas zum Fundort sagen? Ist es auch der Tatort?»

Lars-Erik sah ihn erstaunt an.

«Ja», erwiderte er. «Das Mädchen ist da gestorben.»

«Bist du sicher?»

Schon vor der Antwort wusste Carl, dass er die Frage falsch formuliert hatte.

«Nein, ich rate nur!», gab Lars-Erik sarkastisch zurück.

Carl lächelte. Er war an Wallquists cholerisches Wesen gewöhnt. Streng genommen konnte er sich nicht erinnern, dass sein Kollege jemals freundlich gewesen wäre – abgesehen von einer einzigen Ausnahme. Einmal war er Wallquist zufällig im Naturreservat von Ingarö begegnet. Dort hatte ihn der Kriminaltechniker spontan auf einen Kaffee eingeladen und ihm erzählt, dass er auf der Insel sei, um Wintervögel zu beobachten, Seeadler vor allem. Wallquist hatte ihm die verschiedenen Seeadler-Gattungen beschrieben und war dabei die ganze Zeit derart zugänglich und enthusiastisch gewesen, dass Carl sich gefragt hatte, ob das wirklich der Mann war, den er kannte.

Doch als sie eine Woche später wieder dienstlich miteinander zu tun hatten, war Lars-Erik ganz der Alte gewesen. Gereizt. Wie jetzt.

«Denkst du, ich beherrsche meine Arbeit nicht?», blaffte er.

«Nein, natürlich nicht. Ich dachte nur, dass diese Leute den Tatort womöglich so stark verunreinigt haben, dass es sich nicht mit Sicherheit sagen lässt.»

Wallquist nickte bestätigend.

«Ja, da könntest du verdammt recht haben! Aber es ist der Tatort. Ich bin mir sicher.»

In diesem Moment trat Kriminalkommissarin Jodie Söderberg, Carls engste Kollegin bei der Nationalen Operativen Abteilung NOA, der ehemaligen Reichsmordkommission, zu ihnen.

«Wir haben mit der Anwohnerbefragung im Umkreis der Schule begonnen», informierte sie ihn. «Außerdem brauchen wir eine Liste der Lehrer, damit wir sie ebenfalls befragen können ...»

Erst da fiel ihr auf, dass sie Wallquist unterbrochen hatte, und verstummte.

«Tut mir leid», sagte sie.

Lars-Erik schnaubte.

«Habt ihr Spuren des Täters sichergestellt?», fragte Carl rasch, um das Gespräch weiter auf den Tatort zu fokussieren.

«Noch nicht.»

Lars-Erik legte eine Pause ein und sah Carl abwägend an, ehe er fortfuhr:

«Aber *möglicherweise* haben wir die Tatwaffe gefunden.»

«Ja?», sagte Carl geduldig, als würde er mit einem Kind reden.

«Ein Stein. Wir müssen nur noch die Bestätigung vom Labor abwarten.»

Unwillig schüttelte Carl den Kopf. Im Laufe seiner fünfundzwanzig Dienstjahre hatte er das meiste zu Gesicht bekommen.

Seine Exfrau und seine Tochter Linda sagten immer, er sei berufsgeschädigt, doch eigentlich meinten sie *kaputt*. Oder *gefühlloser Faschist*. Je nach Situation.

Vielleicht hatten sie recht. Aber Kinder taten noch immer weh.

Jetzt, wo er darüber nachdachte, fiel ihm auf, dass Linda ihn schon lange nicht mehr beschimpft hatte. Ihr Verhältnis hatte sich im letzten halben Jahr deutlich verbessert, ungefähr seitdem er seine Beziehung mit Karin Hofstad beendet hatte. Er fragte sich, ob Karin vielleicht das Problem gewesen war, ob Linda sie nicht gemocht hatte. Aber die Gründe hätten auch andere sein können: Zum Beispiel der Fall, in dem er im vergangenen Frühjahr und Sommer ermittelt und der ihm stark zugesetzt hatte. Eine brutale Mordserie, bei der die Opfer ausnahmslos Kriminelle gewesen waren. Er hatte den Fall gelöst. Jedenfalls in seinen Augen. In den Augen anderer – beispielsweise denen seines Chefs Gert Uwe – hatte er versagt.

Aber egal, wie man es betrachtete, der Fall hatte ihn verändert, war ihm unter die Haut gegangen.

«Du bist weicher geworden», hatte Linda hinterher einmal zu ihm gesagt, als er sie bei ihrer Mutter absetzte. Sie war mit der Hand am Türgriff stehen geblieben und hatte ihn angesehen. «Du hast dich verändert. Positiv.»

Vermutlich hatte sie damit gemeint, dass er ein besserer Zuhörer geworden war. Aber er hatte sie nie gefragt, hatte ihre eben erst verbesserte Vater-Tochter-Beziehung nicht aufs Spiel setzen wollen.

Und im Übrigen war er nicht gefühllos. Er konnte sich eben beherrschen und war rücksichtsvoll genug, nicht alle Welt an seinen Gefühlen teilhaben zu lassen.

«Was ist los mit dir? Hast du gestern zu tief ins Glas geschaut?», riss Lars-Erik ihn aus seinen Gedanken.

«Nein, ich finde es nur schlimm, wenn Kinder ermordet werden.»

«Und wem, meinst du, gefällt das? Dem Mörder?»

Carl dachte nach, bevor er antwortete:

«Nein, ich glaube, nicht einmal ihm gefällt das – oder ihr», fügte er einen Augenblick später hinzu.

«Wenn du meinst.» Lars-Erik sah auf die Uhr. «Hast du noch mehr Fragen, auf die ich noch keine Antwort habe?»

Carl nickte.

«Ja», sagte er. «Eine. Anzeichen von sexueller Gewalt?»

«Du meinst, ob sich jemand an dem Mädchen vergriffen hat?»

«Ja.»

«Zum Teufel, Carl. Das musst du die Rechtsmedizinerin fragen.»

«Ich dachte, sie hätte vielleicht mit dir gesprochen.»

«Nein, hat sie nicht. Und jetzt habe ich zu tun, wenn du mich entschuldigst.»

«Wer ist die zuständige Rechtsmedizinerin?»

Lars-Erik sah ihn verblüfft an.

«Beatrice Lundmark. Sie ist neu. Scheint Cecilias Nachfolgerin zu sein …»

«Ist sie noch hier?»

«Nein, was soll sie hier groß ausrichten? Sie ist gegangen, als sie fertig war. Vor einer Stunde, bevor die Leiche abtransportiert wurde.»

«Gut, danke. Das war …» Carl überlegte, wie er etwas Positives sagen sollte, ohne zu lügen.

Aber Wallquist hörte ihm gar nicht mehr zu. Er war in den Laderaum des Technikerbusses gestiegen und suchte irgendetwas.

Als Carl an die Absperrung zurückkehrte, sprach Jodie gerade mit einer Fotografin.

«Was können Sie über die Leiche sagen, die gefunden wurde?», hörte er die Frau fragen, die ihre Kamera hob und zu fotografieren begann.

«Es handelt sich um eine Kinderleiche, für weitere Aussagen ist es noch zu früh», antwortete Jodie.

«Und Sie?», wandte die Fotografin sich an Carl, als dieser sich unter dem Absperrband hindurchbückte.

«Kein Kommentar», erwiderte er kurz angebunden.

«Wir haben eine Ermittlung eingeleitet», ergänzte Jodie steif und blickte in die Kamera der Fotografin, die ein Foto von ihr machte.

Carl wusste, dass der Artikel schon in ein paar Minuten im Internet stehen würde, mit Bildmaterial und allem Drum und Dran. Ihm gefiel diese Art von Schnelligkeit nicht. Er musste in letzter Zeit häufig an einen finnischen Philosophen denken, den er mal gelesen hatte und der die moderne Gesellschaft mit einem Hochgeschwindigkeitszug verglichen hatte, der schneller und schneller fuhr – ohne dass die Fahrgäste eine Ahnung hatten, *wohin* ihre Reise sie führte.

Aber vielleicht, dachte Carl düster, lag es auch einfach an seinem Alter. Er war gerade einundfünfzig geworden, und das Älterwerden behagte ihm nicht.

«Zu welchem Tatbestand?», bohrte die Fotografin hartnäckig weiter.

Schickten die Zeitungen keine Journalisten mehr?

«Mord», erwiderte Carl und zog Jodie mit sich.

Bis zu der von Reifenspuren zerfurchten Wiese, auf der Jodie ihr Auto geparkt hatte, mussten sie ein paar hundert Meter zurücklegen. Während sie den Wagen langsam neben dem Gehweg entlangrollen ließ, holte Carl sein Handy hervor, wählte eine Nummer und bat darum, mit Beatrice Lundmark verbunden zu werden. Eine Minute später meldete sich eine Frau mit weichem, finnlandschwedischem Dialekt.

«Carl Edson von der NOA. Ich leite die Ermittlung im Fall Olinda Sikonova, deren Leiche in der Nähe der Lycksätraschule in Skogås aufgefunden wurde. Sie waren vor Ort ...»

«Ja», bestätigte Beatrice Lundmark. «Leider schaffe ich es nicht, sie mir heute noch anzusehen. Wir haben zu viel um die Ohren.»

«Ich verstehe, aber ...»

«Morgen, ich kümmere mich so schnell wie möglich darum.»

«In Ordnung. Aber können Sie schon etwas zur Todesursache sagen?»

«Vorläufig ... Schädelfraktur. Massive Verletzungen der linken Gehirnhälfte. Für genauere Befunde müssen Sie sich bis nach der Obduktion gedulden.»

«War es ein einzelner Schlag oder mehrere?»

«Vermutlich mehrere.»

Carl nickte, ohne daran zu denken, dass Beatrice Lundmark ihn nicht sehen konnte.

«Irgendwelche anderen Verletzungen? Anzeichen eines Kampfes? Gewalt?»

«Möglich», erwiderte die Rechtsmedizinerin. «Aber vor Ort konnte ich abgesehen von der seitlichen Schädelfraktur keine weiteren sichtbaren Verletzungen feststellen.»

«Todeszeitpunkt?»

«Schwer zu sagen, aber unter Berücksichtigung von Körpertemperatur und Leichenstarre ... am selben Nachmittag, an dem das Mädchen verschwunden ist.»

«Könnten Sie dem Fall ... dem Mädchen ... bitte Priorität einräumen?»

«Ich werde es versuchen», versprach Beatrice Lundmark.

«Danke!» Carl wollte gerade auflegen, als sie plötzlich rief:

«Warten Sie! Ich habe es mir anders überlegt. Kommen Sie heute Abend vorbei. Nach acht.»

«Danke», wiederholte Carl.

«Ich tue das dem Mädchen zuliebe. Sie ist doch nur ein kleines Kind ...»

Carl beendete das Gespräch und drehte sich zu Jodie.

«Wohin fahren wir jetzt?», wollte sie wissen.

«Zu einem Jungen, der Sixten heißt. Er ist einer der beiden Grundschüler, die sie gefunden haben. Er und ...» Carl blätterte in seinem Notizbuch, das er aus seiner Tasche gezogen hatte.

«... sein Freund, Nicklas Eriksson. Aber wir beginnen mit Sixten. Anscheinend ist er weggelaufen, bevor ein Kollege mit ihm reden konnte. Ein Klassenkamerad hat ihn identifiziert. Sein Nachname ist Sander.»

13

Dienstag, 3. November

«Alter, ich sag's dir! Das war der geilste Adrenalinkick meines Lebens!»

Tony Pavic zog eine Zigarettenschachtel aus der Tasche seiner Peak-Performance-Jacke und steckte sich eine Kippe an. Johan Brink nickte.

«Im Ernst? Das war voll das Verhör! Ich dachte echt, die buchten uns ein.»

«Die dämlichen Bullenschweine haben gar nichts gepeilt.» Tony blies seinem Kumpel den Zigarettenrauch ins Gesicht.

«Lass den Scheiß.»

Tony grinste.

«Wir bringen das ganze Zeug zu den Bahngleisen, dann sind wir safe.»

Sie hockten am Marktplatz von Skogås auf ihren Rollern, die Helme baumelten an den Seitenspiegeln. In dem kleinen Teich neben ihnen schwammen Laub und Abfall herum. Es war kurz vor sieben Uhr abends und dunkel. Johan nahm Tony die Zigarette aus der Hand.

«Bist du sicher?»

«Schieb keine Paranoia, Mann.»

«Und was ist mit dem kleinen Hosenscheißer?», fragte Johan mit von Rauch benebelter Stimme.

Tony spuckte auf den Boden. Zum ersten Mal sah auch er besorgt aus.

«Kennst du den?»

«Vom Sehen. Er geht auf die Lycksätraschule.»

«Um den kümmern wir uns morgen ... Die Sachen lagern wir heute Abend um.»

Tony schnippte die Kippe weg, die in einem glimmenden Bogen durch die Luft flog, bevor sie auf dem Boden verglühte.

«Okay.»

Lässig schoben sie ihre Helme in den Nacken und gaben Gas. Im Härbrevägen stellten sie die Roller vor Johans Haus ab und gingen einen langen Kellerflur mit grob verputzten weißen Wänden entlang. Die Leuchtstoffröhren an der Decke flackerten eine nach der anderen auf und erhellten die Dunkelheit. Es roch nach Staub und trockenem Beton. Johans Familie gehörte der Abstellraum mit der Nummer fünfunddreißig, der kleine Verschlag war fast leer. Nur ein paar ausrangierte Gartenmöbel lehnten an der Wand, daneben stand eine große grüne Kunststoffbox. Früher hatten sie darin die Sitzauflagen der Gartenstühle aufbewahrt – vor der Scheidung, als sie noch in dem Reihenhaus gewohnt hatten. Jetzt benutzten Tony und er die Kiste als Lagerstätte.

«Pass verdammt noch mal auf, dass keiner kommt», blaffte Johan, als Tony ihm in den Kellerraum folgte.

«Chill dich, Alter. Hier ist keiner.»

Trotzdem stellte Tony sich auf den Gang, schob die Hände in die Hosentaschen und behielt die Kellertür im Blick. Johan nahm die Handys, Jacken und eine Tüte mit weißen Pillen aus der Kiste und ließ sie schnell in einer schwarzen Sporttasche verschwinden. Zuletzt nahm er ein schweres, in eine alte Jeans gewickeltes Paket heraus und stopfte es in die Tasche.

«Pass auf, Mann. Was ist, wenn die losgeht?»

«Spinnst du?! Die ist doch bestimmt nicht richtig geladen ...»

«Trotzdem ...»

Johan schnallte sich die Sporttasche wie einen Rucksack auf den Rücken und schloss den Kellerraum sorgfältig ab.

«Okay?», fragte er, als sie wieder auf ihren Rollern saßen.

Tony angelte eine neue Zigarette aus seiner Schachtel, zündete sie an und schüttelte den Kopf.

«Wir sollten besser noch eine Weile unter dem Radar bleiben. Vielleicht schwirren die Bullen da noch rum. Die machen einen Riesenaufriss wegen diesem toten Mädchen ...»

Johan ließ den Lenker los und lehnte sich zurück.

«Aber alles easy», fuhr Tony fort. «Sobald sie weg sind, bringen wir die Sachen dahin.»

Er ließ einen Schlüsselring von seinem Finger baumeln.

«Außer uns kommt keiner auf die Gleise.»

14

Samstag, 31. Oktober

Lexa ist wieder da. Ich hatte sie fast vergessen. Das kann ich gut: Dinge aus meinem Gedächtnis löschen, die unangenehm sind, von denen ich nicht weiß, wie ich mit ihnen umgehen soll. Ich lösche sie aus meinem Gehirn, wie man den Papierkorb eines Computers leert.

Deshalb habe ich die Frau, die vor meiner Wohnungstür stand – den Finger schon in der Luft, um ein zweites Mal zu klingeln –, im ersten Moment auch nicht wiedererkannt.

Erst als sie an mir vorbei in den Flur schlüpfte, kam die Erinnerung zurück: Lexa Andersson, die Journalistin.

«Wir müssen anfangen!», verkündet sie jetzt. «Wir haben einen Haufen Arbeit vor uns!»

Sie trägt einen rosafarbenen Pullover – genauso eng und brustbetont wie der schwarze von neulich –, dazu Leggins und einen Tüllrock, der ihr wie einer Ballerina von den Hüften absteht. (Kann ihr das nicht mal jemand sagen?)

«Es ist so toll, dass Sie zugestimmt haben!» Sie umarmt mich überschwänglich.

Ich stehe im Schlafanzug da und erwidere ihre Umarmung linkisch, ein steifer Arm um ihren Rücken, als würde ich eine Prothese tragen.

«Machen Sie uns einen Kaffee!», sagt sie im Befehlston, das Ausrufezeichen ist deutlich zu hören, und schiebt mich zur Seite.

Mir fällt auf, dass sie ein wandelnder Imperativ ist. So, wie manche Menschen ihre Sätze grundsätzlich mit einer Frage beenden – *oder?*, *meinst du nicht?*, *Was denkst du?* –, versieht sie ihre Sätze am Ende mit einem obligatorischen Ausrufezeichen. Zum Beispiel, als sie die Blaubeerbiskuitrolle auf den Tisch stellt, die sie mitgebracht hat (und dabei mein Frühstück mit dem Arm beiseiteschiebt): «Ich liebe Blaubeeren! Ich könnte mich ausnahmslos davon ernähren!»

In meinen Küchenschränken kramend fährt sie fort:

«Wenn wir dieses Projekt gemeinsam in Angriff nehmen, müssen wir vorher ein paar Dinge klären.»

Mit Nachdruck stellt sie zwei Becher auf den Tisch.

«Milch, Zucker?», fragt sie, während sie Kaffee einschenkt. (Als wäre das ihre Wohnung, nicht meine.) Ich schüttele den Kopf, warte ab, wie es weitergeht.

«Erstens: Wenn Sie hoffen, mich ins Bett zu kriegen, sind Sie auf dem Holzweg, okay? Ich will es nur gesagt haben, damit Sie nicht auf irgendwelche Gedanken kommen ...»

Wieder schüttele ich den Kopf und starre verlegen auf die Tischplatte. (Mindestens einmal habe ich mir vorgestellt, wie sie beim Sex aussieht, technisch gesehen hat sie also vielleicht nicht ganz unrecht.)

«Gut», sagt sie.

Sie stellt zwei Teller auf den Tisch (nachdem sie sie skeptisch gemustert und einen anderen ins Spülbecken gestellt hat), schneidet die Biskuitrolle auf und setzt sich an den Tisch. Ich schaue ihr dabei zu, wie sie einen Block, einen Stift und ein Aufnahmegerät aus ihrer Umhängetasche nimmt und auf der Tischplatte vor sich aufreiht.

«Und zweitens?», hake ich vorsichtig nach.

Sie sieht mich verständnislos an.

«Sie sagten *ein paar Dinge*, die Sache mit dem ... Sex haben wir geklärt. Ich dachte, Sie hätten noch weitere Punkte?»

Sie nickt.

«Ja! Sie und ich, wir müssen ein einleitendes Interview führen. Über den Mord. Ich nehme es auf.» Sie schaltet ihr Aufnahmegerät an. «Nur woran Sie sich erinnern und nicht erinnern. Über alles andere reden wir später. Ich habe den Großteil der Ermittlungsakten von damals gelesen. Jetzt geht es mir eher darum, das Terrain zu sondieren, auszuloten, welche Fragen wir anderen stellen müssen, persönliche Dinge, was von Belang ist ...»

Sie stolpert förmlich über ihre Worte. Ich nicke, so wie man nickt, wenn man vor seinem Gegenüber ein wenig Angst hat und es nicht provozieren will, um keinen Wutausbruch herbeizuführen.

Doch dann reagiere ich:

«Die Ermittlungsakten? Aber die müssen doch vertraulich sein ... Wie haben Sie die bekommen?»

Ich höre selbst, wie aufgebracht ich klinge, kann es aber nicht verhindern.

Sie hebt lachend die Hände:

«Nein, nein ... die sind seit einigen Jahren öffentlich zugänglich. Jeder kann sie anfordern. Normalerweise sind Ermittlungsakten schon direkt nach Abschluss des Falls frei verfügbar, aber in Ihrem Fall hat man die Akten aus Rücksicht auf Sie noch für geraume Zeit unter Verschluss gehalten.»

«Aber wie ...?»

«Ich habe mir Kopien der Unterlagen nach Hause bestellt, eigentlich war das ziemlich simpel. Aber die Akte umfasst über sechstausend Seiten, und der Antrag auf Einsicht hat ein Vermögen gekostet. Ich habe sie noch nicht ganz gelesen, aber ich will immer gründlich vorbereitet sein, wenn ich meine ... wenn ich Sie treffe.»

Irgendetwas sagt mir, dass ihr das Wort *Opfer* auf der Zunge lag. Ich sehe sie an. In diesem Spiel *Wenn du ein Tier wärst* wäre sie ein Raubtier. Ein Tier, das jagt und dann seine Beute erlegt. Ein Wiesel, ein Nerz, ein Marder. Auf jeden Fall ein Tier, das schnell ist, flink und wendig.

«Bevor ich es vergesse», fährt sie fort, «wir sollten eine Liste der Personen erstellen, mit denen wir sprechen müssen. Sie wissen schon. Eltern, Geschwister, Freunde von damals, Polizeibeamte – alle, die etwas über Sie sagen können. Oder über den Jungen, den Sie getötet haben, Max ... Die Polizeibeamten, Max' Familie und einige andere Personen, deren Namen in den Akten auftauchen, habe ich schon recherchiert, die können Sie bei Ihren Überlegungen vernachlässigen.»

Als ich die Augen schließe, klingen ihre Sätze wie das Wasser in einem Bach, ein plätschernder Strom, vermischt mit dem leisen Klirren ihrer großen Ohrringe, wenn sie den Kopf bewegt.

«Ihre Eltern, haben Sie ...», setzt sie an.

Ich zucke zusammen, öffne die Augen.

«Sie sind tot. Beide.»

Sie murmelt ihr Beileid und streicht das Wort «Eltern» auf ihrem Block durch.

«Geschwister? Verwandte?»

Ich schüttele den Kopf, und sie streicht die nächste Zeile durch.

«Freunde?», fährt sie fort. «Andreas Indgård wurde zweimal verhört. Auch Hans Riesen und Magnus Isaksson werden in den Akten erwähnt. Fallen Ihnen noch andere ein?»

Ich versuche mich daran zu erinnern, von wem sie spricht, aber ich kann den Namen keine Gesichter zuordnen. Andreas, Magnus, Hans? Habe ich mit ihnen gespielt?

«Tut mir leid», entschuldige ich mich kopfschüttelnd.

«Das macht nichts. Es muss Ihnen nicht leidtun.»

Ihr ist anzusehen, dass sie sich Mühe gibt, freundlich zu sein. Professionell. Sie spießt ein Stück von der Blaubeerbiskuitrolle auf ihre Gabel und verschlingt es gierig. Wie eine Möwe.

«Aber Sie wissen, wie der Mord passiert ist?», fragt sie mit vollem Mund. «Beziehungsweise wie er nach Auffassung der Polizei passiert ist?»

Vielleicht liegt es daran, dass sie darüber spricht, jedenfalls taucht tatsächlich eine Erinnerung in meinem Kopf auf.

Genau wie jetzt sitze ich an einem Küchentisch, eine Frau beugt sich über mich und legt mir sanft eine Hand in den Nacken. «Vergiss das alles», sagt sie tröstend. Ich bin traurig, ich weine. «Du musst loslassen. Nach vorne schauen. Einen Neuanfang machen.»

Und dann ist die Erinnerung wieder weg. Ich weiß nicht, wer die Frau ist. Oder ob es überhaupt eine Erinnerung war.

Im Hintergrund höre ich Lexa weiterreden:

«In den Ermittlungsakten geht die Polizei davon aus, dass Sie auf das verlassene Baugrundstück gegangen sind, wo Max zu diesem Zeitpunkt schon war, und dass Sie sich wegen einer ausrangierten Hollywoodschaukel gestritten haben, die auf dem Grundstück stand. Sie wollten Max wohl zeigen, wie hoch ein Betonklotz von den Sprungfedern in die Luft geschleudert würde. Max wollte allerdings nicht aufstehen, woraufhin Sie ihm den Betonklotz gegen den Kopf schlugen.»

Ich nicke langsam.

«Erinnern Sie sich daran?»

«Ich weiß es nicht», sage ich. «Möglicherweise ...»

Meine Eltern haben ein einziges Mal mit mir über den

Mord gesprochen, aber nur in sehr groben Zügen. Vielleicht hielten sie es für angebracht, bloß die grundlegenden Fakten zu erwähnen: Betonklotz, Kopf, Tod ... Keine Details. *Schattenerinnerungen* nennt Elise diese Bruchstücke, Dinge, die mir erzählt wurden und die ich zu meinen Erinnerungen gemacht habe. Wie wenn man alte Kinderfotos von sich sieht und sie zu seinen eigenen Erinnerungen macht.

«Was tun Sie da?», fragt Lexa plötzlich. «Riechen Sie an Ihren Fingern?»

«Nein», antworte ich schnell.

Sie sieht mich verblüfft an. Rasch klemme ich meine Hände unter die Oberschenkel, zwinge sie dazu, still zu liegen.

«Was für eine seltsame Geste! Ist alles in Ordnung?», erkundigt sie sich.

«Ja.»

Ich sehe ihr an, dass sie mir nicht glaubt. Und dass sie mich nicht mag.

«Empfinden Sie Reue?»

«Für ...?»

«Den Mord natürlich. Bereuen Sie, was Sie getan haben? Fühlen Sie sich schuldig?»

Diese Frage wurde mir schon oft gestellt, unzählige Male. Von meinen Pflegeeltern, meinen leiblichen Eltern, von Jugendamtsmitarbeitern, Psychologen. Alle haben immer wieder dieselbe Frage gestellt: ob ich Reue empfinde. Irgendwann habe ich ja gesagt. Und sie haben wohlwollend genickt.

Aber ich habe gelogen. Ich empfinde keine Reue. (Wie ich es in dieser Fernsehsendung gesagt habe.) Ich weiß nicht, warum das so ist. Vielleicht weil ich nicht bereuen kann, woran ich mich nicht erinnere.

«Nein», sage ich jetzt.

«Überhaupt nicht?»

Ich schüttele den Kopf.

«Okay, ich wollte nur sichergehen.»

Sie sieht bekümmert aus.

«In den Akten beschreibt ein Psychologe Sie als empathielosen Menschen ‹mit psychopathischen Zügen›.»

«Aha ...», sage ich.

Das hat mir noch nie jemand erzählt. Lexa beobachtet mich, *analysiert* mich.

«Am Montag sprechen wir mit dem leitenden Ermittler von damals, der auch die Verhöre mit Ihnen geführt hat, Göran Nyman.»

Sie sagt das, als hätte sie es schon hundertmal gesagt (hat sie?). Ich muss wohl ein erschrockenes Gesicht gemacht haben, denn sie legt ihre Hand auf meine und sagt aufmunternd, fast wie Elise:

«Es wird schon gutgehen. Ich helfe Ihnen. Wir machen das hier *zusammen.*»

Dann stellt sie weiter Fragen: Über meine Freunde, meine Pflegefamilie, meine richtige Familie, über Max ... Sie feuert ihre Fragen auf mich ab, ohne sich daran zu stören, dass ich keine Antworten darauf habe.

Als ich sie eine Stunde später in den Flur hinausbegleite, sehe ich Max' blutiges Gesicht im Spiegel. Er liegt auf dem Bauch, die Wange auf dem Betonfundament, und man kann in seinen Kopf sehen, direkt in sein widerliches Gehirn.

Nachdem ich die Wohnungstür hinter Lexa geschlossen habe, gehe ich ins Schlafzimmer. Ganz oben im Schlafzimmerschrank bewahre – *verstecke* – ich einen blaugrauen Schuhkarton mit Fotos aus meiner Kindheit auf. Ich habe bloß ein einziges Mal hineingesehen, und auch nur, weil Elise mich darum gebeten hatte. *Wenn Sie möchten, wenn es sich richtig anfühlt, können Sie ein Foto auswählen und es beim nächsten Mal mitbringen …*

Ich habe das Familienfoto herausgegriffen, das jetzt auf der Küchenfensterbank steht, weil es ganz oben lag. Elise lächelte, als sie es sah, fand es schön und stellte dann die üblichen Fragen: *Warum haben Sie dieses Foto ausgewählt? Was fühlen Sie, wenn Sie es betrachten? Was denken Sie über Ihre Pflegeeltern?*

Ich hatte keine Ahnung, was ich antworten sollte.

Was, glauben Sie, haben Sie gefühlt, als das Bild aufgenommen wurde?, lautete ihre letzte Frage.

Dass ich nicht gesehen werden will, sagte ich.

Die Antwort überraschte mich. Seitdem habe ich den Karton nicht mehr geöffnet. Doch jetzt nehme ich ihn mit ins Wohnzimmer, hebe den Deckel ab und sehe mir die Fotos an. Viele sind belanglos. Ein blühender Rhododendron (schön, aber nichtssagend), ein Volvo, der vor dem Haus steht (das Auto der Pflegeeltern?).

Aber es gibt auch andere Fotos, von mir, *uns*.

Wir sind am Meer. Meine Pflegefamilie und ich. An einem Steinstrand mit Klippen und runden Kieselsteinen. Und es ist Sommer. Der Vater der Familie badet, schwimmt unbekümmert in den Wellen. Ich hocke komplett angezogen in Shorts und T-Shirt an der Wasserlinie und schlinge die Arme um mich. Das Mädchen der Familie rennt an mir vorbei, spritzt mich nass. Die Mutter muss das Foto gemacht haben, die Wassertropfen sind im Flug eingefroren, kurz bevor sie mich treffen.

Als ich das Bild betrachte, erinnere ich mich daran, wie

der Vater mich auslachte, weil ich nicht baden wollte, mich Angsthase und Feigling nannte – und wie die Mutter mich verteidigte: *Lass ihn! Jeder so, wie er möchte.*

Aber ich weiß, warum ich meine Sachen nicht ausziehen wollte: Ohne meine Kleidung wäre ich schutzlos gewesen, alle hätten mich gesehen. *Wirklich* gesehen. (Ich gehe nach wie vor nicht gerne schwimmen. Nicht in der Öffentlichkeit. Das mache ich nie.)

Ich blättere weiter durch die Fotos. Auf einem schlafe ich. Ich sitze auf der Rückbank ihres Autos und schlafe, den Kopf gegen die Scheibe gelehnt. Mein Gesicht ist verzerrt, als hätte ich einen Albtraum. Vermutlich von Max. Jahrelang habe ich geträumt, dass er mit eingeschlagenem Schädel neben mir auf dem Betonfundament liegt und mich seine toten Augen anstarren.

Fast hat es den Anschein, als würde ich im Schlaf weinen. Warum macht man so ein Foto? Was haben sie sich dabei gedacht? Bestimmt hat das Mädchen der Familie das Bild geknipst.

Ich zerreiße die Aufnahme, werfe die Schnipsel auf den Boden und nehme ein neues Foto aus dem Karton. Fieberhaft gehe ich die Bilder durch, Aufnahme für Aufnahme. Ich habe Geburtstag und sitze mit einer Torte vor mir am Küchentisch. Es ist deutlich zu sehen, dass ich meinen Geburtstag nur mit der Pflegefamilie feiere. Keine Freunde, keine Party. Noch ein Bild: ein Ausflug. Wir haben an einem Strand ein Lagerfeuer gemacht und grillen Würstchen. Ich wende den anderen den Rücken zu und blicke aufs Meer. Mein Gesicht ist nicht zu sehen, aber ich weiß, dass ich es bin – die Arme, die die Knie fest umklammern, der krumme Rücken, viel zu klein für die Jacke, die ich anhabe.

Als ich das letzte Foto in den Karton zurücklege, zittern meine Hände. So genau habe ich mir die Bilder noch nie angesehen. Ich konnte mich nie dazu überwinden.

Es sind die einzigen Fotos, die ich aus meiner Kindheit habe. Meiner *Jugend*.

Als ich ein Jahr später wieder zu meinen leiblichen Eltern zurückkam und in ihr neues Zuhause in der Stadt zog, hatten sie alle Fotos weggeworfen. Ich glaube, sie haben es aus Rücksicht auf mich getan. Sie wollten nicht, dass mich etwas an das *Furchtbare* erinnerte. Alle haben gesagt, es sei das Beste, wenn ich das Ganze vergäße und nach vorn schaute – meine Eltern, die Mitarbeiterin von der Krankenhausfürsorge, die Psychologen in der Kinder- und Jugendpsychiatrischen Klinik, in die ich noch immer ging, obwohl ich schon über fünfzehn war.

Vielleicht hatten sie recht. An eine Frage, die mir die Psychologin der Klinik, eine kleine, rundliche dunkelhaarige Frau mit Schildpattbrille, stellte, erinnere ich mich noch: *Welcher Superheld wärst du, wenn du die Wahl hättest?*

Das ist leicht: Der Unsichtbare. Immer. Überall.

15

Dienstag, 3. November

Er hatte keine Angst. Das war nicht der Grund, weshalb er auf der Vordertreppe stehen blieb und nachdenklich mit dem Finger über die Rostblasen auf dem schwarzen Eisengeländer fuhr. Sixten hatte nie Angst, fast nie. Aber er musste sich überlegen, was er seiner Mutter sagen sollte. Sich eine Entschuldigung, eine Erklärung ausdenken, irgendwas, damit sie keine Fragen stellte. Er musste eine Art Hindernis errichten. Sie sollte nichts davon erfahren. Nicht alles. Nichts von dem, was sie nicht verstehen würde.

Eine Amsel flatterte plötzlich auf und stieß einen wütenden Warnruf aus. Sixten sah ihr nach, wie sie im Schein der Außenlampe zum kahlen Apfelbaum auf dem Nachbargrundstück flog. Er zielte mit dem Finger auf sie und flüsterte: *Peng.*

Seine Mutter hatte bestimmt schon per E-Mail von seiner Lehrerin erfahren, dass er heute geschwänzt hatte. Damit rechnete er. Der Hauptgrund für seine Sorgen war Nicklas. Garantiert hatte er seinen Eltern gesteckt, dass Sixten und er Olinda gefunden hatten. Obwohl sich Sixten fast hundertprozentig sicher war, dass Nicklas' Eltern noch nie mit seiner Mutter gesprochen hatten, wusste er, dass es diesmal anders sein würde.

Er zerdrückte eine der Rostblasen auf dem Geländer und sah zum Küchenfenster, hinter dem seine Mutter sich im gelben Licht der Deckenlampe bewegte, zum Herd ging und anschließend etwas ins Spülbecken stellte. Durch die Dunstabzugshaube wehte der Geruch von Bratfett nach draußen.

Dann entschied er sich, schnell und ohne zu zögern. Lockerte die Schultern, holte tief Luft und atmete langsam wieder aus, wie ein Hundert-Meter-Läufer vor dem Start – und öffnete die Tür.

«Sixten? Warum kommst du so spät?», rief seine Mutter.

Er zog Jacke und Schuhe aus und ging zu ihr in die Küche. Sie stand mit einer Schürze um ihre schmale Taille am Herd. Die dunklen Haare ordentlich frisiert. Sie war schön, das wusste er, hatte es andere sagen hören. Wie die Models in den Zeitschriften, die sie las, mit Werbeanzeigen, in denen schöne Frauen von Hautcremes, Parfüms und Klamotten umgeben waren.

Nicht wie Nicklas' Mutter mit ihren fettigen Haaren und den ausgeleierten Jogginghosen, über denen ihr Bauch hervorquoll.

«Ich war noch bei der Schule», sagte er und setzte sich an den Küchentisch.

«Und was hast du da gemacht?»

«Du weißt schon, dieses Mädchen, das verschwunden ist …»

Er sagte es scheinbar gelassen, ließ sie dabei aber nicht aus den Augen. Hatte sie es schon gehört? Wusste sie, was passiert war?

«Ja, ich habe deshalb eine E-Mail bekommen», erwiderte sie.

«Sie wurde heute gefunden», sagte er.

«Und, wie geht es ihr?»

Seine Mutter drehte sich lächelnd zu ihm um.

«Sie ist …»

Draußen auf der Treppe war es leicht gewesen, das Wort *tot* auszusprechen. Doch jetzt sagte er:

«Sie lebt nicht mehr.»

«Ist sie tot?»

Seine Mutter hielt mitten in der Bewegung inne und starrte ihn an. Sixten sah auf die Tischplatte und nickte.

«Hast du deshalb geschwänzt?»

Also wusste sie es.

«Nicklas war auch dabei. Wir haben nur geguckt ...»

«Was ist mit ihr passiert?»

Sixten kniff sich mit Daumen und Zeigefinger hart in den Oberschenkel, an der Innenseite, wo die Haut dünn war.

«Jemand hat sie erschlagen», sagte er mit Tränen in den Augen. «Sie lag in einem weißen Plastiksack ...»

Seine Mutter ging vor ihm in die Hocke, legte eine Hand unter sein Kinn und hob sein Gesicht an, sodass er ihr in die Augen sehen musste.

«Wurde sie ermordet?», fragte sie ernst. «Hier?»

Er nickte.

«Am Abhang auf der anderen Seite der Gleise.»

«Hat die Polizei denjenigen schon festgenommen, der das getan hat?»

Er zuckte mit den Schultern.

«Du musst vorsichtig sein, Sixten! Stell dir vor, du wärst das gewesen! Ich habe doch nur dich.»

«Ich bin immer vorsichtig. Das weißt du.»

Sie ließ sein Kinn los und stand auf, ging an den Herd zurück. Die Gefahr war gebannt, er hatte es geschafft. Er wusste, dass sie nicht weiter darüber reden würde, weil es sie viel zu sehr an das erinnerte, was ihrem Bruder in ihrer Kindheit zugestoßen war, seinem Onkel.

«Was gibt's zum Abendessen?», fragte er.

«Blutpudding.»

«Aber Mama …»

Er hatte nicht enttäuscht klingen wollen, nicht jetzt, trotzdem war seine Stimme ins Falsett gerutscht.

«*Ich* mag Blutpudding gerne», sagte sie.

«Aber du weißt doch, dass *ich* das Zeug nicht mag!»

«Jedenfalls ist es das, was es gibt.»

Sie stellte die Teller auf den Tisch. Sixten stocherte in den schwarzen, halbmondförmigen, mit Preiselbeersauce garnierten Scheiben herum, und für einen kurzen Moment sah er Olindas eingeschlagenen Schädel vor sich.

«Ich möchte das nicht essen …», sagte er.

«Wie du willst, aber etwas anderes gibt es nicht.»

Sixten überlegte, ob er ihr erzählen sollte, wie er Olinda gefunden hatte, von dem Blut, damit sie ihre Meinung änderte. Aber ihr Besteck kratzte mit Nachdruck über den Teller, es war ein scharfklingendes und entschlossenes Geräusch. Ermahnend. Er starrte auf die Preiselbeersauce, beschloss, nichts zu sagen.

«Iss jetzt!»

Lustlos schnitt er ein wenig an den schwarzen Scheiben herum. Sie saßen schweigend da. Beim Abendessen redeten sie nie oder nur sehr selten. Manchmal fragte er sie, wie ihr Tag gewesen war, aber meist nur, um irgendetwas zu sagen. Er glaubte, dass ihr die Frage gefiel, doch in seinen Ohren klang sie aufgesetzt, wie etwas, das sein Vater gesagt hätte, um eine Unterhaltung aufrechtzuerhalten. Und eigentlich störte ihn die Stille nicht. Er hing gerne seinen eigenen Gedanken nach.

Um sich die Zeit zu vertreiben, spielte er mit der Gabel. Drehte sie mit den Zinken nach oben im Kreis, versuchte, sie auf der Tischkante zu balancieren.

Als seine Mutter ihren Teller abräumte, sah er auf und fragte:

«Darf ich aufstehen?»

«Nein», antwortete sie.

Mit der harten Stimme. Der Großvater-Stimme. Der Stimme ihres Vaters.

Erneut ließ er seine Gabel kreisen, fing sie auf, bevor sie vom Tisch fiel, ließ sie kreisen, fing sie wieder auf ...

Seine Mutter hatte ihm den Rücken zugewandt und sortierte das Besteck in die Spülmaschine.

Als er plötzlich aufschrie, zuckte sie zusammen und drehte sich verärgert um.

«Was ist denn jetzt schon wieder?»

Er umklammerte seinen linken Zeigefinger, versuchte, den Schmerz zu unterdrücken.

«Was machst du da?», fragte sie.

Sie kam zu ihm und löste seine Hand vom Zeigefinger. Ein kleiner Tropfen Blut lief von der Fingerspitze herunter.

«Was ist passiert?»

«Ich hab mich mit der Gabel gestochen», erklärte er und verzog das Gesicht.

«Das sehe ich ...»

Sie hielt den Finger nach oben und musterte die rote Stelle unter dem Nagel, wo sich eine Zinke der Gabel in die Haut gebohrt hatte.

«Das desinfizieren wir mit ein bisschen Chlorhexidin ...»

Sie ging ins Badezimmer und kam mit der Verbandstasche zurück.

«Wie hast du das Kunststück denn fertiggebracht?»

Sixten sah, dass sie schmunzelte, wie über einen verrückten Einfall. Solche Dinge fand sie lustig. Wenn jemand komisch hinfiel oder irgendetwas total Dummes tat. Manchmal guckten sie sich zusammen Jackass-Videos auf YouTube an.

«Ich wollte die Gabel auffangen, bevor sie auf den Boden fällt ...»

Sie schüttelte den Kopf.

«Fertig», sagte sie, als sie ihm noch ein Pflaster um den Finger geklebt hatte. «Willst du deinen Blutpudding immer noch nicht essen?»

«Nein», murmelte er.

«Na gut, dann bist du diesmal ausnahmsweise entlassen ...»

Sie nahm seinen Teller vom Tisch.

«Entschuldigung», sagte er.

Sie nickte und räumte weiter die Spülmaschine ein.

«Soll ich dir ein Brot mit Leberpastete machen?»

Bevor er antworten konnte, klingelte es an der Tür. Ein lautes, schrilles Geräusch. Sie sah auf.

«Wer kommt denn jetzt?!»

Sixten lauschte auf ihre Schritte im Flur, hörte, wie sie die Tür aufriss.

«Ja?», fragte sie, wieder mit der Großvater-Stimme.

«Hallo, mein Name ist Jodie Söderberg. Das ist mein Kollege Carl Edson. Wir sind von der Polizei. Sind Sie Camilla Sander?»

16

Mittwoch, 15. August, 28 Jahre zuvor

Er schaukelte faul in der verrosteten Hollywoodschaukel, stieß sich mit den Füßen ab, schwang vor und zurück. Die Sprungfedern quietschten im Takt seiner Bewegungen. Max Sander war elf Jahre alt, braun gebrannt und hatte blonde, leicht zerzauste Haare. Sein Freund Robert stand neben der Schaukel. Sie gingen in dieselbe Klasse und kannten sich, seit sie vier Jahre alt waren.

Es war ein warmer Sommertag. Die Hollywoodschaukel stand im Schatten, auf dem Betonfundament einer begonnenen, aber nie fertiggestellten Baustelle. Hier und da ragten Rohre und Eisenstangen aus dem Boden. Überall lag verwaistes Baumaterial: Glaswolle, verwitterte Styroporplatten, die die Zeit langsam zu weißen Körnern zerbröselte, Zementsäcke ... Auf dem Fundament stand noch ein einzelner Sack, dessen Papierhülle schon so aufgeweicht und zerrissen war, dass der Zement sich zu großen Betonklumpen verfestigt hatte.

Das Grundstück war fast vollständig mit hohem Gestrüpp überwuchert, sodass den Anwohnern in den umliegenden Häusern der Anblick des Bauschutts erspart blieb. Stattdessen war das Grundstück zu einem beliebten Spielplatz der Kinder und Jugendlichen des Viertels geworden. Jüngere Kinder zündelten dort mit Laubhaufen, Jugendliche rauchten heimlich ihre erste Zigarette oder knutschten in der alten, verrosteten Hollywoodschaukel.

Max wickelte ein rotes Himbeerkaramellbonbon aus und schob es sich in den Mund. Er hatte noch fünf Bonbons in der Hosentasche, aber wie immer gab er seinem Freund keines ab.

Robert lief auf dem Grundstück umher und stocherte mit dem Fuß im Bauschutt herum. Ständig suchte er nach irgendwelchen spannenden Dingen, seine bisherige Ausbeute bestand aus den Überresten eines verrosteten Messers mit stumpfer Klinge. Man würde es eine Woche später in seinem Zimmer finden.

Was danach geschah, konnte nie eindeutig geklärt werden. In den Ermittlungsakten der Polizei finden sich verschiedene denkbare Szenarien. Dem leitenden Ermittler Göran Nyman sowie dem Aussagepsychologen Olof Pors zufolge ist dies das Wahrscheinlichste:

Robert geht zu dem verwitterten Zementsack und versucht, ihn anzuheben. Dabei reißt der Sack auf, und ein größerer Betonklotz fällt heraus. Robert hebt ihn auf und geht damit zur Hollywoodschaukel, um auszuprobieren, ob der Klotz auf den nackten Sprungfedern in die Luft springt. Er hat dieses Experiment schon mit kleineren Steinen durchgeführt und glaubt, dass der Betonklotz noch höher springen wird.

Er bittet Max aufzustehen, doch Max bleibt sitzen. Robert wiederholt seine Bitte mehrfach und wird mit jedem Mal wütender, aber Max bleibt stur sitzen und kaut sein Karamellbonbon – als man später seine Leiche findet, hat er Karamellreste in Mund und Rachen. Irgendwann hebt Robert den Betonklotz – der trotz seiner geringen Größe 8,6 Kilogramm wiegt – mit beiden Händen über den Kopf. In Anbetracht von Roberts begrenzter körperlicher Kraft, er ist dünn und für sein Alter auffallend klein, muss es eine enorme Anstrengung für ihn sein, den Klotz in die Höhe zu stemmen. Dieser Kraftakt erfordert vermutlich seine ganze Willenskraft.

Als der Betonklotz Max seitlich am Kopf trifft, sitzt dieser in der Mitte der Hollywoodschaukel. Es ist anzunehmen, dass ein dumpfer, feuchter Laut zu hören ist, der jedoch durch das umgebende Gestrüpp abgefangen wird. Im gleichen Augenblick fällt der Körper des Jungen leblos nach vorne auf das Betonfundament, wo er reglos liegen bleibt, wie ein weiteres Stück Bauschutt auf dem Grundstück. Dem rechtsmedizinischen Befund zufolge ist Max Sander tot, bevor sein Körper auf dem Boden auftrifft. Anschließend tritt Robert neben seinen Spielkameraden und schlägt noch vier- bis fünfmal mit dem Betonklotz auf ihn ein.

Als Max' ältere Schwester Camilla Sander etwa dreißig Minuten später dort ankommt – die Ermittlungen haben ergeben, dass bis zu ihrem Eintreffen eine ganze Stunde vergangen sein kann –, findet sie Robert bewusstlos neben Max auf dem Boden liegend vor. Robert ist blutüberströmt. Das meiste Blut stammt von Max, da Robert in der Blutlache liegt, die sich um Max' zertrümmerten Kopf gebildet hat.

Camilla Sander zieht ihren Bruder auf den Schoß und versucht ihn wiederzubeleben. Vermutlich gerät sie dabei in einen schockähnlichen Zustand. Als sie ihre Reanimationsversuche schließlich aufgibt – an diesem Punkt hat sie jeglichen Zeitbegriff verloren –, kommt Robert wieder zu Bewusstsein. Er macht einen verwirrten Eindruck und scheint nicht zu wissen, was geschehen ist.

Wie Camilla Sander später im Verhör aussagen wird, schreit sie «Du hast Max umgebracht!» und läuft danach die ungefähr zweihundert Meter zu ihrem Elternhaus, um Hilfe zu holen.

Ihre Mutter, Tina Sander, alarmiert daraufhin die Polizei, schickt ihre Tochter unter die Dusche und weicht ihre blutverschmierte Kleidung ein. Wodurch sie alle vorhandenen Spuren zerstört. Erst dann geht sie selbst zum Baugrundstück, möglicherweise, weil sie ebenfalls unter Schock steht.

In der Zwischenzeit ist Robert von dort verschwunden. Als die Polizei zwanzig Minuten später am Tatort eintrifft, ist Tina Sander nicht ansprechbar. Sie und ihre Tochter können erst am folgenden Tag zu den Ereignissen vernommen werden.

17

Dienstag, 3. November

«Was hat Sixten damit zu tun?» Camilla Sander führte Jodie Söderberg und Carl Edson in einen großen Raum, den eine breite Holztreppe mit schmiedeeisernem Geländer dominierte, über die man ins Obergeschoss gelangte.

«Ihr Sohn war vor Ort, als die Leiche des Mädchens gefunden wurde», erklärte Jodie. «Wir möchten nur mit ihm reden.»

«Ja, Sixten hat von dem Mädchen erzählt ...»

Vor der Panoramafensterfront zum Garten stand ein Esstisch. An der Stirnwand des Raums befand sich ein offener Kamin mit einer Sitzecke, die um einen flachen Rauchglastisch mit phantasievoll geschwungenem Stahlrohrunterbau gruppiert war. Jodie suchte vergeblich nach einem Fernseher. Vielleicht war er irgendwo verborgen.

Camilla Sander bedeutete ihnen mit einer Handbewegung, auf dem Sofa Platz zu nehmen, und setzte sich anschließend ihnen gegenüber in einen Sessel.

«Wir möchten Sixten nur fragen, was er gesehen hat», begann Carl, der so tief in den Polstern der Couch versank, dass er fast lag.

«Ich verstehe», erwiderte Camilla Sander. «Aber er hat nichts gesehen. Er hat nur zugeguckt, als man das Mädchen zum Leichenwagen gebracht hat. Da müssen lauter Schulkinder gestanden haben. So etwas ist doch spannend ...»

«Nein», sagte Carl. «Ihr Sohn und sein Freund haben die Leiche des Mädchens gefunden.»

Schweigend blickte Camilla Sander ihn an. Jodie hatte sich neben Carl auf die äußerste Polsterkante gesetzt und machte sich Notizen.

«Hat er Ihnen das nicht erzählt?», fragte sie.

Camilla Sander schüttelte den Kopf und antwortete an Carl gewandt:

«Jungs! Man weiß nie, was in ihnen vorgeht, nicht wahr?»

«Vielleicht», erwiderte Carl. «Mit Söhnen habe ich keine Erfahrung.»

«Aber Sie haben Kinder?»

«Eine Tochter.»

«Ich hätte mir eine Tochter gewünscht», sagte Camilla Sander, «aber ... es sollte nicht sein. Sixten ist mein einziges Kind. Und ich fürchte, dass ich mich wie eine Glucke aufführe, wenn es um ihn geht.»

Sie lächelte Carl an. Jodie bekam das Gefühl, von der Unterhaltung ausgeschlossen zu sein.

«Vermeintlich kleine, unbedeutende Details können bei einer Ermittlung häufig von großer Bedeutung sein», sagte sie und bemühte sich um einen freundlichen Tonfall. «Und wenn Ihr Sohn sich häufiger auf dem Berg in der Nähe der Schule aufhält, könnte er vielleicht etwas gesehen haben, das uns weiterhilft.»

«Ich verstehe», erwiderte Camilla Sander ernst. «Natürlich. Ich hole ihn.»

Sie stand auf, drehte sich nach ein paar Schritten jedoch noch einmal um:

«Es tut mir leid, dass ich vorhin so kurz angebunden war. Aber ich hatte schon häufiger Beschwerden wegen Sixten ... in der Schule ...»

Jodie nickte.

«Das verstehen wir. Wenn solche Dinge im direkten Umfeld passieren, ist es nur natürlich, dass man so reagiert.»

«Wenn was passiert?», fragte eine helle Stimme.

Ein dunkelhaariger Junge in einem schwarzen Pullover erschien neben Camilla Sander. Die beiden sahen sich auffallend ähnlich.

Jodie stand auf, ging zu dem Jungen und hielt ihm die Hand hin.

«Bist du Sixten?»

Der Junge nickte und gab ihr zögernd die Hand.

«Ich heiße Jodie, und das ist Carl. Wir würden dir gerne einige Fragen stellen. Ist das in Ordnung für dich?»

Der Junge wand sich unbehaglich.

«Sixten?», ermahnte ihn seine Mutter. «Die beiden sind von der Polizei. Du musst ihnen antworten.»

«Okay ...»

Er folgte seiner Mutter zu der Sitzgruppe am Kamin und ließ sich in den Sessel neben ihr fallen.

«Du hast deine Klassenkameradin Olinda gefunden, oder?», fragte Jodie.

«Ich wollte nur gucken ...», antwortete Sixten verlegen. «Es war keine Absicht ...»

Carl beugte sich vor.

«Was war keine Absicht?»

Sixten blickte auf, sah aber nicht Carl, sondern seine Mutter an.

«Ich habe nichts gemacht», verteidigte er sich. «Ich bin nur diesem Suchtrupp gefolgt. Und dann habe ich den Fuß gesehen ...»

Er verstummte.

«Du hast den Fuß gesehen?», hakte Jodie nach.

«Ich habe noch nie einen toten Menschen gesehen, deshalb bin ich näher hingegangen. Und da bin ich gestolpert ...»

Carl ließ ihn nicht aus den Augen.

«Bist du auf sie *draufgefallen?*», fragte er, ohne seine Irritation verbergen zu können.

Sixten starrte schweigend auf seine Knie.

«Das macht nichts, Sixten», sagte Jodie. «Erzähl uns einfach, was passiert ist.»

«Ja ...», bestätigte er leise.

Carl lehnte sich wieder in die Sofapolster zurück.

«Gut», sagte Jodie. «Dann wissen wir Bescheid.»

Sie wandte sich an Camilla Sander.

«Wir brauchen Ihr Einverständnis, um Sixtens Fingerabdrücke und eine DNA-Probe von ihm zu nehmen, damit wir seine Spuren ausschließen können.»

«Ja, natürlich», erwiderte Camilla Sander geistesabwesend, während sie ihren Sohn betrachtete.

Jodie lächelte Sixten an.

«Das tut nicht weh. Wir fahren nur kurz mit einem Wattestäbchen an der Innenseite deiner Wange entlang.»

Sie hatte einen vertrauenerweckenden Tonfall anschlagen wollen, hörte aber selbst, wie aufgesetzt sie klang. Eigentlich mochte sie Kinder nicht, jedenfalls nicht auf diese bedingungslose Art, wie viele ihrer Freundinnen es taten – sie mochte Personen, egal ob Kinder oder Erwachsene. Und sie spürte, dass sie Sixten nicht mochte.

«Bist du häufiger auf dem Berg oder im Wald unten am Wasser?», fragte sie freundlich, um sich ihre Abneigung nicht anmerken zu lassen.

«Nicklas und ich gehen manchmal nach der Schule dahin ...»

«Und was macht ihr da?»

Sixten zuckte mit den Schultern.

«Nichts Besonderes. Klettern ... Oder wir stöbern in den Bunkern, ob da irgendwas Cooles rumliegt ...»

«Wart ihr gestern auch da?», fragte Carl.

Sixten sah erst ihn und dann seine Mutter an.

«Ich war kurz da», sagte er. «Nach der Schule. Auf dem Heimweg. Es hat geregnet ...»

«Zusammen mit Nicklas?», hakte Jodie nach.

Sixten schüttelte den Kopf.

«Nein, nur ich.»

«Da muss es doch ziemlich nass gewesen sein ...»

«Ich wollte alleine sein», murmelte er. «Ich wollte meine Ruhe haben ...»

«Wir hatten in der letzten Zeit Probleme in der Schule», schaltete Camilla Sander sich wieder an Carl gewandt ein. «Mit ein paar Klassenkameraden ... Aber es ist besser geworden, oder, Sixten?»

Sixten nickte.

«Hast du irgendwen gesehen, während du dort warst?», fragte Jodie.

Sixten schüttelte den Kopf.

«Olinda habe ich nicht gesehen, wenn Sie das meinen. Obwohl ich nach der Schule auf sie gewartet habe. Ziemlich lange.»

«Warum? Wart ihr verabredet?»

«Was?»

«Warum hast du auf sie gewartet? Hast du das öfter gemacht?»

«Wir wollten nach der Schule zusammen spielen ... Aber sie ist nicht gekommen.»

«Bist du deshalb in den Wald gegangen?», fragte Carl. «Um nach Olinda zu suchen?»

Wieder schüttelte Sixten den Kopf.

«Nein», antwortete er. «Ich bin in den Wald gegangen, weil ich alleine sein wollte ...»

«Und du hast niemand anderen gesehen?», fragte Jodie.

«Nein, es hat ja geregnet, bei dem Wetter waren nicht viele Leute draußen.»

«Und du hast auch nichts gehört?», wollte Carl wissen. «Rufe oder Schreie?»

Jodie beugte sich über den Couchtisch und strich ihre langen blonden Haare zurück. Sie hatte vergessen, sich einen Pferdeschwanz zu machen. Ihr Notizbuch hatte sie auf den Schoß gelegt, wollte nicht übereifrig erscheinen.

«Nein», sagte Sixten.

«Okay. Und dann? Was hast du danach gemacht?»

«Ich bin nach Hause gegangen.»

«Und heute, als du Olinda gefunden hast? Ist dir da irgendetwas aufgefallen, irgendetwas, das gestern noch nicht da war?»

«Nein ... das heißt ... vielleicht. Tony und Johan.»

«Die beiden Jugendlichen, die dabei waren, als du Olinda gefunden hast?»

«Ja.»

«Kennst du die beiden?»

«Sie gehen in die Mittelstufe», murmelte Sixten und starrte auf seine Hände, mit denen er an seiner Hose herumzupfte.

Jodie beobachtete ihn.

«Ärgern Tony und Johan dich? Dich und Nicklas?», fragte sie vorsichtig.

Sixten nickte.

«Gut, dann ...» Jodie stand auf und gab Camilla Sander die Hand.

«Ich habe ein Auto gesehen», sagte Sixten plötzlich.

«Ein Auto?» Carl ließ sich zurück ins Sofa sinken.

«Ein weißes. An der Schule, als ich auf Olinda gewartet habe. Es stand auf dem Lehrerparkplatz.»

«Okay», sagte Jodie. «Warum ist dir das Auto aufgefallen?»

Sixten schwieg und starrte seine Hände an, die jetzt verkrampft auf den Knien lagen.

«Kanntest du das Auto?»

Er schüttelte den Kopf.

«War an dem Auto irgendetwas merkwürdig?»

«Es war weiß ...»

«Okay, gut, aber warum ist dir ausgerechnet dieses Auto aufgefallen?»

«Weil es so lange dagestanden hat. Und weil jemand dringesessen hat.»

«Wie lange?»

Sixten zuckte mit den Schultern.

«Ich habe es in der letzten Pause gesehen, als ich Olinda gefragt habe, ob wir nach der Schule zusammen spielen ... Und dann, als ich auf sie gewartet habe.»

«Als du dann weggegangen bist, stand es da noch immer auf dem Parkplatz?», fragte Carl.

«Nein.»

«Also ist das Auto weggefahren, während du auf Olinda gewartet hast?»

Sixten nickte. Seine Miene hatte sich aufgehellt, als fände er es spannend, der Polizei helfen zu dürfen.

«Weißt du, was für ein Marke es war?», fragte Jodie.

«Nein ...»

«Was für eine Form hatte es? War es ein Lieferwagen oder eher ein kleineres Auto?»

«Es hatte einen Kofferraum.»

«Ein Kombi?»

Sixten nickte.

«Konntest du das Nummernschild erkennen?», fragte Jodie.

Wieder schaute Sixten auf seine Hände und schüttelte dabei den Kopf.

«Hast du die Person gesehen, die im Auto saß?», fragte Carl.

«Nein ...»

«Konntest du erkennen, ob es ein Mann oder eine Frau war? Ob die Person alt oder jung war?»

«Keine Frau. Ein älterer Mann ... Jung war er jedenfalls nicht ...»

«Saß sonst noch jemand in dem Auto?», fragte Carl weiter.

«Nein ...»

«Und du hast nicht gesehen, dass der Mann ausgestiegen ist?»

«Nein, er saß nur im Auto.»

Jodie legte ihren Notizblock wieder aus der Hand.

«Danke», sagte sie zu Sixten. «Wenn dir noch etwas einfällt, melde dich bitte bei uns, ja?»

Sie gab Camilla Sander ihre Visitenkarte. Carl holte seine Brieftasche aus der Innentasche seines Jacketts und überreichte ihr ebenfalls seine Karte, ehe Camilla ihn und Jodie zur Tür brachte.

«Das mit Olinda ... Ich wusste nicht, dass Sixten sie gefunden hat», sagte sie, als wollte sie sich erneut entschuldigen.

«Das verstehen wir», erwiderte Jodie. «Es ist nicht schlimm.

Ihr Sohn hat es jetzt erzählt. Das muss ein sehr belastendes Erlebnis für ihn gewesen sein.»

Camilla Sander nickte.

«Ich werde mit ihm reden.»

Als sie im Auto saßen, fuhr Jodie nicht gleich los. Der Motor lief, doch sie hatte keinen Gang eingelegt.

«Haben die Kollegen schon mit der Anwohnerbefragung begonnen?», fragte Carl.

«Soweit ich weiß, ja», antwortete sie abwesend.

«Dann müssen sie noch mal von vorne anfangen.» Carl schnallte sich an. «Und die Leute fragen, ob sie einen weißen Kombi gesehen haben.»

Jodie nickte schweigend, sie dachte an Camilla Sander. Irgendetwas an ihr behagte ihr nicht.

Sie musste an die Waldausritte denken, die sie mit ihrer Mutter gemacht hatte, als sie in Sixtens Alter gewesen war. Im Wald außerhalb von Järna. Ihre Mutter hatte Pferde geliebt, Jodie sie gehasst. Vor allem ein Ausritt war ihr im Gedächtnis geblieben. Bei dieser Gelegenheit hatte sie versucht, ihrer Mutter zu sagen, dass sie lieber fechten als reiten würde. Sie waren auf einer Wiese stehen geblieben. Ihre Mutter hatte sich im Sattel zu ihr umgedreht und mit verletzter Stimme gesagt: *Ich dachte, du reitest gerne …*

Dann war sie davongaloppiert und hatte Jodie mit einem störrischen Pony, das nicht weiterlaufen wollte, stehenlassen. Als Jodie schließlich in den Stall zurückgekommen war, hatte ihre Mutter ihr Pferd schon abgesattelt. *Da bist du ja! Wo warst du?* Unbeschwert, als hätten sie ein Spiel gespielt. *Natürlich musst du nicht reiten, wenn du nicht willst. Fechten ist eine tolle Idee.*

Aber mit dem Fechten hatte sie nie angefangen. Der nächste Verein war zu weit entfernt gewesen, und ihre Mutter hatte keine Lust gehabt, sie mit dem Auto hinzufahren.

Vielleicht war es Camilla Sanders Freundlichkeit, die sie an ihre eigene Mutter erinnerte. Irgendetwas an dieser Freundlichkeit hatte erzwungen gewirkt.

«Hast du vor, irgendwann mal loszufahren?»

Jodie zuckte zusammen und merkte, dass Carl sie fragend ansah.

18

Montag, 2. November

Lexa hat einen Mietwagen organisiert, einen kleinen weißen Ford mit langweiliger grauer Innenausstattung. Sie hält das Lenkrad beim Fahren fest umklammert, rutscht aber unentwegt auf dem Sitz hin und her, guckt aus dem Seitenfenster, ändert ihre Haltung oder reckt den Hals, um in den Rückspiegel zu sehen.

Ich sitze schweigend auf dem Beifahrersitz.

Wir sind auf dem Weg nach Sigtuna, zu dem Polizisten, der damals die Ermittlungen gegen mich geleitet hat, Göran Nyman.

«Haben Sie die Akten gelesen, die ich Ihnen gegeben habe?», fragt Lexa, ohne den Blick von der Straße zu nehmen.

Ich zucke mit den Schultern. Sie hat mir am Samstag die Kopien *aller* Ermittlungsakten dagelassen. Einen riesigen grauen Karton, den sie mit der Aufforderung *Lesen!* auf meinen Küchentisch gestellt hat.

Ich habe die Akten *durchgeblättert*, hier und da einen Satz oder einen Absatz überflogen, willkürlich Vernehmungsprotokolle, Berichte der Spurensicherung und rechtsmedizinische Befunde aufgeschlagen, psychologische Expertisen, Rekonstruktionen, Tatortbegehungen. (Haben sie mich auch mit dorthin genommen, mich über das Betonfundament geführt?)

Fotos gibt es auch, unzählige. Von dem Baugrundstück, von mir – und von Max. Auf den Fotos erkenne ich ihn kaum wieder. Es ist sehr deutlich, dass er tot ist.

Vielleicht sehen nur Menschen, die friedlich gestorben sind, aus, als schliefen sie. Denn Max sieht nicht aus, als würde er schlafen. Eher als wäre er in einem Albtraum gefangen, aus dem er nicht aufwachen kann. Er sieht grauenvoll aus, zu Tode verängstigt ... Und dann ist sein Kopf ja auf einer Seite völlig zertrümmert.

Ehrlich gesagt gefällt es mir nicht, in den Ermittlungsakten zu lesen. Es erzeugt ein unbehaglich schleichendes Gefühl in mir. Es ist, als würde ich von jemand anderem lesen, einer fremden Person, die überhaupt nichts mit mir zu tun hat. Aber ich weiß, dass ich es bin. Dass ich es *war*.

«Wissen Sie, dass Sie einen IQ von über einhundertunddreißig hatten beziehungsweise haben?», fährt Lexa fort.

«Nein. Ist das gut oder schlecht?»

«Gut.» Sie wirft mir einen erstaunten Seitenblick zu. «Sehr gut. Nur zwei Prozent der Bevölkerung haben einen so hohen IQ. Sind Sie in der Schule gut zurechtgekommen?»

Ich denke über die Schulen nach, auf denen ich gewesen bin.

«Nein», antworte ich.

Den Rest der Fahrt schweigen wir, bis Lexa auf ein Ortsschild mit der Aufschrift «Sigtuna» deutet. Ich höre ihrer Stimme an, dass die Stadt schön ist, berühmte Vorväter hat. *S-i-i-igtuna.* Aber sehen kann man davon nichts. Wir kommen durch ein kleines Zentrum, das lediglich aus einem hässlichen Busbahnhof, einigen flachen Häusern und einer Straßeneinmündung besteht, die der Anfang einer Fußgängerzone zu sein scheint. Lexa biegt in eine schmale Gasse direkt am Ufer des Mälaren ein. Eine blasse Sonne schimmert auf dem See, und rotgelbe Weiden strecken ihre Äste über das Wasser, wo sie sich auf der Oberfläche spiegeln. Ein Stück weiter oben stehen malerische Holzhäuser, rot und gelb, mit ordentlich umzäunten Vorgärten in Herbstfarben und mit Seeblick.

«Da.» Lexa deutet auf ein gelbes Haus. «Das ist es.»

Wir parken das Auto, durchqueren eine weiße Gartenpforte und laufen einen knirschenden Gehweg zum Haus hinauf. Die vergilbte Rasenfläche ist unter Laubbergen verschwunden, die niemand weggeharkt hat. Unter den Obstbäumen liegen verfaulte Äpfel und Birnen, die nie gepflückt wurden.

«Nur damit Sie Bescheid wissen.» Lexa drückt auf den altertümlichen Klingelknopf neben der Tür. «Er mag Sie nicht.»

19

Dienstag, 3. November

Das kalte Licht der Neonröhren verstärkte den Anstaltscharakter noch zusätzlich. Carl Edson zog seinen hellen Mantel fester um sich und wandte sich fröstelnd dem Whiteboard zu, auf dem die Kategorien «Herz», «Gehirn», «Lunge re», «Lunge li», «Leber», «Nieren», «Milz» und «Thymus» standen. Die Buchstaben waren halb ausgewischt und warteten darauf, dass jemand nach der nächsten Obduktion erneut Gewicht und Befunde eintrug. Die Rechtsmedizinerin, die an einem der Edelstahltische arbeitete, beugte sich konzentriert über den schmächtigen Kinderkörper, der auf dem blanken Metall zu frieren schien.

Abgesehen vom leisen Summen der Belüftungsanlage war es still im Raum. Carl hörte, wie seine Schuhe auf dem blauen Linoleumboden quietschten, und die unvermittelt harten Geräusche, als die Rechtsmedizinerin ein Instrument aus der Hand legte und nach einem anderen griff. Schneidende Töne, die von den weiß gekachelten Wänden widerhallten.

Und dann der Geruch. Diese Mischung aus Desinfektionsmitteln und einem unbestimmbaren, dumpfen Geruch, der, wie Carl wusste, von den Leichen ausging, die in den Kühlzellen aufbewahrt wurden.

Er war nicht gerne hier.

«Was drücken Sie sich denn dahinten in der Ecke herum?», fragte die Rechtsmedizinerin plötzlich in ihrem weichen Finnlandschwedisch.

Widerwillig ging Carl auf sie zu. Beatrice Lundmark. Wenigstens erinnerte er sich an den Namen.

Sie bedeutete ihm, in einiger Entfernung vom Obduktionstisch stehen zu bleiben, nicht zu nahe zu kommen. Er wusste, warum. Er hatte keine Schutzkleidung an. Beatrice Lundmark trug einen blauen Operationskittel, eine weiße Gummischürze und weiße, bis über die Ellenbogen reichende Schutzarmstulpen. Ihr Gesicht war hinter einem Kunststoffvisier verborgen, dennoch konnte er sehen, dass das kleine Mädchen vor ihr sie berührte.

«Was können Sie über sie sagen?», fragte er.

«Die Todesursache sind mehrere kräftige Schläge mit einem runden, stumpfen Gegenstand.»

Carl fiel ein, dass Lars-Erik von einem Stein gesprochen hatte, den sie am Tatort gefunden und zur Analyse ins Labor geschickt hatten.

«Ein Stein?», mutmaßte er.

«Ja, möglicherweise. Die Wunde, die der Gegenstand verursacht hat, ist fast kreisrund. Nicht oval wie die Wunde, die beispielsweise ein Baseballschläger hinterlassen hätte.»

«Können Sie sagen, wie oft der Täter zugeschlagen hat?»

Beatrice Lundmark sah ihn erstaunt an. Sie hatte freundliche, dunkle Augen sowie schiefe, unregelmäßige Zähne, die ihr ein markantes Aussehen verliehen. Carl schätzte, dass sie nicht viel älter als vierzig sein konnte.

«Ja, vier bis fünf Schläge gegen die linke Schläfe. Der erste Schlag erfolgte schräg von oben, die restlichen von der Seite.»

Carl zückte seinen Block und machte sich Notizen.

«Noch was?», fragte er.

«Sie ist höchstwahrscheinlich da gestorben, wo man sie gefunden hat, oder sehr schnell nach Eintreten des Todes dorthin gebracht worden. Ich habe Erd- und Laubreste in der geronnenen Blutmasse der Kopfwunde gefunden, was darauf hindeutet, dass sie kontaminiert wurde, bevor das Blut gerinnen konnte.»

Das stimmte mit Wallquists Vermutung überein, dass Fund- und Tatort identisch waren.

«Außerdem hat sie Schürfwunden an den Händen.»

Carl wartete auf weitere Informationen, aber Beatrice Lundmark setzte ihre Arbeit schweigend fort.

«Abwehrverletzungen?», fragte er.

Er vermisste Cecilia Abrahamsson, mit der er früher zusammengearbeitet hatte. Ihre nüchterne, herablassende Art hatte ihn zwar gestört, doch sie hatte immer verstanden, was er wissen wollte.

Aber nach seinem Fall im letzten Frühjahr und Sommer, bei dem die Falschen verurteilt worden waren, hatte sie aus heiterem Himmel gekündigt. Er wusste nicht, ob dieser Fall der Grund für ihre Kündigung war, so eng war ihr Kontakt nicht gewesen, aber er vermutete es. Er hatte danach selbst mit dem Gedanken gespielt zu kündigen. Doch als er seiner Tochter davon erzählte, hatte sie nur lachend erwidert: «Aber Papa, du liebst deine Arbeit doch. Du *bist* deine Arbeit.»

Aber er konnte sich schließlich ändern, dachte er. Anders werden.

Beatrice Lundmark schüttelte den Kopf.

«Keine Abwehrverletzungen, eher als wäre sie hingefallen. Sie hat auch einen kleinen Kratzer am Knie.»

«Als hätte sie jemand gestoßen?»

Beatrice Lundmark zuckte mit den Schultern.

«Wäre möglich.»

Carl unterdrückte einen Seufzer.

«Konnten Sie Anzeichen von sexueller Gewalt feststellen?»

«Ich hatte gehofft, Sie würden diese Frage nicht stellen», sagte sie mit einem schiefen Lächeln.

«Weshalb?»

«Nun ja, also es *gibt* äußerliche Verletzungen im Genitalbereich. Postmortale. Aber keine Spermaspuren.»

«Ein Kondom vielleicht?»

Sie schüttelte den Kopf.

«Nein, auch keine Reste von Gleitmittel.»

«Und warum wollten Sie nicht, dass ich diese Frage stelle?»

Beatrice Lundmark beugte sich über die Leiche. Carl blieb weiterhin ein Stück entfernt stehen.

«Sehen Sie hier ... Leichte Verletzungen an den Schamlippen und der Scheidenöffnung. Sie *könnten* durch sexuelle Gewalt entstanden sein, aber genauso gut durch normale Gewalt ... durch einen Tritt in den Schritt zum Beispiel. Wären ihre Jeans und die Unterhose nicht heruntergezogen gewesen, würde ich mit Sicherheit sagen, dass sie *keiner* sexuellen Gewalt ausgesetzt war. Aber so ... ja, vielleicht.»

Diesmal seufzte Carl laut.

20

Dienstag, 3. November

Erik Olofsson biss in ein Käse-Salami-Sandwich und tippte das sechsstellige Computerpasswort ein. Dann legte er das Sandwich auf einen Teller und trank einen Schluck Kakao. Mit der linken Hand bewegte er den Mauszeiger über den Bildschirm, klickte das Laufwerk «G» an und gab ein weiteres Passwort ein, diesmal zehn Zeichen lang, aus Zahlen und Buchstaben bestehend. Anschließend lehnte er sich auf seinem schwarzroten Gaming-Stuhl zurück und klickte sich durch die Ordner.

Obwohl er im obersten Stockwerk eines Hochhauses in Skogås wohnte, stand der Computer im «toten Winkel» der Wohnung, an der Stelle, die von keinem Fenster aus eingesehen werden konnte.

Er hatte Regeln aufgestellt, festgesetzt, was er tun durfte und was nicht. Aber in letzter Zeit war er nachlässig gewesen. Hatte die Risiken nicht ernst genug genommen. Sich nicht aufraffen können.

Er warf einen Blick auf die Uhr. Zwanzig nach acht. Er hatte den Abend und die ganze Nacht Zeit.

Erik Olofsson war Busfahrer beim Stockholmer Verkehrsverbund und hatte unregelmäßige Arbeitszeiten. Ihm gefiel das, dieses Gefühl, ein wenig abseits der breiten Masse der Routinemenschen zu stehen, das Gefühl, besonders zu sein.

Früher hatte er als Pädagoge an einer Vorschule gearbeitet, war ein ganz normaler Mensch gewesen, wie jeder andere. Aber das war vor der Verurteilung gewesen.

So vieles war vor der Verurteilung gewesen. Der Job, die

Freunde – die wenigen, die er gehabt hatte – eine Freundin, eine Familie ...

Danach gab es fast nichts mehr.

Er klickte den Ordner «Thailand» an, suchte die richtige Datei und öffnete sie mit einem Doppelklick. Seit einiger Zeit war dieser Film einer seiner Favoriten.

Die Ansicht füllte den ganzen Bildschirm. Eine schäbige Hütte – ein Verschlag eher – unter einer Palme. Die Tür stand offen. Die Kamera bewegte sich auf die Tür zu, die Aufnahme wackelte ein wenig. Dann hielt die Kamera inne und fokussierte. Da hatte er sie auf einem Stativ befestigt. In der nächsten Sequenz war er selbst zu sehen, wie er den Verschlag betrat.

Plötzlich hörte er ein Geräusch, worauf er den Film anhielt und sich schnell in der Wohnung umsah. Das Licht war ausgeschaltet, nur der grünlich blaue Schein des Bildschirms beleuchtete die Wände. Wahrscheinlich bloß jemand, der durchs Treppenhaus gelaufen war.

Er drückte wieder auf Play, und der Film lief weiter. In dem Verschlag stand ein Bett, auf dem ein Mädchen lag. Es hieß Cake – oder wurde so genannt. Sie hatten gesagt, sie sei elf, aber sie sah aus wie neun. Vielleicht noch jünger. Er sah seinen Rücken und Nacken, sah, wie er sich dem Mädchen und dem Bett näherte.

Dass er in dem Film zu sehen war, machte den Film noch wertvoller für ihn. Und riskanter – aber wer sollte ihm schon auf die Schliche kommen? Niemand. Da war er sicher. Er hatte nicht vor, denselben Fehler ein zweites Mal zu begehen und den Film in irgendwelchen Internetforen zu teilen. Bevor er den Film startete, zog er sogar das LAN-Kabel, er wollte absolut kein Risiko eingehen.

Um filmen zu dürfen, hatte er extra bezahlen müssen – ein sehr großes Extra –, aber es war das Geld wert gewesen.

Während er den Film ansah, spürte er, wie die Erregung in ihm aufstieg.

Anschließend ging er in den Flur, zog seine dicke schwarze 8848-Jacke und die robusten Wanderschuhe an und verließ die Wohnung. Im Haus war es still. Leise schlich er die Treppe hinunter, um die Nachbarn nicht zu stören und keine Aufmerksamkeit zu erregen.

Draußen auf dem Bürgersteig holte er tief Luft und ging dann in Richtung Wald, in Richtung der Bahngleise. Diesen Spaziergang unternahm er häufiger, er wusste, dass er lange laufen würde, vielleicht die ganze Nacht, bis sich seine Angst gelegt hatte und er wieder nach Hause gehen konnte.

21

Montag, 2. November

Göran Nyman scheint um die achtzig zu sein. Er trägt die Haare akkurat zurückgekämmt (Pomade?) und hat runde, von roten Äderchen durchzogene Wangen. Es ist offensichtlich, dass er sich mit seiner Kleidung Mühe gegeben hat. Er trägt eine hellblaue Strickjacke, ein weißes Hemd und eine rote Krawatte.

Als wir den Raum betreten, macht er Anstalten, sich aus seinem Sessel zu erheben, aber ihm gelingt lediglich eine schaukelnde Bewegung mit dem Oberkörper. Lexa durchquert das Arbeitszimmer (ein altmodischer Schreibtisch und ein Bücherregal, das die ganze Wand einnimmt) und gibt ihm die Hand. Mir fällt auf, dass er ihr die linke Hand reicht.

«Das ist Robert Lindström.» Lexa deutet auf mich.

«Sie haben nichts davon gesagt, dass *er* auch dabei ist», erwidert Nyman, ohne mich anzusehen.

«Doch, das habe ich», entgegnet Lexa unbekümmert. «Am Telefon. Haben Sie das vergessen?»

«Nein, natürlich nicht, aber es gefällt mir nicht», knurrt Nyman.

Lexa nimmt ihm gegenüber auf dem Sofa Platz und legt ihr Aufnahmegerät auf den kupferfarbenen Rauchertisch. Als ich mich neben sie setze, folgt mir Nyman mit dem Blick. Früher mögen seine Augen angsteinflößend gewesen sein, doch jetzt sind sie verschleiert, trübe und wässrig blau. Er kommt mir kein bisschen bekannt vor.

«Wie ich Ihnen schon am Telefon gesagt habe, möchte ich

Ihnen einige Fragen zum Fall Max Sander stellen», fährt Lexa unbeeindruckt fort.

Sie blättert in ihrem Block, sucht offensichtlich die richtige Seite, und spricht weiter:

«Der Fall liegt inzwischen sehr lange zurück. Achtundzwanzig Jahre. Können Sie sich noch an die Ermittlungen von damals erinnern?»

«Das tue ich», erwidert Nyman erstaunlich barsch. «So einen Fall vergisst man nicht.»

Lexa lächelt ihn an.

«Gut. Sind Sie mit dem Verlauf der Ermittlungen zufrieden?»

Sie stellt die Frage beiläufig, wie oberflächlichen Smalltalk, doch Nyman schnaubt aufgebracht, er wirkt gekränkt.

«Ja, warum sollte ich das nicht sein? Die Ermittlung war mustergültig, die umfangreichste meiner gesamten Laufbahn.»

«Und es gibt nichts, was Sie im Nachhinein gerne anders gemacht hätten?»

«Nein, wir haben verflucht gute Arbeit geleistet, der Meinung bin ich nach wie vor.»

Lexa lächelt bestätigend.

«Lassen Sie uns am Anfang beginnen. Nach Eingang des Notrufs sind Sie zu dem verlassenen Baugrundstück gefahren und haben Max Sander dort tot aufgefunden.»

Nyman nickt, während sie redet.

«Können Sie sich daran erinnern, weshalb Sie Robert überhaupt als Verdächtigen in Betracht gezogen haben?», fragt sie.

«Herrgott!» Wie um seine Worte zu unterstreichen, schlägt Nyman mit der linken Hand auf die Sessellehne. «Der Junge lag von Kopf bis Fuß mit Blut überströmt neben seinem toten Freund.»

Lexa nickt erneut, als würde sie ihm zustimmen.

«Sie meinen, dass die Zeugin – Camilla Sander, Max' ältere Schwester – Robert neben Max liegen sah, als sie zur Baustelle kam.»

«Ja!»

«Gut. Und dann nehmen die Ermittlungen ihren Lauf, mit Vernehmungen, Spurensicherung und dem ganzen Drum und Dran – bis Sie mit der Pressemitteilung an die Öffentlichkeit gehen, dass Sie den elfjährigen Robert Lindström als Täter identifiziert haben.»

Wieder nickt Nyman.

«Ich habe die Ermittlungsakten sehr gründlich gelesen», fährt Lexa fort, «und ich bin auf einige Dinge gestoßen, die bei mir Fragen aufgeworfen haben, bei deren Beantwortung Sie mir hoffentlich helfen können.»

Nyman runzelt die Augenbrauen.

«In dem ersten Vernehmungsprotokoll haben Sie oder jemand anderes den Vermerk eingetragen, dass Robert seine Geschichte mehrfach geändert habe, sich aber jetzt allmählich der Wahrheit nähere», sagt Lexa. «Der Aussagepsychologe Olof Pors schreibt an der Stelle, dass dies darauf zurückzuführen sein könnte, dass der wahre Tathergang für ein elfjähriges Kind zu schmerzhaft gewesen sei, um ihn zu erfassen.»

Nyman nickt.

«Aber», wendet Lexa ein, «wenn er seine Geschichte geändert hat, muss Robert davor doch eine andere Version erzählt haben?»

«Ja, natürlich!» Nyman sieht sie an.

«Aber laut Aktenlage *ist* dies das erste Verhör mit Robert, und das wurde erst fast zwei Wochen nach dem Mord geführt.»

Nyman beugt sich im Sessel vor und schüttelt aufgebracht den Kopf.

«Nein, nein, wir haben Robert sofort vernommen. Entweder noch am Tag des Mordes oder am Tag danach.»

«Ja, davon bin ich auch ausgegangen», sagt Lexa. «Aber ich habe mich bei der Staatsanwaltschaft erkundigt, und dort wurde mir versichert, dass ich sämtliche Ermittlungsakten bekommen habe. Es gibt keine früheren Verhöre mit Robert.»

«Das verstehe ich nicht ...»

«Sie sind sich also sicher, dass Sie Robert schon eher vernommen haben?»

«Hundertprozentig.»

«Aber Sie haben keine Ahnung, wo die Protokolle dieser Vernehmungen abgeblieben sein könnten?»

«Nein. Ich habe jedenfalls einen vollständigen Aktensatz übergeben, das garantiere ich Ihnen.»

«Gut, ich wollte nur auf Nummer sicher gehen.»

Lexa lächelt Nyman freundlich an. Ich schiebe meine Hände unter die Oberschenkel, klemme sie fest, spüre, wie es in mir kribbelt.

Plötzlich geht die Tür auf, und Nymans Frau Berit erscheint mit einem Tablett.

«Ich habe Kaffee gemacht», sagt sie lächelnd. «Leider haben wir nicht viel im Haus. Sie müssen sich mit ein paar Plätzchen begnügen ...»

Sie stellt einen Teller mit Ballerina- und Singoalla-Keksen auf den Tisch, schenkt ihrem Mann eine Tasse Kaffee ein und legt ihm eine Hand auf den Arm.

«Geht es dir gut, Göran?» Obwohl sie leise spricht, höre ich die Besorgnis in ihrer Stimme. Sie muss draußen vor der Tür gestanden und gelauscht haben. Nyman nickt und nimmt sich ein Plätzchen.

Lexa wartet, bis Berit Nyman gegangen ist und die Tür hinter sich geschlossen hat. Dann fragt sie:

«Haben Sie zu irgendeinem Zeitpunkt noch andere Tatverdächtige vernommen?»

Nyman isst sein Plätzchen.

«Nein ...», antwortet er und schluckt hörbar. «Das war nicht notwendig.»

«Warum nicht?»

Nyman schnaubt wieder laut.

«Robert hat gestanden ... und es gab technische Beweise, die gegen ihn sprachen. Er war mit Max' Blut überströmt, seine Fingerabdrücke waren auf der Tatwaffe – dem Betonklotz –, und ... und ...»

Wieder schlägt er mit der Hand auf die Armlehne.

«... wir haben seine Fußabdrücke gefunden, Fasern seiner Kleidung. Außerdem hat er seine Geschichte mehrfach geändert. Behauptete, sich nicht erinnern zu können. Wir alle, die in dem Fall ermittelt haben, waren einhellig der Meinung, dass er es gewesen ist. Und wie sich herausgestellt hat, hatten wir recht, oder etwa nicht?»

Wieder ein flüchtiges Lächeln von Lexa.

«Andreas Indgård, ein damaliger Freund von Robert, hat ausgesagt, an jenem Nachmittag einen älteren Jugendlichen in der Nähe des Baustellengrundstücks gesehen zu haben. Soweit ich es überblicken kann, wurde er einmal verhört, aber Sie haben seine Aussage nie überprüft. Warum?»

«Ein Jugendlicher?», fragt Nyman. «Wer soll das gewesen sein? Daran kann ich mich nicht erinnern ...»

«Sein Name war Bernt Juuso.»

«Bernt, ach so, ja ... Den haben wir durchleuchtet, und ich kann Ihnen versichern, dass es nicht den geringsten Grund gab, ihn zu verdächtigen.»

«Wer hat das entschieden?», fragt Lexa.

«Ich, wir alle ... Er hatte einen Freund ... Wie hieß der noch gleich?»

«Ted Löfgren.»

«Ja, richtig ... Er bestätigte, dass Bernt und er sich am fraglichen Nachmittag getroffen hatten. Ich glaube, sie sind schwimmen gefahren ... Mehrere Zeugen konnten das bestätigen. Das muss doch alles in den Akten stehen? Nein, Bernt war nie verdächtig. Im Gegenteil, *er* war einer der Zeugen, die gesehen haben, wie Robert das verlassene Baugrundstück betreten hat.»

Lexa blättert in ihrem Block. Ich sitze stumm neben ihr, wie ein Zuschauer meines eigenen Lebens.

«Ja, vielleicht», erwidert Lexa. «Aber es gibt noch andere Punkte in den Akten, die ich nicht verstehe. Hier zum Beispiel ...»

«Ist das ein Verhör?», fällt Nyman ihr plötzlich ins Wort.

«Nein, ganz und gar nicht. Ich möchte nur, dass Sie mir dabei helfen, ein paar Dinge zu klären, die ich nicht verstehe.»

Als Nyman schweigt, deutet sie auf eine Notiz in ihrem Block, die nur sie sehen kann.

«Camilla Sander hat Robert bewusstlos auf der Baustelle gefunden. Zu diesem Zeitpunkt war Max bereits tot. Aber wie sich herausstellte, klebte an dem Betonklotz nicht nur Max', sondern auch Roberts Blut. Ist das nicht ein wenig seltsam?»

«Hören Sie!» Göran Nyman richtet einen zittrigen Zeigefinger auf Lexa. «Das hat dieser Aussagepsychologe erklärt … Es ist eine ganz normale Reaktion, dass …»

«Ja, Pors behauptet, dass Robert nach dem Mord in Panik geraten sei und sich den Betonklotz vorsätzlich gegen den Kopf geschlagen habe, um sich das Leben zu nehmen.»

«Ja, der Junge wollte sich umbringen. Das hat er selbst zugegeben!»

Nyman spuckt die Worte jetzt geradezu aus und beugt sich in seinem Sessel weiter nach vorne. In diesem Moment steckt seine Frau den Kopf durch die Tür des Arbeitszimmers.

«Ist alles in Ordnung, Göran?», fragt sie.

Ihr Mann lehnt sich wieder zurück.

«Ja, ja, es geht mir gut. Ich bin doch nicht aus Glas, Herrgott noch mal!»

Ohne ein weiteres Wort schließt sie die Tür.

«Wo waren wir?», fragt Nyman.

«Bei Roberts Selbstmordversuch», sagt Lexa und blättert ihre Unterlagen durch. «Bla, bla, bla … Hier! Verhör vom 2. September. Frage: *Hast du hinterher keine Angst bekommen?* Und ein Stück weiter unten: *Hast du versucht, dir den Betonklotz gegen den Kopf zu schlagen? Weil dir klarwurde, was du getan hast, und es nicht ertragen konntest?*» Lexa blickt auf. «In diesem Verhör geht die Behauptung, Robert habe sich das Leben nehmen wollen, doch eindeutig von Ihnen und Ihren Kollegen aus.»

Nyman scheint nicht zu verstehen, worauf sie hinauswill.

«Ist es nicht eine seltsame Verhörmethode, derart offensichtliche Suggestivfragen zu stellen?», fährt Lexa fort.

«Hören Sie zu», antwortet Nyman. «Wir hatten keine Erfahrung in der Vernehmung von Kindern, keiner von uns. Deshalb haben wir Fachleute zu Rate gezogen, die uns geholfen haben. Psychologen, die darin geschult waren, Kinder zu befragen. Wir *wollten* alles richtig machen.»

«Und Olof Pors war einer dieser Fachleute?», fragt Lexa.

«Ja. Pors war damals einer der renommiertesten Aussagepsychologen in Schweden und hatte jahrelange Erfahrung in der Arbeit mit Kindern. Er wusste, was er tat.»

Nyman starrt Lexa aufgebracht an. Ich kann deutlich eine Ader auf seiner Stirn pulsieren sehen.

«Also war das der Grund, weshalb Sie in den Verhören wiederholt Suggestivfragen gestellt haben?»

«Wenn ich mich recht entsinne, sagte Pors, dass Kinder eine Hilfestellung brauchen, damit sie zu erzählen beginnen und spüren, dass die Erwachsenen sie verstehen ...»

Lexa nickt langsam.

«Sie waren schon damals ein sehr erfahrener Polizeibeamter. Haben Sie die Probleme dieser Technik nicht gesehen?»

«Nein, das habe ich nicht. Pors war ... sehr bewandert. Und Robert hat, wie ich bereits sagte, seine Geschichte mehrfach geändert. Versucht, sich herauszuwinden.»

«Und Ihnen ist nie in den Sinn gekommen, dass Robert es Ihnen nur recht machen wollte?»

«Nein, nein, nein ... So war es nicht!»

Nyman versucht ein weiteres Mal, aus dem Sessel aufzustehen, aber auch diesmal schwankt er nur mit dem Oberkörper.

«Hören Sie, ich weiß nicht, worauf Sie hinauswollen, aber wir haben den richtigen Täter gefasst! Der Bezirksleiter der Region Stockholm hat die Ermittlung als Lehrbuchbeispiel bezeichnet! Und er hat gestanden! Robert Lindström hat *gestanden*, seinen Freund getötet zu haben!»

Nyman sieht mich plötzlich anklagend an.

«Ja», erwidert Lexa. «Im letzten Verhör sagt Robert *Vielleicht habe ich es getan.* Nachdem Sie ihm einen Haufen Fotos vom Tatort, Nahaufnahmen von Max, vom Blut und vom Betonklotz gezeigt und ihn gefragt haben, ob es ihn nicht erleichtern würde, alles zu gestehen, um die Last nicht weiter mit sich herumtragen zu müssen. Sie versichern ihm, er brauche keine Angst haben, die Wahrheit zu sagen ... Und so weiter und so fort.»

Nyman fuchtelt mit den Händen, als wolle er ein lästiges Insekt verscheuchen.

«Pors hat das alles erklärt. Robert war zu jung, um seine Tat in vollem Umfang anzunehmen, das hätte ihn kaputt gemacht. Aber wir alle, die an der Ermittlung beteiligt waren, wussten, dass das ein Geständnis *war!*»

«Nach diesem Verhör wurden die Ermittlungen eingestellt», fährt Lexa fort. «Sie haben in einer Pressemitteilung erklärt, dass es sich bei dem Täter um ein minderjähriges Kind handele, das in die Obhut des Jugendamtes übergeben worden sei. Es wurde nie geprüft, ob der Fall vor Gericht Bestand gehabt hätte.»

Mit unverhohlener Verachtung sieht Nyman sie an.

«Falls Sie es noch nicht wussten: Ein Kind kann man nicht vor Gericht stellen!»

«Man hätte aber ein selbständiges Beweisverfahren anstrengen können. Dem Gericht die Ermittlungsakten vorlegen und eine Beweiserhebung durchführen lassen können, ohne Robert anzuklagen.»

«Ich weiß sehr gut, was ein selbständiges Beweisverfahren ist! Aber das war nicht meine Baustelle. Fragen Sie den Staatsanwalt. Oder Roberts Anwalt. Doch eines kann ich Ihnen sagen. Niemand hat das in Erwägung gezogen. Warum? Weil die Lösung des Falls glasklar auf der Hand lag! Robert Lindström war schuldig!»

An Nymans Kinn glänzt ein Speichelfaden. Spucke, die vor lauter Wut mit seinen Worten aus dem Mund geflogen ist. Mit einer heftigen Bewegung gelingt es ihm, aus dem Sessel aufzustehen. Als er mit den Armen fuchtelt, um das Gleichgewicht zu halten, stößt er eine Blumenvase um, das Wasser läuft über den Plätzchenteller, den Tisch und tropft von der Kante auf den Fußboden. Doch er scheint es nicht einmal zu bemerken.

«Ich habe nichts mehr hinzuzufügen», keucht er gepresst. «Berit!»

Im selben Moment öffnet seine Frau die Tür.

«Bring unseren Besuch zur Tür! Wir sind fertig!»

Als wir kurz darauf im Flur stehen und unsere Jacken anziehen, schließt Berit Nyman die Arbeitszimmertür und kommt zu uns.

«Sie müssen meinen Mann entschuldigen», sagt sie. «Seit dieser Sache hat er ein aufbrausendes Temperament. Seitdem ist er nicht mehr er selbst ...»

«Seit welcher Sache?», hakt Lexa nach.

Die kleine Frau sieht sie an.

«Wissen Sie das nicht? Er hatte vor sechs Jahren einen Autounfall. Es war nicht seine Schuld. Ein junger Mann saß betrunken hinterm Steuer. Göran lag drei Wochen im künstlichen Koma, ehe die Ärzte wagten, ihn aufzuwecken. Fast jeder Knochen in seinem Körper war gebrochen, und er hatte schwere Kopfverletzungen.»

«Das tut mir leid», sagt Lexa. «Das wusste ich nicht.»

Berit Nyman wirft einen raschen Blick auf die geschlossene Arbeitszimmertür und fährt dann fort:

«Eigentlich ist er nicht auf Sie wütend.»

«Schon in Ordnung», versichert Lexa. «Aber ... erinnert er sich wirklich an den Max-Sander-Fall?»

Berit Nyman wiegt den Kopf.

«Ich denke schon. An Dinge, die lange zurückliegen, erinnert er sich gut. Um sein Kurzzeitgedächtnis ist es hingegen schlechter bestellt. Und man kann nicht mehr mit ihm diskutieren. Nicht vernünftig. Wenn er sich einmal etwas in den Kopf gesetzt hat, bleibt er dabei. Er war schon früher halsstarrig, aber jetzt ...»

Sie macht eine Pause, wirkt traurig.

«Er ist wie ein Kind, ein bockiges, trotziges Kind.»

Als ich zum Auto komme, hat jemand einen Werbeflyer unter den Scheibenwischer geklemmt. Ich entferne den Zettel und will ihn gerade wegwerfen, als ich abrupt innehalte. Auf dem Zettel steht in Computerschrift: «Hört auf. Sofort».

Lexa kommt ein paar Minuten später zurück (sie war noch auf der Toilette), ich halte ihr den Zettel hin.

«Was ist das?», fragt sie und sieht mich an.

«Der klemmte unter dem Scheibenwischer, als ich zum Auto gekommen bin.»

Lexa wirbelt herum, als würde die Person, die den Zettel geschrieben hat, irgendwo in der Nähe stehen.

«Wer zum Teufel macht so was?»

«Jemand, der ...»

Mich nicht mag, hatte ich sagen wollen, aber Lexa fällt mir ins Wort.

«Haben Sie solche Zettel schon häufiger bekommen?»

Ich nicke.

«Auch in der letzten Zeit?», fragt sie hitzig.

«Nicht in diesem Wortlaut, aber ...»

«Wann?»

«Vor ein paar Tagen ...»

«Verflucht, Robert! Warum haben Sie nichts gesagt?»

«Ich wollte ja ... Aber es ist nicht das erste Mal, dass ich solche Schreiben kriege ...»

Lexa holt Luft, als wollte sie mich anschreien, doch stattdessen wirft sie ihre Schultertasche auf den Rücksitz.

«Das ist kein Zufall!», sagt sie.

Ich zucke mit den Schultern.

«Das passiert, weil ich ... *wir* ... in Ihrem Fall graben. Mit Leuten reden, angefangen haben, Fragen zu stellen ...»

«Möglich», erwidere ich, aber Lexa ist zu sehr mit ihren eigenen Überlegungen beschäftigt, um zuzuhören.

«Wie kann jemand wissen, dass wir hier sind? Welches Auto wir fahren? Ich habe es erst heute Morgen abgeholt.»

Sie lässt den Motor an und fährt mit quietschenden Reifen los, als hätte sie es eilig, von hier wegzukommen.

«Mit wem haben Sie gesprochen?», frage ich in einem Versuch, behilflich zu sein.

«Was meinen Sie?»

«Es muss jemand sein, den Sie kontaktiert haben.»

Als sie nicht antwortet, frage ich vorsichtig:

«Wen außer Göran Nyman haben Sie um ein Interview gebeten?»

«Himmelherrgott noch mal! *Alle!*»

«Haben Sie eine Liste?»

«In meiner Tasche.»

Ich lehne mich nach hinten und nehme ihren Notizblock aus der Tasche. Sie hat wirklich alle angerufen. Göran Nyman, Olof Pors, Camilla Sander, Bernt Juuso, Andreas

Indgård, Magnus Isaksson ... Die Liste nimmt kein Ende. Hinter jedem Namen hat sie vermerkt, wann sie mit dem Betreffenden gesprochen hat. Hinter Nymans Namen steht das heutige Datum und «10 Uhr». Hinter Camilla Sander ein Fragezeichen.

«Sollen wir mit Camilla reden?», frage ich.

Lexa schüttelt den Kopf.

«Nicht *wir*. Ich. Wenn ich sie überreden kann ...»

Ich nicke. Ich bin nicht versessen darauf, Camilla zu treffen.

«Jeder von denen könnte es gewesen sein», sage ich.

Lexa starrt geradeaus auf die Straße und trommelt nervös mit den Händen auf dem Lenkrad.

«Irgendjemand von ihnen muss uns hierher gefolgt sein», erwidert sie nach einer Weile. «Aber das bedeutet nur eins.»

Sie sieht mich an.

«Dass wir recht haben. Dass die Ermittlungen schlampig geführt wurden. Die Polizei hatte sich auf einen Tathergang eingeschossen, und wenn die Fakten nicht passten, wurden sie passend gemacht, indem sie Suggestivfragen stellten und sich abstruse Selbstmordtheorien zusammenreimten.»

Erneut stelle ich mir vor, wie sie beim Sex aussieht. Ich glaube, sie ist jemand, der die Augen schließt, sich hingibt.

«Wenn man ein Beweisverfahren angestrengt hätte, wäre die ganze Ermittlung wie ein Kartenhaus in sich zusammengefallen, da bin ich ganz sicher», sagt sie.

Nein, ich irre mich: Sie hat Sex, während sie weiterredet, während sie mit anderen Dingen beschäftigt ist, ohne dass man es merkt. Wie eine Art bizarres Multitasking.

Als wir Stockholm erreichen, ist die blasse Herbstsonne, die über Sigtuna geschienen hat, hinter Wolken verschwunden, und es regnet. Ein kalter grauer Herbstregen, der vom Himmel fällt, während wir am Schloss Karlsberg vorbei den Klarastrandsleden entlangfahren.

«Eine Sache noch.» Lexa klingt fast bedauernd. «Dass die damalige Ermittlung vor Gericht keinen Bestand gehabt hätte, bedeutet nicht, dass Sie unschuldig sind.»

Ich höre auf, aus dem Fenster zu schauen, und sehe sie fragend an.

«Sie können Max nach wie vor umgebracht haben», fährt sie fort. «Vielleicht hatten Sie einen Mithelfer, was auch immer ...»

Ich antworte nicht. Ich war ein ganzes Leben lang schuldig. Ich *will*, dass ich ihn umgebracht habe.

22

Mittwoch, 4. November

«Olinda Sikonova könnte sexueller Gewalt ausgesetzt gewesen sein», sagte Carl Edson.

Er ließ seinen Blick über Jodie und die Handvoll Kollegen schweifen, die in dem kleinen Einsatzraum des Polizeireviers von Flemingsberg versammelt waren.

Der Raum sah aus wie jedes x-beliebige Büro: Schreibtischreihen, Regale mit Aktenordnern an den Wänden, Leuchtstoffröhren an der Decke und ein Whiteboard, auf das er ganz oben den Namen «Olinda Sikonova» geschrieben hatte. Darunter hingen Fotos vom Tatort: die Felsspalte, Nahaufnahmen der Kopfwunde, die heruntergezogene Hose und der Stein, mit dem Olinda getötet worden war. Daneben heftete eine Umgebungskarte, auf der die Felsspalte eingekreist war.

«Aber die Rechtsmedizinerin ist sich nicht ganz sicher», fuhr er fort. «Es gibt keine Spermaspuren. Weder in der Scheide noch auf dem Mädchen, und die Verletzungen *könnten* auch auf andere Weise verursacht worden sein.»

Es war kurz vor neun Uhr morgens. Carl spürte, wie müde er war. Das Bild des schmächtigen Mädchenkörpers auf dem kalten Stahl des Obduktionstischs hatte ihn nicht losgelassen, und er hatte heute Nacht schlecht geschlafen. Zwei Becher starker Kaffee zum Frühstück hatten keine Abhilfe geschaffen, und er sehnte sich nach einem dritten. «Aber wir können ein sexuelles Motiv nicht ausschließen. Wir müssen die Datenbanken durchgehen und eine Liste aller bekannten pädophilen Sexualstraftäter erstellen, die sich im Umkreis aufgehalten haben könnten», sagte er.

«Das übernehme ich», meldete sich ein junger Kollege mit freundlichen blauen Augen und dunklem Lockenschopf, der sich als Polizeiassistent Rickard Rosmark vorgestellt hatte und einen Laptop auf dem Schoß balancierte.

«Gut. Prüf bitte auch, auf welche der in Frage kommenden Personen ein weißes Auto zugelassen ist.»

Rickard nickte.

«Lars-Erik, willst du anfangen?», fragte Carl dann.

Wallquist, der ganz hinten im Raum saß, stand auf. Er trug eines seiner üblichen Flanellhemden und eine arg strapazierte, weit über seinen stattlichen Bauchumfang hochgezogene Jeans. Stuhlbeine quietschten auf dem Linoleumboden, als die fünf Polizisten im Raum ihre Stühle umdrehten, um ihn besser sehen zu können. Nachdem die Aufmerksamkeit aller Anwesenden sich auf ihn gerichtet hatte, setzte Wallquist seine halbmondförmige Lesebrille auf und sah mit zusammengekniffenen Augen in die Unterlagen, die er in der Hand hielt. Carl wusste, dass das nur Show war. Wallquist brauchte keine Aufzeichnungen. Er hatte alle Untersuchungsergebnisse im Kopf – bis ins kleinste Detail.

«Wenn wir die Spuren dieser Schwachmaten außer Acht lassen, die am Tatort herumgestiefelt sind, diese beiden Möchtegern-Halbstarken Johan Brink und ...»

Wallquist konsultierte seine Unterlagen.

«Die von Tony Pavic, dem Einsatzleiter von Missing People Jens Sköld, einem Polizeiassistenten und den beiden tollpatschigen Blagen, die das Mädchen gefunden haben, Sixten Sander und Nicklas Eriksson ...»

Carl wartete geduldig, dass Wallquist zum Punkt kam.

«Wenn wir diesen kleinen Menschenauflauf, der aus irgendwelchen unerfindlichen Gründen meinte, am Tatort herumtrampeln zu müssen, außen vor lassen, dann gibt es keine eindeutigen Spuren, die auf einen Täter hinweisen. Wir haben drei Zigarettenkippen, ein Kondom, vier Bonbonpapiere und ein kaputtes Feuerzeug sichergestellt. Aber sämtliche Gegenstände lagen ganz bestimmt schon da, bevor das Mädchen dorthin kam.»

«Und auf dem Stein, mit dem das Mädchen erschlagen wurde, konntet ihr auch keine Spuren sichern?», fragte Carl.

«Nein, abgesehen von Blut- und Gewebespuren des Opfers haben wir nichts gefunden. Kein DNA-Material, keine Fasern. Der Täter hat vermutlich Handschuhe und Regenkleidung getragen.»

Carl nickte. Vor zwei Tagen hatte es stark geregnet.

«Und auch keine Spermaspuren in der Nähe des Tatorts?»

Lars-Erik nahm seine Lesebrille ab.

«Nein.»

Carl wartete darauf, dass Wallquist weiterredete, doch er setzte sich wortlos wieder hin.

«Gut», fuhr Carl fort. «Wie wir alle wissen, hat ein Zeuge zum Tatzeitpunkt ein weißes Auto auf dem Schulgelände gesehen. Sind wir da schon weiter?»

Asbjörn Bolander, ein Polizeibeamter mit eigensinnigem Charakter, der in der Hierarchie des Kaders den langen Weg gegangen war, räusperte sich ungeduldig.

Obwohl er kurz vor der Pension stand, hatte er nach wie vor den Brustkorb eines Ruderers und volles graues Haar, das er nach hinten gekämmt und an den Seiten und im Nacken kurz geschoren trug. Er sah aus wie ein Reserveoffizier alter

Schule. Sogar sein Gesicht war breit, mit entschlossen nach unten gezogenen Mundwinkeln. Carl hatte schon häufiger mit Bolander zusammengearbeitet und wusste, dass er fast genauso vierschrötig war, wie sein Erscheinungsbild nahelegte.

«Wir sind dabei, das Schulpersonal zu befragen», sagte er mit tiefer, dunkler Stimme. «Bisher haben zwei Lehrer ein weißes Auto auf dem Parkplatz gesehen, aber das ist auch schon alles. Sie konnten weder etwas zur Marke noch zum Kennzeichen sagen. Und keiner der beiden hat erkannt, ob jemand im Wagen saß. Das Einzige, was wir mit Sicherheit wissen, ist, dass das Auto keinem Mitarbeiter der Schule gehört.»

Er sprach wie jemand, der es gewohnt war, Befehle zu erteilen, dachte Carl und fragte sich, ob Bolander mit Jodies und seiner Anwesenheit einverstanden war. Vermutlich nicht. Wahrscheinlich hatte nicht Bolander, sondern sein Chef, Nils Pålsson, die NOA so schnell angefordert.

«Gut», erwiderte Carl. «Hat die Anwohnerbefragung schon etwas ergeben?»

Ylva Palmquist, eine etwa fünfunddreißigjährige Polizeiassistentin blickte auf.

«Bislang noch nicht. Aber wir bleiben dran, ein paar Häuser stehen noch aus.»

Sie lächelte optimistisch.

«Sehr gut!» Bolander drehte sich etwas steif um. «Und Rickard ...»

Er deutete mit dem Kopf auf den Polizeiassistenten.

«... hat schon sämtliche Datenbanken nach bekannten Kindermördern durchforstet und eine Liste erstellt. Könnte das ein Ansatz sein?»

Das war keine Frage, das hörte Carl genau. Eher eine Anordnung. Rickard machte ein verlegenes Gesicht, tippte aber schnell etwas in seinen Laptop.

«Pädophile habe ich bei dieser Suche aber nicht berücksichtigt. Ich wusste nicht ...»

Er sah Carl fragend an.

«Das ist okay, mach weiter.»

«Es gibt nicht viele Kandidaten, auf die das Täterprofil zutrifft. Morde an Kindern werden meistens von Familienmitgliedern zu Hause in den eigenen vier Wänden verübt. Von den Eltern oder nahen Verwandten. Und das können wir in diesem Fall ja wohl ausschließen ...?»

Unsicher fuhr er sich mit der Hand über den Mund.

«Zum jetzigen Zeitpunkt noch nicht», erwiderte Carl.

«Gut, ich habe es bisher jedenfalls ausgeschlossen. Die Suche nach Kindern unter achtzehn Jahren, die im Freien ermordet wurden, ergibt im Zeitraum der letzten zehn Jahre drei Treffer.»

«Dann holen wir uns die Schweine», sagte Bolander. Carl erinnerte sich, dass das Bolanders üblicher Jargon war. Für ihn waren alle Verbrecher *Schweine*, Pädophile oder nicht. Seit Carl ihn kannte, vertrat er die Meinung, dass «härtere Bandagen» die beste Lösung waren.

«Nein», widersprach er. «Es liegt noch kein Anfangsverdacht gegen sie vor ... Du verhörst sie, wenn es akut wird.»

«Okay», presste Bolander widerwillig zwischen zusammengebissenen Zähnen hervor.

«Und jetzt wieder zu dem weißen Auto», fuhr Carl fort. «Falls es sich bei dem Fahrer um unseren Täter handelt ...»

«Falls?», fiel Bolander ihm augenblicklich ins Wort.

«Ja, falls», wiederholte Carl müde. «Es ist viel zu früh, um uns auf eine bestimmte Hypothese festzulegen. Bis auf weiteres ermitteln wir in alle Richtungen.»

Er trat an die Umgebungskarte, die am Whiteboard hing.

«Gestern sind wir von *unten* an den Tatort gekommen, vom Waldgebiet unterhalb des Abhangs. Aber mit dem Auto ist es kürzer – und einfacher –, den Wald zu umfahren und von oben dorthin zu gelangen. Von der Wohnsiedlung aus.»

Er zeigte auf die Karte.

«In dem Fall müsste der Täter irgendwo hier geparkt haben ...»

«Wir haben mehrere Anwohner aus dem Viertel befragt», meldete Ylva Palmquist sich zu Wort. «Aber niemandem ist ein weißes Auto aufgefallen. Leider.»

«Sprecht noch mal mit den Leuten», sagte Carl. «Aber erwähnt die Farbe nicht. Draußen war es dunkel. Vielleicht haben sie nicht erkannt, dass es weiß war. Fragt nur, ob sie irgendwann am Abend einen Kombi gesehen haben.»

«Okay», erwiderte Ylva. «Machen wir.»

«Gut, dann kommen wir zu den beiden Jungen, die das Mädchen gefunden haben», sagte Carl.

Bolander hatte sich so weit auf seinem Stuhl zurückgelehnt, dass Carl unfreiwillig registrierte, wie ungewöhnlich viele Nasenhaare er hatte. Schnell wandte er den Blick ab und fuhr fort:

«Sie heißen Sixten Sander und Nicklas Eriksson. Jodie und ich haben mit den beiden gesprochen. Aber abgesehen von dem weißen Auto haben sie nichts gesehen. Jodie hat außerdem die beiden Jugendlichen befragt ...»

Jodie stand auf und drehte sich zum Rest der Gruppe.

«Tony Pavic und Johan Brink haben beide ausgesagt, nichts von dem Mord gewusst zu haben. Ihnen sei nur der Suchtrupp aufgefallen, und das hätten sie spannend gefunden. Sie behaupten, das Mädchen vor Sixten und Nicklas gefunden zu haben. Aber egal ob das stimmt oder nicht, ich denke, wir sollten aus verschiedenen Gründen noch einmal mit ihnen reden.»

Sie nahm einen Block von dem Tisch, der vor ihr stand.

«Beide gehen in die neunte Klasse der Dalsätraschule in der Nähe des Tatorts. Sie sind alte Bekannte von uns. Diebstahl, Körperverletzung, Androhung von Gewalt ... Sie haben jüngeren Kindern regelmäßig Handys, Jacken und dergleichen geklaut. Und Johan Brink hat mindestens einmal ein paar Grundschüler mit einem Messer bedroht. Beide wurden schon mit kleineren Mengen Drogen erwischt, vor allem Tabletten und Cannabis. Das Jugendamt ist mehrfach eingeschaltet worden, hat aber bisher noch keine Maßnahmen ergriffen.»

Zweifelnd hob Bolander eine Augenbraue.

«Was willst du damit sagen?», fragte er. «Dass *die beiden* Olinda Sikonova umgebracht haben?»

«Warum nicht?», gab Jodie zurück. «Sie könnten versucht haben, Olinda zu beklauen, und die Aktion ist aus dem Ruder gelaufen.»

Bolander schüttelte skeptisch den Kopf.

«Wie ich gesagt habe», schaltete Carl sich ein. «Es ist zu früh, um irgendwelche Spuren auszuschließen. Dieses Szenario ist genauso denkbar wie jedes andere. Gehst du dem weiter nach, Jodie?»

Jodie nickte.

«Es gibt noch etwas, was mir nicht aus dem Kopf will», fuhr Carl fort. «Diese höhlenartige Vertiefung, in der das Mädchen gefunden wurde, die ist doch so gut wie gar nicht zu erkennen?»

«Ja», bestätigte Bolander barsch. «Man muss an der Stelle schon zufällig in die Tannen stolpern, um zu sehen, dass dahinter ein Hohlraum ist.»

«Das bedeutet also, dass unser Täter ... oder unsere Täterin ... über eine sehr gute Ortskenntnis verfügt. Rickard, berücksichtige diesen Punkt bitte bei deiner Suche. Filtere die Treffer nach bekannten Straftätern, die in der Nähe des Tatorts wohnen oder gewohnt haben.»

«Der Täter könnte die Umgebung doch auch im Vorfeld ausgekundschaftet haben», wandte Bolander ein.

Jodie drehte sich um.

«Das glaube ich nicht. Damit ein Erwachsener diese Öffnung entdeckt, müsste er schon – wie du selbst gesagt hast – in die Tannen stolpern.»

«Und worauf willst du hinaus?»

«Ich will darauf hinaus, dass diese Felsspalte eine Stelle ist, die Kinder beim Spielen entdecken.»

«Du denkst also, dass ein Kind das Mädchen umgebracht hat?», fragte Bolander erstaunt.

«Nein, aber ich denke, dass Rickard bei seiner Suche auch die Personen berücksichtigen sollte, die hier aufgewachsen sind.»

«Gut», sagte Carl. «Rickard, erstell bitte eine Liste aller pädophilen Straftäter und Kindermörder, die irgendwann in oder in der Nähe von Skogås gewohnt haben. Geh zeitlich weit zurück. Mindestens zwanzig Jahre ...»

Rickard blickte von seinem Laptop auf. Er hatte die ganze Zeit getippt, während sie geredet hatten.

«Okay», sagte er. «Ich habe schon einen Treffer. Ein Mann, Erik Olofsson. Er wohnt in der Vallhornsgatan, nur ein paar hundert Meter vom Tatort entfernt. Er wurde vor neun Jahren in Svenljunga wegen Kindesvergewaltigung verurteilt. Er hat zwei acht und elf Jahre alte Mädchen entführt und sich an ihnen vergriffen, sie aber nicht getötet. Bei dem Versuch, ein drittes Opfer zu kidnappen, wurde er festgenommen. Er ist vor drei Jahren aus dem Gefängnis entlassen worden und wieder hierhergezogen.»

«Und weiter?», fragte Carl.

Rickard blickte verblüfft auf, als hätte er bereits alles erklärt.

«Ja, also, Olofsson ist hier aufgewachsen. Er ist sowohl auf die Lycksätra- als auch auf die Dalsätraschule gegangen. Das deckt sich mit dem, was Jodie gesagt hat.»

«Haben wir irgendwas über ihn, seit er aus dem Gefängnis entlassen wurde?»

«Nein. Jedenfalls nicht, soweit ich sehen kann ...»

Bolander stand für einen Mann seiner Statur erstaunlich schnell auf.

«Was ist?», fragte Carl.

«Was soll sein? Wir fahren los und holen ihn uns!»

«Langsam, langsam. Das werden wir – aber nicht du und nicht jetzt.»

«Zum Teufel! Ich fahre jetzt!»

Bolander wandte sich an Rickard.

«Komm schon, Junge! Das Schwein packen wir uns!»

Carl hasste Situationen wie diese. Eigenmächtige Menschen, die ihre Autorität auf physische Überlegenheit stützten und meinten, das Recht zu haben, sich über sämtliche Regeln hinwegzusetzen.

«Setzt euch wieder hin!», sagte er, so barsch er konnte. «Beide! Hinsetzen!»

Bolander maß ihn mit dem Blick.

«Du wirst Erik Olofsson *nicht* befragen», entschied Carl.

Bolander verschränkte die Arme vor seinem enormen Brustkorb, setzte sich aber wieder auf seinen Stuhl. Rickard war gar nicht erst aufgestanden.

«Du überprüfst stattdessen die drei Kindermörder, die Rickards Suche ergeben hat.»

Bolander nickte schweigend.

«Gibt es noch mehr zu Erik Olofsson?», fragte Carl.

«Äh, ja ...», stotterte Rickard verwirrt. «Er hat ein Auto. Einen VW Golf Kombi. Weiß.»

«Verflucht noch mal!», rief Bolander.

«Jodie und ich fahren hin und reden mit ihm», sagte Carl schnell. «Also, an die Arbeit.»

Lautes Stuhlgescharre setzte ein, als alle aufstanden.

«Eins noch!» Carl versuchte, das Getöse zu überstimmen. «Dieser Fall wird vermutlich einen ziemlichen Medienwirbel verursachen. Ich möchte, dass ihr die Leute an die Presseabteilung verweist – oder im Notfall an mich. Okay?»

Doch niemand schien ihm zuzuhören.

23

Montag, 2. November

Es ist Nachmittag, aber durch den Regen kommt es mir wie abends vor. Ich stehe auf dem Lehrerparkplatz und betrachte die Schule. Meine alte Schule. Auf diese Schule bin ich gegangen, als ich Max getötet habe.

Der Motor läuft im Leerlauf, und in regelmäßigen Abständen gleiten die Scheibenwischer über die Windschutzscheibe und lassen das Schulgebäude und den Schulhof wieder klar hervortreten.

Lexa hat mir das Auto gegeben, es mir regelrecht *aufgezwungen. Auf Södermalm einen Parkplatz zu finden ist so unwahrscheinlich wie ein Lottogewinn.* Da wohnt sie, auf Södermalm, in einem schönen Haus in der Heleneborgsgatan, direkt neben der Högalidskirche. Während sie mir den Autoschlüssel in die Hand gedrückt hat, habe ich noch erfahren, dass in dem Haus auch irgendwer vom Bo Kaspers Orkester wohnt. (Ich weiß, dass sie mir das erzählt hat, um mich zu beeindrucken, aber ich habe mir die Band nie angehört, ihre Musik hat mir einfach nicht gefallen.)

Nehmen Sie das Auto und fahren Sie zu dem alten Baustellengrundstück und Ihrer alten Schule ... Sehen Sie sich um. Vielleicht erkennen Sie irgendetwas wieder. Erinnern sich an irgendwas. Wer weiß.

Ich betrachte die Schule, von der ich *weiß*, dass ich sie besucht habe, bevor irgendwelche Behörden mich in andere Schulen steckten, weit weg von dem verlassenen Baustellengrundstück und Max' totem Körper.

Einen Moment lang spiele ich mit dem Gedanken, auszusteigen und auf den Schulhof zu gehen, doch als ich einen Blick auf die Uhr werfe, wird mir bewusst, dass noch Unterricht stattfindet, und ich will mich nicht … Mir lag das Wort *aufdrängen* auf der Zunge, aber ich glaube, dass ich wie üblich nicht gesehen werden möchte.

Elise würde sagen, dass ich mich selbst schütze, indem ich Erinnerungen aus dem Weg gehe. Und vielleicht ist es das, was ich tue, während ich stumpf durch die Windschutzscheibe starre, die die Scheibenwischer im immer gleichen Intervall vom Regen befreien. (*Sie stellen zu viele Ansprüche an sich selbst. Haben Sie schon einmal daran gedacht, dass das, was Sie als Schwäche empfinden, möglicherweise ganz normale Gefühle sind, ein normales Bedürfnis nach Schutz und Geborgenheit?*)

Irgendwann schalte ich den Motor aus und sitze einfach nur da. Ich wünschte, ich könnte sagen *gedankenversunken*, aber das kann ich nicht. Ich denke an nichts, starre einfach nur leer vor mich hin.

Ich weiß nicht, wie lange ich vor der Schule gestanden habe, aber plötzlich wimmelt es auf dem Schulhof und dem Parkplatz vor Kindern mit Regenjacken und Rucksäcken. Ich warte, bis sie weg sind, dann lasse ich den Motor an und fahre davon.

Es ist kurz nach sieben Uhr abends, als ich an Lexas Wohnungstür klingele. Sie sieht mich überrascht an.

«Ist etwas passiert?», fragt sie. «Sie sind ja klatschnass. Was haben Sie gemacht?»

Ich zucke mit den Schultern.

«Ich war an meiner alten Schule.»

Sie nickt aufmunternd und zieht mich in die Wohnung.

«Haben Sie sich an irgendetwas erinnert?»

Sie holt mir ein Handtuch aus dem Badezimmer und platziert mich anschließend im Wohnzimmer auf einem dunkelroten Sofa. Der Fernseher läuft. Sie schaltet ihn aus, setzt sich neben mich und wartet darauf, dass ich anfange zu erzählen.

Als ich nichts sage, fährt sie fort: «Aber Sie haben doch gemacht, was ich gesagt habe. Sie haben sich in Ihrem alten Viertel umgesehen ...?»

«Ich bin *gefahren* ...», sage ich und starre hartnäckig auf den Couchtisch.

«Das macht keinen Unterschied. Sie waren da ...»

Als ich aufblicke, sehe ich, dass sie lächelt, als sei das ein großer Fortschritt. Das ist es nicht.

«Ich will nicht mehr», sage ich. «Es ist zu belastend, ich schaffe das nicht ...»

Sie beugt sich zu mir und umarmt mich.

«Ich weiß», erwidert sie. «Ich verstehe das. Manche Erinnerungen sind schmerzhaft. Aber es sind trotzdem Ihre Erinnerungen. Es ist bestimmt gut, dass sie zurückkommen.»

Wieder bleibe ich stumm, also fährt sie fort:

«Stellen Sie sich mal vor, Sie würden erfahren, dass Sie einen Gehirntumor haben, der an einer so schwierigen Stelle sitzt, dass Sie den Großteil Ihrer Erinnerungen verlieren würden, wenn man versucht, ihn zu entfernen. Vielleicht sogar alle Erinnerungen. Wenn der Tumor aber nicht entfernt wird, sterben Sie innerhalb eines Jahres.»

Sie rutscht ein Stück von mir weg und mustert mich eindringlich.

«Wie würden Sie sich entscheiden?»

Ich antworte nicht. Ich hasse solche Pest-oder-Cholera-Fragen.

«Sie würden sich fürs Sterben entscheiden, habe ich recht? Das würde ich auch.»

Sie lächelt mich wieder an, und mir wird klar, dass ich mich durch mein Schweigen bereit erklärt habe weiterzumachen. Ich bin eingeknickt.

«Möchten Sie einen Tee?», fragt sie und ist schon auf dem Weg in die Küche.

Als sie mit zwei großen Bechern zurückkommt, sagt sie:

«Sie stellen *mir* nie irgendwelche Fragen.»

Ich zucke mit den Schultern, aber sie hat recht, ich stelle ihr keine Fragen.

«Sind Sie nicht neugierig, wer ich bin?»

«Ich weiß nicht ...»

Sie pustet in ihren Tee und sieht mich über den Rand des Bechers hinweg an.

«Eine wildfremde Frau, die einfach so bei Ihnen zu Hause aufkreuzt und Sie überredet, bei ...»

Sie macht eine ausholende Handbewegung.

«... dem Ganzen hier mitzumachen? Wollen Sie nicht wissen, wer ich bin? Ob ich verheiratet bin, geschieden, Kinder habe? Wer meine Eltern sind? Was ich gemacht habe ...?»

«Lexa?», frage ich. «Woher kommt der Name? Ich habe ihn noch nie gehört. Hat er irgendetwas mit Gesetz zu tun?»

Ich habe keinen Schimmer, warum ich ausgerechnet das frage.

«Das war die Idee meines Vaters», erklärt sie. «Er hatte sich eigentlich einen Sohn gewünscht, der Axel heißen sollte. Der Name wird in seiner Familie schon seit Generationen an den nächsten männlichen Nachkommen vererbt. Es hat immer einen Axel gegeben. Doch dann kam ich. Er war so enttäuscht, dass er meine Mutter überredet hat, mich Axel rückwärts gelesen zu nennen: Lexa. So kam der Name zustande. Das war das einzige Mal, dass er sich gegen meine Mutter durchgesetzt hat.»

«Und Ihre Mutter?»

Lexa lächelt.

«Sie durfte meine beiden anderen Vornamen aussuchen. Kathrine Selma. Eigentlich sollte Kathrine mein Rufname werden und Lexa ein geheimer Zweitname, von dem niemand etwas weiß. Jedenfalls wenn es nach meiner Mutter gegangen wäre. Aber als ich in die Schule kam, habe ich mich für Lexa entschieden. Am Tag der Einschulung, als die Lehrerin alle Namen der Kinder der Klasse vorgelesen hat, habe ich gesagt, dass ich Lexa genannt werde. Wahrscheinlich um meine Mutter zu ärgern.»

«Leben Ihre Eltern noch?», frage ich.

Abrupt stellt Lexa ihren Teebecher auf den Tisch.

«Meine Mutter», sagt sie. «Mein Vater ist tot.»

«Was war er von Beruf?»

Wieder: Es sind einfach nur Wörter, die in meinem Mund auftauchen. Ich weiß nicht, was ich rede.

«Mathematiker», erwidert sie schroff, als wäre es ihr unangenehm.

«Und Ihre Mutter?»

«Sie ist Fernsehproduzentin. Arbeitet viel. Ich sehe sie nicht besonders oft. Das habe ich nie. Aber sie ist ... erfolgreich.»

«Das tut mir leid», sage ich.

Sie sieht mich verblüfft an, und ich schicke schnell hinterher:

«Dass Ihr Vater tot ... verstorben ist, meine ich.» Und nach einer kurzen Pause: «Haben Sie Geschwister?»

«Einen Bruder.»

Ich sitze schweigend da, halte meinen Teebecher mit beiden Händen fest, nippe vorsichtig daran und gebe mir Mühe, nicht das Gesicht zu verziehen. (Ich hasse Tee.)

«Möchten Sie noch etwas wissen?», fragt Lexa lächelnd.

«Nein.»

«Na dann.»

Sie klingt erstaunt, fast enttäuscht, aber ich weiß nicht, was ich sonst noch fragen soll.

24

Mittwoch, 4. November

Während der Autofahrt nach Skogås schwieg Carl, um sich seine Irritation über Asbjörn Bolander nicht anmerken zu lassen. Jodie warf ihm einen sonderbaren Blick zu, sagte aber nichts. Hatte er mit sich selbst gesprochen? Wenn er allein zu Hause war, ertappte er sich hin und wieder dabei. Als Kind hatte er sich immer vor seinen Freunden geschämt, wenn sein Vater beim Tischlern oder Kochen leise vor sich hin gemurmelt hatte – doch jetzt tat er es selbst.

«Hier ist es.» Jodie fuhr auf einen riesigen, von Hochhausblöcken gesäumten Parkplatz.

Carl lehnte sich vor und betrachtete den am nächsten gelegenen Wohnblock. Ein in Rosa und Beige gehaltener Betonklotz mit in mathematischer Regelmäßigkeit angebrachten Balkonen, von denen man auf den Parkplatz blickte. Was hatte man sich bei dieser Bauweise nur gedacht? Doch er kannte die Antwort: Man hatte rationell gedacht, zukunftsorientiert, funktional. Und die Menschen, die in diesen Häusern leben sollten, außer Acht gelassen.

Erik Olofsson wohnte in der Nummer 22, im obersten Stock.

«Ich rede», sagte Carl, während sie in einem ruckelnden Fahrstuhl nach oben fuhren. «Du siehst dich um.»

Jodie nickte.

Die Wohnungstür mit dem Namensschild «E. Olofsson» lag schräg gegenüber vom Fahrstuhl auf der rechten Seite. Im Treppenhaus roch es nach altem Bratfett, vermischt mit dem unangenehmen Geruch von trockenem Beton, der Carl an einen Sommer erinnerte, in dem er als Jugendlicher frühmorgens Zeitungen ausgetragen hatte und nach einer Woche an einer Mandelentzündung erkrankt war.

«Bereit?», fragte Jodie.

Er nickte, und Jodie klingelte. Nach einer Weile klingelte sie ein zweites Mal.

Sie wollten gerade gehen, als die Tür plötzlich doch noch geöffnet wurde. Vor ihnen stand ein magerer, etwa fünfunddreißigjähriger Mann mit schmalem Gesicht und zerzausten Haaren.

«Ja?», fragte er misstrauisch.

Offensichtlich hatte er geschlafen und sich schnell angezogen. Sein schwarzes T-Shirt hing ihm halb aus der Jeans und der Hosenschlitz stand offen. Carl konnte sehen, dass er weiße Boxershorts trug.

«Erik Olofsson?»

Der Mann nickte wachsam.

«Mein Name ist Carl Edson, und das ist meine Kollegin Jodie Söderberg. Wir sind von der Polizei und würden Ihnen gern ein paar Fragen stellen.»

Im nächsten Moment schlug Olofsson die Tür zu, doch Carl schob blitzschnell seinen Fuß dazwischen.

«Wenn Sie hier und jetzt nicht mit uns reden wollen, müssen wir Sie bitten, uns aufs Revier zu begleiten», sagte er.

«Nehmen Sie mich fest?», fragte Olofsson.

«Wenn Sie nicht mit uns reden, ja. Wir möchten Sie zu einigen Ereignissen der letzten Tage befragen.»

Olofsson starrte ihn an. Carl sah, dass er seine Alternativen abwog. Sein rechtes Auge zuckte, wie bei einem Tick, dann fuhr er sich mit der Zunge über die Lippen.

«Okay», willigte er schließlich ein. «Kommen Sie rein, aber ich habe gerade geschlafen …»

Olofsson ließ die Tür los. Carl stieß sie auf und ließ Jodie den Vortritt. In der Wohnung roch es muffig, als sei wochenlang nicht gelüftet worden.

«Können wir uns irgendwo hinsetzen?», fragte Jodie freundlich.

Olofsson ging ihnen voran in die Küche und hockte sich auf einen der drei zusammengewürfelten Stühle, die an einem Klapptisch vor dem Fenster standen. Carl blickte hinaus und sah tief unter ihnen den Parkplatz liegen. Die Küche war nicht groß, und er musste sich an die Wand pressen, um Olofsson gegenüber am Tisch sitzen zu können. Jodie blieb im Türrahmen stehen.

«Wir würden gerne wissen, was Sie am Montag gemacht haben», begann Carl.

Verständnislos sah Olofsson ihn an.

«Am zweiten November», verdeutlichte Carl. «Also vorgestern.»

«Ich war hier, glaube ich … Ich muss nachdenken.»

Olofsson blickte Jodie nach, die ins Wohnzimmer ging. Sein Auge begann wieder zu zucken, und er fuhr sich erneut mit der Zunge über die Lippen. Dann stand er ruckartig auf, ging zu einem Wandkalender, der am Kühlschrank hing, und fuhr unkonzentriert mit dem Finger die Tage entlang, während er aus dem Augenwinkel immer wieder zu Jodie hinübersah.

«Ja, ich war hier. Am 2. November hatte ich Frühschicht, bis vierzehn Uhr … Dann bin ich nach Hause gefahren, hab mich kurz aufs Ohr gehauen und mir dann einen ruhigen Nachmittag gemacht … Abends bin ich früh ins Bett gegangen, am nächsten Tag hatte ich Spätschicht und wollte ein bisschen Schlaf nachholen ...»

«Ich verstehe», sagte Carl. «Bei Ihrem Dienstschluss um vierzehn Uhr, wo waren Sie da?»

«Farsta Zentrum. Am Montag hatte ich die Buslinie 831, da wechseln wir in Farsta Zentrum.»

«Und danach?»

«Bin ich mit dem Bus nach Hause gefahren.»

«Bis Skogås Zentrum?»

«Ja.»

«Und Sie sind nicht zwischendurch irgendwo ausgestiegen?»

«Nein, warum hätte ich das tun sollen?»

Carl machte eine unbestimmte Handbewegung.

«Um einzukaufen, Termine wahrzunehmen, Freunde zu treffen ...?»

Olofsson schüttelte den Kopf.

«Nein, ich bin direkt nach Hause gefahren. Nach der Frühschicht bin ich immer ziemlich erledigt.»

«Sie waren also nicht an der Lycksätraschule?»

Olofsson hob die Augenbrauen, als verstünde er die Frage nicht.

«An der Lycksätraschule? Nein ...»

«Aber Sie wissen, wo die Lycksätraschule liegt?»

Olofsson zuckte mit den Schultern.

«Ja klar. Ich bin hier aufgewachsen.»

«Eine Grund- und Mittelstufenschule. Viele Kinder ... Sie sind sich ganz sicher, dass Sie nicht dort waren?»

«Wie ich gesagt habe, ich bin nach der Arbeit direkt nach Hause gefahren. Hab mir ein Brot geschmiert und mich eine Stunde oder so aufs Ohr gelegt ...»

Olofsson drehte sich wieder zu Jodie um, die im Wohnzimmer langsam am Bücherregal entlangging.

«Ist es Ihnen unangenehm, dass meine Kollegin sich Ihre Sachen ansieht?», fragte Carl.

Olofsson zuckte zusammen.

«Nein … Das ist okay …»

«Gut, dann machen wir weiter. Gehen Sie ab und zu zur Lycksätraschule?»

«Nein, das tue ich nicht. Warum fragen Sie …?»

Olofssons Augentick wurde stärker und ließ sein Gesicht sonderbar zucken.

«Hat das irgendwas mit meiner … mit dem, was ich getan habe, zu tun?»

Carl gab keine Antwort, beobachtete Olofsson schweigend weiter.

«Ich bin dafür in den Knast gewandert, das wissen Sie! Ich habe meine Strafe abgesessen. Sie können nicht einfach hier auftauchen und …»

«Haben Sie ein Auto?», fiel Carl ihm ins Wort.

Wieder fuhr sich Olofsson mit der Zunge über die Lippen.

«Ja …»

«Einen weißen VW Golf Kombi?»

«Ja, wieso? Was … Warum fragen Sie nach meinem Auto? Wurde es gestohlen?»

«Wann haben Sie es das letzte Mal benutzt?»

«Ich weiß es nicht. Ich fahre nicht oft damit. Meistens parke ich es nur um. Auf der Straße darf man nicht unbegrenzt stehen.»

«Wann haben Sie Ihr Auto das letzte Mal umgeparkt?»

«Ich weiß es nicht.»

«Am Montag vielleicht?»

«Nein, das habe ich doch gesagt. Ich bin nach Hause gefahren und habe geschlafen.»

Olofsson hatte die Stimme erhoben. Seine Kiefermuskeln waren angespannt.

«Angesichts Ihrer …»

Carl zögerte, welches Wort er benutzen sollte.

«… *Vorgeschichte* muss eine Schule mit kleinen Kindern in der Nähe doch … verlockend sein?»

Schief grinsend sah Olofsson ihn an.

«*Verlockend?* Ihr habt sie doch nicht mehr alle! Ist es für *Sie* verlockend, in der Nähe von Frauen zu sein?»

Olofsson wies mit dem Kopf auf Jodie, die wieder im Türrahmen stand. Sein Ton war ironisch und aggressiv.

«Sie wissen, was ich meine», erwiderte Carl ruhig.

«Nein, das tue ich nicht!»

«Sie wurden wegen zweifacher Kindesvergewaltigung verurteilt, und nach Verbüßung Ihrer Strafe ziehen Sie in eine Wohnung, die hundert Meter von einer Grundschule entfernt liegt, in die Kinder gehen, die genauso alt sind, wie Ihre Opfer es waren …»

«Ja klar! Statt in die noble Dreizimmerwohnung in Vasastan oder in eine der vielen Zweizimmerwohnungen auf Södermalm zu ziehen, zwischen denen ich wählen konnte, habe ich mich für diese Asi-Absteige entschieden, weil sie direkt neben einer Schule liegt.»

Olofsson sprang so heftig auf, dass sein Stuhl gegen die Wand kippte und mit einem lauten Knall umfiel. Jodie trat einen Schritt nach vorne, bereit einzugreifen.

«Das war die einzige Wohnung, die ich bekommen habe! Wir sind in Stockholm, verflucht noch mal!»

«Ich weiß nicht, ob Sie die Nachrichten verfolgen, aber

am Montag wurde an dieser Schule ein elfjähriges Mädchen überfallen und ermordet.» Carl sah den Mann, der vor Wut zitternd vor ihm stand, gelassen an.

«Und mehrere Zeugen sagen aus, zum Zeitpunkt ihres Verschwindens ein weißes Auto in der Gegend gesehen zu haben.»

«Das war ich nicht!», schrie Olofsson. «Ich habe eine Therapie gemacht. Ich bin jetzt ein anderer Mensch ...»

«Gehen Sie noch immer zur Therapie?», fragte Carl.

«Nein ... Nein, ich war in Therapie, als ich im Gefängnis saß. Danach ... habe ich aufgehört.»

Carl nickte.

«Haben Sie vor, in der nächsten Zeit zu verreisen?»

«Nein.»

Olofsson sackte zusammen und starrte auf den Boden, als würde er seinen Wutausbruch bereuen.

«Gut. Möglicherweise haben wir noch weitere Fragen an Sie.»

Carl stand auf.

«Danke, dass wir Sie stören durften», sagte er und ging in Richtung Flur.

«In Ihrem Wohnzimmer steht ein Computer», bemerkte Jodie, Carl drehte sich wieder um.

«Ja», antwortete Olofsson.

«Würden Sie ihn bitte hochfahren und uns zeigen, was Sie dort gespeichert haben?»

«Nein», erwiderte er trotzig.

«Und wenn ich Sie noch einmal darum bitte?»

Olofsson schüttelte den Kopf.

«Da sind viele ... private Dinge drauf. Da müssen Sie mit einem Durchsuchungsbeschluss wiederkommen.»

«Das können wir selbst beschließen, hier und jetzt», sagte

Jodie. «Wären Sie bitte so freundlich und fahren Ihren Computer hoch?»

«Das kann ich leider nicht. Der Computer ist verschlüsselt, und ich habe das Passwort vergessen. Ich benutze ihn nur selten.»

Olofsson blickte Jodie demonstrativ an. Carl wartete darauf, dass er noch etwas sagte, aber Olofsson schwieg.

«Warte du hier mit Herrn Olofsson», wies er Jodie an. «Ich will nur schnell etwas überprüfen.»

Carl ging ins Treppenhaus und wählte die Nummer von Staatsanwalt Daniel Sandén.

«Ich verstehe trotzdem nicht, warum wir ihn nicht festnehmen konnten ...», sagte Jodie, als sie zehn Minuten später über den Parkplatz liefen.

«Wir haben nicht genug gegen ihn in der Hand», antwortete Carl. «Daniel hat recht ...»

Jodie öffnete die Fahrertür und setzte sich hinters Steuer.

«Die Rechtsmedizinerin hat doch gesagt, dass Olinda nicht vergewaltigt wurde, oder?», fragte sie.

«Worauf willst du hinaus?» Carl rutschte auf den Beifahrersitz.

«Eine Sache will mir nicht aus dem Kopf ...»

Carl sah, wie sich in einem der Fenster im obersten Stock eine Gardine bewegte. Vermutlich blickte Olofsson ihnen nach.

«Olofsson hat die beiden Mädchen damals vergewaltigt», fuhr Jodie fort. «Ist es da nicht merkwürdig, dass er Olinda getötet hat, statt sie zu vergewaltigen? Der sexuelle Übergriff müsste doch eigentlich ... wie soll ich sagen, das sein, was ihn antreibt. Der eigentliche *Kern.*»

«Vielleicht hat er dazugelernt.» Carl drehte sich zu ihr. «Gelernt, wie man ihm nicht auf die Schliche kommt. Ich weiß nicht … vielleicht hat er mit einem Kondom masturbiert?»

Jodie sah ihn zweifelnd an.

«Gerade eben warst du noch aufgebracht, weil wir Olofsson nicht festgenommen haben», sagte Carl. «Ich verstehe nicht, warum du jetzt …»

«Ich finde nur, dass es seltsam ist.» Jodie ließ den Motor an. «Nicht, dass wir ihn aus der Ermittlung ausschließen sollen.»

Carl schwieg einen Moment.

«Entschuldige», sagte er dann. «Das war eine wichtige Beobachtung.»

Keiner von ihnen sagte etwas, während Jodie vom Parkplatz fuhr.

«Du hältst diese beiden Jugendlichen für verdächtiger, Tony und Johan?», fragte Carl dann.

Jodie zuckte mit den Schultern.

«Aber warum sollten sie das getan haben?», fuhr er fort. «Die Theorie, eine ihrer üblichen Abziehtouren könnte aus dem Ruder gelaufen sein, ist nicht wirklich stichhaltig, oder? Dann hätten sie das Mädchen in einem Gebüsch in der Nähe der Bahngleise erschlagen und sie nicht einen Abhang mit rutschigen Felsen hochgezwungen.»

«Typen wie Johan und Tony klauen nicht wegen der Wertsachen», sagte Jodie. «Nicht nur jedenfalls.»

«Sondern …?»

«Wegen des Kicks. Um die Angst und Machtlosigkeit ihrer Opfer zu sehen … Um ihr Selbstbild, stark und überlegen zu sein, bestätigt zu bekommen.»

Carl wirkte skeptisch.

«Hast du das irgendwo gelesen?»

«Ja ... oder nein, habe ich nicht ... Aber ich denke, dass das Ganze als Abzocke angefangen haben könnte. Olinda begegnet ihnen zufällig auf dem Waldweg. Sie stoßen sie zu Boden – das könnte zu den Schürfwunden an ihrem Knie und den Händen passen, die die Rechtsmedizinerin festgestellt hat. Das eine führt zum anderen, und am Ende zwingen sie Olinda den Abhang hinauf, ziehen ihr die Sachen aus und ...»

«Okay», sagte Carl. «Ich verstehe, was du meinst. Trotzdem bin ich nicht sicher, ob du mich überzeugen kannst. Aber sprich mit den beiden. Wir werden ja sehen, was dabei herauskommt.»

«Sie wohnen hier ganz in der Nähe. Ich dachte, *wir* ...»

Carl schüttelte den Kopf.

«Nein, das machst du alleine. Setz mich am Bahnhof ab.»

«Aber ...»

«Ich muss mit Bolander reden. Nimm Rickard mit.»

Jodie warf ihm einen erstaunten Seitenblick zu, aber Carl sagte nichts mehr.

«Okay, wie du willst», stimmte sie zu.

25

Mittwoch, 4. November

Asbjörn Bolander saß an seinem Schreibtisch im Einsatzraum und hämmerte auf die Tastatur seines Laptops ein, abwechselnd mit dem rechten und linken Zeigefinger, als tippe er auf einer alten, widerspenstigen Schreibmaschine.

«Hast du eine Minute?», erkundigte Carl sich freundlich, als er in den Raum kam.

Bolander nahm die Finger von der Tastatur, lehnte sich auf seinem Stuhl zurück und musterte ihn.

«Nein, habe ich nicht», antwortete er.

«Lass uns ins Besprechungszimmer gehen.» Carl lächelte. «Es dauert nicht lange.»

Mühsam erhob sich Bolander, als wollte er demonstrieren, welchen Aufwand Carls Anliegen ihm bereitete.

Carl ging ihm voran den Flur hinunter und betrat ein kleines Besprechungszimmer mit Platz für vier Personen.

«Setz dich», sagte er und schloss die Tür hinter ihnen.

«Was gibt's?» Bolander setzte sich auf einen halb unter dem Tisch hervorgezogenen Stuhl.

Carl blieb einen Moment lang stehen. Zu schweigen und Fragen nicht unmittelbar zu beantworten, sondern darauf zu warten, dass der andere etwas sagte, erzeugte immer eine gewisse Unsicherheit. Diese Herrschaftstechnik mochte er zwar nicht besonders, hatte sie sich aber dennoch angeeignet.

«Dir scheint irgendetwas gegen den Strich zu gehen», sagte er dann ruhig. «Ich frage mich, ob du ein Problem damit hast, dass Jodie und ich die Ermittlungen unterstützen?»

Er sagte es in einem freundlichen und höflichen Ton, darauf bedacht, die Emotionen nicht noch weiter hochkochen und in einen weiteren Disput münden zu lassen.

Bolander schnaubte.

«*Unterstützen*, so nennst du das also, wenn die NOA übernimmt!»

Carl musterte den Mann vor sich und begegnete seinen blaugrauen Augen, die ihn verächtlich ansahen. Erst jetzt wurde ihm klar, dass Bolander gekränkt war.

«Wie siehst *du* das Ganze?», fragte er.

Bolander schlug mit den Handflächen auf den Tisch. Obwohl die Bewegung gar nicht so heftig gewesen war, klang das Geräusch in dem kleinen Raum wie eine Explosion.

«Dass du hier hereinschneist und *dein* Ding durchziehst und es dich einen Scheiß interessiert, was wir Provinzbullen ermittelt haben. Oder was wir beitragen können.»

Carl antwortete nicht, ließ Bolander weiterreden.

«Für euch sind wir nur ein Haufen Idioten, die Räuber und Gendarm spielen und mit Schlagstöcken auf Kleinstadtganoven einprügeln.»

«Wenn ich diesen Eindruck auf dich gemacht habe, dann tut es mir leid», erwiderte Carl nach einer Weile. «Ich werde darauf achten, wie ich wirke, und deine Meinung und die deiner Kollegen berücksichtigen.»

Bolander antwortete nicht, sondern starrte ihn misstrauisch an.

«Aber ich möchte dir mein Verhalten vorhin im Einsatzraum erklären», fuhr Carl fort. «Ich wollte nicht, dass Olofsson von jemandem in einer derart aufgebrachten Gemütslage, wie du sie in dem Moment hattest, befragt wird. Deshalb bin ich eingeschritten.»

«Und du glaubst nicht, dass ich mich professionell verhalten kann?», erwiderte Bolander. «Willst du das damit sagen?»

«Natürlich glaube ich das. Aber in dieser Situation war es nicht unbedingt … ersichtlich.»

Bolander schwieg, er schien nachzudenken.

«Ja, ich habe vielleicht zu heftig reagiert. Aber ich … bei Pädophilen brennt bei mir die Sicherung durch.»

Er blickte auf.

«Hast du Kinder? Enkelkinder?»

«Eine Tochter», sagte Carl.

«Dann weißt du, wie es sich anfühlt! Es … geht einem unter die Haut!»

Carl nickte.

«Ich weiß. Und wenn Erik Olofsson unser Täter ist, dann werden wir ihn überführen. Aber nicht durch Drohgebärden und Einschüchterungsversuche. Du bist ein erfahrener Polizist. Hilf dabei, dass wir die Person aus dem Verkehr ziehen, die Olinda Sikonova umgebracht hat.»

Bolander schwieg. Er wirkte verblüfft, als hätte er eine weitere Auseinandersetzung erwartet, kein Friedensangebot.

«Danke, dass ich deine Zeit in Anspruch nehmen durfte.» Carl ging zur Tür. «Wenn du noch etwas ansprechen möchtest, dann sag es mir bitte direkt.»

Bolander murmelte irgendetwas Unverständliches und ging steif in den Einsatzraum zurück. Carl wartete, bis Bolander außer Sichtweite war, dann wandte er sich in die entgegengesetzte Richtung und ging auf die Fahrstühle zu.

26

Montag, 2. November

Ich weiß nicht, warum ich es Lexa nicht erzählt habe, aber als ich in Skogås durch das Viertel fuhr, in dem ich aufgewachsen bin, *habe* ich mich an etwas erinnert.

Während ich vor Max' Elternhaus stand. Jemand hat einen großen Anbau vor die Längsseite gesetzt, aber den Rest des Hauses habe ich wiedererkannt. Die verklinkerte Fassade, die große Terrasse ... Und da tauchte diese Erinnerung auf, aus dem Nichts. Ich sitze auf meinem Fahrrad vor Max' Haus. Es ist Frühling. Und ich fahre zum ersten Mal seit dem Winter Fahrrad. Ich scharre mit den Füßen im Rollsplit, der noch auf den Straßen liegt, spüre die warme Sonne auf meiner Jeans.

Max' Fahrrad liegt in der Einfahrt. Er kauert hinter dem Geländer auf der Vordertreppe und schreit mich an: «Das sag ich meiner Mama!» Er blutet am Kinn, umklammert seinen linken Arm, der ein bisschen schief herunterhängt.

Ich erinnere mich, was passiert war.

Wir hatten mit unseren Rädern auf der Skateboardrampe geübt, die zwischen dem Schulhof der Grundschule und dem Hof der Mittelschule stand. Einer Doppelrampe mit einem Podest in der Mitte. Ich bin als Erster gefahren, habe mit dem Fahrrad Schwung genommen und bin so abgesprungen, dass ich weich am tiefsten Punkt landete und mit dem Hinterrad zur Seite schlitterte.

Dann war Max an der Reihe. Doch während er auf die Rampe zufuhr, bekam er Schiss und bremste ab, sodass er zu wenig Tempo draufhatte und nicht am tiefsten Punkt, sondern auf dem flachen Teil in der Mitte aufkam. Durch den harten Aufprall wurde er nach vorne geschleudert und flog in hohem Bogen über den Lenker. Bei dem Versuch, seinen Sturz mit den Händen abzufangen, schürfte er sich das Kinn und die Knie auf. Sein Fahrrad überschlug sich hinter ihm in der Luft und traf ihn im Rücken.

Als ich ihm aufhelfen wollte, schlug er meine Hand weg, japste nach Luft und schrie mit erstickter Stimme: «Du hast mich reingelegt!»

Er blutete am Kinn, der Staub an seinen Händen färbte sich an den Stellen, wo er sich die Haut aufgeschürft hatte, dunkel, und sein linker Arm hing in einem seltsamen Winkel herunter.

«Du hast gesagt, man muss langsam fahren!», stotterte er, während er heulend nach Luft rang.

Dann lief er weg, humpelte über den Schulhof der Mittelschule und den Bürgersteig entlang davon. Sein Fahrrad hatte er liegen lassen. Ich hob es auf und schob es zusammen mit meinem Fahrrad zu seinem Haus.

«Du hast mich reingelegt», wiederholt er jetzt von seinem Platz hinter dem Geländer auf der Vordertreppe und umklammert seinen linken Arm. «Das sag ich meiner Mama!»

Dann läuft er die letzten Treppenstufen hoch, öffnet die Tür und verschwindet im Haus.

Am nächsten Tag holte mich seine Schwester auf dem Weg zur Schule ein und stieß mich von hinten zu Boden.

«Dir ist doch wohl klar, dass man auf der Skateboardrampe nicht Fahrrad fahren kann!», rief sie und beugte sich über mich.

«*Ich* konnte es …», erwiderte ich.

Sie sah mich merkwürdig an, dann sagte sie: «Du bist doch

nicht ganz richtig im Kopf. Du bist schuld, dass Max sich den Arm gebrochen hat!»

Als ich von Lexa nach Hause komme, wird mir bewusst, dass diese Erinnerung keine richtige Erinnerung ist, sondern ein Foto. Im Flur klickt es plötzlich in meinem Kopf (als hätte ich es unterbewusst längst geahnt).

Ich stürze ins Schlafzimmer und krame den Schuhkarton mit den alten Fotos hervor. Das Foto liegt ganz unten. Ich muss es in der Hand gehalten haben, als ich vorgestern den Karton durchgesehen habe, uns darauf aber nicht wiedererkannt haben. Nicht einmal mich selbst.

Das Foto wurde vor Max' Haus aufgenommen, von der Straße aus. Man erkennt Max, wie er hinter dem Geländer auf der Vordertreppe kauert. Er sieht gar nicht aus wie er, vielleicht weil er weint und seine Gesichtszüge verzerrt sind, vielleicht weil er auf der Aufnahme nicht ganz scharf ist. Ich stehe mit dem Rücken zur Kamera, hocke auf einem Kinder-BMX. Max' Haus ist unterhalb des Dachfirsts abgeschnitten, aber die Einfahrt und sein Fahrrad sind mit auf dem Bild.

Warum hat jemand dieses Foto gemacht? War es mein Vater? Weshalb? Hatte er nicht gesehen, dass Max weinte, dass etwas passiert war? Ich stelle mir folgende Erklärung vor: Er hatte sich eine neue Kamera gekauft und wollte sie ausprobieren, als er kam, um mich bei Max abzuholen. Dass es Ostern war und es deshalb ein besonderes Mittagessen geben sollte. Auf dem Foto sieht man, dass es früh im Frühling sein muss. Die Bäume haben noch keine Blätter, und das Licht ist kalt und hart.

Meine Eltern, meine leiblichen Eltern, müssen Max und mich auf dem Bild auch nicht wiedererkannt haben, sonst hätten sie das Foto zusammen mit all den anderen weggeworfen. Doch stattdessen liegt es auf dem Boden des Schuhkartons mit den Fotos meiner Pflegeeltern.

27

Mittwoch, 4. November

Auf einer großen Tafel vor einem Restaurant im Zentrum von Skogås las Jodie: «Filet vom Brett 99 Kronen». Schon als Kind war es ihr immer vorsintflutlich vorgekommen, wenn ihre Eltern dieses Gericht bestellt hatten, und seitdem hatte sie es auf keiner Karte mehr gesehen – bis jetzt.

«Hier ist es», sagte sie zu Rickard, der mit seinem Laptop auf den Knien auf dem Beifahrersitz saß. «Härbrevägen.»

Es war ein vierstöckiges Hochhaus mit einem undefinierbaren braunrosa Anstrich. Katarzyna Pavic wohnte im ersten Stock. Rickard klingelte an der Tür. Nachdem er ein zweites Mal auf die Klingel gedrückt hatte, öffnete ihnen eine kleine dunkelhaarige Frau mit harten, fast maskulinen Gesichtszügen. Sie trug ein unförmiges Kleid und blickte sie feindselig an.

«Was wollen Sie?»

Rickard stellte sie beide vor, doch die Frau blieb demonstrativ stehen und machte keine Anstalten, sie hereinzubitten.

«Wir suchen Tony Pavic. Ist er zu Hause?», fragte Jodie.

«Nein.»

«Dürfen wir trotzdem reinkommen?»

Die Frau zögerte einen Moment, ließ sie dann aber herein. In der Wohnung war es dunkel und eng. Sämtliche Jalousien waren heruntergelassen.

«Was er jetzt wieder hat angestellt?», fragte sie in gebrochenem Schwedisch.

«Sind Sie Tonys Mutter?», erwiderte Jodie. «Katarzyna Pavic?»

«Ja, das bin ich.»

«Wir ermitteln in einem Mordfall», mischte Rickard sich ein. «Es ist wichtig, dass wir mit ihm reden.»

Katarzyna Pavic wischte sich die Hände an ihrem Kleid ab.

«Aha, was Sie nicht sagen, aber Sie mir erst erzählen, was er gemacht!»

«Eben darüber wollen wir mit ihm reden», erklärte Jodie.

Katarzyna Pavic zögerte.

«Wenn er hier wäre, könnten Sie das tun», sagte sie dann. «Aber ich weiß nicht.»

«Wann kommt er nach Hause?», fragte Rickard.

«Was weiß ich? Er kommt, er geht ... vielleicht er ist bei seinem Vater.»

Sie hob die Hände.

«Sie und Ihr Mann leben getrennt, richtig?», fragte Jodie.

«Ja, lange schon.»

«Ist Tony oft bei seinem Vater?»

Wieder hob Katarzyna Pavic die Hände, um zu zeigen, dass sie keine Ahnung hatte.

«Wann haben Sie Tony zuletzt gesehen?»

«Gestern ... ich glaube ... Ja, gestern.»

Sie nickte nachdrücklich.

«Machen Sie sich denn keine Sorgen, wo Ihr Sohn steckt?», fragte Rickard, ohne seine Verwunderung verbergen zu können.

«Sie, Sie haben Kinder?», fragte Katarzyna Pavic an ihn gewandt.

Rickard zögerte.

«Nein, Sie haben keine Kinder», fuhr sie fort. «Das sieht

man. Sie verstehen nicht. Er ist fünfzehn ... Ich kann ihn nicht kontrollieren. Damit ich habe vor langer Zeit aufgehört. Zu kontrollieren ...»

Katarzyna Pavic machte eine resignierte Geste, aber Jodie nahm etwas Hartes in ihrer Miene, ihrer Stimme wahr.

«Wenn Sie etwas von Ihrem Sohn hören, rufen Sie uns bitte an.» Sie gab Tonys Mutter ihre Visitenkarte. «Es ist wichtig.»

Die Frau steckte die Karte in die Tasche ihres Kleids und wies mit dem Kopf auf die Wohnungstür.

Nachdem sie von Johan Brinks Mutter Louise in etwa die gleiche Auskunft erhalten hatten, saßen sie eine halbe Stunde später wieder im Auto. Jodie trommelte mit den Fingern auf das Lenkrad.

«Lass uns auch zu den Vätern fahren», beschloss sie.

«Tonys Vater wohnt am nächsten, in Hökarängen», sagte Rickard. «Aber er hat einiges auf dem Kerbholz. Mehrere Anzeigen wegen Körperverletzung, unter anderem von Tonys Mutter.»

«Mörderviertel», murmelte Jodie, ließ den Motor an und fuhr auf die Autobahn 73 in Richtung Norden. Sie spürte, wie Rickard sie von der Seite musterte.

«Was ist?», fragte sie.

«Nichts.» Er lächelte. «Du arbeitest schon lange mit Edson zusammen, oder?»

Jodie zuckte mit den Schultern.

«Ein paar Jahre. Wieso?»

«Ich meine nur ... Wie ist er so?»

Jodie überlegte einen Moment, dann sagte sie:

«Korrekt, glaube ich.»

Das trifft es, dachte sie plötzlich. Carl tat, was er tun sollte, hielt Regeln und Gesetze ein, sogar solche, die moralischer Natur waren. Das war es auch, was sie an ihm mochte. Sie konnte ihn einschätzen, sich auf ihn verlassen.

«Und zuverlässig», fügte sie hinzu.

Rickard nickte, aber sie sah ihm an, dass er sich eine andere Antwort erhofft hatte, mehr aus der Kategorie Klatsch und Tratsch. Er beugte sich wieder über den Laptop, den er aufgeklappt auf dem Schoß hielt. Seine dunklen Locken fielen ihm dabei in die Augen.

«Was glaubst du? Könnten Tony und Johan unsere Täter sein?», wechselte er das Thema.

Sie wollte Rickard nichts von ihrer Theorie sagen, deshalb antwortete sie:

«Das werden wir sehen, wenn wir mit ihnen gesprochen haben.»

Rickard blickte sie mit einem Mal verunsichert an. Vermutlich lag ihm der Kommentar auf der Zunge, dass die beiden zu jung waren und sie mit der Suche nach ihnen nur ihre Zeit verschwendeten, dachte Jodie.

«Hast du heute nach der Arbeit schon was vor?», fragte er stattdessen.

Verblüfft sah sie ihn an.

«Ich dachte nur, falls du Lust hast, irgendwo was essen zu gehen ...», fuhr er fort. «Das Ganze hier mal für einen Moment zu vergessen ...»

Er zeigte auf das Gebäude des ehemaligen Telia-Standorts am Rand der Autobahn, der aussah wie große, übereinandergetürmte Schuhkartons.

«Okay», stimmte sie spontan zu und bereute es im gleichen Moment.

28

Mittwoch, 4. November

«Habt ihr mit den *Jugendlichen* geredet?», erkundigte sich Asbjörn Bolander mit ironischem Unterton, als Jodie und Rickard den Einsatzraum betraten. Er saß an seinem Schreibtisch.

Carl blickte am anderen Ende des Raums von den Unterlagen auf, in denen er gerade las, nahm seine Lesebrille ab und hörte interessiert zu. Auch Ylva Palmquist sah von ihrem Bildschirm auf.

«Nein», antwortete Jodie. «Wir ...»

Weiter kam sie nicht, bevor Bolander ihr das Wort abschnitt.

«In einem Fall wie diesem müssen wir schnell arbeiten. Ich dachte, das hättet ihr verstanden.»

«Das *verstehe* ich», erwiderte Jodie irritiert. «Aber wie ich gerade erklären wollte, konnten wir nicht mit ihnen sprechen. Sie sind verschwunden.»

«Verschwunden?», wiederholte Bolander.

«Wir haben mit den Eltern gesprochen, aber keiner von ihnen hat sie seit gestern Abend gesehen», führte Jodie aus.

«Tonys und Johans Mütter haben ihre Söhne inzwischen offiziell als vermisst gemeldet», ergänzte Rickard.

Schweigend musterte Bolander seine großen Hände, die er auf die Schreibtischplatte gelegt hatte.

«Glaubt ihr, dass die beiden untergetaucht sind?», fragte Carl. «Weil sie das Mädchen ermordet haben?»

Rickard wirkte verunsichert.

«Das wäre eine Möglichkeit», sagte Jodie rasch.

«Weshalb sollten sie sonst verschwunden sein?», fragte Ylva Palmquist.

Bolander lehnte sich auf seinem Stuhl zurück.

«Herrgott noch mal», knurrte er. «Sie können genauso gut bei einem Kumpel zu Hause hocken, rauchen ... oder auf irgendeiner ihrer Diebestouren sein.»

«Ja, das wäre natürlich auch denkbar.» Carl schob seine Unterlagen beiseite, stand auf und ging zum Whiteboard.

«Was glauben die Eltern?», fragte er.

Jodie zuckte mit den Schultern.

«Sie machen sich Sorgen, aber sie haben keine Ahnung, was ihre Sprösslinge treiben.»

«Gut. Wir müssen auf jeden Fall eine Suchmeldung rausgeben und mit ihren Freunden sprechen. Ylva?»

Ylva Palmquist nickte, zuckte jedoch im nächsten Moment zusammen, als Bolander seine Hände auf die Tischplatte knallte.

«Was ist mit der anderen Spur?», fragte er an Carl gewandt. «Was hast du aus dem Schwein rausbekommen?»

Carl schüttelte den Kopf.

«Erik Olofsson streitet alles ab. Natürlich. Er war am Montag nicht an der Schule, war zu Hause und hat geschlafen. Ich habe mit Sandén gesprochen, aber wir brauchen mehr. Zeugen, die ihn zum Zeitpunkt von Olindas Verschwinden an der Schule gesehen haben, konkrete Verdachtsmomente, die ihn mit der Tat in Verbindung bringen.»

Bolander presste die Kiefer aufeinander und nickte.

«Wir haben jedenfalls die Genehmigung erhalten, eine Funkzellenauswertung seines Handys anzufordern», fuhr

Carl fort. «Wenn er am Montag in der Nähe der Bahngleise war, dann werden wir es erfahren.»

«Ich kümmere mich darum», sagte Rickard. «Was ist eigentlich mit dem Jungen? Konnte er Olofsson nicht identifizieren?»

«Sixten?», fragte Carl. «Ich war heute Vormittag in der Schule und habe ihm Fotos von Erik Olofsson und von dessen Golf gezeigt. Aber er war sich nicht sicher.»

Er nahm den Umschlag mit den Fotos aus der Innentasche seines Jacketts und gab ihn Bolander.

«Asbjörn, könntest du ein paar deiner Leute abstellen, um Sixtens Klassenkameraden und die anderen Schüler der Lycksätraschule zu befragen? Vielleicht kommt irgendetwas Brauchbares dabei heraus.»

Bolander nahm den Umschlag entgegen und murmelte etwas, das Carl als ein Ja deutete.

«Schließlich sollte Sixten nicht der Einzige sein, der das Auto gesehen hat», fuhr Carl fort. «Vielleicht wäre es gut, wenn dein Team auch gleich mit Tonys und Johans Klassenkameraden in der Dalsätraschule spricht ...?»

Bolander nickte steif, dann sagte er:

«Ich habe die drei Kindermörder durchleuchtet, die Rickards Datenbanksuche ergeben hat.»

Er riss eine Seite aus seinem Block.

«Einer sitzt wegen Körperverletzung im Knast. Der zweite hat sich ins Ausland abgesetzt, nach Spanien, irgendwo an die Südküste.»

«Und der dritte?», fragte Carl.

«Tot.»

Carl fuhr sich mit der Hand durch die Haare.

«Gut, unsere derzeitigen Spuren sind also die beiden verschwundenen Jugendlichen Tony Pavic und Johan Brink – und Erik Olofsson.»

Er schrieb die Namen auf das Whiteboard und wandte sich an Rickard.

«Wie läuft es mit deinen Listen?»

Rickard rutschte auf seinem Stuhl hin und her.

«Ich habe zwei Listen erstellt. Eine mit Straftätern, die wegen im Freien verübter Vergewaltigung oder versuchter Vergewaltigung von Mädchen unter fünfzehn Jahren verurteilt worden sind, und eine zweite mit Straftätern, die wegen Kindesmord oder Misshandlung von sieben- bis vierzehnjährigen Mädchen verurteilt wurden und die Tat ebenfalls im Freien begangen haben. Und dann habe ich die Personen rausgefiltert, die während der letzten zwanzig Jahre irgendwann einmal in Skogås gewohnt haben.»

«Und was ist dabei rausgekommen?», fragte Carl ungeduldig.

«Bisher ist Erik Olofsson der einzige interessante Treffer. Die anderen sind Jugendliche, die wegen Körperverletzung verurteilt wurden. Aber ich habe es noch nicht geschafft, alle Treffer durchzugehen.»

«Gut. Klemm dich weiter dahinter.»

Carl warf einen Blick auf seine Armbanduhr: 15:46.

«Ich möchte heute noch mit Olindas Eltern sprechen», sagte er. «Vielleicht gibt es etwas, das wir noch nicht über sie wissen. Kommst du mit, Jodie?»

«Klar.» Jodie griff nach ihrer Jacke, die über der Stuhllehne hing.

Carl hielt ihr die Tür auf.

«Dann los.»

29

Dienstag, 3. November

Ich fühle mich nicht gut. Als ich aus dem Schlafzimmer in die Küche gehe, kommt es mir vor, als wäre der Boden unter meinen Füßen aufgeweicht, schwammig, als würden meine Beine jeden Moment den Dienst versagen.

Ich weiß, woran das liegt. Es sind zu viele Dinge passiert, in viel zu kurzer Zeit. So etwas überfordert mich. Als ich das Lexa gegenüber erwähnte, hat sie völlig verständnislos reagiert. «Ich gehe das Ganze Ihnen zuliebe doch schon langsam an», hat sie gesagt.

Heute sollen wir mit Andreas Indgård sprechen, von dem Lexa steif und fest behauptet, er sei ein alter Kindheitsfreund von mir. (Hätte sie mich gefragt, hätte ich ihr sagen können, dass ich diesen Namen noch nie gehört habe. Aber sie fragt nicht.)

«Er freut sich darauf, Sie zu treffen», verkündet sie, als ich sie mit dem Mietwagen vor ihrem Haus in der Heleneborgsgatan abhole.

Sie besteht darauf, selbst zu fahren (oder eher: Sie *weigert* sich, mich fahren zu lassen). Mir ist das nur recht. Ich bin gerne Beifahrer.

«Hier.» Sie drückt mir ein Daim-Bonbon in die Hand, während sie sich in den Verkehr auf der Hornsgatan einfädelt. «Auswickeln!»

Kein «bitte» oder «danke». Kein «Möchten Sie auch eins?» Nur diese Imperative. Ich wickele das Schokoladenbonbon aus und gebe es ihr. Ihr zu widersprechen ist unmöglich.

«Ich brauche etwas für meinen Blutzucker», erklärt sie lächelnd.

Ich sehe auf die Uhr. Zehn Uhr vormittags. Ihr Frühstück kann noch nicht allzu lange her sein.

«Okay», erwidere ich.

An einer roten Ampel sieht sie mich an (taxiert mich?). Als sie losfährt, sagt sie: «Ich hatte als Jugendliche Anorexie. Schwere Anorexie. Ich wäre fast gestorben. Eine Zeitlang habe ich nur siebenunddreißig Kilo gewogen. Seitdem muss ich auf meinen Blutzucker achten. Jetzt wissen Sie es.»

Da mir nichts Besseres einfällt, sage ich wieder «Okay.»

Ich weiß nie, was ich erwidern soll, wenn Leute mir persönliche Dinge anvertrauen. Elise meint, das läge daran, dass ich als Kind nicht gelernt hätte, Nähe zuzulassen. Das klingt plausibel.

Aber Lexa scheint es ohnehin nicht zu stören. (Sie erzählt von ihrer Anorexie, wie andere Menschen erzählen, wo sie aufgewachsen sind, oder dass ihr Vater von Beruf Schweißer ist.) Sie wirkt fröhlich, lutscht ihr Daim und fährt auf die Liljeholmsbrücke.

Der Regen hat sich verzogen. Durch eine dünne Wolkendecke scheint die Sonne und spiegelt sich im Wasser, lässt die Herbstfarben intensiver leuchten.

Eine halbe Stunde später parkt Lexa vor einem großen weißen Haus in Trångsund, ganz in der Nähe des Wassers. In der Auffahrt steht ein neuer blauer Volvo Kombi. An der Garagenwand lehnen Fahrräder verschiedener Größen.

Wir gehen eine kleine Treppe hoch und weiter durch einen gepflegten Vorgarten zum Haus. Bevor wir überhaupt geklingelt haben, wird die Eingangstür geöffnet, und Andreas Indgård steht vor uns. Jedenfalls nehme ich an, dass er es ist.

Er ist groß, bestimmt um die eins neunzig, kräftig gebaut und hat volles Haar.

Neugierig mustert er mich.

«Ich hätte nicht gedacht, dass ich dich noch einmal wiedersehe», sagt er und hält mir die Hand hin. Ich schüttele sie und schaffe ein «Schön, dass ...», bevor Lexa übernimmt.

Mit einem «Toll, dass Sie Zeit für uns haben!» schlüpft sie an ihm vorbei ins Haus. Andreas sieht mich verblüfft an, nickt unbestimmt. Mir ist klar, dass er nicht ganz mitkommt, nicht weiß, wie er mit einer Person wie Lexa umgehen soll.

Während ich ihm durch den Flur in die Küche folge, überlege ich, was er wohl beruflich macht. Es hat den Eindruck, als würde er gut verdienen, als würde es ihm gutgehen. An Kühl- und Gefrierschrank hängen Fotos von einer Frau und drei Kindern. Seine Familie, nehme ich an. Sie sehen fröhlich aus. Entspannte Fotos, auf denen sie baden, Eis essen, Ski fahren ... (Bankangestellter?)

«Es tut mir leid, dass wir einfach so hereinplatzen», sage ich, und meine Stimme klingt entschuldigender, als ich beabsichtigt hatte.

Andreas lacht, als hätte ich einen Witz gemacht.

«Du hast dich nicht verändert», erwidert er und macht sich an der Kaffeemaschine zu schaffen. «Trotz allem, was passiert ist ...»

Er dreht sich um und mustert mich, wie ich im Türrahmen stehe. (Lehrer?)

«In all den Jahren habe ich öfter an dich gedacht. Wie es dir ergangen ist ... Du bist einfach verschwunden.»

Ich habe keine Ahnung, was ich sagen soll, also sage ich das, was ich denke:

«Ich kann mich nicht an dich erinnern. Ich kann mich an fast gar nichts von damals erinnern.»

«Ich weiß, deine Journalistin hat es mir erzählt …»

Er sieht ein bisschen traurig aus und widmet sich wieder der Kaffeemaschine.

Als wir uns kurz darauf ins Wohnzimmer setzen, hat Lexa schon einen dicken Ordner, Stifte und einen Block auf den Couchtisch gelegt. Im selben Moment, in dem wir das Wohnzimmer betreten, schaltet sie ihr Aufnahmegerät ein. Eigentlich erwarte ich, dass sie fragt, ob das in Ordnung ist, aber das tut sie nicht. Als ich sie ansehe, lächelt sie mir aufmunternd zu und wendet sich dann an Andreas:

«Wie ich Ihnen schon am Telefon gesagt habe, denke ich, dass Sie vielleicht einen Hintergrund zu den damaligen Geschehnissen beisteuern können. Etwas über die Siedlung, Ihre Clique, die Schule …»

Sie lächelt und beißt in eine der Zimtschnecken, die Andreas auf den Tisch gestellt hat.

«Wie war Robert damals?», fährt sie fort, bevor Andreas überhaupt etwas sagen kann. «Sie waren befreundet, soweit ich weiß?»

Ein Krümel fällt ihr aus dem Mund und landet als kleiner weißer Punkt auf dem Couchtisch. Ich sehe, dass Andreas es ebenfalls gesehen hat, aber er sagt nichts. Stattdessen schaut er mich an, als er antwortet:

«Du … du hast dich alles getraut. Hattest vor nichts Angst. Weißt du noch, wie du vom Dach der Grundschule gesprungen bist? Ich dachte, du würdest dir den Hals brechen … Aber du hast dir nicht einmal einen Kratzer geholt.»

«Habe ich nicht?», erwidere ich (und komme mir dumm vor).

Andreas lacht.

«Du hast immer voller verrückter Einfälle gesteckt. Bist in der Turnhalle von der höchsten Sprosse der Sprossenwand gesprungen, bist mit dem Fahrrad den Berg runtergefahren … Ich habe mir oft gewünscht, mehr wie du zu sein.» Er mustert mich eindringlich. «Kannst du dich an all das wirklich nicht erinnern?»

Er lächelt, aber ich lächele nicht zurück. Es ist ein merkwürdiges Gefühl, dass er weiß, wer ich als Kind gewesen bin, während ich selbst nicht die geringste Ahnung habe.

«Nein, leider», sage ich.

Lexa sieht Andreas ungeduldig an.

«Was haben Sie noch gemacht?»

Er zuckt mit den Schultern.

«Wir sind durch die Gegend gefahren, haben Fußball gespielt oder Videospiele, Dinge, die Jungs in dem Alter eben so machen …»

«Mit welchen Freunden haben Sie gespielt?»

Andreas denkt einen Moment nach.

«Mit Max natürlich und manchmal mit Magnus … und Hans. Aber meistens waren Robert und ich zu zweit. Wir waren ständig zusammen.»

«Fällt Ihnen noch etwas anderes ein, über Robert oder Ihre Freundschaft?»

Er lächelt bedauernd. (Arzt?)

«Nicht aus dem Stegreif, nein …»

«Erzählen Sie von dem Tag, an dem Max gestorben ist», fordert Lexa ihn auf und schlägt die Beine übereinander.

Vorsichtig stellt Andreas seinen Kaffeebecher ab. (Chirurg?) Lexa beugt sich über den Tisch und schiebt dabei ihre

Brüste vor. Macht sie das absichtlich? Wundern würde es mich nicht.

«Ich habe Robert an dem Tag getroffen, das weiß ich. Ich habe ihn gefragt, ob er mit zu mir nach Hause kommen will, um ein Videospiel zu spielen, das ich zum Geburtstag bekommen hatte. Super Mario, glaube ich ...»

«Und?», bohrt Lexa nach.

«Aber er wollte nicht», fährt Andreas fort. «Er wollte auf dem verlassenen Baugrundstück spielen. Ich weiß noch, dass ich wütend geworden bin ...»

Er sieht mich verlegen an. Vielleicht weil er in der dritten Person von mir spricht, obwohl ich neben ihm sitze. (Das macht nichts. Daran bin ich gewöhnt.)

«War Max auch dabei?»

«Nein.»

«Warum sind Sie nicht mit zum Baugrundstück gegangen?»

«Ich wollte nicht ... oder *durfte* nicht. Meine Mutter hatte mir verboten, da zu spielen.»

Er lacht.

«Und sie hatte recht, oder etwa nicht?»

Lexa sagt nichts, lacht nicht.

«Tut mir leid, das war unangebracht ...», räumt Andreas ein. «Aber meine Eltern waren ziemlich streng. Nicht so wie Roberts Eltern, die ihn machen ließen, was er wollte ...»

Durfte ich machen, was ich wollte? Das kann nicht stimmen. Es *fühlt* sich falsch an. Ich sehe Lexa vorwurfsvoll an. Ist dieser Mann wirklich jemand, mit dem wir reden sollten? Er wirkt vollkommen unseriös. (Verkäufer?)

«Und dann?», hakt Lexa nach, ohne sich um mich zu kümmern. «Sind Sie nach Hause gegangen?»

«Ja, aber ich musste in dieselbe Richtung wie Robert. Bis zum Baustellengrundstück sind wir zusammen gegangen. Und da haben wir Bernt gesehen.»

«Bernt Juuso?»

Andreas nickt.

«Haben Sie mit ihm gesprochen?»

«Sind Sie verrückt? Der Kerl war lebensgefährlich. Alle hatten Angst vor ihm. Als ich ihn gesehen habe, bin ich sofort zu Eva-Lotta gelaufen. Sie wohnte auf der anderen Straßenseite ...»

Andreas sieht mich an, als müsste ich das wissen, als hätten wir lauter gemeinsame alte Erinnerungen. Aber ich habe keine Ahnung, wer Eva-Lotta war.

«Rote Haare, witzig ... Wir haben immer Monopoly bei ihr gespielt ...»

Ich schüttele höflich den Kopf. Wieder wirkt Andreas enttäuscht. Als wäre dies eine Art bizarres Klassentreffen und ich würde seine Erwartungen nicht erfüllen.

«Ich habe mich jedenfalls bei ihr versteckt», sagt er.

«Und Robert?»

«Er ist einfach verschwunden. Hinterher wurde mir klar, dass er sich auf dem Baustellengrundstück versteckt hatte.»

«Und was hat Bernt gemacht?»

Andreas zuckt mit den Schultern.

«Keine Ahnung. Als ich mich wieder auf die Straße getraut habe, war er weg, und ich bin nach Hause gegangen.»

Lexa blättert in ihrem Block.

«Als Sie erfahren haben, dass Max umgebracht wurde und die Polizei Robert für den Täter hielt, was haben Sie da gedacht?»

«Ich war schockiert. Das waren alle. Max war tot, und Robert sollte ihn getötet haben …»

«Ja?»

«Das fühlte sich völlig absurd an. Gut, Robert war wild, kannte gewissermaßen keine Grenzen … Ich weiß noch, wie …»

Andreas lacht und sieht mich an.

«Kannst du dich noch daran erinnern, Robert? Als ich bei dir war und du mir gezeigt hast, wie man Messer wirft? Im Haus! Du hast das Messer auf einen alten Sessel geworfen, der in deinem Zimmer stand. Wenn *ich* das zu Hause gemacht hätte …»

Er wedelt mit der rechten Hand, als hätte er sich verbrannt, und wendet sich wieder an Lexa.

«Ja … Robert war zwar wild, aber nicht boshaft …»

Ein neues Lächeln, eines dieser charmanten Zahnpastalächeln aus der Werbung. (Marketingmanager?)

«Aber Sie haben geglaubt, dass Robert Max umgebracht hat?»

«Alle haben gesagt, dass er es gewesen ist – die Polizei, unsere Eltern, alle – dann musste es so sein … Man hat den Worten der Erwachsenen vertraut … Wir waren Kinder, Herrgott, wir haben Dinge einfach hingenommen …»

Lexa kritzelt etwas auf ihren Block, als hätte Andreas etwas Wichtiges gesagt. (Ich wüsste nicht, was.)

«Und heute? Wie denken Sie heute darüber?»

Andreas sieht ernst aus.

«Ich habe im Lauf der Jahre viel darüber nachgedacht. Und ich kriege es nicht zusammen. Es stimmt einfach nicht.»

«Was stimmt nicht?»

«Wie ich gesagt habe, so war Robert nicht. Wenn es ein Unfall war, okay. Robert könnte ganz bestimmt unabsichtlich eine Situation herbeigeführt haben, bei der Max ums Leben gekommen ist. Aber Max wurde der Schädel eingeschlagen ... Mit wie vielen Schlägen? ... fünf, sechs?»

Lexa nickt und macht sich weiter Notizen.

«Und warum hätte Robert das tun sollen?», fährt Andreas fort. «Max war sein Spielkamerad. Unser Freund.»

«War Max ein guter Freund?», fragt Lexa. «Mochten Sie ihn?»

Andreas windet sich verlegen und sieht mich an, als suche er meine Unterstützung.

«Mögen und mögen ... Er wohnte in unserer Straße. Damals hat man mit den Kindern gespielt, die in der Nachbarschaft wohnten. Das war einfach so. Aber wenn ich ganz ehrlich sein soll, mochte ich ihn nicht besonders. Und Robert wohl auch nicht ...»

«Weshalb?», fragt Lexa.

«*Weshalb?* Er hat Sachen gemacht ... Nicht wie Robert. Max machte gemeine Sachen. Ich weiß noch, dass er die Steuerung von meinem Nintendo kaputt gemacht hat. Er hat Saft darübergeschüttet, danach ließen sich die Tasten nicht mehr drücken. Er hat behauptet, die Steuerung hätte schon vorher nicht funktioniert, aber ich wusste, dass er sie absichtlich kaputt gemacht hat, einfach nur weil er eifersüchtig war.»

Lexa sieht von ihrem Block auf.

«Für die Polizei war Robert der Täter. Aber wer, glauben Sie, könnte Max getötet haben, wenn Robert es nicht war?»

«Diese Frage habe ich mir selbst schon oft gestellt ... und seit unserem Telefonat stelle ich sie mir wieder. Der Einzige, der mir einfällt, ist Bernt Juuso.»

«Wieso?»

«Sie haben Bernt nicht gekannt ... Aber es könnte sehr gut eines seiner kranken Spiele gewesen sein, das aus dem Ruder gelaufen ist.»

«Spiele?»

«Ja, oder ... Einmal, ein Junge aus unserer Parallelklasse, kannst du dich noch an ihn erinnern, Robert? Simon hieß er ... Bernt und einer seiner Kumpel haben ihn auf das verlassene Baugrundstück gezerrt und ihn verprügelt und gequält. Nur weil er ein bisschen albern aussah, eine Brille und eine Zahnspange trug. Erst hat Bernt Simon verprügelt, während sein Kumpel Simon festhielt. Dann wurde es schlimmer. Soweit ich mich erinnere, hat Simon gesagt, Bernt habe ihm mit einem Messer die Arme aufgeritzt, nicht tief, aber so, dass es blutete.»

«Wurde er nicht angezeigt?»

«Doch, Simons Eltern sind zur Polizei gegangen. Aber Bernt hat alles abgestritten, behauptet, Simon hätte sich selbst mit dem Messer verletzt, er hätte nur versucht, ihn davon abzuhalten. Aussage stand gegen Aussage – und Bernts Kumpel hat Bernts Geschichte natürlich bestätigt, sodass ...»

«Sodass was?»

«Es wurde nichts unternommen. Simon musste sich entschuldigen, weil er Bernt beschuldigt hat. Simons Familie ist noch im gleichen Sommer umgezogen. Sie wollten nicht mehr hier wohnen bleiben. Aber ich bin mir ganz sicher, dass Simon sich das nicht ausgedacht hat.»

Lexa schreibt fieberhaft. (Warum? Sie hat doch das Aufnahmegerät.)

Ich stehe auf und gehe rückwärts aus dem Zimmer, als würde ich schlafwandeln. Lexa blickt auf und sieht mich an.

«Was ist?»

«Die Toilette», sage ich. «Wo finde ich die?»

«Im Flur, auf der linken Seite», erwidert Andreas.

Ich höre, wie sie weiterreden, jetzt über Max. Sie merken nicht, dass ich leise die Haustür öffne und sie vorsichtig hinter mir ins Schloss ziehe.

Als Lexa eine halbe Stunde später aus dem Haus kommt (vielleicht auch eine Stunde, ich weiß es nicht, die Zeit ist irgendwie unwirklich geworden), lehne ich am Auto und warte.

«Warum sind Sie gegangen?», fragt sie. «Er hat viele Dinge über Max erzählt, die Sie gerne gehört hätten, glaube ich.»

Schnell richte ich mich auf. Sie irrt sich: Ich will es *nicht* hören.

Lexa geht zur Fahrertür, stockt und nimmt etwas von der Windschutzscheibe. Noch ein Zettel, den jemand unter den Scheibenwischer geklemmt hat. Er ist mir gar nicht aufgefallen.

«Was ist das?», fragt sie. «War jemand hier?»

«Nein, nur ich.»

Sie faltet den Zettel auseinander und liest vor: «*Letzte Warnung!* Was zum Teufel ist das?! Das ist doch total krank! Was ist das für ein krankes Arschloch, das uns verfolgt!»

Sie blickt sich nach allen Seiten um, aber die Straße ist leer.

30

Mittwoch, 4. November

Eine etwa fünfunddreißigjährige Frau öffnete ihnen die Tür.

«Die Polizei hat schon mit den beiden gesprochen», sagte sie. «Um was geht es diesmal?»

«Und Sie sind ...?»

«Lina», erwiderte die Frau. «Nastasias Schwester. Ich helfe den beiden ... Es geht ihnen nicht gut.»

«Das verstehen wir», sagte Jodie. «Aber wir müssen Ihrer Schwester und Ihrem Schwager noch ein paar Fragen stellen.»

Die Frau wies mit dem Kopf auf eine halb geöffnete Tür im dunklen Flur. Jodie sah die überfüllte Garderobe und beschloss, ihre Jacke anzubehalten. Unter Jacken und Mützen lehnten zwei Angelruten an der Wand, daneben stand eine große beige Kunststoffbox. Dinge, die Olindas Eltern vermutlich nicht hatten wegräumen können, dachte sie. Die nach wie vor dort standen, eingefroren in dem Moment, als ihre Tochter verschwand.

Nastasia und Ivan Sikonova saßen auf einem grünen Sofa im Wohnzimmer. Sie wirkten leblos, wie Schaufensterpuppen, die jemand mit sauberer Kleidung ausstaffiert und anschließend dort hingesetzt hatte. Nastasias Haare fielen ihr offen auf die Schultern. Ivan schien sich frisch rasiert zu haben. Keiner der beiden sah auf, als Carl und Jodie das Wohnzimmer betraten, stattdessen starrten sie weiter blicklos ins Leere.

«Wir möchten Ihnen unser Beileid aussprechen ...», begann Jodie und setzte sich gegenüber von den Sikonovas in einen Sessel.

Carl blieb im Türrahmen stehen.

«Ich weiß, dass Sie schon mit unseren Kollegen gesprochen haben», sagte Jodie behutsam, «aber ich hoffe, dass es in Ordnung ist, wenn wir Ihnen noch ein paar weitere Fragen stellen ... Über die Zeit davor ... vor dem, was Ihrer Tochter zugestoßen ist.»

Sie lächelte mitfühlend, spürte aber, wie es in ihr kribbelte: Die innere Abkapselung, die Stille, die leeren Blicke – all das drängte auf sie ein, erdrückte sie wie etwas Körperliches.

Und in einer sekundenschnellen Erinnerung war sie wieder neun Jahre alt und roch den abgestandenen Mief, der sie empfing, wenn sie von der Schule nach Hause kam und die Tür aufschloss. Hörte die Stille im Haus, bevor sie ihre Mutter im Schlafzimmer im Bett liegend fand, apathisch, mit heruntergelassenen Jalousien.

Sie zuckte zusammen, als Carl, der im Sessel neben ihr Platz nahm, sie leicht am Arm berührte, und ihr wurde bewusst, dass sie viel zu lange geschwiegen hatte.

«Wie lief es in der Schule?», fragte sie rasch und setzte sich aufrecht hin. «Hatte Olinda irgendwelche Probleme in der Schule? Mit Klassenkameraden, Lehrern ...?»

Nastasia und Ivan Sikonova starrten weiter ausdruckslos vor sich hin. Jodie wollte ihre Frage gerade wiederholen, als Ivan antwortete:

«Nein.»

«Auch nicht in der letzten Zeit?»

Er schüttelte den Kopf.

«Alles war wie immer. Sie war ein fröhliches Mädchen. Sie ging gerne zur Schule, hatte Freunde ...»

Er holte tief Luft, presste die geballte Faust auf den Mund und biss sich in die Fingerknöchel. Längliche Verschorfungen, die aussahen, als hätte er mit einem Messer auf seine Hand eingestochen, zeugten davon, dass er das nicht zum ersten Mal tat.

«Wir waren am Sonntag zusammen angeln, Olinda und ich ...»

Er wies mit dem Kopf zum Flur.

«Wir verstehen, dass das sehr schwer für Sie ist», sagte Carl vorsichtig. «Aber hat Olinda irgendwann einmal erwähnt, dass jemand sich ihr gegenüber ... seltsam verhalten hat? Sie angesprochen hat, versucht hat, Kontakt zu ihr zu knüpfen? Ein Erwachsener?»

Ivan Sikonova fuhr zusammen.

«Weshalb?», fragte er mit unerwartet klarer Stimme. «Denken Sie, es war ein Pädophiler?»

Carl schüttelte den Kopf. Jodie sah, dass ihm die Situation unangenehm war.

«Wir versuchen nur, verschiedene Möglichkeiten auszuschließen.»

Ivan Sikonova schien nachzudenken.

«Nein», sagte er schließlich. «Aber ...»

Er kniff den Mund zusammen, presste die Lippen aufeinander.

«... es gab ein paar Jungen, vor denen sie Angst hatte.»

«Gehen sie auf Olindas Schule?», fragte Jodie.

Ivan Sikonova sah seine Frau an, die unverändert vor sich hin starrte und nicht zuzuhören schien. Jodie war sich nicht einmal sicher, ob sie sich bewusst war, dass Carl und sie im Wohnzimmer saßen.

«Nein», antwortete Ivan Sikonova. «Sie sind älter und gehen auf die Dalsätraschule.»

«Wissen Sie, wie die Jungen heißen?»

Er schüttelte den Kopf.

«Haben Sie die Namen Tony Pavic und Johan Brink schon einmal gehört?»

Wieder schüttelte Ivan Sikonova den Kopf.

«Ich weiß nicht», sagte er. «Olinda hat nur erzählt, dass die Jungen unheimlich waren und sie immer weggelaufen ist, wenn sie sie gesehen hat.»

«Haben Sie die beiden schon festgenommen?», fragte Nastasia Sikonova mit rauer, heiserer Stimme.

Die Frage kam so unvermittelt, dass Carl und Jodie beide zusammenzuckten.

«Wen meinen Sie?», fragte Carl.

Nastasia Sikonova sah ihn an.

«Die beiden Jugendlichen! Die Ihre Kollegen den Berg hinuntergeführt haben ...? Nach denen suchen Sie doch?»

«Tony Pavic und Johan Brink?», fragte Carl.

«Woher soll ich wissen, wie die zwei heißen? Aber das sind doch die beiden, nach denen Sie suchen?»

Nastasia Sikonova blickte von Jodie zu Carl. Einen Moment lang dachte Jodie, Nastasia Sikonova wollte sie ohrfeigen, doch nichts geschah.

«Wir haben sie gesehen ...» Ivan Sikonova starrte auf seine Hände. «Als die Polizei mit ihnen aus dem Wald kam. Wir dachten, Sie würden ...»

«Hatte Olinda irgendetwas mit diesen Jungen zu tun?», fragte Jodie.

Nastasia Sikonova wandte sich wieder ab, Ivan sah sie verzweifelt an.

«Nein», sagte er leise.

Jodie warf Carl einen fragenden Blick zu. Er gab ihr mit einer Geste zu verstehen, dass sie gehen sollten.

«Das war erst einmal alles», sagte sie. «Danke, dass wir stören durften.»

Jodie stand auf und legte ihre Visitenkarte auf den Wohnzimmertisch.

«Wenn Ihnen noch etwas einfällt, rufen Sie uns bitte an.»

«Du fährst», sagte Jodie, als sie kurz darauf zum Auto zurückgingen.

«Ich dachte, du kannst meinen Fahrstil nicht leiden ...»

Sie warf ihm den Autoschlüssel zu und hob die Arme.

«Kann ich auch nicht, aber ich bin ... müde», erwiderte sie.

Jodie konnte sehen, dass Carl ihr nicht glaubte, aber er setzte sich anstandslos hinters Steuer.

«Hat dir die Situation eben zugesetzt?», fragte er nach einer Weile.

Sie zuckte mit den Schultern.

«Alles in Ordnung ... Es geht mir gut.»

In ihrem Inneren sah sie vor sich, wie ihre Tante Ann in der Haustür stand und sich die Nase zuhielt. Die Depressionen ihrer Mutter hatten nur ein paar Wochen gedauert, aber rückblickend erschien ihr diese Phase wie Monate. Monate, in denen sie ihr Bestes getan hatte, Essen zu kochen, sich um den Haushalt zu kümmern, einkaufen zu gehen ... Alles ganz normal wirken zu lassen.

«Kinder gehen mir auch immer unter die Haut», sagte Carl und hielt an einer roten Ampel. «Das ist in Ordnung. Man ist kein schlechter Polizist, wenn man sich davon berühren lässt.»

Jodie sah, dass er ihr zulächelte.

«Danke», sagte sie.

Im nächsten Moment sprang die Ampel auf Grün, und sie wurde in den Sitz gepresst, als Carl ruckartig aufs Gas trat.

Ihre Tante hatte dafür gesorgt, dass ihre Mutter Hilfe bekam, und Jodie mit zu sich nach Hause genommen. Aber nichts hatte sich normalisiert.

«Du denkst an deine eigene Kindheit?» Carl warf ihr einen Blick zu.

Sie fuhr zusammen. Woher wusste er davon? Hatte sie es ihm erzählt? Wann? Sie versuchte sich an eine Personalfeier zu erinnern, auf der sie ein Glas zu viel getrunken und sich womöglich verplappert hatte, doch ihr fiel keine derartige Gelegenheit ein.

«Dein Vater hat euch verlassen, oder?», fragte Carl.

«Ja», antwortete sie leise.

Dick Sherman. Ihr amerikanischer Vater. Sie erinnerte sich daran, wie sie seine Hand gehalten hatte, als sie zusammen vom höchsten Turm im Schwimmbad gesprungen waren, und spürte das Kribbeln im Bauch, das sie gefühlt hatte, während sie mit ihm der Wasseroberfläche entgegengefallen war, die Sicherheit, die von ihm ausging. Oder wie er neben ihr gestanden hatte, während sie mit zitternden Armen versuchte, einen viel zu großen Bogen zu spannen. Sie war sein Mädchen gewesen. Sie beide gegen den Rest der Welt.

Doch dann war er in die USA zurückgekehrt, und sie war mit ihrer Mutter allein geblieben. Sie hatte im zweiten Stock am offenen Fenster gestanden und gesehen, wie er ihr einen letzten Blick zuwarf und winkte, bevor er in das Taxi stieg. Sie hatte ihm zurufen wollen, dass er nicht fahren sollte, doch stattdessen war sie zurückgewichen und hatte sich hinter der Gardine versteckt, den Rücken dicht an die Wand gepresst. Als sie etwas später wieder ans Fenster trat, war das Taxi schon losgefahren. Sie hatte nur noch gesehen, wie die Rücklichter am Ende der Straße verschwanden.

«Hast du ihn mal getroffen?», fragte Carl. «Später, als Erwachsene?»

Jodie schüttelte den Kopf. Das war das letzte Mal gewesen, dass sie ihn gesehen hatte. In ihrem Portemonnaie bewahrte sie das einzige Foto auf, das sie noch von ihm besaß, das Bild, auf dem sie an einem Badestrand standen und versuchten, sich gegenseitig ins kalte Wasser zu schubsen, sich an den Armen gepackt hielten, lachten.

«Warum nicht?»

Ihr wurde bewusst, dass Carl der Erste war, der das fragte.

«Er ... er hat nie versucht, Kontakt zu mir aufzunehmen ... kein einziges Mal. Ich glaube nicht, dass er mich treffen will.»

Carl drehte sich zu ihr.

«Woher weißt du das? Hast du ihn gefragt?»

Jodie sah, wie der Abstand zum Wagen vor ihnen mit besorgniserregender Geschwindigkeit kleiner wurde.

«Carl! Pass auf den Verkehr auf, verflucht!»

Krampfhaft stemmte sie die Füße auf den Boden. Weniger als einen Meter von der Stoßstange ihres Vordermanns entfernt kamen sie zum Stehen.

«Hast du ihn gefragt?», wiederholte Carl, als sei nichts passiert.

«Nein», antwortete sie.

«Dann solltest du es tun.»

Verblüfft sah Jodie ihn an.

«Vielleicht hat er es versucht», sagte er. «Als du klein warst. Ohne dass du es erfahren hast.»

31

April, 28 Jahre zuvor

Robert setzte sich auf das Betonfundament und ließ die Füße über die Kante baumeln. Er hatte sich eine der Styroporplatten geholt, die auf dem Grundstück verrotteten, und benutzte sie als Sitzunterlage. Andreas hockte sich neben ihn und warf seine Schultasche auf den Boden.

Robert stieß ihn in die Seite.

«Mach schon!», drängelte er.

Andreas griff in seine Jackentasche und holte eine Packung Zigaretten und eine Streichholzschachtel hervor.

«Warte!», sagte er dann und deutete mit dem Kopf über das Fundament. «Guck mal, wer da ist.»

Halb vom kahlen Gestrüpp am Rand des Grundstücks verdeckt, stand Max Sander und beobachtete sie schweigend.

«Warum spionierst du uns nach?», rief Andreas.

Robert lachte.

«Willst du eine?», fragte er und winkte mit der Zigarettenschachtel.

Doch Max stand einfach nur schweigend da und ließ sie nicht aus den Augen.

«Bist du stumm geworden, oder was?», rief Andreas.

Er zog eine Zigarette aus der Schachtel.

«Traust du dich nicht?», fragte er mit der unangezündeten Kippe im Mundwinkel. «Wegen deiner Eltern? Dein Vater ist ziemlich streng bei so was, oder?»

Max gab noch immer keine Antwort, kletterte aber auf das Fundament und setzte sich in die ausrangierte Hollywoodschaukel. Andreas zündete seine Zigarette mit einem Streichholz an und gab Robert Feuer.

«Scheiße, tut das gut!», stöhnte er, bekam aber sofort einen Hustenanfall.

Sie waren es nicht gewohnt zu rauchen. Andreas hatte die Schachtel vor einer Woche auf dem Schulhof gefunden, und das war das zweite Mal, dass sie rauchten. Sie hatten versucht, auf Lunge zu rauchen – Robert hatte erklärt, wie man das machte –, aber keinem von ihnen war es gelungen. Jetzt pafften sie bloß, formten ihre Lippen zu großen Os und taten ihr Bestes, Kringel in die Luft zu blasen.

«Du stehst auf meine Schwester, hab ich recht?», sagte Max plötzlich.

Robert zuckte zusammen und drehte sich zu ihm um.

«Camilla? Spinnst du?»

«Warum starrst du sie sonst die ganze Zeit an?»

Robert zog an seiner Zigarette, versuchte, einen lässigen Kringel zu formen, brachte aber nur eine kleine, unförmige Rauchwolke zustande.

«Ich starre sie überhaupt nicht an.»

Max sprang von der Hollywoodschaukel, zog ein kariertes Blatt Papier aus der Tasche und hielt es ihnen hin. Auf dem Blatt standen Rechenaufgaben, und an den Rand hatte jemand *Camilla* gekritzelt, mehrfach und in verschiedenen Schriften.

«Echt jetzt?» Andreas grinste. «Du *bist* in Camilla verknallt.»

«Was hast du …», setzte Robert an, doch der Rauch in seiner Lunge ließ ihn husten, und er konnte den Satz nicht beenden.

Hustend trat er auf Max zu und riss ihm das Blatt aus der

Hand, knüllte es zusammen und steckte es in die Hosentasche.

«Meine Sachen gehen dich einen Scheißdreck an!», zischte er heiser.

«Okay.»

«Hast du mich verstanden?» Robert packte Max am Jackenkragen.

«Okay, okay ...»

Aber schon am nächsten Tag in der Schule brach Max die Abmachung. Als fast die ganze Klasse in der Mittagspause auf dem Schulhof Fußball spielte und Roberts Mannschaft einen Elfmeter bekam, sagte er:

«Wenn du triffst, verrate ich euch.»

«Was?», fragte Andreas, der neben ihnen stand.

Max beugte sich vor und flüsterte so leise, dass nur sie es hören konnten:

«Wenn Robert den Elfmeter versenkt, verrate ich, dass ihr heimlich raucht. Und dass Robert in meine Schwester verknallt ist.»

«Das bin ich doch gar nicht!», protestierte Robert.

«Frag Camilla ...»

«Hast du es ihr etwa erzählt?»

Max grinste und drehte sich um. Robert machte einen Schritt nach vorn und stieß ihn in den Rücken. Max war klein und ein bisschen dicklich. Ein plumper Junge, der auf den Asphalt fiel, ohne Anstalten zu machen, sich abzufangen. Schon im nächsten Moment waren sie von johlenden Mitschülern umringt, die eine Prügelei erwarteten.

«Komm schon, Robert. Mach ihn fertig!»

Als ein Lehrer sie eine Minute später trennte, begann Max zu weinen.

Andreas Indgård erinnert sich im Nachhinein, dass der Rektor der Schule und die Eltern von «Mobbing» gesprochen haben. Robert und er waren beide zu Gesprächen zitiert worden, in denen man ihnen mit Schulverweisen drohte. Bei dieser Sache kam auch heraus, dass sie heimlich geraucht hatten, worauf Andreas' Eltern ihrem Sohn verboten, das verlassene Baugrundstück noch einmal zu betreten.

Heute wohnt Andreas Indgård in Trångsund, nur wenige Kilometer von seinem Elternhaus entfernt. Er hat Familie, eine Frau und drei Kinder, aber manchmal denkt er noch immer an das, was vor achtundzwanzig Jahren geschehen ist.

«Man soll nichts Schlechtes über die Toten sagen, aber Max war ein Junge, der gewissermaßen darum gebettelt hat.»

32

Mittwoch, 4. November

«Das hier *ist* gesundes Essen!»

Linda stopfte sich einen großen Bissen Spaghetti mit Bolognesesoße in den Mund. Carl lächelte. Linda wohnte diese Woche bei ihm, und er hatte oft ein schlechtes Gewissen, weil er nicht unbedingt gesund kochte, zumindest nicht solche Gerichte, die Lindas Mutter – seine Exfrau –, als gesund bezeichnete. Spaghetti mit Bolognesesoße gehörten nicht dazu.

«Wie geht's dir?», fragte er. «In der Schule, mit Freunden und überhaupt ...»

Sie saßen an dem kleinen Küchentisch in Carls Wohnung im Stockholmer Stadtteil Skärmarbrink.

«Ganz gut ...»

Seine Tochter war Ende des Sommers siebzehn geworden und, wie er fand, mit einem Schlag viel erwachsener. Noch im Frühjahr hatten sie sich häufig gestritten, aber während des Sommers waren ihre Streite immer seltener geworden und im Herbst schließlich ganz versiegt. Vielleicht weil Linda mit ihrem kiffenden Freund Schluss gemacht hatte. Oder weil er selbst seine Beziehung mit Karin Hofstad beendet hatte.

Wenn er ehrlich war, hatte Karin die Beziehung beendet. Sein Beitrag zur Trennung hatte darin bestanden, nicht zu protestieren, als sie sagte, sie würde ausziehen. Karin und er hatten sich schon länger auseinandergelebt. Sie hatte sich immer weniger damit abfinden können, dass seine Arbeit den Großteil seiner Zeit und seiner Gedanken beanspruchte – und er hatte sich immer weniger damit abfinden können, dass sie … Ja, womit hatte er sich eigentlich immer weniger abfinden können?

«Und wie läuft's mit deinem Job?», erkundigte er sich.

Linda jobbte nebenher als Bedienung in einem Café auf Södermalm, soweit Carl wusste, fast jedes Wochenende.

«Ganz okay», sagte Linda. «Aber bei meiner letzten Schicht ist was vorgefallen.»

Carl nickte, gab sich Mühe, interessiert zu wirken.

«Keine große Sache, aber …»

Linda zögerte.

«Das Mal davor, als ich hätte arbeiten sollen, war ich krank. Da haben sie mir eine SMS geschickt, dass es nicht okay wäre, dass ich einfach absage, und sie wollten, dass ich trotzdem ein paar Stunden komme.»

«Obwohl du krank warst?»

«Ja, Mama hat mir geholfen, eine Antwort zu formulieren.»

«Gut! Was habt ihr geschrieben?»

«Dass ich nicht krank zur Arbeit komme. Aus Rücksicht auf meine Gesundheit und aus Rücksicht auf sie. Aber als ich jetzt am Wochenende gearbeitet habe, meinten sie, ich wäre unzuverlässig …»

«Wissen die nicht, dass man bei Krankheit keine Lebensmittel verarbeiten darf? Ich würde …»

«Papa! Kannst du nicht einfach nur zuhören?»

Carl beherrschte sich. Wickelte Spaghetti um seine Gabel, aß aber nicht.

«Wenn ich das nächste Mal krank bin, soll ich mich darauf einstellen, zumindest kurz zu arbeiten.»

Carl holte tief Luft.

«Papa!», warnte Linda.

«Ich möchte nicht, dass du weiter da arbeitest.»

«Machst du Witze? Allen meinen Freunden geht es genauso. Ich bin siebzehn. Einen anderen Job kriege ich nicht.»

«Soll ich nicht mal mit einem Lebensmittelkontrolleur sprechen?»

«Entspann dich! Das ist mein Job!»

«Das weiß ich, aber ich finde, du solltest kündigen. Du brauchst nicht zu jobben. Du hast doch dein Kindergeld, und Mama und ich können dir helfen, wenn irgendwas Besonderes ansteht. Und wenn du ausgehen willst, kannst du ja auch günstigere Alternativen wählen ...»

«Glaubst du etwa, ich gehe mit meinen Freunden in irgendwelche Edelrestaurants?»

«Nein, natürlich nicht ... Ich meine nur, dass du deine Ansprüche zurückschrauben kannst, statt in diesem Café zu arbeiten. In meiner Jugend gab es das nicht. Da war es undenkbar, mit Freunden essen zu gehen.»

«Ich muss arbeiten, begreif das doch! Und wenn man siebzehn ist, gibt es keine anderen Jobs.»

«Ich bitte dich, Linda.» Carl war selbst erstaunt darüber, wie gereizt er klang. «Gib dich doch einfach mit den Dingen zufrieden, die du hast, sei nicht so ... unbescheiden.»

Er hörte selbst, dass der Abschluss unglücklich formuliert war. Linda stand so abrupt auf, dass ihr Teller auf dem Tisch hochsprang.

«Spinnst du? Hältst du mich für unbescheiden?»

«So habe ich das nicht gemeint ...»

«Was ist dann dein Problem?»

Carl sah, dass Linda Tränen in den Augen hatte, konnte sich aber nicht erklären, weshalb.

«Ich will dich nur beschützen, verstehst du das nicht?»

«Aber *ich* bin diejenige, auf die du wütend bist.»

«Ich bin nicht wütend ... Ich versuche dir nur zu erklären, dass man sich manchmal eben anpassen muss ...»

«Du begreifst es einfach nicht! Musst du eigentlich immer den Bullen spielen? Bei dir muss immer alles korrekt sein. Nach dem Gesetz. Aber so läuft es nicht, Papa ... Nicht in der Wirklichkeit, nicht für mich und nicht für meine Freunde ...»

«Aber ...»

Linda schrie frustriert auf und stürmte aus der Küche. Er hörte, wie sie ihre Zimmertür hart hinter sich zuknallte. Einen Moment blieb er noch am Tisch sitzen, aß ein paar Bissen, doch ihm war der Appetit vergangen. Dann stand er auf, warf die Essensreste in den Biomüll und begann, die Spülmaschine einzuräumen.

33

Mittwoch, 4. November

«Was glaubst du?» Rickard trank einen Schluck Bier und beugte sich über den Tisch.

«Über unseren Fall?», fragte Jodie.

Sie saßen in einem Restaurant am Nytorget. Durch die große Fensterfront zur Skånegatan sahen sie, wie der Regen im Licht der Straßenlaternen Fäden bildete. Mit gesenkten Köpfen und aufgespannten Regenschirmen hasteten Passanten aus der Richtung der Bushaltestelle an der Renstiernas gata vorbei.

Jodie trug eine schwarze, sehr weit geschnittene Hose, die sie extrem schlank aussehen ließ, und eine weiße Bluse mit Stickereien, die locker über den Bund fiel. Ihre Haare waren nicht wie bei der Arbeit zum Pferdeschwanz gebunden, sondern fielen ihr offen auf die Schultern. Trotzdem fühlte sie sich unwohl.

«Ja.» Rickard nickte.

Er sah fröhlich aus und strich sich seine etwas zu langen Locken zurück, die ihm immer wieder ins Gesicht fielen. Er zog seinen dicken Wollpullover mit Polokragen aus, darunter trug er ein schlichtes schwarzes T-Shirt. Sowie eine verwaschene Jeans. Wie ein Junge, dachte Jodie. Sie selbst war zweiunddreißig – fühlte sich aber älter.

«Ich weiß nicht», fuhr sie fort. «Es ist furchtbar. Ich habe heute mit den Eltern gesprochen ...»

Sie schüttelte den Kopf.

«Was denkst du?»

«Ich glaube wie du, dass es jemand war, der dort aufgewachsen ist.»

Er sagte es etwas zu schnell, als wollte er ihr nach dem Mund reden.

«Warum?» Ihre Stimme klang abweisender, als sie beabsichtigt hatte.

«Weil das Mädchen so gut verborgen war. Eine Leiche zu verstecken ist nicht leicht. Ich denke, dass der Täter stark unter Druck gestanden hat und kaum Zeit hatte, ein Versteck zu suchen ...»

Jodie blickte aus dem Fenster und beobachtete ein Auto, das versuchte, vor dem ockerfarbenen Haus auf der gegenüberliegenden Straßenseite in eine Parklücke zu fahren. Doch der Versuch misslang, und der Fahrer – ein Mann mittleren Alters – fuhr weg.

«Wir müssen nicht über die Arbeit reden,» sagte sie und lächelte. «Wie wär's, wenn wir stattdessen über ... dich reden?»

«Was willst du wissen?», fragte Rickard.

«Was muss ich wissen?»

Er lachte durch die Nase, wie über etwas, das nur er verstand.

«Ich erzähle dir drei Dinge über mich», sagte er dann. «Zwei davon sind wahr, eins nicht. Okay?»

Jodie zuckte mit den Schultern.

«Ich habe an der KTH eine Ausbildung zum Informatiker gemacht, hatte insgesamt drei Freundinnen, und meine Eltern sind gestorben, als ich fünfzehn war.»

Ehrlich gesagt war sie nur seines Aussehens wegen mit ihm ausgegangen. Jedenfalls glaubte sie, dass sie ihm einen Korb gegeben hätte, wenn er nicht so gut ausgesehen hätte.

«Die Ausbildung zum Informatiker nehme ich dir ab», sagte sie.

Rickard nickte.

«Und ich nehme dir auch ab ...»

Jodie lachte auf. Rickard sah sie unter seinen Locken hervor an.

«... dass deine Eltern gestorben sind, als du fünfzehn warst. So etwas sagt man nicht, wenn es nicht stimmt. Und außerdem kaufe ich dir beim besten Willen nicht ab, dass du insgesamt drei Freundinnen hattest.»

Rickard grinste.

«Richtig! Ich hatte vier.»

Als er ihre erstaunte Miene sah, lächelte er.

«Hast du geglaubt, es wären mehr gewesen?», fragte er.

Jodie schüttelte den Kopf und sagte ernst:

«Nein, weniger. Sehr viel weniger. Vielleicht eine, höchstens zwei ...»

Sie lachte, als er gekränkt dreinblickte.

Im selben Moment erschien der Kellner mit ihrem Essen, und sie schwiegen, bis er wieder gegangen war.

«Wie sind deine Eltern gestorben?»

«Bei einem Autounfall. Ich war allein zu Hause, sie waren auf dem Land. Auf dem Rückweg sind sie frontal mit einem Lastwagen zusammengestoßen.»

«Das tut mir leid.»

«Es ist lange her ... Ich bin darüber weg.»

«Was hast du danach gemacht?»

«Ich konnte in unserer Wohnung bleiben. Einer großen Vierzimmerwohnung. Da wohne ich heute noch. Hier ganz in der Nähe in der Åsögatan. Meine Tante hat ab und zu nach mir geschaut, aber davon abgesehen durfte ich alleine wohnen.»

Jodie nickte.

«Jetzt bin ich an der Reihe», sagte Rickard. «Warum bist du Polizistin geworden?»

Sie hörte auf zu kauen.

«Ich weiß nicht ... aus Zufall, glaube ich.»

Sie hatte keine Ahnung, warum sie Rickard nicht den wahren Grund erzählen wollte, dass ihr Vater Polizist gewesen war. Aber alles, was ihren Vater betraf, erschien ihr zu privat.

«So wie ich», erwiderte Rickard. «Bei mir war es auch Zufall. Das mit der Informatikerausbildung war auch nicht ganz wahr. Ich habe die Ausbildung nach anderthalb Jahren abgebrochen, weil ich nicht wusste, was ich werden wollte ... Dann bin ich auf die Idee mit der Polizei gekommen, in erster Linie wohl, weil ich es schon während der Ausbildung am spannendsten fand, mit Computern Dinge zu enthüllen ... zu hacken, quasi.»

Er lachte.

«Das hat mich schon als Kind fasziniert. Ich habe mir immer vorgestellt, Computer würden ein Geheimnis in sich tragen, das ich entlarven könnte. Und irgendwie dachte ich, dass Polizisten dasselbe machen. Geheimnisse enthüllen, Mörder aufspüren ...»

Rickard lächelte, was ihn noch jungenhafter wirken ließ.

«Ist es so geworden?»

Er schüttelte den Kopf.

«Nicht richtig. In meiner Phantasie war es spannend. Aber jetzt, wie bei diesem Fall, ist es einfach nur gruselig ...»

Er trank einen Schluck Bier und stellte sein Glas vorsichtig ab.

«Jetzt bist du dran», sagte er. «Drei Dinge über dich.»

«Eins davon muss eine Lüge sein?»

«Ja.»

Jodie dachte nach.

«Okay. Ich bin Halbamerikanerin. Bevor ich Polizistin geworden bin, wollte ich Psychologin werden. Ich bin drei Marathons gelaufen.»

Sie hatte mit dem Gedanken gespielt zu sagen, wie viele Freunde sie gehabt hatte, doch sie wollte ihn damit nicht in Verlegenheit bringen.

34

Dienstag, 3. November

Ich bin wieder an meiner alten Schule. Aber diesmal ist es Abend, und ich stehe allein mitten auf dem Schulhof. Ein paar Straßenlaternen beleuchten den asphaltierten Platz und den danebenliegenden Bürgersteig. Die Luft ist grau, feucht und ungemütlich. Zwischen den Gebäuden weht ein leichter Wind hindurch. Ich gehe zu einem der Fußballtore, lege die Hand auf den Pfosten, spüre die Kälte des Metalls. Die Tore müssen schon zu meiner Schulzeit hier gestanden haben.

Ich gehe den Pfad durch den Wald in Richtung Wasser hinunter. Seltsamerweise kenne ich mich hier aus, weiß genau, wo ich bin. Als ich durch die Fußgängerunterführung unter den Gleisen gehe, kommt von Süden ein Zug. Das Geräusch ist erstaunlich leise, aber ich spüre die Vibrationen im Boden unter meinen Füßen. Dann ist der Zug vorbei.

An der Stelle, wo der Pfad sich gabelt, in Richtung Wohnsiedlung und zum Wasser hinunter, gehe ich geradeaus weiter. Ich erinnere mich vage, dass hier in der Nähe irgendwo ein alter Kriegsbunker liegt, aber dieser Teil des Wegs ist unbeleuchtet, und als der Wald um mich herum immer dichter wird, kann ich kaum die Hand vor Augen sehen. Einen kurzen Moment bleibe ich stehen und lausche, bilde mir ein, in der Dunkelheit etwas zu hören. Dann drehe ich mich um und gehe schnell zurück.

Doch als ich auf dem Rückweg aus der Fußgängerunterführung komme, höre ich tatsächlich etwas. Knackende Äste im Wald, ganz in der Nähe der Gleise. Vielleicht zwanzig, dreißig

Meter entfernt. Gefolgt von Stimmen. Oder Geräuschen, die ich für Stimmen halte.

Ich starre in die Dunkelheit, lausche, höre aber nichts mehr. Womöglich nur ein Tier, ein Reh oder ein Dachs. Trotzdem rufe ich Lexa an. Ich habe niemanden, den ich sonst anrufen könnte. Sie klingt müde, als hätte sie geschlafen, aber sie hört mir trotzdem zu.

«Wir haben in den letzten Tagen zwei Drohbriefe erhalten», sagt sie. «Und Sie haben auch noch einen bekommen. Vielleicht sollten Sie ein bisschen vorsichtiger sein.»

Sie sagt es nicht in ihrem üblichen Befehlston, sondern nachdenklich, ernst. Als würde sie sich wirklich Sorgen um mich machen.

Gestern, auf dem Rückweg von Andreas Indgård, habe ich sie gefragt, was sie glaubt: ob sie glaubt, dass ich es war oder nicht. Zuerst hat sie ihre übliche Leier vom Stapel gelassen, von den schlechten Ermittlungen und dem Buch, doch dann wurde sie ernst.

«Wenn ich ehrlich sein soll», sagte sie, «weiß ich nicht, was ich glauben soll.»

Und nach einer Weile:

«Aber wenn – und ich sage, *wenn* – Sie Max nicht umgebracht haben, dann gibt es einen Mörder, der mit seiner Tat davongekommen ist. Und das seit achtundzwanzig Jahren.»

Sie drehte sich zu mir und sah mich mit einem seltsamen Gesichtsausdruck an.

«Aber eigentlich sind Sie der Einzige, der beantworten kann, ob Sie Max getötet haben oder nicht. Sie waren dabei, als er starb. Sie wissen, was geschehen ist, Robert. Versuchen Sie, sich zu erinnern!»

35

Mittwoch, 4. November

Der Pendlerzug fuhr um 22:13 Uhr am Bahnhof in Skogås ab. Behutsam schob Ameera Abbas den Geschwindigkeitsregler nach vorn und spürte, wie der zweihundertsechs Tonnen schwere Zug mit einem leichten Ruck beschleunigte. Sie lehnte sich auf ihrem Sitz zurück. Außerhalb des Bahnhofsbereichs schaltete sie das Fernlicht ein und sah, wie die Lichtkegel dem Schienenverlauf vorauseilten.

Sie fuhr die Strecke und den X60-Zug in Richtung Nynäshamn seit drei Jahren und kannte inzwischen jede Biegung des Bahndamms. Hier, in Richtung Süden, verliefen die Gleise immer wieder durch Waldstücke, an offenen Wiesen und vereinzelten Wohnhäusern vorbei. Trotz der Zäune zu beiden Seiten der Gleise bestand immer die Gefahr, dass ein Tier auf die Schienen lief. Einmal hatte sie einen Elch überfahren, ein junges Kalb, das verwirrt auf den Schienen gestanden hatte und erst im letzten Moment – als es schon zu spät war – zur Seite sprang. Der Zug hatte den hinteren Rücken des Tiers getroffen, nur ein dumpfer Aufprall, aber im Rückspiegel hatte sie gesehen, wie der Elch durch die Luft geschleudert wurde, auf dem Boden aufkam und am Bahndamm hinunter vor die Abzäunung rutschte. Außer einem kleinen Fellbüschel, das neben einer kaum sichtbaren Beule klebte, hatte der Zusammenstoß keine Spuren am Zug hinterlassen.

Trotzdem war es das Geräusch des aufprallenden Tierkörpers, das sie jetzt in ihrem Kopf hörte, als sie den Schatten auf den Gleisen sah. Ein Dachs, dachte sie im ersten Moment.

Oder ein Wildschwein. Sie drückte auf den Knopf für das Warnsignal und hörte die durchdringende Luftdruckfanfare. Selbst im Fahrerstand war das Geräusch unangenehm laut. Aber sie konnte keine Bewegung wahrnehmen.

Erst als sie weniger als hundertfünfzig Meter entfernt war, erkannte sie, was es war.

Schnell drückte sie den Notausschalter auf der rechten Seite des Instrumentenfelds. Räder und Magnetschienenbremsen kreischten auf den Schienen, der Zug schwankte hin und her, doch sie wusste, dass er nicht rechtzeitig zum Stillstand kommen würde. Als sie nur noch ungefähr zwanzig Meter entfernt war, wollte sie den Kopf zur Seite drehen, aber wie magnetisiert heftete sich ihr Blick auf die Gleise. Einen Moment lang sah sie die Gesichter und die schmalen Körper, bevor sie unter dem Zug verschwanden. Ein gedämpfter, nasser Laut erklang – oder vielleicht bildete sie sich das auch nur ein. Ungewollt sah sie vor sich, wie die Bogie-Achsen die Körper mit einem Druck von fast acht Tonnen pro Rad zerfetzten.

Erst als der Zug mit einem letzten Ruck zum Stillstand gekommen war, griff sie zum Telefon, um die Leitstelle zu informieren.

«Ich habe zwei Menschen überfahren», sagte sie merkwürdig tonlos, als würde sie ein Problem mit den Bremsen melden.

«Sind Sie sicher?», fragte der Mann am anderen Ende.

«Ja.»

«Wo?»

«Sie lagen auf den Schienen. Ich habe nicht geschafft zu … Ich habe sie zerfetzt …»

«Ganz ruhig. Wo befinden Sie sich?»

«Vor Skogås, in Richtung Süden …»

«Wir schicken Rettungskräfte und Polizei. Lassen Sie den Zug stehen. Unternehmen Sie nichts. Informieren Sie die Fahrgäste, aber sagen Sie ihnen nicht, was passiert ist. Nur dass sich ein Unfall ereignet hat und die Weiterfahrt sich ein wenig verzögert. Wir kümmern uns um den Rest ...»

36

Mittwoch, 4. November

Carl parkte auf der Wiese rechts neben dem Waldpfad, schaltete den Motor aus, blieb aber noch im Auto sitzen. Sie waren nur wenige hundert Meter von der Stelle entfernt, an der sie am Tag zuvor Olinda Sikonovas Leiche gefunden hatten. Vor ihnen lag der Bahndamm in das blinkende Blaulicht von zwei Rettungswagen und einer Polizeistreife getaucht. Er sah den Leichenwagen, der diskret ein wenig abseitsstand.

«Sollen wir?» Jodie öffnete die Beifahrertür.

Carl nickte und stieg aus. Vor den geöffneten Hintertüren eines der Krankenwagen beugte sich ein Sanitäter über eine kleine, stämmige Frau um die fünfzig. Beide wurden vom gelben Schein der Innenbeleuchtung erhellt. Carl hörte, wie die Frau immer wieder denselben Satz stammelte: «Ich habe sie zerfetzt ... Ich habe sie zerfetzt ...»

Das muss die Lokführerin sein, dachte er. Es würde eine Weile dauern, bevor sie sie vernehmen konnten.

Sie gingen an der Fußgängerunterführung vorbei, einen schmalen Pfad hinauf zu einem offenstehenden Tor in dem hohen Zaun, der das Gleisgelände vor dem Zutritt Unbefugter schützte. Das Tor war für Inspektions- und Wartungsarbeiten gedacht. Irgendjemand hatte es mit einem Absperrband abgeriegelt, und ein junger Polizeiassistent stand daneben. Er nickte Jodie und Carl zu, als sie sich unter dem Band hindurchbückten.

«Sie liegen ein Stück weiter unten, neben den Schienen»,

krächzte er ein wenig heiser und deutete mit der Hand in die Richtung.

Carl meinte, den säuerlichen Gestank von Erbrochenem zu riechen. Von der ersten Streife vor Ort, vermutete er. Es war kurz nach dreiundzwanzig Uhr und der Bahndamm in Dunkelheit gehüllt. Er wollte Jodie gerade fragen, ob sie eine Taschenlampe dabeihatte, als vor ihnen ein greller Lichtkegel auf den Schotter und die Schienen fiel.

«Hallo», sagte jemand.

Carl konnte das Gesicht in der Dunkelheit hinter der Taschenlampe nicht sehen, erkannte aber die Stimme: Rickard.

«Hallo», erwiderte Jodie.

Sie sagte es leichthin, doch Carl hörte ihr an, dass etwas war. Denselben Tonfall hatte sie gehabt, als er sie auf dem Weg hierher aus dem Auto angerufen hatte. Als wäre sie verlegen. War Rickard bei ihr gewesen? Aber was ging ihn das eigentlich an? Das war Jodies Privatsache. Im Kopf hörte er die Stimme seiner Tochter: *Musst du eigentlich immer den Bullen spielen?*

«Warst du schon dort?», fragte er Rickard und deutete mit dem Kopf die Gleise hinunter, wo die Kollegen der Spurensicherung ihre Arbeitsscheinwerfer aufgestellt hatten.

«Ich habe die Leichen aus der Entfernung gesehen», antwortete Rickard. «Das hat schon gereicht. Der Anblick ist unbeschreiblich.»

«Die Leitstelle hat über Funk durchgegeben, dass es sich eventuell um zwei Jugendliche handelt. Stimmt das?»

«Ich denke schon ...»

Carl wandte sich an Jodie.

«Ich spreche mit der Spurensicherung. Bleibst du hier? Wir müssen versuchen, Zeugen zu finden, aber das wird nicht leicht. Wer ist abends um diese Uhrzeit schon unterwegs?»

«Der Mörder …» Rickard versuchte sich an einem Lachen.

Carl sah ihn kopfschüttelnd an.

«Gib mir deine Taschenlampe», sagte er und streckte die Hand aus.

Vorsichtig lief er an den Schienen entlang. Ein Stück weiter hinten gingen die Kriminaltechniker in weißen Plastikanzügen im Scheinwerferlicht neben einem weißen Zelt ihrer Arbeit nach. Carl blieb in einiger Entfernung stehen und beobachtete, wie sie auf den Gleisen ihre Arbeit verrichteten. Er sah, dass sie gestresst waren, sich schneller als üblich bewegten. Der Zugverkehr war eingestellt worden, aber das würde nicht ewig gehen.

Er schob seine Hand in die Tasche des dicken Wintermantels, den er angezogen hatte, und spürte im selben Moment die ersten Regentropfen fallen. Dieses Mal hatte er zumindest die Geistesgegenwart besessen, Gummistiefel anzuziehen.

Eine Frau kam ihm auf dem Bahndamm entgegen. Sie ging vorsichtig, setzte einen Schritt vor den anderen, um im Dunkeln nicht zu fallen.

«Beatrice!» Carl leuchtete ihr mit seiner Taschenlampe den Weg. «Carl Edson …»

«Wir sind uns schon begegnet», erwiderte sie in ihrem weichen Finnlandschwedisch.

«Ja, ich weiß. Ich dachte nur … in der Dunkelheit …»

Was dachte er eigentlich? Er fühlte sich merkwürdig unkonzentriert.

«Können Sie schon etwas sagen?», fragte er und deutete mit dem Kopf auf die erleuchtete Stelle an den Gleisen.

«Zwei junge Männer, sehr übel zugerichtet …»

«Ein Unfall?»

Beatrice Lundmark schüttelte den Kopf.

«Nein, sie waren bereits tot, als der Zug sie erfasste. Und zwar schon eine ganze Weile. Jemand muss sich die Mühe gemacht haben, die Leichen die Böschung hinaufzuschleppen und sie quer über die Gleise zu legen.»

Carl versuchte, sich einen Reim darauf zu machen.

«Warum ...», begann er, brach ab und setzte erneut an: «Können Sie den Todeszeitpunkt in etwa einschätzen?»

Beatrice Lundmark wiegte den Kopf.

«Schwer zu sagen ... Aber unter Berücksichtigung von Leichenstarre und Körpertemperatur ... ungefähr vor vierundzwanzig Stunden. Gehen Sie von einem Zeitfenster von zwanzig bis achtundzwanzig Stunden aus, das sollte hinkommen.»

Carl rechnete nach.

«Also müssen sie gestern im Laufe des späten Abends gestorben sein.»

Beatrice Lundmark nickte.

«Und die Todesursache?»

Resigniert schüttelte sie den Kopf.

«Haben Sie die Leichen gesehen?»

«Nein ...»

«Wenn Sie sie gesehen hätten, würden Sie nicht fragen. Sie wurden von einem Zug überfahren, den Anblick können Sie sich vorstellen ...»

«Ich verstehe», erwiderte Carl höflich. «Sie haben also noch keinen Anhaltspunkt, wie die beiden gestorben sind?»

«Nein, aber ich kann eine Vermutung äußern», erwiderte Beatrice Lundmark. «Einige der Kopfwunden scheinen ihnen zu Lebzeiten beigebracht worden zu sein. Genaueres kann ich erst nach den Obduktionen sagen.»

«Wurden die Wunden durch einen Stein verursacht?»

«Nein, das glaube ich nicht.»

«Einen Baseballschläger?»

Beatrice Lundmark machte ein skeptisches Gesicht.

«Es könnte ein Baseballschläger gewesen sein», räumte sie widerwillig ein. «Aber wenn, dann ein sehr schmaler. Eher wie ein Eisenrohr ... Ich muss mir die Leichen genauer ansehen.»

«Irgendwelche Ähnlichkeiten zu Olinda Sikonova?»

«Sie stellen mir eine Menge Fragen, die ich zum jetzigen Zeitpunkt noch nicht beantworten kann. Aber ich verspreche, mir die Leichen gleich morgen früh anzusehen und Sie anschließend anzurufen. Das ist mein letztes Wort für heute ...»

Damit drehte sich Beatrice Lundmark um und verschwand im stärker werdenden Regen in der Dunkelheit.

«Verfluchter Mist!», drang eine wütende Stimme aus dem Zelt der Spurensicherung.

Lars-Erik Wallquist.

«Okay, Jungs!», rief der Kriminaltechniker gestresst. «Wir brauchen ein zweites Zelt. Sofort!»

Carl hatte eigentlich vorgehabt, mit Wallquist zu sprechen, aber wenn Lars-Erik in dieser Stimmung war, würde er nur einen ordentlichen Anpfiff kassieren. Stattdessen folgte er den beiden Beamten, die mit der ersten Bahre an den Gleisen entlanggingen. Der weiße Leichensack war sorgfältig festgeschnallt, doch im Schein der Taschenlampe sah Carl die Vertiefung in der Mitte. Sie mussten die Leichenteile einzeln von den Schienen gelesen und in den Sack gesteckt haben.

Als er das abgesperrte Tor im Zaun erreichte, standen Jodie und Rickard nach wie vor an derselben Stelle, an der er sie zurückgelassen hatte.

«Wir haben mit zwei Hundebesitzern gesprochen, aber sie

wurden vom Blaulicht angelockt», sagte Jodie schnell. «Sie haben also nichts gesehen …»

Carl nickte.

«Ich fahre nach Hause», kündigte er an. «Es hat hoffentlich noch niemand mit den Angehörigen gesprochen?»

Rickard schüttelte den Kopf.

«Gut, wartet damit, bis wir die Identitäten zweifelsfrei festgestellt haben. Vielleicht müsst ihr die Eltern bitten, sie zu identifizieren. Womöglich reichen Kleidung oder eventuelle Muttermale. Sie sollten die Leichen nicht sehen …»

Jodie nickte.

«Morgen wissen wir mehr», fuhr Carl fort. «Dann müssen wir überlegen, wieso jemand sie auf die Gleise gelegt hat …»

«Ist das nicht offensichtlich?», fragte Rickard.

Carl drehte sich zu ihm.

«… ja also, um es wie einen Unfall aussehen zu lassen?», fügte Rickard leicht verunsichert hinzu.

«Vielleicht», erwiderte Carl.

Er hörte, dass er gereizt klang. Vermutlich weil er müde war, dachte er. Er sah auf die Uhr. Nach Mitternacht.

37

Mittwoch, 4. November

Lexa wirkt zufrieden. Sie sprudelt, ist voller Energie, motiviert. *Im Flow.* (Ich hasse Ausdrücke wie «im Flow», «angefixt», «Power haben». Aber auf Lexa treffen sie zu. So ist sie die meiste Zeit.)

Heute werden wir mit Bernt Juuso sprechen. Das ist kein vereinbartes Gespräch, eher eine Art *Überraschungsinterview.* (Lexas Bezeichnung.) Sie hat mehrfach versucht, telefonisch einen Termin mit ihm zu vereinbaren, aber entweder hat er einfach aufgelegt oder ist gar nicht erst ans Telefon gegangen.

Mich schleppt sie mit, weil sie sich davon bessere Reaktionen seinerseits verspricht, damit das Buch ... *interessanter* wird. («Mehr Gewicht bekommt», lautete ihre Formulierung, glaube ich.)

Mir verursacht dieses Interview Unbehagen. Ich weiß, dass es nicht ihre Schuld ist. Elise hätte gesagt, dass *ich* die Entscheidung treffe, dabei zu sein. Aber trotzdem. Ich bin zu einem Zuschauer von *Das ist dein Leben* geworden, höre Personen zu, die ich nicht wiedererkenne, höre Geschichten, an die ich mich nicht erinnere und eigentlich auch nicht erinnern *will.*

«Sein Auto ist noch da», sagt Lexa, als sie in Bernt Juusos Garageneinfahrt parkt. «Er ist noch nicht zur Arbeit gefahren.»

Sie sagt es, als hätten wir gerade noch rechtzeitig einen Flug erwischt, springt aus dem Wagen und hastet vor mir her den Gartenweg hinauf. Die tiefstehende Herbstsonne wirft lange Schatten auf den Rasen. Tautropfen glitzern in dem Laub, das der Wind zu kleinen Haufen zusammengetrieben hat.

Bernt wohnt in einem Ziegelhaus, nur ein paar hundert Meter von meinem Elternhaus entfernt. (Warum ziehen die Leute nicht von hier weg?) Wenn ich mir vorstelle, wie er in meiner Kindheit ausgesehen hat, dann trägt er Jeans, eine schwarze Lederjacke und lange Haare. Aber der Mann, der uns die Tür öffnet, hat kurze Haare und trägt ein weißes Hemd, einen schwarzen Anzug und glänzende schwarze Schuhe. Gut, an seinem Hals ist der Ansatz einer Tätowierung zu erkennen, die unter dem Hemdkragen verschwindet, und sein Gesicht ist ausgezehrt, von dünnen Falten durchzogen, als wäre die Haut eingetrocknet, aber es ist nicht das Erscheinungsbild, das ich erwartet habe.

«Ja?», sagt er fragend und mustert uns mit unangenehm hellen Augen. «Wenn Sie irgendwas verkaufen wollen, ich bin nicht interessiert. Und außerdem muss ich zur Arbeit, wenn Sie mich also entschuldigen …»

Während er redet, zieht er sich einen Mantel an. Dann sieht er uns wieder an, erstaunt, als hätte er erwartet, dass wir verschwunden wären.

«Nein danke!», sagt er übertrieben artikuliert und legt den Kopf ein wenig schräg, aber nicht bittend, sondern eher aggressiv, wie jemand, der überlegt, ob er zum Angriff übergehen soll.

«Mein Name ist Lexa Andersson, und das ist Robert Lindström. Ich habe Sie kontaktiert …»

Bernt hält inne, sieht Lexa an, wartet auf eine Fortsetzung. Wenn er weiß, wer wir sind, zeigt er es jedenfalls nicht.

«Wir würden Sie gerne zu Max Sander interviewen. Ich

weiß nicht, ob Sie meine Nachrichten auf Ihrer Mailbox abgehört haben?»

Bernt nickt langsam.

«Ich hatte ziemlich viel um die Ohren ... Und was hat das überhaupt mit mir zu tun? Ich habe nichts über Max zu sagen.»

«Nur ein paar kurze Fragen», bittet Lexa.

«Wie lange dauert das?» Bernt sieht auf seine Armbanduhr, ein protziges, offensichtlich teures Modell. «Ich hab's ein bisschen eilig.»

«Wir können heute Abend wiederkommen, wenn Ihnen das besser passt. Um sieben vielleicht?»

Bernt antwortet nicht. Sein Blick geht zwischen Lexa und mir hin und her, als würde er uns begutachten. Etwas ausloten. Dann nickt er langsam.

«In Ordnung, sieben passt.»

Als er lächelt, zieht sich ein feines Netz aus Falten über sein Gesicht.

«Aber wenn Sie mich jetzt bitte entschuldigen ...» Er zwängt sich an uns vorbei, während wir auf der Treppe stehen bleiben und ihm nachsehen, wie er den Gartenweg hinuntereilt.

«Was sind Sie von Beruf?», ruft Lexa ihm nach.

Bernt bleibt stehen, dreht sich um.

«Ich bin Autoverkäufer.»

Es gefällt ihm offenbar, das zu sagen. Man sieht ihm seinen Stolz an. Dann setzt er sich ins Auto und fährt mit quietschenden Reifen davon.

«Haben Sie ihn wiedererkannt?», fragt Lexa und schaut mich mit hochgezogenen Augenbrauen an.

Ich schüttele den Kopf, erkannt habe ich ihn nicht, aber

ich *spüre* etwas: ein schwindelerregendes, unbehagliches Gefühl in der Magengegend.

«Heute Nachmittag spreche ich auch noch mit Magnus Isaksson», sagt Lexa, als wir zum Auto zurückgehen.

«Magnus …?», frage ich.

«Einer Ihrer Freunde von damals!»

«Ich komme nicht mit», sage ich schnell.

38

Donnerstag, 5. November

Lars-Erik Wallquist wirkte erschöpft, als er seinen Blick durch den Einsatzraum schweifen ließ, seine Lesebrille aufsetzte und sich räusperte:

«Wir haben den Umkreis des Fundorts auf dem Bahngelände durchkämmt und höchstwahrscheinlich den Tatort gefunden. Sie wurden ungefähr fünfzehn Meter von der Stelle entfernt ermordet, wo wir sie gefunden haben. In einer Senke neben dem Bahndamm. Dort haben wir Blut sichergestellt, das mit dem der Leichen übereinstimmt, aber keine Spuren des Täters.»

Als niemand etwas sagte, fuhr er fort:

«Um die Identität der Leichen festzustellen, haben wir Proben ins Nationale Forensische Zentrum geschickt, die Antwort steht noch aus.»

«Ich möchte nur kurz anmerken, dass wir ziemlich sicher sind, dass es sich bei den Leichen um unsere beiden Jugendlichen handelt», sagte Carl. «Jodie, du hast mehr dazu?»

Jodie griff nach einem Zettel.

«Beide Mütter, Katarzyna Pavic und Louise Brink, haben die Kleidung ihrer Söhne identifiziert. In einer Jackentasche haben wir außerdem einen Personalausweis gefunden. Ausgestellt auf den Namen Johan Brink. Die Wahrscheinlichkeit ist also groß, dass es Tony Pavic und Johan Brink sind.»

Lars-Erik Wallquist hielt seine Lesebrille in der Hand und sah sie irritiert an.

«Darf ich weitermachen?», fragte er.

«Bitte», sagte Carl, bemüht höflich.

«Neben dem vermutlichen Tatort haben wir außerdem ein Versteck mit einem kleinen Warenlager gefunden. Eine Tüte mit zweihundert Gramm Cannabis, fünfzig Ecstasy-Pillen, drei Handys, ebenso viele Portemonnaies ... und eine geladene Pistole. Die Sachen lagen in einer gut versteckten Kunststoffkiste. Die Fingerabdrücke von den Handys haben wir ebenfalls ans Nationale Forensische Zentrum geschickt. Auch hier steht eine Antwort noch aus.»

«Sie könnten also ermordet worden sein, während sie sich an irgendwelchem Diebesgut zu schaffen gemacht haben?», warf Ylva Palmquist ein.

Lars-Erik seufzte.

«Das musst du jemand anderes fragen. Wir versuchen lediglich festzustellen, wer die Gegenstände in der Kiste angefasst hat. Die Pistole haben wir für einen Schusstest eingeschickt.»

Carl nickte. Lars-Erik studierte den Bericht, den er in der Hand hielt, während alle anderen schweigend warteten.

«Ja», fuhr er schließlich fort. «Wir haben das Gebiet minutiös nach einer eventuellen Tatwaffe abgesucht, aber ... keine gefunden.»

«Gut», sagte Carl müde. «Hast du noch mehr?»

«Ja.»

Wallquist schob seine Brille in die Brusttasche seines rot karierten Flanellhemds und sah seine Kollegen an.

«Und was?», fragte Carl, ohne seine Irritation verbergen zu können.

«Fragt sich keiner, wie die beiden Jungen überhaupt auf das Bahngelände gekommen sind?»

Niemand meldete sich zu Wort.

«Die Gleisanlage ist mit einem Sicherheitszaun abgesperrt, aber neben der Senke gibt es ein Tor für Wartungsarbeiten, das normalerweise mit einem schweren Vorhängeschloss versperrt ist und nur vom Bahnpersonal benutzt werden darf …»

«Zum Teufel, Mann! Komm endlich zum Punkt!», blaffte Asbjörn Bolander. Carl drehte sich um und versuchte, ihn mit einem Blick zum Schweigen zu bringen, doch Wallquist grinste nur.

«Der Schlüssel des Vorhängeschlosses lag neben der Kiste in dem Versteck auf dem Boden», sagte er.

«Haben die beiden den Schlüssel geklaut?», fragte Bolander erstaunt.

«Das glaube ich nicht. Ich schätze, dass sie das Schloss aufgebrochen und es gegen ein anderes ausgetauscht haben. Ziemlich clever, finde ich.»

«Aber warum?», fragte Jodie.

Lars-Erik sah sie überrascht an.

«Diese Frage sollte doch wohl einer von euch Schlauköpfen beantworten können, aber … wenn du mich fragst, ich denke, die beiden wollten einen sicheren Lagerplatz für ihre Beute haben.»

Wallquist sammelte seine Unterlagen zusammen. Er sah zufrieden aus. Carl wusste, dass er sich diesen Punkt absichtlich bis zum Schluss aufgespart hatte, um einen fulminanten Abgang machen zu können.

«Danke!», rief er ihm nach.

Lars-Erik winkte mit einer Hand und ließ die Tür hinter sich ins Schloss fallen. Carl trat an das Whiteboard. Tony Pavics und Johan Brinks Namen standen schon neben dem von Erik Olofsson. Darunter hingen einige Aufnahmen der zerfetzten Leichen auf den Schienen.

«Angesichts dieser neuen Sachlage müssen wir umdenken», begann er. «Natürlich besteht theoretisch noch immer die Möglichkeit, dass Tony Pavic und Johan Brink Olinda Sikonova umgebracht haben, aber sie ist sehr unwahrscheinlich ...»

Ylva Palmquist räusperte sich.

«Gibt es eigentlich irgendeinen Hinweis darauf, dass der Mord an diesen beiden Jugendlichen mit dem Mord an Olinda Sikonova zusammenhängt?», fragte sie.

Carl machte eine unsichere Handbewegung.

«Ich habe heute Morgen mit der Rechtsmedizinerin gesprochen», sagte er. «Tony Pavic und Johan Brink wurden mit einem schmalen, rohrähnlichen Gegenstand erschlagen. Möglicherweise einem ungewöhnlich schmalen Baseballschläger oder einem Eisenrohr. Der Täter hat mindestens fünf-, sechsmal auf sie eingeschlagen und ihnen außerdem gezielte Schläge auf die Genitalien versetzt. Und genau wie bei Olinda Sikonova wurden diese Verletzungen post mortem zugefügt.»

«Und sie können nicht durch den Zug verursacht worden sein?», fragte Jodie.

Carl schüttelte den Kopf.

«Nein, ausgeschlossen. Diese Verletzungen wurden höchstwahrscheinlich mit derselben Waffe zugefügt, mit der die beiden erschlagen wurden.»

Er schrieb «sexuelles Motiv?» unter die Namen von Johan und Tony auf das Whiteboard.

«Und das Warenlager?», fragte Bolander. «Wie zum Teufel passt das ins Bild?»

«Gar nicht», erwiderte Carl. «Oder noch nicht. Wir wissen nicht einmal, ob es ihr Versteck war.»

Jodie beugte sich auf ihrem Stuhl nach vorne.

«Es war noch alles da, oder?», fragte sie.

«Soweit wir wissen, ja», antwortete Carl.

«Aber warum hat der Mörder das ganze Zeug dann nicht mitgenommen? Ich meine, die Drogen und die Pistole sind auf der Straße einiges wert ...»

«Du denkst also, dass das Versteck nicht das Motiv war?»

«Genau», sagte Jodie. «Und wenn Johan und Tony nicht wegen dieses Verstecks ermordet wurden, könnte die Tat doch mit dem Mord an Olinda zusammenhängen? Vor allem wenn man in Betracht zieht, was die Rechtsmedizinerin über die Schläge auf ihre Genitalien gesagt hat.»

Carl nickte.

«Gut. Wir werden die Möglichkeit, dass wir es mit demselben Täter zu tun haben, natürlich berücksichtigen», sagte er. «Und bisher haben wir nur einen Verdächtigen.»

Er deutete auf das Foto von Erik Olofsson und wandte sich dann an Bolander.

«Wie läuft es mit der Befragung der Schüler?»

«Wir haben mit allen geredet», erwiderte Bolander. «Aber keiner hat Olofsson erkannt. Ein paar Schüler haben gesagt, sie hätten ihn gesehen, konnten sich aber nicht erinnern, wo. Oder wann. Könnte genauso gut irgendwo im Zentrum oder beim Milchkaufen im Supermarkt gewesen sein. Er wohnt schließlich in der Gegend.»

«Und Tony und Johan? Hat irgendwer etwas über die beiden sagen können?»

Bolander schüttelte den Kopf.

«Und auch nichts über den weißen Kombi?», fragte Carl.

«Ja, das weiße Auto ...», sagte Bolander gedehnt. «Drei haben das weiße Auto ihrer Nachbarn genannt, und vier haben angegeben, selbst ein weißes Auto zu besitzen. Durch die Bank weg Kombis. Aber keiner davon kann Montagnachtmittag an der Schule gewesen sein. Das haben wir überprüft.»

Carl nickte, ging zum Whiteboard und kreiste das Stichwort «weißes Auto» unter den Fotos von Olinda Sikonova ein.

«Eins wundert mich bei dem Auto», sagte er und drehte sich wieder um. «Wenn der Täter Olinda mit dem Auto entführt hat, warum finden wir sie dann in einer Höhle sechshundert Meter von der Schule entfernt?»

Er tippte mit dem Finger auf die Umgebungskarte, auf der der Tatort markiert war.

«Warum fährt er nicht ans Meer oder zu einem verlassenen Waldweg, meilenweit entfernt?»

«Jemanden zu entführen ist mit einem Auto am einfachsten», sagte Jodie. «Auch wenn die Strecke nur sechshundert Meter beträgt.»

«Aber das erklärt nicht, weshalb der Täter sie genau an dieser Stelle im Wald tötet, nachdem er sie mit dem Auto entführt hat, oder?»

Jodie zuckte mit den Schultern.

«Vielleicht hat er eine emotionale Verbindung zu dem Ort, irgendetwas, das genau da geschehen ist und ihn mit dem Platz verbindet.»

«Das ist doch das reinste Ratespiel, verflucht noch eins!», rief Bolander.

Jodie schwieg.

«Zum jetzigen Zeitpunkt raten wir wohl alle», erwiderte Carl und schrieb «besonderer Ort?» auf das Whiteboard.

«Rickard, kannst du überprüfen, welche anderen Straftaten in der Nähe des Tatorts begangen worden sind?»

«Klar.»

«Und wie kommst du mit deiner Filtersuche nach Kindermördern und pädophilen Straftätern voran?»

«Ganz gut, denke ich … oder … gar nicht. Ich konnte noch keine weiteren relevanten Treffer finden. Jedenfalls nicht mit diesen Parametern. Erik Olofsson ist der Einzige, der ins Profil passt.»

«Gut», sagte Carl. «Geh zeitlich noch weiter zurück. Wenn wir von der Hypothese ausgehen, dass unser Täter heute zwischen vierzig und fünfzig Jahre alt ist, wann ist er dann zur Schule gegangen?»

«Ende der Siebziger», sagte Rickard schnell. «Die ersten Hochhäuser im Zentrum wurden irgendwann in den Sechzigern gebaut. Früher ergibt die Suche keinen Sinn …»

«Geh so weit zurück wie möglich.»

Rickard beugte sich über seinen Laptop und fing an zu tippen. Carl fragte sich, ob er schon mit der Suche begann oder ob er an etwas anderem arbeitete. Er wandte sich an Bolander.

«Jetzt kriegst du deine Chance, Erik Olofsson zu befragen», sagte er. «Frag ihn, was er gestern und vorgestern Abend gemacht hat.»

Bolander grunzte.

«Ich nehme Ylva mit», beschloss er.

«Mach das», erwiderte Carl. «Jodie und ich fahren zur Dalsätraschule.»

Lautes Stühlerücken setzte ein, als alle aufstanden.

«Eins noch», sagte Carl. «Nastasia Sikonova, Olindas Mutter, hat gestern versucht, sich das Leben zu nehmen. Sie hat überlebt, wurde aber in die psychiatrische Notaufnahme eingewiesen.»

39

Juli, 28 Jahre zuvor

An jenem Morgen regnete es. Nach einer langen, trockenen Warmwetterperiode fiel endlich ein dichter, milder Sommerregen, die Art von Regen, der die Luft zum Duften bringt – nach Straßenstaub, Gras und Bäumen.

Vielleicht trugen Magnus und Robert deshalb keine Regensachen, als sie bei Max klingelten, sondern dünne Jacken und Jeans.

Sie waren klatschnass. Vor allem Robert. Auf dem Weg zu Max hatte er sich auf der Straße im Kreis gedreht, die Arme ausgestreckt und den Kopf in den Nacken gelegt. Er liebte Regen, das Gefühl der Tropfen auf seinem Gesicht.

Aber Max wollte nicht draußen spielen. Und wenn sie bei ihm zu Hause spielten, mussten sie ihre nassen Sachen ausziehen – *alle* nassen Sachen.

Max' Eltern, Kenneth und Tina, waren in solchen Dingen sehr streng. Sie hatten das Haus größtenteils selbst renoviert und achteten strikt darauf, dass die Kinder im Haus keine Unordnung anrichteten oder etwas kaputt machten. An diesem Tag waren Max' Eltern beide bei der Arbeit, doch als Magnus und Robert sich weigerten, mehr als ihre nassen Jacken auszuziehen, rief Max seine Schwester zu Hilfe.

Magnus Isaksson wohnt noch immer in Skogås, nur ein paar hundert Meter von seinem Elternhaus entfernt. Heute versteht er nicht, warum er damals nicht einfach gegangen ist, warum er Robert nicht vorschlug, stattdessen bei ihm zu Hause zu spielen.

«Irgendetwas war mit Max' Schwester. Sie war älter als wir, und ich glaube, Robert und ich hatten beide ein bisschen Angst vor ihr», sagt er.

Die Schwester blieb im Flur stehen und passte auf, dass sie wirklich alle Sachen auszogen. Magnus wurde rot, schlüpfte aber trotzdem aus seiner Jeans. Als beide Jungen nur noch in Unterhose und T-Shirt dastanden, lachte sie und verschwand.

Max' Zimmer lag neben der Küche, ein kleines Jungenzimmer mit Fenstern zur Rückseite des Hauses. Über Max' Schreibtisch, auf dem eine grüne Schreibtischlampe stand, hatte sein Vater ein Bücherregal an die Wand geschraubt. Das Bett stand ganz hinten an der Stirnseite des Raums. An den Wänden hingen keine Poster, nur ein Gemälde, auf dem ein Haus am Strand und eine stürmische See abgebildet waren – Max' Großmutter hatte es gemalt.

Als sie in sein Zimmer kamen, nahm Max ein paar Comics von seinem Bett und stellte sie vorsichtig in einen Schuber auf dem Bücherregal, bevor er sich setzte. Magnus und Robert blieben in der Tür stehen und betrachteten Max' Spielzeugautosammlung, die in den Regalen stand. Die Autos waren fast wie neu. Magnus erinnert sich, dass ihre eigenen Spielsachen damals immer direkt kaputtgingen – bei explosiven Experimenten mit Zucker und Salpeter auf dem verlassenen Baustellengrundstück.

Doch Max hatte seine Spielzeugautos aufgehoben, Jahr für Jahr, bis er zu alt war, um mit ihnen zu spielen. Aus Angst, glaubte Magnus. In ihrer Klasse kursierte das Gerücht, dass Max von seinem Vater Prügel bekam, wenn er etwas kaputt machte.

Und mindestens *ein* Vorkommnis erhärtete dieses Gerücht:

In der dritten Klasse hatte Max eine Rechenaufgabe nicht

verstanden, obwohl ihre Lehrerin sie ihm mehrfach erklärt hatte. Max war so wütend geworden, dass er sein Mathebuch zerriss, es auf den Boden warf und weinend aus der Klasse lief. Die Lehrerin war ihm hinterhergegangen und die ganze Klasse hatte mucksmäuschenstill dagesessen und zugehört, wie sie Max auf dem Flur schalt, weil er das Mathebuch zerrissen hatte. Max hatte keine Antwort gegeben. Erst als die Lehrerin sagte, seine Eltern müssten das kaputte Buch bezahlen, hatte er sie stotternd gebeten, seinen Eltern nichts davon zu erzählen, gestammelt, dass er nachsitzen könne oder den Schulhof fegen – egal was, Hauptsache, sie würde seinen Eltern nichts sagen. Aber die Lehrerin hatte nicht mit sich reden lassen.

Am nächsten Tag war Max nicht zur Schule gekommen und auch nicht am übernächsten. Erst vier Tage später war er wieder zum Unterricht erschienen und behauptete, krank gewesen zu sein. Doch als er das erste Mal nach diesem Ereignis am Sportunterricht teilnahm, bemerkten mehrere Klassenkameraden blaue Flecken auf seinem Hintern und blaurote Striemen, die sich an der Rückseite seiner Oberschenkel entlangzogen.

Jetzt, in Max' Kinderzimmer, trat Robert an das Bücherregal über dem Schreibtisch.

«Was, du hast so einen?!», rief er und nahm einen blauen Walkman mit Kopfhörern aus dem Regal.

«Fass ihn nicht an!», schrie Max und sprang vom Bett auf.

Robert sah ihn verblüfft an.

«Wir können den doch mal ausprobieren?»

«Nein! Nur ich darf den benutzen!»

Max riss Robert den Walkman so heftig aus der Hand, dass er auf den Boden fiel.

«Du hast ihn kaputt gemacht!», schrie er.

Er fiel auf die Knie, hob den Walkman auf, kontrollierte ihn, drückte auf die Play-Taste und legte ein Ohr an den Kopfhörer. Sie hörten alle drei, wie Tomas Ledin sang «Was machst du dieser Tage?» Aber Max hielt den Walkman mit beiden Händen fest und begann zu weinen. Sein plumper Körper bebte, als er über den blauen Walkman gebeugt dasaß. Als würde er beten.

Robert und Magnus lachten unsicher.

«Mein Vater wird dich zwingen, einen neuen zu kaufen!», schrie Max und sah Robert an.

«Aber er ist doch gar nicht kaputt.»

«Ist er wohl! Guck!»

Max hielt den Walkman hoch und zeigte auf einen Kratzer im blauen Lack.

«Und außerdem war ich das nicht. Du hast ihn fallen gelassen», widersprach Robert.

Das Merkwürdige war, erinnert sich Magnus, dass es für Max gar keine Rolle spielte, dass der Walkman funktionierte. Als hätte Robert ihn allein dadurch beschmutzt, indem er ihn angefasst hatte.

Als Camilla ihren Bruder schreien hörte, kam sie ins Zimmer und fragte, was los sei.

«Er hat meinen Walkman auf den Boden geworfen», schluchzte Max und deutete auf Robert, der in T-Shirt und Unterhose mitten im Zimmer stand. «Er hat es mit Absicht gemacht.»

Er sagte es im Brustton der Überzeugung, obwohl er wusste, dass es ein Versehen gewesen war.

Seine Schwester forderte sie auf zu gehen und drohte, ihren Müttern zu erzählen, dass sie Max' Sachen kaputt gemacht hätten. Doch weder Robert noch Magnus hörten je wieder von Max' Walkman, noch sahen sie jemals wieder, dass er ihn benutzte.

40

Donnerstag, 5. November

Carl und Jodie saßen in dem leeren Klassenzimmer und betrachteten den Jugendlichen, der sich auf den Stuhl vor ihnen fallen ließ. Adam Ocan war hochgewachsen und schlaksig, mit einem leicht krummen Rücken und klobigen Sneakers an den Füßen. Alles an ihm wirkte aus der Form geraten, unproportional, als wäre sein Köper unregelmäßig gewachsen.

Er sah sie unter seinen Stirnfransen hervor an, die Kapuze seiner schwarzen Sweatshirtjacke fest ums Gesicht geschnürt.

«Dein Lehrer und deine Freunde sagen, du hättest Tony und Johan am besten gekannt», begann Carl.

Adam zuckte mit den Schultern und knibbelte an einem Fleck auf der Tischplatte herum.

«Was heißt schon kennen …?», murmelte er.

«Aber die beiden sind in deine Klasse gegangen, oder etwa nicht?»

«Ja, aber ich hab nur ab und zu mal mit ihnen abgehangen …»

Carl seufzte. Er wusste, wie es war, eine Klasse mit Schülern wie Adam zu unterrichten. Während seines Studiums hatte er an der Universität einen Kurs in theoretischer Philosophie belegt und gleichzeitig ein Halbjahr als Aushilfslehrkraft unterrichtet. Er hatte ernsthaft mit dem Gedanken gespielt, Lehrer zu werden. Doch nach der ersten Stunde hatte er seine Zukunftspläne über den Haufen geworfen. Nachdem er seinen Namen an die Tafel geschrieben und sich einer achten Klasse einer Schule in Bandhagen vorgestellt hatte, hob ein Junge in der letzten Reihe die Hand:

«Holen Sie sich öfter einen runter?»

Die Klasse hatte gelacht, und er hatte etwas Schlagfertiges erwidern wollen, doch ihm war nichts Besseres eingefallen als «Das geht dich gar nichts an».

Früher war die Schule auch nicht anders, dachte Carl. Laut sagte er:

«Mochtest du die beiden?»

«Tony und Johan …? Ging so … Sie konnten cool sein, aber …» Adam zuckte mit den Schultern.

«Verstehe», erwiderte Jodie. «Aber ist dir in den letzten Tagen irgendetwas Merkwürdiges an den beiden aufgefallen?»

«Also ich will die beiden nicht verpfeifen …»

Jodie beugte sich zu ihm vor.

«Du weißt, dass die beiden tot sind, oder? Dass sie gestern Abend auf den Bahngleisen gefunden wurden?»

Adam nickte und rutschte hin und her, was damit endete, dass er aufstehen musste, um nicht vom Stuhl zu fallen.

«Ja …»

«Es ist wichtig, dass du uns alles erzählst, was du über die beiden weißt», verdeutlichte Carl.

«Also, wie ich gesagt hab, ich kannte sie nicht so gut … aber sie haben Zeug vertickt und so …»

«In der Schule?»

«In der Schule … auf dem Marktplatz … das weiß jeder …»

«Was für Zeug?»

«Computerzubehör, Handys … Ich habe keine Ahnung, Mann. Zeug, das sie irgendwie organisiert haben.»

«Irgendwelche anderen Sachen?», fragte Carl. «Drogen, Hasch, Ecstasy …?»

Adam zog die Kapuze seiner Sweatshirtjacke so fest zu, dass nur noch eine winzige Öffnung für Augen und Nase blieb.

«Gras und E, das weiß ich ... Aber ich hab nicht den vollen Durchblick, was ihre Geschäfte angeht.»

«Okay», sagte Carl. «Kannst du dir vorstellen, dass ihnen jemand etwas antun wollte? Und wenn ja, wer?»

«Kapiert es doch endlich ... die beiden waren nicht besonders nice ... es gab viele, die sie gehasst haben ...»

Adam ließ sich wieder auf seinen Stuhl fallen und schien zu überlegen.

«Aber da war so ein Typ ... ziemlich slick, mit Anzug und Krawatte und so ...»

«Ja?», fragte Carl.

«Ich hab ihn auf dem Marktplatz gesehen, dachte, er wäre ihr Dealer.»

Carl beugte sich vor.

«Auf dem Marktplatz? Von Skogås?»

«Ja, bei dem Teich.»

«Wann genau war das?»

«Keine Ahnung ... Montag oder Dienstag ...»

«Denk nach!»

«Okay, okay ... Das war an dem Tag, an dem sie dieses Mädchen von der Lycksätraschule gefunden haben.»

«Am Dienstag», sagte Jodie.

«Würdest du den Mann wiedererkennen?», fragte Carl.

«Sie meinen, auf einem Foto?»

«Ja.»

«Nee. Ich hab ihn nur kurz gesehen, als ich meinen Roller abgeschlossen habe. Tony und Johan waren da, ich hab hallo gesagt und bin weitergegangen, in den Supermarkt, meine

Mutter hatte mich zum Milchkaufen verdonnert ... Und mir war klar, dass dieser Typ nicht ganz sauber war.»

«Kannst du noch was über den Mann sagen?», fragte Jodie.

«Er trug Spießerklamotten, slick eben.»

Jodie sah ihn an.

«Wie findest du die Klamotten von meinem Kollegen?», fragte sie.

«Also, no offence, aber Sie sehen ziemlich slick aus.»

Adam grinste. Carl lächelte. Er nahm das als Kompliment.

«Noch was? Hatte der Mann lange oder kurze Haare? War er dick oder dünn?», fragte er.

Adam schüttelte den Kopf.

«Ich konnte ihn nicht richtig sehen. Er saß die ganze Zeit im Auto ...»

«In einem Auto?», unterbrach Carl.

«Er parkte mitten auf dem Bürgersteig, deshalb ist er mir aufgefallen.»

«Was war das für ein Auto?»

Adam blickte plötzlich ratlos drein.

«Keine Ahnung, Mann. Ein Auto halt. Sah nobel aus. Volvo oder ... wie heißen die? Ein VW, BMW ... Jedenfalls neu.»

«Welche Farbe?», fragte Carl.

«Hell, glaub ich. Silber vielleicht ... oder Blau.»

«Weiß?»

Adam zuckte mit den Schultern.

Carl zeigte ihm ein Foto von Erik Olofsson.

«Könnte es dieser Mann gewesen sein?»

«Keine Ahnung, vielleicht, aber ...»

Wieder hob Adam die Schultern.

«Haben die drei miteinander geredet?», fragte Jodie.

«Nee, der Typ hat sie nur beobachtet ...»

«Aber du glaubst, dass er wegen Tony und Johan da war?»

«Keine Ahnung ... Er hat sie jedenfalls die ganze Zeit im Auge behalten. Und als sie mit ihren Rollern weggefahren sind, ist er ihnen nachgefahren. Aber ...»

«Was aber?», fragte Jodie.

«Langsam. Er hat nicht versucht, sie einzuholen oder so. Ich weiß auch nicht, keine Ahnung. So genau hab ich nicht hingesehen. Vielleicht ist er auch einfach nur durch die Gegend gecruist.»

Carl warf Jodie einen fragenden Blick zu, die fast unmerklich den Kopf schüttelte.

«Danke», sagte er. «Du warst eine große Hilfe. Schreib uns bitte deinen Namen und deine Telefonnummer auf. Falls wir noch weitere Fragen an dich haben, melden wir uns bei dir.»

Adam starrte Carl ausdruckslos an, schrieb dann aber gehorsam seine Kontaktdaten in dessen Notizbuch.

41

Mittwoch, 4. November

Als Lexa mich kurz vor sieben an der U-Bahn-Station Telefonplan in der Innenstadt abholt, ist sie verändert. Bedrückt, als würde ihr irgendwas zu schaffen machen. Ich frage sie, was los ist, doch sie will nicht mit der Sprache rausrücken. Aber ich *weiß*, dass es an ihrem Gespräch mit diesem Magnus oder wie er heißt, liegt. Er muss irgendetwas gesagt haben, das ihr nicht gefällt. Sie sieht aus, als hätte sie gerade etwas Schockierendes erfahren.

Wieder warten wir vor Bernt Juusos Haus, und wieder steht sein Auto in der Einfahrt. Wir gehen den Gartenweg entlang, die Vordertreppe hinauf und klingeln. Fast im selben Moment öffnet er die Tür und lässt uns herein.

Als er sich im Wohnzimmer lässig auf dem Sofa zurücklehnt und die Arme auf der Rückenlehne ausbreitet, rutscht seine protzige Armbanduhr unter dem weißen Hemdsärmel hervor. Er trägt noch immer den Anzug von heute Morgen.

«Und?», fragt er. «Was wollten Sie jetzt noch gleich von mir?»

Er klingt gelangweilt. Ich bekomme das Gefühl, dass er auf uns herabblickt, obwohl er sitzt und wir stehen.

Lexa scheint wie immer völlig unbeeindruckt, nimmt ihr Aufnahmegerät aus der Tasche, legt es auf den niedrigen Glastisch und setzt sich Bernt gegenüber in einen Sessel.

«Wie ich gesagt habe, schreiben wir an einem Buch über Robert Lindström und den Mord an Max Sander vor achtundzwanzig Jahren.»

Bernt sieht mich an. Schnell setze ich mich neben Lexa.

«Okay, das habe ich verstanden. Aber was hat das mit mir zu tun?»

«Ihr Name taucht in den damaligen Ermittlungsakten auf. Am 15. August wurden Sie zwischen zwölf und ein Uhr mittags in der Nähe des Baustellengrundstücks gesehen, auf dem man Max Sander zwei Stunden später erschlagen aufgefunden hat.»

Bernt sieht Lexa an, ohne zu reagieren. Lexa wartet ab. Schließlich lehnt er sich vor und legt die Hände auf den Glastisch.

«Worauf wollen Sie hinaus?»

Seine Stimme ist jetzt schärfer. Als er sich noch ein Stück weiter vorbeugt, kann ich wieder die Tätowierung an seinem Hals sehen. Es ist ein Schlangenkopf.

«Ich möchte nur, dass Sie erzählen, an was Sie sich von dem Tag erinnern. Ihre Version schildern.»

Sie legt den Kopf ein wenig auf die Seite. Die Bewegung ist so einstudiert, dass es mir peinlich ist. Aber Bernt scheint es nicht zu bemerken. Er sitzt einen Moment schweigend da, offensichtlich überlegt er, wie er sich verhalten soll. Dann lehnt er sich unvermittelt wieder auf dem Sofa zurück.

«Okay … Ich weiß noch, dass ich auf dem Weg zu meinem Kumpel war.»

«Ted Löfgren?», fragt Lexa.

Er nickt.

«An dem Tag herrschte eine Bullenhitze. Wir wollten unten an die Bucht und baden. Irgendein Dreckskerl hatte mein Mofa geklaut, und ich musste bei dieser Scheißhitze zu Fuß laufen.»

«Sind Sie vorher zu Ted gegangen?»

«Ja.»

«Sie wollten sich also nicht an der Badestelle treffen?»

Er lacht.

«Sie kannten Ted nicht, Lady. Er kam nie in die Gänge. Heute weiß man ja, dass er irgendeine Störung hatte, aber damals ... Wenn ich ihn bei irgendetwas dabeihaben wollte, musste ich ihn abholen.»

«Okay, und auf dem Weg zu ihm sind Sie an dem verlassenen Baugrundstück vorbeigekommen?»

Bernt nickt, während er Lexa mit schmalen Augen fixiert.

«Wissen Sie noch, wie spät es da war?»

Er nimmt die Arme von der Rückenlehne.

«Mein Gott, Sie haben doch selbst gesagt, dass es zwischen zwölf und ein Uhr mittags war. Was zum Teufel weiß ich? Es ist fast dreißig Jahre her!»

«Gut, und was ist passiert?»

Bernt zuckt mit den Schultern.

«Nichts ist passiert. Ich habe ein paar Rotzblagen gesehen, die durch die Gegend gestreunt sind. Robert ...»

Er deutet mit dem Kopf auf mich.

«... war einer von ihnen.»

«Wen haben Sie noch gesehen? Max?»

«Nein, aber einen anderen Jungen. Keine Ahnung, wie der hieß, aber er war im selben Alter. Steht das nicht in diesen Ermittlungsakten, von denen Sie schwafeln?»

«Aber wie Robert hieß, wussten Sie? Und Max?»

«Natürlich. Max war schließlich Camillas kleiner Bruder. Camilla und ich hatten damals kurz was am Laufen. Und Robert hing manchmal bei ihnen zu Hause rum ...»

«Sie und Camilla waren zusammen?», hakt Lexa nach.

«Ja. Sie war zwar erst dreizehn, vierzehn, aber verdammt

hübsch. Das ist sie übrigens immer noch. Ich sehe sie manchmal im Viertel ...»

«Okay», sagt Lexa nachdenklich. «Haben Sie gesehen, was die beiden gemacht haben? Robert und dieser andere Junge?»

«Robert ist auf dem Baugrundstück verschwunden, und der andere Junge ist wie eine Ratte die Straße runtergerannt.»

«Und Sie? Was haben Sie gemacht?»

«Wie schon gesagt, ich habe Ted zu Hause abgeholt, und wir sind in die Bucht zum Baden gefahren.»

«Andreas Indgård, so heißt der andere Junge, und Robert haben damals in den Verhören ausgesagt, Angst vor Ihnen gehabt zu haben.»

Bernt lächelt, während er mich mit seinen unangenehm hellen Augen mustert. Ich kann verstehen, wenn ich als Kind Angst vor ihm gehabt habe. Das habe ich jetzt auch.

«Ich habe damals ziemlich viel Mist gebaut. Aber das war alles nur Spaß. Wir haben nie wirklich was gemacht. Ihnen nur ein bisschen Angst eingejagt. Sie wissen schon, man ist fünfzehn, sechzehn, in einem Vorort, wo der Hund begraben liegt ...»

Er grinst.

«Nein», erwidert Lexa. «Das weiß ich ehrlich gesagt nicht.»

«Ach so, na dann ... Aber Sie sind vielleicht auch nicht in einem beschissenen Vorort aufgewachsen?»

«Nein, vielleicht nicht. Aber Sie haben sich entschieden, in diesem *beschissenen Vorort* wohnen zu bleiben. Warum?»

Bernt blickt aus dem Fenster.

«Hab mich wohl daran gewöhnt», sagt er, aber ich höre, dass ihm die Frage unangenehm ist. Als würde er sich schämen, hier zu wohnen.

«Inzwischen sind so viele Jahre vergangen. Gibt es irgendwas von diesem Tag, das Ihnen nicht aus dem Kopf geht? Über das Sie nachdenken?»

Bernt lehnt sich auf das Sofa zurück, breitet die Arme wieder auf der Rückenlehne aus, wirkt aber nach wie vor verlegen.

«Worüber soll ich nachdenken? Robert (er sieht mich an) hat Max erschlagen. So sieht es aus!»

«Gut», sagt Lexa. «Allerdings gibt es in den Ermittlungsakten so viele Ungereimtheiten, dass es fragwürdig erscheint, ob wirklich Robert derjenige war, der Max erschlagen hat.»

Bernt hebt die Augenbrauen und sieht Lexa an, als würde er nicht verstehen, was sie meint.

«Ist das Ihr Ernst?», fragt er verblüfft.

«Ja», antwortet Lexa. «Was denken Sie darüber?»

«Das klingt doch total absurd! Robert war von Kopf bis Fuß voller Blut. Jeder wusste, dass er es war.»

Bernt sieht mich an, als er das sagt. Dann steht er auf und geht in Richtung Tür.

«Das hätten Sie sagen können, bevor Sie hergekommen sind!»

«Warum?»

«Dann hätte ich mir diesen Bullshit erspart! Die Polizei hat damals ewig ermittelt, und jetzt kreuzen Sie aus heiterem Himmel hier auf, und einfach so ...»

Er schnipst mit den Fingern in die Luft.

«... sollen die sich plötzlich geirrt haben. Ich begreife nicht, wo Sie die Nerven hernehmen!»

Ich stehe auf, doch Lexa bleibt sitzen.

«Haben Sie noch Kontakt zu Ted Löfgren?», fragt sie.

«Ich möchte, dass Sie jetzt gehen. Beide. Verschwinden Sie!»

Er lächelt sein Autoverkäuferlächeln, während er das sagt, aber seine Stimme ist eine andere. Sie klingt scharf. Lexa steht auf, sammelt langsam ihre Sachen zusammen: Notizblock, Stift, Aufnahmegerät (ohne es auszuschalten).

«Ted Löfgren?», wiederholt sie. «Treffen Sie sich noch mit ihm?»

«Manchmal.» Bernt zeigt in den Flur, damit sie verschwindet. «Wir zischen ab und zu ein Bier zusammen.»

Während wir unsere Schuhe anziehen, sieht er Lexa gekränkt an, als hätte sie ihn reingelegt.

«Komme ich jetzt in irgendeinem scheiß Buch vor?», fragt er.

«Wir werden sehen. Wir haben noch nicht mit dem Schreiben angefangen.»

«Ich will nicht, dass Sie mich erwähnen.»

«Gut, dann weiß ich Bescheid.»

Ich sehe auf die Uhr: Unser Besuch bei Bernt Juuso hat weniger als zwanzig Minuten gedauert.

«Wenn Ihnen noch etwas einfällt, dann melden Sie sich bitte.» Lexa reicht Bernt ihre Visitenkarte.

Ich sehe sie erstaunt an. Hat sie nicht gehört, was er gesagt hat? Aber er nimmt ihr die Karte aus der Hand.

«Vielen Dank für Ihren Besuch», sagt er (als wären wir Kunden, die sich ein neues Auto angesehen haben).

Als ich nach Hause komme, hole ich die Flasche Whisky hervor, die ich im Bücherregal hinter einem großen Naturkundebuch versteckt habe. Sie ist fast leer, nur noch ein paar Zentimeter bedecken den Boden. Ich schraube die Verschlusskappe ab und trinke direkt aus der Flasche, kippe den Rest in einem Zug herunter. Trotzdem hören meine Hände nicht auf zu zittern.

Auf dem Rückweg von Bert Juuso hat Lexa mich im Auto gefragt, ob ich gelesen hätte, was passiert sei. Ich hatte keine Ahnung, wovon sie redete.

«In der Nähe Ihrer ehemaligen Schule ist ein kleines Mädchen tot aufgefunden worden. Zwei Jugendliche sollen die Tat begangen haben.»

Draußen war es dunkel. Das Licht der Straßenlaternen und die Scheinwerfer des Gegenverkehrs glitten für kurze Momente über ihr Gesicht, um es im nächsten wieder in Dunkelheit zu tauchen. Ich ahnte mehr, als es zu hören, dass sie tief Luft holte, als wollte sie für das, was sie zu sagen hatte, Anlauf nehmen.

«Zu dem Zeitpunkt, als das Mädchen verschwand, müssen Sie dort gewesen sein ... am Montag, nach unserem Gespräch mit Göran Nyman.»

«Was meinen Sie?»

Ich glaube nicht, dass ich aufgebracht klang, aber ich bin nicht sicher.

«Sie sind hinterher doch zu mir gekommen. Haben Sie etwas gesehen? Oder jemanden?»

«Nein», antwortete ich. «Es hat geregnet. Ich habe im Auto gesessen und auf den Schulhof gesehen. Und dann bin ich durch mein altes Wohnviertel gefahren. Wie Sie es wollten. Aber das wissen Sic ja schon.»

Sie warf mir einen flüchtigen Seitenblick zu.

«Denken Sie nach», sagte sie dann.

«Mehr war nicht ...»

«Ich vertraue Ihnen, Robert, ist Ihnen das klar?»

«Warum sagen Sie das …? Hat das hier etwas mit Magnus zu tun? Hat er irgendwas gesagt, das …?»

«Nein», fiel sie mir ins Wort und sah mich an, als wäre *ich* derjenige, der sich seltsam verhielt.

Aber ich glaube ihr nicht. Magnus muss irgendetwas gesagt haben, das sie mir gegenüber misstrauisch gemacht hat.

Den Rest der Fahrt haben wir geschwiegen. Doch als Lexa vor ihrem Haus hielt – wie immer in zweiter Reihe – und mir den Autoschlüssel in die Hand drückte, damit ich weiterfahren konnte, klingelte ihr Telefon. Es war ein kurzes Gespräch. Nachdem sie aufgelegt hatte, sah sie mich verblüfft an.

«Das war Camilla, Max' Schwester. Sie will mit mir reden. Allein.»

Die beiden werden sich morgen treffen. Bei dem Gedanken an diese Begegnung fühle ich mich seltsam nervös, obwohl ich nicht einmal mitkomme.

42

Donnerstag, 5. November

Als Carl und Jodie in den Einsatzraum zurückkamen, waren nur Rickard und Bolander dort, trotzdem schlug ihnen ein intensiver Geruch von nasser Kleidung und abgestandenem Kaffee entgegen. «Puh, hier ist es ja so stickig wie in einer Sauna!», sagte Jodie, als sie an Rickards Platz vorbeiging. «Was hast du gemacht?»

Carl hörte, dass sie ihn ärgern wollte, aber Rickard schien es nicht zu kapieren.

«Was …?» Er blickte verwirrt auf. «Ich habe nur die Datenbanken durchsucht.»

Ehe Carl fragen konnte, wonach, räusperte sich Bolander am anderen Ende des Raums.

«Habt ihr in der Schule was rausbekommen?», fragte er, lehnte sich auf dem Stuhl zurück und verschränkte wie üblich die Arme vor der Brust.

Sein Tonfall war verbissen. Carl nahm an, dass Bolander gekränkt war, weil Jodie und er noch einmal zur Dalsätraschule gefahren waren, obwohl Ylva und er schon mit den Schülern gesprochen hatten.

«Vielleicht.» Carl lehnte sich an einen Schreibtisch. «Ein Klassenkamerad hat am Dienstag gesehen, wie ein Mann Tony und Johan mit dem Auto gefolgt ist. Leider konnte er den Mann bis auf die Tatsache, dass er gut gekleidet war, nicht näher beschreiben.»

Bolander nickte, als hätte er das erwartet.

«Und das Auto?», fragte er.

«Hell, mehr wusste er nicht.»

Bolander wandte sich wieder seinem Computer zu, scrollte mit der Maus und las irgendetwas auf dem Bildschirm.

«Wie ist eure Befragung mit Erik Olofsson gelaufen?», fragte Carl. «Habt ihr irgendetwas aus ihm herausbekommen?»

Bolander blickte vom Monitor auf.

«Nein, nichts. Er hat die gleiche Geschichte erzählt wie bei dem Mädchen. Hat behauptet, nach der Arbeit direkt nach Hause gefahren zu sein und Fernsehen geguckt zu haben. Sowohl zum Todeszeitpunkt der beiden Jugendlichen als auch zu der Zeit, zu der jemand ihre Leichen auf die Schienen gelegt hat. Angeblich war er seit Wochen nicht einmal in der Nähe der Bahngleise.»

«Glaubst du ihm?», fragte Carl.

«Ich glaube, dass er uns das Blaue vom Himmel erzählt.»

«Darüber, wo er zu den fraglichen Zeitpunkten war?»

«Über alles.»

Rickard sah von seinem Computer auf.

«Ach übrigens», sagte er. «Ich habe die Funkzellenauswertung von Olofssons Handy bekommen.»

Carl richtete sich auf, auch Bolander setzte sich aufrecht hin.

«Und?», fragte Carl. «Wo war er Montagnachmittag?»

«Zu Hause …»

Carl setzte sich auf den Schreibtisch, während Bolander zusammensackte und wieder auf seinen Bildschirm starrte.

«Aber das muss nichts bedeuten …», sagte Rickard.

«Ich weiß», erwiderte Carl. «Olofsson kann sein Handy zu Hause gelassen haben, als er Olinda Sikonova umgebracht hat. Fordere auch eine Funkzellenauswertung für Dienstag und Mittwoch an.»

«Okay.»

Rickard rollte mit dem Stuhl hinter den beiden großen Bildschirmen hervor, die auf seinem Schreibtisch standen.

«Vielleicht bin ich auf etwas Interessantes gestoßen …»

Carl ließ einen schwarzen Marker zwischen den Fingern kreisen.

«Möglicherweise ist es ein Schuss ins Blaue», fuhr Rickard fort. «Aber du wolltest doch, dass ich zeitlich noch weiter zurückgehe …»

Carl nickte.

«Vor achtundzwanzig Jahren wurde in Skogås ein Junge ermordet. Damals, Anfang der Neunziger, wurde ziemlich viel über den Fall berichtet. Das Opfer hieß Max Sander, und als Täter wurde sein Schulfreund Robert Lindström identifiziert. Beide waren elf Jahre alt.»

«Weiter.» Carl trat ans Whiteboard.

«Ich habe vier verschiedene Straftatbestände berücksichtigt, was eine ziemlich hohe Trefferquote ergab. Nachdem ich alle Personen ausgeschlossen hatte, die keine Verbindung zu Skogås haben, waren zweiunddreißig Namen übrig. Die meisten tauchen im Zusammenhang mit Bandenkriminalität auf. Wenn ich die rausnehme, bleiben noch vierzehn Namen. Neun davon können wir ausschließen. Sie sitzen entweder im Knast, sind tot oder …»

Jodie und Bolander hatten aufgehört zu arbeiten und sahen Rickard interessiert an.

«Okay», fuhr er fort. «Drei von den fünf verbleibenden Kandidaten hat Asbjörn schon überprüft, und Olofsson haben wir bereits auf dem Radar … Der einzige neue interessante Name, den ich gefunden habe, ist Robert Lindström.»

«Gute Arbeit!», lobte Carl. «Und was haben wir über ihn?»

«Er ist hier aufgewachsen», erläuterte Rickard. «Nur einen Steinwurf von der Schule entfernt, auf die Olinda Sikonova gegangen ist. Nach dem Mord an seinem Klassenkameraden wurde er in eine psychiatrische Klinik eingewiesen und lebte danach mehrere Jahre bei einer Pflegefamilie ...»

Rickard warf einen Blick auf seine Bildschirme:

«... in Mälarhöjden.»

«Wo wohnt er heute?», fragte Carl.

«Oben in Hägersten.»

Jodie räusperte sich, nahm ihren Kaffeebecher vom Schreibtisch, drehte ihn in der Hand und studierte das Whiteboard. Carl wartete darauf, dass sie einen Schluck trank, der Kaffee musste schon seit der Mittagspause auf ihrem Schreibtisch stehen, aber das tat sie nicht. Stattdessen wandte sie sich an Rickard.

«Du sagtest, dass Robert Lindström als Täter ‹identifiziert› wurde. Wie ging das Ganze weiter?»

«Weil er erst elf Jahre alt war, wurde kein Gerichtsverfahren eingeleitet. Die Ermittlungen wurden abgeschlossen und ad acta gelegt.»

«Wirklich gute Arbeit, Rickard», sagte Carl. «Hast du Lindströms Adresse und Handynummer?»

43

Donnerstag, 5. November

Lexa Andersson saß schon mit einem Kaffee und einem belegten Baguette an einem Tisch hinten in der Ecke, als Camilla Sander das kleine Café auf halber Höhe des Sveavägen betrat.

«Lexa, habe ich recht?», sagte sie und streckte ihr die Hand entgegen.

Camilla Sander lächelte strahlend. Sie trug eine enge schwarze Lederhose und eine weiße Seidenbluse.

«Schön, das Gesicht zur Stimme kennenzulernen. Sie sehen fast so aus, wie ich Sie mir vorgestellt habe», fuhr sie fort. «Ich hole mir rasch einen Kaffee. Möchten Sie auch noch etwas?»

Lexa schüttelte den Kopf, doch als Camilla Sander zurückkam, stellte sie einen Teller mit einer Schokoladenpraline auf ihr Tablett.

«Bitte», sagte sie. «Ich weiß, Sie wollten nichts, aber diese Pralinen schmecken einfach himmlisch ... Die esse ich hier jedes Mal. Ich kann nicht widerstehen ...»

Ein neues Lächeln. Perfekte weiße Zähne.

«Danke.»

Lexa war verblüfft. Am Telefon hatte sie den Eindruck gehabt, mit einer reservierten, kurz angebundenen Person zu sprechen. Diese Extrovertiertheit hatte sie nicht erwartet.

«Ich weiß, dass Sie wegen des Buchs mit mir sprechen wollen, das Sie zusammen mit Robert schreiben ...», sagte Camilla Sander, während sie sich hinsetzte.

Lexa nahm einen Notizblock und einen Stift aus ihrer

Handtasche, doch Camilla Sander legte ihr eine Hand auf den Arm.

«... aber das hier ist kein Interview.»

Überrascht sah Lexa sie an.

«Warum wollten Sie sich dann mit mir treffen?»

«Weil ich Sie warnen möchte.»

«Warnen?»

«Vor Robert. Wie er ist. Wozu er fähig ist.»

Camilla Sander biss in ihr üppig mit Mungobohnensprossen, Tomaten und Salat belegtes Baguette.

«Bestimmt hat er Ihnen lauter Geschichten über Max erzählt», fuhr sie fort, als sie fertig gekaut hatte. «Aber Sie können ihm nicht vertrauen. Es ist mir wichtig, dass Sie das verstehen.»

Lexa lächelte, bemüht, entgegenkommend zu sein.

«Ich überprüfe alle *Geschichten*», erwiderte sie. «Und ich versuche, alle Beteiligten von damals zu interviewen. Nicht nur Robert. Ich hatte gehofft, auch mit Ihnen sprechen zu können ...»

«Hat er Ihnen von dem Walkman erzählt?», fragte Camilla, als hätte sie nicht gehört, was Lexa gerade gesagt hatte.

«Robert nicht, aber ich habe davon gehört, ja.»

«Max hatte einen Walkman zum Geburtstag bekommen», fuhr Camilla fort und sah Lexa eindringlich an. «Sie wissen, alle hatten damals einen Walkman. Das war das Coolste, was man besitzen konnte. Unsere Eltern konnten sich so etwas eigentlich nicht leisten, aber Max hatte so sehr gebettelt, dass sie das Geld dafür irgendwie zusammengekratzt hatten. Und dann sind Magnus und Robert zu uns nach Hause gekommen, und das Erste, was Robert tat, war, den Walkman auf den Boden zu werfen. Nur weil er selbst keinen hatte.»

Lexa stellte ihren Kaffeebecher hin, holte tief Luft und sammelte sich.

«Ich habe das genaue Gegenteil gehört, nämlich dass es ein Versehen war und dass der Walkman dabei nicht einmal kaputtgegangen ist.»

«Hat Magnus Ihnen das erzählt?»

«Tut mir leid.» Lexa hob die Hände. «Quellenschutz.»

Camilla Sander nickte.

«Robert hat noch andere Sachen von Max kaputt gemacht, nicht nur den Walkman. Und der *ist* kaputtgegangen. Die Schnellspultaste funktionierte anschließend nicht mehr. Max hat es unseren Eltern nie erzählt ... aber ich weiß, dass er traurig war.»

«Warum hat er Ihren Eltern nichts davon gesagt?»

Camilla zuckte mit den Schultern.

«Spielt das eine Rolle?»

«Ich frage mich nur, ob er vielleicht Angst hatte, es ihnen zu sagen.»

«Warum hätte er Angst haben sollen?»

«Ich habe gehört, dass er manchmal Schläge bekam ...»

Camilla Sander schien nachzudenken, legte den Kopf ein wenig schief.

«Unser Vater konnte streng sein, das gebe ich zu. Und Max bekam hin und wieder eine Ohrfeige. Aber ehrlich gesagt, so schlimm war es nicht. Jedenfalls hat es uns nicht geschadet.»

Camilla Sander sah Lexa herausfordernd an, und sie begriff, dass es besser war, das Thema nicht zu vertiefen.

«Ich habe keine Ahnung, was Robert und seine Kumpel Ihnen erzählt haben», fuhr Camilla Sander fort. «Aber Sie wissen doch bestimmt, dass man sie fast von der Schule verwiesen hätte, weil sie Max gemobbt haben?»

Lexa nickte.

«Ich will Max nicht verteidigen», sagte Camilla. «Er konnte schwierig sein. Aber er hatte wirklich Angst vor diesen Jungen. Robert und Andreas haben ständig irgendwelche kranken Spiele veranstaltet. Sich mit Pfeil und Bogen beschossen, Messer aufeinander geworfen ... Einmal hat Robert Max beim Fahrradfahren auf dem Schulhof geschubst, sodass er stürzte und sich den Arm brach. Hinterher hat er behauptet, Max wäre von selbst gestürzt ... Und natürlich hatte keiner gesehen, wie es passiert war. So war es immer mit Robert. Er hat diese Sachen nur gemacht, wenn er mit Max allein war, wenn niemand zusah ...»

«Okay», sagte Lexa, ohne ihre Irritation verbergen zu können. «Das klingt für mich ein wenig seltsam. Ich habe gehört, dass Max Robert beschuldigte. Sich manchmal sogar irgendwelche Sachen ausdachte.»

Camilla Sander lachte.

«Jeder hat das Recht auf seine eigene Version ... Aber ich kann Ihnen Dinge erzählen, die sie Max angetan haben, die ...»

Sie brach ab, musterte Lexa.

«Nein, das möchte ich nicht», sagte sie dann. «Sie würden mir ohnehin nicht glauben.»

Sie tupfte ein paar Brotkrümel mit dem Zeigefinger vom Tisch und legte sie auf ihr Tablett.

«Ich bin nicht hier, um Ihnen zu sagen, wie Sie Ihr Buch schreiben sollen», fuhr sie fort. «Oder ist es Roberts Buch? Das ist natürlich ganz allein Ihre Entscheidung. Aber ich wäre an Ihrer Stelle ein bisschen vorsichtig.»

Lexa lächelte steif, sie fühlte sich immer unbehaglicher.

«Danke für Ihre ... Umsicht», erwiderte sie, «aber wie ich

gesagt habe, berufe ich mich auf verschiedene Quellen, interviewe so viele Beteiligte wie ...»

«Hat er Ihnen von seinem Bruder erzählt?», fiel Camilla Sander ihr ins Wort.

«Seinem Bruder?»

Lexa hatte Mühe, ihr Erstaunen zu verbergen.

«Also nicht. Bitten Sie ihn, von seinem Bruder zu erzählen. Oder fragen Sie seine Eltern ...»

«Soweit ich weiß, sind seine Eltern tot ...», sagte Lexa.

«Hat Robert das behauptet?»

Camilla Sander lächelte interessiert.

«Das ist genau das, was ich meine. Seien Sie vorsichtig bei Robert. Seine Eltern leben, beide. Sie wohnen in der Stadt, haben ihr Haus direkt verkauft, nachdem ... Verständlich, dass sie nicht da wohnen bleiben wollten, nach allem, was passiert war.»

Lexa spürte, dass sie schwitzte, wagte aber nicht nachzusehen, ob sich dunkle Ringe unter ihren Achseln abzeichneten.

«Aber Sie *haben* Nachforschungen über ihn angestellt ...?», fragte Camilla Sander und lehnte sich fast schon eifrig nach vorn. «Bevor Sie angefangen haben ...»

«Ja, selbstverständlich.»

«Dann wissen Sie auch von seiner eigenen Familie, warum er sich hat scheiden lassen? Oder warum *sie* sich hat scheiden lassen?»

«Reden Sie von Robert ...?»

«Hat er Ihnen auch nichts von seiner eigenen Familie erzählt?»

«Ich verstehe nicht ganz, was Sie meinen ...»

Wieder lächelte Camilla Sander, diesmal mitleidig.

«Robert war eine Zeitlang verheiratet. Bekam ein Kind, einen Sohn, glaube ich. Er muss jetzt ungefähr vierzehn, fünfzehn sein.»

«Einen Sohn? Aber woher ...»

«Woher ich das weiß? Er ...»

Camilla Sander holte tief Luft.

«Gut, ich hatte eigentlich nicht vor, das zu erzählen. Damit Sie nicht den Eindruck bekommen, ich würde schmutzige Wäsche waschen. Aber Sie müssen wirklich verstehen, mit was für einem Menschen Sie Ihr Buch schreiben.»

Lexa spürte, dass ihr dieses Interview – oder was es auch war – komplett entglitt. Sie wusste, dass sie gehen sollte, darum bitten, die Unterhaltung fortsetzen zu dürfen, sobald sie weitere Recherchen angestellt hatte. Aber sie blieb sitzen.

«Vor einigen Jahren stand Robert plötzlich vor meiner Tür», fuhr Camilla Sander fort. «Als ich ihn nicht reinlassen wollte, hat er sich an mir vorbei ins Haus gezwängt und mich bedroht. Mir die Schuld an allem gegeben, was ihm im Leben widerfahren ist. Behauptet, ich hätte ihm das Ganze angehängt. Seitdem habe ich ihn im Auge behalten.»

Lexa drehte ihren leeren Kaffeebecher auf dem Tablett.

«Aber *Sie* waren nicht diejenige, die versucht hat, ihm das Ganze anzuhängen?», sagte sie.

«Nein, wirklich nicht. Will er Ihnen das weismachen?»

«Nein, aber das alles ... das kommt ein bisschen plötzlich. Ich ...»

«Genau das meine ich.» Camilla Sander klang auf einmal mitfühlend.

Lexa hasste das. Dieses Gefühl, sich lächerlich gemacht zu haben, sich zu irren.

«Sie haben bestimmt von der Theorie der Polizei gehört

oder gelesen, dass Robert hinterher versucht haben soll, sich das Leben zu nehmen?», fuhr Camilla Sander fort.

Lexa nickte, riss sich zusammen und zwang sich dazu, sich zu fokussieren.

«Ja, ein Aussagepsychologe hat diese Theorie aufgestellt», sagte sie.

«Das mag sein», erwiderte Camilla Sander. «Aber ich glaube nicht, dass Robert versucht hat, sich umzubringen. Niemals. Ich glaube, er schlug gerade so kräftig zu, dass er das Bewusstsein verlor – wenn er es denn wirklich verloren hat – und dann einen Erinnerungsverlust vorgetäuscht hat.»

«Aber sogar die Psychologen hielten den Erinnerungsverlust für echt ...», wandte Lexa ein.

«Er hat ihnen etwas vorgespielt.» Camilla Sander lächelte leicht. «Er hat die ganze Zeit nur so getan. Ich bin mir sicher, dass er sich erinnert. An den Mord, an das, was hinterher passiert ist, an alles ...»

Lexa schwieg, spürte, dass Camilla Sander sie musterte.

«Okay», sagte sie nach einer Weile. «Das waren keine guten Neuigkeiten. Gibt es noch andere ... *Dinge*, die ich wissen sollte?»

Camilla Sander zuckte mit den Schultern.

«Ich kann nicht alles aufzählen, was Robert gemacht hat ... aber eins noch: Er hat Tiere gequält.»

«Seine Freunde sagen, dass er ...»

«Warten Sie, hören Sie mir erst zu. Wir hatten einen Hund, einen Zwergpudel. Kling. Supersüß und der liebste Hund der Welt. Robert hat ihn immer geärgert. Wenn er bei uns war, mussten wir Kling immer in einem anderen Zimmer einsperren.»

«Was hat Robert gemacht?», fragte Lexa.

«Er hat Kling Gegenstände an den Schwanz gebunden, damit er durchdreht. Er hat ihn mit Sachen beworfen, mit Schuhen, Steinen ... weil er es lustig fand, wenn der Hund wütend wurde und anfing zu bellen. Einmal hat Max erzählt, dass Robert vorgeschlagen hatte, Kling mit einem Streichholz anzuzünden, um zu testen, ob er brennt ...»

«Das stimmt alles nicht mit dem Bild überein, das ich von Robert habe. Ich würde ihn eher als vorsichtig, schüchtern und unbeholfen beschreiben ... als unsicher.»

Camilla Sander schüttelte den Kopf.

«So will er von Ihnen wahrgenommen werden ...»

Lexa wartete, dass Camilla noch mehr sagte, doch sie schwieg.

«Das war ziemlich viel auf einmal», sagte Lexa schließlich. «Ich würde das alles gerne überprüfen und dann noch einmal mit Ihnen sprechen, wenn ich besser vorbereitet bin. Ist Ihnen das recht?»

Camilla Sander nickte.

«Tun Sie das. Aber seien Sie vorsichtig.» Unvermittelt beugte sie sich vor und legte eine Hand auf Lexas Arm.

«Haben Sie am Wochenende schon was vor?»

Wieder dieses perfekte Lächeln, mit dem sie ins Café gekommen war. Lexa zuckte mit den Schultern.

«Warum?»

«Ich gehe samstags immer zum Bowling. Haben Sie Lust mitzukommen?»

TEIL ZWEI

44

Donnerstag, 5. November

«Camilla lügt!», sagte Robert aufgebracht.

Lexa saß, eingeklemmt zwischen Papierstapeln, auf dem grünen Sofa und schaute ihm zu, wie er rastlos im Wohnzimmer umherlief. Er hatte sich verändert, fand sie. Auf einmal sah sie nur noch seine schlechte Haltung, den Stressausschlag an seinem Hals und auf seinen Wangen, rote Pusteln, die seine Haut überzogen, seine Hände, mit denen er nervös an den Haaren spielte.

«Verflucht noch mal, Robert! Ich habe es überprüft. Ihre Eltern leben! Sie haben gesagt ...»

«Ich weiß, was ich gesagt habe ...», erwiderte er leise. «Aber es ist nicht so, wie Sie glauben. Ich kann es erklären ...»

Sie beherrschte sich, *versuchte*, sich zu beherrschen, nicht aus der Haut zu fahren.

«Das kann ich selbst. Ihre Eltern haben ihren Nachnamen geändert. Sie heißen jetzt Björkhed, aber das wissen Sie wohl selbst ...?»

Robert öffnete den Mund, sagte aber nichts. Lexa starrte ihn an.

«Und Sie waren verheiratet! Genau wie Camilla Sander gesagt hat.»

Robert trat an das Bücherregal, nahm ein Buch heraus und stellte es wieder zurück.

«Wovon reden Sie?», flüsterte er.

«Ich rede davon, dass Sie verheiratet waren, Robert, dass Sie eine Frau hatten. Was denken Sie denn, wovon ich rede?»

«Ich will nicht darüber sprechen …» Er wandte sich ab.

Lexa schüttelte resigniert den Kopf.

«Und Sie haben einen Sohn.»

Er zuckte zusammen.

«Ich habe Sie gefragt, Robert! Erinnern Sie sich? Ich habe Sie nach Ihrer Familie gefragt, nach Ihren Eltern, Geschwistern, Kindern … nach allem!»

«Ich …»

«Wie kann man solche Dinge *nicht* erzählen?! Wie ticken Sie? Haben Sie geglaubt, ich würde es nicht merken? Dass es niemand … *herausfindet?*»

«Ich weiß nicht …»

«Und diese Nummer, dass Sie sich nicht erinnern, ist das auch einfach nur erstunken und erlogen?»

Lexa sprang vom Sofa auf und stellte sich vor ihn.

«Sie erinnern sich, habe ich recht?», sagte sie. «Sie erinnern sich an alles!»

Robert starrte zu Boden, versuchte, an ihr vorbeizukommen.

«Gibt es sonst noch etwas, was Sie ‹vergessen› haben zu erzählen? Worüber Sie gelogen haben?»

Sie verstellte ihm den Weg, zwang ihn, stehen zu bleiben.

«Lassen Sie es mich so formulieren: Ist irgendetwas von dem, was Sie mir erzählt haben, wahr?»

«Ja», erwiderte er. «Alles ist wahr. Alles andere …»

«Wie soll ich Ihnen jetzt noch glauben? Wie soll ich Ihnen vertrauen?»

«Ich weiß nicht …»

«In so einem Buch darf man nicht lügen! Oder Dinge verschweigen! Das ist Ihnen doch wohl klar, Robert? Kein einziges Wort darf die Unwahrheit sein. Sonst fällt das ganze Buch, wird zu einer einzigen Lüge, jede Seite, jeder Satz ... Und man würde uns ... *mich* in der Luft zerreißen.»

«Das ist mir bewusst, ich wollte ...»

Er hob die Arme, als wollte er sich schützen, versuchte, sich von ihr abzuwenden.

«Aber warum?», fragte Lexa sanfter. «Robert, sehen Sie mich an! Warum haben Sie gelogen?»

«Ich ... Ich weiß es nicht. Das ...»

Er zwängte sich an ihr vorbei, lief erneut rastlos umher.

«Camilla Sander hat erzählt, dass Sie vor ein paar Jahren in ihr Haus eingedrungen sind und sie bedroht haben.»

«Ich habe sie nicht bedroht!», widersprach er. «Ich bin zu ihr gegangen ... während meiner Therapie. Wir hatten über Camilla gesprochen, meine Therapeutin Elise und ich, und ich spürte ... Ich hatte so viele Fragen. Und sie war doch da, sie konnte erzählen, was passiert war ...»

Lexa beobachtete ihn, sein rastloses Hin-und-her-Laufen, ließ ihn nicht aus den Augen.

«Lassen Sie mich Ihrer Erinnerung ein wenig auf die Sprünge helfen», sagte sie. «Max hatte Angst vor Ihnen. Camilla Sander hat erzählt, dass sie ihn manchmal zur Schule gebracht hat ... Und wenn Sie bei Max zu Hause waren, haben sie ihren Hund immer in einem anderen Zimmer eingesperrt, damit Sie das Tier nicht quälen konnten.»

«Sie lügt!», rief Robert.

«Warum sollte sie über so etwas lügen?»

«Ich weiß es nicht ...»

Wieder hob er schützend die Arme vors Gesicht.

«So war ich nicht. Ich *weiß*, dass ich so nicht war ...»

«Es ist nicht nur Camilla Sander», sagte Lexa. «Ich habe es Ihnen noch nicht gesagt, aber Magnus Isaksson hat erzählt, dass Sie vollkommen die Kontrolle verlieren konnten. Sie wurden nicht nur wütend, sondern besinnungslos vor Wut. Und er sagte auch, dass mehrere Kinder Angst vor Ihnen hatten.»

«Ich ... ich erinnere mich nicht ... Aber ich *weiß*, dass ich Camilla nie bedroht habe!»

Lexa stellte sich in den Türrahmen, folgte unverändert seinen ruckartigen Bewegungen durch den Raum.

«Als Sie am Montag an Ihrer alten Schule waren, was haben Sie da eigentlich gemacht?»

«Das habe ich doch gesagt! Mir die Schule angesehen. Ich habe im Auto gesessen und die Schule betrachtet!»

Sie versuchte, sein Gesicht zu sehen, zu erkennen, ob ihr etwas entgangen war.

«Wer sind Sie, Robert?»

Ehe er antworten konnte, klopfte es an der Wohnungstür. Er hielt inne und starrte in den Flur.

«Ich bekomme nie Besuch», sagte er und blieb verunsichert mitten im Wohnzimmer stehen.

«Wollen Sie nicht aufmachen?», fragte Lexa, doch bevor er in Richtung Tür gehen konnte, rief eine Stimme durch die Briefklappe:

«Polizei, machen Sie bitte auf!»

45

Neben einer Wasserkaraffe und einigen Pappbechern standen auf dem Tisch im Vernehmungsraum ein Computerbildschirm und ein Konferenzmikrophon. In zwei Ecken des Raums waren Videokameras angebracht. Eine Wanduhr zeigte zehn Minuten vor fünf am Nachmittag.

«Bitte, setzen Sie sich.» Jodie Söderberg deutete auf einen der grünen Bürostühle auf der gegenüberliegenden Tischseite.

Robert Lindström zog den Stuhl so heftig zu sich heran, dass die Beine laut über den Boden scharrten.

«Warum bin ich hier? Was wollen Sie von mir?»

«Dazu kommen wir gleich», erwiderte Jodie.

«Und warum ist Lexa nicht hier?», fragte er.

Jodie lächelte ihn an. Carl hatte die Frau, die behauptete, Journalistin zu sein, in einen anderen Vernehmungsraum gebracht.

«Wir möchten gerne hören, was Sie getrennt voneinander zu sagen haben», erklärte sie und griff nach einem Collegeblock und einem Stift.

«Wie soll ich das verstehen? Was sollen wir zu sagen haben?»

«Beginnen wir doch damit, was Sie am Montag, dem zweiten November, gemacht haben.»

«Am Montag …? Da war ich in Sigtuna … *Wir* waren da, ich und Lexa.»

«Was haben Sie in Sigtuna gemacht?»

«Wir haben mit einem Polizisten gesprochen … oder *Lexa*

hat mit ihm gesprochen. Sie hat ihn interviewt, für ein Buch ... ein Buch über mich.»

Robert Lindström beugte sich vor, griff nach einem Pappbecher und goss sich Wasser ein.

«Warum schreibt Lexa Andersson ein Buch über Sie?»

«Weil ich als Elfjähriger meinen Freund getötet ... *vielleicht* getötet habe ...»

Jodie nickte. Ihr war nie die Idee gekommen, dass man darüber ein Buch schreiben konnte, schätzte aber, dass sich so etwas gut verkaufen ließ.

«Wir kennen die Ermittlung von damals», sagte sie. «Wie hieß der Polizist, den Sie interviewt haben?»

«Göran Nyman.»

«Und wann waren Sie bei ihm?»

Robert zuckte mit den Schultern.

«Gegen zehn Uhr vormittags ...»

«Und dann? Was haben Sie danach gemacht?»

«Lexa ist nach Hause gefahren.»

«Und Sie?»

«Ich bin dann mit dem Auto weitergefahren. Es ist ein Mietwagen ... Lexa meinte, auf Södermalm bekomme man so schlecht einen Parkplatz.»

Jodie sah auf Lindströms Hände. Er drehte den Pappbecher hin und her, stellte ihn auf den Tisch, nahm ihn wieder in die Hand, goss sich Wasser nach.

«Aha», sagte sie. «Und wo sind Sie mit dem Auto hingefahren? Zu Ihrer Wohnung in Hägersten?»

Er schüttelte den Kopf.

«Würden Sie bitte antworten? In der Aufnahme ist Ihr Kopfschütteln nicht zu hören.»

«Ich war im Viertel, in dem ich aufgewachsen bin.»

«In Skogås?»

«Ja, Lexa wollte, dass ich mir die Gegend ansehe ... meine alte Schule, das Grundstück, auf dem es passiert ist, mein Elternhaus ...»

«Welche Schule war das?»

«Die Lycksätraschule.»

«Und der Mietwagen, was war das für ein Auto? Ein Kombi?»

«Ja, ein Ford, glaube ich ... Aber fragen Sie Lexa, sie hat das Auto gemietet.»

«Das werden wir. Welche Farbe hatte das Auto?»

«Weiß.»

Jodie notierte etwas in ihren Block, um ihre wachsende Aufregung zu verbergen.

«Sie waren also mit einem weißen Ford Kombi an der Lycksätraschule?», hakte sie nach.

«Ja.»

Zuerst die Fakten. Einfache Fragen, die sich leicht beantworten ließen.

«Um wie viel Uhr war das?»

«Irgendwann am Nachmittag», sagte Lindström. «Ich habe keine Armbanduhr.»

Jodie warf einen Blick auf seine nackten Handgelenke.

«Was glauben Sie? Könnte es gegen ... fünfzehn Uhr gewesen sein?»

«Möglich.»

«Was haben Sie an der Schule gemacht? Haben Sie sich umgesehen?»

«Nein, ich saß nur im Auto. Es hat geregnet ...»

«Sie sind also nicht über den Schulhof gelaufen? Runter zu den Bahngleisen? In Richtung Wasser?»

Sie sah ihn so ausdruckslos wie möglich an, damit er nicht merkte, wie elektrisiert sie war.

«Nein», sagte er. «Ich hatte nicht die richtige Kleidung an ... ich hatte keine Regensachen dabei ...»

«Sie haben also nur im Auto gesessen? Haben Sie irgendetwas gesehen?»

«Den Schulhof ...»

«Keine Schulkinder?»

«Doch, sicher, viele Kinder ...»

«Und Sie sind nicht den Weg zum Wasser hinuntergegangen? An dem Berghang vorbei?»

«Nein, warum fragen Sie das andauernd ...? Ich saß im Auto.»

«Sie müssen als Kind doch da gespielt haben. Wäre es nicht schön gewesen, die vertrauten Plätze wiederzusehen?»

Plötzlich blickte Lindström auf.

«Bin ich deshalb hier? Weil ihr glaubt, dass ich was damit zu tun habe? Mit dem toten Mädchen?»

Jodie lächelte beschwichtigend.

«Wir glauben gar nichts. Wie gesagt, dies ist lediglich eine routinemäßige Befragung.»

«Aber ich habe nichts gesehen ...»

Er drehte den halbvollen Pappbecher in seinen Händen.

«... nur Schulkinder. Sie trugen Regensachen, waren auf dem Weg nach Hause.»

«Und was haben Sie gemacht?»

«Ich bin weggefahren.»

«Warum?»

Lindström zuckte mit den Schulten, doch sein Blick flackerte.

«Ich hatte lange da gestanden ...»

«Und wohin sind Sie gefahren?»

«Zu dem verlassenen Baugrundstück.»

«Welches verlassene Baugrundstück?»

Mit einem Mal wirkte er verlegen.

«In meiner Kindheit war es ein verlassenes Baugrundstück. Heute steht da ein Haus. Da ist Max ... ermordet worden.»

«Ihr Schulfreund?»

«Ja.»

«Lag dieses verlassene Grundstück in der Nähe der Schule?»

«Ja.»

«Aber Sie sind mit dem Auto dorthin gefahren? Sie sind nicht zu Fuß gegangen?»

«Nein, das habe ich doch gesagt. Es hat geregnet. Ich wollte nicht laufen.»

Lindström wirkte zunehmend gestresst. Nervös spielte er an seinen Haaren und kratzte sich weiße Schuppen von der Kopfhaut, die auf seine Schultern rieselten.

«Ich verstehe. Wie hat es sich angefühlt?»

«Was?»

«Sich an dem Ort zu befinden, an dem Sie Ihren Freund getötet haben?»

Er sah so ruckartig auf, dass er fast seinen Becher umgestoßen hätte.

«Ich ...», begann er aufgebracht, musste jedoch erneut ansetzen. «Ich weiß es nicht. Kann ich jetzt gehen?»

«Nur noch ein paar Fragen ...»

Lindström sah aus, als würde er sich wappnen. Wie beim Zahnarzt, wenn man versucht, sich auf den Schmerz einzustellen, von dem man ganz genau weiß, dass er kommen wird.

«Sie sind hier aufgewachsen», sagte Jodie. «Haben Sie in Ihrer Kindheit oft an dem Berghang in der Nähe der Schule gespielt?»

«Das haben alle getan.»

Sie lächelte.

«Sie hatten als Kind kein geheimes Versteck? Eine Höhle, in der Sie sich mit Ihren Freunden getroffen haben?»

«Sie meinen die alten Verteidigungsbunker …?»

«Nein, ich denke an eine kleine Höhle, eher eine Vertiefung oder Spalte unter einem großen Felsen. Ein paar hundert Meter unterhalb der Bahngleise? Wissen Sie, welche Stelle ich meine?»

Lindström schien nachzudenken. Die Gummisohlen seiner Sohlen quietschten über den Boden, als er rastlos mit den Füßen wippte.

«Vielleicht …»

«Aber Sie waren in der letzten Zeit nicht dort?»

«Nein! Warum?»

«Da hat man die Leiche des Mädchens gefunden.»

Während ihres Psychologiestudiums hatte Jodie gelernt, wie schwierig es selbst für erfahrene Experten war einzuschätzen, ob jemand log oder die Wahrheit sagte. Und sie wusste, wie schnell man eine nervöse Veranlagung fälschlicherweise als Zeichen dafür deutete, dass jemand log. Aber bei Robert Lindström war sie sich sicher – er log. Oder verschwieg etwas.

Sie beschloss, die Taktik zu wechseln.

«Was haben Sie am Dienstag gemacht? Am Tag, nachdem Sie mit dem Polizisten in Sigtuna gesprochen haben?»

«Ich … *wir* haben einen meiner Freunde von damals getroffen …»

«Sie und Lexa Andersson? War das auch wegen des Buches?»

«Ja …»

«Und wie heißt dieser Freund?»

«Andreas Indgård.»

«Und danach? Haben Sie da auch wieder das Auto übernommen?»

Lindström nickte.

«Und wo sind Sie hingefahren?»

«Ich hatte kein konkretes Ziel. Ich wollte nur weg.»

«Waren Sie wieder an Ihrer alten Schule?»

«Keine Ahnung, ich bin … einfach durch die Gegend gefahren. Diese Sache mit dem Buch … wieder hierher zurückzukommen … das ist schwierig für mich.»

«Das verstehe ich. Versuchen Sie trotzdem, sich zu erinnern. Sind Sie nach Skogås gefahren?»

«Vielleicht … ich weiß es nicht … Ich habe ja gesagt, dass ich einfach nur herumgefahren bin …»

Seine Stimme war jetzt brüchig.

«Immer noch mit dem weißen Mietwagen?»

«Ja.»

«Und Sie sind sicher, dass Sie nicht an den Bahngleisen waren?»

«Ja, das sage ich doch die ganze Zeit! Ich war nicht da!»

Jodie lächelte ihn freundlich an.

«Nein, Sie haben gesagt, dass Sie nicht *wissen*, wohin Sie gefahren sind.»

Lindström hatte begonnen, den Ausschlag auf seiner Wange aufzukratzen. Unentwegt fuhr er mit den Nägeln darüber. An einer Stelle hatte er sich blutig gekratzt, doch er schien es nicht zu merken.

«Worum geht es hier eigentlich?», fragte er.

«Zwei Jugendliche wurden am Dienstag neben den Bahngleisen ermordet.»

«Was?»

«Finden Sie das nicht seltsam? Erst befinden Sie sich an einer Schule, als dort ein elfjähriges Mädchen entführt und ermordet wird. Und dann haben Sie plötzlich keine Ahnung, wo Sie am folgenden Abend waren, an dem zwei Jugendliche umgebracht werden?»

Lindström sah sie mit einem sonderbaren Gesichtsausdruck an, verzweifelt oder verschlagen, sie wusste es nicht.

«Ich hatte keine Ahnung davon ... Ich habe doch gesagt, dass ich nicht dort war!»

Jodie schwieg, wartete darauf, dass er weiterredete, und sah dabei zu, wie er sich mit den Händen übers Gesicht fuhr, wie der Kratzer auf seiner Wange eine rote Spur nach sich zog, spürte die Bewegungen seiner auf und ab wippenden Füße unter dem Tisch.

«Ich habe nichts gemacht!», sagte er. «Ich habe nicht ...»

«Sind Sie damit einverstanden, dass wir eine DNA-Probe von Ihnen nehmen?», fragte sie gelassen. «Dann sind wir hier fürs Erste durch.»

Lindström sah sie verunsichert an.

«Damit wir Sie als Verdächtigen ausschließen können?»

«Ja, nehmen Sie schon Ihre Probe.»

Jodie zog ein Paar blaue Schutzhandschuhe aus einer versiegelten Verpackung und streifte sie über.

«Der Mietwagen wird für die kriminaltechnische Untersuchung beschlagnahmt. Sie bekommen ihn zurück, sobald wir fertig sind.»

«Verhaften Sie mich?», fragte Lindström.

Jodie schüttelte den Kopf.

«Das entscheidet der Haftrichter. Aber ich denke nicht. Noch nicht.»

46

«Ich muss Sie das fragen ...»

Lexa saß in ihrem Wohnzimmer auf dem Sofa und sah Robert dabei zu, wie er rastlos auf und ab lief.

Ihr war selten etwas unangenehm. Die Jahre als Journalistin hatten sie abgehärtet, die vielen unangenehmen Fragen, die sie Leuten hatte stellen müssen, die ihr die Antwort verweigerten, Telefonate mitten in der Nacht – irgendwann war jegliches Schamgefühl verschwunden, alle Grenzen dessen, was erlaubt war.

Trotzdem behagte ihr diese Situation nicht.

«... haben Sie es getan?», fragte sie.

Robert hielt inne und drehte sich zu ihr um. Sie spielte mit einem Stift, der auf dem Wohnzimmertisch gelegen hatte. Hatte sie Angst? Vielleicht, aber eigentlich glaubte sie das nicht.

«Was?»

«Diese Kinder, die ermordet wurden ... Haben Sie etwas damit zu tun?»

«Natürlich nicht! Ich wusste doch gar nichts von ihnen, bevor Sie mir davon erzählt haben.»

«Sie waren an den Bahngleisen, als die beiden Jugendlichen getötet wurden», sagte sie.

«Haben Sie das der Polizei erzählt?» Er sah sie nervös an. Lexa schwieg eine Weile und rollte dabei den Stift zwischen ihren Fingern.

«Nein», erwiderte sie schließlich und blickte ihn an. «Ich habe gesagt, dass ich es nicht wüsste, dass ich Ihnen das Auto geliehen habe, aber keine Ahnung hätte, wohin Sie gefahren sind.»

Das war die Wahrheit. Die Worte waren spontan gekommen. Sie wusste selbst nicht, warum sie der Polizei nicht gesagt hatte, wie es tatsächlich gewesen war. Vielleicht um sich nicht eingestehen zu müssen, dass sie sich in Robert geirrt hatte, dass das ganze Buchprojekt womöglich von Anfang an eine Schnapsidee gewesen war.

Robert drehte sich um und nahm seine rastlose Wanderung durch das Wohnzimmer wieder auf.

«Sie benehmen sich, als wären Sie schuldig», sagte sie.

«Aber das bin ich nicht.» Seine Stimme klang angespannt, hell. «Ich habe nichts getan.»

«Liegt es an unserem gemeinsamen Projekt? Ich weiß, dass ich Sie unter Druck gesetzt habe, sich an Dinge zu erinnern ...»

«Nein! Ich sage doch, es ist nichts!»

«Okay.» Lexa hob die Hände zum Zeichen, dass sie sich geschlagen gab.

Robert blieb stehen und sah sie an.

«Wie geht es jetzt weiter? Was machen wir?»

«Ich glaube, wir müssen ... eine Pause machen», erwiderte Lexa. «Das hier funktioniert nicht mehr, Robert. Ich werde mit meinem Verleger sprechen und ihm vorschlagen, dass ich das Buch alleine zu Ende schreibe ... Ihren Anteil vom Vorschuss können Sie selbstverständlich behalten.»

Verständnislos blickte Robert sie an.

«Ich hätte es mir anders gewünscht», fügte sie hinzu.

«*Sie* haben den Kontakt zu *mir* gesucht», sagte er. «*Sie* sind zu *mir* gekommen! Sie haben das Ganze losgetreten!»

Er stürmte in den Flur und zerrte seine Jacke mit fahrigen

Bewegungen vom Kleiderbügel an der Garderobe. Lexa blieb auf dem Sofa sitzen und beobachtete ihn.

«Ich habe nichts getan», wiederholte er, während er die Jacke anzog. «Und alles, was ich Ihnen erzählt habe, ist die Wahrheit ...»

Lexa schüttelte den Kopf.

«Bitte, fangen Sie nicht wieder damit an ...»

«Ich will nicht, dass Sie das Buch schreiben», sagte er. «Nicht ohne mich!»

«Robert, bitte ...»

«Es handelt von *mir*! Ich will nicht, dass Sie es alleine schreiben!»

Wieder schüttelte Lexa den Kopf.

«Das ist nicht Ihre Entscheidung. Es wird ein Buch *über* Sie, nicht *von* Ihnen.»

Robert sah aus, als würde er noch etwas sagen wollen, aber nicht die Worte finden oder wissen, wie er kontern sollte.

«Wir werden uns treffen müssen, um Ihre Zitate im Manuskript durchzugehen.» Lexa stand auf. «Dann können wir weiter darüber diskutieren. Ich möchte natürlich nicht, dass es sich falsch für Sie anfühlt.»

Robert stand unverändert schweigend da.

«In Ordnung?» Sie hielt ihm die Hand hin.

Er holte Luft, wie um etwas zu sagen, griff dann aber nach seiner Schultertasche. Dabei riss einer der Riemen aus seiner Halterung. Die Tasche ging auf, und Stifte, ein Notizblock, ein Deodorant und eine Packung Kaugummi fielen heraus.

Lexa konnte einen lauten Seufzer nicht unterdrücken.

«Robert ...», begann sie, ließ den Satz jedoch unbeendet.

Robert stemmte den Fuß gegen die Tasche und zerrte am

anderen Ende des Trageriemens. Dann schwang er die Tasche am Riemen über den Kopf und schlug sie wütend auf den Boden, wieder und wieder, trat auf sie ein.

Lexa wich einen Schritt zurück. Als das andere Ende des Trageriemens ebenfalls abriss, schleuderte er ihn gegen die Wand und verursachte einen deutlich sichtbaren Kratzer, doch Lexa sagte nichts. Robert hob die Stifte vom Boden auf, zerbrach sie und schleuderte sie mit dem Notizblock durch den Flur und trat die Tasche zur Seite:

«Ich ... will ... nicht ..., dass Sie ... das Buch ... ohne mich ... schreiben», keuchte er.

Dann hielt er urplötzlich mitten in der Bewegung inne. Er war knallrot im Gesicht, seine Arme hingen schlaff an den Seiten herab. Verblüfft betrachtete er die Überreste seiner Tasche.

«Sie ist kaputtgegangen ...», sagte er verlegen.

Lexa wich einen weiteren Schritt zurück.

«Räumen Sie das bitte auf», sagte sie. «Und dann möchte ich, dass Sie gehen. Wir können in Zukunft telefonieren.»

Robert nickte.

«Haben Sie einen Müllbeutel», fragte er, «damit ich ...»

«Warten Sie hier, ich hole einen.»

Lexa ging in die Küche, griff nach einer alten Einkaufstüte und reichte sie ihm.

«Das wollte ich nicht ...»

«Heben Sie bitte einfach nur Ihre Sachen auf und gehen Sie.»

«Aber ich ...»

«Gehen Sie, bitte.»

Sie sah ihm dabei zu, wie er die zerbrochenen Stifte, die Papierzettel und die Reste seiner Schultertasche aufsammelte.

«Hatten Sie als Kind auch solche Wutanfälle», fragte sie. «Hat Magnus solche Situationen gemeint?»

Robert zuckte mit den Schultern.

«Gut.» Lexa öffnete die Wohnungstür. «Wir sprechen uns wegen des Manuskripts und allem Weiteren.»

Als er gegangen war, sperrte sie beide Türschlösser ab, verspürte das Bedürfnis, sich sicher zu fühlen.

Ihr Laptop stand aufgeklappt auf dem Schreibtisch im Arbeitszimmer. Ohne ihn hochzufahren, setzte sie sich davor, fühlte, wie die altbekannte Übelkeit sich in ihrem Körper ausbreitete, wie der Hamburger, den sie auf der Rückfahrt von der Polizei schweigend im Auto gegessen hatte, sich den Weg zurück in ihre Speiseröhre bahnte. Und sie dachte an ihre Mutter, daran, dass sie Robert gegenüber ihre Worte benutzt hatte, sogar ihren Tonfall. *Bitte, fang nicht wieder damit an …*

Sie stand auf und ging ans Fenster, blickte auf die Straße. Draußen war es dunkel, ein leichter Nieselregen umgab die Straßenlaternen mit einem Glorienschein. Sie würde dem Verlag erklären müssen, dass Robert abgesprungen war, dass das Buch jetzt anders werden würde, als sie angekündigt hatte. Schlechter. Sehr viel schlechter. Wieder hörte sie die Stimme ihrer Mutter: *Gib dir einfach ein bisschen mehr Mühe, Kathrine.*

Immer *Kathrine*, nie Lexa.

Dann fiel ihr auf der gegenüberliegenden Straßenseite ein Mann auf. Er wandte sich schnell ab, als hätte er zu ihrer Wohnung hochgeschaut, aber nicht dabei entdeckt werden wollen. Als sie sich vorbeugte, sah sie, wie er über die Straße hastete und aus ihrem Blickfeld verschwand.

Der Mann hatte wie Robert ausgesehen. Aber warum war

er vor ihrem Haus stehen geblieben? Hatte er ihr Angst machen wollen?

Sie ging zum Schreibtisch zurück, griff irritiert nach ihrem Handy und wählte die Nummer, die sie in ihr Notizbuch eingetragen hatte.

«Spreche ich mit Ingrid Orrström?», fragte sie, als sich eine Frauenstimme meldete. «Mein Name ist Lexa Andersson, ich bin Journalistin. Ich schreibe an einem Buch über Ihren Exmann ...»

47

Die Neonröhren an der Decke sprangen mit einem Knacken an und flackerten einen Moment, ehe sie den Einsatzraum in grelles Licht tauchten. Die Belegschaft war entweder nach Hause gegangen oder unterwegs.

«Kaffee?», fragte Carl, doch Jodie schüttelte den Kopf.

Er sah auf die Uhr. Halb acht. Für ihn war es auch zu spät, jedenfalls wenn er heute Nacht schlafen wollte. Er setzte sich auf seinen Stuhl.

«Was denkst du über Robert Lindström?», fragte er. «Welchen Eindruck hast du von ihm?»

Jodie ließ sich auf den Stuhl neben ihn fallen.

«Dass er irgendetwas verschweigt.»

Carl fuhr sich mit der Hand übers Gesicht und nickte.

«Und was?»

«Wo er an dem Abend war, als die beiden Jugendlichen ermordet wurden.»

«Was sagt er?»

«Dass er mit einem weißen Auto durch die Gegend gefahren ist, aber nicht weiß, wohin. Das kaufe ich ihm nicht ab. Ich glaube, dass er da war, an den Bahngleisen. Dass er sich deshalb nicht erinnert ...»

Sie beugte sich zu Carl und zählte an den Fingern auf:

«Erstens: Er war an der Schule, als Olinda Sikonova verschwunden ist. Zweitens: Er fährt ein weißes Auto, vermutlich dasselbe, das Sixten Sander gesehen hat, und drittens: Er fährt an dem Abend, als die beiden Jugendlichen ermordet werden, ‹durch die Gegend›.»

«Das könnten auch nur Zufälle sein», gab Carl zu bedenken.

Jodie schüttelte den Kopf.

«Er hat mit elf Jahren seinen Schulfreund erschlagen», sagte sie und hielt den vierten Finger hoch. «Das ist kein Zufall, und er ist in der Gegend aufgewachsen.»

«Okay», sagte Carl. «Ich stimme dir zu. Es gibt etliche Indizien, die auf Lindström hindeuten. Aber warum jetzt? Du hast gesagt, dass er nicht einmal zu wissen schien, wer die Jungen und das Mädchen waren. Glaubst du, er hat willkürlich ein elfjähriges Mädchen und zwei fünfzehnjährige Kleinkriminelle ausgewählt und sie urplötzlich erschlagen? Achtundzwanzig Jahre nach seinem ersten Mord?»

Jodie lehnte sich auf ihrem Stuhl zurück.

«Wir sollten Lindströms Handy überprüfen», sagte sie. «Bitte Rickard, eine Funkzellenauswertung anzufordern. Dann werden wir ja sehen, wo er am Dienstag war.»

Carl nickte.

«Gut, ich kümmere mich darum.»

Sie schwiegen beide.

«Ich weiß, was du denkst», sagte Jodie nach einer Weile.

«Ach ja?»

«Dass Erik Olofsson ein Motiv hat, Robert Lindström aber nicht.»

Carl lächelte.

«Es ist zu früh …»

«Ja, ja», unterbrach sie ihn. «Erst die Fakten, dann die Schlussfolgerungen, ich weiß.»

Sie lächelte und knuffte ihn in die Seite.

48

«Wir können uns in die Küche setzen.»

Ingrid Orrström war eine auffallend kleine Frau mit einem freundlichen Gesicht. Sie ging vor Lexa durch einen schmalen Serviergang mit alten, maßgefertigten Anrichten in eine kleine Küche, in der ein Gasherd stand. An der Wand hing ein Wahlplakat der Kommunistischen Linkspartei mit naiv gemalten Frauenfiguren und dem Schlagwort «Frauenkampf». Ein Relikt aus den Siebzigern, vermutete Lexa.

Sie setzte sich an den Tisch, nahm ihr Aufnahmegerät aus der Tasche und schaltete es an.

«Ich möchte nicht, dass Sie unsere Unterhaltung aufzeichnen», sagte Ingrid Orrström scharf und sah auf das rot leuchtende Lämpchen.

Lexa schaltete das Gerät aus und griff stattdessen nach einem Block.

«Ist es in Ordnung, wenn ich mir Notizen mache?»

Ingrid Orrström zögerte.

«Nur als Erinnerungshilfe ...», erklärte Lexa.

«Ich möchte in Ihrem Buch nicht erwähnt werden. Das habe ich Ihnen schon am Telefon gesagt.»

«Ich werde Ihren Namen nicht nennen, das verspreche ich. Ich würde von Ihnen nur gerne ein paar Hintergrundinformationen erhalten, weil ich ...»

Lexa zögerte, unsicher, wie sie ihr Anliegen formulieren sollte.

«... weil ich ein besseres Bild von Robert bekommen muss.»

Sie sah die Frau an, die ihr gegenübersaß. Ihre langen

schwarzen Haare waren in der Mitte gescheitelt und zu einem Kranz geflochten, der eng um ihren Kopf verlief und ihr ein altmodisches Aussehen verlieh.

«Man verschätzt sich bei ihm schnell», sagte sie. «Er ist gutmütig oder ... unbeholfen trifft es wohl besser.»

«Sie waren mit ihm verheiratet?»

Ingrid Orrström nickte.

«Als ich Robert kennenlernte, war ich erst vierundzwanzig.»

«Wie haben Sie sich kennengelernt?»

«Ich habe ihm Kaffee über den Pullover geschüttet. Er kam aus einem Geschäft und trug einen dieser albernen überdimensionalen Kopfhörer. Er hat mich nicht kommen hören, also habe ich ihn angeschrien.»

Ingrid Orrström lachte und strich sich mit der rechten Hand über den Arm.

«Er war völlig verdattert. Stand einfach nur da und hat versucht, seinen Pullover mit dem heißen Kaffeefleck vom Körper wegzuziehen. Es muss höllisch weh getan haben.»

Sie verstummte.

«Nach einer Weile habe ich begriffen, dass ich schuld war, und habe ihm angeboten, die Reinigung zu bezahlen, aber das wollte er nicht. Und dann ... Ich weiß auch nicht, warum. Vielleicht lag es daran, dass er einfach nur wegwollte, überhaupt nicht wütend wurde. Ich glaube, ich war ... neugierig.»

Sie lachte wieder, schüttelte den Kopf.

«Ich habe ihn überredet, ihm einen neuen Pullover kaufen zu dürfen, habe ihn buchstäblich in den nächsten Laden gezerrt und in die Umkleidekabine geschubst. Ich habe mich aufgeführt wie ... Wir hatten jedenfalls eine Menge Spaß. Danach haben wir uns ein paarmal getroffen. Und irgendwann sind wir zusammengekommen. Oder vielmehr, *ich* bin mit ihm zusammengekommen. Als ich ein Jahr später schwanger wurde, haben wir beschlossen, das Kind zu behalten und zusammenzuziehen. Und dann haben wir geheiratet ...»

«Wie lange waren Sie verheiratet?»

Ingrid Orrström schwieg einen Moment.

«Knapp drei Jahre ...»

«Und weshalb haben Sie sich getrennt?»

Ingrid Orrström stand auf und hantierte mit einem Topf auf dem Herd herum.

«Er hat mir erzählt, wer er war. Dass er als Kind ein anderes Kind getötet hat.»

«Wussten Sie das nicht, als Sie ihn geheiratet haben?»

Sie schüttelte den Kopf.

«Ich mache mir einen Tee. Möchten Sie auch etwas trinken?»

«Ein Tee wäre wunderbar», erwiderte Lexa.

Ingrid Orrström stellte Becher, Milch und Zucker auf den Tisch. Dann nahm sie eine Packung Diätpulver aus einem der Küchenschränke, kramte ein bisschen darin herum und angelte schließlich eine Schachtel Zigaretten hervor. Sie lächelte verlegen.

«Die brauche ich jetzt auch.»

Sie machte eine fragende Geste.

«Nein danke», lehnte Lexa ab.

«Ist es in Ordnung, wenn ich mich unter die Dunstabzugshaube setze? Ich möchte nicht, dass Emil merkt, dass ich rauche ...»

«Emil, ist das Ihr und Roberts gemeinsamer Sohn?»

Ingrid Orrström nickte, zog einen Stuhl an den Herd und schaltete die Dunstabzugshaube an.

«Er ist bei einem Freund und lernt.»

Sie sah auf die Uhr über dem Küchentisch.

«Oder zockt irgendwelche Computerspiele ... Er darf bis elf Uhr wegbleiben.»

Sie zündete die Zigarette an und nahm einen kurzen, ungeschickten Zug.

«Wo waren wir?», fragte sie.

«Als Sie Robert geheiratet haben, wussten Sie nicht, wer er war», sagte Lexa.

«Ach ja, richtig ... Er hat es mir erzählt, als Emil ein gutes Jahr alt war. Manchmal frage ich mich, ob ich das Richtige getan habe. Aber der Gedanke wurde zu einer fixen Idee.»

Sie zog wieder an der Zigarette und blies den Qualm unter die Abzugshaube. Trotzdem roch Lexa den Zigarettenrauch, der sich in der Küche ausbreitete. Wie konnte Ingrid nur allen Ernstes annehmen, dass ihr Sohn nichts davon mitbekam?

«Ich wurde einfach den Gedanken nicht los, dass er ... dass er auch Emil töten könnte.»

«War er Emil gegenüber gewalttätig?»

«Nein, das nicht.» Ingrid Orrström schüttelte den Kopf. «Aber er konnte ... gefühllos sein. Ich weiß noch einmal, Emil wollte nicht einschlafen ... Robert hat ihn in den Kinderwagen gelegt, ihn hin- und hergeschaukelt und ihm ein Kinderlied vorgesungen ... ‹Guten Abend, gut' Nacht›, Sie wissen schon.»

Ingrid Orrström drückte ihre Zigarette auf einer Untertasse aus, die sie auf den Herd gestellt hatte, und zündete sich eine neue an.

«Aber Emil wollte nicht einschlafen, er weinte und schrie. Robert hat den Kinderwagen immer heftiger geschaukelt und immer lauter gesungen, bis er fast gebrüllt hat. Irgendwann bin ich in den Flur gestürzt und habe ihn gefragt, was um

Himmels willen er da tut. Er schob den Kinderwagen so heftig vor und zurück, dass Emil hin und her rutschte und gegen die Kanten stieß, er sah zu Tode verängstigt aus ...»

Hektisch zog sie an ihrer Zigarette.

«Vielleicht bin ich da misstrauisch geworden. Gut möglich, dass ich es vorher auch schon war, ich weiß es nicht. Ich war enttäuscht, weil er es mir nicht erzählt hatte. Und es war ein merkwürdiges Gefühl, mit einem Mörder verheiratet zu sein. Ich versuchte, ihn mir als den schüchternen, netten Mann vorzustellen, in den ich mich verliebt hatte, aber am Ende war er einfach nur noch ... der Kindermörder.»

«Hat er sie irgendwann einmal bedroht?»

«Was meinen Sie?»

«Hatten Sie Angst vor ihm?»

«Angst ist das falsche Wort», erwiderte sie. «Aber er konnte fuchsteufelswild werden, wenn Sachen kaputtgingen oder nicht so funktionierten, wie er das wollte ... Dann hat er sich wie ein Verrückter aufgeführt. Diese Seite an ihm habe ich nie verstanden, aber Angst ...? Nein, in diesen Momenten wirkte er eher lächerlich. Ich bin manchmal weggegangen, um ihn nicht auszulachen.»

«Aber auf Sie und Ihren Sohn ist er nie wütend geworden?»

Ingrid Orrström schüttelte den Kopf.

«Nein, nie. In Situationen, die ihn stressten, konnte er die Beherrschung verlieren. In diesen Momenten habe ich ... jemand anderen in ihm gesehen, jemanden, den ich nicht kannte. Das war unbehaglich, aber es hat mir keine Angst gemacht.»

Ingrid lachte. Lexa sah von ihrem Block auf.

«Warum lachen Sie?»

«Ach, nichts.»

«Sagen Sie es ruhig, ich werde es nicht in mein Buch aufnehmen.»

Ingrid Orrström sah sie an.

«Im Bett konnte er ein bisschen … speziell sein. Wollte Sachen, die ich nicht immer mochte …»

«Möchten Sie ein Beispiel nennen?»

«Nein.»

«Gewalttätige Sachen?»

«Nein, nicht gewalttätig, aber … dominant, wenn Sie verstehen.»

«Meinen Sie eine Art Rollenspiel?»

«Nicht direkt, aber es geht vielleicht in die Richtung …»

«War er … der dominante Part?»

«Manchmal, manchmal nicht … Ich weiß nicht, warum ich das erzähle, das klingt so … grob. Aber das war es nicht, es war … unschuldig.»

Sie strich sich wieder mit der Hand über den Arm.

«Und dann haben Sie sich scheiden lassen?»

«Ja, ich habe ihm gesagt, dass ich die Scheidung will, und ihn gebeten auszuziehen.»

«Und Emil?»

«Ich habe das Sorgerecht behalten.»

Sie drückte ihre Zigarette aus und spülte die Untertasse unter dem Wasserhahn ab.

«Wir haben uns nie gestritten. Ich habe gesagt, dass ich das alleinige Sorgerecht will, und Robert, er …»

Sie verstummte, bückte sich und nahm eine Rolle Frischhaltefolie aus einer Küchenschublade. Dann fischte sie die Zigarettenkippen aus dem Spülbecken, umwickelte sie mit der Folie und warf sie in den Mülleimer.

«Was hat Robert gemacht?», hakte Lexa nach.

«Er hat es einfach akzeptiert, ist zu Emil ins Zimmer gegangen, der in seinem Bett lag und schlief, hat ihm über die Wange gestreichelt, und dann ist er gegangen ...»

Ingrid Orrström öffnete das Küchenfenster und sah auf die Straße hinaus. Kühle Abendluft strömte herein.

«Ist er nie zurückgekommen?», fragte Lexa. «Hat er nichts verlangt?»

«Nein, er hat nur die Dinge mitgenommen, die ihm allein gehörten. Alles andere hat er mir überlassen.»

Ingrid drehte sich um, vermied es aber, Lexa anzusehen.

«Hat er sich nie gemeldet? Wollte er keinen Kontakt zu seinem Sohn?»

Ingrid Orrström schüttelte den Kopf.

«Ich glaube, er wusste, dass *ich* es nicht wollte ...»

In diesem Moment ging die Haustür auf.

«Hallo! Ich bin wieder da!»

Schnell schloss Ingrid das Küchenfenster.

«Hallo, Großer! Wie geht's dir?»

«Gut.»

Ein hochaufgeschossener Junge mit zerzausten aschblonden Haaren kam in die Küche. Als er Lexa sah, blieb er stehen.

«Hallo», sagte er.

«Hallo, ich bin Lexa. Ich bin ...»

«... eine Freundin», sagte Ingrid Orrström rasch.

Emil gab Lexa höflich die Hand. Seinem Vater sah er nicht besonders ähnlich. Von Augen- und Haarfarbe abgesehen war er seiner Mutter wie aus dem Gesicht geschnitten. Emil ging an den Kühlschrank, nahm eine Tüte Milch heraus, goss sie bis auf den letzten Tropfen in ein großes Trinkglas und beförderte die leere Tüte ins Spülbecken.

«Ich guck noch ein bisschen fern», sagte er.

«Aber nicht zu lange ...», erwiderte seine Mutter.

«Warum ist es hier eigentlich so kalt?», fragte er, schon auf halbem Weg aus der Küche.

«Ich habe nur ein bisschen gelüftet», sagte Ingrid.

«Ach so.»

Fünf Minuten später standen sie im Flur. Lexa hatte ihren Mantel angezogen und wollte gerade gehen, als sie Ingrid Orrström leise zuflüsterte:

«Fragt er nie?»

Sie deutete in Richtung Wohnzimmer, wo der Fernseher lief.

«Nach seinem Vater? Stellt er keine Fragen?»

Ingrid Orrström schüttelte den Kopf.

«Ich habe ihm gesagt, dass er tot ist. Bei einem Autounfall ums Leben gekommen. Deshalb will ich auch nicht in Ihrem Buch zitiert oder genannt werden. Ich will nicht, dass er es so erfährt.»

«Aber Sie haben vor, es ihm zu erzählen? Irgendwann?»

Ingrid Orrström stand einen Moment schweigend da, dann schüttelte sie den Kopf.

Auf dem Heimweg im Taxi saß Lexa auf der Rückbank und ging ihre Notizen durch, als der Taxifahrer in den Rückspiegel zeigte.

«Haben Sie einen Freund, der uns hinterherfährt?»

«Wie bitte?» Sie blickte auf.

«Ich dachte nur, das Auto hinter uns ... Ist das jemand, den Sie kennen?»

Lexa drehte sich um. Durch die Heckscheibe sah sie die Scheinwerfer eines Autos.

«Wie kommen Sie darauf?»

Der Taxifahrer zuckte mit den Schultern.

«Es ist mit uns losgefahren und hat denselben Weg zum Ringvägen genommen. Ich dachte nur …»

«Nein, das ist niemand, den ich kenne», sagte Lexa unnötig scharf.

Sie überquerten die Hornsgatan und fuhren auf der Lundagatan weiter. Als Lexa sich umdrehte, war das Auto nach wie vor hinter ihnen, in unverändertem Abstand. Hin und wieder wurde es vom Schein der Straßenlaternen erfasst. Es war ein weißer Mazda. Obwohl es später Abend war, hatte der Fahrer die Sonnenblende heruntergeklappt.

«Scheiße», murmelte sie.

«Was haben Sie gesagt?», fragte der Taxifahrer.

«Nichts. Sie können da drüben halten.»

Lexa zeigte auf ihre Haustür, und der Taxifahrer hielt direkt davor an. Während sie ihm ihre Kreditkarte gab, um zu bezahlen, sah sie, wie der Mazda vorbeifuhr und links in die Pålsundsgatan bog. Zu spät dachte sie daran, sich das Kennzeichen zu merken.

Sie stieg aus und ging schnell durch die Eingangstür, die sie fest hinter sich ins Schloss zog, und blieb im dunklen Treppenhaus stehen. Von ihrem Atem beschlug die Glasscheibe in der Tür, aber das Auto kam nicht zurück.

49

Freitag, 6. November

Sie aßen schweigend. Carl hatte den Frühstückstisch gedeckt, Toast, Butter und Käse. Kaffee für sich und Tee für seine Tochter.

«Und wo ist das Gemüse?» Linda grinste. «Mama sagt, dass ich dich daran erinnern soll ...»

Carl stand auf, öffnete den Kühlschrank, wo er eine rote Paprika entdeckte, die er in Ringe schnitt und auf einen Teller legte, den er vor Linda hinstellte.

«Die könnte dir auch nicht schaden», bemerkte sie.

«Ich komme schon klar», erwiderte er.

«Nein, tust du nicht.»

Linda klang unerwartet bestimmt. Carl blickte von der Zeitung auf, die er auf dem Küchentisch ausgebreitet hatte.

«Ich möchte, dass du bei mir bleibst», sagte sie. «Wenn du stirbst, weil du dich ungesund ernährst, nur rumsitzt, ohne dich zu bewegen, oder weil du zu viel geraucht hast, verzeihe ich dir das nie.»

Geraucht? Er hatte doch nie geraucht? Jedenfalls nicht vor Linda. Als sie klein gewesen war, hatten er und seine Exfrau auf Partys geraucht, bei besonderen Anlässen, aber seit der Scheidung vor zehn Jahren hatte er nicht einmal eine Zigarette in der Hand gehalten.

Er garnierte seinen Käsetoast mit zwei roten Paprikaringen.

«Danke für deine Fürsorge», sagte er.

«Woran arbeitest du gerade?», fragte Linda. «Ich meine, jetzt, in diesem Moment. Du wirkst so abwesend ...»

Carl sah, dass sie lächelte, obwohl ihr Mund vom Teebecher verdeckt war, er sah es an ihren Augen.

«Du weißt, dass ich nicht über meine Arbeit reden darf.»

Linda nickte.

«Aber wie ist es, wenn du ermittelst? *Weißt* du, wer der Schuldige ist? Ich meine, *spürst* du es?»

Carl schüttelte den Kopf, doch Lindas Interesse freute ihn.

«Wir sprechen im Philosophiekurs gerade darüber», fuhr sie fort. «Über Intuition und diesen ganzen Kram. Über Bewusstsein und Unterbewusstsein. Ich finde das superspannend. Ich mag Philosophie total gerne. Und da musste ich an dich und deine Arbeit denken.»

«Verstehe», sagte Carl. «Wir *wissen* natürlich nicht, wer der Schuldige ist. Wir versuchen, Fakten zu ermitteln, die entweder dafürsprechen, dass die Person schuldig ist, oder die beweisen, dass sie es nicht ist. Intuition spielt dabei eigentlich keine so große Rolle. Es geht eher darum, *Informationen* zu sammeln ...»

«Okay, verstanden.» Linda wirkte enttäuscht. «Du musst nicht ...»

Ihr Lächeln war verschwunden, sie nahm ihr Handy in die Hand und öffnete irgendeine App. Dann hielt sie es sich vors Gesicht und schnitt eine Grimasse. Carl wusste, dass sie ein Selfie machte, um es auf Snapchat hochzuladen, und keine Lust mehr an einer Diskussion hatte. Er konnte sie verstehen. Genauso gut hätte er ihr eine Passage aus seinen Lehrbüchern von der Polizeihochschule vorlesen können.

«Also gut», startete er einen neuen Versuch und dachte an Robert Lindström. «Manchmal hat man das Gefühl, dass jemand lügt ... oder nicht alles erzählt.»

Linda blickte von ihrem Handy auf.

«Aber es ist gefährlich, sich zu sehr auf ein Bauchgefühl oder eine Intuition zu verlassen, weil die Ermittlung dann dadurch gelenkt wird, dass man zu ‹wissen› glaubt ...»

Carl malte Anführungszeichen in die Luft.

«... wer der Schuldige ist. Und dann sitzt man einem Zirkelschluss auf ...»

Er hielt inne, doch Linda sah ihn interessiert an, schien auf eine Fortsetzung zu warten.

«Deshalb will ich so lange wie möglich Fakten sammeln, sowohl dafür als auch dagegen. Und wenn wir dann genug über eine Person zusammengetragen haben, durch Zeugenbefragungen, technisches Beweismaterial und so weiter, versuchen wir natürlich, die Beweise gegen die Person zu erhärten. Schließlich müssen sie später vor Gericht Bestand haben. Aber manchmal trete ich trotzdem einen Schritt zurück, drehe und wende die Dinge, die wir ermittelt haben, um zu prüfen, ob wir etwas übersehen haben ...»

Das klang noch immer wie stumpfes Faktendozieren, dachte er und fragte sich, seit wann er wie ein Nachrichtensprecher klang. Aber Linda hatte ihr Handy aus der Hand gelegt und beugte sich über den Tisch.

«Unsere Lehrerin sagt, dass unsere Psyche dafür verantwortlich ist, dass wir unentwegt Dinge zusammenfügen, überall ‹Muster› sehen, auch da, wo keine sind ... und uns dadurch selbst täuschen.»

«Genau», bestätigte Carl. «Das habe ich in etwa gemeint.»

«Kann ich dich nicht mal im Präsidium besuchen?», fragte Linda.

«Ja, vielleicht, irgendwann.»

Er lächelte, trank seinen Kaffee aus und stellte den Becher ins Spülbecken.

«Kommst du heute nach der Schule nach Hause?», fragte er.

Linda schüttelte den Kopf.

«Ich gehe mit zu Tuva. Wir wollen später noch auf eine Party ...»

«Bei wem?»

«Elin. Sie geht in meine Klasse. Das habe ich dir doch schon erzählt!»

«Okay, okay ... Wo wohnt sie?»

«In Älta ...»

«Wann kommst du nach Hause?»

«Ich muss nicht mehr zu festen Zeiten zu Hause sein, Papa.» Linda wedelte triumphierend mit dem Zeigefinger in der Luft.

Carl seufzte. Das stimmte. Als Linda siebzehn geworden war, hatten sie ein ernstes Gespräch geführt, in dem sie ihm erklärt hatte, dass sie die Einzige in der Klasse sei, die noch zu festen Zeiten zu Hause sein musste. Er hatte ihr versucht zu erklären, dass nicht sie es war, der er nicht vertraute – sondern alle anderen. Aber er hatte sich geschlagen geben müssen.

«Okay», willigte er ein. «Aber schick mir eine SMS, wenn du dich auf den Heimweg machst. Und weck mich, wenn du zu Hause bist.»

«Versprochen! Hab dich lieb ...»

Carl hörte, wie die Wohnungstür hinter ihr ins Schloss fiel und Linda die Treppe hinunterlief. Während er den Tisch abräumte, dachte er darüber nach, was er über Intuition gesagt hatte.

Wenn ihn jemand fragen würde, wen er rein vom *Gefühl* her für den Schuldigen in ihrem aktuellen Fall hielt – jemand, dem er vertraute, Jodie vielleicht –, würde er trotz allem antworten: Erik Olofsson.

50

Kurz nach neun betrat Carl den Einsatzraum, wo Bolander bereits an seinem Computer saß.

«Irgendwelche Fortschritte?», fragte er und blickte auf. «Mit diesem neuen Typen?»

«Robert Lindström?», erwiderte Carl. «Nein ...»

Ylva Palmquist war unterwegs, um weitere Anwohner zu befragen, und Jodie zeigte Sixten Sander Fotos von Robert Lindström. Carl hatte keine Ahnung, was Rickard gerade tat, vermutete aber, dass er Jodie begleitete.

«Wir könnten ein bisschen Glück gebrauchen.» Bolander stand auf. «Irgendjemanden, der diesmal etwas gesehen hat.»

Glück war vielleicht nicht das, was sie gerade brauchten, dachte Carl, sondern einen Durchbruch. Er ging an seinen Platz und hängte seinen Mantel über den Nachbarstuhl.

«Ich hole mir einen Kaffee», sagte Bolander. «Willst du auch einen?»

«Danke, nein», lehnte Carl ab.

Er hatte schon drei große Becher zum Frühstück getrunken und vor einigen Jahren beschlossen, dass das seine Koffeinobergrenze vor dem Mittagessen war.

In der Tür stieß Bolander mit Jodie und Rickard zusammen, die gerade zurückkamen.

«Was hat unser Kleiner gesagt?», erkundigte sich Carl bei Jodie.

«Wenn du Sixten meinst», erwiderte sie und ging zu ihrem Platz, «er hat Robert Lindström tatsächlich als Fahrer des weißen Autos identifiziert.»

«Gut.» Carl war überrascht. «Endlich. Dann müssen wir wenigstens keine Leute mehr abstellen, um nach jemand anderem zu suchen. Haben wir schon die Ergebnisse der Spurensicherung zum Auto vorliegen?»

«Nein», antwortete Rickard, der sich an seinen Computer setzte. «Soweit ich weiß, nicht.»

Carl schwieg eine Weile.

«Dann können wir immer noch nicht sagen, ob Olinda Sikonova in dem Auto gewesen ist ...», sagte er nachdenklich. «Wie sieht es mit Lindströms Handy aus? Hat die Funkzellenauswertung irgendetwas ergeben?»

Rickard schaute hinter seinen Monitoren hervor. «Nein, so schnell geht das nicht. Du hast mir den Beschluss doch gestern Abend erst gegeben.»

«Okay, okay.»

«Aber ... ich sehe gerade, dass ich die Funkzellenauswertung für Dienstag und Mittwoch von Erik Olofssons Handy gekriegt habe.»

«Und? Irgendwas Interessantes?», fragte Carl.

«Moment ...»

Rickard scrollte und klickte mit der Maus.

«Etwas ziemlich Interessantes, wie es scheint ... Olofsson war Dienstagabend zwischen 21:20 und 22:51 Uhr in dem Gebiet an den Bahngleisen in der Nähe der Drevviken-Bucht.»

«Was hast du gerade gesagt?», fragte Bolander, der in den Raum zurückkam.

Rickard wiederholte das Ergebnis der Funkzellenauswertung, woraufhin Bolander seinen Becher so heftig auf dem Schreibtisch abstellte, dass der Kaffee überschwappte.

«Das Schwein lügt also!»

Carl stand auf, ging zum Whiteboard und notierte die Zeitpunkte.

«Und wo war er am Mittwoch?»

«Ungefähr am selben Ort», erwiderte Rickard. «Und zwar zwischen … 21:43 und 23:05 Uhr.»

Bolander schlug die Handflächen auf den Tisch.

«Jetzt haben wir ihn!», rief er.

Carl hob eine Hand, um ihn zu bremsen.

«Warte, wir haben außerdem die Bestätigung erhalten, dass Robert Lindström zum Zeitpunkt von Olinda Sikonovas Verschwinden in dem weißen Auto an der Schule saß. Aber bevor wir weitere Schritte einleiten: Haben die Kollegen der Kinderpornographie-Abteilung irgendetwas gegen Erik Olofsson vorliegen?»

Rickard nickte.

«Ich habe mit ihnen gesprochen. Olofsson ist vor fast einem Jahr für zwei Wochen nach Thailand geflogen. Sie gehen davon aus, dass er sich da an mindestens einem Kind vergriffen hat. Vermutlich waren es mehr, doch bisher konnte man ihm nichts nachweisen. Sie arbeiten mit den thailändischen Behörden zusammen, aber …»

Rickard machte eine resignierte Geste.

«Und sie haben nicht vor, eine Hausdurchsuchung bei ihm zu machen?», fragte Carl.

«So wie es aussieht, noch nicht.»

Carl ging an seinen Platz zurück und zog seinen Mantel an.

«Okay», beschloss er. «Wir holen Olofsson zum Verhör, und zwar jetzt. Jodie, kommst du mit?»

51

Die Frau, die ihr die Tür öffnete, hatte helle, melierte Augen, glatte, fast wächserne Haut und blonde Haare, die sie im Nacken zu einem Knoten zusammengesteckt hatte. Wenn sie lächelte, wirkte sie jünger als zweiundsechzig, doch als sie ihr die Hand gab, sah Lexa die Falten auf ihrem Handrücken und die knotigen Gelenke.

«Vielen Dank, dass ich vorbeikommen darf», sagte sie.

Ina Juuso nickte freundlich.

«Es ist schön, Besuch zu bekommen ... Dann muss ich nicht mit meinen Blumen reden.»

Sie führte Lexa in ein schlichtes Wohnzimmer mit Möbeln aus den neunziger Jahren, gut möglich, dass es dieselben waren, mit denen ihr Sohn Bernt aufgewachsen war.

«Haben Sie in Bernts Kindheit auch hier gewohnt?»

«Nein, damals hatten wir ein Haus, aber nach dem Tod meines Mannes bin ich umgezogen.»

Lexa öffnete den Mund, um ihr Beileid auszusprechen, doch Ina Juuso winkte ab, bevor sie etwas sagen konnte.

«Das ist lange her ... Ich konnte es mir nicht mehr leisten. Ich habe als Putzfrau gearbeitet. In den Pendlerzügen ... hin und wieder auch in den U-Bahnen, aber hauptsächlich in den Zügen. Als Ulf, mein Mann, noch lebte, kamen wir gut über die Runden. Ulf hat gut verdient ... er war Verkäufer. Aber als Witwe ... nein, da ging es nicht mehr.»

Sie lächelte.

«Aber Bernt hat das Haus übernommen.»

Lexa hob die Augenbrauen. Bernt Juuso wohnte also in seinem ehemaligen Elternhaus. Ina Juuso lächelte sie an.

«Aber Sie wollten mit mir über diesen Jungen sprechen ...»

«Ja, richtig», sagte Lexa schnell. «Über den Mord in der Siedlung vor ...»

«... achtundzwanzig Jahren», beendete Ina Juuso ihren Satz. «Ja, daran erinnere ich mich. Wir kannten seine ältere Schwester, Camilla. Bernt und sie waren eine Zeitlang zusammen.»

«Ja», erwiderte Lexa. «Ihr Sohn hat es mir erzählt.»

«Ach, Sie haben mit Bernt gesprochen?» Ina Juuso wirkte erfreut.

Lexa nickte.

«Er wurde an dem Tag in der Nähe des Tatorts gesehen ...»

«Dem verlassenen Baugrundstück», sagte Ina Juuso.

«Ja, in der Nähe des Baugrundstücks», wiederholte Lexa. «Bei der Polizei hat er ausgesagt, er wäre mit einem Freund zum Baden gefahren.»

«Mit Ted.» Ina Juuso lachte. «Sie sehen, ich erinnere mich an alles ...»

Sie tippte mit einem Finger an ihren Kopf.

«Ja, mit Ted Löfgren», sagte Lexa. «Und Ted hat seine Aussage bestätigt.»

Ina Juuso nickte, sah Lexa mit ihren hellen Augen an und wartete auf die nächste Frage. Dieses Frage-Antwort-Spiel schien ihr zu gefallen. Oder vielleicht auch die Gelegenheit, einfach mal reden zu können.

«Ich weiß nicht, wie ich diese Frage stellen soll, ohne dass Sie mich missverstehen», sagte Lexa.

«Sagen Sie es einfach freiheraus, das ist immer die beste Lösung.»

«Waren Sie an dem Tag zu Hause, als Bernt zurückkam?»

Ina Juuso nickte.

«Die Züge werden nachts geputzt, wenn sie stillstehen. An diesem Morgen, es war ein Mittwoch, das weiß ich noch, hatte ich ganz normal Schichtende und bin nach Hause gefahren und habe für Bernt und Ulf Frühstück gemacht. Danach bin ich ins Bett gegangen.»

«Wie lange haben Sie geschlafen? Bis zum späten Nachmittag?»

«Nein, ich hatte nicht die Zeit, bis in die Puppen zu schlafen. Meistens bin ich gegen zwölf, ein Uhr wieder wach geworden, spätestens um zwei ... Dann musste ich mich um die Wäsche und den Abwasch kümmern, ein bisschen aufräumen und das Abendessen kochen, bevor ich wieder zur Arbeit fuhr ...»

Sie lachte.

«Ja, das war eine Plackerei ...»

Lexa nickte, verstand, welche Opfer Ina Juuso für ihre Familie gebracht hatte. Aber vielleicht war das auch ganz normal, was wusste sie schon davon, sie hatte nie den Wunsch verspürt, Kinder zu haben, eine Familie zu gründen.

Ina Juuso klatschte in die Hände.

«Raus mit der Sprache, was möchten Sie fragen?»

«Also gut», sagte Lexa. «Ist Ihr Sohn an diesem Nachmittag wirklich mit Ted Löfgren zum Schwimmen gegangen?»

Ina Juuso senkte den Blick und sah auf ihre Hände, die sie jetzt im Schoß gefaltet hatte.

«Ja», erwiderte sie. «Das ist er.»

«Sind Sie sicher?»

«Die Polizei hat vor achtundzwanzig Jahren dieselbe Frage gestellt. Ja, ich bin sicher. Er war an dem Tag schwimmen.»

Lexa nickte, spürte aber, wie die Enttäuschung sie überkam.

«Wissen Sie noch, um welche Uhrzeit das war?»

«Irgendwann am Nachmittag ... aber die genaue Uhrzeit, nein ...»

Lächelnd schüttelte Ina Juuso den Kopf.

«Sie wirken enttäuscht. Was haben Sie sich erhofft?», fragte sie.

«Ich weiß es nicht ...» Lexa lächelte.

«Das Ganze ist achtundzwanzig Jahre her ... Es waren schon früher Leute hier, die Fragen gestellt haben. Aber vielleicht gibt es einfach nichts Neues mehr darüber zu sagen ... über diese furchtbare Sache.»

Ina Juuso erhob sich, noch immer lächelnd.

«Ich habe versprochen, bei einer Freundin vorbeizuschauen ... Sie hat sich die Hand verletzt und braucht jemanden, der ihr beim Putzen und Kochen hilft.»

Lexa stand auf und folgte Ina Juuso in den Flur.

«Kommen Sie wieder, falls Sie noch weitere Fragen haben», sagte sie und legte Lexa die Hand auf den Arm.

Als Lexa aus der Tür kam, bog ein Auto vom Parkplatz und fuhr die Anhöhe hinauf. Sie sah dem Wagen nach, erkannte jedoch, dass es nicht der Mazda von gestern Abend war. Sie blickte sich auf dem Parkplatz um. Auch dort stand kein weißes Auto. Trotzdem wurde sie das Gefühl nicht los, dass jemand sie beobachtete.

52

Erik Olofsson war anständig gekleidet und hatte seine kurzen Haare ordentlich gekämmt. Außerdem hatte er sich einen Bart stehen lassen – oder einfach vergessen, sich zu rasieren. Als er ihnen die Tür öffnete, lächelte er scheu.

«Ja?», sagte er.

«Erkennen Sie uns wieder?», fragte Jodie. «Carl Edson und Jodie Söderberg von der Polizei.»

Olofsson nickte.

«Was wollen Sie jetzt wieder? Ich dachte, Sie wären fertig ... Gestern waren auch schon zwei Bul... Polizisten hier.»

«Ja», erwiderte Carl. «Und jetzt möchten wir noch einmal mit Ihnen reden. Dürfen wir reinkommen?»

«Am liebsten nicht», sagte Olofsson.

«Wenn das so ist, müssen wir Sie bitten, uns aufs Polizeirevier zu begleiten.»

«Ja, das ist besser.» Olofsson war im Begriff, die Tür zu schließen, als Jodie schnell ihren Fuß dazwischenschob.

«Jetzt», sagte sie.

«Ja, doch. Ich wollte nur eben nach der Kaffeemaschine sehen ...», erwiderte Olofsson irritiert. «Das wird doch wohl noch erlaubt sein?»

Jodie nickte.

«Wir warten so lange im Flur.»

Olofsson schien protestieren zu wollen, er holte Luft, um etwas zu sagen. Doch dann sackte er zusammen und verschwand in der Wohnung. Jodie ging ihm nach, spürte, wie ihr die abgestandene Luft entgegenschlug.

«Dauert das lange?», fragte Olofsson, ohne sich umzudrehen.

«Wenn Sie es eilig haben, können wir uns hier und jetzt unterhalten. Das geht schneller», erwiderte sie.

«Nein, ich sehe nur eben nach der Kaffeemaschine», wiederholte er, ging jedoch an der Küche vorbei ins Wohnzimmer.

Dann passierte alles ganz schnell. Jodie reagierte instinktiv und warf sich nach vorne. Fast wäre sie dabei auf dem Teppich ausgerutscht, doch dann bekam sie Olofssons Beine zu fassen und brachte ihn zu Fall. So wie sie es als Kind mit ihrem Vater trainiert hatte.

«Carl!», rief sie. «Komm her! Geh an den Computer!»

Es dauerte einen Moment, bis Carl reagierte.

«Was soll ich machen?», fragte er, als er ins Wohnzimmer kam.

«Beweg die Maus, damit der Desktop sich nicht sperrt.»

Sie deutete mit dem Kopf in eine Ecke des Raums, wo ein großer PC auf einem billigen IKEA-Schreibtisch stand. Ein hellblauer Windows-Desktop leuchtete auf dem Monitor. Der Bildschirmschoner konnte jeden Moment anspringen, und dann wäre es zu spät.

«Beeil dich!», rief sie.

Carl trat an den Schreibtisch und bewegte die Maus mit zwei Fingern, als würde er sich vor dem Gerät ekeln. Olofsson, der nach wie vor auf dem Boden lag, verfolgte angespannt jede seiner Bewegungen, machte jedoch keinen Versuch, sich aus Jodies Griff zu winden.

«Mehr», befahl sie. «Beweg sie vor und zurück. Schneller!»

Carl tat, wie ihm geheißen, doch der Bildschirm erlosch und wurde schwarz. Jodie stöhnte. Aber im nächsten Moment flackerte der Monitor wieder auf und zeigte erneut die leere hellblaue Desktopansicht.

«Gut!», rief Jodie erleichtert. «Ruf die Spurensicherung an. Frag nach ... Wie heißt er noch? Der Kollege, der den USB-Stick überprüft hat, den wir während des letzten Falls bekommen haben?»

«Anders Pousne.» Carl wunderte sich, dass ihm der Name einfiel.

«Ruf an! Und beweg die Maus hin und her, damit der Bildschirm sich nicht doch noch sperrt.»

«Ja, ja ...», sagte Carl.

Eine Stunde später blickte er noch immer auf den unverändert hellblauen Windows-Desktop. Doch jetzt war Anders Pousne damit beschäftigt, die externen Festplatten der Polizei an Olofssons Computer anzuschließen. Lars-Erik Wallquist stand neben Carl in der Mitte des Wohnzimmers.

«Irgendein Hinweis darauf, dass Olofsson unser Täter ist?», fragte Carl, obwohl er wusste, dass die Frage übereilt war.

Lars-Erik sah ihn erstaunt an.

«Was hast du gesagt?»

Carl räusperte sich verlegen.

«Ich habe gefragt, ob Olofsson unser Täter sein könnte?»

«Verflucht, Carl! Wir haben doch gerade erst mit unserer Arbeit angefangen. Stell mir die Frage morgen noch mal. Oder übermorgen. Oder nächste Woche.»

«Gut, ich verstehe.» Carl seufzte.

Anders Pousne drehte sich um.

«Wenn du noch einen Moment wartest, kann ich dir gleich eine Antwort geben», sagte er.

Wallquist schnaubte verächtlich.

«Danke, ich warte gerne.» Carl trat an ein spärlich bestücktes Bücherregal.

Neben dem Foto einer Frau – Olofssons Mutter, vermutete er – standen ein paar schöne Folianten, Bildbände über Stockholm und Lappland, ein Buch über Carl Larsson und ein Naturkundebuch, das auch im Haus seiner Eltern im Bücherregal gestanden hatte. Weihnachtsgeschenke, schätzte er.

Carl streifte ein Paar Plastikhandschuhe über und schlug eines der Bücher auf. Auf dem Vorsatzblatt stand die Widmung «Alles Gute zum Geburtstag», darunter «Mama».

Auf dem Regalbrett darüber lehnte ein gemusterter Teller an der Wand. Als er mit dem Handschuh darüberfuhr, hinterließ sein Finger eine Spur im Staub. Ebenso wie bei einer Glasfigur, die einen Bären darstellte.

Die Leere der Wohnung, der auffällige Mangel an persönlichen Gegenständen, machte einen düsteren und beklemmenden Eindruck.

«Hast du was gefunden?»

Carl drehte sich zu Jodie um, die hinter ihm stand.

«Nein ...»

«Wer ist so dumm und bewahrt eine Tatwaffe zu Hause auf», sagte sie. «*Falls* er unser Täter ist.»

Carl stellte den gläsernen Bären ins Regal zurück.

«Sein Computer wird noch überprüft ...», begann er, wurde jedoch von Anders Pousne unterbrochen, der sie zu sich heranwinkte.

«Wenn wir uns auf den Inhalt von Olofssons Festplatten beschränken», sagte er, als Carl und Jodie neben ihm standen, «dann ist er nicht euer Mann. Ich bin die Fotos durchgegangen, die er zuletzt hinzugefügt hat, und die sind alle älter als zwei Monate. Und weder Olinda Sikonova noch Tony Pavic oder Johan Brink sind auf einem davon zu sehen.»

«Danke», sagte Carl.

«Allerdings kann ich mit vollster Gewissheit sagen», fuhr Anders fort, «dass er ein verdammter Kinderschänder ist.»

Carl nickte und verließ die Wohnung. Sie deprimierte ihn. Die Leere, die Olofssons inhaltsloses Leben widerspiegelte.

Aber welche Dinge hatte er eigentlich selbst, die sein Leben sinnvoll machten und bereicherten? Abgesehen von Linda und seiner Arbeit. Früher hatte er viel fotografiert, Naturmotive vor allem, klischeehafte Sonnenaufgänge am Meer, aber auch Straßenfotografie hatte ihn fasziniert. Doch das hatte er aufgegeben. In seiner Freizeit saß er vor dem Fernseher, las hin und wieder ein Buch, traf sich mit Freunden. Wobei Letzteres äußerst selten vorkam.

Als er aus dem Haus trat, schlug ihm feuchte, nasskalte Luft entgegen. Trotzdem blieb er auf dem Parkplatz stehen und atmete erleichtert tief durch. Jodie stellte sich neben ihn.

«Hast du mit Olofsson geredet?», fragte er.

«Nur ein einleitendes Verhör ...»

«Hat er gesagt, warum er vorgestern Abend bei den Bahngleisen war?»

«Er hat einen Spaziergang gemacht, um seine Angst zu dämpfen ...»

Carl nickte. In gewisser Weise konnte er nachvollziehen, dass ein Pädophiler selbst litt.

«Aber du glaubst nicht, dass er etwas mit den Morden zu tun hat?»

«Wir müssen wohl abwarten, was die Spurensicherung sagt, aber nein, ich glaube es nicht», erwiderte Jodie.

«Ich auch nicht ...» Carl öffnete die Autotür.

Weiter kam er nicht. Sein Handy klingelte. Es war Bolander.

«Wo seid ihr?», fragte er, ohne seinen Namen zu nennen.

«Vor Erik Olofssons ...»

«Könnt ihr sofort herkommen?»

«Ja, aber warum?»

«Ylva hat eine Zeugin aufgetrieben, und ich denke, das könnte relevant sein ...»

53

Sie war zweiundvierzig Jahre alt, hieß Lena Islandsson und wohnte in einem der Reihenhäuser oberhalb des Abhangs, wo Olinda Sikonova gefunden worden war. Sie hatte kurze mittelblonde Haare und nervöse hellblaue Augen, die ununterbrochen zu lächeln schienen, als wollte sie es jedem recht machen.

Carl stellte sich vor, zog sich danach jedoch als Zuschauer neben die Tür zurück. Er hatte gehofft, dass Ylva Palmquist das Verhör leiten würde, doch Bolander saß bereits mit verbissener Miene am Tisch.

«Danke, dass Sie hergekommen sind», begann er.

«Selbstverständlich», erwiderte Lena Islandsson enthusiastisch.

«Ich weiß, dass Sie meiner Kollegin Ylva Palmquist schon alles erzählt haben, aber ich würde Sie trotzdem bitten, es uns noch einmal zu schildern, damit wir nichts übersehen.»

Lena Islandsson lächelte und befeuchtete ihre Lippen.

«Ja, wie ich gesagt habe, es war so gegen neun Uhr abends, ganz genau weiß ich es nicht mehr ... Aber wir hatten Abendbrot gegessen, und unser Jüngster war gerade ins Bett gegangen. Er ist erst acht, also ... Unsere ältere Tochter darf ein bisschen länger aufbleiben.»

Bolander nickte schweigend.

«An welchem Tag war das?»

«Dienstag.»

«Und was haben Sie beobachtet?»

«Ich wollte mir in der Küche einen Tee kochen, und da ist

mir das Auto aufgefallen. Es stand einfach nur da. Erst dachte ich, es wäre ein Nachbar, der bloß schnell irgendwas ausladen wollte, aber ich hatte das Auto noch nie in unserer Straße gesehen.»

«Und weiter?»

«Das Auto stand mitten im Rondell, mit laufendem Motor.»

Sie lachte.

«Also bin ich extra noch am Fenster geblieben. Sie müssen wissen, ich bin so jemand, der hinter der Gardine steht und die Nachbarn beobachtet ...»

Sie lächelte Bolander an, der zurücklächelte.

«Das kann ich verstehen. Schließlich möchte man wissen, wer sich vor seinem Haus rumtreibt. Ich denke, das wollen die meisten Leute, das ist doch ganz normal.»

Carl sah Bolander verblüfft an. Er erkannte den üblicherweise arroganten Kommissar gar nicht wieder. Bislang führte er das Verhör gut.

«Wie lange haben Sie am Küchenfenster gestanden?»

«Eine Weile, bis er den Motor ausschaltete und ausstieg ... Ich wollte nicht, dass er mich entdeckt, deshalb bin ich weggegangen. Und als ich das nächste Mal aus dem Fenster gesehen habe, war er weg.»

«Und das Auto?»

«Das stand noch da.»

«Und Sie haben nicht gesehen, wohin er gegangen ist?»

«Nein ... aber ich glaube, er hat den Weg zur Drevviken-Bucht genommen, ans Wasser runter.»

«Warum glauben Sie das?»

«Weil er direkt an der Stelle stand, wo es zum Pfad hinuntergeht. Ich meine, wo hätte er sonst hingehen sollen?»

«Nein, da haben Sie recht.»

Sie lächelte wieder, offenbar fand sie es aufregend, von der Polizei befragt zu werden.

«Sie sagen ‹er›. Haben Sie gesehen, dass es ein Mann war?»

«Ich hatte jedenfalls den Eindruck.»

«Würden Sie den Mann wiedererkennen?»

«Auf einem Foto? Ich weiß nicht. Draußen war es dunkel, und ich habe ihn nur ganz kurz gesehen, als er ausgestiegen ist ...»

«Ja, in der Dunkelheit ist es schwierig, jemanden zu erkennen. Konnten Sie sehen, ob der Mann groß oder klein, dick oder dünn war?»

«Tja, Durchschnittsgröße, normale Figur. Ungefähr wie mein Mann ... Und der ist eins dreiundachtzig.»

«Und das Auto, können Sie das näher beschreiben?»

«Es war weiß, das habe ich gesehen, aber die Marke ...»

Sie machte eine hilflose Geste. Bolander lachte höflich.

«Haben Sie das Kennzeichen gesehen?»

«Nein, so eine Superspionin bin ich nicht ...»

«Nein, natürlich nicht. Haben Sie mitbekommen, wann das Auto weggefahren ist?»

«Nein, aber ich habe einen Zettel geschrieben, ‹Hier dürfen Sie nicht parken›, den ich unter die Scheibenwischer geklemmt habe. Danach haben wir eine Weile ferngesehen, mein Mann und ich. Als wir ins Bett gegangen sind ...»

«Wie spät war das?»

«So um elf. Fredrik war müde und wollte sich früh schlafen legen, also haben wir den Fernseher kurz nach elf ausgeschaltet. Und als ich dann noch einmal aus dem Küchenfenster gesehen habe, war das Auto weg.»

«Das Auto kann also am Dienstagabend zwischen neun und elf Uhr dort gestanden haben?»

Lena Islandsson schien nachzudenken.

«Ja, das müsste stimmen.»

Dann wurde sie ernst.

«Könnte das der Mann gewesen sein, der die Jugendlichen ...»

«Das wissen wir noch nicht», fiel Bolander ihr ins Wort. «Aber Sie waren eine große Hilfe. Ich würde Sie nur noch bitten, sich ein paar Fotos anzusehen, bevor Sie gehen. Ich bin gleich wieder da.»

Er stand auf und verließ den Verhörraum. Carl lächelte Lena Islandsson freundlich an, die sein Lächeln unsicher erwiderte. Kurz darauf kam Bolander mit Ylva Palmquist zurück. Sie setzte sich mit einem aufgeklappten Laptop an den Tisch und drehte ihn zu Lena Islandsson.

«Ich habe ein paar Fotos zusammengestellt», erläuterte sie. «Schauen Sie sich die Bilder bitte genau an, ob Sie einen der Männer darauf wiedererkennen. Lassen Sie sich Zeit.»

Lena Islandsson beugte sich voller Eifer zum Bildschirm.

«Foto Nummer eins ...», sagte Ylva Palmquist mit neutraler Stimme.

Lena Islandsson schüttelte den Kopf.

«Foto Nummer zwei ...»

Ylva Palmquist klickte die Bilder durch, während Lena Islandsson ein ums andere Mal den Kopf schüttelte.

«Foto Nummer sieben ...»

«Warten Sie, einen Moment, lassen Sie mich das Foto noch mal sehen ...», bat Lena Islandsson.

Sie beugte sich noch ein Stück weiter vor.

«Das war er», sagte sie. «Ich bin mir fast sicher. Er sieht dem Mann jedenfalls sehr ähnlich.»

Carl warf einen Blick auf das Foto, nahm sein Handy aus

der Hosentasche und wählte die Nummer von Daniel Sandén.

«Hallo», sagte er, während er aus dem Zimmer ging. «Wir haben eine Zeugin, die Robert Lindström am Dienstagabend in der Nähe der Bahngleise gesehen hat.»

54

Marit Björkhed wischte sich die Hand an ihrer Schürze ab und machte sich dann wieder ans Kaffeekochen. Sie hatten keine Kaffeemaschine, sondern erhitzten Wasser in einem Topf auf dem Gasherd und gossen es in einen Kaffeefilter-Aufsatz auf einer großen Thermoskanne.

Ihr Mann Håkan saß Lexa gegenüber am Küchentisch.

«Mit Robert stimmte ja irgendetwas nicht», sagte er.

«Sag das nicht!», protestierte seine Frau.

«Aber so ist es doch», rechtfertigte er sich und wandte sich wieder an Lexa. «Wir sind mit ihm zu einem Psychiater gegangen. Wie alt war er da? Sieben, acht?»

Das Ehepaar Björkhed war nicht schwierig zu finden gewesen, nachdem Lexa erfahren hatte, dass sie noch lebten und nicht mehr Lindström hießen.

«Wie hieß dieser Psychiater doch gleich …?», fragte Marit Björkhed.

«Gute Frage …» Håkan trommelte mit den Fingern auf die grüne Wachstuchtischdecke. «Petersson! Nils Petersson, glaube ich.»

«Der war nicht ganz gescheit!» Marit Björkhed stellte kopfschüttelnd die Thermoskanne auf den Tisch und wandte sich an Lexa: «Bitte, bedienen Sie sich!»

Vor Lexa stand ein Teller mit Marmeladenplätzchen. Anstandshalber nahm sie eins.

«Er hat gesagt, Robert wäre ein Borderliner», sagte Håkan und lehnte sich über den Tisch.

«Nein, das hat er nicht gesagt», widersprach Marit. «Er

hat gesagt, Robert weise Züge auf, die an Borderline *erinnerten.*»

Sie setzte sich neben ihren Mann und trank einen Schluck Kaffee.

«Aber das konnte er gar nicht beurteilen», fuhr sie wütend fort. «Er hat Robert nur eine halbe Stunde lang in einem Spielzimmer beobachtet.»

«Eine Stunde», korrigierte ihr Mann. «Mindestens eine Stunde.»

«Nein! Es war nicht länger als eine halbe Stunde. Und was konnte er in der Zeit schon sehen? Nichts!»

«Aber irgendetwas stimmte nicht mit Robert», beharrte Håkan.

«Ja, aber er hatte kein Borderline, da kannst du Gift drauf nehmen!»

«Der Psychiater meinte jedenfalls, Robert hätte eine geringe Impulskontrolle», fuhr Håkan Björkhed an Lexa gewandt fort, «und könnte seine Gefühle nicht beherrschen.»

Marit Björkhed schnaubte verächtlich und griff so schwungvoll nach einem Plätzchen, das mehrere Kekse vom Teller auf den Tisch rutschten.

«Haben Sie irgendeine Form von Behandlung begonnen?», fragte Lexa.

Håkan schüttelte den Kopf.

«Nein, wir sind nur ein einziges Mal bei diesem Psychiater gewesen.»

Lexa trank einen Schluck Kaffee. Er war dünn, fast durchsichtig, ganz und gar nicht so, wie sie ihn mochte.

«Warum sind Sie mit Robert überhaupt zu einem Psychiater gegangen?»

Das Ehepaar Björkhed wechselte einen Blick.

«Ja, warum ...?», erwiderte Marit. «Es ging ihm nicht gut, er war unruhig und rastlos. Man konnte förmlich sehen, wie es in ihm kribbelte. Auch die Schule hatte uns gesagt, dass er sich ... merkwürdig verhielt.»

Ihr Mann nickte traurig.

«Manchmal kam er auf die verrücktesten Ideen. Wie damals, als er – erinnerst du dich daran, Håkan? Als er mit Skiern die Treppe runtergefahren ist?»

Sie begann zu lachen, beinahe hysterisch, schlug sich auf die Knie. Ihr Mann lachte gedämpfter, federte aber auf seinem Stuhl auf und ab, als würde er ersticken.

Lexa lächelte höflich. Wie eng die beiden miteinander verbunden waren, dachte sie. Als hätten sie ihr Können und ihre Fähigkeiten untereinander aufgeteilt und wären im Laufe der Jahre zu einer einzigen Person geworden. Aber vielleicht war das ganz normal bei alten Paaren. Doch dann erinnerte sie sich an ihre eigenen Eltern. Ihre extrovertierte und schöne Mutter, die so hart arbeitete und eine unerschöpfliche Energie besaß – und daneben ihr schweigsamer, freundlicher Vater, der sich über seine Asthmamedikamente und Theoriebücher gebeugt hatte. Ihre Eltern waren nie auf diese Art zusammengewachsen.

«Was hat Robert gemacht, sagten Sie?», hakte sie nach, als die beiden sich wieder beruhigt hatten.

Håkan Björkhed holte tief Luft.

«Er hatte Skier zu Weihnachten bekommen, nur ein paar billige Langlaufskier, damit er ein bisschen durch die Gegend fahren konnte. Aber er ...»

«Damals stand der Weihnachtsbaum immer im Obergeschoss», ergänzte Marit. «Im Fernsehzimmer.»

«Das versteht sie, Marit», sagte Håkan.

Lexa nickte.

«Jedenfalls», fuhr Marit fort, «nachdem Robert die Skier ausgepackt hatte, schnallte er sie gleich an, mit Stiefeln und allem ...»

Sie lachte wieder, konnte nicht weiterreden.

«Marit und ich saßen vor dem Fernseher und aßen Süßigkeiten», übernahm ihr Mann. «Und plötzlich hörten wir es poltern ...»

«Und da war Robert mit den Skiern die Treppe runtergefahren. Im Haus!»

«Die Treppe ging steil nach unten, und er ist mit vollem Schwung gegen die Flurwand geprallt. Er hat über eine Woche mit einer Gehirnerschütterung im Bett gelegen.»

Lexa nahm sich noch ein Marmeladenplätzchen, worauf Marit den Teller noch näher in ihre Richtung schob.

«Das Schlimmste ist», sagte Håkan. «Er hat es wieder gemacht ...»

Seine Frau begann erneut zu lachen, wirkte jedoch bedrückt.

«Ja, zum Geburtstag bekam er ein Fahrrad und hat das Ganze wiederholt, er ist mit dem Fahrrad die Treppe hinuntergesaust, bevor wir ihn daran hindern konnten.»

Lexa lachte.

«Und wie ist es ausgegangen?»

«Er bekam wieder eine Gehirnerschütterung», seufzte Marit.

Lexa lächelte, weil sie spürte, dass es von ihr erwartet wurde.

«Wie kam Robert in der Schule klar?»

«Nicht so gut ...» Marit Björkhed sah ihren Mann an. «Wie gesagt, er hatte Probleme ... Ich glaube, er hat da nie reingepasst. Ich weiß noch, dass er am ersten Schultag geweint hat ...»

«Das hat er nicht ...»

«Was weißt du schon? Du warst doch gar nicht dabei! Er hat geweint! Gesagt, dass er da nicht hingehen will, aber ...»

Håkan schwieg, legte seine Hände um den Kaffeebecher.

«Aber irgendwas hat ihm doch bestimmt in der Schule gefallen?», fragte Lexa. «Irgendein Fach, in dem er gut war?»

«Gut?», wiederholte Margit. «Er war viel besser als das. Er konnte das kleine und das große Einmaleins, bevor er überhaupt in die Schule kam.»

Ihr Mann nickte.

«Aber wenn ihn etwas langweilte, dann war es anders ... Dann wurde er rastlos, konnte nicht stillsitzen und auch seine Hände nicht stillhalten. Dann machte er alles kaputt, was er in die Finger bekam.»

Beide tranken gleichzeitig einen Schluck Kaffee, bissen simultan in ihre Plätzchen.

«Er war oft in seiner eigenen Welt», fuhr Håkan fort. «Summte ein Lied vor sich hin, das er irgendwo aufgeschnappt hatte, oder redete mit sich selbst. Zu Hause war das kein Problem, aber er machte es auch in der Schule ...»

«Die anderen Kinder haben ihn geärgert», ergänzte Marit. «Ihn ausgelacht.»

«Das war schade. Eigentlich war er ein guter Lerner, aber die meisten Fächer haben ihn gelangweilt. Und dann blockte er ab.»

«Robert ist unglaublich begabt», sagte Lexa. «Ich habe gelesen, dass er einen extrem hohen IQ hat. Haben Sie das nie bemerkt?»

«Nein.» Håkan Björkhed warf seiner Frau einen Blick zu. «Das war nie ersichtlich ...»

«Er bekam diese Wutanfälle», erklärte Marit. «Die waren das, was an ihm auffiel. Er konnte von einer Sekunde auf die andere vollkommen ausrasten und im nächsten Moment wieder ganz normal sein. Es war nicht leicht mit ihm, weiß Gott nicht ...»

Sie verstummten, versanken in ihren Gedanken.

«Wissen Sie», beendete Marit Björkhed schließlich die Stille, «eigentlich glaube ich, dass Robert im Grunde traurig war, dass er irgendetwas mit sich herumtrug ... Wenn er abends schlafen sollte, weinte er häufig, lag in seinem Bett und schluchzte.»

Ihr Mann schüttelte den Kopf.

«Gewissermaßen war es unsere Schuld. Wir ...»

«Wir haben ihn nicht verstanden», fuhr Marit fort. «Es ist alles so falsch gelaufen ...»

Lexa nickte.

«Und dann kam der Tag auf dem verlassenen Baugrundstück», sagte sie. «Können Sie davon erzählen?»

Die alten Eheleute wechselten einen traurigen Blick.

«Ja, wo sollen wir anfangen ...?», fragte Marit Björkhed.

«Wir haben nie geglaubt, dass er es war», sagte Håkan. «Aber ...»

«Robert kannte keine Grenzen, in vielerlei Hinsicht, aber er war ein lieber Junge! Die Dinge, die er gemacht hat, hat er nie aus Boshaftigkeit getan.»

Sie verstummten wieder.

«An diesem Tag», begann Lexa. «Wie ging ...»

«Wir waren nicht zu Hause», sagte Marit. «Vielleicht war es unsere Schuld, weil wir ihn allein gelassen haben ...»

«Wir waren beide berufstätig. Und es gab niemanden, der nach ihm sehen konnte», erklärte Håkan.

Marit hielt sich die Hand vor den Mund.

«Ich will nicht darüber reden.»

«Als wir nach Hause kamen», fuhr Håkan fort, «haben wir Robert in seinem Zimmer gefunden. Er konnte kaum sprechen und blutete am Kopf ...»

«Es war so furchtbar», sagte Marit. «Niemand hatte danach ... Niemand ist bei ihm gewesen ... Er ist allein nach Hause gegangen, und dann ...»

Beide schwiegen erneut. Marit Björkhed vergrub das Gesicht in den Händen.

«Dann kam die Polizei», erzählte ihr Mann leise weiter. «Zuerst sagten sie, sie wollten nur mit Robert reden, doch dann haben sie ihn mitgenommen.»

«Wir durften nicht mit», sagte Marit. «Sie behaupteten, es sei besser. Aber er war doch noch ein Kind ... allein mit all diesen ...»

Wieder fielen sie in ihr Schweigen zurück. Håkan Björkhed kratzte mit dem Fingernagel an einem Fleck auf der Tischdecke, schien es aber nicht zu merken.

«Keiner hat uns gesagt, warum sie mit Robert sprechen wollten», sagte er. «Uns war klar, dass es um irgendetwas Ernstes ging. Aber da hatten wir noch keine Ahnung, dass Max tot war.»

«Sie haben uns erst später informiert», erläuterte Marit. «Der Polizist, der abends zu uns nach Hause gekommen ist ...»

«Haben Sie von ihm erfahren, was passiert war?»

«Ja, er sagte, Robert sei bei einem schrecklichen Ereignis dabei gewesen und dass man Max tot auf diesem Baugrundstück gefunden habe.»

«Durfte Robert abends wieder nach Hause kommen?», fragte Lexa.

Håkan Björkhed nickte.

«Und wann haben Sie erfahren, dass die Polizei Robert verdächtigte, seinen Freund umgebracht zu haben?»

«Oh, das dauerte ... Vielleicht eine Woche später.»

Håkan schüttelte den Kopf.

«Erst sagten sie, dass Robert Max getötet haben *könnte*, dann, dass er gestanden hätte, ihn umgebracht zu haben. Aber dazwischen lag ein langer Zeitraum. Über ein Monat.»

«An diesem Tag war auch eine Mitarbeiterin des Jugendamts bei dem Gespräch dabei», sagte Marit. «Sie wollten ihn vorübergehend in irgendeinem Heim unterbringen ...»

«Einer Klinik», korrigierte Håkan seine Frau.

«Ach ja, richtig, einer psychiatrischen Klinik», sagte Marit, «bis sie sicher wären, dass er keine Gefahr für andere Kinder darstellte.»

«Wir haben versucht, ihnen zu sagen, dass Robert so nicht war», fuhr Håkan fort, «dass er nie jemanden absichtlich verletzen würde, aber sie haben uns nicht zugehört.»

«Und Robert war ja schon vor dieser Sache labil», sagte Marit. «Wir wussten, dass alles nur noch schlimmer werden würde. Dass er ... Schaden nehmen würde. Er rief manchmal an und weinte am Telefon ... sagte, dass er Angst hätte, und bat uns, ihn abzuholen. Aber das durften wir nicht ...»

«Und seine Wutanfälle wurden immer heftiger. Und dann haben sie ihn eingeschlossen oder auf dem Bett festgeschnallt.»

«Es war furchtbar.» Marit Björkhed vergrub wieder das Gesicht in den Händen, schüttelte den Kopf.

«Dass sie das durften ...», sagte ihr Mann. «Er war doch noch ein Kind.»

«Wie ich mitbekommen habe, hat Robert einen Bruder», sagte Lexa vorsichtig. «Wie ging es ihm in dieser Zeit ...? Wie ist er damit klargekommen?»

Marits Blick flackerte. Sie stand abrupt auf und lief aus der Küche. Håkan Björkhed lehnte sich über den Tisch, stützte sich schwer auf die Arme.

«Wir möchten nicht über Dan reden.» Er blickte in Richtung Wohnzimmer.

«Ich verstehe», sagte Lexa nach einer Weile. «Lassen Sie uns zu Robert zurückgehen. Wie ist es heute? Soweit ich weiß, haben Sie kaum Kontakt zueinander?»

Håkan schüttelte den Kopf.

«Weshalb?»

«Als Robert ... nach dieser Sache zu uns zurückkam, da war es, als hätte er sich komplett von uns abgeschottet. Als wären wir gar nicht da. Er hat nie etwas gesagt, aber es war ja nicht schwer, sich auszumalen, wie er sich fühlte ...»

«Was meinen Sie?»

«Wir hatten ihn schließlich im Stich gelassen. Als er unseren Schutz gebraucht hätte, waren wir nicht für ihn da.»

55

Es war noch nicht *vollkommen* dunkel, aber Nicklas Eriksson lief trotzdem schnell durch die vertraute Siedlung. Er war nicht gerne allein draußen unterwegs. Vielleicht hatte seine Mutter recht, und er guckte zu viele Gruselfilme. Aber es waren nicht die Filme, die ihm am meisten Angst machten, sondern das Bild des Werwolfs, das er vor ein paar Wochen in einem Comic gesehen hatte. Es war so wirklich gewesen, fast so, als hätte er das Tier anfassen können. Und seitdem sah er diesen Werwolf überall, hinter seiner Zimmertür, im Wald hinter ihrem Haus oder, wie jetzt, hinter den Sträuchern in den Vorgärten, an denen er vorbeikam.

Außerdem hatte er ein schlechtes Gewissen. Er hatte seiner Mutter versprochen, nach der Schule nicht bei jemandem zu spielen. Nicht nach dem, was mit Olinda passiert war. Aber er war mit zu Alice Jenander gegangen und hatte die Zeit vergessen. Sie hatten in der Küche gesessen, gezeichnet und Musik gehört. So wie immer, zusammen rumgehangen. Olinda war sonst auch dabei gewesen ...

Er war gerne bei Alice zu Hause. Er mochte die Ruhe, den Geruch von Brot und einem leichten Parfüm, der sie umgab, während sie belegte Brote aßen und warmen Kakao tranken. Es war gemütlich. Und ab und zu stieß Alice leicht gegen seine Hand oder seinen Arm.

Als sie zusammen am Küchentisch saßen, hatte er alles vergessen, was passiert war – und das, was er eventuell gesehen hatte. Erst als Alices Mutter nach Hause gekommen war und im Flur «Hallo!» gerufen hatte, war er aufgeschreckt. Da war es schon vier Uhr gewesen. Und diese bohrende Unruhe, dass er vielleicht etwas wusste, was er einem Erwachsenen erzählen sollte, war zurückgekehrt.

Insgeheim tat er so, als hätte der Werwolf Olinda getötet. Er fand das gar nicht so abwegig. Schlimme Dinge passierten immer, zu jeder Zeit und auf unerklärlichste Weise. Ständig wurden irgendwelche neuen Tierarten entdeckt, das hatte er im Fernsehen gesehen, warum sollte ein Werwolf nicht auch so eine Art sein?

Als es in einem der Gärten raschelte, begann er zu rennen, wobei seine Schultasche schmerzhaft gegen seine Oberschenkel schlug. Nach ein paar dutzend Metern musste er stehen bleiben. Er versuchte sich einzureden, dass es bloß ein Vogel gewesen war, doch er meinte, hinter den kahlen Hecken der Grundstücke jemanden – *etwas* – stehen zu sehen, das ihn beobachtete. Aber jedes Mal, wenn er hinsah, *wirklich* hinsah, war es nur ein Strauch oder eine Schubkarre, die auf dem Rasen lag.

Doch er sah diesen imaginären Werwolf so deutlich vor sich, dass er den Mann, der ihm aus einer Seitenstraße entgegenkam, im ersten Moment hundertprozentig für einen Werwolf hielt. Der Mann trug einen großen Regenmantel, der ihm bis auf die Knie reichte, und eine Baseballkappe, die sein Gesicht verdeckte. Nicklas zögerte einen Moment, fragte sich, ob es so wie mit Bären war, die einen verfolgten, wenn man davonlief.

Doch dann rannte er trotzdem. So schnell er konnte, spürte, wie ihm seine Schultasche gegen die Oberschenkel schlug, wie seine Fersen gegen seinen Hintern stießen, wie immer, wenn er so schnell rannte, wie seine Füße ihn trugen. Er rannte, bis er Blut im Mund schmeckte und seine Beine vor angesammelter Milchsäure und von den Schlägen der Schultasche schmerzten.

Als er schließlich stehen blieb und keuchend nach Luft rang, hörte er eine Stimme hinter sich rufen:

«Warum läufst du weg?»

56

Asbjörn Bolander hämmerte mit der Faust an die Wohnungstür mit dem Schild «R. Lindström» im Lotterivägen 89 in Hägersten. Ylva Palmquist stand eine Stufe unterhalb des Treppenabsatzes und sah zu. Bolander hatte versucht, Lindström telefonisch zu erreichen, war aber jedes Mal auf die Mobilbox weitergeleitet worden. Jetzt hielt er einige Sekunden inne und hämmerte erneut gegen die Tür. Als noch immer niemand aufmachte, nickte er dem Mitarbeiter des Schlüsseldienstes zu.

Eine Minute später war die Tür offen.

«Soll ich wiederkommen und abschließen?», fragte der junge Mann, der seinem Namensschild zufolge Daniel hieß.

«Das ist nicht nötig, die Wohnung wird versiegelt», erwiderte Bolander, stülpte Einweg-Überschuhe aus Plastik über seine Schuhe, zog sich ein Paar Latexhandschuhe an und betrat vorsichtig die Wohnung. Ylva Palmquist tat es ihm nach und folgte ihm in den engen Flur.

«Sieh dich in der Küche um», sagte er. «Ich fange hier an.»

Bolander ging ins Wohnzimmer und betrachtete abfällig die zusammengewürfelten Bücherregale, das durchgesessene, mit Papieren und ausgerissenen Zeitungsartikeln überhäufte Sofa. Er nahm sein Handy und fotografierte den Artikel, der ganz oben auf dem Wust lag: «Elfjähriges Mädchen verschwunden – die Polizei geht von Mord aus». Bolander hörte, wie Ylva in der Küche die Schränke auf- und zumachte. Er warf einen Blick auf den kleinen Balkon, der zur Wohnung gehörte. Leer. Er musste nicht einmal die Tür öffnen. Stattdessen ging er ins Schlafzimmer, betrachtete die Unordnung, schob eine Hand unter die Bettdecke und meinte, noch einen Rest Wärme zu spüren. Vermutlich hatte Lindström heute Nacht hier geschlafen. Dann hatten sie ihn um wenige Stunden verpasst, vielleicht nur Minuten.

Er öffnete den Einbauschrank, musterte die Kleidung auf den Bügeln, die auf dem Boden gestapelten Schuhkartons.

Im Badezimmer leuchtete er mit einer Taschenlampe zuerst in den Abfluss des Waschbeckens, dann in den Abfluss der Badewanne. Mit der Taschenlampe in einer Hand hob er den geflochtenen Deckel des Wäschekorbs ab, nahm vorsichtig das oberste Kleidungsstück heraus und betrachtete es im Schein der Taschenlampe.

«Ylva!», rief er. «Ich glaube, ich habe was gefunden.»

Keine Sekunde später tauchte sie im Türrahmen auf.

«Hier», sagte er. «Was denkst du, sieht das nicht wie Blut aus?»

Sie beugte sich vor und musterte den weißen Pullover, den Bolander in die Höhe hielt.

«Ja», stimmte sie zu, streckte den Zeigefinger aus und berührte den Stoff mit dem Latexhandschuh. «Das ist ein Blutfleck.»

Bolander steckte den Pullover vorsichtig in eine Beweismitteltüte, dann richtete er sich auf.

«Den Rest muss die Spurensicherung machen», sagte er. «Wir haben unseren Teil getan ...»

Ylva nickte, folgte ihm aus der Wohnung und half ihm, das blau-weiße Polizeiabsperrband und das rot-gelbe Schild anzubringen: «Versiegelt gemäß Strafgesetzbuch, Kapitel 27, Paragraph 15. Unbefugter Zutritt wird geahndet.»

«Und was ist mit Lindström?», fragte sie, als sie fertig waren. «Was machen wir mit ihm?»

«Wir lassen ihn zur Fahndung ausschreiben», antwortete Bolander. «Jetzt sofort.»

«Und Carl?»

Bolander schnaubte. Dann änderte er seine Meinung.

«Ja, ja, ich rufe ihn an. Später.»

57

Als sie auf dem Heimweg von Robert Lindströms Eltern in die U-Bahn gestiegen war, hatte sie wieder dieses Kribbeln überkommen, dieses Gefühl, beobachtet zu werden. Aber jedes Mal, wenn sie aufsah, begegnete sie nur ausdruckslosen Gesichtern, die entweder leer vor sich hin starrten oder auf ihre Handys blickten.

Am Hauptbahnhof musste sie von der blauen in die rote Linie wechseln und lief durch die langen unterirdischen Gänge. Fünf Haltestellen später, bei Hornstull, stieg sie aus. Auf dem Weg in die Heleneborgsgatan warf sie mehrmals einen Blick über die Schulter, sah in der herbstlichen Dunkelheit aber nichts außer den üblichen müden Gesichtern. Trotzdem ließ sie das mulmige Gefühl nicht los. Und es konnte nicht nur Einbildung sein. Die Zettel auf der Windschutzscheibe, der Mazda, der ihr gefolgt war. Sie *wusste*, dass jemand sie im Auge behielt.

Die letzten hundert Meter bis zu ihrer Haustür legte sie im Stechschritt zurück. Im Haus hastete sie die Treppe hinauf und schloss erleichtert die Wohnungstür hinter sich ab.

Dann sah sie den Briefumschlag, der auf der Fußmatte lag. Ein normaler weißer C6-Umschlag, aber schon aus der Entfernung konnte sie die krakeligen Buchstaben lesen, die jemand diagonal über das Adressfeld gekritzelt hatte: «Peng!»

Sie hob den Umschlag auf, spürte, dass er etwas enthielt. Langsam öffnete sie das Kuvert und blickte auf den kleinen glänzenden Messingzylinder, der in einer Ecke lag. Im ersten

Moment begriff sie nicht, was sie sah, dann erkannte sie es: eine leere Patronenhülse.

Unfreiwillig schnappte sie nach Luft. Wer zum Teufel verschickte solche Drohungen? Und warum? Was hatte sie getan?

Sie wusste, dass sie die Polizei anrufen sollte. Das hätte sie schon tun sollen, als Robert und sie den ersten Zettel unter den Scheibenwischern entdeckt hatten, doch da hatte sie die Drohung nicht richtig ernst genommen. Als Journalistin erhielt sie ständig irgendwelche Schmähbriefe und Drohungen – angefangen bei «Du solltest eine Diät machen und deinen Job wechseln» bis «Dich sollte man vergewaltigen» –, sodass sie gelernt hatte, sie zu ignorieren. Nichts als leere Worte, geschrieben in hasserfüllter Wut. Und diesmal hatte nicht einmal Robert Angst bekommen ...

Robert!

Der Gedanke traf sie so plötzlich, dass sie den Umschlag fallen ließ, dabei zusah, wie er zu Boden segelte und auf der Fußmatte liegen blieb.

In Sigtuna hatte Robert Göran Nymans Haus einige Minuten vor ihr verlassen. Bei Andreas Indgård hatte er das Interview unvermittelt abgebrochen und draußen auf dem Bürgersteig auf sie gewartet. Sie hatte sich nicht erklären können, wer die Zeit und die Energie hatte, sie permanent zu verfolgen – doch jetzt wurde ihr klar, dass Robert die Drohbriefe durchaus selbst verfasst und unter die Scheibenwischer gesteckt haben könnte, Zeit genug hätte er gehabt.

Aber warum? Was sollte nicht ans Tageslicht kommen?

58

Auf dem Heimweg überlegte Sixten, wie er sich verhalten sollte. Er wollte seine Mutter nicht beunruhigen, sie nicht verärgern. Aber er musste sich eine gute Erklärung einfallen lassen, warum er so spät kam.

Auf dem letzten Stück ging er immer langsamer, streckte die Hand aus und fuhr mit den Fingern an der Tujahecke der Nachbarn entlang, blieb stehen. Er sah auf ihr Haus, ging noch einmal durch, was er sagen würde. Dann lief er schnell den Gartenweg hinauf.

«Wo warst du?», fragte sie direkt, als er die Tür aufschloss.

Sie musste im Flur gestanden und auf ihn gewartet haben.

«Draußen ...» Er begegnete ihrem Blick.

Ihre Hand schnellte so plötzlich vor, dass er sie nicht abwehren konnte. Sie packte ihn im Nacken und drückte zu, zerrte ihn in den Flur und schlug die Haustür zu.

«Weißt du, wie spät es ist?»

«Entschuldigung!», keuchte er. «Ich habe nicht nachgedacht ...»

Langsam lockerte sie den Griff und ging vor ihm in die Hocke.

«Wir haben darüber geredet», sagte sie. «Mehrere Kinder sind tot ... getötet worden!»

«Ich weiß ...»

«Wie oft muss ich es dir sagen, damit du es verstehst?»

Ruckartig stand sie auf.

«Du. Darfst. Nicht. Alleine. Draußen. Sein.»

Sie verstärkte den Klammergriff um seinen Nacken und drückte bei jedem Wort einmal zu.

«Entschuldige ... Ich weiß ...», keuchte er.

«Wo warst du? Du warst stundenlang weg!»

«Ich war einfach nur draußen ...»

«Mit wem?»

«Niemandem ...»

«Was hast du gemacht? Raus mit der Sprache!»

Sixten wandte den Blick ab. Auf irgendeine wundersame Weise sah sie es ihm immer an, wenn er log.

«Ich wollte einfach nur meine Ruhe haben ...», sagte er leise und zupfte an den Jacken, die an der Flurgarderobe hingen.

«Haben die anderen dich wieder geärgert?»

«Nein ...»

«Aber warum warst du dann nicht mit einem Freund zusammen?»

Nach wie vor der harte Tonfall, die Großvaterstimme. Er blickte auf, wusste, dass sie die Tränen in seinen Augen sehen würde.

«Du verstehst es nicht!», schniefte er. «Du verstehst gar nichts ...»

Sie ließ seinen Nacken los und beugte sich zu ihm.

«Glaub bloß nicht, dass du dich durch Heulen aus der Affäre ziehen kannst! Erzähl, was los war. Auf der Stelle!»

Er schüttelte den Kopf, wollte nichts sagen.

«Ich merke doch, dass irgendetwas ist, Sixten. Erzähl es mir. Ich bin doch deine Mutter ...»

Jetzt lächelte sie ihn ängstlich an. Schnell wischte er sich die Tränen ab.

«Ich weiß nicht, ob es was bedeutet ...»

«Bitte, Sixten, erzähl es mir.»

Er schwieg.

«Da war ein Auto ...», sagte er schließlich.

«Ein Auto?»

Sie schob ihn ein Stück von sich, hielt ihn aber an den Schultern fest und sah ihn prüfend an.

«Als ich nach Hause gegangen bin ... Es hat neben mir angehalten, und die Beifahrertür ging auf ...»

«Was?»

Er sah sie an.

«Es ist nichts passiert! Aber es war weiß, genau wie das Auto, das an der Schule gestanden hat ... Ich habe Angst bekommen und einen langen Umweg nach Hause gemacht. Das ist der Grund. Warum ich so spät komme, meine ich.»

«Aber was hat der Fahrer gemacht?»

«Nichts, das hab ich doch gesagt. Ich bin weggerannt und ...»

Er zuckte mit den Schultern. Sie stand schweigend da, wirkte verbissen. Er versuchte, sich aus ihrem Griff zu winden, doch sie hielt ihn fest.

«Wir müssen die Polizei anrufen und es ihnen erzählen», sagte sie nach einer Weile.

«Aber Mama, es ist nichts passiert ... Vielleicht habe ich mich verguckt, und es war gar nicht dasselbe Auto wie bei Olinda. Es sah anders aus.»

«Du hast dich nicht verguckt, Sixten. Das muss der Mann gewesen sein, der Olinda entführt hat.»

59

Beim ersten Besuch war Carl gar nicht aufgefallen, wie groß Camilla Sanders Haus war. Doch als er es jetzt im Licht der Fassadenbeleuchtung betrachtete, schätzte er, dass sie und ihr Sohn sich an die zweihundert Quadratmeter Wohnfläche teilten. Von der Straße aus machte das Haus einen exklusiven Eindruck, doch als er die Vordertreppe hochging, bemerkte er eine Menge leerer Pappverpackungen, die verstreut herumlagen.

«Danke, dass Sie so schnell gekommen sind», sagte Camilla Sander.

Sie bat sie herein und wartete, während sie ihre Jacken auszogen, das Gewicht auf ein Bein verlagert und eine Hand in die Tasche ihrer engen, verwaschenen Jeans geschoben, die, wie Carl vermutete, sehr teuer gewesen war. Als würde sie vor einer Kamera posieren. Ihre weiße Bluse war so weit aufgeknöpft, dass er den Ansatz ihres BHs sehen konnte.

«Ich mache mir große Sorgen», fuhr sie fort.

Carl und Jodie folgten ihr ins Wohnzimmer und setzten sich auf das Sofa neben dem offenen Kamin.

«Er hat sich kaum nach Hause getraut.» Sie senkte die Stimme. «Glauben Sie, dass jemand …? Weil er den Fahrer von diesem weißen Auto identifiziert hat? Braucht er Schutz?»

«Nein, das denken wir nicht», erwiderte Jodie.

Carl lächelte höflich.

«Aber wir würden gerne mit Sixten reden und von ihm hören, was genau passiert ist.»

«Ja, natürlich, selbstverständlich.»

Als sie nach ihm rief, kam Sixten aus einem Nebenraum, von dem Carl annahm, dass es die Küche war. Er hielt ein Glas Wasser in der Hand.

«Kann ich Ihnen etwas anbieten?», fragte Camilla Sander rasch. «Einen Kaffee vielleicht? Gebäck habe ich leider keins im Haus, das würde ich sofort aufessen!»

Sie lachte und fuhr sich mit der Hand über ihren flachen Bauch. Carl lächelte höflich und machte eine abwehrende Geste.

Sixten setzte sich neben seine Mutter in den Sessel, starrte auf den Tisch, nahm einen Untersetzer aus einem Behälter und stellte sein Glas darauf.

«Deine Mutter hat uns erzählt, was heute Nachmittag passiert ist», begann Jodie. «Dass ein Auto neben dir angehalten hat und die Beifahrertür aufging.»

Sixten nickte.

«Und was ist dann passiert?»

«Ich bin stehen geblieben», sagte Sixten. «Weil mich das Auto an das Auto erinnert hat, das an der Schule gestanden hat. Es war auch weiß.»

«Was meinst du? Warum hat der Fahrer die Beifahrertür aufgemacht?»

«Um ...», Sixten zuckte mit den Schultern, als wäre das sonnenklar, «mich mitzunehmen.»

«War es dasselbe Auto wie an der Schule?»

Sixten starrte auf sein Glas.

«Ich weiß nicht ... es war weiß.»

«Aber es war nicht dasselbe?»

Sixten schüttelte den Kopf.

«Was hast du gemacht?»

«Ich habe Angst bekommen und bin weggerannt ...»

«Das hast du richtig gemacht», sagte Jodie. «Hast du gesehen, ob jemand aus dem Auto gestiegen und dir gefolgt ist?»

Camilla Sander zuckte zusammen, als wäre ihr diese Möglichkeit erst jetzt bewusst geworden, doch Sixten schüttelte den Kopf.

«Aber es hat jemand im Auto gesessen?»

«Ja klar. Wie hätte es denn sonst fahren sollen?»

«Nein, da hast du natürlich recht.» Jodie lachte. «Aber du hast nicht gesehen, ob es derselbe Mann wie an der Schule war?»

«Nein.»

«War es ein Mann oder eine Frau?»

«Ich weiß nicht ...», murmelte Sixten.

Jodie lehnte sich zurück.

«Hattest du das Gefühl, dass die Person, die im Auto saß, dir etwas antun wollte?»

«Er», sagte Sixten.

«Wie bitte?»

«Ich glaube, es war ein Mann.»

«Okay. Hat der Mann irgendwas gesagt? Dich gerufen?»

«Nein. Jedenfalls hab ich nichts gehört.»

«Ist noch etwas passiert?»

Sixten überlegte eine Weile, doch dann schüttelte er den Kopf.

«Nein. Ich bin zur Schule zurückgegangen und habe gewartet, bis ich sicher war, dass das Auto weg war ... Dann bin ich nach Hause gegangen. Den Pfad hinter den Häusern entlang, durch den Wald ...»

«Wie bist du auf den Pfad gekommen?», fragte seine Mutter.

Sixten blickte auf.

«Durch einen Garten ... die Leute waren nicht zu Hause. Es hat mich keiner gesehen.»

«Gut», sagte Jodie rasch, bevor Camilla Sander etwas erwidern konnte. «Kannst du uns zeigen, wo das Auto gestanden hat?»

Sie hielt ihm ihr Handy hin, auf dem sie eine Satellitenkarte der Siedlung aufgerufen hatte.

«Hier ist euer Haus, und da ist die Schule», erklärte sie.

Sixten warf einen Blick auf das Display und drückte geübt mit einem Finger auf die Karte, sodass an der Stelle, wo das Auto gestanden hatte, eine Markierung erschien, ungefähr zweihundert Meter von seinem Haus entfernt.

«Kann ich jetzt gehen?»

«Ja, natürlich», antwortete Carl.

Sie blieben sitzen und warteten, bis sie hörten, dass Sixten eine Tür hinter sich schloss.

«Er scheint es gut zu verkraften», sagte Carl.

Camilla Sander nickte.

«Das tut er. Ich bin diejenige, die beunruhigt ist. Wegen dem toten Mädchen und den beiden Jugendlichen ...»

«Das verstehen wir», sagte Jodie. «Das ist für alle belastend.»

Camilla Sander schüttelte den Kopf. «Es ist nicht nur das. Als ich klein war, wurde mein Bruder getötet ... hier ganz in der Nähe. Sein Klassenkamerad hat ihn erschlagen.»

«Max Sander?», fragte Jodie verblüfft. «War Max Ihr Bruder?»

Camilla Sander nickte. Jodie warf Carl einen Blick zu.

«Der Klassenkamerad, der ihn erschlagen hat, heißt Robert Lindström. Und ich weiß, dass er in letzter Zeit häufig hier in der Gegend war», sagte sie. «Wegen einem Buch, das er gemeinsam mit einer Journalistin schreibt ... Lexa Andersson ...»

«Das ist uns bekannt», sagte Jodie schnell.

Camilla Sander lächelte.

«Das Ganze ist fast dreißig Jahre her, aber trotzdem mache ich mir Sorgen ... Sixten ist alles, was ich habe.»

Carl beugte sich zu ihr vor.

«Glauben Sie, dass Robert Lindström Ihrem Sohn etwas antun könnte?», fragte er. «Aus Rache für das, was damals geschehen ist?»

Sie nickte langsam.

«Ich weiß, dass es albern ist», erwiderte sie und begegnete Carls Blick. «Aber er hat meinen Bruder erschlagen ... und ...»

«Hat Robert Lindström in letzter Zeit versucht, Kontakt zu Ihnen aufzunehmen?», fragte Jodie.

«Nein, in letzter Zeit nicht. Aber vor ein paar Jahren ... Er ist in mein Haus eingedrungen und hat behauptet, ich hätte sein Leben zerstört und dass alles meine Schuld sei ... Er hat mich bedroht und gesagt, ich würde eines Tages dafür büßen ...»

«Aber warum?», fragte Carl. «Er war doch derjenige, der ...»

Camilla Sander schüttelte den Kopf.

«Ich weiß, *er* hat meinen Bruder getötet ... Aber in seiner Welt ist es nicht so. Für ihn bin ich die Schuldige, weil *ich* es der Polizei erzählt habe. Ich habe gestern mit dieser Journalistin gesprochen, das war vielleicht naiv, aber ich habe sie vor ihm gewarnt.»

«Gewarnt?», fragte Carl.

«Ja, ich habe ihr gesagt, dass man ihm nicht trauen kann. Sie will dieses Buch ja mit ihm zusammen schreiben ...»

«Ich verstehe», erwiderte Carl. «Und jetzt glauben Sie, dass er sich ... rächen will?»

«Ja ... Ja, das glaube ich.»

«Wir ermahnen alle Eltern, ihre Kinder im Auge zu behalten», sagte Jodie. «Dafür zu sorgen, dass sie nach der Schule mit Freunden nach Hause gehen und sich nach Einbruch der Dunkelheit nicht allein im Freien aufhalten ... Das gilt natürlich auch für Sixten.»

«Ich werde noch mal mit ihm reden. Es hilft, wenn es von Ihnen kommt. Dann gehorcht er besser ...»

Carl sah Jodie fragend an. Sie nickte.

«Danke, dass Sie uns das erzählt haben», sagte sie und stand auf. «Wir wussten nicht, dass Max Ihr Bruder war. Bitte entschuldigen Sie, falls wir uns ungeschickt ausgedrückt haben ...»

«Es ist lange her», fiel Camilla Sander ihr ins Wort. «Es ist in Ordnung.»

Jodie berührte Carl leicht am Arm.

«Gut», sagte sie. «Dann danken wir Ihnen für das Gespräch.»

Auf der Rückfahrt im Auto drehte Jodie sich zu Carl.

«Wusstest *du*, dass Robert Lindström und Camilla Sander sich kennen?»

«Nein, ich hatte keine Ahnung», erwiderte er.

«Glaubst du, das bedeutet was?»

Nachdenklich blickte Carl einem Fahrradfahrer nach.

«Weil sie gemeint hat, Lindström wolle sich an ihr rächen? Nein, ich finde, das klingt ein bisschen weit hergeholt. Wenn er sich rächen wollte, hätte er das schon längst tun können. Aber klar ...»

Jodie nickte und lachte plötzlich auf.

«Hast du eigentlich gemerkt, dass sie mit dir geflirtet hat?»

Carl sah sie verständnislos an und schüttelte den Kopf.

«Sie war nur dankbar, sie ...», begann er, wurde aber durch Jodies Handy unterbrochen.

«Gehst du bitte ran?» Sie reichte ihm ihr Telefon.

Carl sah auf das Display.

«Das ist Rickard», sagte er. «Bist du sicher ...?»

«Ja, nimm endlich ab!»

Carl drückte auf das grüne Hörersymbol und nannte rasch seinen Namen, bevor Rickard, überzeugt, mit Jodie zu sprechen, etwas sagte.

«Gut, dass ich dich erreiche», sagte Rickard. «Dein Handy ist aus.»

«Ach», erwiderte Carl erstaunt. «Ich muss wohl vergessen haben, es wieder anzuschalten. Was gibt's?»

«Ich habe die Funkzellenauswertung von Lindströms Handy bekommen.»

«Und?»

«Er war am Dienstagabend zwischen 21:53 und 22:45 Uhr an den Bahngleisen bei der Drevviken-Bucht.»

«Das ist doch das gleiche Zeitfenster, in dem auch Erik Olofsson in der Gegend war», erwiderte Carl.

«Ganz genau, die beiden hätten sich treffen können ... Glaubst du, sie waren zusammen da?»

«Nein, das denke ich nicht. Aber es ist ein merkwürdiger Zufall. Und wo war Lindström am Mittwoch?»

«Zu Hause in seiner Wohnung in Hägersten, den ganzen Abend. Jedenfalls war sein Handy da.»

«Gut, danke.»

Carl beendete das Gespräch und gab Jodie ihr Handy zurück.

«Was hat er gesagt?», fragte sie.

«Dass Robert Lindström am Dienstagabend an den Bahngleisen war. Ich will mit ihm reden, bevor Bolander und die anderen irgendeine Äußerung von ihm erzwingen. Fahr los!»

«Wohin? Sie sind doch schon in seiner Wohnung gewesen ...»

«Da wollen wir auch nicht hin.»

60

Das Guckloch in der Tür verdunkelte sich. Carl wusste, dass sie von jemandem auf der anderen Seite beobachtet wurden. Dann drehte sich ein Schlüssel im Schloss.

«Entschuldigen Sie die späte Störung», sagte er, als Lexa Anderssons Gesicht im Türspalt erschien. «Wir suchen eigentlich nach Robert Lindström.»

Erstaunt blickte Lexa Andersson die Ermittler an, ließ sie aber herein.

«Er ist nicht hier ...», sagte sie.

«Es tut uns leid, falls wir Sie erschreckt haben», erwiderte Jodie.

Lexa Andersson schüttelte den Kopf.

«Können wir uns hinsetzen und uns kurz unterhalten?»

«Ja ... natürlich, bitte ...»

Während Jodie sich im Wohnzimmer aufs Sofa setzte, warf Carl einen Blick in Schlafzimmer, Küche und einen Raum, der als kombiniertes Gäste- und Arbeitszimmer zu dienen schien. Dort standen ein Schreibtisch und ein ordentlich gemachtes Bett. Kein Robert Lindström, stellte er fest und nahm neben Jodie auf dem Sofa Platz, gegenüber von Lexa Andersson.

«Und Sie haben natürlich auch keine Ahnung, wo Robert Lindström ist?», fragte Jodie.

Wieder schüttelte Lexa Andersson den Kopf.

«Als wir Sie beide gestern auf dem Polizeirevier befragt haben, sagte Robert aus, nicht zu wissen, wo er am Dienstagabend gewesen sei, in jedem Fall aber *nicht* im Wald unten an der Drevviken-Bucht.»

Lexa sah die beiden an.

«Und?», sagte sie abwartend.

«Aber wir wissen jetzt, dass er dort war», erwiderte Jodie. «Und dass er von dort jemanden angerufen hat. Nämlich Sie.»

Lexa Andersson spielte mit einem Stift, der auf dem Wohnzimmertisch lag.

«Davon haben Sie nichts gesagt, als wir Sie gestern befragt haben.»

«Nein», erwiderte sie nach einer Weile und legte den Stift aus der Hand. «Ich habe nicht daran gedacht, aber es stimmt. Robert hat mich am Dienstagabend angerufen. Er hatte geglaubt, Stimmen im Wald zu hören, Angst bekommen und mich angerufen. Aber daraus habe ich nicht geschlossen, dass er unten an der Drevviken-Bucht war.»

Jodie warf Carl einen Blick zu, während er sich vorbeugte.

«Was haben Sie zu ihm gesagt?»

«Dass er vorsichtig sein soll.»

«Wieso?», fragte Carl. «Hatte er einen Grund, vorsichtig zu sein?»

Lexa Andersson schwieg.

«Und weshalb hat er ausgerechnet Sie angerufen?», fuhr Carl fort.

Sie stand auf, ging in den Flur hinaus und hob den Briefumschlag auf, der noch immer an der Stelle lag, wo sie ihn fallen gelassen hatte.

«Wir ...», setzte sie an, als sie ins Wohnzimmer zurückkam. «Jemand bedroht mich. Ich habe Drohbriefe auf der Windschutzscheibe meines Autos gefunden, diesen hier hat jemand in meinen Briefkasten gesteckt. Er lag heute Abend im Wohnungsflur, als ich nach Hause kam ...»

Lexa hielt ihnen den Umschlag hin. Carl zog einen Plastikhandschuh aus der Innentasche seines Jacketts und nahm ihr den Umschlag ab.

«Peng!», las er vor und blickte Lexa Andersson fragend an.

«Schauen Sie rein.»

Carl öffnete den Umschlag und sah hinein.

«Eine Patronenhülse», sagte er erstaunt und nahm sie vorsichtig an den Enden heraus, um keine Fingerabdrücke zu zerstören. «Haben Sie sie angefasst?»

«Nein.»

«Das ist eine ernsthafte Drohung, ist Ihnen das bewusst?» Carl steckte die Patronenhülse zurück in den Umschlag.

Lexa Andersson nickte.

«Haben Sie die anderen Drohbriefe noch?», fragte Jodie.

«Nein, ich habe sie nicht richtig ernst genommen ... Robert auch nicht. Und jetzt ... Das ist alles so krank, ich weiß nicht, was ich glauben soll ... Aber ich habe das Gefühl, dass sie von Robert stammen könnten.»

«Warum glauben Sie das?» Jodie sah sie fragend an.

«Ich habe herausgefunden, dass er mich angelogen hat», antwortete Lexa. «Von Anfang an, er hat viele Dinge über sich verheimlicht, die ich hätte wissen müssen.»

«Hat er Sie körperlich bedroht?», fragte Jodie.

«Nein ... aber als ich ihm sagte, dass ich das Buch allein, ohne ihn, schreiben würde, rastete er völlig aus. Ich bin kein ängstlicher Mensch, aber in diesem Moment hatte ich Angst.»

«Wurde er gewalttätig? Hat er Sie angegriffen?»

Lexa Andersson schüttelte den Kopf und schilderte ihnen Roberts Wutausbruch, wobei sie ein Sofakissen wie ein Schutzschild umklammerte.

«Gut», sagte Jodie, als sie geendet hatte. «Haben Sie noch weitere ... Seiten dieser Art an ihm bemerkt?»

Lexa schwieg einen Moment, dann nickte sie.

«Gestern, als Sie mich nach diesem Mädchen gefragt haben, das tot aufgefunden wurde ...»

«Ermordet», korrigierte Carl.

«... ermordet», wiederholte sie. «Es gibt noch etwas, das ich Ihnen nicht erzählt habe ...»

«Sie scheinen uns einiges nicht erzählt zu haben», bemerkte Carl schroff.

«Ich weiß. Es war so viel in letzter Zeit ...»

«Was wollten Sie uns erzählen?», hakte Jodie nach.

«Ich habe mir in dem Moment nichts dabei gedacht, aber als Robert am Montagabend vor meiner Tür stand, war er nass bis auf die Haut.»

«Und?», fragte Carl verständnislos.

«Ich hatte ihm das Auto geliehen», erläuterte Lexa. «Ich wollte, dass er sich in dem Viertel umsieht, in dem er aufgewachsen ist, und versucht, sich an Dinge von damals zu erinnern ... für das Buch. Das hat er auch gemacht. Doch anschließend ist er zu mir gekommen und wollte aus dem Projekt aussteigen ...»

«Und da war er nass?», fragte Carl, der noch immer nicht verstand.

«Ja», bestätigte Lexa Andersson. «Aber er behauptete, die ganze Zeit im Auto gesessen zu haben.»

Als Carl und Jodie die Treppe hinuntergingen, hörten sie, wie Lexa Andersson hinter ihnen beide Türschlösser absperrte.

«Und jetzt?», fragte Jodie.

«Jetzt fahren wir nach Hause. Immerhin ist Freitag.»

Im Auto nahm Carl sein Handy aus der Tasche und schaltete den Flugmodus aus.

«Hattest du dein Telefon immer noch nicht an?», fragte Jodie und bog in die Lundagatan ein.

Im selben Moment summte es. Carl hielt das Display eine Armlänge von sich weg und las die Nachricht. Als er nichts sagte, warf Jodie ihm einen neugierigen Blick zu.

«Irgendwas Interessantes?»

Carl schüttelte den Kopf.

«Nur Linda, die ...»

Er verstummte, als sein Handy erneut vibrierte, und las die zweite Nachricht.

«Wir müssen noch mal nach Skogås», sagte er und sah Jodie an. «Ein weiteres Kind wurde als vermisst gemeldet.»

«Was? Nein!», rief sie. «Wer?»

61

«Der Junge heißt Nicklas Eriksson», sagte Ylva Palmquist. «Er geht in dieselbe Klasse wie Olinda Sikonova.»

Carl Edson stand auf dem Parkplatz der Lycksätraschule und sah sich um. Es war kurz vor neun am Freitagabend und seit einigen Stunden dunkel. Er hörte, wie ein Pendlerzug an der Stelle vorbeifuhr, an der sie die beiden Jugendlichen gefunden hatten.

«Wann hatte er heute Schulschluss?»

Ylva Palmquist blätterte in ihrem Notizblock.

«Um 14:10 Uhr.»

Carl dachte an das Auto, das neben Sixten Sander gehalten hatte. War stattdessen jetzt Nicklas Eriksson entführt worden – und hatte Robert Lindström hinterm Steuer gesessen?

«Wann wurde er zuletzt gesehen?», fragte er.

Wieder sah Ylva Palmquist in ihre Notizen.

«Kurz nach sechzehn Uhr. Da ist er von einer Klassenkameradin nach Hause gegangen. Alice Jenander.»

«Und niemand hat etwas beobachtet?»

«Das weiß ich nicht. Frag Bolander.»

Sie drehte sich um und deutete mit dem Kopf auf die andere Seite des Schulhofs, wo Bolander zwei uniformierte Polizeibeamte instruierte.

«Gut. Hat jemand mit den Eltern gesprochen?», fragte Carl.

Ylva Palmquist schüttelte den Kopf.

«Nur als wir die Vermisstenanzeige aufgenommen haben», antwortete sie.

«Ich verstehe.»

Carl ging zu Jodie, die mit einem Mann redete, der eine Stirnlampe und eine Missing-People-Weste trug. Carl erkannte ihn wieder. Er hatte auch die Suche nach Olinda Sikonova geleitet, Jens irgendwas.

«Wir gehen in etwa vom selben Suchgebiet aus», sagte er gerade zu Jodie.

«Wann können Sie anfangen?», fragte sie.

Jens blickte sich um und warf einen Blick auf die Uhr.

«Vielleicht in einer halben Stunde. Wir warten noch auf Verstärkung.»

«Gut, eine Hundestaffel der Polizei ist schon im Einsatz.»

Vorsichtig legte Carl ihr eine Hand auf die Schulter.

«Hast du eine Minute, sobald du fertig bist?»

Sie nickte, und Carl ging weiter zu Bolander.

«Wir müssen dieses Schwein kriegen!», rief er, als er Carl sah.

«Meinst du Robert Lindström?»

«Ja, wen sonst! Bevor er diesen Jungen auch noch umbringt.»

Carl lag die Erwiderung auf der Zunge, dass gegen Robert Lindström lediglich ein Anfangsverdacht bestand, doch er brachte nur einen Seufzer zustande. Er verabscheute Bolanders permanente Vereinfachungen, seine übereilten, unumstößlichen Schlussfolgerungen. Aber um ehrlich zu sein, dachte er gerade genauso.

«Aber du hast ihn zur Fahndung ausschreiben lassen, oder?», erwiderte er.

Bolander nickte, als Jodie im selben Moment zu ihnen trat.

«Wie kommt ihr voran?», fragte sie an Bolander gewandt, der irgendetwas murmelte und davonging, um sich seinem

Team anzuschließen, das die Anwohnerbefragung durchführte.

«Was wolltest du?», fragte Jodie.

«Die Eltern», erwiderte er. «Ich möchte, dass du dabei bist, wenn ...»

Plötzlich erklang ein Schrei, durchdringend und schrill. Carl drehte sich um, überzeugt davon, Nicklas' Eltern zu sehen. Stattdessen fiel sein Blick auf Ivan Sikonova, der auf dem Boden kniete und die Hände vors Gesicht geschlagen hatte.

«Wie ist er hier ...» Carl ließ den Satz unbeendet, ging zu dem Mann hin und legte ihm eine Hand auf die Schulter.

«Wie geht es Ihnen?», fragte er.

Ivan Sikonova blickte auf.

«Stimmt es, dass wieder ein Junge verschwunden ist?», fragte er.

Seine Stimme war verzweifelt, sein Blick flehend, als würde er Carl bitten, nein zu sagen.

«Leider ja», erwiderte Carl. «Einer von Olindas Klassenkameraden wird vermisst. Wir haben gerade die Suche nach ihm eingeleitet. Ich muss Sie bitten ...»

«Nein, nein, nein ...», flüsterte Ivan Sikonova, wie zu sich selbst, krümmte sich nach vorn, das Gesicht wieder in den Händen vergraben.

Carl sah sich um und winkte einen Polizeiassistenten heran, der widerwillig näher kam.

«Kümmern Sie sich um Herrn Sikonova», wies er ihn an. «Bringen Sie ihn nach Hause oder zu einem Arzt ... Aber bringen Sie ihn hier weg.»

«Wer ist der Mann?», fragte der Polizeiassistent.

«Der Vater des ermordeten Mädchens, das wir Anfang der Woche gefunden haben.»

62

Samstag, 7. November

Camilla Sander bewegte sich geschmeidig wie eine Gymnastiktänzerin, machte ein paar leichte, federnde Schritte, ehe sie weich in die Knie ging und ihre rosafarbene Bowlingkugel losließ. Es sah so einfach aus.

«Strike!», jubelte sie triumphierend.

Als Lexa an der Reihe war, kam sie sich plump und ungelenkig vor und ging nicht tief genug in die Knie, als sie ihre Kugel nach vorne schwang. Die Kugel holperte ein paarmal über die Bahn, rollte dann in Richtung der Pins und stieß die drei äußeren um.

«Sie sind noch mal dran», erklärte Camilla Sander, als Lexa zu ihrem Platz zurückging.

«Wusste ich doch!», erwiderte Lexa, bemüht, ihren Fehler mit einem Scherz zu überspielen.

Sie nahm eine neue Kugel von der Ablage und beförderte sie mit Schwung auf die Holzbahn. Diesmal fielen zwei Pins auf der gegenüberliegenden Seite um.

Lexa schwitzte, und ihre Kopfhaut juckte. Sie hatte so gut wie keine Ahnung von Bowling, und sie hasste Sport. Die glatten, ein wenig steifen und ekligen Bowlingschuhe, die sie hatte anziehen müssen, der Geruch in der Halle, die Geräusche. Sogar das Licht war feindselig und unangenehm.

«Schade, dass Sie das Buch nicht schreiben werden», sagte Camilla Sander und fuhr mit dem Pulloverärmel über ihre Bowlingkugel.

«Wie kommen Sie darauf?»

Camilla Sander wirkte überrascht.

«Sie sagten doch, dass Sie die Zusammenarbeit mit Robert beendet hätten. Ich dachte, Sie würden das Buch nicht schreiben wollen ... ohne ihn.»

Lexa schüttelte den Kopf.

«Ich schreibe es allein zu Ende.»

«Geht das?»

«Ja», erwiderte sie störrisch.

Sie spürte, wie Camilla Sander sie musterte, sah ihren herablassenden Blick: *Wenn Sie meinen ...*

«Aber Sie müssen es doch nicht als Scheitern empfinden, oder?», fragte Camilla.

Hatte sie überhaupt gesagt, dass sie es als Scheitern empfand? Camilla Sander legte ihr eine Hand auf den Arm.

«Ich weiß, dass es Ihnen schwerfällt, Niederlagen einzugestehen. Sie sind wie ich. Wir ähneln uns sehr.»

Sie lächelte.

«Aber wenn Sie das Buch nicht fertig schreiben, trifft Robert die Schuld, nicht Sie.»

Irritiert schüttelte Lexa den Kopf und lachte trocken.

«Meine Mutter und mein Bruder werden das bestimmt nicht so sehen.»

Sie wollte Camilla Sander nichts davon erzählen, aber sie wusste genau, wie besorgt ihre Mutter und ihr Bruder nach einem derartigen Misserfolg um sie herumschleichen würden. Wie ihre Mutter ihr eine Hand auf den Arm legen und fragen würde, wie sie sich fühlte. Kein Wort über das Buch oder warum sie es nicht hatte schreiben können, nur diese Stimme, in der die Unruhe mitschwang, sie könnte wieder krank werden. Und ihr Bruder, der ihr einen schuldbewussten Blick zuwarf, als wollte er sich dafür entschuldigen, im Gegensatz zu ihr so unglaublich erfolgreich zu sein. Lexa schüttelte die Gedanken ab, stand auf, griff nach der Bowlingkugel, nahm Schwung und ließ sie los. Diesmal sprang sie schräg über die Bahn und rutschte in die Seitenrinne, ohne einen einzigen Pin zu Fall zu bringen.

«Wie geht es Ihrer Familie?», fragte sie.

Camilla Sander lächelte resigniert.

«Meine Mutter lebt nicht mehr, und mein Vater ist in einem Pflegeheim untergebracht. An schlechten Tagen erkennt er mich nicht mehr, an guten Tagen ist er einfach nur ... unfreundlich.»

«Und Ihr Sohn?», fragte Lexa weiter. «Weiß er ... was passiert ist?»

«Ja. Aber er hat seinen Onkel ja nie kennengelernt. Für ihn ist es einfach nur ... Sie wissen schon ... eine Geschichte.»

Ein trauriges Lächeln, perfekte weiße Zähne. Korrigiert? Vermutlich. Lexa fuhr sich mit der Zunge über ihre eigenen, unregelmäßigen Vorderzähne.

«Darf ich Sie um etwas bitten?», fragte Camilla Sander. «Wenn Sie das Buch doch schreiben ...»

«Natürlich.»

«... würden Sie das Ganze so fair schildern, wie es Ihnen möglich ist?»

«Darum müssen Sie mich nicht extra bitten», entgegnete Lexa. «Und wenn Sie sich zu einem Interview bereit erklären, können Sie Ihre eigene Sichtweise schildern.»

Camilla Sander stand schweigend da und strich konzentriert mit den Fingern über die Bowlingkugel.

«Sie haben ziemlich viel Zeit mit ihm verbracht», erwiderte sie. «Mit Robert. Wie würden Sie ihn beschreiben? Mit einem Wort.»

Lexa dachte nach.

«Labil ...», sagte sie schließlich. «Ja ... Er ist ein labiler und tragischer Mensch, würde ich sagen.»

Wieder lächelte Camilla Sander ihr weißes Reklamelächeln.

«Werfen Sie einen Strike, dann dürfen Sie mich heute interviewen. Und ich werde Ihnen die Geschichte erzählen, die ich bei unserem letzten Treffen nicht erzählen wollte. Diesmal werden Sie mir glauben. Das verspreche ich Ihnen.»

63

Carl Edson trat an das Pult an der vorderen Stirnseite des Einsatzraums, der ein wenig an ein großes Klassenzimmer mit akkurat aufgereihten Bänken erinnerte. Ein Beamer projizierte das vergrößerte Foto eines lächelnden, ungefähr elfjährigen Jungen auf die Leinwand hinter ihm.

Die zehn Anwesenden im Raum saßen schweigend da, einige mit Notizblöcken vor sich. Die Ermittlungskommission war noch einmal aufgestockt worden, und Carls Vorgesetzter Gert Uwe hatte am Morgen telefonisch mitgeteilt, wie wichtig es sei, dass sie ab jetzt ihr *Äußerstes* täten. Was, glaubte er, hatten sie bisher getan?

Im Raum roch es nach Kaffee. Gedämpftes Husten, Papierrascheln, scharrende Stuhlbeine, wenn jemand die Sitzhaltung änderte – Carl kannte diese Geräusche, diese rastlose Stimmung.

«Wie die meisten von euch wissen, ist das hier Nicklas Eriksson», begann er und deutete auf das Foto. «Er geht in dieselbe Klasse wie Olinda Sikonova und war gut mit ihr befreundet.»

Er nickte Rickard zu, der mit einem Mausklick zur nächsten Ansicht wechselte. Eine Umgebungskarte des Gebiets um die Lycksätraschule und die Drevviken-Bucht erschien. Die Tat- und Fundorte von Olinda Sikonova, Johan Brink und Tony Pavic waren rot eingekreist.

«Nicklas Eriksson wurde gestern Abend um kurz vor neunzehn Uhr von seinen Eltern als vermisst gemeldet. Das letzte Mal wurde er bei seiner Klassenkameradin Alice Jenander gesehen, die im Fjädervägen wohnt. Er hat das Haus kurz nach sechzehn Uhr verlassen, um nach Hause zu gehen. Die Strecke von dort bis zu Nicklas' Elternhaus in der Rökslingan beträgt ungefähr neunhundert Meter.»

Gleichzeitig markierte Rickard die beiden Adressen auf der Karte und zog eine Verbindungslinie, die den Weg kennzeichnete, den Nicklas möglicherweise genommen haben könnte.

«Wir haben das Gebiet zwischen der Schule, dem Haus der Familie Jenander und Nicklas' Elternhaus abgesucht», fuhr Carl fort. «Sowie das Gebiet um die Schule bis runter an die Drevviken-Bucht. Doch bislang fehlt jede Spur von ihm. Seit heute Morgen suchen ...»

Er ließ seinen Blick über die Gruppe schweifen, bis er Ylva Palmquist entdeckte.

«Wie groß ist der Suchtrupp?»

«Ungefähr sechzig, siebzig Personen», antwortete sie. «Wir haben auch einen Hubschrauber eingesetzt beziehungsweise schicken ihn noch los.»

«Danke», sagte Carl. «Haben wir schon irgendwelche Zeugen, die etwas beobachtet haben?»

Asbjörn Bolander räusperte sich, beugte sich auf seinem Stuhl vor und stützte einen Ellenbogen auf den Tisch.

«Wir haben mit den Schülern der Lycksätraschule gesprochen, und ein Mädchen könnte etwas Interessantes beobachtet haben. Einen Mann, der sich in der Nähe der Schule aufgehalten hat, im Timmervägen genauer gesagt. Schätzungsweise zwischen sechzehn und siebzehn Uhr gestern Nachmittag.»

Bolander warf einen Blick in seinen Block.

«Eine Schülerin der sechsten Klasse, Julia Svensson, hat ihn gesehen, und der Mann kam ihr unheimlich vor. Aber sie konnte ihn nicht genau beschreiben. Nur dass er einen schwarzen Regenmantel und Gummistiefel trug.»

Bolander schlug den Block zu.

«Wir haben ihr Fotos von Robert Lindström gezeigt, doch sie konnte ihn nicht identifizieren.»

«Gute Arbeit», sagte Carl. «Kommen wir zu unserem früheren Verdächtigen Erik Olofsson ...»

Rickard rief ein Foto von Olofsson auf.

«Er wurde gestern Vormittag festgenommen und kann Nicklas Eriksson dementsprechend nicht entführt haben. Im Pavic-Brink-Fall könnte er jedoch durchaus interessant sein. Allerdings hauptsächlich als Zeuge. Die Funkzellenauswertung seines Handys hat ergeben, dass er sich sowohl am Dienstag- als auch am Mittwochabend in der Nähe der Bahngleise aufgehalten hat. Jodie hat versucht, ihn in der U-Haft zu befragen, doch er weigert sich, mit uns zu sprechen. Buchstäblich. Er schweigt sich durch alle Verhöre. Bis auf weiteres bleibt er aber wegen schwerer Kinderpornographiedelikte in Untersuchungshaft. Lars-Erik?»

Wallquist setzte seine halbmondförmige Lesebrille auf, beugte sich über seinen Collegeblock und begann seine übliche Show.

«Olofssons Computer war mit zwei Festplatten ausgerüstet», begann er nach einem lauten Räuspern. «Beide sind verschlüsselt und vermutlich kaum zu öffnen, wenn es ihm gelungen ist, den Stecker zu ziehen. Auf der Startfestplatte waren ...»

Er fuhr mit dem Finger über die DIN-A4-Seite seines Notizblocks.

«... Cachedateien von einem anonymen Server, die er nicht rechtzeitig löschen konnte. In der E-Mail-Konversation ging es um die Preise von kinderpornographischen Fotos. Davon abgesehen war diese Festplatte leer. Die zweite Festplatte war sehr viel größer, drei ... nein vier Terabyte.»

Wallquist ließ seinen Blick über die Anwesenden schweifen, als hätte er ihnen gerade einen sensationellen Fortschritt verkündet, und sah dann wieder auf seinen Block.

«Bisher haben wir ungefähr zwölftausend Fotos kinderpornographischen Inhalts gefunden. Wir haben alles an die Kollegen der Kinderpornographie-Abteilung weitergeleitet.»

Lars-Erik nahm seine Lesebrille ab, lehnte sich zurück und verschränkte die Hände im Nacken. Der Stuhl ächzte unter seinem Gewicht. Dann sagte er:

«Anders Pousne konnte außerdem sehen, und fragt mich bitte nicht wie, dass Olofsson am Montag zum Zeitpunkt von Olinda Sikonovas Verschwinden an seinem Computer gesessen hat.»

«Gut», sagte Carl. «Das bedeutet also, dass wir Erik Olofsson in dieser Ermittlung als Täter ausschließen können. Das nächste Bild, bitte.»

Er trat an die Leinwand und deutete mit dem Zeigefinger auf das Foto von Robert Lindström, das dort nun zu sehen war.

«Robert Lindström zu finden hat ab jetzt oberste Priorität. Asbjörn und Ylva haben gestern seine Wohnung durchsucht, konnten ihn dabei aber nicht festnehmen. Die Wohnung wird seitdem observiert, doch er scheint untergetaucht zu sein.»

Carl machte eine Pause, drehte die DIN-A4-Seite um, auf der er sich Stichpunkte notiert hatte, und las «Sander».

«Ach ja.» Er blickte auf. «Falls es noch nicht alle wissen sollten: Der Junge, den Robert Lindström vor achtundzwanzig Jahren erschlagen haben soll, war der Bruder von Camilla Sander, der Mutter unseres Zeugen Sixten Sander.»

Er legte eine weitere Pause ein.

«Ich möchte noch einmal betonen, dass gegen Robert Lindström bisher lediglich ein Anfangsverdacht besteht. Er hat kein Motiv, und es ist höchst unwahrscheinlich, dass er die Opfer überhaupt kannte ...»

«Ich bitte dich, Carl!», fiel Bolander ihm ins Wort. «Der Kerl hat seinen elfjährigen Schulfreund erschlagen, weil er nicht von einer Hollywoodschaukel aufstehen wollte. Lindström sieht irgendwen, dessen Nase ihm nicht gefällt, und kann seine Impulse nicht kontrollieren ... Das ist für ihn Motiv genug.»

«Vielleicht ...» Carl gab sich Mühe, sich nicht von Bolander provozieren zu lassen.

«Wenn Lindström tatsächlich so impulsgesteuert ist», wandte Jodie an Bolander gerichtet ein, «ist es dann nicht merkwürdig, dass er sich seit achtundzwanzig Jahren nichts zuschulden kommen lassen hat? Denn das hat er doch nicht?»

«Nein», bestätigte Rickard rasch, «nicht mal einen Bußgeldbescheid wegen Geschwindigkeitsübertretung.»

Verärgert blickte Bolander sich um, verschränkte die Arme vor der Brust, sagte jedoch nichts.

«Aber es gibt Fallbeispiele von Serienkillern», meldete Ylva Palmquist sich zu Wort, «die nach jahrzehntelanger ... Stille oder wie man es auch bezeichnen soll, plötzlich wieder anfangen zu morden.»

«Weil sie davor häufig im Gefängnis gesessen oder im Ausland gelebt haben», gab Jodie zu bedenken.

«Ja, vielleicht irre ich mich», räumte Ylva ein, «aber liegt es in manchen Fällen nicht auch daran, dass kein äußerlicher Trigger vorhanden war? Wenn dieser Auslöser dann urplötzlich wiederauftaucht, fällt der Täter in sein altes Verhaltensmuster zurück. In Lindströms Fall könnte es der Tatort gewesen sein oder seine alte Schule wiederzusehen, sein Elternhaus ...»

«Oder Stress», führte Rickard den Gedanken weiter. «Lindström hat zehn Jahre lang denselben Arbeitsplatz gehabt, wurde vor kurzem aber entlassen.»

«Na bitte! Seid ihr jetzt zufrieden?», rief Bolander, der selbst außerordentlich zufrieden klang. «Da habt ihr euer Motiv!»

Jodie nickte, doch Carl sah, dass sie es widerwillig tat.

«Okay, ich denke, dass wir gerade nicht weiterkommen.» Er gab Rickard ein Zeichen, den Beamer auszuschalten. «Die Besprechung ist beendet. Jeder macht mit seiner Arbeit weiter. Jodie und ich fahren zu Robert Lindströms leiblichen Eltern.»

64

Lexa folgte Camilla Sander ins Wohnzimmer und fuhr mit den Fingern über das schwarze Eisengeländer der Treppe ins Obergeschoss. Ob dieser Raum schon so ausgesehen hatte, als Camilla und ihr Bruder hier aufgewachsen waren?

«Dies ist ein Anbau», sagte Camilla Sander, als hätte sie Lexas Gedanken gelesen. «Aber der Rest des Hauses ist noch so wie früher.»

«Ein schöner Raum», bemerkte Lexa.

Im Bücherregal neben dem offenen Kamin standen mehrere Fotos von Camilla Sander in jungen Jahren, achtzehn, zwanzig vielleicht, geschminkt und gestylt in herausfordernden Posen. Vielleicht hatte sie gemodelt. Unmöglich war es nicht, das Aussehen hatte sie. Und die Eitelkeit, dachte Lexa. Auf weiteren Fotos war ein kleiner Junge zu sehen, der in die Kamera lachte, häufig mit Camilla an seiner Seite.

«Ist das Ihr Sohn?»

«Ja.»

«Wohnen Sie mit seinem Vater zusammen?»

Camilla Sander schüttelte den Kopf.

«Wir haben uns kurz nach Sixtens Geburt scheiden lassen. Aber Sie sind doch nicht hergekommen, um über meine Familienverhältnisse zu reden?»

Lexa lächelte. Normalerweise besaß sie ein Gespür für Menschen, fand leicht den richtigen Ton, doch bei Camilla Sander fiel es ihr schwer.

«Sie scheinen jedenfalls nicht die Sorte Journalistin zu

sein, die im Privatleben anderer Leute herumschnüffelt», fuhr Camilla Sander fort.

Erstaunt sah Lexa sie an.

«Wie meinen Sie das?»

Camilla Sander lachte.

«Ach, Sie machen einfach einen seriösen Eindruck auf mich. Nehmen Sie es als Kompliment.»

Lexa beugte sich nach vorne und legte ihr Aufnahmegerät auf den Wohnzimmertisch. Das Sofa war so tief, dass sie die Wahl hatte, entweder nach vorn über ihren Notizblock gebeugt zu sitzen oder halb zu liegen. Sie entschied sich fürs Sitzen.

«Also, was möchten Sie wissen?», begann Camilla Sander. «Sie haben es sich verdient, Ihre Fragen zu stellen.»

Sie lehnte sich im Sessel zurück, schlug die Beine übereinander, als sei sie es gewohnt, interviewt zu werden.

«Danke», erwiderte Lexa. «Als Erstes würde ich gerne Ihre Version des Tages hören, an dem Ihr Bruder Max getötet wurde.»

Camilla Sander nickte.

«Wo soll ich anfangen? Es war ein ganz normaler Tag. Das ist es wohl immer, nehme ich an ... Wir hatten Sommerferien. Nach den Ferien sollte ich in die achte, Max in die fünfte Klasse kommen. Die meisten meiner Freunde waren verreist, und ich war überwiegend zu Hause, habe gelesen, auf der Terrasse in der Sonne gelegen, Saft getrunken ... mich gelangweilt.»

«Solche Tage kenne ich gut.»

Camilla Sander lächelte, doch Lexa merkte, dass ihr die Unterbrechung missfiel.

«Irgendwann am Nachmittag hat mich meine Mutter losgeschickt, um nach Max zu suchen. Es war ja noch vor dem

Handy-Zeitalter, und er war fast den ganzen Tag nicht zu Hause gewesen.»

Camilla Sander strich mit den Händen über ihre Lederhose.

«Aber ich bin nicht sofort gegangen ... Ich war gerade in ein Buch vertieft und wollte das Kapitel zu Ende lesen. Wenn ich das nicht gemacht hätte, dann ...»

«Dann hätten Sie Max vielleicht retten können, meinen Sie?»

Camilla Sander wandte den Blick ab, fixierte irgendetwas draußen vor dem Fenster.

«Nicht nur ... Ich war damals mit einem Jungen zusammen, der ein paar Jahre älter war als ich, Bernt ...»

«Bernt Juuso?», fragte Lexa.

Forschend sah Camilla Sander sie an.

«Haben Sie mit ihm gesprochen ...?»

Lexa nickte.

«Das war ganz unschuldig», fuhr Camilla Sander fort. «Weil es Bernt war, hat das bestimmt niemand geglaubt, aber wir haben uns nur geküsst und ein bisschen rumgemacht, mehr nicht ... Ich glaube, er war sechzehn, ich fast vierzehn ...»

Sie lächelte wieder, weiße, perfekte Zähne.

«Und weil ich sowieso nach Max suchen sollte, wollte ich gucken, was Bernt gerade treibt, und habe einen Umweg an der Pizzeria vorbei genommen ...»

Lexa sah sie fragend an.

«Im Zentrum ... Da hing er immer ab, aber als ich ankam, wollte er gerade weg. Sich mit einem Kumpel treffen.»

Wieder starrte sie blicklos vor sich hin.

«Eigentlich war es gar kein Umweg. Max ist immer ins Zentrum gegangen, um Süßigkeiten zu kaufen. Er hätte genauso gut auch dort sein können ...»

Es war offensichtlich, dass sie deshalb mit sich selbst gehadert, den Tag immer wieder durchgespielt und gegen die Selbstvorwürfe angekämpft hatte.

«Jedenfalls bin ich dann zurückgegangen und habe im Wald unterhalb der Schule nach Max gesucht, in Richtung Bucht ... Aber da war er nicht ... Also habe ich bei seinen Freunden geklingelt ... Robert, unter anderem. Ironischerweise. Aber da hat natürlich niemand aufgemacht.»

Camilla Sander schüttelte den Kopf.

«Ab da habe ich angefangen, mir Sorgen zu machen», fuhr sie fort. «Es sah Max nicht ähnlich, so lange wegzubleiben. Und da fiel mir dieses verlassene Baustellengrundstück ein. Max ist mit Robert manchmal dahin gegangen, obwohl er es nicht durfte ...»

Lexa sah sie wieder fragend an.

«Unseren Eltern gefiel es nicht, dass er mit Robert spielte. Aber sie konnten es ihm nicht verbieten ... In der Siedlung gab es nicht so viele Kinder, mit denen man hätte befreundet sein können.»

«Aber warum mochten Ihre Eltern Robert nicht? Ich meine, damals hatte er doch nichts getan.»

Camilla Sander schaute sie erstaunt an.

«Warten Sie, ich zeige Ihnen etwas», sagte sie und ging die Treppe hinauf ins Obergeschoss.

Lexa hörte, wie sie eine Zimmertür zumachte und anschließend mit jemandem telefonierte. Während sie wartete, trat sie an ein Regal, auf dem ein Bowlingpokal stand. Erster Platz bei den Bezirksmeisterschaften. Sie suchte die Jahreszahl. Vor fünf Jahren.

«Entschuldigen Sie bitte.» Camilla Sander kam die Treppe wieder herunter. «Ich musste kurz telefonieren.»

«Sie wollten mir etwas zeigen?», fragte Lexa.

Camilla Sander hielt ein altes Fotoalbum in der Hand, das sie auf den Wohnzimmertisch legte.

«Moment, ich muss es eben suchen.»

Sie schlug das Album auf. Lexas Blick fiel auf das Foto eines außerordentlich attraktiven Mannes, der in die Kamera lächelte. Neben ihm stand ein junges Mädchen, das Camilla sein musste. Neben ihr stand Max. Das Foto war um die dreißig Jahre alt, schätzte sie.

«Da war er fünf oder sechs», erläuterte Camilla Sander.

«Und das ist Ihr Vater?» Lexa deutete auf den gut aussehenden Mann.

«Kenneth, ja.»

Camilla Sander blätterte das Album durch, Seite um Seite mit Familienfotos. Schließlich zeigte sie auf ein Bild, auf dem Max in einem Wald vor einer niedrigen, gewölbten Betonmauer stand.

«Hier», sagte sie. «Das wollte ich Ihnen zeigen.»

Max wirkte ernst. Er hatte den Blick auf den Boden gerichtet, als ob er sich schämte oder verlegen wäre.

«Robert hat dieses Foto gemacht», erklärte Camilla Sander. «Er hatte Max ‹überredet›, die Kamera mitzunehmen, obwohl er das nicht durfte.»

«Was ist das im Hintergrund?»

«Ein alter Bunker aus dem Zweiten Weltkrieg. Davon gibt es hier viele.»

Camilla Sander strich mit dem Finger über das Bild.

«Das ist das letzte Foto, das wir von Max haben. Es wurde ungefähr eine Woche davor aufgenommen, bevor er ...»

Lexa beugte sich tiefer über das Bild. Irgendetwas war mit Max. Er war nicht verlegen, wie sie im ersten Moment geglaubt hatte. Eher entschlossen. Störrisch. Als würde er nicht nachgeben wollen. Sein linkes Bein stand ein Stück vor dem rechten, wie bei einem Boxer.

«Ich wollte es Ihnen bei unserem ersten Treffen nicht erzählen, aber sie haben häufig in diesem Bunker gespielt», sagte Camilla Sander.

Lexa nickte.

«An diesem Tag, hat Max erzählt, haben sie Piraten gespielt, Robert, Andreas und er. Aber um mitspielen zu dürfen, musste er ihr Gefangener sein. Zuerst haben sie ihn im Bunker nur an eine Wand gefesselt, aber dann haben sie Sachen mit ihm gemacht ... gemeine Sachen. Ihm eine Spinne ins Haar gesetzt, ihn angespuckt. Zum Schluss haben sie ihm die Hose runtergezogen und sind einfach weggegangen. Haben ihn allein zurückgelassen. Als ich ihn gefunden habe – halbnackt, mit Spucke im Haar und gefesselt in diesem Bunker –, hatte er sich in die Hose gemacht. Verstehen Sie jetzt, wie diese Jungen waren?»

«Und das waren also Robert und Andreas?», fragte Lexa.

Camilla Sander nickte.

«Beide haben mitgemacht, aber später hat Max erzählt, dass Robert die treibende Kraft gewesen war.»

«Und was passierte dann?»

«Die Eltern wurden natürlich informiert. Doch diese beiden feigen Mistkerle haben alles abgestritten. Haben behauptet, sie hätten Max nie gefesselt und dass Max von sich aus noch im Bunker bleiben wollte, als sie nach Hause gingen ... Aber sie haben gelogen! Das haben sie oft getan und einem dabei dreist ins Gesicht gegrinst ...»

«Wie haben ihre Eltern reagiert?»

Irritiert zuckte Camilla Sander mit den Schultern.

«Ich weiß, dass unsere Mutter mit ihren Eltern gesprochen hat. Andreas und Robert haben bestimmt eine Standpauke bekommen, mehr aber auch nicht ...»

«Okay», sagte Lexa. «Ich glaube, ich fange an zu verstehen. Aber lassen Sie uns zu dem Tag zurückkehren, an dem Max ... Sie wollten zu diesem verlassenen Baugrundstück gehen ...»

Camilla Sander nickte und schlang die Arme um sich. Sie weinte nicht, schluchzte nicht, aber ihre Stimme klang gepresst, als sie weitererzählte.

«Er war schon tot, als ich kam ...», sagte sie langsam. «Lag mit dem Gesicht nach unten auf dem Boden, sein Kopf war zertrümmert ... überall war Blut, so viel Blut ...»

Sie schlug sich die Hand vor den Mund.

«Ich verstehe», sagte Lexa. «Und Robert? Wann haben Sie Robert bemerkt?»

«Erst später. Im ersten Moment dachte ich, er wäre auch tot. Aber als ich ihn berührte, habe ich gemerkt, dass er atmete.»

«Was haben Sie da gedacht?»

«Dass ihnen etwas zugestoßen ist. Dass jemand ihnen etwas angetan hat. Aber dann habe ich gesehen, dass dieser Stein ... dieser Betonklotz neben Robert lag. Der Stein war voller Blut und ...»

Sie verstummte und schlang die Arme fester um sich.

«Dann ist Robert zu sich gekommen. Im ersten Moment wusste er nicht, wo er war, faselte unzusammenhängendes Zeug, einzelne Wörter ... Dann hat er Max und mich gesehen. Und da hat er sich erinnert. Ich habe es in seinen Augen gesehen, dass er sich erinnerte, was passiert war. Sie wissen schon, seine Miene war plötzlich fokussiert, bekam etwas … Hartes. Und dann zeigte er auf mich und sagte, ich wäre es gewesen. Ich hätte Max getötet …»

Sie schluchzte plötzlich auf, ihr Gesicht verzerrte sich einen Moment, dann holte sie tief Luft und strich sich beruhigend mit den Händen über die Oberschenkel.

«Es war so furchtbar …»

«Und Sie sind immer noch sicher, dass Robert es getan hat?»

«Ja, hundertprozentig. Denken Sie das jetzt nicht auch? Nachdem Sie gesehen haben, wer er ist?»

Lexa zögerte.

«Vielleicht …»

«Er hat sie angelogen!», rief Camilla erstaunt. «Sie ausgenutzt. Wie können Sie ihm da noch glauben?»

«Das tue ich nicht. Aber nachdem ich die Ermittlungsakten der Polizei gelesen habe, frage ich mich, ob er es wirklich gewesen ist.»

«Aber er hat doch gestanden?»

«Vielleicht kann man es so nennen. Aber wenn ich ehrlich bin, habe ich den Eindruck, dass er der Version der Polizei zugestimmt hat, damit das Ganze ein Ende hat. Im Prinzip haben sie ihm die Worte in den Mund gelegt.»

Camilla Sander schnaubte.

«Bei Robert mussten sie das wohl tun.»

«Wie meinen Sie das?»

«Wie ich es gesagt habe. Robert war wild, ständig hat er irgendwelche Sachen angestellt und ist trotzdem immer ungeschoren davongekommen. Und seine Eltern haben keine Verantwortung übernommen, ihm nie Grenzen gesetzt. Ich glaube kaum, dass ihnen viel an ihm lag.»

Lexa nickte, wollte eine Konfrontation vermeiden, das Interview nicht um die Frage nach richtig oder falsch kreisen lassen. Stattdessen beugte sie sich wieder über das Foto von Max vor dem Betonbunker, das noch immer aufgeschlagen auf dem Wohnzimmertisch lag. Sie wollte gerade fragen, warum Andreas nicht auf dem Bild zu sehen war, als sie in einer der Schießscharten ein Gesicht entdeckte. Verschwommen konnte sie ein Auge und einen halben Mund erkennen, als würde jemand sein Gesicht innen im Bunker an die Öffnung pressen und hinausschauen.

«Wer ist das?»

«Max», erwiderte Camilla Sander.

«Nein, da.» Lexa zeigte auf die kleine Schießscharte. «Da ist ein Gesicht.»

«Ach, das ist mir noch nie aufgefallen. Aber das muss Andreas sein.»

Lexa änderte ihre Sitzhaltung.

«War Andreas an dem Tag dabei, als Max auf dem Baustellengrundstück getötet wurde?»

«Soweit ich weiß, nicht», erwiderte Camilla Sander. «Aber Sie haben die Ermittlungsakten doch gelesen. Die Polizei muss ihn überprüft haben.»

«Ja, er sagt, dass er zu Hause gewesen ist. Aber Bernt Juuso hat ihn in der Nähe des Baustellengrundstücks gesehen.»

«Und?», fragte Camilla Sander. «Was schließen Sie daraus?»

«Glauben Sie, dass Andreas dabei gewesen sein und Max getötet haben könnte?»

Mit einem lauten Knall schlug Camilla Sander das Fotoalbum zu.

«Ich weiß nur das, was ich der Polizei erzählt habe, dass

ich Robert blutüberströmt neben Max' Leiche gefunden habe.»

Lexa schwieg, spürte, dass sie keine weiteren Fragen stellen sollte.

«Aber ja, warum nicht?», sagte Camilla Sander unvermittelt. «Robert und Andreas haben ihre Teufeleien immer zu zweit ausgeführt.»

Lexa rutschte nach vorne auf die Polsterkante, näher an den Tisch.

«Eine letzte Sache noch», sagte sie. «Ich weiß nicht, ob Sie mir weiterhelfen können, aber … seit wir dieses Buchprojekt begonnen haben, bekomme ich Drohbriefe. Sie wissen schon, ‹Hör auf, bevor es zu spät ist›, solche Sachen …»

Sie überlegte, ob sie Camilla Sander von der Patronenhülse erzählen sollte, beschloss aber, es bleibenzulassen.

«Haben Sie irgendeine Idee, wer mich davon abhalten wollen könnte, das Buch zu schreiben?»

Camilla Sander sah sie ernst an.

«Nein.» Sie schüttelte den Kopf. «Wenn es nicht Robert selbst ist …?»

Lexa gab sich Mühe, unbekümmerter zu wirken, als sie sich fühlte.

«Und Bernt Juuso? Könnte er Ihrer Meinung nach dahinterstecken?»

Camilla Sander lachte.

«Warum sollte er so etwas tun?»

«Ich weiß nicht … Aber er hat sehr emotional reagiert, als ich sagte, dass ich mir nicht sicher bin, ob Robert es tatsächlich getan hat.»

Camilla Sander sah sie unschlüssig an, doch dann schüttelte sie den Kopf.

«Nein», sagte sie. «Damals war Bernt der harte Kerl. Sie wissen schon, der Typ auf der schiefen Bahn. Die Leute haben ihm immer irgendetwas unterstellt. Aber eigentlich war das nur Show. Tief in seinem Inneren war er nett. Und er mochte Max, hat ihm immer Süßigkeiten zugesteckt und so. Er hat oft gesagt, dass er gerne einen kleinen Bruder wie ihn hätte.»

Camilla Sander strich eine Fluse von ihrer Hose.

«Und Andreas?», fuhr sie fort. «Könnte er die Drohbriefe geschrieben haben?»

«Nein, das glaube ich nicht», erwiderte Lexa. «Er schien sich aufrichtig zu freuen, dass ich für das Buch recherchiere, und sagte, dass er sich schon immer fragt, ob Robert es wirklich getan hat.»

Camilla Sander beugte sich über den Tisch zu ihr vor:

«Woher wissen Sie, dass er nicht lügt? Genau wie Robert ...»

Sie sah Lexa mit hochgezogenen Augenbrauen an.

«Sie müssen begreifen, wer diese Menschen waren. Wer sie *sind.*»

65

«Marit Björkhed?», fragte Jodie die ältere Dame, die ihr gerade die Tür geöffnet hatte.

Sie nickte langsam.

«Bitte entschuldigen Sie die Störung», fuhr Jodie fort, «aber wir würden Ihnen gerne ein paar Fragen zu Ihrem Sohn stellen, Robert Lindström.»

«Sie auch …»

Marit Björkhed trat einen Schritt zur Seite und ließ sie herein. Im Flur roch es nach alten Menschen, ein süßlicher, muffiger Geruch wie von getrockneten Früchten. Jodie erkannte ihn wieder. Bei ihrer Großmutter hatte es genauso gerochen.

«Sie sagten ‹Sie auch›», hakte sie nach, als Carl und sie Marit Björkhed in die Wohnung folgten. «Wer hat noch mit Ihnen gesprochen?»

«Eine Journalistin.»

«Lexa Andersson? Die Journalistin, die ein Buch über Ihren Sohn schreibt?»

«Ja, so hieß sie.»

Marit Björkhed führte sie in die Küche und deutete mit einer Handbewegung auf die Stühle am Tisch.

«Setzen Sie sich doch. Möchten Sie einen Kaffee?»

«Danke, nein, das ist nicht nötig», lehnte Carl ab. «Wir bleiben nicht lange.»

«Håkan!», rief Marit Björkhed. «Die Polizei ist hier und will mit uns sprechen.»

Jodie hörte, wie sich jemand in einem Zimmer im hinteren Teil der Wohnung bewegte.

«War Ihr Sohn dabei, als Lexa Andersson mit Ihnen gesprochen hat?», fragte Carl.

«Nein, sie war allein.»

«Wann haben Sie Robert das letzte Mal gesehen?»

«Heute Morgen», sagte Håkan Björkhed, der die Küche betrat.

«Heute Morgen?» Jodie gelang es nicht, ihre Verblüffung zu verbergen.

«Ja, tatsächlich. Aber er ist wieder gegangen ... Er hat nicht gesagt, wohin er wollte, falls das Ihre nächste Frage sein sollte.»

«Aber ... wohnt er hier bei Ihnen?»

«Nein, nein. Er ist nur eine Nacht geblieben. Er kam gestern Abend. Spät. Hat aus heiterem Himmel an der Tür geklingelt, einfach so ...»

«Hat er gesagt, weshalb er zu Ihnen gekommen ist?»

Marit Björkhed setzte sich an den Küchentisch.

«Irgendetwas mit seiner Wohnung ...»

«Der Fußboden muss neu gemacht werden», erklärte ihr Mann. «Und während der Renovierungsarbeiten kann er nicht da wohnen.»

«Und er hat nicht gesagt, wann er wiederkommt?», fragte Jodie.

Das Ehepaar wechselte einen Blick.

«Nein», erwiderte Marit Björkhed.

«Aber taucht er öfter einfach so bei Ihnen auf?», fragte Carl.

Marit Björkhed lachte auf.

«Håkan, was denkst du, wie lange war Robert schon nicht mehr bei uns?»

«Das muss ... sechs, sieben Jahre her sein ... wenn nicht noch länger. Wann haben wir das neue Sofa gekauft? Ich weiß noch, dass er angerufen hat, als es gerade geliefert worden war.»

Jodie nickte.

«Das spielt keine Rolle», sagte sie. «Was für einen Eindruck hat er auf Sie gemacht? Hat er irgendetwas Besonderes erzählt, während er bei Ihnen war?»

«Entschuldigung.» Marit Björkhed warf ihrem Mann einen raschen Blick zu. «Warum fragen Sie das alles? Diese Sache mit Max ist doch ... abgeschlossen. Das ist so lange her ...»

«Darum geht es nicht», erklärte Carl. «Wir glauben, dass Robert ein Verbrechen beobachtet haben könnte.»

«Ein Verbrechen?», wiederholte Marit Björkhed. «Was für ein Verbrechen?»

«Das können wir Ihnen leider nicht sagen», erwiderte Carl.

Wieder sah Marit Björkhed ihren Mann an und schüttelte den Kopf.

«Uns gegenüber hat er nichts von einem Verbrechen erwähnt.»

«Das Einzige, über das er uns ein bisschen erzählt hat, war das Buch, das er zusammen mit dieser Journalistin schreiben will», sagte Håkan Björkhed.

«Aber er wurde wütend, als er darüber sprach», fügte seine Frau hinzu. «Er geriet völlig außer sich.»

«Und Sie haben keine Ahnung, weshalb?», hakte Jodie nach.

«Nein. Und wir wollten auch nicht fragen.»

«Aber es muss mit diesem Buch zusammenhängen», sagte Håkan Björkhed. «Es ist natürlich belastend ... das alles wieder zu durchleben.»

«Gut.» Carl stand auf. «Würden Sie sich bitte bei uns melden, falls Robert noch einmal Kontakt zu Ihnen aufnehmen sollte?»

Er legte seine Visitenkarte auf das zerkratzte Kiefernholzfurnier des Küchentisches.

«Aber es geht doch nicht wieder … um irgendeine furchtbare Sache?», fragte Marit Björkhed.

«Wir möchten nur mit ihm sprechen», antwortete Carl.

Håkan Björkhed schüttelte resigniert den Kopf, sagte aber nichts. Jodie ahnte, was er dachte: dass sie ihn baten, seinen eigenen Sohn anzuschwärzen. Sie wusste, dass die beiden das niemals tun würden.

66

Es war schon dunkel, als Lexa Camilla Sanders Haus verließ. Durch die kahlen Hecken, die die Straßen des Wohnviertels säumten, schimmerte das Licht erleuchteter Fenster. Sie sah sogar ein paar Menschen in den Küchen umherlaufen, wo sie ein frühes Abendessen zubereiteten oder einem Kind ein Glas Milch und ein Butterbrot hinstellten.

Sie erinnerte sich an ähnliche Straßen und Küchenfenster, an denen sie als Kind immer auf dem Heimweg von der Schule vorbeigegangen war. Erinnerte sich an den Schlüssel, den sie an einer Schnur um den Hals getragen hatte. Wie sie jedes Mal gehofft hatte, dass in den Fenstern ihres Hauses Licht brennen würde. Aber das hatte es fast nie getan.

Sie erinnerte sich, wie viel Angst sie vor der Dunkelheit gehabt hatte, wie sie von Zimmer zu Zimmer gelaufen war und alle Lampen eingeschaltet hatte. Und dabei, so laut sie konnte, *Hoch soll sie leben* gesungen hatte, damit sie das Knistern in den Wänden nicht hörte, das Knarren der alten Holzdielen, die flüsternden Bewegungen des Hauses. Und dann hatte sie darauf gewartet, dass ihr Vater nach Hause kam oder Göran, ihr Bruder. Ihre Mutter war immer erst spät zurückgekommen.

Plötzlich blieb sie stehen. Sie erkannte die Umgebung nicht wieder. Das war nicht der Weg, den sie mit Camilla Sander gegangen war. Sie nahm ihr Handy aus der Tasche und öffnete die Karten-App. Entdeckte den Fußweg in Richtung Zentrum, sah den blinkenden blauen Punkt, der ihren Standort markierte. Als sie den Kartenausschnitt näher heranzoomte, fiel ihr Blick auf das Symbol eines Verteidigungsbunkers auf der anderen Seite der Bahngleise. Ob das der Bunker war, von dem Camilla Sander gesprochen hatte? Wo Robert und Andreas Max festgebunden hatten?

Mit der geöffneten Handy-Karten-App lief sie den Gehweg in Richtung Bahngleise hinunter. Abgesehen von einem Pärchen, das mit seinem Hund spazieren ging, war sie allein auf dem Pfad.

Hinter der ein paar hundert Meter entfernten Fußgängerunterführung unter den Bahngleisen gabelte sich der Weg. Der Bunker lag an dem schmalen Pfad, der geradeaus weiterführte, ein unbeleuchteter, matschiger Naturpfad. Sie überlegte, ob sie umkehren, das Ganze auf sich beruhen lassen sollte. Doch dann knipste sie die Taschenlampe ihres Handys an, leuchtete sich damit den Weg und ging weiter. Ihre Schuhe versanken im weichen Untergrund. Sie konnte schwarze Baumstämme ausmachen, die dicht am Weg emporragten, ein paar Büsche und einige große Felsblöcke. Doch außerhalb des Lichtkegels erhoben sich Berg und Wald als eine einzige dunkle Masse.

Plötzlich wurde ihr klar, dass dies die Stelle sein musste, an der Robert am Dienstagabend gewesen war, als er sie angerufen hatte. Sie merkte, dass sie unbewusst *Hoch soll sie leben* vor sich hin summte, und verstand, wie er sich gefühlt haben musste. Aber gerade als sie umdrehen wollte, fiel ihr auf, dass sich der blinkende blaue Punkt auf der Karte ganz in der Nähe des Bunkers befand. Sie hielt ihr Handy in die Höhe, drehte sich im Kreis und entdeckte die Silhouette der moosbewachsenen Betonkonstruktion, die sich in der Dunkelheit vom Boden abhob.

Der Bunker war in einem Halbrund gebaut, wie ein Hufeisen, mit Eingängen an der Innen- und dunklen Schießscharten an der Außenseite. Eine der verrosteten Eisentüren stand halb offen. Das Handy in der ausgestreckten Hand haltend, zwängte sie sich durch den Spalt und beleuchtete die ersten paar Meter, bevor sie vorsichtig einen Schritt in den Bunker hineinmachte.

An einer Wand verlief ein niedriger Betonsockel, der noch relativ intakt aussah. Der Rest der Wand war mit Graffitis beschmiert, Namen, unfertige Zeichnungen und Symbole, einige davon so alt, dass sie von den Kalkausblühungen des Betons überdeckt wurden.

Es gab kein Fundament, nur festgestampfte Erde und herabgerieselten Beton. Ein Stück weiter hinten im Bunker lag eine fleckige Matratze. Daneben Reste dessen, was einmal ein in Alufolie verpackter Schokoladenkuchen gewesen sein musste. Direkt neben der Matratze lag die obligatorische Flasche Fusel, als wäre sie demjenigen, der sie ausgetrunken hatte, beim Einschlafen aus der Hand gefallen. Die Wodkasorte sagte ihr nichts, vermutlich irgendein billiger Schmuggelalkohol. Jedenfalls hatte erst kürzlich jemand hier sein Lager aufgeschlagen.

Vorsichtig ging sie weiter in den Bunker hinein, berührte die dicken, in die Wand einbetonierten Eisenringe und dachte an Robert und Max.

Ein plötzliches Geräusch ließ sie zusammenfahren. Es klang wie ein Vogel, der aufgeschreckt worden war. Sie wartete, doch das Geräusch wiederholte sich nicht.

Mit dem Fuß wühlte sie in ein paar Kleidungsstücken, die auf dem Boden lagen. Für einen kurzen Moment hatte sie das Gefühl, dass dies die Stelle sein musste, an der Olinda Sikonova gefunden worden war. Doch dann fiel ihr wieder ein, dass die Polizei von einer Höhle gesprochen hatte.

Dann hörte sie das Geräusch erneut. Sie drehte sich um,

das Telefon in der ausgestreckten Hand, um zu sehen, ob jemand kam.

In diesem Moment erlosch die Handytaschenlampe.

Sie schüttelte das Telefon, drückte auf alle Tasten, aber es war tot, der Akku hatte sich entladen.

Zögernd bewegte sie sich in der Dunkelheit vorwärts, tastete sich mit der Hand an der Wand entlang, um geradeaus zu gehen, und summte leise *Hoch soll sie leben*.

Ein weiterer Laut ließ sie abrupt verstummen. Diesmal hörte sie es deutlich: Schritte. Raschelnde Schritte von jemandem, der draußen vor dem Bunker näher kam. Sie starrte in die Dunkelheit, in Richtung des schmalen Lichtstreifens, der durch den Türspalt hereinfiel.

Dann stand plötzlich jemand dort.

«Hallo ...», sagte sie zaghaft.

Der Strahl einer Taschenlampe leuchtete ihr direkt ins Gesicht. Sie hob die Arme vor die Augen, um sich vor dem grellen Licht zu schützen.

«Hallo», sagte sie, «mein Handy ...»

Das Licht der Taschenlampe flackerte. Gleichzeitig erklang ein neues Geräusch. Sie hatte es noch nie in der Realität gehört, aber in unzähligen Filmen. Sie wusste, wie es klang, wenn eine Waffe durchgeladen wurde. Instinktiv warf sie sich auf den Boden und spürte die weiche Matratze unter sich, Schimmelgeruch stieg ihr in die Nase. Ihr blieb gerade noch Zeit zu denken, dass die Matratze vollgepisst und mit Rattenkot übersät war und sie ihre Kleidung jetzt wegwerfen konnte, bevor der erste Schuss in ihren Trommelfellen widerhallte. Sie rührte sich nicht, wartete auf den nächsten Schuss, stellte sich den Schmerz vor, wenn die Kugel in ihren Körper eindrang.

67

Als sie sich am Samstagabend wieder im Einsatzraum versammelten, war es nach sieben Uhr. Jodie und Rickard sahen müde aus. Bolander saß wie immer mit vor der Brust verschränkten Armen auf seinem Platz. Carl konnte nicht sagen, ob er müde oder wütend war. Bolanders Gemütsverfassung ließ sich selten einschätzen.

«Wir machen es kurz», begann er. «Die Kriminaltechniker haben in Robert Lindströms weißem Mietwagen keine Spuren von Olinda Sikonova sichergestellt. Aber da sie Regenkleidung trug, können wir nicht ausschließen, dass sie sich dennoch darin befunden hat.»

Bolander nickte nachdrücklich.

«Und was ist mit dem Pullover, den wir in seinem Wäschekorb gefunden haben?», fragte er. «Stammt das Blut daran von Olinda?»

Carl schüttelte den Kopf.

«Es ist Blut. Aber Lars-Erik zufolge das von Lindström.»

Bolander sackte ein wenig zusammen, zum ersten Mal wirkte er resigniert.

«Nicklas Eriksson», fuhr Carl fort. «Von ihm fehlt nach wie vor jede Spur, obwohl mehrere Suchtrupps das Gebiet heute minutiös durchkämmt haben.»

Er machte eine Pause.

«Asbjörn, habt ihr irgendwelche brauchbaren Hinweise bekommen?»

Das Hemd des alten Kommissars spannte über der Brust, als er sich auf seinem Stuhl nach vorne beugte.

«Eine Spielzeugfigur ohne Kopf», sagte er, «eine Actionfigur, die ein Klassenkamerad in der Nähe von Nicklas Erikssons Elternhaus gefunden hat. Maria Pyrrén, Nicklas' Mutter, hat bestätigt, dass die Figur ihrem Sohn gehört ...»

«Irgendwelche Ideen, was es bedeuten könnte, dass der Kopf der Figur fehlt?», fragte Carl.

Vereinzeltes Kopfschütteln, der Rest starrte auf seine Notizblöcke.

«Die Spurensicherung sieht sich die Figur an», sagte Bolander. «Vielleicht entdecken sie irgendetwas, das uns weiterhilft.»

Carl trat an das Foto von Robert Lindström, das am Whiteboard hing.

«Trotz Fahndung konnten wir Robert Lindström noch immer nicht festnehmen», begann er.

Im selben Moment ging die Tür auf, und Gert Uwe betrat den Raum. Er lehnte sich hinten an die Wand und forderte sie mit einer Geste auf weiterzumachen.

«Hat er kein Handy?», fragte Ylva Palmquist.

Rickard setzte sich aufrecht hin.

«Das ist aus. Entweder ist der Akku leer, oder er hat es absichtlich ausgeschaltet. Es konnte Donnerstag zum letzten Mal geortet werden, also vorgestern, und da befand es sich in der Nähe der Heleneborgsgatan.»

«In der Straße wohnt die Journalistin Lexa Andersson», erläuterte Carl. «Lindströms Ghostwriterin. Oder *ehemalige* Ghostwriterin. Wir haben dort nach ihm gesucht und bei seinen leiblichen Eltern, die anscheinend die Letzten waren, die Kontakt zu ihm hatten. Seine Wohnung wird observiert, für den Fall, dass er dort auftaucht.»

Er machte wieder eine Pause. Eigentlich wollte er den

nächsten Punkt auf seiner Liste gar nicht ansprechen. Er befürchtete, es könnte einige Kollegen dazu veranlassen, nicht mehr rational zu denken, doch er wusste, dass er keine Wahl hatte.

«Noch eine Sache, die ihr wissen solltet», fuhr er fort. «Robert Lindström war als Jugendlicher Mitglied in einem Schützenverein und besitzt einen Waffenschein für eine Sportpistole. Wir wissen nicht, ob die Pistole sich noch in seinem Besitz befindet, aber rechnet damit, dass er bewaffnet sein könnte und ziemlich unter Druck steht. Keine Festnahme im Alleingang. Fordert Verstärkung an. Klar?»

Niemand sagte etwas, doch alle hatten sich vorgebeugt, als wollten sie aufspringen und Lindström auf der Stelle festnehmen.

Carl drehte sich um und schrieb «Ingrid Orrström» an das Whiteboard.

«Rickard hat einen Backgroundcheck über Robert Lindström erstellt. Er war mit dieser Frau verheiratet. Sie haben einen gemeinsamen Sohn, Emil Lindström, fünfzehn Jahre alt. Und du hast mit ihr gesprochen, Rickard?»

«Nein, Alex hat sie angerufen.»

Carl blickte sich im Raum um.

«Er ist nach Hause gegangen», erklärte Rickard. «Immerhin ist heute Samstag ...»

Carl nickte.

«Gut, aber kannst du das Gespräch zusammenfassen? Was hat sie gesagt?»

«Sie hatte keine Ahnung, wo Lindström steckt. Sie hat ihn seit fast vierzehn Jahren nicht mehr gesehen. Aber wir werden sie morgen ausführlich befragen. Alex hat versprochen, das zu übernehmen.»

«In Ordnung.» Carl ließ seinen Blick über die Gruppe schweifen. «Dann gehen wir jetzt alle nach Hause und ruhen uns bis morgen aus. Danke für euer Engagement. Ich weiß, dass ihr müde seid und dass Wochenende ist ...»

Als Carl den Raum verlassen wollte, legte Gert Uwe ihm eine Hand auf die Schulter.

«Hast du eine Sekunde?»

«Eigentlich nicht.»

Gert schüttelte den Kopf.

«Dann musst du sie dir leider nehmen.»

68

Stolpernd rannte Lexa die Treppe zu ihrer Wohnung hinauf, ihre Beine waren kurz davor zu versagen. Warum war sie nicht vorsichtiger gewesen? Sogar die Polizei hatte die Patronenhülse als ernsthafte Bedrohung eingestuft. Trotzdem war sie in den Bunker gegangen.

Noch immer hörte sie das explodierende Geräusch des Schusses in dem feuchten, engen Raum, spürte die Angst, als sie auf der Matratze gelegen und auf den nächsten Schuss gewartet hatte. Sie hatte *Nein, nein, bitte ...* geschrien und dann nur noch besinnungslos gekreischt, ohne Selbstbeherrschung, ohne Kontrolle. Aber es war kein zweiter Schuss gefallen. Und als sie hochsah, hatten wieder Dunkelheit und Leere im Bunker geherrscht. Nur ihr eigenes Schluchzen, ihre kurzen, harten Atemzüge, waren zu hören gewesen.

Vorsichtig war sie aufgestanden und auf den schwachen Lichtschein an der Tür zugegangen, die ganze Zeit darauf gefasst, dass jemand dort stand und ihr auflauerte.

Als sie in das dunkle Halbrund der Bunkeranlage hinausgetreten war, fuhr gerade ein Pendlerzug in den Bahnhof ein, und sie hatte sich danach gesehnt, darin zu sitzen, umgeben von Menschen, in Sicherheit, auf dem Weg an einen anderen Ort. Auf dem Weg nach Hause.

Dann hatte sie in der Nähe einen Hund bellen gehört, sich umgedreht und den Strahl einer Taschenlampe gesehen, der ein Stück entfernt von ihr über den Weg gehuscht war. Im Lichtkegel hatte ein großer schwarzer Hund mit einem Stock gespielt.

Dann war sie davongegangen.

Jetzt stand sie vor ihrer Wohnungstür und kramte fahrig ihren Schlüsselbund aus der Tasche, ließ ihn fallen, hob ihn auf und suchte nach dem richtigen Schlüssel.

Im selben Moment hörte sie, wie zwei Stockwerke unter ihr die Haustür aufging, die Scharniere, die leise quietschten, als sie ins Schloss fiel. Gefolgt von Schritten, die die Treppe heraufkamen.

Sie drehte den Schlüssel um, versuchte, die Wohnungstür zu öffnen, doch sie bewegte sich nicht. Sie zerrte an der Klinke. Vergeblich.

Die Schritte hatten inzwischen den Treppenabsatz im ersten Stock erreicht, gelassen, selbstsicher.

Das zweite Türschloss! Scheiße! Sie merkte nicht, dass sie wieder angefangen hatte zu weinen, suchte panisch den langen, schmalen Schlüssel für das obere Schloss. Die Schlüssel klirrten laut aneinander, sie hörte es deutlich und wusste, dass die Person, die sich ein Stockwerk unter ihr befand, es ebenfalls hörte und begriff, was sie tat.

Als es ihr endlich gelang, den Schlüssel ins obere Schloss zu stecken und herumzudrehen, waren die Schritte direkt hinter ihr, schwungvoll, schnell. Sie riss die Tür auf, schlug sie zu und schloss hinter sich ab. Dann sank sie auf den Fußboden.

Sie lauschte auf die Schritte im Treppenhaus, hoffte, dass es einer der Nachbarn war, etwas Alltägliches, etwas Ungefährliches.

Doch die Schritte verstummten.

Als sie aufstand und durch den Türspion spähte, war das Guckloch schwarz. Jemand hielt es von der anderen Seite zu. Unfreiwillig zuckte sie zusammen und wich von der Tür zurück.

Ohne Licht zu machen, ging sie ins Wohnzimmer, wollte nicht zeigen, dass sie zu Hause war, orientierte sich im Schein der Straßenlaternen, tastete mit den Händen über den Couchtisch. Die Visitenkarte, wo hatte sie die hingelegt?

Im dunklen Arbeitszimmer erahnte sie die Unordnung auf ihrem Schreibtisch. Papiere, Brille, Stifte, USB-Sticks ... Sie hörte die aufgesetzt freundliche Stimme ihrer Mutter: *Aufräumen dauert nur eine Minute, Kathrine ...*

Da lag sie, direkt neben der Tastatur. Richtig, sie hatte den Namen gegoogelt, Jodie Söderberg, aber keinen interessanten Treffer erhalten. Sie griff nach ihrem Handy und blickte sich suchend nach dem Ladekabel um, das in der Steckdose am Fenster steckte.

«Mach schon», murmelte sie, starrte auf das leere Akkusymbol, bis das Telefon endlich anging.

Eine Minute später wählte sie die Nummer. Während es klingelte, blickte sie auf die Straße. Geparkte Autos an den Straßenrändern, Leute, die ein Stück die Heleneborgsgatan hoch in Grüppchen auf dem Bürgersteig vor der Kneipe standen und rauchten ... Niemand schaute zu ihrer Wohnung hinauf, niemand sah sie. Alles war wie immer.

Dann entdeckte sie ihn.

Er kam aus der Eingangstür ihres Hauses und lief schnell auf die andere Straßenseite. Auf halber Strecke drehte er sich um und blickte direkt zu ihr hoch.

Sie wich einen Schritt zurück, weg vom Licht der Straßenlaternen, aber sie wusste, dass es zu spät gewesen war. Er hatte sie gesehen.

«Der von Ihnen gewünschte Teilnehmer ist zurzeit nicht erreichbar. Bitte hinterlassen Sie eine Nachricht ...»

Der unvermittelte Klang der Computerstimme ließ sie zusammenzucken, sie hatte vergessen, dass sie die Nummer gewählt hatte. Nach dem Piepton bat sie Jodie Söderberg, sie sofort zurückzurufen.

Dann verharrte sie reglos in der Dunkelheit der Wohnung, bemühte sich anzukommen. Als sie die Augen schloss, spürte sie, wie hungrig sie war, ein tiefer, bohrender Hunger, den sie seit ihrer Krankheit nicht mehr gespürt hatte.

In der Küche öffnete sie einen Kühlschrank, in dem das Essbarste ein Liter Milch und eine Käserinde waren. Aber im Gefrierfach entdeckte sie noch eine Tiefkühlpizza und schob sie in den Ofen.

Rasch schlüpfte sie aus ihrer Kleidung, die nach der Matratze im Bunker roch, steckte sie in die Waschmaschine und stellte sich anschließend unter die Dusche. Als das warme Wasser an ihrem Körper hinunterlief, ließ sie die Anspannung von sich abfallen, sank auf die Knie, setzte sich auf den Boden und drehte das Gesicht in die Wasserstrahlen.

Nachdem sie sich saubere Sachen angezogen hatte, ging sie in die Küche. Die Pizza war an einer Ecke angebrannt. Sie schnitt die verkohlte Stelle ab, legte den Rest auf einen Teller und setzte sich ins Wohnzimmer.

Wer hatte auf sie geschossen? Und warum hatte derjenige kein zweites Mal geschossen? Er hätte nur ein paar Schritte näher kommen und abdrücken müssen, er hätte sie nie im Leben verfehlt.

Im selben Moment fiel ihr die Antwort ein, sie war so simpel: der Hund. Der Täter war von dem Hundebesitzer überrascht worden, abgehauen, und hatte stattdessen hier auf sie gewartet.

Sie aß ein Stück Pizza, doch ihr Hunger war verflogen.

Robert, dachte sie und legte die Pizza zurück auf den Teller. Er war der Einzige, der wusste, mit welchen Leuten sie sprechen wollte, der ihren Türcode kannte, ihre Wohnung. Es musste Robert sein.

69

«Setz dich.»

Doch Carl blieb stehen, während Gert Uwe in dem kleinen Besprechungsraum, in dem Carl und Bolander vor ein paar Tagen ihre Unterredung geführt hatten, auf einem der Stühle Platz nahm.

«Worum geht es?» Carl konnte seine Ungeduld nicht verbergen. «Es ist Samstag ...»

«Es gibt Beschwerden über dich.» Gert Uwe lehnte sich zurück und legte die Hände in einer Geste auf den Tisch, die Carl als *Karten auf den Tisch* deutete. Doch was die Körpersprache seines Chefs anging, war er nie hundertprozentig sicher.

«Aha, und welcher Art?», fragte er.

«Dass du deine Stellung in der Gruppe missbrauchst und die Meinungen deiner Kollegen in unangemessener Weise abschmetterst ...»

«Wie bitte?» Carl konnte ein Lächeln nicht unterdrücken.

«Kollegen, die Namen tun nichts zur Sache, die der Ansicht sind, keine Chance zu erhalten, innerhalb der Gruppe zum Zug zu kommen.»

«Ach so?», sagte Carl erstaunt.

«Dass du sie *mobbst*, um es beim Namen zu nennen.»

«Sprichst du von Bolander?»

Der Kunststoffstuhl knackte, als Gert Uwe sich vorbeugte. Er hob die Hände, ließ sie im nächsten Moment jedoch wieder auf die Tischplatte sinken.

«Wie gesagt, die Namen tun nichts zur Sache. Mir gefällt

das genauso wenig wie dir. Und ich weiß, dass du niemanden *mobbst*. Ich habe vollstes Vertrauen in dich, das weißt du, Calle.»

Carl unterdrückte eine Grimasse.

«Aber du verstehst, dass ich das ansprechen muss.»

«Ehrlich gesagt tue ich das nicht. Du kommst hierher, an einem Samstagabend, für ein … Personalgespräch?»

«Ja, natürlich. Wie du vielleicht mitbekommen hast, hat dieser Fall in den Medien eine außerordentlich hohe Brisanz gewonnen. Ich möchte nicht, dass es irgendwelche Leichen im Keller gibt … Keine … sagen wir mal … Unregelmäßigkeiten, die der Presse zu Ohren kommen könnten, dass die Ermittlungen schlampig geführt werden.»

Carl schwieg, er war bestürzt.

«Es tut mir leid, das zu hören», sagte er beherrscht, «aber ich erkenne mich in der Beschreibung, die du gegeben hast, nicht wieder.»

Nachsichtig sah Gert Uwe ihn an.

«Könnte es nicht sein …», begann Carl.

Er wählte seine Worte mit Bedacht. Wenn er Gert Uwes Ego verletzte, würde es keine Rolle mehr spielen, was er sagte.

«… dass diese Person übertrieben sensibel ist?»

Gert Uwe schlug so heftig auf den Tisch, dass Carl zusammenzuckte.

«Carl! Hast du mir nicht zugehört? Wir beide kennen uns schon lange, und ich weiß, dass du ein verflucht guter Polizist und Ermittler bist, aber ich glaube … ich *weiß* … dass du ein Polizist alter Schule bist. Genau wie ich. Wir sind es gewohnt, nicht mit Samthandschuhen angefasst zu werden. Aber die Zeiten haben sich geändert. Du musst mit deinen Mitarbeitern umsichtiger umgehen. Das ist keine offizielle Abmahnung … Calle, verdammt, ich verstehe dich. Aber niemand darf sich an seinem Arbeitsplatz gekränkt fühlen. Das ist eine strikte Richtlinie im Polizeikader. Und alte Haudegen wie wir … ja, wir müssen lernen, uns anzupassen.»

Gert versuchte sich an einem jovialen Lachen, aber Carl stand ungerührt da und musterte ihn. Er hasste es, wenn ihn jemand Calle nannte, und ihm wurde bewusst, dass Gert Uwe der Einzige im ganzen Polizeipräsidium war, der das tat. Warum?

«Komm schon, Calle! Lass es mit deinen Mitarbeitern ein bisschen ruhiger angehen, drück auch mal ein Auge zu. Aber davon abgesehen will ich, dass du genauso weitermachst wie bisher. Bis auf ein paar Ausnahmen hast du eine lupenreine Statistik.»

Carl nickte resigniert.

«Du hast recht», lenkte er ein. «Man steckt in anderen Menschen nun mal nicht drin und weiß nicht, wie sie Dinge auffassen.»

«Meine Rede!», stimmte Gert enthusiastisch zu.

«Ich werde tun, was du sagst, und in Zukunft umsichtiger mit meinen Kollegen umgehen.»

Gert Uwe lehnte sich über den Tisch.

«Gut, Calle! Sehr gut! Jetzt mach weiter und bring diesen Kindermörder hinter Gitter!»

Carl merkte, dass er die Kiefer aufeinanderpresste. Sein Zahnarzt hatte ihn schon auf die Verschleißschäden seiner Backenzähne hingewiesen und ihm zu einer Aufbissschiene geraten – wogegen er sich jedoch gesträubt hatte.

«Ich werde mein Bestes tun», sagte er.

Gert Uwe begleitete ihn zu den Fahrstühlen, klopfte ihm auf die Schulter und nickte, als wären sie alte Freunde.

«Kommst du nicht mit runter?», fragte er erstaunt.

«Nein», erwiderte Carl. «Ich habe was im Einsatzraum vergessen. Schönes Wochenende.»

Als die Fahrstuhltüren sich geschlossen hatten, blieb er stehen und wartete. Bolander, dachte er, während er im Kopf die Zeitspanne zählte, die er gebraucht hätte, in den Einsatzraum und wieder zurück zu gehen. Aber als sensibel konnte man Asbjörn nicht gerade bezeichnen. Ob Rickard hinter der Beschwerde steckte?

«Weshalb wollte Gert Uwe mit dir sprechen?», fragte plötzlich jemand hinter ihm. Er fuhr herum. Jodie lehnte an der Wand im Flur. Wie lange stand sie schon da?

«Warum bist du noch hier?», erwiderte er.

«Ich habe mit Lexa Andersson telefoniert. Jemand hat auf sie geschossen.»

«Geschossen?»

Carl warf einen Blick auf seine Armbanduhr.

«Jetzt gerade?»

«Nein, am frühen Abend, so gegen sechs.»

Carl sah sie erstaunt an.

«Wo?»

«In Skogås, in einem der alten Bunker.»

«Was hat sie dort gemacht?»

«Für ihr Buch recherchiert.»

Carl schüttelte den Kopf.

«Ist sie verletzt?», fragte er dann.

«Nein, nur verängstigt», sagte Jodie. «Sie glaubt, dass ein Hundebesitzer den Schützen verscheucht hat. Sonst ...»

«Aber warum? Wer sollte sie töten wollen?»

«Sie glaubt, dass es Lindström war.»

«Aber sie hat ihn nicht gesehen?»

Jodie schüttelte den Kopf. Carl seufzte und versuchte, die Müdigkeit aus seinem Gesicht zu kneten.

«Nimmst du eine Anzeige auf? Und schickst eine Streife los ...»

«Schon erledigt.»

«Spurensicherung?»

Sie nickte.

«Gut.» Carl drückte auf den Fahrstuhlknopf mit dem Pfeil nach unten. Gert Uwe müsste inzwischen verschwunden sein.

«Dann fahren wir nach Hause und ruhen uns aus.»

«So gut es möglich ist ...», erwiderte Jodie.

70

Camilla Sander sah auf den Wecker neben ihrem Bett. Die roten Leuchtziffern zeigten 23:45. Wer klingelte um diese Uhrzeit an ihrer Tür?

Sie kam gerade aus der Dusche, spürte, wie die Kälte die schläfrige Wärme vertrieb, als sie schnell das Handtuch abnahm.

Seit Sixten ein knappes Jahr alt war, lebte sie allein. Sie war es gewohnt, allein klarzukommen, und vermisste es eigentlich nicht, eine Beziehung zu führen. Wenn sie Lust auf einen One-Night-Stand hatte, organisierte sie das über eine Dating-App. Sie tat es diskret. Und nie zu Hause. Sie benutzte nicht einmal ihren richtigen Namen, hatte sich sogar eigens für diesen Zweck ein Prepaidhandy zugelegt, damit niemand sie ausfindig machen konnte.

Von ihren zufälligen Männerbekanntschaften konnte also keine vor der Tür stehen.

Die Polizei, schoss es ihr als Nächstes durch den Kopf. Irgendetwas musste passiert sein. Nicht mit Sixten, der schlief seit einigen Stunden in seinem Bett, aber mit irgendjemand anderem.

Sie nahm ihren Bademantel vom Haken an der Schlafzimmertür und ging, ohne Licht zu machen, zu Sixtens Zimmer.

Vorsichtig öffnete sie die Tür. Das Nachtlicht am Kopfende seines Bettes brannte, und im orangefarbenen Schein hatte sie den ganzen Raum im Blick: die ordentlich im Regal einsortierten Bücher, den Laptop auf dem Schreibtisch, den akkurat daruntergeschobenen Stuhl, Sixtens Kleidung, die säuberlich gefaltet auf dem Sessel am Fußende des Bettes lag. Alles sah aus wie immer.

Sixten bewegte sich leicht unter der Decke, streckte sich, drehte sich um. Das Gesicht im Kopfkissen vergraben. Sie sah, wie sich die Decke im Takt seiner Atemzüge hob, hörte sein leises Schnarchen.

Es klingelte zum zweiten Mal. Sixten bewegte sich wieder, unruhiger diesmal. Schnell schloss sie seine Zimmertür und lief im Dunkeln die Treppe hinunter. Im Flur trat sie auf ein Steinchen. Sie bückte sich und strich es von der Fußsohle, ehe sie zur Haustür ging und durch den Spion spähte.

Die Vordertreppe war leer. Sie versuchte, in alle Richtungen zu sehen, presste das Gesicht ans Türblatt, roch das Holz, entdeckte aber niemanden.

Irritiert zog sie den Bademantel enger um sich und wollte gerade wieder nach oben gehen, als sie ein Klopfen hörte. Es kam von der Kellertür. Wer auch immer dort draußen stand, musste zielstrebig ums Haus gegangen sein und gewusst haben, dass es auf der Rückseite ebenfalls eine Tür gab.

Mit schnellen Schritten schlich sie die Kellertreppe hinunter. Der Betonboden fühlte sich unter ihren nackten Füßen kalt an. Rasch durchquerte sie den ehemaligen Partykeller mit den abgenutzten Kiefernholzdielen und die Waschküche, dann betrat sie den Heizungsraum. Früher hatte hier ein großer Ölkessel gestanden, doch jetzt beherbergte der Raum Fahrräder, Gartengeräte, Gummistiefel, Regenkleidung und alte Turnschuhe.

Im Kellerfenster nahm sie einen Schatten wahr. Fast im selben Moment klopfte es erneut. Sie wich zurück, presste sich an ein paar Gartenmöbel, um nicht gesehen zu werden.

Genau in dem Augenblick, in dem sie wieder nach oben gehen wollte, öffnete sich die Kellertür.

Im ersten Moment starrte sie nur verständnislos auf den breiter werdenden Spalt, doch dann begriff sie. Sixten musste vergessen haben, die Tür abzuschließen.

Sie sah sich nach einer Waffe um, einem Hammer, einem Schraubenschlüssel, was auch immer. Doch bevor sie irgendetwas tun konnte, wurde die Tür weit aufgestoßen.

71

Sonntag, 8. November

Obwohl er müde war, konnte Carl nicht einschlafen. Das geschah inzwischen häufiger. Es hatte nach der Trennung von Karin angefangen. Als hätte sich sein Körper so sehr daran gewöhnt, jemanden an seiner Seite liegen zu haben, jemanden, der sich bewegte und atmete, dass er nicht mehr zur Ruhe kam.

Seine Gedanken wirbelten wirr durcheinander: Polizeikollegen, mit denen er zusammengearbeitet hatte und die er nicht leiden konnte, Erinnerungen von Linda als Kind, wie sie auf dem Spielplatz von der Schaukel gefallen war und sich das Knie aufgeschürft hatte, weil er ihr zu viel Schwung gegeben hatte, oder wie sie aus der Schule mit einem Zeugnis voller Bs und Cs nach Hause gekommen war und er gefragt hatte, warum sie kein A bekommen hatte ...

Er versuchte, an positive Dinge zu denken, Dinge, die er gerne tat, wie das Angeln am Steg ihres Sommerhauses auf dem Land, mit einer der alten Bambusangelruten; das warme, weiche Holz an seinen Händen, der Schwimmer, der auf dem Wasser schaukelte ... Doch seine Gedanken kehrten immer wieder zu Dingen zurück, die unbehaglich waren und weh taten.

Er kannte dieses Gefühl aus seiner Kindheit. Wie er damals in seinem Bett gelegen und in die Dunkelheit gestarrt hatte, während seine Gedanken um das kreisten, was ihm damals zugesetzt hatte: Jemand, der gesagt hatte, er wäre feige, oder jemand, der ihn Streber nannte – die gemeinen Sticheleien auf dem Schulhof, die er stumm über sich ergehen ließ, auf die er keine Erwiderung gewusst hatte.

Seine Eltern waren gute Menschen gewesen, liebevoll, fast schon wunderbar, trotzdem hatten sie ihm nicht helfen können. Sie hatten ihm Fragen gestellt, über die Schule, seine Klassenkameraden, den Geigenunterricht, seinen Antworten zugehört. Dennoch hatte er immer das Gefühl gehabt, einsam zu sein.

Sein Vater rief nach wie vor gelegentlich an und erkundigte sich, wie es mit der Arbeit lief, interessierte sich für einen anstehenden Autokauf, erzählte selbst, dass er einen langen Spaziergang über den Friedhof gemacht hatte und dabei Lilja, einer ehemaligen Nachbarin, begegnet war. Nach Carls Scheidung hatte sein Vater häufiger angerufen und länger geredet, aber dieselben Fragen über praktische Dinge gestellt, dieselben Geschichten erzählt, alles referiert, was den Tag über passiert war, jedoch nie ein Wort darüber verloren, wie er sich dabei gefühlt hatte, ob er wütend geworden war, traurig oder ob er sich gefreut hatte. Er redete über alles Mögliche, aber niemals über seine Gefühle.

Carl wusste, dass er genauso geworden war. Und dass Karin ihn deshalb verlassen hatte. Dass sie ihn nicht hatte erreichen können hinter seiner höflichen Korrektheit. Seiner *Kühle.*

Plötzlich vibrierte sein Handy auf dem Nachttisch. Er warf einen Blick auf die Uhr. Wer rief ihn um diese Zeit an, mitten in der Nacht? Linda war längst zu Hause und schlief in ihrem Bett. Er sah auf das Display: Unbekannte Nummer.

«Ja», sagte er, nannte seinen Namen aber nicht.

Jahrelange Kontakte mit Journalisten hatten ihn gelehrt, sich nie mit seinem Namen zu melden, sobald ihn eine unbekannte Nummer anrief. Wenn er sich während des Gesprächs nicht zu erkennen gab, konnte man ihn auch nicht zitieren.

«Spreche ich mit Carl?», fragte eine Frauenstimme, die ihm bekannt vorkam, die er aber nicht einordnen konnte. «Carl Edson?»

Er hörte, dass sie seinen Namen ablas.

«Ja», bestätigte er zögernd.

«Hier ist Camilla Sander. Sie waren neulich bei mir zu Hause. Ich bin die Mutter von Sixten.»

«Ich erinnere mich», sagte Carl. Ihm fiel ein, dass er Camilla Sander seine Visitenkarte gegeben hatte. «Ist irgendwas mit Sixten?»

«Nein», erwiderte sie. «Nicht mit Sixten, aber ... Robert Lindström war hier. Er ...»

«Ja?»

«Er ...»

Sie fing an zu weinen.

«... hat mich vergewaltigt», brachte sie stotternd hervor.

72

Das Wohnzimmer hatte sich seit ihrem letzten Besuch nicht verändert, doch die Atmosphäre war eine völlig andere. Als würde Camilla Sander etwas ausstrahlen, das den Raum veränderte.

Carl nahm gegenüber von ihr in einem Sessel Platz, Jodie setzte sich neben sie aufs Sofa.

«Wie fühlen Sie sich?» Jodie legte ihr behutsam einen Arm um die Schultern. «Können Sie darüber sprechen?»

Camilla Sander nickte steif, saß kerzengerade aufgerichtet.

«Ich fühle mich ... unwirklich», sagte sie. «Als ob es nur ... ein Film gewesen wäre.»

Jodie hatte sie ins große Krankenhaus auf Södermalm gebracht, wo sie in der Notaufnahme für vergewaltigte Frauen untersucht worden war. Währenddessen hatte Carl in Camilla Sanders Wohnzimmer dösend auf dem Sofa gesessen und das Obergeschoss im Auge behalten, für den Fall, dass Sixten aufwachte.

Statt Carl saß jetzt Camilla Sander auf dem Sofa und zupfte an ihrem Pulloverärmel.

«Ich will nicht, dass jemand davon erfährt ...», flüsterte sie.

«In Ordnung, das verstehe ich», erwiderte Jodie. «Sind Sie in der Lage zu erzählen, was passiert ist? Von Anfang an?»

Camilla Sander nickte. Carl hörte, wie sie schluckte, sah, wie sie unentwegt an ihrem Ärmel zupfte.

«Ich bin in den Keller runtergegangen», begann sie. «Sixten hatte vergessen abzuschließen ...»

Sie hob den Blick und sah Carl an. Ihre Augen waren schwarz, die Pupillen geweitet, als stünde sie unter Schock.

«Spielt das eine Rolle?», fragte sie. «Dass Sixten vergessen hat, die Tür abzuschließen?»

Jodie lächelte.

«Nein, überhaupt nicht.»

«Er stand einfach da», fuhr Camilla Sander fort. «In der Tür, hat geschrien, dass ich Lügen über ihn verbreitet hätte. Sein Buch zerstört hätte ...»

«Was meinte er damit?», hakte Carl nach.

Camilla Sander holte tief Luft.

«Was ich Ihnen beim letzten Mal erzählt habe ... Ich habe diese Journalistin vor ihm gewarnt.»

Sie verstummte, hörte auf, an ihrem Ärmel zu zupfen, und verkrampfte die Hände in ihrem Schoß.

«Sie sagten, dass Robert Lindström vor ein paar Jahren schon einmal in Ihr Haus eingedrungen ist», hakte Jodie nach. «Hat er Sie damals auch vergewaltigt?»

«Nein, dann hätte ich ihn angezeigt.»

«Ich wollte nur sichergehen», sagte Jodie. «Viele Frauen haben nicht die Kraft, eine Vergewaltigung anzuzeigen. Möchten Sie weitererzählen?»

Camilla Sander nickte.

«Ich habe ihn gebeten zu gehen, aber er ist auf mich zugekommen ... Er hatte einen Hammer in der Hand. Ich habe versucht, ihm auszuweichen, aber irgendwann stieß ich mit dem Rücken an die Wand, und ... er packte mich am Arm, hielt mich fest, brutal ... Ich dachte, er bringt mich um und erschlägt mich mit dem Hammer.»

Ihre Stimme war immer dünner geworden und war nun kurz davor, ganz zu versagen.

«Ich glaube, in diesem Moment ist mein Bademantel aufgegangen ... Ich hatte nichts drunter, und er ... Ich habe mich gewehrt, nein gesagt ...»

Sie verstummte.

«Ich weiß, dass es schwer ist, das alles zu erzählen», sagte Jodie vorsichtig. «Aber schaffen Sie ...»

«Ich *will* es erzählen», erwiderte Camilla Sander entschlossen und schüttelte Jodies Arm ab.

«Es war, als würde er mich nicht hören ... Als wäre er in seiner eigenen Welt ... Er hat ein Seil gefunden und meine Hände an einen Haken an der Decke gefesselt, und dann ...»

Sie beugte sich vor und verbarg ihr Gesicht in den Händen.

«Ich fühle mich so eklig, so schmutzig ...»

Carl sah zum Aufnahmegerät hinüber, das Jodie auf den Tisch gelegt hatte. Das Aufnahmelämpchen leuchtete rot.

«Dann hat er Sie vergewaltigt?», fragte Jodie.

Camilla Sander nickte.

«Um wie viel Uhr war das? Können Sie sich daran erinnern?»

«Ungefähr Mitternacht ...»

«Was hat er hinterher getan?», wollte Carl wissen.

«Er ... ich erinnere mich nicht genau. Es war, als wäre ich gar nicht anwesend, als würde ich nicht mitbekommen, was geschieht ... Dann war er plötzlich einfach weg.»

Carl blickte auf Camilla Sanders Handgelenke, an denen rote Striemen leuchteten, die aussahen, als könnten sie von einem Seil herrühren.

«Wissen Sie, ob Ihre Handgelenke im Krankenhaus fotografiert wurden?»

«Ich glaube schon. Doch, eine Krankenschwester hat Fotos gemacht ...»

«Gut», sagte Carl. «Eine andere Sache ... Unsere Kriminaltechniker müssen Ihren Heizungskeller auf Spuren untersuchen. Ist das in Ordnung?»

«Ja ... Ich habe nichts angefasst. Der Hammer, das Seil, alles ist noch da.»

«Und würden Sie den Keller bitte nicht mehr betreten, bis die Spurensicherung ihre Arbeit beendet hat?», bat Jodie.

«Da müssen Sie sich keine Sorgen machen ... Ich werde nie wieder einen Fuß in den Keller setzen ...»

«Können Sie Ihrem Sohn bitte sagen, dass er ihn vorerst ebenfalls nicht betritt?»

Carl sah ihren zögernden Gesichtsausdruck und fügte schnell hinzu:

«Erzählen Sie ihm, dass irgendetwas kaputtgegangen ist. Ein Defekt in der Heizungsanlage, der gefährlich sein könnte.»

Camilla Sander nickte.

«Ich sage es ihm, sobald er aufwacht.»

«Sind Sie sicher, dass wir niemanden anrufen sollen?», fragte Jodie. «Jemand, der bei Ihnen bleibt?»

«Nein, das möchte ich nicht.»

Camilla Sander sah auf.

«Glauben Sie, dass er zurückkommt?»

«Nein, das glaube ich nicht», erwiderte Jodie. «Ich glaube, dass wir ihn bald festnehmen werden. Aber sicherheitshalber wird eine Streife Ihr Haus für den Rest der Nacht im Auge behalten.»

Als sie aufstanden, um zu gehen, blieb Camilla Sander auf dem Sofa sitzen, die Hände im Schoß verkrampft. Jodie wartete kurz, während Carl zur Haustür ging.

«Hat er nur gesagt, dass Sie Lügen über ihn verbreitet haben?», fragte sie. «Ich meine, glauben Sie, dass er nur hergekommen ist, um sich ... dafür zu rächen?»

Camilla Sander schüttelte den Kopf.

«Er hat auch von diesem Buch gesprochen ... und von dieser Journalistin, Lexa, dass sie sich gegen ihn gewandt hätte ... Er sagte ... er sagte, dass er sie hasst.»

Die Straßen lagen verlassen da, als sie davonfuhren. Im Wageninneren wurde es warm, die Tachoanzeige leuchtete grün und einschläfernd. Aber Carl war hellwach. Er zog sein Handy aus der Tasche, scrollte die Anrufliste seiner letzten Gespräche durch, bis er die Nummer fand, und wählte.

«Was wollen Sie? Es ist ...»

Lexa Anderssons Stimme klang gereizt, aber nicht müde. Offenbar hatte sie nicht geschlafen.

«Viertel vor drei», erwiderte Carl sachlich.

Er lehnte den Kopf an die Nackenstütze des Beifahrersitzes, während Jodie in den Nynäsvägen in Richtung Innenstadt einbog.

«Entschuldigen Sie bitte», sagte er und merkte, dass der Schlafmangel seine Stimme heiser gemacht hatte. «Ich weiß, dass Sie mit meiner Kollegin Jodie Söderberg schon über den Mordanschlag auf Sie gesprochen haben, aber es geht um etwas anderes.»

«Um etwas, weshalb Sie mich mitten in der Nacht anrufen müssen?», erwiderte Lexa Andersson.

«Ja, wir haben Grund zur Annahme, dass Robert Lindström erneut versuchen wird, in Ihre Nähe zu gelangen. Wenn er es nicht schon getan hat?»

«Ist irgendetwas passiert?»

«Er wird verdächtigt, heute Nacht eine Frau vergewaltigt zu haben. Und nach dem, was er ihr gesagt hat, befürchten wir, dass er versuchen wird, sich Ihnen zu nähern.»

73

«Verflucht noch mal!» Asbjörn Bolander schlug mit der flachen Hand auf den Tisch. «Wir müssen handeln! Wir können nicht einfach nur dastehen und zugucken. Wir müssen den Scheißkerl schnappen! Und zwar jetzt! Bevor er noch mehr Menschen vergewaltigt und ermordet!»

Im Einsatzraum roch es nach verbrauchter Luft. Jodie machte sich mit geröteten Augen Notizen. Rickard nippte an einem Coffee to go, den er an einem U-Bahn-Kiosk gekauft hatte. Alex und noch ein weiterer Polizeiassistent, dessen Namen Carl nicht kannte, saßen hinter ihm, und neben ihnen Bolander und Ylva Palmquist, die als Einzige verhältnismäßig ausgeschlafen wirkte. Ganz hinten im Raum hatte Lars-Erik seinen Sitzplatz gefunden.

Es war kurz vor elf am Sonntagmorgen, und draußen vor dem Fenster kam zur Abwechslung einmal die Sonne hinter den Wolken hervor.

Carl fuhr mit der Schilderung der nächtlichen Ereignisse fort:

«Außerdem wurde gestern Abend gegen achtzehn Uhr auf die Journalistin Lexa Andersson geschossen, in einem der alten Bunker ganz in der Nähe der Stelle, wo Olinda Sikonova ermordet wurde. Lexa Andersson ist unverletzt, aber in der gegenwärtigen Situation stufen wir den Vorfall als Mordversuch ein. Tatverdächtiger ist hier ebenfalls Robert Lindström. Lars-Erik, ihr habt euch den Bunker angesehen ...»

Wallquist setzte sich aufrecht hin.

«Es handelt sich um einen der größeren Bunker. Abgesehen

von Spritzen, leeren Wodkaflaschen und Pfützen von Erbrochenem, die ein paar Junkies neben einem Haufen anderen Müll hinterlassen haben, konnten wir Reste eines Projektils sowie eine Patronenhülse sicherstellen, die wir zur Analyse eingeschickt haben.»

«Robert Lindström war als Jugendlicher Mitglied in einem Schützenverein und besitzt einen Waffenschein für eine Sportpistole», erläuterte Carl.

«Ja, das sagtest du bereits», erwiderte Wallquist müde. «Und wir sind dem nachgegangen. Sein Waffenschein gilt für eine Feinwerkbau ... eine verdammt hübsche Pistole. Muss ihn eine ordentliche Stange Geld gekostet haben, wenn er sie nicht irgendwo gebraucht ergattert hat ...»

«Ist das die Waffe, mit der geschossen wurde?» Rickard drehte sich zu Lars-Erik um, der ihn missbilligend musterte.

«Ich dachte, das hätte ich gesagt. Wir haben die Reste des Projektils und die Patronenhülse zur Analyse ins Forensische Institut geschickt.»

Rickard nickte unsicher.

«Wenn die Kollegen dort ihre Arbeit erledigt haben», fuhr Wallquist in einem übertrieben oberlehrerhaften Tonfall fort, «erhalten wir von ihnen einen Bericht. Und dann werde ich dir erzählen, was in diesem Bericht steht.»

«Gut», sagte Carl rasch, bevor Rickard etwas entgegnen konnte. «Hattet ihr Zeit, den Durchmesser der Patronenhülse zu bestimmen, bevor ihr sie eingeschickt habt?»

Lars-Erik nickte zufrieden.

«Ja», sagte er, «hatten wir.»

Carl wartete. Und hoffte, dass Rickard genug Grips besaß, es ebenfalls zu tun. Sogar Bolander schien inzwischen gelernt zu haben, wie man mit Wallquist umgehen musste.

«Und so viel kann ich sagen …», fuhr Lars-Erik fort.

«Ja?», fragte Rickard ungeduldig.

Carl hätte ihm am liebsten einen Tritt verpasst, aber selbst wenn er seinem Impuls nachgegeben hätte, saß Rickard ohnehin zu weit entfernt. Und ausnahmsweise schien Wallquist die Unterbrechung nicht zu stören.

«… in diesem Bunker wurde keine Sportpistole abgefeuert. Sportpistolen sind Kleinkaliberwaffen, fast immer Kaliber .22. Die Hülse, die wir gefunden haben, ist aber vom Kaliber .45. Der Knall muss ohrenbetäubend gewesen sein.»

«Und, was bedeutet das schon?!» Bolander konnte sich nicht mehr zügeln. «In dieser Welt kommt man leichter an eine illegale Pistole als an Kalbsbries.»

Carl sah ihn verblüfft an. Kalbsbries? Dann wandte er sich wieder an Lars-Erik:

«Mit anderen Worten muss sie also gewaltiges Glück gehabt haben, nicht verletzt worden zu sein?»

Wallquist schüttelte den Kopf.

«Nein, das war kein Glück. Der Schuss wurde in den Boden abgefeuert, der aus festgestampfter Erde besteht. Die Kugel hat sich vier Zentimeter tief in die Erde gebohrt und ist da stecken geblieben.»

«Willst du damit sagen, dass es ein Warnschuss war?»

Wallquist zuckte mit den Schultern.

«Sag du es mir …»

«Gut», erwiderte Carl. «Danke, Lars-Erik!»

Wallquist grunzte, griff nach seinem Block und stand auf.

«Wenn ihr mich nicht mehr braucht …», sagte er und verließ den Raum.

Carl wartete, bis die Tür hinter ihm ins Schloss gefallen war, und ergriff dann wieder das Wort:

«Die Suche nach Nicklas Eriksson geht heute weiter», sagte er. «Ylva, du hältst Kontakt zu ...»

«Jens Sköld», antwortete sie. «Sie haben das Suchgebiet auf die Gebäude in der näheren Umgebung ausgedehnt, Neben- und Wirtschaftsgebäude und dergleichen. Und in der Drevviken-Bucht sind Taucher unterwegs.»

«Gut», erwiderte Carl. «Robert Lindström ist in Abwesenheit festgenommen. Er scheint jedoch ein ziemliches Talent zu besitzen, wenn es ums Untertauchen geht.»

«Wir müssen nur seinen Namen und ein Foto von ihm in den Medien verbreiten», sagte Bolander. «Das ist alles ...»

Carl schüttelte den Kopf.

«Daniel Sandén möchte damit aus verschiedenen Gründen noch warten. Also, wenn wir nicht hier rumsitzen und Däumchen drehen wollen, bis eine Streife Lindström aufgreift, müssen wir ihn selbst suchen.»

Niemand sagte etwas, doch Carl merkte, dass er die uneingeschränkte Aufmerksamkeit seiner Kollegen hatte.

«Bisher haben wir Lindströms Eltern, seine Exfrau und Lexa Andersson überprüft. Habe ich jemanden vergessen, Rickard?»

Rickard setzte sich aufrecht hin.

«Nein, ich glaube nicht. Er scheint nicht besonders viele Freunde zu haben. Er ist auch in keinem Club oder Verein.»

«Irgendwelche ehemaligen Kollegen?»

Rickard schüttelte den Kopf.

«Ich habe mit den beiden Kolleginnen gesprochen, mit denen er am meisten Kontakt hatte, Anna Lagerström und Lisa Petterson. Aber sie haben ihn seit seiner Entlassung nicht mehr gesehen.»

«Okay, irgendwelche anderen Ideen?»

«Ich habe mich ein bisschen in den Obdachlosenunterkünften umgehört», sagte Ylva Palmquist. «Aber auch da kein Treffer.»

Carl nickte.

«Gut! Wir suchen weiter. Früher oder später kriegen wir ihn.»

Bolander schüttelte den Kopf.

74

«Sie schon wieder?», fragte Marit Björkhed, als sie ihnen die Tür ihrer Wohnung im Stockholmer Stadtteil Råsunda öffnete.

«Ich fürchte, ja», erwiderte Carl höflich. «Wir waren gerade in der Nähe und wollten uns erkundigen, ob Sie noch immer nichts von Ihrem Sohn gehört haben?»

Marit Björkhed schüttelte den Kopf.

«Nein, aber wir haben die Telefonnummer, die Sie uns gegeben haben. Wenn er hier auftauchen sollte, dann ...»

«Ja, natürlich. Gut ...» Carl lächelte angestrengt und folgte Jodie die Treppe hinunter zum Auto. Obwohl die Sonne durch die dünne Wolkendecke schien, spendete sie keine Wärme, nur ein kraftloses, bleiches Licht.

«Und?», fragte Jodie, als sie vom Bürgersteig fuhr. «Denkst du immer noch, dass dieser Besuch so viel mehr gebracht hat, als wenn wir sie einfach angerufen hätten?»

Erstaunt sah Carl sie an.

«Ich glaube nicht, dass sie am Telefon zugegeben hätten, dass Lindström bei ihnen war.»

«Nein, das sagtest du bereits», erwiderte Jodie. «Aber wieso glaubst du, dass Marit Björkhed ihren Sohn jetzt verraten hätte? Woher weißt du, dass Lindström nicht in diesem Moment in der Wohnung seiner Eltern ist?»

Carl schüttelte den Kopf.

«Hast du auf ihr Gesicht geachtet, als sie die Tür öffnete?», fragte er. «Sie war enttäuscht, als sie uns gesehen hat. Ich glaube, sie hat gehofft, es wäre Lindström.»

«Okay, *fine*, und was machen wir jetzt?»

«Wir fahren zurück in die Stadt. Zu Lindströms Exfrau und noch einmal zu Lexa Andersson.»

Jodie nickte schweigend und chauffierte sie geschmeidig durch ein sonntagsleeres Stockholm. Carl rief den diensthabenden Beamten im Präsidium an, um sich zu erkundigen, ob die Observierung von Lindströms Wohnung schon etwas ergeben hatte.

Es dämmerte bereits, als Jodie vor Lexa Anderssons Haus in der Heleneborgsgatan hielt.

«Fahr bitte weiter und dreh um», sagte Carl. «Ich möchte, dass wir ein Stück entfernt auf der anderen Straßenseite parken.»

Jodie befolgte die Anweisung und fand ausnahmsweise einen Parkplatz. Carl beugte sich zur Windschutzscheibe vor. Er musste den Kopf verrenken, um zu Lexa Anderssons Wohnung hinaufsehen zu können.

«In ihrer Wohnung brennt Licht», stellte er fest, lehnte sich wieder zurück und massierte seinen Nacken. «Scheint, als wäre sie zu Hause.»

«Sollten wir dann nicht hochgehen?»

«Nein, wir warten noch ein bisschen.»

Carl spürte Jodies Blick, als er sich wieder über das Armaturenbrett beugte, was ihm diesmal fast eine Nackenstarre bescherte. Seine Tochter hatte ihm schon mehrfach vorgeschlagen, mit Yoga zu beginnen, ein Ratschlag, den er freundlich, aber bestimmt abgelehnt hatte. Also war er wohl selbst schuld.

«Kannst du bitte mal schauen, ob du sie siehst?», sagte er.

Jodie verdrehte die Augen, beugte sich aber vor.

«In der Wohnung bewegt sich jemand, aber ob sie es ist …?»

Jodie warf ihm einen fragenden Blick zu, als er nach seinem Handy griff und Lexa Anderssons Nummer wählte. Sie meldete sich nach dem zweiten Klingelzeichen, und er gab Jodie mit einem Kopfnicken zu verstehen, weiter die Fenster im Auge zu behalten.

«Kriminalhauptkommissar Carl Edson hier … Ich wollte mich nur vergewissern, dass bei Ihnen alles in Ordnung ist … Ja, genau. Wunderbar. Danke.»

Er legte auf, ohne sich zu verabschieden. Jodie sah ihn an.

«Was sollte das?», fragte sie irritiert.

«Hast du sie gesehen, als ich mit ihr telefoniert habe?»

«Ja, aber …»

«Gut, dann warten wir hier noch ein Weilchen.»

Als Jodie ihn weiterhin verständnislos anschaute, fügte er hinzu: «Dann sehen wir, ob etwas passiert.»

«Du glaubst, dass Lindström hier auftaucht?»

Carl lächelte sie an.

«*Wenn* er irgendwo auftaucht, dann hier.»

«Warum? Warum nicht bei Camilla Sander oder bei seinen Eltern? Oder … irgendeinem Arbeitskollegen? Er hat auf Lexa Andersson geschossen. Hier ist das Risiko, entdeckt zu werden, doch am größten für ihn.»

«Wegen des Buchs», erklärte Carl. «Lexa Andersson hat mit diesem Buchprojekt alles ins Rollen gebracht. Ich glaube, dass er hier auftauchen wird.»

Er dachte an das Gespräch, das er mit Linda geführt hatte, über die Gefahr, seiner Intuition zu folgen. Sie würde ihm triumphierend verkünden, dass er seine eigenen Prinzipien Lügen strafte.

Sie warteten schweigend. Jodie sah aus dem Seitenfenster, Carl lehnte sich auf seinem Sitz zurück.

Eine Stunde später hatte sich noch immer nichts getan, und Jodie hatte angefangen, mit den Fingern aufs Lenkrad zu trommeln.

«Ich habe Hunger», sagte sie.

«Steig aus und kauf dir was. Weiter unten an der Straße gibt es ein Café. Sah aus, als hätten sie da Sandwiches.»

Sie öffnete die Autotür.

«Willst du auch was?»

Carl schüttelte den Kopf.

Drei Stunden später war nicht viel mehr geschehen, als dass es vollkommen dunkel geworden war. Jodie hatte ihr Sandwich gegessen, war noch einmal zum Café gegangen, um die Toilette zu benutzen, und mit einem zweiten Sandwich zurückgekommen. Danach hatte sie eine Viertelstunde gedöst, anschließend war Carl eine Runde um den Block gegangen.

Jetzt saßen sie wieder zu zweit in dem zivilen Polizeiwagen und beobachteten Lexa Anderssons Haustür, als Jodie sich mit einem Ruck aufsetzte.

«Ist er das?», fragte sie.

Carl zuckte zusammen. Für einen kurzen Moment hatte er die Augen geschlossen und war eingenickt. Ein Mann kam auf ihr Auto zu. Er trug eine Mütze und hielt den Kopf gesenkt. Sein Gesicht war im Licht der Straßenlaternen nicht zu erkennen.

«Nein», antwortete Carl. «Das glaube ich nicht. Der Mann ist zu klein. Lindström ist größer.»

Jodie sank zurück auf den Sitz. Diese Prozedur hatten sie

in der vergangenen Stunde bestimmt an die fünfmal durchgespielt: hatten sich vorgebeugt, jemanden gemustert und waren anschließend wieder enttäuscht auf ihre Sitze zurückgesunken.

Carl hatte schon unzählige Male vor Häusern im Auto gesessen und gewartet. Das machte ihm nichts aus. Er mochte diese Phasen, diese Zwischenphasen, in denen nichts passierte, in denen man nicht handeln musste, sondern einfach nur still dasaß und wartete.

«Was würdest du an Lindströms Stelle tun?», fragte Jodie und drehte sich zu ihm.

«Mich der Polizei stellen», erwiderte er nach einer Weile.

«Und wenn du schuldig wärst?»

Er schüttelte den Kopf.

«Das spielt keine Rolle. Man kann nicht ewig von der Bildfläche verschwinden. Früher oder später macht man einen Fehler. Und dann tappt man in die Falle. In der Zwischenzeit fühlt man sich wie ein gejagtes Tier. Das ist es nicht wert … egal ob man schuldig ist oder nicht.»

«Und warum stellt er sich deiner Meinung nach nicht?»

Carl zögerte die Antwort hinaus.

«Weil er nicht bis zum Ende denkt», sagte er schließlich. «Oder weil …»

Er brach ab. Eigentlich hatte er sagen wollen, weil Menschen immer instinktiv zu fliehen versuchten selbst in ausweglosen Situationen, wollte aber keine weitere Diskussion über Instinkte vom Zaun brechen.

«Was glaubst du?», fragte er stattdessen.

«Dass er schuldig ist», antwortete Jodie. «Und dass er so lange flieht wie nur möglich.»

«Du glaubst also nicht, dass er aus einem anderen Grund

untergetaucht sein könnte?», hakte Carl nach. «Vielleicht ist er ja unschuldig, glaubt aber nicht, es beweisen zu können.»

Sie sah ihn an.

«Warum hast du eigentlich immer diese grundsätzliche Kontrahaltung?», erwiderte sie. «Warum bist du immer so ... skeptisch?»

Jodie lächelte, doch Carl wusste, dass sie es als Kritik meinte. Er blickte aus dem Fenster. Nahmen ihn andere Menschen so wahr? Als skeptisch? Vielleicht war er das tatsächlich. Aber er hätte *kritisch* bevorzugt. Das klang positiver.

«Weil ich misstrauisch werde, wenn alle dasselbe denken», antwortete er. «Dann gibt es etwas, das *zu* einfach ist.»

«Zu einfach? Ist es nicht eher umgekehrt? Denken nicht alle dasselbe, eben weil es offensichtlich richtig ist?»

Carl musterte Jodie, sah, wie jung sie war. In ihrem Alter hatte er genauso argumentiert.

«Vielleicht», sagte er dann. «Du hast sicher recht, aber meiner Erfahrung nach ist die Welt selten so einfach gestrickt. Und wenn sie uns einfach erscheint, dann meistens, weil *wir* vereinfachen. Weil wir alle Details unter den Tisch fallen lassen, die nicht mit unserer ‹Wahrheit› übereinstimmen.»

Jodie sah ihn verblüfft an. Oder verächtlich. Er konnte es nicht sagen.

«Warum sitzen wir dann hier», fragte sie, «an einem Sonntagabend, wenn du Lindström nicht für den Täter hältst? Dann könnten wir doch genauso gut nach Hause fahren und, ich weiß nicht, Pizza essen, einen Film gucken, ausgehen, schlafen ...»

Carl lachte.

«Ich habe nicht gesagt, dass er es *nicht* getan hat ... Er kann sehr wohl schuldig sein, aber ich bin nicht so hundertprozentig sicher wie ...»

Er war kurz davor gewesen, Bolander zu sagen, doch er wollte nicht schlecht über einen Kollegen reden.

«Lindström ist unsere beste Chance», sagte Jodie. «Und solange Kinder verschwinden und sterben ...»

«Du hast recht», stimmte er ihr zu. «Natürlich hast du recht. Und das ist doch der Grund, warum wir hier sitzen, oder nicht? An einem Sonntagabend, statt ... Pizza zu essen.»

Carl änderte seine Sitzhaltung. Das Knirschen des Polsterstoffes und das Knarren des Sitzes waren deutlich zu hören.

«Vielleicht denke ich einfach zu viel», sagte er in einem Versuch, seinen Worten die Schärfe zu nehmen.

Aber Jodie hörte ihm nicht zu. Eine Frau verließ Lexa Anderssons Haus. Carl entdeckte sie ebenfalls und beugte sich nach vorne, um zu sehen, wohin sie ging.

«Ist sie das?», fragte er.

«Ja», antwortete Jodie. «Ich konnte ihr Gesicht erkennen, als sie aus der Tür kam. Aber wo will sie hin? Um diese Uhrzeit?»

Sie sahen Lexa Andersson hinterher, die, ohne sich umzublicken, die Heleneborgsgatan in Richtung Osten entlanglief und um die Ecke in die Varvsgatan verschwand.

Im selben Augenblick löste sich ein Stück die Straße hinauf ein Mann aus einem Hauseingang. Wie lange hatte er dort gestanden? Er trug dunkle Kleidung, hatte sich eine Baseballkappe tief ins Gesicht gezogen und eilte mit raschen Schritten hinter Lexa Andersson her.

«Fahr los!», drängte Carl.

Als Jodie den Motor anließ, sah der Mann in ihre Richtung – und verschwand ebenfalls in die Varvsgatan.

Nur ein paar Sekunden später bog Jodie in die Straße ein, doch in der kurzen Sackgasse war niemand zu sehen. Vor ihnen erstreckte sich der Pålsundspark, der entlang des Gefälles zum Söder Mälarstrand verlief. Ein breiter Fußweg – breit genug für ein Auto – führte in den Park hinein, doch jetzt versperrte ein schwarzer Stadtjeep die Zufahrt.

«Scheiße! Scheiße! Scheiße!», fluchte Jodie.

75

Jodie sprintete an dem ordnungswidrig geparkten Jeep vorbei in den Park und blickte sich nach allen Seiten um. Dann blieb sie abrupt stehen, bemüht, ihr Keuchen zu unterdrücken. Sie hatte einen Hilferuf gehört, ganz sicher. Fast sicher. Doch als sie horchte, ob der Laut sich wiederholte, donnerte auf der nahegelegenen Hauptverkehrsstraße ein Lastwagen vorbei und ertränkte alle anderen Geräusche. Sie sah sich um, suchte nach einer Bewegung in einem der kahlen Büsche, zwischen den schwarzen Baumstämmen. Vor ihr lag eine Rasenfläche, die im schwachen Lichtschein der Gehweglaterne grau wirkte. Sie lief darauf zu, lauschte. Dann zog sie ihr Handy aus der Tasche und rief Carl an.

«Fahr außen um den Park», flüsterte sie gestresst. «Hol mich am Söder Mälarstrand ab. Sie müssen dorthin gegangen sein.»

Ohne eine Antwort abzuwarten legte sie auf und durchquerte den Park, blickte systematisch nach links und rechts, kontrollierte mögliche Verstecke, die sie vom Weg aus sah.

Als sie aus dem Park kam, entdeckte sie Carl, der schnell auf sie zufuhr und im nächsten Moment eine Vollbremsung hinlegte.

«Hast du sie gesehen?», fragte er, als sie die Beifahrertür öffnete.

«Nein, aber sie müssen hier rausgekommen sein.»

«Bist du sicher? Sie könnten auch zur Eolsgatan gegangen sein, zum Skinnarvikspark hoch.»

Jodie schüttelte den Kopf.

«So weit können sie nicht gekommen sein.»

«Okay», sagte Carl. «In welche Richtung? Långholmen oder Slussen?»

«Slussen.»

Dreißig Sekunden später bremste Carl, machte einen U-Turn und gab wieder Gas.

«Wo zum Teufel sind die beiden abgeblieben!», rief Jodie.

«Und du bist sicher, dass du sie im Park nicht übersehen hast?», fragte Carl.

«Ja! So schnell hätte er sich nicht verstecken können, nicht mit ihr ... Sie müssen irgendwo hier unten sein.»

Carl fuhr schneller.

«Wir überprüfen Långholmen», beschloss er, «aber dann fahren wir in die Heleneborgsgatan zurück und gehen noch einmal durch den Park. Diesmal zu zweit.»

Jodie sah auf die Uhr. Es waren fast zehn Minuten vergangen, seit der Mann hinter Lexa Andersson in die Varvsgatan verschwunden war. Inzwischen konnten sie überall sein.

«Wir brauchen Verstärkung», sagte sie.

«Habe ich schon angefordert», erwiderte Carl und trat an der Pålsundsbron in Richtung Långholmen ruckartig auf die Bremse.

Er fuhr über die kurze Brücke und drehte eine Runde über den großen Platz, wo im Winter die Boote lagerten. Die Autoscheinwerfer glitten über Abdeckplanen und Holzböcke.

«Ich sehe sie nicht», sagte Jodie. «Fahr zurück!»

Carl wendete, überquerte die Brücke in entgegengesetzter Richtung und beschleunigte am Söder Mälarstrand mit quietschenden Reifen.

Jodie versuchte, gleichzeitig den Bürgersteig auf der rechten Seite und den Park im Blick zu behalten. Aber sie konnte sie nirgends entdecken.

«Scheiße, verdammt!» Carl schlug mit der Hand aufs Lenkrad. «Hier gibt es tausend Verstecke.»

Jodie warf ihrem Chef einen überraschten Blick zu. Sie hatte ihn noch nie zuvor fluchen hören.

«Ich hätte ihnen nicht nachlaufen dürfen», sagte sie. «Er muss mich gesehen haben.»

«Nein, er wusste schon, wer wir sind, als du den Motor angelassen hast.»

Carl schaltete das versteckte Blaulicht an, fuhr den Pålsundsbacken hinauf, bog links auf den Fahrradweg ab und manövrierte den Wagen über den Bürgersteig zurück in die Heleneborgsgatan. Als sie vor Lexa Anderssons Haus hielten, stand dort ein Streifenwagen und wartete auf sie.

76

Lexa lag auf dem Rücken und blickte in die Krone eines kahlen schwarzen Baumes. Es war kalt. Sie fror, zitterte am ganzen Leib und hatte einen metallischen Geschmack im Mund. Ein schwarz gekleideter Mann hockte über ihr. Sein Gesicht war hinter einem dunklen Schal verborgen, und er hielt ihr ein Messer an den Hals. Sie spürte die kalte Klinge auf ihrer Haut, das Gewicht seines Körpers auf ihrem Bauch.

«Bitte nicht», flehte sie. «Bitte, tun Sie mir nichts ...»

Er schüttelte den Kopf und drückte das Messer fester gegen ihre Kehle.

«Bitte, tun Sie mir nichts! Bitte nicht ...»

Als sie lauter schrie, presste er ihr die Hand auf den Mund. Sie schmeckte Blut. Ihre Lippe musste aufgeplatzt sein. Unvermittelt wandte der Mann den Blick ab und starrte den Gehweg hinunter in die Dunkelheit. Nach einer Weile entspannte er sich und nahm die Hand wieder von ihrem Mund. Dann packte er ihren Mantel und riss ihn auf, zerrte an ihrer Bluse, bis sie spürte, wie der Stoff in ihren Nacken schnitt, hörte, wie die Knöpfe abplatzten.

Sie schüttelte den Kopf.

«Nein, nein, nein ...», flüsterte sie. «Bitte nicht!»

Sie fühlte sich merkwürdig kraftlos. Ihr Körper war gefühllos, wie betäubt. Als sei nicht sie es, die hier auf dem Boden lag. Sie fror nicht mehr. Aus weiter Ferne spürte sie, wie der Mann an ihrer Jeans herumfummelte, hörte ihn fluchen.

Dann vernahm sie den Schlag, dieses dumpfe Geräusch, wenn ein schwerer Gegenstand einen Körper trifft. Im nächsten Moment fiel der Mann nach vorne und kippte zur Seite. Als sie sich drehte, um zu sehen, was passiert war, kroch er auf allen vieren von ihr weg. Er stöhnte laut, kam schwerfällig auf die Beine und lief stolpernd davon.

Sie sah wieder nach oben, ein anderer Mann beugte sich über sie. In der Hand hielt er einen Stein.

«Robert ...?», sagte sie erstaunt.

TEIL DREI

77

Sonntag, 8. November

Das ist die vierte Sache, die ihr über mich wissen müsst:

Ich verheimliche Dinge, korrigiere das Bild von mir, damit es sich einfügt, *reinpasst*. Dass ich einen Sohn habe, zum Beispiel, verheiratet war oder dass meine Eltern leben ... Dinge, über die ich nicht reden will.

Elise, meine Therapeutin, bezeichnet das als Überlebensstrategie. Sie meint, ich hätte mich nach dem Mord an Max an extreme Situationen angepasst. *Schließlich kann niemand einfach so auf jemanden zugehen und sagen: «Hallo, mein Name ist Robert, ich bin ein Mörder, als Kind habe ich meinen Freund umgebracht.»* Sie lachte, als sie das sagte. Als wäre es eine komische Filmszene. Ich konnte nichts Lustiges daran finden.

Aber ich glaube, sie hat recht. Ich habe schon immer Dinge verheimlicht. In der Schule (dass ich ein Pflegekind war, weil ich Max erschlagen hatte), zu Hause (dass ich keine Freunde hatte, sondern in den Pausen gemobbt wurde), bei der Arbeit (die Sache mit Anführungszeichen-«Robert»).

Das geschieht ganz von selbst. Ich denke nicht einmal darüber nach.

Aber ich lüge nicht. Lügen ist etwas anderes. Ich denke einfach nur nicht an das, was weh tut. Ich nehme an, dass Verdrängung mein Selbsterhaltungsmechanismus ist, meine Art zu überleben. Elise meinte das. Dass ich verdränge und «Wahrheiten» konstruiere, um die Leere zu füllen, die durch das entstanden ist, was ich in meinem Innersten verborgen habe. Dass ich verdränge, um auszuhalten. Ich glaube, sie benutzte das Wort «überleben». Das ist ein gutes Wort. Genau so war es. *Ist* es. Noch immer.

Doch wenn ich die Hand ausstrecke, kann ich sie berühren, die Erinnerungen, wo sie wie die Spitzen von Eisbergen aus einer dunklen, undurchdringlichen Wasseroberfläche emporragen. Wenn ich will, kann ich mich an meine Pflegeeltern erinnern, die mich gezwungen haben, in meinem Zimmer zu bleiben, im Dunkeln, kann mich daran erinnern, wie sie von außen die Tür zugehalten haben, wenn ich versuchte, aus dem Zimmer zu kommen, und mich anschrien, dass ich schlafen soll. Oder die geflüsterten Unterhaltungen in den Schulpausen, die Blicke, die vorgestreckten Beine, wenn ich durch den Flur lief, die skandierten Rufe: «Mörder-Robert! Mörder-Robert! Mörder-Robert!» Rhythmisch, im Takt, immer wieder, während sie mich mit Schneebällen bewarfen, harten Eisbällen …

Und als ich über Lexa gebeugt dastehe und den Stein in der Hand halte, den ich dem Mann gegen den Kopf geschlagen habe, der ihr etwas antun wollte, da weiß ich es, mit hundertprozentiger Gewissheit: Ich habe Max nicht getötet.

Ich spüre es tief in mir. *Ich war es nicht.*

«Ich glaube dir nicht!», zischt Lexa.

Wir stehen noch immer im Gebüsch, in der Dunkelheit. Sie hat ihre Kleidung gerichtet, den Mantel fest um sich gehüllt, die Arme vor der Brust verschränkt.

«Du hast auf mich geschossen! Du hast verflucht noch mal auf mich geschossen, Robert! Du wolltest mich umbringen!»

«Was?», sage ich und höre, wie verwirrt ich klinge.

Ich habe nicht mehr geschossen, seit ich zwanzig war, und auch da nur auf Zielscheiben im Schießstand. In den letzten neunzehn Jahren habe ich weder eine Pistole noch irgendeine andere Waffe in der Hand gehalten, nicht einmal ein Messer.

«Wovon sprichst du?», erwidere ich.

Aber Lexa hört nicht zu, vermutlich steht sie unter Schock. Sie glaubt mir nicht. Ich sehe, dass sie mir nicht glaubt, ihre gerunzelte Stirn, ihre schmalen Augen. (Wie eine Katze. Vielleicht ist sie das: eine Raubkatze.)

«Und du hast eine Frau vergewaltigt!», faucht sie.

«Was?», sage ich wieder. «Ich habe niemanden vergewaltigt. Wer ...»

Aber ich kenne die Antwort: Camilla. Sie muss es gewesen sein.

«Die Polizei hat mich vor dir gewarnt», zischt Lexa.

Trotz der Dunkelheit im Park sehe ich, dass jede Faser ihres Körpers Hass auf mich ausstrahlt, obwohl ich sie gerade gerettet habe.

«Das war Camilla», sage ich. «Aber es ist nicht ...»

Ich will sagen: «nicht so, wie du denkst», aber ich komme nicht dazu.

«Sieh mich an, Robert!», fährt Lexa mich an .

Sie steht so dicht vor mir, dass ich ihren Atem spüre, wütend, aufgebracht, voller Adrenalin.

«Ja, wir hatten Sex», gebe ich zu. «Aber ...»

«Aber was?», faucht sie wieder. «*Sie wollte es.* Wolltest du das sagen?»

«... sie war es ... sie hat *mich* vergewaltigt ...»

Ich kann es in der Dunkelheit nicht sehen, aber ich weiß, dass sie die Augen verdreht.

«Hast du einen Begriff davon, wie belastend es ist, eine Vergewaltigung anzuzeigen und lauter erniedrigende Untersuchungen über sich ergehen lassen zu müssen, wo Ärzte

Beweise sicherstellen ... sich auf einen Gynäkologenstuhl zu legen ... und der Polizei zu erzählen, was jemand dir angetan hat, bis ins kleinste Detail ...»

«Aber es ist die Wahrheit ...»

«Warum sollte ich dir glauben, Robert? Warum? Sag es mir!»

«Weil ich ... weil ich dich gerettet habe.»

78

«Und Sie sind sich sicher, dass nicht Robert Lindström Sie überfallen und der unbekannte Mann Sie gerettet hat?»

Jodie Söderberg beugte sich auf dem Sofa in Lexa Anderssons Wohnzimmer in der Heleneborgsgatan ein Stück nach vorne. Es war kurz vor halb elf am Abend.

«Ja», erwiderte Lexa Andersson gereizt. «Robert hat mich *gerettet.*»

Carl lehnte am Türrahmen. Er wirkte müde, stellte keine Fragen, sah nur zu. Sein hellgrauer Anzug war zerknittert, und auf seinen Wangen zeichnete sich der Schatten von Bartstoppeln ab.

«Und praktischerweise war er gerade in dem Moment im Pålsundspark, als Sie überfallen wurden», sagte Jodie. «Warum?»

«Herrgott noch mal, woher soll ich das wissen? Fragen Sie ihn.»

Jodie sah sie abwartend an.

«Das würden wir gerne tun, aber er ist verschwunden. Sie wissen nicht zufällig, wo er sich gerade aufhält?»

«Nein, er ist in die gleiche Richtung davongegangen wie der Typ, der mich vergewaltigen wollte.»

«Und diesen ... *Typen*, konnten Sie den sehen?»

«Zum dritten Mal: Nein, das habe ich doch gesagt. Er trug eine Maske oder einen Schal oder irgendwas.»

«Würden Sie ihn auf einem Foto wiedererkennen?», fragte Jodie.

Müde schüttelte Lexa Andersson den Kopf und trat ans

Fenster, wandte den Polizisten den Rücken zu. Inzwischen hatte sie geduscht, frische Sachen angezogen. Die Bluse und die Hose hatte sie wegwerfen wollen, doch Jodie Söderberg hatte ihr die Sachen abgenommen. Lexa war das egal. Sie wollte sie ohnehin nicht mehr haben.

«Wieso?», fragte sie. «Haben Sie einen Verdächtigen? Soll ich mir Verbrecherfotos ansehen?»

Sie lachte.

«Was amüsiert Sie so?», fragte Carl.

Sie drehte sich zu ihm um.

«Das habe ich noch nie gemacht. Verbrecherfotos ... Das hat was von einem Film.»

«Schön, Sie erheitern zu können», erwiderte er trocken, löste sich vom Türrahmen und trat zu ihr.

«Wir möchten Ihnen helfen», sagte er. «Jemand hat auf Sie geschossen und Sie in einem Park überfallen. Wir nehmen das sehr ernst.»

Lexa Andersson holte tief Luft und nickte.

«Die Patronenhülse, die man Ihnen in den Briefkasten gesteckt hat», fuhr Carl fort, «hat das gleiche Kaliber wie die, mit der auf Sie geschossen wurde.»

«Okay.» Lexa Andersson wandte sich zu ihnen um. «Aber Sie haben keine Ahnung, wer oder wie ...?»

«Nein», erwiderte Carl. «Deshalb stellen wir Ihnen all diese Fragen. Die Drohbriefe hingen alle mit dem Buch zusammen, das Sie schreiben. Daher gehen wir davon aus, dass auch dieser Überfall mit dem Buch zu tun hat.»

Lexa Andersson nickte gereizt.

«Kennen Sie jemanden, dem dieses Buchprojekt nicht gefällt?», fragte Jodie.

«Es handelt von einem Mord an einem elfjährigen Kind»,

sagte Lexa Andersson. «Alle, mit denen ich gesprochen habe, haben ablehnend reagiert. Aber ob jemand von diesen Leuten versuchen würde, mich zu erschießen oder zu vergewaltigen? Keine Ahnung.»

«Ich verstehe», sagte Carl. «Wir hätten gerne eine Liste sämtlicher Personen, mit denen Sie gesprochen haben.»

«In Ordnung.» Lexa Andersson zuckte mit den Schultern.

Jodie beugte sich auf dem Sofa wieder nach vorne.

«Außerdem möchten wir, dass ein Arzt Sie untersucht.»

«Warum? Es ist doch nichts passiert. Robert hat den Mann verjagt.»

«Um trotzdem eventuelle Verletzungen zu dokumentieren.»

Jodie musterte Lexa Anderssons Hals und deutete auf ihren eigenen.

«Wir können Sie fahren, wenn Sie wollen ...»

«Kommt nicht in Frage!», rief sie und klang wütender, als sie beabsichtigt hatte. «Ich will nicht. Ich schaffe das nicht.»

«Sind Sie wirklich sicher?»

Sie gab keine Antwort, blickte Jodie nur hochmütig an und wusste, dass sie aussah wie ihre Mutter. Diesen Ausdruck hatte sie sich von ihr abgeguckt.

«Gut», sagte Jodie langsam. «Dann ...»

Sie warf einen Blick auf ihren Notizblock, den sie in der Hand hielt.

«... sind wir hier fertig.»

Lexa Andersson brachte sie in den Flur hinaus. Jodie wandte sich in der Tür noch einmal um, während Carl schon die Treppe hinunterging.

«Haben Sie noch immer vor, dieses Buch zu schreiben?», fragte sie.

«Über Robert und Max? Ja. Wieso?»

«Ich dachte nur, nach allem, was passiert ist ...»

«Danke für Ihren Besuch», erwiderte Lexa Andersson matt und schloss die Tür hinter ihnen ab.

Sie ging ans Wohnzimmerfenster und blickte den beiden Polizisten nach, die die Straße überquerten. Sie sah, wie Jodie Söderberg die Autotür öffnete und zu ihrer Wohnung hochblickte. Instinktiv wich sie einen Schritt zurück. Wartete. Als sie wieder ans Fenster trat, war das Auto weg.

«Okay», sagte sie laut. «Du kannst jetzt rauskommen!»

79

Lexa dreht sich um und starrt mich an, als ich ins Wohnzimmer komme. Sie sieht aus, als hätte ich sie zu etwas Schändlichem gezwungen, als würde ich sie durch meine pure Anwesenheit kränken.

«Sag mir, was passiert ist!», fordert sie ungeduldig. «Und wenn du lügst, hole ich die beiden zurück. Vor allem diesem Carl Edson scheint sehr daran gelegen zu sein, mit dir zu sprechen.»

Sie hat die Arme vor der Brust verschränkt und spuckt die Worte förmlich aus.

«Okay», gebe ich klein bei. «Ich sage dir, was passiert ist. Ich *bin* zu Camilla gegangen …»

Sie stand in der Kellertür, als ich kam, als wollte sie mich dort abpassen. Anscheinend hatte sie gerade geduscht. Ihre Haare waren nass, und sie trug einen Bademantel.

«Du wagst es, hier aufzutauchen?», sagte sie.

In der Hand hielt sie einen Hammer, als hätte sie Angst. Aber sie wirkte nicht verängstigt. Kein bisschen.

«Was hast du Lexa über mich erzählt?», fragte ich.

«Die Wahrheit», antwortete sie und sah mich hochmütig an.

Als ich nichts erwiderte, fuhr sie fort:

«Solltest du nicht stottern? Und nach Max fragen?»

«Doch», sagte ich und gab mir Mühe, nicht zu stottern. «Was ist eigentlich passiert, als er gestorben ist? Und du brauchst keine Waffe. Ich tue dir nichts.»

Sie zögerte einen Moment, doch dann gab sie mir den Hammer. Ich legte ihn auf den Boden.

«Du hattest schon immer Minderwertigkeitskomplexe», sagte sie. «Schon als Kind warst du wie ein Hundewelpe ... Hast alles getan, um gemocht zu werden.»

Sie lächelte, aber ihre Stimme war voller Hohn.

«Stell dich an die Wand», befahl sie dann. «Streck die Hände aus.»

«Warum?», fragte ich.

«Tu, was ich dir sage, dann erfährst du es ...»

Sie deutete auf die Wand des Heizungskellers, an der Haken für Spaten und Rechen angebracht waren. Ich weiß nicht, wieso, aber ich tat, was sie wollte. Es war, als läge es mir auf der Zunge, als wüsste ich *beinahe*, was sie vorhatte. Dann nahm sie ein paar Seile aus einer Schublade und fesselte meine Hände an die Haken, ich ließ sie gewähren.

«Erinnerst du dich?», fragte sie.

Als ich den Kopf schüttelte, öffnete sie meinen Gürtel, den Hosenknopf, den Reißverschluss und ließ meine Hose auf die Knöchel herunterrutschen.

«Erinnerst du dich wirklich nicht?»

«Nein», antwortete ich.

Sie lachte.

«Und ich habe immer geglaubt, du würdest dich daran erinnern und dich nur schämen ...»

«Nein», sagte ich.

Sie zog mir die Boxershorts runter und öffnete ihren Bademantel.

«Was machst du da?», fragte ich, unfähig, mich zu wehren.

«Du hast gefragt, oder?»

Sie holte eine Holzkiste, stieg darauf. Und dann hatten wir Sex. *Sie* hatte Sex. Und dabei stellte sie weiter Fragen:

«Erinnerst du dich jetzt? Als wir Kinder waren ...»

Und in dem Moment hat sich etwas in meiner Erinnerung gedreht, wie ein Eisberg, der langsam kentert und rotiert, bis plötzlich das zum Vorschein kommt, was bisher unter dem Wasser verborgen war.

80

Juni, 28 Jahre zuvor

Die Klingel von Max' Elternhaus klingt wie eine Kirchenglocke. Er ist der Einzige, den ich kenne, der so eine Türklingel hat. Ein langgezogenes Ding-dong-ding, das durch das Haus hallt. Aber niemand macht auf.

Die Sommerferien sind noch unendlich lang. Lange Tage, an denen alle Kinder des Viertels barfuß in Sandalen oder Holzschuhen herumlaufen. Sie fahren Fahrrad, mit dünnen, braun gebrannten Beinen, die aus verwaschenen Shorts hervorgucken, spielen Basketball oder Fußball in übergroßen, kurzärmeligen Trikots.

In unserer Siedlung gibt es keinen festen Treffpunkt, keinen Park, in dem automatisch alle zusammenkommen. Manchmal treffen wir uns auf dem Schulhof, auf dem asphaltierten Basketballplatz, manchmal im Wald unten am Wasser, aber meistens klingeln wir und holen uns gegenseitig ab.

Nach dem dritten Ding-dong-ding wird die Tür geöffnet, und Camilla sieht mich an.

«Ist Max da?», frage ich.

«Ja, ist er …»

Irgendetwas ist mit ihrer Stimme, sie klingt anders. Alles an ihr ist irgendwie anders. Aber ich gehe trotzdem in den Flur, nehme den für ihr Haus typischen Geruch wahr: Es riecht nach Essen, Putzmittel und noch etwas anderem, ein unbestimmter Geruch, der mich gleichzeitig abstößt und anlockt.

Ich ziehe meine Holzschuhe aus, laufe barfuß über die braunen Fliesen.

«Er ist unten.» Camilla geht die Kellertreppe hinunter. «Im Partykeller …»

Ich gehe ihr vorsichtig nach. Aus dem Keller dröhnt Musik. Sinéad O'Connor. *Nothing compares 2 U.*

Im Partyraum steht ein bis zum Anschlag aufgedrehter Ghettoblaster auf der Theke. Doch von Max keine Spur. Fragend schaue ich Camilla an, die sich auf einen der Sitzsäcke fallen lässt, aber (demonstrativ?) in eine andere Richtung schaut. Dann höre ich ein Schluchzen. Als ich mich umdrehe, entdecke ich Max. Er ist an die Theke gefesselt.

«Macht mich los», weint er. «Das ist nicht mehr lustig …»

«Warum …?» Verunsichert drehe ich mich wieder zu Camilla um.

Doch plötzlich steht Bernt vor mir.

«Noch so ein kleiner Hosenscheißer!», schreit er, um die Musik zu übertönen.

«R-r-r-obert!»

Er grinst, während er mein Stottern nachäfft. Seine fettigen blonden Haare kleben ihm im Gesicht, liegen platt am Kopf an.

«Macht mich los!», schreit Max wieder.

Er trägt noch seinen Schlafanzug, einen hellblauen Pullover und eine kurze Hose in derselben Farbe. Seine Beine sind nackt, und er steht barfuß auf dem Teppich, die Arme über dem Bartresen ausgestreckt.

Bernt folgt meinem Blick, grinst mich an und geht zu Max. Ich starre dorthin, obwohl ich weiß, dass es gefährlich ist, dass Bernt mich dann *sehen* kann, aber ich kann meine Augen nicht abwenden.

«Willst du, dass ich ihn losbinde?», ruft er heiser.

Ich will ja sagen, bekomme aber plötzlich keinen Ton heraus. Stattdessen nicke ich stumm.

«Okay», brüllt er aufgesetzt freundlich. «Okay, ich mache, was du willst.» Die ganze Zeit dröhnt die Musik durch den Raum. Jetzt ist es Prince, *Purple Rain*.

Verblüfft sehe ich, wie Bernt tatsächlich die Knoten von Max' Fesseln löst. Camilla hat sich abgewandt und starrt hartnäckig in eine andere Richtung. Als wolle sie nicht sehen, was passiert.

Sobald er frei ist, rennt Max davon, die Kellertreppe hoch und in sein Zimmer. Ich höre, wie seine Zimmertür zufällt.

Bernt lacht.

Elise habe ich erzählt, dass ich Max nachlaufe, ihn mit zu mir nach Hause nehme, dass wir uns verstecken, bis unsere Eltern nach Hause kommen ... So habe ich es all die Jahre erinnert.

Aber ich weiß, dass das nicht stimmt. Dass es nicht das ist, was als Nächstes passiert.

Stattdessen packt Bernt mich im Nacken. Trotz seiner schlaksigen Statur ist er erstaunlich stark. Er zerrt mich an die Theke, presst sich an mich, damit ich nicht weglaufen kann, und bindet mich fest.

«Lass mich los!», murmele ich.

«Was hast du gesagt?», ruft er.

«L-l-lass mich los!», schreie ich.

Ich glaube, ich weine. Vermutlich tue ich das, oder ich habe solche Angst, dass ich es nicht kann.

«Aber du wolltest doch, dass ich Max losmache ... oder etwa nicht? Dann musst du seinen Platz einnehmen. War dir das nicht klar, mein Süßer?»

Dann dreht er sich zu Camilla.

«Komm her!»

Sie steht auf, kommt zu uns. Bernt stellt sich neben sie. Obwohl sie zwei, drei Jahre jünger ist, ist sie fast genauso groß wie er.

«Was sollen wir mit ihm machen?», fragt er.

Sie antwortet nicht.

«Willst du ihn sehen?», ruft Bernt (durch den Raum wummert jetzt Heavy Metal) und beugt sich näher zu ihr.

Sie schüttelt den Kopf, aber Bernt ignoriert es. Er tritt auf mich zu, packt meine Hose und zieht sie mit einem Ruck nach unten. Mein Gürtel scheuert an den Hüften, und ich spüre, wie Hose und Unterhose zu einem Kleiderhaufen um meine Füße werden.

Bernt lacht.

«Guck ihn dir an. Ist er nicht ...»

Er verstellt seine Stimme:

«*... bezaubernd.*»

Camilla steht noch immer neben ihm, aber jetzt sieht sie mich an.

«Fass ihn an», sagt Bernt.

Widerwillig macht sie einen Schritt nach vorne, stellt sich vor mich, guckt aber in eine andere Richtung.

«Fass ihn an, mach schon!», grölt Bernt und headbangt zur Musik (*Sabbath Bloody Sabbath*).

Sie streckt eine Hand aus, legt die Finger auf meinen Hintern, berührt ihn kaum. Wieder lacht Bernt. Dann dreht er sich unvermittelt um und läuft die Kellertreppe hoch, als wäre ihm eine neue kranke Idee gekommen.

«Max!», brüllt er. «Wo bist du?»

Ich höre, wie er Max' Zimmertür aufreißt und mit dunkler, verstellter Stimme *Hier ist Jacky!* ruft.

«Warum ist *er* hier?», frage ich so leise, wie ich kann.

Camilla antwortet nicht.

«Mach mich los.»

Sie kommt näher. Ich spüre, wie ihre Hände sich um meine Pobacken legen, diesmal greift sie fester zu.

«Au!», rufe ich. «Das tut weh ...»

Da lockert sie den Griff ihrer einen Hand und lässt sie an meiner Leiste entlanggleiten, bis sie meinen Penis findet. Sie packt meine Hoden. Ihr feuchter Atem kitzelt mich im Nacken. Ich spüre ihre Lippen auf meiner Haut. Dann beißt sie mich. Ich schreie auf, sie beißt noch mal, fester.

Erst als auf der Kellertreppe Schritte erklingen, lässt sie mich los und lässt sich wieder auf den Sitzsack fallen. Bernt zerrt Max am Arm die Kellertreppe hinunter.

Als er mich sieht, schnalzt er mit der Zunge.

«Aber Robert! Du hast ja einen Ständer! Dir gefällt das! Scheiße, bist du widerlich. Zieh dich verflucht noch mal an, damit uns der Anblick erspart bleibt. Oder hoffst du etwa, dass dich jemand vögeln will ...?»

«I-i-ich ... ich kann nicht», stottere ich. «Ich b-b-bin ... gefesselt.»

Bernt tut so, als würde er kotzen, steckt sich zwei Finger in den Mund und würgt. Doch dann kommt er zu mir und löst die Knoten. Meine Handgelenke schmerzen, und meine Hände kribbeln, als das Blut zurückkommt.

«Zieh dich endlich an, du ekelhafter kleiner Scheißkerl!»

Er schlägt mich hart auf den Kopf, während ich an meiner Hose zerre, schlägt mich immer wieder, bis ich sie zugeknöpft habe.

Max starrt mich an, er wirkt ... erregt. Bis Bernt ihn im Nacken packt und neben mich schiebt.

«Wenn ihr auch nur einen Mucks hierüber verliert, mach ich euch kalt!»

Er packt unsere Köpfe und schlägt sie gegeneinander. Nicht mit voller Wucht, aber so, dass es weh tut.

«Habt ihr kapiert? Ihr haltet die Schnauze!»

Wir nicken beide, gleichzeitig wie siamesische Zwillinge.

Abrupt lässt er uns los und sieht uns an (ich *spüre*, dass er uns ansieht, denn ich starre auf den Teppich).

Dann höre ich seine Schritte auf der Treppe, als er geht, die Haustür, die hinter ihm zufällt.

81

Sonntag, 8. November

Lexa sitzt auf dem Sofa und sieht mich skeptisch an. Als wäre sie schon davon überzeugt, dass ich lüge.

Doch das tue ich nicht.

«Camilla und ich haben damit weitergemacht», sage ich leise. «Wenn sie allein zu Hause war, habe ich mich durch die Kellertür in den Partyraum geschlichen – und sie hat mich wieder genauso an die Theke gefesselt. Es wurde ein Spiel, ein geheimes Spiel, zwischen ihr und mir …»

«Ein krankes Spiel!», faucht Lexa. (Sie betont wirklich *krank*.) «Hattet ihr …?»

«Was? Nein, so war es nicht …»

«Du hast sie also nicht penetriert, als du klein warst?»

«Nein, natürlich habe ich das nicht. Ich war elf!»

Lexa lehnt sich auf dem Sofa zurück. Es ist halb eins in der Nacht. Ich sehe, dass sie müde ist.

«Okay», sagt sie angestrengt. «Du und Camilla, ihr hattet Sex, woraufhin du dich an einen Haufen Scheiß erinnert hast. Und hinterher hat sie dich wegen Vergewaltigung angezeigt. Ist es das, was du sagen willst?»

«Ja, das muss sie gemacht haben …»

«Warum?»

Ich setze mich ihr gegenüber in den Sessel.

«Um mich dranzukriegen.»

Lexa schüttelt den Kopf.

«Warum sollte sie dich drankriegen wollen?»

«Um Max zu rächen … ich weiß es nicht.»

Doch einen Moment später weiß ich es:

«Um Bernt zu schützen», sage ich.

Lexa zieht die Augenbrauen hoch.

«Bernt hat Sachen mit Max gemacht!», fahre ich fort.

«Warte!» Lexa hebt eine Hand. «Nur weil Bernt Max im Partykeller gefesselt hat, glaubst du, dass er ... Max umgebracht hat?»

«Er war da! Alle haben ihn an dem Tag am Baustellengrundstück gesehen ...»

Statt etwas zu sagen, mustert Lexa irgendetwas an der Wand. Ich folge ihrem Blick, sehe aber nur die Bücherregale, die dort stehen.

«Du glaubst also, dass Camilla Bernt beschützt», sagt sie. «Dass sie dich wegen Vergewaltigung angezeigt hat, um dich dranzukriegen, und dann ... was?»

Ich beuge mich vor, alles ist plötzlich glasklar.

«Wenn ich wegen Vergewaltigung im Gefängnis sitze, würde es keine Rolle spielen, wie schlecht die Ermittlungen damals geführt worden sind oder ob jemand anderes Max getötet hat. Alle würden glauben, dass ich es war. Und dann gäbe es kein Buch.»

Lexa schweigt eine Weile.

«Und Bernt würde nicht wegen des Mordes an Max zur Rechenschaft gezogen werden, ist das dein Gedankengang?», fragt sie dann.

Ich nicke.

«Aber merkst du nicht, wie das klingt?» Sie sieht mich erstaunt an. «Warum sollte Camilla Bernt schützen?»

«Weil er sie dazu zwingt», sage ich rasch.

«Es geht um Camillas *Bruder*, den er getötet haben soll. Glaubst du nicht, dass sie in all den Jahren irgendwann einmal die Wahrheit gesagt hätte? Ihn zur Rechenschaft ziehen wollte? Auch wenn sie Angst vor ihm hat?»

«Vielleicht ... *weiß* sie nicht, dass er Max getötet hat.»

«Aber warum sollte sie ihn dann schützen? Was du dir da zusammenreimst, passt doch vorne und hinten nicht.»

Ich stehe auf und gehe ans Fenster, spüre, wie meine Beine zittern. Ich halte mich an der Fensterbank fest, lehne mich dagegen, um nicht zu fallen.

«Wieso warst du heute Abend eigentlich im Pålsundspark?»

«Ich ... wollte mit dir reden. Von Camilla erzählen. Ich habe dich gesehen, als du aus dem Haus kamst. Ich wollte zu dir gehen, aber da ist dieser Typ aufgetaucht ... und dann ist euch dieses Auto gefolgt. Ich ...»

Sie hält eine Hand hoch, um mich zum Schweigen zu bringen.

«Okay», sagt sie ernst. «Es gibt aber noch mehr Dinge, die wir klären müssen. Die Kinder? Du warst zu allen Tatzeitpunkten in der Nähe.»

Ich wusste, dass sie diese Frage früher oder später stellen würde.

«Ja», antworte ich so überzeugend, wie ich kann. «Aber ich habe damit nichts zu tun.»

«Du warst völlig durchnässt, als du an dem Abend zu mir gekommen bist, obwohl du angeblich die ganze Zeit im Auto gesessen hast.»

«Ja, ich *bin* ausgestiegen ... Ich bin ausgestiegen und habe mein altes Haus angesehen. Mein Elternhaus. Ich war fünfundzwanzig Jahre nicht da ... Nicht seit ich aus meiner Pflegefamilie abgehauen bin.»

Sie sieht mich fragend an.

«Ich stand einfach nur im Regen und habe es angesehen. Ich habe es kaum wiedererkannt. Die Auffahrt, der Rasen, die Hecke, die Mauer zur Straße, alles war anders.»

«Und warum hast du mir das nicht erzählst, als du danach zu mir gekommen bist?»

«Ich hatte nicht die Kraft ...»

«Hat es mit deinem Bruder zu tun?»

Ich zucke zusammen.

«Hast du mit meinen Eltern gesprochen?»

Sie nickt.

«Was haben sie über Dan gesagt?»

«Nichts. Sie wollten nicht über ihn reden.»

«Gut.»

Sie sieht mich mit einem seltsamen Gesichtsausdruck an, aber ich glaube, sie versteht. Denn nach einer Weile sagt sie, dass wir schlafen gehen sollten.

«Du kannst heute im Arbeitszimmer übernachten. Morgen kannst du vorübergehend in die Wohnung einer Freundin in der Hornsgatan. Sie ist verreist, und ich gieße so lange ihre Blumen.»

Lexa bleibt in der Tür stehen, anscheinend will sie noch etwas sagen.

«Ja?», frage ich.

«Hast du nicht das Gefühl, dass es einen Zusammenhang gibt? Dass die Morde an diesen drei Kindern irgendwie mit dem Mord an Max zusammenhängen?»

«Nein», sage ich.

Sie wirkt enttäuscht, wünscht mir eine gute Nacht und schließt die Tür.

82

Montag, 9. November

Carl lehnte sich auf seinem Stuhl im Einsatzraum zurück und betrachtete das Wirrwarr aus Fotos und Stichpunkten auf dem Whiteboard. Seine Augen brannten vor Müdigkeit, und dumpfe Kopfschmerzen bahnten sich an.

Es war kurz nach zehn Uhr morgens. Asbjörns und Ylvas Team organisierte die «intensivierte» Suche nach Nicklas Eriksson, die inzwischen schon den dritten Tag andauerte. Man begann wieder ganz am Anfang und durchsuchte das bereits durchkämmte Gebiet ein zweites Mal. Doch diesmal kamen auch Leichenspürhunde zum Einsatz.

Ein paar Schreibtische weiter arbeiteten Rickard und Jodie das Material durch, das sie bislang zusammengetragen hatten. Überprüften Befragungen, die Berichte der Spurensicherung, versuchten, Verbindungen zu entdecken, die ihnen bisher entgangen waren. Rickard hatte sein Handy zwischen Schulter und Ohr geklemmt und telefonierte, während er gleichzeitig etwas in seinen Laptop tippte. Jodie blickte konzentriert auf ihren Bildschirm.

Carl starrte weiter auf das Whiteboard, bemüht, einen unvoreingenommenen Blick auf ihre Ergebnisse zu werfen. Einen Schritt zurückzugehen, wie er zu Linda gesagt hatte. Es wollte ihm nicht so recht gelingen.

Was hatte Robert Lindström mit den vier Opfern gemeinsam? Soweit sie wussten, nichts. Und welche Gemeinsamkeiten wiesen die vier Opfer auf?

Zumindest diese Frage konnte er beantworten: das geographische Gebiet. Skogås. Und die Tatsache, dass sie Kinder waren. Aber mehr auch nicht. Zwei waren befreundet – aber nicht mit den anderen beiden.

Trotzdem hatte er das Gefühl, dass irgendwo ein Zusammenhang existierte. Es konnte doch kein Zufall sein, dass Robert Lindström als Kind Camilla Sanders Bruder getötet hatte und ausgerechnet von ihrem Sohn auf dem Schulparkplatz gesehen worden war? Jedenfalls dürfte das kein Zufall sein.

Carl stand auf und trat an das Whiteboard. Von Robert Lindströms Foto gingen Pfeile zu den auf der Umgebungskarte eingekreisten Tatorten. Darunter standen «Pistolenschuss», «weißes Auto» und «Vergewaltigung von Camilla Sander». Irgendjemand – Carl tippte auf Rickard – hatte von Camilla Sanders Namen einen Pfeil zu der Stelle auf der Karte gezogen, an der ihr Bruder vor achtundzwanzig Jahren tot aufgefunden worden war. Carl fügte unter Lindströms Bild «verhindert Vergewaltigung von Lexa Andersson» hinzu und unter Camilla Sanders Namen «DNA-Treffer».

«Jodie, Rickard ...»

Beide sahen auf. Rickard hatte noch immer sein Handy am Ohr. Mit wem telefonierte er so lange?

«Wir haben das Ergebnis der DNA-Probe von Camilla Sander», informierte er sie. «Es *ist* Lindströms Sperma.»

«Gut», sagte Jodie. «Dann wissen wir immerhin, dass er es war.»

Sie schaute wieder auf ihren Bildschirm.

Carl wollte zu seinem Platz zurückgehen, doch dann setzte er sich Jodie gegenüber an den Schreibtisch.

«Was ist deiner Meinung nach gestern passiert?», fragte er. «Im Pålsundspark.»

Er hatte viel darüber nachgedacht.

«Was meinst du?» Jodie blickte auf.

«Am Samstag war sich Lexa Andersson sicher, dass Lindström der Verfasser der Drohbriefe ist und auf sie geschossen hat. Und gestern hat sie ihn auf einmal verteidigt?»

Jodie lehnte sich auf ihrem Stuhl zurück.

«Er hat sie schließlich gerettet», wandte sie ein.

«Glaubst du das wirklich? Dass er erst Camilla Sander vergewaltigt und dann die Vergewaltigung von Lexa Andersson verhindert?»

Jodie sah ihn fragend an.

«Das passt einfach nicht zusammen», sagte er. «Wir haben vermutlich genug gegen Lindström in der Hand, um ihn in Untersuchungshaft zu nehmen. Die DNA-Proben von Camilla Sander, dass er bei allen Morden nachweislich am Tatort war und die Zeugenaussage, die bestätigt, dass er zum Zeitpunkt von Olinda Sikonovas Verschwinden an der Schule in einem Auto gesessen hat. Plus dass er mit elf Jahren seinen Freund getötet hat, dass er uns angelogen hat …»

Jodie klappte den Bildschirm ihres Laptops nach unten.

«Glaubst du, dass Lexa Andersson in die Sache verwickelt ist?», fragte sie.

Carl schüttelte den Kopf.

«Oder dass sie die beiden Männer doch verwechselt hat?», fuhr Jodie fort. «Dass Lindström sie überfallen und der Unbekannte sie gerettet hat?»

Carl zuckte mit den Schultern.

«Das haben wir sie gefragt», sagte er. «Und sie hat es abgestritten, aber rein von der Logik her ist es die einzige plausible Erklärung …»

Jodie nickte, doch Carl war sich nicht sicher, ob sie ihm tatsächlich zustimmte.

«Ich habe gelesen, dass Zeugen, die unter starkem Druck stehen, Dinge völlig falsch in Erinnerung behalten können», sagte sie.

Carl hatte den Artikel ebenfalls gelesen. Er meinte sogar, sich zu erinnern, dass im Präsidium eine Zusammenfassung davon in Umlauf gewesen war. Er kniff sich in die Nasenwurzel. Dieselbe Geste, die sein Vater immer machte, wenn er nachdachte.

«Aber wenn nicht Lindström Lexa Andersson angegriffen hat», erwiderte er, «wer war es dann?»

Jodie dachte nach.

«Irgendjemand, der eine Verbindung zu ihr hat ... und zu dem Buch», sagte sie dann. «Rickard ...?»

Sie drehte sich um, doch Rickard hatte gerade ein neues Telefonat begonnen und winkte ab.

Carl kniff sich wieder in die Nasenwurzel, versuchte, die Müdigkeit zu vertreiben. Er war heute Morgen später zur Arbeit gekommen, aber es hatte nichts genützt. Wie immer, wenn er die Möglichkeit hatte, länger zu schlafen, konnte er es nicht. Punkt sieben Uhr war er aufgewacht, um seine übliche Zeit, und hatte anschließend auf dem Rücken im Bett gelegen, an die Decke gestarrt und über denselben Fragen gebrütet wie jetzt.

Aber jedenfalls wusste er, wo der Fehler lag.

«Wir kommen nicht weiter, bevor wir Lindström haben», sagte er unerwartet heftig.

«Ich weiß!» Jodie betonte die Worte auf die gleiche übertriebene Art wie Linda, wenn sie witzig sein wollte.

Verblüfft sah er sie an.

«Was anderes», sagte Jodie schnell. «Ich habe über diese Actionfigur von Nicklas Eriksson nachgedacht. Ich glaube, dass sie ein ‹Pferdekopf› ist.»

«Ein was?», fragte Carl.

«Erinnerst du dich an *Der Pate?*»

Carl schüttelte den Kopf. Er konnte nicht mal mit Sicherheit sagen, ob er den Film überhaupt gesehen hatte.

«Ein paar Mafiagangster legen einem Typen als Drohung einen abgetrennten Pferdekopf ins Bett, den Kopf seines Lieblingspferds.»

«Aha ...», sagte Carl zögernd. Er ging zu dem Regal, in dem sie ermittlungsrelevante Gegenstände aufbewahrten.

Wallquists Team hatte die Actionfigur überprüft und zurückgeschickt. Auf der Figur waren Fingerabdrücke gewesen, die mit großer Sicherheit von Nicklas Eriksson, Alice Jenander und zwei weiteren Kindern stammten.

«Du glaubst also, dass jemand Nicklas ... dass es eine Drohung war?» Carl betrachtete die kopflose Figur.

Jodie zuckte mit den Schultern.

«Das war nur so eine Idee», sagte sie. «Ehrlich gesagt glaube ich nicht, dass man einen Elfjährigen auf diese Weise bedroht.»

Carl stellte die Figur ins Regal zurück.

«Nein, wohl eher nicht», erwiderte er. Nach einer kurzen Pause fügte er hinzu: «Ich hole mir einen Kaffee.»

«Ich komme mit», sagte Jodie.

Schweigend liefen sie den Flur entlang zur Teeküche.

«Was möchtest du?» Carl studierte die Tasten der Kaffeemaschine.

«Milchkaffee.»

Die Maschine begann zu summen. Einen Moment später

lief eine wässrige Flüssigkeit in den Becher. Doch Jodie nippte daran und schien es zu mögen. Carl wählte das Getränk, das dem Automaten zufolge ein normaler Kaffee mit Milch sein sollte. Es schmeckte einfach nur bitter, fand er. Mit Kaffee hatte es nicht sonderlich viel zu tun.

«Hier seid ihr!» Rickard stürzte atemlos in die Teeküche.

Carl fuhr so schnell herum, dass er den halben Inhalt seines Bechers verschüttete.

«Die Kollegen haben Lindström gesehen!»

«Wie bitte?» Carl entsorgte den Rest seines Kaffees im Spülbecken.

«Die Streife, die Lexa Anderssons Wohnung observiert. Ich habe über Funk gehört, dass sie gesehen haben, wie Andersson mit einem Mann, den sie als Robert Lindström identifiziert haben, aus dem Haus gekommen ist.»

«Haben sie ihn festgenommen?», fragte Jodie.

«Nein, ‹er ist abgängig›.»

«Wie bitte?», wiederholte Carl. «Aber sie sind ihm doch wohl gefolgt! Er ist zur Fahndung ausgeschrieben, verflucht noch mal!»

«Ja, aber sie sind die Treppe zum Skinnarvikspark hochgegangen.»

«Willst du mich auf den Arm nehmen?!», rief Carl. «Wieder ein Park. Konnten die Kollegen etwa nicht aus dem Auto steigen und an den beiden dranbleiben?»

Rickard zuckte mit den Schultern.

«Ich weiß nicht, ich war nicht dabei ...»

«Nein, natürlich. Entschuldige.»

«Aber ich glaube, sie haben den Park abgesucht. Und da war Lindström verschwunden.»

«Scheiße!», fluchte Jodie laut.

«Wann war das?», fragte Carl.

«Vielleicht vor einer Viertelstunde. Die Kollegen haben es gerade an die Leitstelle durchgegeben.»

«Haben sie weitere Streifen dorthin geschickt, um die Suche zu verstärken?»

Rickard schüttelte den Kopf.

«Sollen wir hinfahren?», fragte Jodie.

«Zu spät ... Jetzt sind sie weg.»

Sie schwiegen einen Moment.

«Der Skinnarvikspark», sagte Carl dann. «Was wollten sie da?»

«Die Streife abwimmeln?», schlug Rickard vor.

Carl schüttelte den Kopf.

«Sie wollten irgendwohin, nur wohin?»

«Zu einem Versteck für Lindström?», mutmaßte Jodie.

«Anderssons Wohnung war doch ein perfektes Versteck – bis sie es verlassen haben ...»

Rickard lächelte gequält.

«Wenn ihr mich nicht mehr braucht, gehe ich wieder an meine Arbeit.»

«Ja, mach das ... Danke!», sagte Carl.

Jodie wartete, bis Rickard im Flur verschwunden war, dann wandte sie sich wieder an Carl.

«Lexa Andersson hat uns angelogen», sagte sie. «Und jetzt deckt sie einen zur Fahndung ausgeschriebenen Straftäter. Warum?»

Carl zuckte mit den Schultern.

«Vielleicht wollen sie sich mit irgendjemandem treffen?», erwiderte er. «Wegen dieses Buchs.»

«Jetzt, wo nach Lindström gefahndet wird?», wandte Jodie skeptisch ein.

Carl nickte. Lindström hatte Lexa Andersson gestern einen Besuch abgestattet. Er war überzeugt, dass es mit dem Buch zusammenhing.

«Wen haben sie bisher interviewt?», fragte er. «Hast du nicht Lexa Anderssons Namensliste abfotografiert?»

Jodie zog ihr Handy aus der Tasche.

«Ja, hier ...»

Carl beugte sich vor.

«Lindströms Eltern», sagte Jodie. «Aber mit denen haben wir schon gesprochen ... Hier: Max' und Camillas Vater, Kenneth Sander.»

«Da steht irgendwas.» Carl versuchte, den richtigen Abstand zum Handydisplay zu finden, damit er es entziffern konnte, doch er wusste, dass er für einen derart kleinen Text eine Lesebrille benötigte.

«Das ist ein Datum.» Jodie sah auf die Datumsanzeige ihres Handys. «Das Datum von heute.»

Sie schob das Foto auf dem Display hin und her.

«Das ist der einzige Eintrag für heute.»

«Wir versuchen es da», beschloss Carl und ging zur Tür.

«Soll ich Rickard Bescheid sagen?», fragte Jodie.

«Er kommt bestimmt ohne dich klar ...»

Carl hatte nicht auf die eventuelle Affäre der beiden anspielen wollen und bereute seine Äußerung, doch Jodie lachte nur.

«Ich denke, *wir* kommen ohne ihn klar.»

83

Juli, 28 Jahre zuvor

Wenn ich mich anstrenge, erinnere ich mich an Andreas. Sehe ihn ganz deutlich vor mir. Er steht auf dem Berg, ein Stück von mir entfernt, und sieht mich an, er klammert sich an einen Baum, um nicht abzurutschen.

«Du spinnst doch, Robert! Du wirst dir das Genick brechen!»

Ich stehe breitbeinig über dem Sattel meines BMX-Rads, sammele mich und gucke auf den Fußweg, der unten zwischen den Bäumen hindurchschimmert. Ein schmaler, kaum erkennbarer Pfad verläuft über den Berg zum Weg hinunter. Diesen Pfad will ich mit meinem BMX runterfahren.

Andreas sieht mich fasziniert an. Hypnotisiert. Wie wenn man Zeuge eines krassen Autounfalls wird.

Dann setze ich meine Füße auf die Pedalen und lasse den Baumstamm los, an dem ich mich festgehalten habe.

Die Beschleunigung ist viel stärker, als ich es mir vorgestellt habe, wie eine Urgewalt, die mein BMX erfasst und mich den Abhang hinunterkatapultiert. Das Vorderrad holpert über den unebenen Boden, und ich umklammere krampfhaft den Lenker, um nicht vom Fahrrad zu fallen. In einem unnatürlich ausgedehnten Moment sehe ich das Vorderrad den Pfad hinunterrollen, wie es durch ein Blaubeergestrüpp pflügt und gegen einen halben Meter hohen Stein prallt, dann spüre ich, wie ich nach vorne geschleudert werde und durch die Luft fliege.

Das Nächste, woran ich mich erinnere, ist der Schmerz.

Er durchstrahlt meinen Körper. Hintern, Schultern, Hände.

Alles tut weh. Dann merke ich, wie Andreas mir aufhilft, und mich dabei so fest am Arm zieht, dass es in meiner Schulter knackt.

«Bist du okay?»

Ich höre, dass er besorgt ist und nicht weiß, was er machen soll, ich sehe es ihm an.

Aber ich bekomme kein Wort heraus. In meinen Lungen ist keine Luft, ich kann nicht atmen. Orientierungslos taumele ich im Kreis herum, weiß nicht, wo ich hinsoll. Ich glaube, Andreas sieht die Panik in meinem Gesicht. Und diese Panik macht ihm Angst.

Hinterher, als er mich nach Hause bringt, fragt er:

«Warum hast du das gemacht? Du wusstest doch, dass es nicht geht ...»

Ich antworte nicht, humpele schweigend weiter, kämpfe gegen den Schmerz an. Er lacht mich aus. Hält mich für verrückt. Auf eine *witzige* Art verrückt. Wie ein Clown. Ein Daredevil im Zirkus.

Aber das bin ich nicht.

84

Montag, 9. November

In seinen Mundwinkeln kleben Speichel und Essensreste, bräunlich gelbe Flecken. Auf den weißen Bartstoppeln, die der Rasur entgangen sind, sind sie deutlich zu sehen. Er selbst (oder jemand von den Pflegekräften) hat die Hautfalten beim Rasieren nicht glatt gezogen, sodass jetzt lange weiße Stoppeln an Kinn und Hals hervorsprießen.

«Hallo, Herr Sander», sagt Lexa laut und übertrieben artikuliert.

Als Kenneth Sander sich auf seinem Lehnstuhl vorbeugt, bleibt sein blaues Hemd einen Moment hinter seiner Bewegung zurück, bevor es seinem Körper folgt. Im Raum riecht es nach Urin. Dunkle, eingetrocknete Flecken schimmern im Schritt seiner hellen Synthetikhose, die von einem Ledergürtel gehalten wird, in den dilettantisch zusätzliche Löcher gestanzt wurden, um ihn enger schnallen zu können.

Ich erkenne den Mann nicht wieder, kein bisschen.

«Wer seid ihr?» Seine Stimme ist rau und kratzig. «Und was zum Teufel wollt ihr? Ständig läuft hier Gesocks herum. Diebesgesindel, alle miteinander. Ausländer! Können nicht mal so reden, dass man sie versteht. Widerlich!»

Er beugt sich zur Seite und spuckt auf den Boden. Das Pflegeheim scheint neueren Datums zu sein, und die Spucke ist auf dem hellen Holzfußboden deutlich zu sehen.

Die Pflegerin, die uns zu seinem Zimmer gebracht hat (schwarze Haare, dunkle Hautfarbe), scheint sich nicht daran zu stören. Sie steht im Türrahmen und sieht sich die Szene abwartend an. Als sei sie bereit einzugreifen, falls etwas aus dem Ruder laufen sollte. Ich lese ihr Namensschild: Farah.

«Wir sind hier, um mit Ihnen über Ihren Sohn Max zu sprechen. Mein Name ist Lexa Andersson, und das ist ...»

«Ich habe keinen Sohn!»

Kenneth Sander blickt mit wässrigen blauen Augen auf.

«Nein», erwidert Lexa ernst. «Aber Sie hatten einen Sohn. Er ist mit elf Jahren gestorben.»

Etwas Dunkles tritt in seinen Blick. Seine Hände umklammern die Armlehnen. Wie ein Hund, der angreifen will, knurrt er dumpf:

«War das der verfluchte Mistkerl, der meine Uhr kaputt gemacht habt? Dem werde ich eine ordentliche Tracht Prügel verpassen ...»

Er macht Anstalten aufzustehen. Schnell löst sich Farah vom Türrahmen und geht zu ihm.

«Kenneth, Sie haben die Uhr selbst kaputt gemacht, das wissen Sie doch.» Resolut drückt sie ihn zurück auf den Stuhl.

Mir wird klar, warum er aussieht, wie er aussieht: Niemand hält es mit ihm aus. Niemand hat die Kraft, gegen so viel Zorn anzukämpfen.

Lexa nickt Farah dankbar zu, die sich wieder in den Türrahmen zurückzieht.

«Robert war früher mit Ihrem Sohn befreundet. Mit Max. Erinnern Sie sich?»

Kenneth Sander sieht mich an, sagt aber nichts. (Zum Glück.)

«Ihr Sohn wurde ermordet», fährt Lexa fort.

Sein Blick wandert von mir zu Lexa, die sich ihm gegenüber auf einen Stuhl gesetzt hat, ganz vorne auf die Kante. Ich ziehe den anderen Stuhl, den es im Zimmer gibt, heran und setze mich neben sie. Kenneth Sander mustert uns missbilligend.

«Erinnern Sie sich?», wiederholt Lexa, flehend.

«Ja ... irgendjemand hat ihn erschlagen», erwidert er und sieht mich an. «Warst du das?»

«Das glauben wir nicht», sagt Lexa rasch.

Kenneth Sander streckt sich, sein Blick ist wieder fest auf Lexa gerichtet, und plötzlich verhärtet sich seine Miene.

«Wer hat es dann getan?», fragt er.

«Genau darüber wollen wir mit Ihnen sprechen», antwortet Lexa sanft.

Er schnaubt so heftig, dass ihm ein gelber Rotzfaden aus der Nase fliegt und in den Bartstoppeln über seiner Oberlippe hängenbleibt. Er macht keine Anstalten, ihn wegzuwischen, ist sich dessen vermutlich nicht einmal bewusst.

«Erinnern Sie sich an einige von Max' Freunden?», fragt Lexa. «Oder an Freunde von Camilla?»

Ich kann nicht aufhören, auf den gelben Rotzfaden zu starren. Wie in einem Film, wenn die Kamera ein bestimmtes Detail dicht heranzoomt.

«Max war ein feiner Kerl», sagt Kenneth Sander. «Ordentlich. Tat, was man ihm sagte. Hatte Respekt! Das kann man von den Gören heutzutage nicht mehr sagen ...»

«Können Sie sich daran erinnern, ob irgendwer gemein zu Max war, bevor er ... ermordet wurde?»

«Das hätte ich niemals zugelassen! Dem Kerl hätte ich eine tüchtige Abreibung verpasst, so viel ist sicher ...»

«Ja», erwidert Lexa geduldig. «Er hat also nie etwas erzählt? Dass ihn jemand verprügelt hat, zum Beispiel?»

«Max?», fragt Kenneth Sander.

Lexa nickt. Einen Moment lang sieht er sie erstaunt an, als

würde eine unerwartete Erinnerung in seinem Kopf vorbeiziehen.

«Nein», sagt er dann gelassen.

«Kannten Sie einen Jungen, er war damals ein Teenager, der Bernt hieß? Bernt Juuso?»

«Ein verdammter Rowdy!», ruft Kenneth Sander, ohne zu zögern.

«Bernt war Ihrer Meinung nach also ein Rowdy, ja?», fragt Lexa vorsichtig.

«Aber ich hab mir das Bürschchen vorgeknöpft», fährt Kenneth Sander fort, ohne sich um Lexas Frage zu scheren. «Ich hab ihm gesagt, dass er die Finger von ihr lassen soll!»

«*Ihr*? Von wem?»

«Meiner Tochter. Er hat sie umklammert wie eine Schlange ihre Beute ...»

«Und Max? Hat Bernt auch Max drangsaliert?»

Kenneth Sander blickt Lexa an.

«Die verfluchte Schlampe!», sagt er so heftig, dass Lexa zusammenfährt und sich nach hinten lehnt.

«Wer? Reden Sie von Camilla?», fragt sie. «Ihrer Tochter?»

«Reißt immer ihr Maul auf und gibt Widerworte, hält sich für clever. Aber ich weiß, was sie für eine ist. Ich wusste schon immer, was sie treibt!»

Er grunzt zufrieden.

«Warum reden Sie so über Ihre Tochter?»

Er sieht mich verblüfft an, als hätte ich etwas gesagt.

«Sie wohnte unter meinem Dach. Sie hatte zu tun, was ich sage!»

Grimmig starrt Kenneth Sander auf den Boden, auf seinen Spuckfleck.

«Hab sie nicht mehr gesehen, seit sie klein war ...»

«Wen?»

«Camilla natürlich! Von wem zum Teufel, glauben Sie, reden wir hier?»

Farah schüttelt den Kopf und sagt lautlos: *Kommt zu Besuch.*

«Der Tag, an dem Max gestorben ist», wechselt Lexa das Thema. «Können Sie sich daran erinnern?»

Kenneth Sander blickt zornig auf. Lexa beugt sich wieder vor und lächelt ihn an.

«Nichts …», beginnt sie, doch er fällt ihr augenblicklich ins Wort.

«Sie war voller Blut! Sagte, dass Max etwas passiert sei. Passiert? Ja, so kann man es wohl nennen … Er war tot.»

Er schüttelt den Kopf, starrt auf seine Knie. Und plötzlich steigen ihm Tränen in die Augen. Ich habe keine Ahnung, woher die kommen. Erst Wut – dann Trauer. Als hätte jemand einen Schalter in seinem Kopf umgelegt.

«Irgendjemand hat meinen Jungen erschlagen», schluchzt er. «Meinen Jungen.»

«Wer?»

Er richtet den Blick wieder auf uns, wirkt einen Moment vollkommen verwirrt, dann holt er Luft.

«Es war ihre Schuld. Sie hätte auf ihn aufpassen müssen. Aber ich wusste …»

Er deutet mit dem Zeigefinger auf seine Schläfe.

«Diese unverschämte, nichtsnutzige Rotzgöre!»

«Wer? Ihre Tochter?»

Wieder sieht er Lexa böse an.

«Was? Nein, verdammt. *Er!*»

«Der Rowdy?»

Kenneth Sander starrt auf seine Hände, antwortet nicht.

«Warum sind Sie so wütend auf ihn?»

«Er hat mir meine Tochter weggenommen!»

Lexa nickt.

«Ich verstehe, aber Max, Ihr Sohn, wer hat ihn getötet?», macht sie einen neuen Versuch.

Kenneth Sander lehnt sich auf seinem Stuhl zurück, schließt die Augen. Für ihn scheint alles Gegenwart zu sein. Ich habe irgendwo davon gelesen. Für senile Menschen gibt es keine Zeit, damals und heute haben ihre Bedeutung verloren.

Als Kenneth Sander die Augen wieder öffnet, blickt er uns verwundert an.

«Seid ihr immer noch hier? Was wollt ihr eigentlich? Wenn ihr vorhabt zu klauen, werde ich ...»

Lexa sieht mich an und schüttelt fast unmerklich den Kopf. Ich verstehe, dass sie aufgegeben hat. Kenneth Sander blickt sich wütend um, bis er Farah entdeckt, die noch immer an der Tür steht und wartet.

«Wo bleibt mein Mittagessen? Ich sitze hier und verhungere!»

Er wedelt zornig mit einer Hand und macht erneut Anstalten, sich von seinem Stuhl zu erheben, doch Lexa ist schon aufgestanden und versetzt ihm einen sanften Stoß, sodass er zurücksinkt. Verblüfft sieht er sie an.

«Schlagen Sie mich?», fragt er.

«Nein, und wir wollen auch nichts klauen. Wir haben mit Ihnen über Ihren Sohn gesprochen, und jetzt gehen wir. Danke für Ihre Zeit.»

Er sieht sie verständnislos mit leerem Blick an, doch dann flammt sein Zorn erneut auf:

«Hier gibt's auch nichts mehr zu holen. Diese verfluchten Ausländer haben alles geklaut. Die laufen hier rum und ...»

«Beruhigen Sie sich, Kenneth.» Farah hilft ihm auf. «Jetzt gehen wir in den Speisesaal und essen unser Mittagessen ...»

«Aha ... und woher zum Teufel willst du das wissen?»

Er starrt sie an. Farah lächelt und sagt nachsichtig:

«Kommen Sie, es ist nicht weit. Wir gehen nur ein kurzes Stück den Flur entlang, und schon sind wir da ... Das machen Sie jeden Tag.»

Er fasst sie mit einer zittrigen Hand am Arm und setzt langsam und verkrampft einen Fuß vor den anderen. Lexa hält ihnen die Tür auf.

«Danke, dass wir kommen durften», flüstert sie Farah leise zu.

Dann erklingt draußen auf dem Flur eine resolute Stimme, die wir beide wiedererkennen:

«Wir suchen Kenneth Sander. Welches Zimmer ist seines?»

85

«Kenneth?», fragte die Pflegerin. «Er ist ...»

Sie drehte sich auf dem Absatz um.

«... da.» Sie zeigte den Flur hinunter. «Der Mann in dem blauen Hemd. Aber es ist gerade Mittagessenszeit, das ist nicht unbedingt ...»

Der Essensgeruch auf dem Flur erinnerte Jodie an die Speisesäle ihrer Schulzeit. Der gleiche ranzige Bratfettdunst. Was setzten sie den alten Leuten eigentlich vor?

«Danke», sagte sie. «Es dauert nur einen Moment.»

Sie ging auf den Mann zu, auf den die Pflegerin gedeutet hatte. Carl murmelte ebenfalls ein Dankeschön und folgte ihr.

«Entschuldigen Sie», sagte Jodie, als sie den Mann erreichte. «Sind Sie Kenneth Sander?»

«Und wer zum Teufel will das wissen?», knurrte er.

Sein aggressiver Tonfall ließ Jodie einen Schritt zurückweichen. Sie musste an ihren Großvater denken, aus dem zum Ende hin ein fluchender und unter Wahnvorstellungen leidender Mann geworden war, der keine Ahnung mehr gehabt hatte, wer sie war.

Sie sah die Pflegerin, die Kenneth Sander am Arm führte, fragend an, und las ihr Namensschild.

«Farah, könnten Sie bitte ...»

Die Pflegerin blickte den Mann aufmunternd an.

«Unglaublich, wie viel Besuch Sie heute bekommen. Ist das nicht toll, Kenneth?»

Er schnaubte.

«Toll? Verflucht, nein … Kommen nur her, weil sie irgendwas wollen … Aber von mir kriegt ihr nichts!»

Er sah Jodie und Carl an.

«Hört ihr? Einen Scheiß bekommt ihr! Denn hier gibt es nichts zu holen.» Er gluckste zufrieden.

Farah lächelte ihnen entschuldigend zu.

«Sind Sie Bekannte von Kenneth?»

«Wir sind von der Polizei», erklärte Jodie rasch. «Mein Name ist Jodie Söderberg, und das ist mein Kollege Carl Edson. Eigentlich sind wir auf der Suche nach zwei anderen Personen. Robert Lindström und Lexa Andersson. Sie waren nicht zufällig hier?»

«Doch, waren sie», erwiderte Farah erstaunt. «An den Namen der Frau erinnere ich mich genau. Sie sind gerade gegangen. Sie müssen ihnen begegnet sein.»

«Gerade eben?»

Carl wirbelte herum und blickte den Flur hinunter. Leer.

«Und Sie sind ganz sicher, dass sie nicht noch in Herrn Sanders Zimmer sind?», fragte er.

Farah sah verwirrt aus.

«Nein, das glaube ich nicht. Sie haben sich verabschiedet und sind gegangen … Wir kommen ja nicht so schnell vorwärts.»

Sie wies mit dem Kopf auf Kenneth Sander, der kurze, schlurfende Schritte machte.

«Dürfte ich einen Blick in Herrn Sanders Zimmer werfen?», fragte Carl. «Sicherheitshalber.»

«Natürlich. Die dritte Tür auf der linken Seite. Zimmer A6.»

«Ich gehe nach unten.» Jodie nickte Carl zu und verschwand in Richtung Treppenhauseingang und Fahrstühle.

Carl hastete den Flur entlang. Vor der Tür von Zimmer A6 blieb er einen Moment stehen und horchte, dann riss er sie mit einem Ruck auf und betrat das Zimmer.

Es war leer. Ein Fenster stand offen und ließ kalte graue Herbstluft herein, trotzdem roch es beißend nach Urin.

Als er wieder auf den Flur hinausging, stieß er auf Jodie, die den Kopf schüttelte.

«Im Treppenhaus war niemand», sagte sie. «Und die beiden Fahrstühle standen auf dieser Etage.»

Carl kehrte in das Zimmer zurück und trat ans Fenster. Es lag im dritten Stock. Der Eingang des Pflegeheims im Erdgeschoss ging auf den Bürgersteig hinaus.

«Ich denke, sie sind weg», sagte er.

86

«Wer sind Sie?»

Die ältere Dame sieht uns fragend (verängstigt?) an, als wir plötzlich in ihrem Zimmer stehen. Ich erwidere ihren Blick (panisch).

«Wir ...», beginne ich, aber Lexa fällt mir ins Wort.

«Wir sind Inspektoren. Wir sind hier, um die Pflegequalität zu gewährleisten, die Sie erhalten. Wie gefällt es Ihnen hier?»

Verwirrt blinzelt uns die alte Dame an.

«Ich ...», erwidert sie. «Ich weiß nicht, was ich sagen soll. Die Pfleger und Pflegerinnen sind nett.»

«Gibt es etwas, womit Sie nicht zufrieden sind?»

Die Dame blinzelt wieder.

«Nein ... ja, das Essen ...»

«Sind die Portionen zu klein?»

«Nein, das nicht, aber ...»

Lexa lässt sie nicht ausreden, fragt nach Sauberkeit, Hygiene und Freizeitaktivitäten, ohne auf die Antworten zu achten. Als ich die Tür vorsichtig öffne und hinausspähe, ist der Flur leer. Die Polizisten sind verschwunden.

«Ich denke, wir sollten jetzt gehen», sage ich zu Lexa, die schnell vom Stuhl aufspringt, auf den sie sich gesetzt hat.

«Zu kleine Essensportionen, wir werden das an die Heimleitung weitergeben ...»

«Nein, das habe ich doch gar nicht gesagt ...», protestiert die Frau aufgebracht, aber Lexa hat die Tür schon hinter uns geschlossen.

Als wir am Speisesaal vorbeikommen, höre ich Kenneth Sanders raue Stimme:

«Diese Pampe sollen wir essen?! Das ist Schweinefraß!»

Als wir Richtung Norden auf den Huddingevägen biegen (neuer Mietwagen, rot diesmal), schüttelt Lexa den Kopf.

«Ich fasse nicht, dass ich das tue!»

«Was?», frage ich.

«Ich verhelfe einem zur Fahndung Ausgeschriebenen zur Flucht ... decke einen Straftäter ... behindere eine Polizeiermittlung ... oder wie das heißt.»

«Danke ...», sage ich lahm.

«Bedank dich nicht, pass lieber auf, dass uns niemand folgt!»

Ich drehe mich um.

«Keine Polizeistreife ...»

«Achte auf ganz normale Pkw! Neulich ist mir abends ein Auto gefolgt, als ich ... Pass bitte auf!»

«Ja klar ... aber uns folgt niemand.»

Sie fährt schnell, viel schneller als erlaubt, bleibt auf der linken Spur, drängelt.

«Siehst du jemanden?», fragt sie erneut.

Ich drehe mich wieder um. Es herrscht starker Verkehr, viele Autos sind in Richtung Norden unterwegs (immerhin ist es eine Autobahn, was erwartet sie?). Soweit ich es beurteilen kann, könnte uns jeder folgen.

«Nein», erwidere ich und blicke wieder nach vorne, damit mir nicht schlecht wird.

Der Stoß kommt aus dem Nichts. Das Geräusch ist beängstigend laut, schneidend schrill. Wir werden in unsere Sitze gepresst und im nächsten Moment nach vorn geschleudert.

Das Auto beginnt zu schlingern. Lexa reißt am Lenkrad, versucht gegenzulenken.

«Verfluchte Scheiße!», schreit sie.

Ich drehe mich um, ein blauer Mazda klebt an unserer Stoßstange. Als Lexa bremst und nach rechts blinkt, um auf den Standstreifen zu fahren, zieht er auf der linken Spur an uns vorbei.

«Was zum Teufel war das?», fragt sie.

«Ich habe keine Ahnung ... Warum hat er nicht angehalten?»

Lexa starrt mich an.

«Bist du bescheuert? Das war Absicht! Irgendjemand ist hinter uns her.»

Obwohl sie das Lenkrad fest umklammert, sehe ich, dass ihre Hände zittern.

«Hast du dir das Kennzeichen gemerkt?»

Ich schüttele den Kopf. Habe nicht einmal daran gedacht, darauf zu achten.

«Aber der Fahrer saß alleine im Auto», sage ich.

«Das gefällt mir nicht», erwidert Lexa. «Das war das dritte Mal, dass es jemand auf mich abgesehen hat.»

Sie dreht sich zu mir und starrt mich an.

«Es geht um das Buch», sagt sie. «Irgendjemand will nicht, dass wir es schreiben. Wenn du Max nicht getötet hast, wer war es dann? Du musst dich erinnern, Robert!»

87

August, 28 Jahre zuvor

Draußen ist es heiß. Ich trage ein zu großes rotes T-Shirt und Jeansshorts, trotzdem schwitze ich. Wir lungern faul im Schatten auf dem Spielplatz neben der Schule herum, Andreas und ich. Vom Sumpfgebiet auf der anderen Seite des Gehwegs weht ein muffiger Geruch zu uns herüber, wie immer, wenn es austrocknet und der Schlamm zum Vorschein kommt.

«Versteck dich», sagt Andreas plötzlich. «Dahinten kommt Max …»

Aber es ist zu spät. Er hat uns gesehen. Ich merke sofort, dass irgendetwas mit ihm ist.

«Raucht ihr nicht?», fragt er.

«Nein», antwortet Andreas.

Wie es seine Art war, kurz, ohne zig Erklärungen, einfach ein Nein.

«Wenn ihr wollt, ich hab genug Zigaretten», verkündet Max. «Ein ganzes Lager.»

«Was faselst du da?», frage ich.

«Kommt mit …»

Max ist Feuer und Flamme. Er läuft vor uns den Pfad zur Bucht hinunter. Der trockene Lehm staubt unter unseren Füßen.

«Wo gehen wir hin?»

Er grinst nur.

«Wartet's ab! Da bleibt euch die Spucke weg, das versprech ich euch …»

Als wir den großen Bunker erreichen, verschwindet Max vor uns in dem Gebüsch, das den niedrigen Betonbau fast komplett überwuchert.

«Was sollen wir hier?», fragt Andreas.

«Wollt ihr es sehen oder nicht?»

Wir folgen ihm zu der Eisentür. Er dreht sich um und grinst uns überlegen an. Als hätte er uns irgendwas bewiesen. Ein *Was sagt ihr jetzt*-Blick.

«Ja …?», sagt Andreas zögernd.

Die Tür steht offen, ein schmaler Spalt. Max dreht sich um und stemmt sie auf, mit aller Kraft.

«Geht rein, dann seht ihr's.» Er macht einen Schritt zur Seite.

Ich gehe ein Stück vor, rieche aber sofort, dass jemand in dem Bunker raucht. Ein merkwürdig süßlicher Geruch schlägt mir entgegen.

«Scheiße, Max!», flüstert Andreas. «Die rauchen dadrinnen Gras. Da geh ich nicht rein.»

Er macht kehrt.

«Komm, wir hauen ab!»

Aber Max bleibt hartnäckig stehen.

«Ihr habt Schiss! Hab ich recht? Ihr traut euch nicht. Feiglinge. Markiert die coolen Macker, wenn ihr auf der Baustelle raucht, aber jetzt …»

«Kapierst du nicht?», zischt Andreas wütend. «Irgendein Junkie hat sich dadrinnen bis zum Anschlag zugedröhnt …»

«Na und?», erwidert Max trotzig.

Dann geht er in den Bunker, verschwindet in der Dunkelheit. Ich höre, dass er über irgendetwas stolpert, dann eine Stimme, die ihn anschreit.

«Was machst du, verdammt?»

Es ist Bernt.

Max stottert irgendetwas Unverständliches. Eine zweite Stimme erklingt:

«Antworte endlich, du kleines Aas!»

Als Max nichts sagt, schreit die Stimme:

«Du hast uns beklaut, du kleiner Scheißkerl! Ich hab's doch gesagt, irgendwer klaut unser Dope! Hab ich's nicht gesagt?»

Bernts träge Stimme:

«Reg dich ab, Ted. Das ist Camillas kleiner Bruder, verdammt.»

Aber Ted scheint wie von Sinnen.

«Ich schlitz dich auf, verfluchte Scheiße noch eins! Dafür wirst du sterben! Kapierst du?»

Ich höre, wie Max schreit und dann plötzlich verstummt.

Ted muss ihn in den Bauch geboxt haben, es klingt, als schnappe er nach Luft.

Bernt lallt irgendwas, das ich nicht verstehe.

«Halt die Schnauze!», brüllt Ted. «Der kleine Scheißkerl war's! Ich schlitz ihn auf. Hörst du? Ich werde dir deinen Schwanz abschneiden!»

«Neeeeein ...»

Es ist Max, der schreit, aber es klingt nicht nach ihm. Ein schriller, besinnungsloser Schrei, wie ein sterbendes Tier.

«Ich hab nichts gemacht! Ich schwöre. Sie waren es.»

Andreas und ich sehen uns an. Wir haben beide wie versteinert draußen vor der Tür gestanden und zugehört. Jetzt wachen wir aus unserer Erstarrung auf und rennen los, zwängen uns durch die Büsche zurück auf den Pfad.

Andreas ist schneller als ich. Ich sehe nur noch seinen Rücken, als er in Richtung Schule davonläuft, rufe ihm nach, dass er warten soll. Aber er rennt einfach weiter. Panisch.

Ich laufe zu Max' Haus und klingele Sturm. Bringe das langgezogene Ding-dong-ding zum Verklingen und lasse es von vorn beginnen, wieder und wieder. Und die ganze Zeit murmele ich: *Sei zu Hause! Sei zu Hause!*

Doch niemand macht auf. Ich gehe um das Haus herum zur Kellertür, hämmere und trete dagegen.

So will ich mich daran erinnern, so habe ich es Andreas hinterher erzählt und meinen Eltern. Aber es ist nicht wahr. Ganz so war es nicht. Ich habe keine Hilfe geholt. Ich bin nach Hause gelaufen und habe die Tür hinter mir abgeschlossen.

Stattdessen war Camilla diejenige, die viele Stunden später zu *mir* nach Hause kam.

«Ist Max hier?», fragte sie im selben Moment, als ich die Tür aufmachte.

Ich schüttelte den Kopf.

«Wo ist er dann? Er war doch mit dir und Andreas zusammen!», sagte sie.

«Er ist im Bunker ...» Ich starrte auf den Boden. «Dem neben dem Pfad ...»

Sie zwang mich mitzukommen. Aber als wir am Bunker ankamen, war die Eisentür zu. Jemand hatte einen großen Stein davorgelegt und sie versperrt. Gedämpft hörte ich, wie jemand hinter der Tür rief.

Camilla sah mich an. Es war ein merkwürdiger Blick. Dann bückte sie sich und versuchte, den Stein zur Seite zu schieben.

«Los, hilf mir!», schrie sie. «Steh nicht einfach nur rum, du kleiner Mistkerl.»

Ich packte eine Ecke des Steins, und gemeinsam gelang es uns, ihn zur Seite zu wälzen und die Tür zu öffnen.

Max stand gefesselt an der Wand, Arme und Hände zur Seite gestreckt, wie ein Gekreuzigter. Sein Gesicht war dreckig, Tränen hatten schmutzige Schlieren auf seinen Wangen hinterlassen. Sein Pullover war kaputt, vorne auf der Brust verlief ein langer Riss, und er hatte sich in die Hose gemacht. Ein deutliches Rinnsal vom Schritt runter auf seine Schuhe. Aber er blutete nicht. Niemand hatte ihn aufgeschlitzt.

«Was ist passiert, Max?», fragte Camilla. «Wer war das?»

Mit aufgerissenen Augen starrte er mich an.

«Er!», sagte er. «Robert und Andreas waren das! Sie haben mich hier eingesperrt!»

88

Montag, 9. November

«Wir haben sie verpasst», sagte Jodie.

Sie fuhr nach Norden, in Richtung Innenstadt. Carl beobachtete den Verkehr, musterte reflexartig die Autofahrer neben ihnen.

«Wir stehen wieder ganz am Anfang», fuhr Jodie fort.

Er warf ihr einen Blick zu.

«Nein, der Meinung bin ich nicht», widersprach er. «Wir haben doch gerade die Bestätigung erhalten, dass Lindström und Andersson tatsächlich weiter an diesem Buch arbeiten.»

Wieder musterte er die Pkw neben ihnen.

«Aber warum?», fuhr er fort. «Nach Lindström wird gefahndet, und Andersson erhält Todesdrohungen ... trotzdem recherchieren sie weiter für *ein Buch.*»

Er schüttelte den Kopf.

«Sie müssen irgendetwas entdeckt haben», mutmaßte Jodie. «Irgendetwas, das so wichtig ist, dass sie ... das Risiko in Kauf nehmen.»

Sie wechselte auf die rechte Spur.

«Haben wir Lexa Andersson danach gefragt?», sagte Carl.

«Nein», antwortete Jodie. «Wir haben uns nur die Liste der Leute geben lassen, mit denen sie gesprochen hat. Aber nach diesem alten Fall haben wir sie nicht gefragt.»

«Der Max-Sander-Fall», murmelte Carl nachdenklich. «Wir sollten uns die alten Ermittlungsakten ansehen.»

Jodie warf ihm einen erstaunten Blick zu. Ihm war klar, dass sie sich fragte, warum sie sich mit einem achtundzwanzig Jahre alten Fall beschäftigten sollten, aber er war dankbar, dass sie wenigstens nicht widersprach.

«Ich kann Rickard bitten, die Akten zu besorgen», sagte sie.

Carl schüttelte den Kopf.

«Das nützt nichts», erwiderte er. «Die Akten umfassen mehrere tausend Seiten. Wir würden Wochen brauchen, uns da durchzuarbeiten.»

«Rickard könnte uns helfen ...»

Carl sah einem blauen Auto nach, das sie links überholte. Aber es war nur eine Familie mit Kindern.

«Jemand, der schon mit der Ermittlung vertraut ist, wäre besser», sagte er.

«Der leitende Ermittler von damals?», schlug Jodie vor. «Göran Nyman?»

Carl griff nach seinem Handy und rief die Auskunft an.

Jodie warf ihm einen weiteren erstaunten Blick zu, als er darum bat, mit Göran Nyman in Sigtuna verbunden zu werden.

«Du weißt, dass du die Nummer nur zu googeln brauchst ...?»

Er nickte.

«Ja, aber ich ziehe diese Art vor.»

Göran Nymans Frau Berit meldete sich. Nachdem Carl sich vorgestellt hatte, brach sie in eine enthusiastische Tirade aus.

«Oh, wie schön, dass Sie kommen! Es tut Göran so gut, Besuch von ehemaligen Kollegen zu kriegen ...»

«Leider rufe ich aus einem anderen Grund an», stellte Carl richtig. «Ich habe nie mit Ihrem Mann zusammengearbeitet. Aber ich habe gehört, dass er ein hochgeschätzter Kollege war ...»

Er gab sich Mühe, freundlich zu klingen, trotzdem hörte er die Enttäuschung in ihrer Stimme.

«Ach so ... ja, dann ...»

«Wir würden mit Ihrem Mann gerne über eine alte Ermittlung sprechen, die er vor vielen Jahren geleitet hat. Es ging um einen Kindermörder ...»

«Robert Lindström», unterbrach ihn Berit Nyman.

«Ja, richtig.»

«Letzte Woche war eine Journalistin hier. Zusammen mit dem Jungen ... Inzwischen ist er natürlich ein Mann, aber damals war er der Junge, der seinen Schulfreund getötet hat. Göran war nach diesem Gespräch sehr, *sehr* aufgewühlt.»

«Weshalb? Worüber haben sie gesprochen? Etwas Heikles?»

Berit Nyman schwieg einen Augenblick.

«Nein», sagte sie dann. «Aber sie haben angedeutet, dass er seine Arbeit nicht gründlich genug gemacht hat.»

«Ich verstehe.»

«Außerdem ist mein Mann seit seinem Unfall nicht mehr der Alte, aber das wissen Sie bestimmt ...»

Berit Nyman erzählte von dem Autounfall, und Carl hörte höflich zu, ohne sie zu unterbrechen.

«Dann sollten wir ihn vielleicht besser nicht mit einem Haufen Fragen belästigen.»

«Nein, ich denke, das wäre nicht gut», erwiderte sie.

«Erinnern Sie sich an alte Kollegen Ihres Mannes, die während dieser Ermittlung eng mit ihm zusammengearbeitet haben?»

Die Antwort kam überraschend schnell und bestimmt.

«An Ihrer Stelle würde ich mit Mikael Roslund reden. Abgesehen von Göran hat er am längsten an dem Fall gearbeitet.»

Carl beendete das Gespräch, tippte den Namen Mikael Roslund in den Webbrowser seines Handys, erhielt jedoch keinen Treffer.

«Vielleicht hat er eine geschützte Adresse», sagte Jodie.

Carl nickte und wählte eine Nummer aus seiner Kontakteliste.

«Ja, hallo!», meldete Rickard sich knapp.

Carl nahm an, dass er gerade beschäftigt war. Oder lieber von Jodie angerufen worden wäre.

«Kannst du mir eben die Adresse eines Kollegen besorgen?», bat er. «Mikael Roslund. Schon älter, fünfzig, sechzig ... Er hat im Max-Sander-Fall ermittelt.»

Am anderen Ende der Leitung erklang ein tiefes Seufzen.

«Ich wollte gerade Mittagspause machen ... Hat das nicht Zeit bis hinterher?»

«Leider nein», erwiderte Carl. «Je schneller du seine Anschrift herausfindest, umso schneller kannst du essen.»

Es sollte scherzhaft klingen, doch Rickard lachte nicht. Carl war sicher, dass er nicht einmal die Mundwinkel verzogen hatte.

«Dann warte kurz ...»

Rickard brauchte weniger als anderthalb Minuten, um Mikael Roslund ausfindig zu machen.

«Wo seid ihr?», fragte er.

Carl blickte sich um.

«Auf dem Huddingevägen, in Richtung Norden. Auf dem Weg in die Stadt.»

«Dann seid ihr genau richtig ... Er ist bei der City-Polizei. Wollt ihr auch seine Telefonnummer?»

89

Schon bevor wir Lexas Haus erreichen, entdecke ich ihn. Er steht schräg gegenüber auf der anderen Straßenseite, ist kaum zu sehen und scheint den Hauseingang zu beobachten. Eine schwarze Baseballkappe tief in die Stirn gezogen, schwarze Lederjacke und schwarze Jeans.

«Halt an!» Ich strecke eine Hand aus, damit Lexa stehen bleibt.

Aber sie hat schon von sich aus gebremst. Im selben Moment tritt der Mann auf den Bürgersteig und dreht sich in unsere Richtung. Als hätte er auf uns gewartet. Bevor ich etwas sagen kann, legt Lexa den Rückwärtsgang ein, und ich sehe, wie der Mann ein Handy aus der Tasche zieht und uns dabei nicht aus den Augen lässt.

«Fahr!», rufe ich.

«Was, glaubst du, mache ich?!»

Sie wendet mitten auf der Straße, holpert über die Bordsteinkante des Bürgersteigs und gibt Gas. Irgendetwas hat sich hinten am Auto gelöst und scheppert über den Asphalt.

Mehrere Passanten bleiben stehen und blicken uns nach.

Schnell fahren wir die Lundagatan in Richtung Ringvägen hoch, überqueren die Hornsgatan und bleiben auf der Parkfläche vor dem Sportplatz Zinkensdamm stehen.

«Was machen wir hier?», frage ich.

«Nach dem Auto schauen! Die Leute starren uns doch an ...»

Die Schäden von der Auffahr-Aktion des blauen Mazda sind erstaunlich gering. Die hintere Stoßstange hat einen

Riss (Kunststoff), ein Teil davon muss sich gelöst haben, als Lexa über den Bürgersteig gefahren ist. Und dieser Teil ist es auch, der das scheppernde Geräusch verursacht. Aber davon abgesehen scheint alles intakt zu sein. Lexa reißt die kaputte Stoßstange ab, wirft sie in den Kofferraum und ruft die Mietwagenfirma an, um den Schaden zu melden.

Ich beobachte sie, während sie erzählt, dass ihr jemand hinten draufgefahren sei und dann Fahrerflucht begangen habe. Mir fällt auf, dass sie verändert ist. Diese fast manische Energie, die unentwegt von ihr ausging, ist verschwunden. Sie wirkt leiser, nachdenklicher. Unsicherer vielleicht. Ängstlicher. Genau wie ich. Ich sehe es ihr an, höre es an ihrer Stimme.

Nachdem sie das Gespräch beendet hat, sagt sie:

«Ich weiß ehrlich gesagt nicht, was wir jetzt machen sollen ...»

Wir setzen uns ins Auto und starren leer vor uns hin. Da klingelt ihr Handy. Es hat in der vergangenen halben Stunde mehrfach geklingelt. Jedes Mal war es einer der beiden Polizisten, die uns verhört haben, Carl Edson oder Jodie Söderberg. Lexa hat die Gespräche ausnahmslos weggedrückt, aber diesmal blick sie skeptisch auf die Nummer im Display.

«Vielleicht rufen sie von einem anderen Handy an», warne ich. Aber zu spät, Lexa hat sich schon gemeldet.

«Einen Moment ...» Sie mimt *Berit* in meine Richtung.

Es dauert einen Moment, bis ich mich erinnere: Berit Nyman, die Frau von diesem alten Kommissar. Lexa stellt das Gespräch laut und hält das Handy zwischen uns, damit ich mithören kann.

«Ja, jetzt», sagt sie zu Berit Nyman.

«Eigentlich sollte ich das hier nicht tun ...», klingt es aus dem Lautsprecher.

Ihre Stimme ist verändert. Als wir bei ihr zu Hause waren, klang sie abweisend, jetzt klingt sie eher besorgt und verlegen.

«Aber ich habe ein schlechtes Gewissen. Ich weiß, dass Göran Fehler gemacht hat, das weiß er selbst, aber er ist viel zu stolz, um das zuzugeben ...»

«Was für Fehler?», hakt Lexa nach.

«Ich habe gehört, dass Sie ihn nach den ersten Vernehmungen mit dem Jungen gefragt haben. Sie wollten wissen, wo die Protokolle abgeblieben sind ...»

«Ja», bestätigt Lexa. «Sie waren nicht bei dem Aktensatz, den ich von der Staatsanwaltschaft bekommen habe.»

«Ich weiß. Sie liegen hier, direkt vor mir. Vor einigen Jahren haben Fernsehjournalisten den Fall neu aufgerollt und angefangen herumzustochern ... Ich weiß nicht, wie Göran es hinbekommen hat, aber damals kannte er noch viele Leute im Kader ... vor dem Unfall ...»

«Wie er was hinbekommen hat?»

In der Leitung bleibt es einen Moment lang still, dann sagt Berit Nyman:

«Er hat die ersten Verhöre mit dem Jungen aus den Akten genommen, gesagt, sie würden die Leute nur verwirren ... dass niemand es verstehen würde. Dass es so am besten wäre.»

Sie verstummt wieder.

«Aber er wusste, dass er einen Fehler machte. Ich habe es ihm angesehen. Er hat sich dafür geschämt. Er war ein guter Polizist – und er ist ein guter Mensch.»

Lexa hat sich über das Telefon gebeugt, als wollte sie zum Sprung ansetzen. (Sie ist definitiv eine Raubkatze.)

«Können wir die Verhöre sehen?»

Ich höre, dass sie sich Mühe gibt, unbeteiligt zu klingen. Aber ich sehe ihr an, wie angespannt sie ist, und mir wird klar, für wie wichtig sie diese Verhöre hält.

«Ich habe sie hier. Sie können vorbeikommen und sie abholen.»

90

«Ich habe über eine Sache nachgedacht», sagt Lexa, als wir nach Norden in Richtung Sigtuna fahren. Sie klingt, als sei es etwas Amüsantes, deshalb erwischt es mich kalt.

«Du sprichst nie über deine Pflegeeltern, als ... als wärst du gezwungen worden, bei ihnen zu wohnen, als wäre es Teil einer Strafe gewesen ...»

«Was meinst du?»

Sie zögert die Antwort hinaus.

«Kinder werden bei Pflegeeltern untergebracht, wenn ihre eigenen Eltern sich nicht um sie kümmern können ...»

Ich sehe aus dem Fenster, hefte meinen Blick auf ein Werbeplakat, das auf einem Acker steht.

«Ich meine», fährt sie fort, «dass du viele Jahre bei einer Pflegefamilie leben musstest, lag daran, dass deine leiblichen Eltern sich nicht richtig um dich kümmern konnten. Es war keine Strafe. Minderjährige werden nicht bestraft.»

Wir schweigen. Ich weiß nicht, was ich sagen soll. So habe ich das Ganze noch nie betrachtet. Ich habe immer gedacht, dass Max der Grund war. Dass er mein *ground zero* ist. Dass es kein Davor gibt – nur ein Danach.

Normalerweise hätte ich gelacht, gesagt, dass sie sich irrt, aber ich weiß, dass sie das nicht tut.

Ich erinnere mich. Ich erinnere mich, warum ich mit meinem BMX den Berg runtergefahren bin, warum ich von Dächern gesprungen oder zu Hause mit Skiern die Treppe runtergebrettert bin – warum ich diese ganzen verrückten Dinge getan habe.

Dann musste ich nicht über all das andere nachdenken. Das, worüber ich nicht nachdenken wollte. Nicht nachdenken *will*.

Den weißen Volvo, der mit platten Reifen in unserer Auffahrt vor sich hin rostete und vom Moos, das sich auf dem Lack absetzte, einen immer tieferen algengrünen Farbton bekam. Den Zementmischer, der danebenstand, voller Laub, das schon längst zu Erde vermodert war. Die halbfertige Mauer vor der Kellertür, aus deren obersten Fugen der Mörtel wie Teig herausquoll, mitten in der Arbeit versteinert. Die Palette mit unbenutzten Ziegelsteinen, die umgekippt waren und allmählich verwitterten. Das Kartoffelbeet auf der Rasenfläche zur Straße, das zuwucherte, ohne dass jemand die ersten Kartoffeln geerntet hatte.

All dem wollte ich entgehen. Wollte den Fragen meiner Klassenkameraden entgehen:

Warum bringt ihr das Auto nicht weg?

Oder:

Warum macht ihr die Mauer nicht fertig?

Oder:

Warum sind bei euch immer die Jalousien unten?

Oder:

Lebt deine Mutter?

All das verschwand, wenn ich mit meinem BMX den Berg runterfuhr. Dann sah niemand den Stillstand auf unserem Hof, die abblätternde Farbe am Garagentor, den kaputten Briefkasten. Dann sah man nur mich. Meine Verletzungen. (Nach der BMX-Aktion mit Andreas stellte der Arzt einen Schlüsselbeinbruch fest, beide Nieren hatten sich gelöst, und ich hatte Haarrisse im rechten Fuß und in der linken Hand.)

«Hallo?!» Lexas Stimme lässt mich zusammenfahren. «Bist du noch da?»

Ich nicke, aber es stimmt nicht. Ich bin weit weg, Jahrzehnte weit. Ich stemme mich gegen eine Tür, rieche den Geruch von Holzfurnier.

Ich kann nicht schlafen, sage ich durch die geschlossene Tür.

Ich bin neun oder zehn Jahre alt. Jemand steht auf der anderen Seite der Tür und antwortet.

Versuch es ... Leg dich ins Bett und mach die Augen zu, dann schläfst du ein.

Es ist meine Mutter.

Ich kann nicht! Ich habe Angst.

Ich hämmere gegen die Tür. Trete dagegen, rüttele an der Klinke.

Beruhige dich, Robert.

Die Stimme meines Vaters.

Du musst es lernen.

Und dann meine Mutter, flehend:

Wir meinen es nur gut mit dir. Wir machen das für dich.

Schlaf jetzt gut, Kumpel, sagt mein Vater.

Ich trete gegen die Tür, brülle. Auf der anderen Seite höre ich meine Mutter flüstern:

Müssen wir das tun, Håkan?

Wir haben doch darüber geredet.

Die gereizte Stimme meines Vaters, die er immer bekommt, wenn etwas zu lange dauert:

Wenn er Angst davor hat, allein zu schlafen, muss er genau das üben, Herrgott noch mal. Sonst lernt er es nie.

Aber doch nicht so. Er hat doch Angst ...

So läuft es in der Welt nun mal nicht, Marit. Du wirst ihn nicht ewig verhätscheln können. Er muss lernen, allein klarzukommen.

Am Ende drücken sie die Schultern gegen meine Zimmertür und schreien mich an, dass ich zurück ins Bett gehen und schlafen soll.

Ich erinnere mich. Auf einmal erinnere ich mich. Das war vor der Pflegefamilie. Ich habe sie in meiner Erinnerung vertauscht, wollte mich nicht daran erinnern, wer auf der anderen Seite der Tür stand. Aber es waren meine Eltern.

91

Mikael Roslund kaute nachdenklich am Bügel seiner Brille, bevor er sie aufsetzte und Jodie das Handy zurückgab.

«Und mit den Eltern haben Sie schon gesprochen?», fragte er.

Carl nickte.

«Eltern können ihren Kindern gegenüber übermäßig loyal sein», fuhr Mikael Roslund fort, «auch wenn sie erwachsen sind.»

«Wir werden noch einmal mit ihnen sprechen», sagte Carl höflich. «Danke. Aber wir interessieren uns vor allem für die Personen, die damals ermittlungstechnisch von Bedeutung waren, Freunde, Zeugen ...»

«Von den Namen auf Ihrer Liste ... Andreas Indgård vielleicht. Er war damals Roberts bester Freund. Am Anfang haben wir Andreas sogar als Verdächtigen in Betracht gezogen, aber dann ...»

Roslund brach ab, stützte die Arme auf seinen Schreibtisch und musterte sie. Er hatte etwas Vorsichtiges an sich, dachte Carl, als ob er ihnen nicht traute.

«Und Lindström steht also unter Tatverdacht, das elfjährige Mädchen in Skogås ermordet zu haben?»

«Ja, und eine Frau vergewaltigt zu haben», sagte Jodie.

«Wen?»

«Camilla Sander.»

Roslund sah sie über den Rand seiner Brille hinweg an.

«*Die* Camilla Sander? Max Sanders Schwester?»

«Ja», bestätigte Jodie.

Roslund lehnte sich auf dem Stuhl zurück, nahm seine Brille ab und begann erneut, auf dem Bügel zu kauen.

«Und jetzt schreibt Robert mit dieser Journalistin ein Buch über den alten Fall», sagte er, «und irgendjemand hat einen Mordanschlag auf die beiden verübt?»

«Nur auf die Journalistin, Lexa Andersson», korrigierte Carl.

Roslund nickte.

«Eigentlich wundert es mich nicht, dass sie über den Fall schreiben. Es war schon damals eine unbehagliche Geschichte.»

«Inwiefern?»

Roslund wiegte den Kopf.

«Die Beteiligten waren Kinder, ein unheimlicher Mord ... Ich hatte das Gefühl, dass ...»

Er verstummte, dann holte er tief Luft.

«Okay, an Ihrer Stelle würde ich mir Bernt Juuso genauer ansehen. Zum Zeitpunkt des Mordes war er ein Teenager. Er wurde in der Nähe des Tatorts gesehen, aber schon früh als Tatverdächtiger ausgeschlossen. Wenn Robert und diese Journalistin ein Buch über den Fall schreiben, werden sie früher oder später mit ihm und seinen damaligen Freunden sprechen.»

«Warum ausgerechnet mit Bernt Juuso?», fragte Jodie.

«Schon allein weil Lindström ihn in den ersten Verhören als möglichen Täter genannt hat. Wir haben das nicht richtig ernst genommen. Dass er versuchen würde, jemand anderem die Schuld in die Schuhe zu schieben, schien logisch ... ich weiß nicht. Er kam aus problematischen Familienverhältnissen, das hat sicher auch mit hineingespielt ...»

«Also haben Sie Bernt Juuso damals nicht überprüft?»

«Doch, haben wir, aber er hatte ein Alibi. Er war mit einem Freund zur fraglichen Zeit schwimmen. Der Freund hat es bestätigt. Also ...»

Roslund hob resigniert die Hände.

«Wollen Sie damit sagen, dass womöglich der falsche Täter ermittelt wurde?», fragte Carl.

Mikael Roslund legte seine Brille aus der Hand und faltete die Hände auf der Schreibtischplatte.

«Sie müssen verstehen, es war ein komplizierter Fall. Sowohl Opfer als auch Täter waren Kinder. Heutzutage geht man in Fällen dieser Art ganz anders vor.»

Er hielt inne.

«Lassen Sie es mich so formulieren: Als wir die Ermittlung abschlossen, waren wir überzeugt, den richtigen Täter zu haben. Sonst hätten wir nie eine Pressemitteilung herausgegeben.»

Roslund machte wieder eine Pause. Carl hatte erneut das Gefühl, dass er seine Worte sorgfältig wählte.

«Sie haben gefragt, ob es etwas gibt, worauf Robert und die Journalistin gestoßen sein könnten ... Da fällt mir nur Bernt Juuso ein. Während der Ermittlungen sind einige Dinge über ihn ans Tageslicht gekommen. Das meiste waren bestimmt Gerüchte, aber ich bin überzeugt, dass er einiges auf dem Kerbholz hatte. Körperverletzung, Vorkommnisse an der Grenze zu sexueller Belästigung, einige Drogendelikte, Diebstähle ... Wir konnten ihm nichts nachweisen, aber er war zweifellos auf die schiefe Bahn geraten. Mehrere der Kinder, die wir vernommen haben, hatten Todesangst vor ihm. Aber wie gesagt, er hatte ein Alibi.»

«Ich verstehe», erwiderte Carl. «Und wie hieß der Freund, der das Alibi bestätigt hat?»

«Ted Löfgren. Wenn Sie möchten, kann ich Ihnen seine Adresse und Telefonnummer ausdrucken.»

«Danke, gerne», sagte Jodie. «Und sonst fällt Ihnen niemand ein?»

«Die Schwester natürlich. Aber davon abgesehen, nein ... Wir haben viele Kinder und Erwachsene aus Max' und Roberts Umfeld vernommen, aber keiner von ihnen hatte den Mord gesehen. Ehrlich gesagt waren es eher Leumundszeugen. Nicht einmal die Schwester, die Max und Robert fand, hatte streng genommen etwas gesehen.»

«Sie meinen also, dass Robert Lindström allein aufgrund von Indizien als Täter ermittelt wurde?», fragte Carl.

«Na ja, nicht nur. Es gab eine Reihe technischer Beweise ...»

Roslund tippte etwas in seinen Computer. Carl fiel auf, dass er das Zehnfingersystem beherrschte, und fragte sich, wo er das gelernt hatte. Die meisten Kollegen, die er kannte, kamen – wie er selbst – nur mit den Zeigefingern mit der Tastatur in Berührung.

Unter dem Schreibtisch summte ein Drucker. Roslund nahm ein Blatt aus dem Auswurffach und reichte es Carl.

«Danke für Ihre Hilfe.» Jodie stand auf.

Sie ging zur Tür, Carl blieb noch zurück.

«Entschuldigen Sie, dass ich diese Frage stelle ...», sagte er. «Aber was denken Sie persönlich über die damalige Ermittlung?»

Roslund wandte den Blick ab, schob einige Unterlagen auf seinem Schreibtisch hin und her. Kein Polizist wollte auf so eine Frage antworten und damit riskieren, Kollegen und Vorgesetzte in einem schlechten Licht erscheinen zu lassen, das wusste Carl. Doch schon seit er den Raum betreten hatte, spürte er, dass Roslund nicht gerne über den Fall sprach.

«Wenn Sie es unbedingt wissen müssen ...», antwortete Roslund zögernd. «Ganz im Vertrauen ...»

Carl nickte.

«Es war eine dieser Ermittlungen, die sich schnell in einem Schützengraben verschanzt und dann alles dafür tut, um nicht zurückschießen und ihre Position ändern zu müssen.»

Carl betrachtete den Mann hinter dem Schreibtisch, der bestimmt zehn Jahre älter war als er. Er wirkte verlegen.

«Sie sagten, dass Sie vor achtundzwanzig Jahren alle der Meinung gewesen wären, den richtigen Täter zu haben. Aber heute, wie ...?»

«Mehr möchte ich darüber nicht sagen.»

«In Ordnung.» Carl hob zum Zeichen, dass er das Thema nicht weiterverfolgen würde, die Hände. «Eine letzte Frage noch. Wie kommt es, dass Sie sich so gut an die Ermittlung erinnern?»

Roslund lachte.

«Sie wissen doch selbst, wie es ist, wenn man viele Jahre dabei ist ... Manche Fälle lassen einen nicht los. Man vergisst sie nie. Das hier ist meiner.»

Carl nickte. Er hatte seine eigenen Fälle. Ein Brandanschlag auf ein Hotel, bei dem vier Menschen ums Leben gekommen waren, darunter ein fünfjähriges Mädchen – und alles nur wegen einer lächerlichen Versicherungssumme ... Und dann der Fall im vergangenen Frühjahr und Sommer, bei dem er einen brutalen Serienmörder nicht hatte vor Gericht bringen können. An diese Fälle würde er sich in dreißig Jahren genauso klar erinnern wie Mikael Roslund an den Mord an Max Sander.

92

«Du warst es nicht», sagt Lexa unvermittelt.

Bis jetzt hat sie auf dem gesamten Rückweg von Sigtuna schweigend neben mir gesessen, mit den Füßen auf dem Armaturenbrett, und in den alten Verhören gelesen, während ich gefahren bin.

(Berit Nyman hat uns auf dem Gartenweg abgefangen, Lexa eine rote Mappe in die Hand gedrückt und uns dann weggescheucht, als hätte sie Angst, mit uns zusammen gesehen zu werden.)

«Was war ich nicht?», frage ich.

«Du hast Max nicht getötet.»

Ich antworte nicht, doch Lexa stört sich nicht daran, sie blättert weiter in den Unterlagen.

«Sie fragen dich immer wieder, ob du Max getötet hättest, und du antwortest jedes Mal mit Nein, schilderst immer wieder denselben Verlauf: dass Max schon dort war, als du auf das Baugrundstück gekommen bist. Dass ihr euch wegen der Hollywoodschaukel gestritten habt und dass du dich nicht erinnerst, was danach passiert ist ... Das Kürzel ‹M. R.› hat eine Notiz hinzugefügt, dass du am Tatort das Bewusstsein verloren hast. Als du wieder zu dir kommst, liegt Max tot neben dir, und Camilla schreit, dass du Max getötet hast.»

Lexa sieht auf.

«Der Vernehmungsleiter fragt dich, ob Andreas dabei gewesen ist, und du antwortest, du wüsstest es nicht. Dafür bist du dir aber sicher, dass Bernt dort war.»

Ich zucke mit den Schultern.

«Das ist nichts Neues. Er hat doch selbst gesagt, dass er dort war.»

Lexa schüttelt den Kopf.

«Nicht nur davor auf der Straße. Du sagst, dass Bernt *auf* dem Grundstück gewesen ist. Du sagst sogar, dass du sicher bist, dass er Max getötet hat.»

Sie blättert wieder.

«Bla, bla, bla ... Hier! Im Verhör vom 17. August. Die Polizei glaubt, dass du versuchst, jemand anderem die Schuld in die Schuhe zu schieben. ‹M. R.› ist ein Polizist namens Mikael Roslund. Er schreibt, dass du entweder lügst oder dich falsch erinnerst, weil Bernt Juuso ein Alibi hat. Er war mit Ted Löfgren, der das Alibi bestätigt, in der Drevviken-Bucht baden. Außerdem haben mehrere Zeugen sie dort gesehen.»

Lexa schlägt eine neue Seite auf.

«Das nächste Verhör, vom 18. August, leitet Göran Nyman. Er schießt sich auf deinen Gedächtnisverlust ein und fragt dich, ob du Max getötet haben *könntest*, obwohl du dich nicht daran erinnerst.»

Lexa wirft mir einen Blick zu, den ich nicht deuten kann.

«Aber die Behauptung, dass du dich nicht erinnerst, *weil* du Max getötet hast, stellt Nyman erst auf, als dieser Psychologe Olof Pors auf der Bildfläche erscheint. Diese These wird wie zu einem Beweis an sich. Den Rest kennen wir, der steht in dem Aktensatz, den ich bekommen habe.»

Ich muss sie verwirrt angesehen haben, denn sie erklärt rasch:

«Sie stellen immer wieder dieselben Fragen, machen eine Tatortbegehung mit dir, zeigen dir Fotos, bis du sagst, dass du Max getötet haben könntest und anschließend versucht hast, dir mit demselben Betonklotz das Leben zu nehmen.»

Lexa schiebt die Unterlagen in die rote Mappe zurück und verschließt sie mit dem Gummiband.

«Und?», sage ich irritiert (aber ich weiß es schon, spüre es im ganzen Körper, wie ein Unbehagen).

«Ich glaube, dass du in diesen Verhören recht hattest, dass du Bernt wirklich gesehen hast. Ich bin fast sicher, dass du recht hattest.»

«Also, was machen wir jetzt? Sollen wir zur Polizei gehen?»

Lexa schüttelt den Kopf.

«Die Ermittlung wurde vor fast dreißig Jahren für abgeschlossen erklärt. Sie werden den Fall kaum neu aufrollen, weil wir sagen, dass Bernt Juuso und Ted Löfgren damals möglicherweise nicht gründlich genug überprüft worden sind. Außerdem wird nach dir gefahndet ...»

Ich sage nichts.

«Bieg da vorne rechts ab», befiehlt Lexa. «Wir fahren zu Bernt Juusos Mutter. Ich habe zwar schon einmal mit ihr gesprochen, aber sie weiß noch etwas, das sie mir nicht erzählen wollte. Ich bin mir sicher. Ich habe es die ganze Zeit gespürt, nur nicht kapiert, was es ist.»

93

Mittwoch, 15. August, 28 Jahre zuvor

Andreas hat Angst. Ich sehe es ihm an. Er packt mich so fest am Arm, dass es weh tut.

«Bernt», sagt er panisch.

Am anderen Ende der Straße entdecke ich ihn, erkenne seine strähnigen Haare, seine Lederweste, seine zerrissene Jeans, seinen breitbeinigen Gang. Er kommt direkt auf uns zu.

Die Sommerferien sind fast zu Ende. So gut wie alle Familien der Siedlung sind zu Hause, versuchen, die letzten Sommertage so weit wie möglich auszudehnen, während sie eigentlich nur noch darauf warten, dass die Schule wieder anfängt.

Andreas und ich stehen vor dem verlassenen Baugrundstück. Ich drehe mich um und laufe ins Gebüsch. Die Äste schlagen gegen meine Beine, zerkratzen mir das Gesicht, aber ich spüre es kaum. Als ich auf das Betonfundament klettere, sitzt Max in der verrosteten Hollywoodschaukel, schwingt quietschend vor und zurück und futtert Süßigkeiten.

«Was machst du hier?», fragt er verblüfft.

«Bernt …», sage ich, als würde das alles erklären.

Ich blicke mich suchend nach Andreas um, aber er ist nirgends zu sehen. Er muss in eine andere Richtung gelaufen sein.

Max grinst mich an, nimmt ein neues Karamellbonbon aus seiner Hosentasche und schaukelt heftiger, stößt sich mit den Turnschuhen auf dem Fundament ab, breitet die Arme auf der Rückenlehne der Hollywoodschaukel aus.

Als ich merke, dass Bernt mich nicht zu verfolgen scheint, fällt die Anspannung von mir ab, und ich frage Max, ob er mir ein Bonbon abgibt. Er schüttelt den Kopf, schiebt sich ein neues Karamellbonbon in den Mund, kaut mit offenem Mund, damit ich die klebrige Masse sehe, und grinst mich an.

Ich drehe mich um und hebe einen Stein auf, der neben der Hollywoodschaukel liegt.

«Steh auf, dann zeig ich dir was», sage ich.

Max' Blick wandert von mir zu dem Stein, dann schüttelt er den Kopf.

«Nein.»

«Aber ich will dir zeigen, wie der Stein auf den Spiralen abfedert.»

«Dann mach's doch.»

«Aber der Stein könnte dich treffen. Der springt superhoch ...», sage ich.

Plötzlich erklingt hinter mir eine verstellte, dunkle Stimme:

«Hier ist Jacky!»

Als ich mich umdrehe, klettert Bernt auf das Betonfundament. Im selben Moment springt Max auf und rennt unbeholfen davon.

«Komm her, du kleiner Scheißkerl!», ruft Bernt und läuft ihm nach.

Doch er stolpert über den Bauschutt, stürzt und landet mit voller Wucht auf den Händen. Er blickt auf und schreit mich an:

«Fang ihn ein, sonst mach ich *dich* kalt!»

Seine Stimme überschlägt sich, der Stimmbruch lässt ihn immer wieder ins Falsett abrutschen. Eigentlich klingt es komisch, aber irgendetwas in seiner Stimme und in seinem Blick flößt mir panische Angst ein.

Dann ...

Eigentlich will ich gar nicht wissen, was dann passiert ist, habe es tief in meiner Erinnerung verborgen, aber ich weiß es. Vielleicht habe ich es immer gewusst, vielleicht habe ich deshalb gestanden, Max getötet zu haben.

Ich zögere einen Moment, jedenfalls glaube ich das. Dann siegt meine Angst, und ich laufe Max nach. Er ist dick und stolpert ungelenk über den Schutt, der auf der Baustelle herumliegt. Als er verzweifelt versucht, sich durch das Gebüsch zu zwängen, bekomme ich sein T-Shirt zu fassen und halte ihn fest.

«Lass mich los!», schreit er. «Ich habe nichts gemacht!»

In diesem Moment hat Bernt uns eingeholt. Er packt Max, zerrt ihn aus den Sträuchern und nimmt ihn in den Schwitzkasten, klemmt Max' Kopf so fest unter seinen Arm, dass Max' Gesicht rot anläuft.

Ich stehe reglos daneben und sehe zu.

«Komm her!», befiehlt Bernt.

Ich mache einen Schritt auf die beiden zu. Mit seinem freien Arm packt Bernt mein T-Shirt. Dann zerrt er Max und mich auf das Betonfundament zurück.

«A-a-aber ich h-h-habe g-g-gemacht, was du w-w-wolltest ...»

Bernt grinst.

«G-g-gut gemacht, R-R-Robert!», äfft er mein Stottern nach.

Ich rieche den Zigarettenrauch in seiner Kleidung und in seinem Atem. Er deutet mit dem Kopf auf einen Betonklotz, der ein Stück entfernt liegt. Ursprünglich war es mal ein Sack, aber der Regen hat die Pappe schon längst aufgeweicht und weggespült, geblieben sind nur Abgüsse von Falten und Knicken im Zement.

«Heb den hoch!», sagt er. «Dann kannst du gehen!»

Ich starre den Betonklotz an. Er muss mehr wiegen als ich.

«Ich kann nicht …», sage ich.

«Hoch damit, hab ich gesagt!»

Ich versuche, ihn anzuheben.

«Er ist zu schwer …»

«Heb ihn hoch! Oder …»

Bernt zieht ein Butterflymesser aus seiner Hosentasche und wedelt damit in der Luft herum. Ich versuche ein zweites Mal, den Klotz hochzuheben. Diesmal zerbricht der Zement. Ein großes Stück fällt ab und rollt über den Boden.

«Wieso tust du nicht, was ich sage?» Bernt grinst. «Das ist so ärgerlich, wenn du Sachen kaputt machst. Kapierst du das nicht? Ich versuche, nett zu dir zu sein, aber du …»

«Das war keine Absicht …», stottere ich.

Max hat den Kopf gehoben, starrt mich erregt an. Als wollte er, dass Bernt mich mit dem Messer schneidet, als würde er sich das Blut schon vorstellen. Sein Mund steht halb offen, noch immer voll von zerkauter roter Karamellmasse.

Bernt geht mit Max im Schwitzkasten auf mich zu, schnalzt mit der Zunge und schüttelt resigniert den Kopf.

«Kleiner Arsch-Robert …», sagt er und steckt das Messer weg. «Was soll ich machen, damit du es schnallst …?»

Es ist, als würde er mit einer fremden Stimme sprechen, jemand anderes werden. Ich bewege mich nicht. Versuche nicht einmal, mich zu ducken, als er mich mit seiner freien Hand im Nacken packt, mich an sich presst und mich auf der anderen Seite wie Max in den Schwitzkasten nimmt.

Dann dreht er sich um. Ich habe es auch gehört. Jemand kommt. Irgendwer zwängt sich durch die Sträucher auf das Betonfundament.

94

Montag, 9. November

Jodie parkte hinter einem großen Volvo Kombi in der Auffahrt der modernen weißen Villa. Das Nachmittagslicht, ein beinahe horizontales Seitenlicht, blendete sie.

«Sollen wir reingehen?» Sie blickte auf den Volvo.

Carl nickte.

«Ich bin so weit.»

Jodie musterte ihn, die grauen Strähnen in seinem Haar, die Tränensäcke unter den Augen, die Falten unter dem Kinn. In der Regel fand sie, dass er jünger wirkte, als er war. Aber in diesem Moment sah er aus wie seine einundfünfzig Jahre.

«Du glaubst nicht, dass er es ist», sagte sie leise.

Carl wandte sich zu ihr um. Sein Mantel raschelte dabei.

«Wer? Indgård? Robert Lindströms Schulfreund?»

«Nein, Lindström. Du glaubst nicht, dass er unser Täter ist.»

«Warum denkst du das?»

Jodie blickte auf Andreas Indgårds Haus. Es war ihr einfach rausgerutscht.

«Es ist nur ein Gefühl ... Liege ich falsch?»

«Nein, du hast recht.»

«Was lässt dich zweifeln?»

Carls Mantel raschelte erneut, als er sich vorbeugte und das Haus im Sonnenschein betrachtete.

«Mikael Roslund», sagte er. «Er ist ein erfahrener Polizist. Ich habe viel Gutes über ihn gehört. Gutes Urteilsvermögen, ein schlauer Kerl ...»

«Und was hat er gesagt, das dich ...»

«Der Schützengraben», fiel Carl ihr ins Wort. «Er sagte, die Ermittlung hätte sich damals in einem Schützengraben verschanzt. Näher wird er einem Eingeständnis, dass sie auf der komplett falschen Fährte waren, nicht kommen, denke ich.»

«Und?», fragte Jodie. «Was hat diese dreißig Jahre alte Ermittlung mit ...»

Sie brach mitten im Satz ab, drehte sich zu Carl und sagte: «Du meinst, wenn Robert Lindström damals fälschlicherweise als Täter identifiziert wurde ...»

Carl nickte.

«... dann haben wir ihn auch fälschlicherweise als Täter im Visier», beendete er Jodies Satz. «Das einzige Motiv, das wir gegen ihn vorbringen können, ist, dass er als Kind ein anderes Kind getötet hat und deshalb fähig sein könnte, es wieder zu tun.»

«Er war an den Tatorten. Und er hat Camilla Sander vergewaltigt», wandte Jodie ein.

«Er steht unter *Verdacht*, Camilla Sander vergewaltigt zu haben», sagte Carl.

Er stieg aus und ging auf das Haus zu. Jodie blieb einen Schritt hinter ihm. Es gab keine Klingel, nur einen großen, mit Grünspan überzogenen Messingtürklopfer in der Form eines Löwenkopfes. Carl ließ ihn auf die Unterplatte fallen. Ein lauter, metallischer Klang ertönte.

«Es ist erst drei Uhr. Wahrscheinlich arbeitet er noch», vermutete Jodie, als sich im Haus nichts rührte. «Lindström und Andersson scheinen jedenfalls nicht hier zu sein.»

Carl klopfte ein zweites Mal.

«Der gefällt mir.» Jodie deutete auf den Löwenkopf. «Wo bekommt man so einen?»

Carl lächelte sie an.

«In jedem gut sortierten Eisenwarengeschäft ...»

Sie gingen zum Auto zurück. Jodie zog auf halbem Weg ihr Handy aus der Tasche.

«Hast du die Telefonnummer von Andreas Indgård?», fragte sie.

«Im Auto.»

Indgård meldete sich nach dem dritten Klingeln. Als Jodie sich vorgestellt hatte, bat er sie, einen Moment zu warten. Sie hörte ein raschelndes Geräusch. Wahrscheinlich presste er sein Handy an die Brust, während er in einen Raum ging, wo er ungestört telefonieren konnte.

«So», sagte er kurz darauf. «Was wollten Sie, sagten Sie?»

«Wir sind eigentlich auf der Suche nach Robert Lindström.»

«Robert? Aha ...»

«Hat er kürzlich Kontakt zu Ihnen aufgenommen?»

«Ja, er und eine Journalistin. Andersson ... An den Vornamen erinnere ich mich nicht. Aber warum rufen Sie an?»

«Wann war das?»

«Tja ... vor ein paar Tagen. Irgendwann letzte Woche. Dienstag, glaube ich.»

«Seitdem hat er sich nicht wieder gemeldet?»

«Nein.»

«Er hat Sie auch nicht angerufen?»

«Nein, wieso?»

«Und Sie haben keine Idee, wo wir ihn finden könnten?», fragte Jodie.

«Nein, Sie müssen verstehen ... Ich kenne Robert nicht. Wir waren als Kinder befreundet, aber nach ... Bevor er am Dienstag vor meiner Tür stand, hatte ich ihn seit fast dreißig Jahren nicht mehr gesehen.»

«Ich verstehe. Wir haben schon an verschiedenen Orten nach ihm gesucht, aber ...»

«Ich würde mit seinen Pflegeeltern sprechen», sagte Andreas Indgård. «Er wurde als Kind beschuldigt, einen Mord begangen zu haben, danach ist er nie wieder nach Skogås zurückgekommen.»

95

Ina Juuso blickt uns erstaunt an, erst Lexa, dann mich. Bernt sieht ihr nicht ähnlich, kein bisschen, er muss nach seinem Vater kommen.

«Haben Sie etwas vergessen?», fragt sie und lächelt Lexa an.

«Ja», keucht Lexa außer Atem.

Ich kann nicht sagen, ob vor Aufregung oder weil sie die Treppe hochgerannt ist.

«Ich habe neulich vergessen, Ihnen eine Frage zu stellen. Wir haben darüber gesprochen, dass Ihr Sohn an diesem Tag mit einem Freund zum Schwimmen gefahren ist …»

«Ja …», erwidert Ina Juuso gedehnt.

«Wissen Sie noch, wie spät es da war?»

Ina Juuso sieht Lexa an, dann wischt sie sich die Hände an ihrer Schürze ab.

«Ich …»

«Sie wissen es nicht. Das haben Sie mir letztes Mal schon erzählt», sagt Lexa. «Und das haben Sie auch den Polizeibeamten erzählt, die Sie vor achtundzwanzig Jahren befragt haben. Aber Sie wissen es, habe ich recht? Sie haben es gesagt, um Ihren Sohn zu schützen … Aber Sie wissen es.»

Ina Juuso blickt uns unglücklich an, dann nickt sie langsam.

Als wir eine Viertelstunde später bei Bernt Juuso klingeln, macht er sofort auf. Er muss eben erst nach Hause gekommen sein, denn er trägt noch eine Daunenjacke über dem Anzug.

«Ihr schon wieder?»

Er sieht uns widerwillig an. In dem fahlen gelben Nachmittagslicht, das durch die Tür fällt, wirkt seine Haut grau, als hätte er seit Tagen nicht geschlafen.

«Was wollt ihr diesmal?»

«Wir möchten mit Ihnen über Max reden.»

«Das habt ihr schon», erwidert er schroff.

«Aber jetzt haben wir auch mit Ihrer Mutter gesprochen.»

Verunsichert sieht er Lexa an, scheint zu zögern.

«Okay», willigt er dann ein. «Aber es muss schnell gehen.»

Er lässt uns ins Haus und schließt rasch die Tür hinter uns.

«Haben Sie Kinder?», fragt Lexa.

«Was?»

Sie deutet mit dem Kopf auf die niedrigen Garderobenhaken an der Wand, an denen eine blaue Jacke und ein Pullover hängen.

«Ja», antwortet er. «Einen Sohn.»

«Wie alt?»

«Elf.»

Er klingt nicht stolz, eher irritiert, als hätte sie ihn bei irgendetwas ertappt.

Lexa geht ins Wohnzimmer, wo wir beim letzten Mal gesessen haben. Ich folge ihr zögernd.

«Nur ein paar Fragen», sagt sie und setzt sich aufs Sofa. Ich nehme ein bisschen abseits in einem der Sessel Platz, als wollte ich nicht im Weg sein. Bernt bleibt in der Tür stehen, die Arme vor der Brust verschränkt, eine Schulter an den Rahmen gelehnt.

«Es muss schnell gehen», wiederholt er. «Ich habe zu tun.»

«Der Tag, an dem Max Sander gestorben ist …», beginnt Lexa ungerührt.

«Scheiße, darüber haben wir doch schon geredet …»

Ich habe das Gefühl, dass er *Alte* sage wollte, stattdessen gestikuliert er aggressiv mit einer Hand.

«Ich weiß», erwidert Lexa gelassen. «Sie und Ihr Kumpel Ted Löfgren waren an dem Tag in der Drevviken-Bucht schwimmen. Etliche Ihrer Klassenkameraden haben das in den Polizeibefragungen bestätigt.»

«Und?»

«Aber keiner Ihrer Klassenkameraden konnte sich an die genaue Uhrzeit erinnern, ebenso wenig wie Ihre Mutter. *Irgendwann am Nachmittag …*»

«Ja. Wir waren am Nachmittag da. Worauf wollen Sie verflucht noch mal hinaus?»

«Aber Sie sind erst später zum Schwimmen gefahren», fährt Lexa fort. «Wir haben mit Ihrer Mutter gesprochen, und die hat uns erzählt, dass Sie unter der Dusche standen, als sie an diesem Nachmittag nach ihrer Nachtschicht aufwachte. Sie kamen aus dem Badezimmer, haben über die Hitze gestöhnt und gesagt, Sie würden mit Ted Löfgren zum Baden fahren. Aber da war es schon kurz nach vierzehn Uhr.»

«Dann war es das wohl. Ich erinnere mich nicht! Was zum Teufel spielt es für eine Rolle, wann ich vor dreißig Jahren schwimmen war?»

«Laut den Polizeiakten ging der Notruf, dass Max tot war, um 14:08 Uhr ein. Dem rechtsmedizinischen Befund zufolge ist er zwischen zwölf und dreizehn Uhr gestorben.»

«Verfluchte Scheiße!»

Bernt löst sich vom Türrahmen und beugt sich vor, als ob er sich für irgendetwas bereit macht. Ich sehe ihn vor mir, wie er in Camillas Partykeller steht, mit aufgerissenen Augen und diesem strammen Lächeln auf den Lippen.

«Robert hat in den Verhören ausgesagt, dass Sie auf dem Baustellengrundstück waren, als Max starb. Nicht nur auf der Straße *davor*, sondern direkt *auf* dem Grundstück. Wir glauben, dass Sie mit Ted Löfgren zusammen dort waren, als Max erschlagen wurde. Und dass Sie anschließend nach Hause gegangen sind, geduscht haben und erst dann zum Schwimmen gefahren sind.»

Bernt lacht, auf eine unbehagliche Art, als würde er nur *versuchen* zu lachen.

«So werden wir es in unserem Buch schreiben. Möchten Sie einen Kommentar dazu abgegeben?»

Seine Hand zittert, seine Pupillen weiten sich. Er sieht aus, als wollte er zuschlagen, doch er schüttelt sich nur.

«Das ist ein Haufen Bullshit!», sagt er. «Macht das. Schreibt das in eurem Scheißbuch, dann verklag ich euch, dass euch Hören und Sehen vergeht.»

In einem Versuch, gelassen zu wirken, fährt sich Bernt mit der Hand durchs Haar. Ich sehe es sofort und bemerke, dass auch Lexa es gesehen hat. Schnell streicht er sich den Pony wieder über die Stirn, aber es ist zu spät. Oberhalb des Haaransatzes hat er eine runde rötliche Wunde. Wie von einem Stein. Meinem Stein.

Vorsichtig berührt Bernt die Wunde mit der linken Hand und sieht uns an, begreift, dass auch wir begreifen.

«Sie?» Lexa rutscht auf dem Sofa zur Seite. «Ich habe Sie nicht erkannt. Ich dachte, es wäre Ihr Kumpel Ted Löfgren gewesen.»

Hat sie? Das hat sie mir gar nicht gesagt.

«Sie müssen zur Polizei gehen», fährt Lexa fort. «Sich stellen. Sie waren damals erst sechzehn ... Es ist nicht mal gesagt, dass man Sie überhaupt strafrechtlich belangt.»

«Ich glaube nicht, dass ich irgendetwas *muss.*»

Bernt dreht sich um, geht einen Schritt in den Flur hinaus. Als er sich wieder umdreht, hält er etwas in der Hand.

«Setzt euch nebeneinander aufs Sofa», befiehlt er und deutet auf mich.

Erst jetzt wird mir klar, dass er eine Pistole in der Hand hält, eine robuste Großkaliberpistole. Er lässt mich nicht aus den Augen, als ich aufstehe und mich neben Lexa setze. Dann stellt er einen Fuß auf den schweren Glastisch und schiebt ihn auf uns zu, bis unsere Beine zwischen Tisch und Sofa eingeklemmt sind.

«Kommt bloß nicht auf dumme Ideen!», droht er und zieht mit der freien Hand sein Handy aus der Hosentasche.

Er drückt auf das Display und hält es sich ans Ohr.

«Es ist was passiert», sagt er zu jemandem am anderen Ende der Leitung. «Ja ... sie sind hier bei mir ... sitzen auf dem Sofa ... Was soll ich ...? Okay ...»

Er steckt das Handy wieder ein und hockt sich auf die Armlehne des Sessels. Und lächelt. Boshaft.

«Ted Löfgren», sagt Lexa. «Sie haben Ted angerufen, habe ich recht?»

Sie klingt gelassen, aber unter der Oberfläche höre ich ihre Verzweiflung.

Bernt lächelt wieder, *grinst*. Doch er antwortet nicht, lässt die Pistole in der Hand kreisen.

«Mein Verleger weiß, dass wir für das Buch recherchieren und mit Ihnen sprechen wollten», sagt Lexa. «Wenn wir verschwinden, wird die Polizei wissen, dass Sie dahinterstecken. Und heute sind Sie nicht mehr sechzehn. Jetzt gibt es keine mildernden Umstände mehr.»

«Halt deine Schnauze!», blafft Bernt.

Wir warten schweigend. Wir können eine Minute oder eine Stunde so dagesessen haben. Angst löscht die Zeit aus.

Aber zu guter Letzt höre ich, wie die Haustür aufgeht und wieder zufällt, schnelle Schritte, die durch den Flur eilen. Bernt bleibt auf der Sessellehne sitzen, dreht nicht einmal den Kopf, um nachzusehen, wer gekommen ist. Auch ich muss nicht hinschauen. Ich weiß, wer es ist: *Ted Löfgren*.

96

Robert Lindströms ehemalige Pflegeeltern wohnten in einem gepflegten, grau verputzten Bungalow in Mälarhöjden. Dasselbe Haus, in dem sie schon lebten, als sie Robert bei sich aufnahmen.

«Natürlich erinnere ich mich an Robert», sagte die Frau, die sich als Kerstin Pålsmark vorgestellt hatte. «Ist ihm irgendetwas zugestoßen?»

«Nein ...», erwiderte Carl. «Nein, wir möchten nur gerne mit ihm reden und mit Leuten, die ihn als Kind und Jugendlichen gekannt haben. Wie Sie.»

Er lächelte freundlich.

«Hatten Sie in letzter Zeit Kontakt zu ihm?»

Kerstin Pålsmark lehnte sich über den rustikalen Eichenküchentisch.

«Zu Robert?» Sie lachte. «Nein, ich glaube, wir haben ihn nicht mehr gesehen, seit er bei uns gewohnt hat.»

«Hat er in all den Jahren keinen Kontakt zu Ihnen gesucht?», fragte Jodie.

Niedergeschlagen schüttelte Kerstin Pålsmark den Kopf.

«Aber er ist doch hier in Mälarhöjden zur Schule gegangen?», erkundigte sich Jodie.

«Ja, natürlich.»

«Könnte es da Freunde geben, mit denen er in Kontakt geblieben ist?»

«Nein ... das glaube ich nicht. Warten Sie, ich glaube, ich habe sein altes Jahrbuch hier.»

Kerstin Pålsmark verließ die Küche. Sie hörten, wie sie im

Wohnzimmer Schubladen öffnete und in ihnen herumkramte. Kurz darauf kam sie zurück.

«Hier ... Da war er ... dreizehn.»

Sie blätterte zu den Schulfotos der Klasse 7C vor und fuhr mit den Fingern über die Gesichter, bis sie bei einem Jungen mit glatten aschblonden Haaren und schüchternem Blick innehielt.

«Das ist Robert.»

«Warum glauben Sie, dass er zu keinem seiner Klassenkameraden mehr Kontakt hat?», fragte Jodie und betrachtete das Foto.

«Ich weiß es natürlich nicht mit Sicherheit ... aber es würde mich wundern. Wissen Sie, er hat sich hier nie wohl gefühlt. Hat vielleicht auch nie richtig reingepasst. Wahrscheinlich spürte er, dass er anders war. Jedenfalls blieb er meistens für sich. Ich glaube, er hat nach der Schule kein einziges Mal einen Freund mit nach Hause gebracht.»

«Wie war Robert?», fragte Carl. «Wie würden Sie ihn beschreiben?»

«Im Grunde war er ein lieber Junge. Er konnte wütend werden. Aber wenn man bedenkt, was er mitgemacht hat, ist das vielleicht nicht verwunderlich.»

«Sie meinen den Mord an seinem Freund?»

«Nein, eher das, was er hinterher durchmachen musste. Aus seinem Zuhause gerissen, ein Jahr in einer psychiatrischen Klinik ... Das hat ihm nicht gerade gutgetan, wenn Sie verstehen ... Aber sie haben ihn wegen seiner Wutausbrüche so lange dabehalten. Er hatte es nicht leicht. In dieser Klinik haben sie einen Riesenwirbel um seine Anfälle gemacht, aber er war ein Junge, so schlimm waren sie auch wieder nicht.»

Jodie nickte.

«Warum ist er nicht bei Ihnen geblieben?»

«Es ging nicht mehr, nicht nach dieser Sache ...»

Sie sah Jodie verblüfft an, als erkläre sich das von selbst.

«Nein, das können Sie natürlich nicht wissen ... In der ersten Zeit lebte er sich eigentlich recht gut ein, konnte einen Neuanfang machen. Aber irgendwann fand jemand heraus, woher er kam und was er getan hatte. Es hat sich nie geklärt, wer es war, aber ich bin mir ziemlich sicher, dass es ein Polizist war, der seinen Sohn vor ihm gewarnt hat. Der Junge ging in eine von Roberts Parallelklassen, und es dauerte keinen Tag, da wusste die ganze Schule Bescheid. Und dann ...»

«Ja?»

«Es wurde natürlich schwierig für ihn. Stockholm ist hier draußen wie ein Dorf. Jeder wusste plötzlich, wer er war. Es ging einfach nicht mehr.»

«Und wo ist er dann hingekommen?»

«Er ist wieder zu seinen Eltern gezogen, seinen leiblichen Eltern ... Er wollte es so. Damals war er fünfzehn und durfte selbst entscheiden.»

«Und seitdem haben Sie keinen Kontakt mehr zu ihm gehabt?», fragte Jodie.

Kerstin Pålsmark schüttelte den Kopf.

«Aber ich habe viel an ihn gedacht, mich gefragt, wie es ihm wohl ergangen ist ...»

97

Aber es ist nicht Ted Löfgren, der ins Wohnzimmer kommt und sich neben Bernt stellt. Es ist Camilla.

«Was hast du gemacht, du dämlicher Idiot!», faucht sie.

Dann starrt sie Lexa und mich auf dem Sofa wutentbrannt an.

«Sie hat mich erkannt ...», erwidert Bernt.

«Ich habe dir doch gesagt, dass du *nichts* machen sollst! Wie schwer ist das zu verstehen? Zwei simple Wörter: *Nichts. Machen!* Und dann stehst du hier ... mit einer Pistole! Was geht in deinem Hirn vor, du nichtsnutziger Esel?»

«Sie weiß, dass ich es war ... im Park», sagt Bernt.

Camilla stöhnt wütend und verdreht die Augen.

«Was machen *Sie* hier?», fragt Lexa.

Camilla wirft ihr einen kurzen Blick zu und wendet sich wieder an Bernt.

«Es spielt keine Rolle, was *sie* wissen. Das habe ich dir doch erklärt. Aber jetzt ist es zu spät ... Jetzt hast du ...»

Sie schreit vor Wut auf und schlägt mit der Hand gegen die Wand. Bernt lässt die Pistole sinken, sackt zusammen.

«Was machen wir jetzt», fragt er leise.

Camilla geht ans Fenster, wirft einen Blick in den grauen Garten und zieht die Gardinen zu.

«Ich muss nachdenken», antwortet sie. «Wir müssen es aussehen lassen, als hätte Robert es getan. Er ist ein bekannter Gewalttäter ... Wir können ihn benutzen ...»

Sie sieht von mir zu Lexa, ihr Blick flackert, während sie weiter mit sich selbst redet.

«Er muss die Journalistin angreifen, sie bei einem Vergewaltigungsversuch töten … und …»

Plötzlich klingelt ihr Handy. Sie verstummt und zieht es aus einer kleinen, eleganten Lederhandtasche, liest die Nummer auf dem Display und drückt den Anruf irritiert weg.

«… und du versuchst, sie zu retten. Genau … aber du kommst zu spät, die Journalistin ist schon tot … und in dem Handgemenge schlägst du zu hart zu, und Robert stirbt …»

«Warum ich?», fragt Bernt.

Camilla blickt auf, weit weg in ihren eigenen Gedanken.

«Das wird nie im Leben funktionieren», sagt Lexa selbstbewusst. Aber ich höre, dass ihre Stimme dünner ist als üblich. Lächelnd dreht sich Camilla zu ihr um.

«Warum nicht?», erwidert sie. «Es hat doch schon mal funktioniert. Oder etwa nicht?»

Sie sieht mich an.

«Wieso helfen Sie *ihm*?», fragt Lexa. «Er hat Ihren Bruder umgebracht! Das wissen Sie, habe ich recht? Sie wissen, dass Bernt es war, nicht Robert. Warum lassen Sie sich von ihm manipulieren?»

Camilla lacht, es klingt fast herzlich. Dann schüttelt sie langsam den Kopf.

«Wie niedlich Sie sind», sagt sie. «Wie ein kleines Püppchen …»

Im selben Moment klingelt Bernts Handy. Er zieht es aus der Hosentasche und meldet sich, bevor Camilla ihn daran hindern kann.

«Jaja …, das bin ich. Nein, ich habe ihn nicht gesehen. Ist irgendetwas passiert? Wie bitte …? Gut, ich versuche, seine Mutter zu erreichen. Ja natürlich. Wir melden uns sofort. Danke für den Anruf …»

Camilla sieht ihn irritiert an, als er das Handy in die Hosentasche zurückschiebt.

«Das war die Schule», sagt er. «Sie haben auch versucht, dich zu erreichen. Sixten ist heute nicht zum Unterricht gekommen. Sie fragen sich, wo er ist …»

«Was ist das jetzt wieder für eine Scheiße?», schreit Camilla mit einem Mal rasend.

«Soll ich fahren?», fragt Bernt.

«Nein! Ich kümmere mich darum.»

«Und was machen wir mit den beiden hier?»

Er deutet mit dem Kopf auf Lexa und mich.

«Du kannst …», Camilla bricht ab und setzt von vorn an: «Nein, ich muss dabei sein, damit du nicht wieder Mist baust! Dein Dachboden lässt sich doch abschließen, oder?»

Bernt nickt.

«Gut! Du sperrst sie da oben ein und wartest, bis ich zurückkomme. Verstehst du? *Du wartest!*»

Sie spricht mit ihm, als wäre er ein begriffsstutziges Kind.

«Mach schon!», schreit sie dann.

Bernt zuckt zusammen, rührt sich aber nicht vom Fleck.

«Und gib mir die!» Camilla deutet auf seine Pistole.

Er gibt sie ihr, ohne zu protestieren. Ich verstehe nicht, was hier passiert.

«Los jetzt», sagt Camilla zu uns. «Steht auf.»

Weder Lexa noch ich bewegen uns.

«Der Tisch …», erkläre ich. «Wir können nicht …»

«Schiebt ihn zurück, Himmelherrgott noch mal!»

Lexa hilft mit, und am Ende rutscht der Tisch schwerfällig über den Boden.

«Ein bisschen Tempo, wenn ich bitten darf!», faucht Camilla. «Ich habe nicht den ganzen Tag Zeit. Und legt eure Handys auf den Tisch.»

Lexa wirft ihr Telefon aufs Sofa und geht vor mir in Richtung Flur. Mein Handy drücke ich Bernt in die Hand, der mich in den Rücken stößt, damit ich mich beeile.

«Die Treppe hoch!»

Eine geschwungene Holztreppe führt ins Obergeschoss. Mir fällt die Holzmaserung des Geländers auf, in einer der Stufen ist eine tiefe Kerbe. An der Stelle, wo die Treppe eine Biegung macht, sitzt ein Fenster mit Milchglasscheibe. Auf der Fensterbank steht eine Vase mit getrockneten Blumen. Ich nehme alles um mich herum überdeutlich wahr, als würde die Angst meine Sinne schärfen.

«Alle wissen, dass wir hier sind», sagt Lexa. «Auch die Polizei.»

Bernt lacht heiser.

«Keiner weiß, dass ihr hier seid», sagt er.

Er übertreibt die Rauheit in seiner Stimme, die Aggressivität, wie damals als Teenager, als er Jack Nicholsons *Hier ist Jacky!* aus *Shining* nachahmte.

Wir betreten einen winzigen Raum mit einem Fernseher, einem Sofa und einem kleinen Holztisch mit Fächern für Zeitungen und Fernbedienungen. Ein großes Dachfenster lässt das letzte Tageslicht hereinfallen. Ich kann über die Nachbardächer blicken, die Obstbäume im Vorgarten, die eingezäunte Terrasse. Camilla schubst Bernt auf Lexa zu.

«Fang an!», zischt sie.

Er streckt eine Hand aus, um Lexas Brust zu berühren.

«Ich tue das hier nicht», sagt er. «Sondern Robert.»

Doch ein neuer, schriller Schrei von Camilla bringt ihn aus dem Konzept.

«Du Vollidiot! Kapierst du eigentlich gar nichts?»

Ihre Stimme bricht, zerspringt, als hätte sie durch einen Stimmenverzerrer geschrien. Bernt hält mitten in der Bewegung inne, lässt seine Arme flach an den Seiten herunterfallen. Camilla schüttelt den Kopf, geht brüsk an ihm vorbei und richtet die Pistole auf uns.

«Bewegt euch!»

«Wohin?»

«Da rein! Da drüben!»

Sie deutet mit der Pistole auf eine Tapetentür in der Wand. Lexa entdeckt den Schlüssel, der aus einem Loch in der Tapete ragt, und dreht ihn um. Hinter der Tür liegt ein dunkler Bodenraum mit Dachschrägen.

«Was haben Sie vor?», fragt Lexa, doch Bernt stößt sie wortlos in den Raum hinein.

Dann packt er mich im Nacken, schiebt mich grob vor sich her, schubst mich hinter Lexa in die Dachkammer und schlägt die Tür zu. In der Dunkelheit stolpere ich über Lexa, versuche, meinen Sturz mit den Händen abzufangen, schlage mir dabei das Knie auf.

Draußen vor der Tür erklingt Camillas Stimme.

«Pass auf die beiden auf, während ich kläre, was mit Sixten ist. Hast du verstanden? Oder muss ich es noch mal sagen, damit du es kapierst?»

Bernts Antwort ist nicht zu verstehen, aber einen Moment später höre ich Schritte, die schnell die Treppe hinunterlaufen.

In der Abseite ist es stockfinster. Ich kann nur spüren, wie Lexa sich neben mir bewegt.

«Bernt?», ruft sie laut. «Das passt nicht zusammen. Warum ruft die Schule Sie an, wenn es um Camillas Sohn geht?»

Bernt antwortet nicht, aber er muss sie verstanden haben, denn wir hören, wie er vor der Tür des Bodenraums auf und ab läuft. Das Knarren der Holzdielen, das Rascheln seiner Kleidung. Dann höre ich, wie Lexa nach Luft schnappt, als sei ihr etwas klargeworden.

«Sixten ist *Ihr* Sohn!», ruft sie. «Camilla und Sie ... Sie haben einen gemeinsamen Sohn. Das ist der Grund ...»

Nach wie vor erhält sie keine Antwort von Bernt, aber seine Schritte sind durch die dünne Tapetentür immer noch zu hören, vor und zurück. Doch dann verschwinden die Schritte plötzlich in ein anderes Zimmer, gefolgt von einem leisen Murmeln. Er telefoniert. Mit Camilla? Seinem Sohn?

Lexa kriecht über mich, wobei sie mir ihr Knie hart in den Oberschenkel rammt.

«Was machst du?», flüstere ich irritiert.

«Wir müssen versuchen, hier rauszukommen. Vielleicht gibt es noch einen anderen Ausgang.»

Ich krieche ihr nach, taste mich mit den Händen durch die Dunkelheit. Als ich eine Hand nach rechts strecke, fühle ich etwas, das Umzugskartons sein müssen. Es riecht nach Staub, altem Holz und Pappe. Und nach irgendetwas anderem. Ein unbestimmter, stechender Geruch, den ich im ersten Moment nicht einordnen kann, doch dann komme ich darauf: Urin.

Lexas Schrei lässt mich so heftig zusammenfahren, dass ich mir den Kopf an der niedrigen Dachschräge stoße.

«Was ist?»

Sie kriecht panisch zurück, schubst mich dabei um, zwängt sich an mir vorbei.

«Hier drinnen ist jemand», flüstert sie. «Meine Hand ... Ich habe mit der Hand einen ... Fuß berührt.»

98

Mittwoch, 15. August, 28 Jahre zuvor

Wie konnte ich mich nicht daran erinnern? Die Erinnerung ist jetzt so deutlich, dass ich *sehen* kann, wie die Sträucher vor dem Betonfundament zur Seite gebogen werden. Und wenn ich mich konzentriere, kann ich Camillas Stimme hören, die über das Baustellengrundstück hallt, durch all die Jahre der Stille und der Leere. Als würde sie in der Dunkelheit des Bodenraums dicht neben mir stehen.

«Was macht *er* hier?», fragt sie.

«Er war hier, als ich gekommen bin», antwortet Bernt. «Der blöde Depp …»

Im ersten Moment glaube ich, sie reden von Max, doch dann merke ich, dass Camilla mich ansieht. Und mir wird klar, dass sie auf seiner Seite ist. Auf Bernts. Dass sie und *er* ein Team sind.

Sie wirft einen Blick auf Max, dann kommt sie zu mir und streicht mir mit der linken Hand über die Wange. Sie lächelt. Aber sie lächelt nicht mich an, sondern in sich hinein, als wäre ihr eine Idee gekommen.

Ich sehe, wie sie innehält, sich umblickt und dann zu dem Betonklotz geht, den ich für Bernt hochheben sollte. Sie bückt sich und hebt das Stück auf, das abgebrochen ist, wiegt es prüfend in den Händen und kommt zu uns zurück. Die ganze Zeit wirkt sie geistesabwesend, als sei sie mit ihren Gedanken ganz woanders.

Noch immer hält Bernt Max und mich im Schwitzkasten. Er rührt sich nicht, als Camilla den Betonklotz mit beiden

Händen anhebt und ihn wie eine Bowlingkugel vor ihre Brust hält. Ich sehe ihr an, dass er schwer ist. Camilla ist genauso groß wie Bernt, aber viel schmächtiger. Ich sehe, wie sehr sie sich anstrengt, wie ihre Arme unter dem Gewicht zittern. Für Bernt wäre es leicht, ihr den Betonklotz aus der Hand zu schlagen, sie zu entwaffnen. Aber er steht einfach nur da, reglos. Als würde er warten.

Damals habe ich es nicht verstanden. Es war, als sei mein Gehirn nicht fähig zu verstehen, als hätte es für Gedanken dieser Dimension keinen Platz. Aber jetzt verstehe ich. Es ist so einfach. Camilla hatte nie vor, Bernt mit dem Betonklotz zu schlagen. Mich wollte sie schlagen, mich und Max. Und Bernt wusste es. Sie hatten es längst vereinbart.

Als ich aufblicke, sehe ich den Stein auf mich zukommen, und ich begreife, dass er mich am Kopf treffen wird – dann wird alles schwarz.

99

Montag, 9. November

Sie durchquerten Mälarhöjden in östlicher Richtung und hielten auf den Södertäljevägen zu. Carl lehnte sich auf dem Beifahrersitz zurück und schloss für einen Moment die Augen.

«Gut», sagte Jodie. «Wer ist der Nächste auf unserer Liste? Lexa Andersson scheint mit einem anderen damaligen Freund von Lindström gesprochen zu haben, Magnus ... irgendwer?»

Carl schüttelte den Kopf.

«Zu peripher», widersprach er.

«Okay, was schlägst du vor?»

War sie gekränkt? Er glaubte nicht.

«Ich denke, Bernt Juuso ist eher unser Mann», sagte er. «Der Teenager, der ein Alibi hatte. Und sein Freund ...»

Carl öffnete die Augen und sah auf den Ausdruck, den Mikael Roslund ihnen mitgegeben hatte.

«... Ted Löfgren.»

Vor ihnen drängelte sich ein Auto von links nach rechts durch den Verkehr, und er wünschte, eine Streife wäre zur Stelle. Das tat er oft. Aber er sagte nichts. Wollte nicht der verbitterte alte Griesgram sein, obwohl er auf dem besten Weg war, ein solcher zu werden.

«Gut», stimmte Jodie zu.

Er hörte, dass sie doch gekränkt war.

«Warum glaubst du, hat Lexa Andersson keinen Kontakt zu Lindströms Pflegeeltern aufgenommen?», fragte er.

Jodie zuckte mit den Schultern.

«Wenn die beiden ein Buch über Lindström schreiben», fuhr Carl fort, «dann müssten die Pflegeeltern doch mit die wichtigsten Leute sein, mit denen sie sprechen sollten?»

«Ja, sicher …»

«Aber Andersson scheint sich nicht für Lindströms Leben, sondern ausschließlich für den Mord an Max Sander zu interessieren. Der Mord ist ihre … wie nennt sich das? … *Perspektive*. Sie will enthüllen können, dass Lindström fälschlicherweise als Täter beschuldigt wurde. Dass die damalige Ermittlung ein Justizirrtum war. Deshalb machen sie weiter.»

Jodie sah ihn zweifelnd an.

«Und du glaubst, dass sie recht hat?», fragte sie. «Dass sie deshalb angegriffen wurde?»

«Ich weiß es nicht.» Carl seufzte. «Aber *wenn* sie recht hat, dann kann man sich denken, dass dem wahren Mörder an einem solchen Buch nicht unbedingt gelegen wäre …»

Jodie nickte, setzte den Blinker und bog rechts nach Fruängen ab, um von dort aus in östlicher Richtung nach Skogås weiterzufahren.

«Du denkst an Bernt Juuso?», fragte sie.

Carl nickte.

«Mikael Roslund meinte, dass wir ihn näher unter die Lupe nehmen sollten …»

«Okay, wie lautet seine Adresse?»

Carl schüttelte den Kopf.

«Nein, wir fangen mit seinem Freund an, diesem Ted Löfgren.»

«Aha, und warum nicht mit Bernt Juuso?»

Carl drehte sich zu ihr.

«Mit dem sprechen wir danach. Ich bin neugierig auf Löfgren …»

Für eine Weile trommelte Jodie schweigend mit den Fingern auf das Lenkrad.

«Ich glaube, du irrst dich», sagte sie dann, den Blick fest auf die Straße gerichtet.

«Wir werden sehen», erwiderte Carl. «Aber mit Juuso sprechen wir hinterher.»

100

«Was habt ihr gemacht?», schreit Lexa.

Verzweifelt hämmert sie gegen die Tür. Ich höre, dass Bernt noch immer da draußen ist, höre die Dielen knarren, als er sein Gewicht von einem Bein auf das andere verlagert, wie er vor der Tür auf und ab läuft.

«Hier liegt eine Leiche! Eine Kinderleiche! Habt ihr die Kinder getötet?»

Abrupt verstummen Bernts Schritte.

«Wovon zum Teufel faselt ihr da? Welche Kinder?»

Seine Stimme ist laut, er muss direkt vor der Tür stehen. Lexa zuckt zusammen.

«Hier liegt ein totes Kind!», schreit sie.

«Ich habe keinen Schimmer, wovon du redest!», erwidert Bernt.

«Dann sperr verflucht noch mal deine Lauscher auf! Hier liegt ein totes Kind!»

Ich habe sie noch nie so gehört. Es klingt, als sei etwas in ihrem Inneren zerbrochen.

«Das war Camilla», höre ich mich selbst sagen.

Bernt antwortet nicht, aber ich weiß, dass er zuhört.

«Sie hat die Kinder getötet ... genauso wie sie Max getötet hat», sage ich laut. «Oder etwa nicht? Du hast uns festgehalten, und sie hat ihm diesen Betonklotz gegen den Kopf geschlagen ... Ich lag bewusstlos auf dem Boden, als sie ihn umgebracht hat.»

Das wird mir in dem Moment klar, in dem ich es ausspreche.

«Bullshit», zischt Bernt.

Lexa dreht sich um, tastet ziellos durch die Dunkelheit.

«Du erinnerst dich!», ruft sie und schlägt mir auf die Schulter (vielleicht hat sie mein Gesicht verfehlt). *«Endlich!»*

«Schnauze dadrinnen!», blafft Bernt.

«Woran erinnerst du dich noch?», fragt Lexa, ohne sich um ihn zu scheren.

«An alles», sage ich. «Ich erinnere mich, dass Camilla neben Max gekniet hat, als ich zu mir kam. Ich habe es damals nicht verstanden, aber sie hatte Blutspritzer im Gesicht, auf ihren Sachen, überall ...»

«Du glaubst also ... dass sie ihren eigenen Bruder getötet hat?», fragt Lexa.

«Ja, so muss es gewesen sein.»

Lexa schweigt. Bernt gibt draußen vor der Tür ebenfalls keinen Mucks von sich.

«Aber warum?», fragt Lexa schließlich. «Warum helfen Sie ihr, Bernt? Sie haben sogar versucht, mich zu erschießen!»

Ein lauter Knall, als Bernt mit der Hand gegen die Tür schlägt. Dann wird es wieder still.

«Warum warst du auf dem Baustellengrundstück?», frage ich, mit den Gedanken nach wie vor bei den Geschehnissen vor achtundzwanzig Jahren. «Warum hast du getan, was sie gesagt hat? Warum hast du Max und mich festgehalten? Du warst doch derjenige, vor dem alle Angst hatten.»

Ich höre, wie Bernt vor der Tür verächtlich schnaubt.

«Camilla nicht», murmelt er. «Sie hatte nie Angst. Vor nichts und niemandem.»

Wieder knarren die Holzdielen unter seinen Schritten, als er erneut auf und ab läuft. Dann hören wir es alle drei: Im Erdgeschoss wird die Haustür geöffnet.

«Warten Sie, Bernt ...», sagt Lexa leise. «Wir können es bezeugen ...»

«Bezeugen?», wiederholt Bernt sarkastisch.

«Robert erinnert sich an den Mord an Max», fährt Lexa fort. «Er kann aussagen!»

Erneutes Schnauben, diesmal klingt es höhnisch.

«Er war bewusstlos, verfluchte Scheiße noch eins», sagt Bernt. «Einen Dreck kann er bezeugen!»

Er verstummt. Im selben Moment erklingen Schritte auf der Treppe, leicht und schnell.

«Was hast du mit ihm gemacht?», fragt Bernt die Person, die nach oben gekommen ist.

«Wen meinst du?»

Es ist Camilla.

«Wo ist Sixten?», fragt Bernt. «Wenn du ihm irgendwas angetan hast, bring ich dich um, ich schwör's!»

Sie lacht, hell, gekünstelt.

«Mein Gott, bist du pathetisch!», erwidert sie.

«Bin ich das? Hast du Sixtens Freundin umgebracht?»

«Wovon redest du?»

«Von Olinda.»

«Olinda?!», faucht Camilla. «Hast du dir in deinem Spatzenhirn jetzt etwa zurechtgeschustert, dass ich sie getötet habe? Meine Güte, Bernt, bist du wirklich so dämlich?!»

«Hat sie etwas zu dir gesagt, das dir nicht gefallen hat?», fährt er fort, als hätte er sie nicht gehört. «Dass du hässlich bist? Alt?»

Der Knall kommt so unvermittelt und laut, dass ich im ersten Moment nicht weiß, was es ist. Dann wird mir klar, dass Camilla Bernt eine schallende Ohrfeige verpasst hat.

«Wen hast du dann in den Bodenraum gelegt?», beharrt er.

«Im Ernst? Hast du völlig den Verstand verloren?», erwidert Camilla, doch ihr aufgesetzt höhnischer Tonfall ist verschwunden, stattdessen schwingt Wachsamkeit in ihrer Stimme.

«Die beiden behaupten, dass hinter der Tür eine verfluchte Leiche liegt!», sagt Bernt.

«Das denken die sich nur aus, du Trottel. Mein Gott, dir kann man wirklich jedes Märchen weismachen!»

«Ist es Sixten?», brüllt Bernt. «Sag, dass er es nicht ist …»

«Hör endlich auf! Sixten liegt nicht dadrinnen, okay?!»

Ich presse ein Ohr an die Tür, höre aber nur Camillas leichte Schritte auf den Dielen.

«Wir machen es, wie ich gesagt habe», bestimmt sie. «Und wenn du Sixten wiedersehen willst, tust du, was ich sage!»

Unvermittelt wird die Tür des Bodenraums aufgerissen. Geblendet vom Licht, hebe ich den Arm vor die Augen.

«Fang mit ihr an», befiehlt Camilla.

Bernt stößt mich zur Seite, packt Lexa am Pullover, zerrt sie aus dem Raum und zieht sie über den Boden. Ihr Pullover rutscht nach oben und entblößt ihren Bauch, der im Kontrast zur schwarzen Hose weiß schimmert.

«Und du», wendet Camilla sich an mich. «Komm raus und leg dich auf den Bauch, Arme und Beine zur Seite. Und versuch ja nicht irgendwelche Spielchen …»

Ich tue, was sie sagt, lege mich auf den Bauch und sehe sie an. Sie hält die Pistole auf mich gerichtet. Bernt sitzt rittlings auf Lexas Oberkörper, bewegt sich aber nicht, als zögere er.

Dann holt er tief Luft, hebt die Hand und schlägt zu. Der Schlag trifft Lexa im Gesicht, direkt unter dem Auge. Ihr Kopf schleudert zur Seite. Sie schreit auf. Der nächste Schlag trifft sie in den Brustkorb. Ich höre, dass etwas bricht. Sie versucht, sich schützend zur Seite zu rollen, aber Bernt hat ihre Arme mit den Knien fixiert. Er schlägt weiter auf sie ein. In dem kleinen Raum sind die Schläge beängstigend deutlich zu hören. Camilla sieht ungeduldig zu. Plötzlich ruft sie:

«Du sollst sie erwürgen, nicht erschlagen.»

«Camilla, wir können nicht ...», setzt Bernt an.

«Mach es einfach! Jetzt!»

Lexa versucht, sich aus Bernts Griff zu winden, aber er presst seine Knie noch fester auf ihre Arme. Er zögert einen Moment, doch dann legt er beide Hände um ihren Hals. Ich sehe, wie sich seine Unterarme unter dem hochgekrempelten weißen Hemd anspannen, als er zudrückt. Lexa versucht, sich zu befreien, tritt mit den Beinen in die Luft, zieht die Knie an, um ihn im Rücken zu treffen, doch sie verfehlt ihr Ziel, sie windet sich immer verzweifelter.

Ohne nachzudenken, springe ich auf. Camilla zielt mit der Pistole auf mich, befiehlt mir aber nicht, mich wieder hinzulegen. Vielleicht ist sie zu sehr von Lexas Bewegungen gebannt, die inzwischen viel langsamer geworden sind, kurz davor, in Krämpfe überzugehen.

Ich weiß, dass auch ich hier sterben werde, genau wie sie. Dass es wie damals auf dem Baustellengrundstück ist. Und ich begreife, dass ich mich ebenso gut auf Bernt werfen und versuchen kann, Lexa zu retten. Mein Körper hat die Bewegung schon eingeleitet – hat sich nach vorne gebeugt, die Oberschenkelmuskeln und die Waden reflexhaft angespannt, die Rotation begonnen –, als es unten an der Haustür klopft.

Ehe ich die Bewegung abbrechen kann, habe ich einen Schritt nach vorne gemacht. Camilla greift nach einem schweren Aschenbecher, der auf dem Couchtisch steht, und schleudert ihn mir entgegen. Ich sehe den Aschenbecher durch die Luft fliegen, langsam, als würde die Zeit sich dehnen. Dann höre ich ein weiteres Klopfen, sehe, dass Bernt Lexas Hals loslässt und seinen Kopf in Camillas Richtung dreht. Lexa schnappt nach Luft, es ist ein röchelnder, zischender Laut.

Dann ist der Moment vorbei.

Der Aschenbecher trifft mich an der Stirn, über dem rechten Auge, direkt neben der Narbe, die vom Betonklotz auf der Baustelle stammt.

101

Ted Löfgren wohnte im nördlichen Teil von Skogås im zweiten Stock eines alten Hauses mit Laubengang. Als Carl die Galerie entlanglief, konnte er in die Küchen der Wohnungen sehen: Kaffeebecher, die noch vom Frühstück auf den Tischen standen, ein Rücken von jemandem, der am Herd stand und das Abendessen kochte, eine bestickte Tischdecke, darauf ein Kerzenständer.

Mit raschen Schritten war Jodie bei der Wohnungstür mit dem verblassten Namenszug «S. Löfgren». Sie klopfte energisch und schnell, mit den Knöcheln, klopfte erneut. Carl wollte sie gerade bitten, damit aufzuhören, als die Tür geöffnet wurde. Ein Mann mit grauem Pferdeschwanz, zerfurchtem Gesicht und schmalem Unterlippenbärtchen blickte sie fragend an.

Er sah aus wie ein Jazzmusiker, fand Carl.

«Ted Löfgren?», fragte Jodie.

Ein fast unmerkliches Nicken.

«Mein Name ist Jodie Söderberg, das ist mein Kollege Carl Edson. Wir sind von der Polizei und würden gerne mit Ihnen über ein Ereignis sprechen, das achtundzwanzig Jahre zurückliegt.»

Ted Löfgren erstarrte. Entweder weil sie von der Polizei waren oder weil er etwas wusste, dachte Carl.

«Warum zum Teufel?», fragte er.

Jodie lächelte entschlossen.

«Dürfen wir reinkommen?»

«Nein.»

«Gut.» Sie lächelte weiter. «Wir glauben, dass eine Frau namens Lexa Andersson möglicherweise Kontakt zu Ihnen aufgenommen hat.»

Ted Löfgren zog die Augenbrauen hoch, lehnte den Kopf ein Stück zurück und musterte sie von oben herab.

«Ist das ein beschissener Scherz?»

«Sie schreibt an einem Buch über Robert Lindström und den Mord an Max Sander, von dem Sie sicher gehört haben.»

«Verdammt, kommt ihr her, um ...»

«Andersson und Lindström haben mit mehreren der beteiligten Personen von damals gesprochen.»

«Ich war nicht beteiligt, verfluchte Scheiße.»

«Sie haben die Aussage Ihres Freunds Bernt Juuso bestätigt», sagte Carl.

«Ach so, ja, gut möglich, dass ich das habe ... Und weiter?!»

«Die beiden haben also keinen Kontakt zu Ihnen aufgenommen?», fragte Jodie.

«Nein», antwortete Löfgren, «haben sie nicht! Und falls sie hier aufkreuzen, werde ich ihnen dasselbe sagen wie euch.»

«Aha», erwiderte Carl. «Und das wäre?»

«Verpisst euch!»

Löfgren schlug die Tür so heftig zu, dass es im Laubengang widerhallte. Jodie hob die Hand, um erneut zu klopfen, doch Carl schüttelte den Kopf.

«Bernt Juuso?», fragte sie.

Carl nickte und ging zum Auto zurück.

102

Als ich die Augen öffne, ist es nach wie vor stockfinster, ich kann keinen Unterschied erkennen.

«Wie geht's dir?»

Lexas Stimme. Ich spüre ihre Hand auf meiner Schulter. Sie rüttelt mich sanft.

«Ich weiß nicht», antworte ich. «Wo sind wir?»

«Wieder im Bodenraum.»

Ich fühle etwas Klebriges auf meiner Wange und am Hals. Es muss das Blut von meiner Kopfwunde sein. Über meinem rechten Auge pocht ein dumpfer Schmerz.

«Du hast das Bewusstsein verloren.»

Ich versuche zu nicken, doch als ich den Kopf bewege, zieht sich der Schmerz schraubstockartig zusammen, und ich muss mich fast übergeben.

«Du hast einen Aschenbecher an den Kopf bekommen. Hätte er dich ein Stück weiter hinten getroffen, an der Schläfe, dann glaube ich nicht ...»

«Und du?», frage ich.

«Alles in Ordnung ...», flüstert sie mit rauer Stimme.

«Was ist passiert?»

«Irgendjemand hat an die Haustür geklopft. Sie mussten aufhören.»

«Wer ...»

«Ich weiß nicht ... psst ...!»

Da höre ich es auch, Stimmen, lauter, aus einem anderen Teil des Hauses. Bernts Stimme – und eine helle Kinderstimme.

«Sixten ...», flüstert Lexa. «Hör zu ...»

Ich versuche mich aufzurichten, krieche auf allen vieren zur Tür und presse das Ohr dagegen.

Bernts Stimme:

«Ich habe dir doch gesagt, dass ich zu tun habe, du kannst jetzt nicht hierbleiben ...»

Sixtens kindliche Stimme:

«Aber ich muss ...»

«Was ist passiert?»

Stille.

«Sixten, verflucht! Was ist das da?»

«Brennspiritus ...»

«Aber wieso ...? Was willst du damit?»

«Was anzünden ...»

«Was willst du anzünden?»

Eine kurze Pause, dann wieder Sixtens Stimme:

«Das ist eine Hausaufgabe. Wir sollen untersuchen, ob Gegenstände entzündbar sind oder nicht und dann den Grund aufschreiben. Ich dachte, du könntest mir dabei helfen ...»

«Okay ... aber wie gesagt, gerade passt es nicht ... Ich bin beschäftigt, und danach muss ich zur Arbeit ... Morgen vielleicht.»

Stille.

«Geh jetzt nach Hause.»

«Okay ...»

«War sie gemein zu dir?»

Sixtens Antwort ist nicht zu verstehen.

«Was ist passiert, Sixten?»

Bernt klingt mit einem Mal besorgt.

«Und warum warst du heute nicht in der Schule?»

«Es ist nichts, es ging mir einfach nicht so gut … Aber Mama weiß nichts davon. Versprich mir, dass du ihr nichts sagst, versprich es …»

103

Februar, 30 Jahre zuvor

Es ist Winter und schon dunkel draußen. Ich habe Handschuhe an, eine Mütze auf dem Kopf und trage eine dicke Schneehose, mit der ich nur mühsam vorwärtskomme. Ich bin auf dem Weg zu Max, um ihn zu fragen, ob er Lust hat, mit mir Schlitten zu fahren, und ziehe meinen Snowracer an einer Kordel hinter mir her.

Als ich an seinem Haus ankomme und die Vordertreppe zur Haustür hochgehe, höre ich ein Geräusch von der Terrasse. Ich zucke zusammen, rutsche aus und stürze beinahe die Treppe hinunter. Dann sehe ich Camilla.

Sie sitzt nur mit einer Unterhose bekleidet im Schnee und hat sich die Abdeckplane der Gartenmöbel übergezogen. Ihre Lippen sind blau, sie zittert vor Kälte.

«Was machst du da?», frage ich erstaunt.

«Hau ab!», ruft sie zähneklappernd. «H-hau einfach ab! V-v-ver-schwinde v-von hier!»

Ich kann sie kaum verstehen, so sehr klappert sie mit den Zähnen.

«Aber … warum gehst du nicht rein? Es ist saukalt …»

«Pa-p-pa», stottert sie leise. «Du m-mu-musst jetzt g-gehen! B-be-vor er wie-wieder r-r-raus k-kommt …»

«Aber Max …?», frage ich.

Sie sieht mich panisch an, und ich gehe rückwärts die Treppe hinunter, gehe denselben Weg, den ich gekommen bin, rückwärts zurück. An der Straßenecke sehe ich, wie die Haustür geöffnet wird.

«Hast du deine Lektion jetzt gelernt?»

Es ist Kenneth. Max' und Camillas Vater. Er bleibt im Türrahmen stehen, in das warme gelbe Licht getaucht, das aus dem Haus fällt. Mich bemerkt er nicht, guckt nur auf die Abdeckplane, die sich auf der Terrasse bewegt.

«Ich höre dich nicht!», brüllt er.

Dann Camillas Stimme:

«J-ja», sagt sie. «E-ent-schu-schuldigung, P-pa-pa ...»

Er beugt sich vor und zieht sie an einem Arm hoch, zerrt sie ins Haus und schlägt die Tür zu.

Am nächsten Tag sehe ich sie in der Schule auf dem Flur und frage, wie es ihr geht, ob sie okay ist, aber sie sieht mich ausdruckslos an und sagt, dass sie keine Ahnung hätte, wovon ich rede.

«Aber du hast doch ... Ich habe gesehen ...»

Die Ohrfeige kommt so überraschend, dass ich mit offenem Mund dastehe, ohne richtig zu verstehen, was passiert ist.

«Gar nichts hast du gesehen, kapiert?», flüstert sie mir zischend ins Ohr, damit es keiner hört. Dann dreht sie sich um und geht zu ein paar Freundinnen, älteren Mädchen, die zwei Klassen über mir sind. Ich höre, wie sie lacht, als wäre sie völlig unbeschwert.

104

Montag, 9. November

Lexa stößt mich hart in die Seite.

«Steh auf! Bitte, Robert ...»

Ich habe das Gefühl, dass sie das schon öfter gesagt hat, ihre Worte aber nicht in mein Bewusstsein gedrungen sind.

«Wir müssen hier weg. Jetzt. Solange sie unten sind.»

Vorsichtig schiebt Lexa die Tür der Dachkammer auf, und plötzlich fällt Licht herein.

«Wie ...?»

«Ich habe den Riegel zurückgeschoben», erklärt sie flüsternd.

«Und wo sollen wir jetzt hin?», frage ich.

Wir stehen in dem kleinen Fernsehzimmer im Obergeschoss. Das Licht und die Bewegung verschlimmern meine Kopfschmerzen, und ich schlucke, um mich nicht zu übergeben. Lexa macht ein paar Schritte auf die Treppe zu. Sie humpelt, das Gehen scheint ihr Schmerzen zu bereiten. Bernts Hände haben blaue Würgemale auf ihrem Hals hinterlassen.

Plötzlich erklingt aus dem unteren Stockwerk ein Schrei, der mich zusammenfahren lässt.

«Warum ist *sie* hier? Du hast mich reingelegt, du verdammter Mistkerl!»

Es ist Sixten, der schreit. Im nächsten Moment höre ich Camillas Stimme.

«Bernt, was macht Sixten hier?»

Er antwortet nicht.

«Ihr habt mich hintergangen!», sagt sie hart. Dann hebt sie

die Stimme und schreit: «Du darfst nicht allein herkommen, Sixten!»

Lexa fasst nach meinem Arm, stützt sich darauf.

«Komm», flüstert sie und deutet mit dem Kopf auf das Dachfenster.

Unten erklingt das schallende Geräusch einer Ohrfeige.

«Das war das letzte Mal!», schreit Camilla. «Ich werde dafür sorgen, dass du ihn nie wiedersiehst!»

Dann Bernts dumpfe Stimme:

«Camilla, verflucht noch mal!»

Während ich die Tür zum Bodenraum leise schließe, drückt Lexa den Griff des Dachfensters nach oben und schiebt es auf. Es ist eines von diesen horizontal öffnenden Ausstellfenstern, die nach außen aufgehen.

«Wir müssen aufs Dach kriechen», sagt sie. «Ich gehe zuerst, dann helfe ich dir.»

Sie rückt einen Hocker der Sitzgruppe unter das Fenster und klettert darauf. Dann schiebt sie ihren Oberkörper durch den Fensterspalt, stöhnt auf, als Rippen und Bauch auf die Einfassung gepresst werden – und kriecht auf allen vieren aufs Dach hinaus. Die Dachziegel knacken verräterisch, als sie ihr Gewicht tragen.

Im selben Moment erklingt unten im Flur Sixtens misstrauische Stimme:

«Ist noch jemand hier?»

Bernt beruhigt ihn:

«Nein … wer sollte das sein?»

«Geh jetzt nach Hause, Sixten!», sagt Camilla.

«Aber ich hab was gehört. Da ist jemand!», schreit Sixten. Seine Stimme überschlägt sich beinahe.

«Das ist ein altes Haus», erklärt Bernt. «Alte Häuser machen Geräusche. Geh verflucht noch mal nach oben und sieh nach, wenn du mir nicht glaubst.»

Ich drehe mich wieder zum Fenster. Lexa gestikuliert, dass ich nachkommen soll. Als ich über die Ziegel robbe, schneiden die Kanten in mein Hemd und meine Haut. Mein Kopf ist direkt über der Regenrinne und der Garten fünf Meter unter mir.

«Beeil dich!» Lexa zieht an meinem Arm. «Sie kommen nach oben.»

Auf der Treppe erklingen Schritte, und wir schieben das Fenster zu, so gut es geht. Dann hören wir Bernts dunkle, kräftige Stimme:

«Mach schon, geh!»

Die Schritte verstummen.

«Und? Bist du jetzt zufrieden?», fragt Bernt. «Geh jetzt nach Hause, Sixten. Leg dich ins Bett und ruh dich aus. Dann fühlst du dich bald besser, du wirst schon sehen.»

Sixten sagt irgendetwas Unverständliches. Wieder Schritte, diesmal die Treppe hinunter. Dann das Geräusch der Haustür, die ins Schloss fällt. Gefolgt von Camillas schriller Stimme, die kurz davorzustehen scheint, die Kontrolle zu verlieren:

«Jetzt bringen wir die Sache zu Ende!»

Ich blute an Brust und Bauch, wo die Ziegel meine Haut aufgeschürft haben, aber Lexa zerrt an meinem Arm.

«Weg vom Fenster», flüstert sie.

Sie robbt an mir vorbei, nach oben, an der Kante des Dachfirsts entlang. Alles um mich herum schwankt, ich spüre, wie der Dachziegel unter meiner Hand leicht verrutscht. Schwindelgefühl und Übelkeit kehren zurück, und ich schließe die Augen, um nicht zu fallen.

«Mach schon!»

Neue Schritte, die Treppe hoch, diesmal sind sie schwerer. Gefolgt von Bernts Stimme:

«Scheiße, Camilla, ich kann das nicht!»

Camilla lacht ihr aufgesetztes Lachen.

«Du tust, was ich sage!»

Wir hören sie immer deutlicher, ihre Schritte, die das Fernsehzimmer durchqueren.

Ich versuche, das Schwindelgefühl zu unterdrücken, zwinge mich, hinter Lexa das Dach hochzukriechen. Die Kanten der Dachziegel schneiden mir die Knie auf, aber ich merke es kaum.

Hinter mir höre ich, wie die Tür zum Bodenraum geöffnet wird, einen Moment lang bleibt es still.

«Verfluchte Scheiße!»

Lexa presst sich die Hand auf den Brustkorb. Aus ihrem Mund läuft Blut.

«Wie geht es dir?», flüstere ich.

«Es tut weh, wenn ich atme ...», sagt sie leise und fährt mit der Hand über ihre Lippen, betrachtet die roten Flecken.

«Ich bekomme keine Luft ...»

Camillas Aufschrei unterbricht sie:

«Wo zum Teufel habt ihr euch versteckt!»

Bernt sagt etwas, das nicht zu verstehen ist.

«Sie *müssen* hier sein!», keift Camilla. «Es ist dein verfluchtes Haus! Finde sie!»

Neue Schritte, die im Zimmer unter uns umherpoltern. Bernt.

«Warum ist das Fenster offen?», sagt er plötzlich, und seine Stimme ist so deutlich, als stünde er direkt neben uns.

Als ich mich umdrehe, sehe ich, wie das Fenster aufgeschoben wird, erkenne Bernts Hand am Griff.

«Kletter raus, mach schon!», schreit Camilla.

Lexa zieht mich am Arm und deutet mit dem Kopf nach oben.

«Wir müssen da hoch ...»

So leise ich kann, krieche ich hinter ihr her, obwohl Geräusche keine Rolle mehr spielen. Sie wissen, wo wir sind. Hinter mir höre ich Bernt über die Dachziegel robben, Camilla, die aus dem Fernsehzimmer schreit:

«Beeil dich!»

Als wir den Dachfirst erreichen, können wir über den Wald bis zu den Bahngleisen blicken. Ich winke dem einzigen Nachbarhaus zu, von dem aus wir gesehen werden können, doch die Fenster sind dunkel und leer.

«Wir müssen auf der anderen Seite runterklettern», flüstere ich.

Lexa nickt, spuckt Blut aus und zieht sich über den Dachfirst. Ein Dachziegel zerbricht unter ihr. Die Scherben rutschen mit lautem Scheppern die Schräge hinunter.

«Ich sehe sie!», ruft Bernt.

Aus dem Haus erklingt Camillas ungeduldige, wütende Stimme:

«Dann stoß sie runter!»

Ich hieve mich ebenfalls über den Dachfirst. Ein weiterer Ziegel rutscht an Lexa vorbei. Als ich mich umdrehe, balanciert Bernt schnell über das Dach, mit ausgestreckten Armen, als laufe er über ein Hochseil. Nach ein paar Schritten hat er uns fast eingeholt.

«Hier könnt ihr nirgendwohin», sagt er grinsend.

Lexa streckt die Hände aus, lässt sie an den Dachziegeln entlanggleiten, während sie sich langsam das Dach hinunterhangelt. Sie spuckt mehr Blut, hinterlässt eine schleimige, rotschwarze Spur. Ich lege mich auf den Bauch und rutsche neben sie. Als ich nach unten blicke, sehe ich, dass das Haus höher ist, als ich geglaubt habe. Hier auf der Vorderseite sind es bestimmt neun oder zehn Meter bis zum Boden.

Ich atme schnell und flach. Die Kopfschmerzen übermannen mich, und urplötzlich gleite ich in einen unbehaglichen Traum: Mein Vater arbeitet an einer Mauer, mischt Zement, setzt Ziegel neben Ziegel, winkt mir mit seinen Arbeitshandschuhen zu.

Dann schaue ich nach oben …

«Robert!»

Ich zucke zusammen, strecke instinktiv die Arme aus, versuche, mich wieder an den Dachziegeln festzuhalten, stemme die Füße gegen das Dach, um meinen Fall zu bremsen. Aber ich bin schon zu schnell, meine Schuhspitzen rutschen ins Leere. Ich spüre den Fall in meinen Eingeweiden, wie ein flüchtiges Déjà-vu, ehe meine Füße auf die Regenrinne treffen und Halt finden. Die Rinne knackt, biegt sich unter meinem Gewicht, aber ich rutsche nicht mehr.

Lexa liegt neben mir. Sie hustet, ringt in abgerissenen Atemzügen nach Luft.

Über uns steht Bernt auf dem Dachfirst und lehnt sich an den Schornstein.

«Kommt wieder nach oben», sagt er und geht in die Hocke, während er sich mit einer Hand am Schornstein festhält. «Wenn ihr da runterfallt, sterbt ihr …»

«Wir sterben, wenn wir hochkommen», zischt Lexa zwischen den Atemzügen.

Dann erklingt wieder Camillas Stimme.

«Hast du vor, einfach nur da rumzusitzen?»

Bernt rührt sich nicht vom Fleck, bleibt, mit einer Hand

am Schornstein, auf dem Dachfirst hocken. Mir wird klar, dass ihm schwindelig ist, dass er sich nicht traut.

«Muss ich alles selbst machen?»

Camilla bewegt sich verblüffend schnell übers Dach, so geschmeidig, als hätte sie es trainiert. In der rechten Hand hält sie die Pistole.

«Robert!», schreit sie. «Sieh dir an, wozu du mich zwingst!»

Sie richtet die Pistole auf Lexa. Und mir wird klar – als würde ich sie auf eine seltsame Art kennen, wissen, wie sie denkt –, dass sie zuerst Lexa erschießen und dann mich vom Dach stoßen wird, um mir, wenn ich tot bin, die Pistole in die Hand zu legen. Womöglich wird sie mich sogar einen Schuss abfeuern lassen, damit ich Schmauchspuren an Händen und Kleidung habe ...

Sie hat ihre Pläne nicht aufgegeben, sie nur der veränderten Situation angepasst.

«Warte!», rufe ich. «Ich tue, was du sagst, aber erschieß sie nicht ...»

Camilla lacht, stützt sich mit einer Hand auf den Dachziegeln ab. Sie ist barfuß. Fast sieht es so aus, als würde sie die Ziegel mit ihren Zehen umklammern. Wie ein Affe.

«Lexa! Pass auf!», rufe ich.

Lexa öffnet die Augen, dreht den Kopf zu Camilla, die über ihr steht, nur zwei Meter entfernt.

Mit der rechten Hand löse ich einen Dachziegel und hebe ihn hoch. Ich rolle mich auf die Seite, blicke nach oben, versuche zu zielen und schleudere ihn in Camillas Richtung. Aber meinem Wurf fehlt die Kraft, und der Ziegel landet neben ihr, zerspringt, rutscht das Dach hinunter und prallt gegen die Regenrinne.

Im selben Moment schießt sie.

Lexa schreit auf und rollt sich zur Seite, sie liegt auf dem Bauch, mit den Füßen in der Regenrinne, genau wie ich. Ich spüre, wie die Rinne unter uns nachgibt, sich langsam aus ihrer Halterung löst.

Lexa blutet. Die Kugel hat ihre Schulter getroffen, den Muskel durchschlagen und eine blutige Wunde in ihren Oberarm gerissen.

Camilla hebt die Pistole und zielt erneut.

Ich bekomme einen zweiten Dachziegel zu fassen und schleudere ihn auf sie. Diesmal treffe ich, zwar noch immer ohne Kraft, aber kraftvoll genug, damit der Schuss Lexa verfehlt.

Übelkeit schießt in mir hoch, und ich übergebe mich. Ich versuche mich umzudrehen, um nicht alles selbst abzukriegen. Ich will einfach nur schlafen. Die Augen schließen und loslassen.

Camilla lacht, selbstsicher, erleichtert.

«Bist du jetzt fertig, Robert?», schreit sie.

Ich hebe den Kopf, sehe, dass sie die Pistole erneut auf Lexa richtet. Diesmal wird sie sie nicht verfehlen. Die Kugel wird Lexa von oben treffen, sich durch ihr Gehirn bohren und weiter durch Hals und Körper …

Ich schließe meine Augen, warte auf den Schuss. Doch er kommt nicht.

Als ich die Augen öffne, sehe ich, wie Camilla zusammensackt, nach vorne kippt und mit dem Kopf voran das Dach hinunterrutscht, zwischen Lexa und mich. Wie in Zeitlupe fällt sie über die Dachkante. Ihre Hüften knicken ab, ihre Beine beschreiben einen Bogen in der Luft, und ihr Körper überschlägt sich in einem Vorwärtssalto. Einen Augenblick später erklingt ein dumpfer Laut, als sie auf den Gehwegplatten aufschlägt.

«Nein!», schreit jemand unten im Garten.

Ich kann nicht sehen, wer.

Bernt steht an der Stelle, wo Camilla gehockt hat. Ein Gegenstand fällt aus seiner Hand. Ein Dachziegel. Der Ziegel rutscht das Dach hinunter, prallt von der Regenrinne ab und fliegt über die Kante. Es scheppert laut, als er auf dem Gehweg zerspringt.

«Polizei, bleiben Sie, wo Sie sind!», ruft jemand unter uns.

Die Stimme kommt mir bekannt vor, aber ich kann sie nicht zuordnen. Als ich vorsichtig nach unten schaue, überqueren zwei Personen den Rasen, schwach beleuchtet vom Licht, das aus den Fenstern fällt.

Da weiß ich, wer sie sind.

105

Carl saß auf dem Fahrersitz und wartete. Durch den immer stärker werdenden Regen verfolgte er das Gewimmel auf Bernt Juusos abgeriegeltem Grundstück. Robert Lindström und Lexa Andersson waren auf dem Weg ins Krankenhaus. Jodie brachte Bernt Juuso gerade in U-Haft. Sie hatten ihn wegen Mordes beziehungsweise versuchten Mordes verhaftet, über den Verlauf der Ereignisse war sich Daniel Sandén nicht ganz im Klaren gewesen.

Wallquists Transporter stand mit geöffneten Hintertüren und erleuchtetem Innenraum in der Auffahrt. Daneben parkte ein schwarzer Leichenwagen, um Camilla Sanders Leiche abzutransportieren, sobald die Rechtsmedizinerin ihre Arbeit beendet hatte. Nur wegen ihr war Carl noch hier.

Aber es dauerte weitere zwanzig Minuten, bis Beatrice Lundmark durch den Regen zu ihrem Auto hastete. Als sie zehn Meter entfernt war, öffnete er die Beifahrertür und rief: «Beatrice! Carl Edson hier.»

Sie drehte sich um und sah ihn erstaunt an. Er lächelte.

«Ich wäre Ihnen dankbar, wenn Sie mir eine kurze Einschätzung geben könnten.»

Er deutete auf seinen Wagen, sie ging zur Beifahrerseite und setzte sich neben ihn. Wasser tropfte aus ihren Haaren und von ihrer Kleidung. Er hätte ihr gerne ein Handtuch gegeben, hatte aber keins im Auto.

«Im Moment kann ich Ihnen nicht viel mehr als das Offensichtliche sagen. Die Frau ist tot», sagte sie in ihrem weichen Finnlandschwedisch.

«Und die Todesursache?»

«Höchstwahrscheinlich der Sturz vom Dach. Sie scheint einen Genickbruch sowie gravierende Kopfverletzungen und einige Rippenbrüche zu haben, die meisten dorsal.»

Carl sah den Sturz wieder vor sich. Jodie und er waren in dem Moment angekommen, als Camilla Sander sich über der Dachkante überschlagen hatte. Aber warum? War sie einfach nur ausgerutscht?

«Noch etwas?», fragte er.

«Über dem rechten Auge hat sie eine Fraktur, die vermutlich nicht durch den Sturz entstanden ist.»

«Sie könnte also mit einem harten Gegenstand geschlagen worden sein?»

«Möglich, aber ich muss ...»

«Sie erst obduzieren, ich weiß.»

Beatrice Lundmark lächelte ihn an.

«Und der Junge?», fragte Carl. «Nicklas Eriksson?»

«Dazu kann ich nichts sagen. Er wurde ins Krankenhaus gebracht, bevor ich eingetroffen bin.»

Carl nickte. Er hatte schon mit dem Arzt in der Notaufnahme des Karolinska-Krankenhauses in Huddinge gesprochen. Nicklas Eriksson war am Leben, aber dehydriert, und er lag aufgrund einer schweren Gehirnerschütterung im Koma. Der Arzt hatte von einem Blutgerinnsel zwischen Gehirn und Schädelknochen gesprochen, das operiert werden musste.

«Ich wollte Sie bitten, sich den Jungen vom rechtsmedizinischen Standpunkt aus anzusehen.»

«Im Krankenhaus gibt es ...»

«Ich weiß, dort haben sie rechtsmedizinisch ausgebildete Ärzte, aber es wäre mir lieber, wenn Sie es machen. Es ist eine sehr heikle Ermittlung.»

Beatrice Lundmark schwieg einen Moment, doch dann nickte sie.

«Danke!», sagte Carl.

Beatrice stieg aus und hastete durch den Regen zu ihrem Auto, einem Toyota Kombi. Kein Mercedes, dachte Carl und erinnerte sich an die knarzende schwarze Lederausstattung des Autos der ehemaligen Rechtsmedizinerin. Vielleicht arbeitete Beatrice noch nicht lange genug in diesem Job – oder sie machte sich einfach nichts aus solchen Dingen.

Carl beugte sich über das Lenkrad und blickte zum Haus hinauf. Hinter dem Fenster im Obergeschoss bewegten sich Wallquist und sein Team in ihren weißen Schutzoveralls, grell angestrahlt von kräftigen Arbeitsleuchten. Es würde noch dauern, bis sie fertig waren.

Im selben Moment klopfte jemand an die Seitenscheibe. Carl zuckte zusammen.

«Hallo.» Jodie öffnete die Beifahrertür und stieg in den Wagen.

«Was machst du hier?», fragte er.

«Ich dachte, du würdest beim Verhör gerne dabei sein. Juuso habe ich erst einmal in eine Arrestzelle gesteckt ...»

Carl nickte. Jodie hatte recht.

Er ließ den Motor an und rollte langsam die Straße entlang, als unvermittelt eine Frau ins Scheinwerferlicht ihres Wagens trat. Carl ließ das Seitenfenster herunter.

«Was ist passiert?», fragte die Frau. «Ist es einer dieser Rocker aus seiner Gang?»

106

Die Häuser in der Straße ähnelten einander. Fast ausnahmslos Holzhäuser, weiß oder gelb. Bei einigen war ein Anbau hinzugekommen, doch die meisten schienen ihr ursprüngliches Aussehen behalten zu haben. Carl und Jodie saßen in der Küche von Josefine Underberg, Bernt Juusos direkter Nachbarin. Sie lehnte sich mit diesem erregten Eifer über den Tisch, den Carl häufiger bei Zeugen einer Straftat registrierte.

«Sie sagten Bernt Juusos Gang?», begann er.

Bevor Josefine Underberg antworten konnte, kam ein kleiner, etwa sechsjähriger Junge in die Küche und sah sie neugierig an.

«Charlie», sagte Josefine Underberg liebevoll. «Kannst du nicht schlafen?»

Der Junge schüttelte den Kopf.

«Du kannst ein bisschen mit dem iPad spielen, wenn du willst.»

Der Junge wirkte überrascht, drehte sich um und verschwand. Carl hörte, wie er die Treppe ins Obergeschoss hochlief.

«Gang ist vielleicht das falsche Wort. Ich weiß nicht, ob sie in einer Gang sind, aber die Männer sehen aus, als wären sie es.»

«Meinen Sie eine Motorradgang?», fragte Carl.

«Ja, ich denke schon.»

«Fahren die Männer Motorräder?»

«Manchmal, aber meistens kommen sie mit Autos.»

Carl sah Jodie fragend an, die den Kopf schüttelte.

Soweit sie wussten, hatte Bernt Juuso keine Verbindung zu einer Motorradgang.

«Inwiefern fühlen Sie sich durch diese Leute belästigt? Feiern sie laute Partys?», fragte er.

«Nein ... aber sie heizen mit ihren Autos durch die Gegend ... viel zu schnell für diese Straße. Wir haben schließlich zwei kleine Kinder, die manchmal auf der Straße spielen, obwohl ich es ihnen verboten habe ...»

Das Letzte sagte Josefine Underberg an Jodie gewandt, als setzte sie voraus, dass Jodie sie verstand. Jodie nickte.

«Und dann parken sie ihre Autos so, dass keiner mehr vorbeikommt. Einer von ihnen fährt so einen riesigen amerikanischen Jeep. Das größte Auto, das ich je gesehen habe. Völlig absurd. Kümmert sich einen Dreck darum, dass unser Planet langsam, aber sicher den Hitzetod stirbt.»

«Gut ...» Carl änderte seine Sitzhaltung, er war zunehmend überzeugt davon, dass dieses Gespräch Zeitverschwendung war.

«Bitte entschuldigen Sie, aber ich verstehe nicht ganz. Weshalb denken Sie, dass diese ... *Rocker* irgendetwas mit den Todesfällen zu tun haben könnten?»

«Sie haben uns bedroht», sagte Josefine Underberg. «Mein Mann ist einmal nach draußen gegangen und hat diesen Typen gebeten, seinen Monsterjeep zur Seite zu fahren, weil er unsere Einfahrt blockierte. Da hat er Anders, also meinen Mann, gepackt, ihn gegen den Gartenzaun gedrückt und gesagt, dass es nur gut sei, wenn unsere Scheißkarre von der Straße wegbleibt.»

«Haben Sie ihn angezeigt?»

Josefine Underberg schüttelte den Kopf.

«Dass diese Männer unfreundlich sind, macht sie aber

nicht automatisch zu Mördern», sagte Carl, der Schwierigkeiten hatte, seine Irritation zu verbergen, doch Josefine Underberg schien es nicht zu bemerken.

«Haben Sie viel Kontakt zu Bernt Juuso?», schaltete Jodie sich ein.

«Nein, so gut wie gar keinen ... Aber manchmal sehen wir seinen Sohn ...»

«Seinen Sohn?», hakte Carl nach. «Wie heißt er?»

«Das weiß ich nicht. Wie gesagt, wir haben keinen Kontakt ...»

«Ich verstehe», erwiderte Carl. «Danke. Sie waren eine große Hilfe.»

«Ist das alles?» Josefine Underberg wirkte enttäuscht.

«Ja. Wir melden uns bei Ihnen, falls wir noch weitere Fragen haben sollten.»

Als sie wieder vor dem Haus im Auto saßen, standen noch immer Streifenwagen mit blinkendem Blaulicht in Bernt Juusos Einfahrt.

«Glaubst du, er könnte die Morde begangen haben?», fragte Carl.

«Wen meinst du?», erwiderte Jodie.

Carl begriff, dass er mitten in einem Gedankengang laut gesprochen hatte.

«Bernt Juuso», sagte er. «Meinst du, er könnte Olinda Sikonova und die beiden Jugendlichen umgebracht haben?»

«Ich weiß nicht.» Jodie starrte auf die blinkenden Blaulichter. «Aber Camilla Sander ist tot, Nicklas Eriksson lag eingesperrt in Juusos Bodenraum, und Lindström und Andersson sind schwer verletzt ... Er hat uns verdammt viel zu erklären, das steht fest.»

Sie sah ihn an.

«Aber warum?», fragte sie. «Olinda war ein Kind, genau wie Tony und Johan. Welchen Grund sollte Juuso haben, sie umzubringen?»

Carl schüttelte den Kopf.

«Wir werden abwarten müssen, was er im Verhör sagt.»

107

Dienstag, 10. November

Es hatte aufgehört zu regnen, war aber noch immer dunkel, als Carl zu seinem Auto ging, um zum Polizeirevier in Flemingsberg zu fahren. Die Straßenbeleuchtung spiegelte sich auf dem schwarzen Asphalt, ein feuchter Nebel hing in der Luft. Es war warm, ungewöhnlich warm für diese Jahreszeit. Der Klimawandel, dachte er resigniert. Wenn sich das Klima in diesem Land zur Abwechslung einmal besserte, durfte man sich nicht einmal darüber freuen. Linda machte ihm Vorwürfe wegen seines Autos, beschwerte sich, dass es kein Umweltauto war und er unnötig viele Strecken damit zurücklegte.

Im Revier stand Jodie bereits vor Verhörraum drei und wartete auf ihn. Es war zwanzig nach sieben.

«Hier, bitte.» Sie reichte ihm einen dünnen Papierstapel. «Rickard hat alles zusammengestellt, was er über Juuso finden konnte.»

Carl bedankte sich und blätterte die wenigen Seiten rasch durch.

«Ich habe mit dem Neurologen im Karolinska-Krankenhaus in Huddinge gesprochen ...», fuhr Jodie fort.

«Warte!», unterbrach er sie. «Stimmt das? Sixten ist Camilla Sanders und Bernt Juusos gemeinsamer Sohn?»

«Offensichtlich», erwiderte Jodie. «Ich habe auch gestutzt, als ich das gelesen habe.»

Carl nickte und las weiter.

«Nicklas Eriksson liegt unverändert im Koma», sagte Jodie.

«Er wurde gestern Abend operiert, und die Ärzte mussten eine große Menge Blut aus seinem Gehirn drainieren.»

«Können sie schon etwas sagen?» Carl blickte auf.

«Nein, es kann eine Stunde oder eine Woche dauern, man weiß es nicht. Der Schlag gegen den Kopf war heftig, und er hat eine Schädelfraktur.»

«Wir müssen das Beste hoffen ...»

«Sollen wir?» Jodie deutete mit dem Kopf auf die Tür. «Ich habe auf dieses Verhör gewartet.»

«Gib mir nur noch ein paar Minuten», bat Carl.

Sein Handy klingelte, als er auf der Toilette saß. Schnell zog er es aus der Tasche, um den Anruf wegzudrücken, bevor jemand das Klingeln hörte. Er hasste Toilettentelefonate.

Dann sah er, wer es war: Wallquist. Resigniert nahm er das Gespräch an.

«Edson», flüsterte er so leise, wie er konnte.

«Wo bist du?», fragte Wallquist.

«Bei der Arbeit.»

«Ich bin in eurem Einsatzraum gewesen, da warst du nicht.»

«Da muss ich wohl gerade unterwegs gewesen sein ...»

«Warum hallt es so ... Sitzt du auf dem Pott?»

Wallquist lachte dröhnend.

«Nein», sagte Carl steif. «Was willst du?»

«Bernt Juuso. Wir haben einen Aluminiumbaseballschläger auf seinem Dachboden gefunden. Blau. Billiges Modell. Ich dachte, das würde dich interessieren.»

«Können wir den Schläger mit einer der Taten in Verbindung bringen?»

In der Leitung wurde es still. Offenbar die falsche Frage, dachte Carl. Aber es war zu spät, sie umzuformulieren.

«Nein», antwortete Wallquist säuerlich. «Ich rufe nur an,

um dir mal ganz allgemein zu erzählen, was Juuso so auf seinem Dachboden hortet.»

«Entschuldige ...», sagte Carl.

«An dem Schläger ist Blut», fuhr Wallquist fort. «Wir haben ihn zur Analyse ins Labor geschickt, aber die Blutgruppe stimmt mit der von Nicklas Eriksson überein.»

«Fingerabdrücke?»

«Von Juuso. Unzählige. Und ein paar andere, die wir noch nicht zuordnen konnten.»

«Gut.»

«Okay, das war's auch schon. Vergiss nicht abzuziehen.»

Es klickte. Wallquist hatte aufgelegt.

Wenig später blätterte Carl im Vernehmungsraum seine Unterlagen durch, legte sie auf den Tisch, beugte sich nach vorne und sagte:

«Verhör von Bernt Stefan Juuso. Anwesend sind Kriminalhauptkommissar Carl Edson, Kriminalkommissarin Jodie Söderberg und Erik Oljeberg, Rechtsbeistand.»

Er nannte das Datum und die Uhrzeit, dann wurde es still im Raum. Oljeberg saß neben seinem Mandanten und hatte die Arme vor der Brust verschränkt, wodurch sein Anzug Falten warf. Jodie lehnte am Türrahmen.

Carl blätterte seine Unterlagen ein zweites Mal durch, dann faltete er die Hände auf dem Tisch und musterte den Mann, der ihm gegenübersaß.

«Herr Juuso ... Nicklas Eriksson wurde gefesselt und schwer verletzt in der Dachkammer Ihres Hauses gefunden. Was haben Sie dazu zu sagen?»

Bernt Juuso schnellte so unvermittelt auf seinem Stuhl nach vorne, dass Carl unfreiwillig zurückwich.

«Das war ich nicht», sagte er. «Sie war's! Camilla! Sie hat es getan, sie hat sie umgebracht!»

«Beruhigen Sie sich bitte», erwiderte Carl.

Juuso lehnte sich wieder zurück.

«Sie war es», wiederholte er, warf seinen Kopf seltsam nach hinten und verschränkte wie sein Anwalt die Arme vor der Brust.

«Sie behaupten also, dass Ihre Exfrau Camilla Sander Nicklas Eriksson, der auf dem Dachboden Ihres Hauses gefunden wurde, misshandelt hat?»

Erneut zuckte Juuso auf diese eigenartige Art mit dem Kopf.

«Ja!»

«Finden Sie es dann nicht ein wenig seltsam, dass wir Nicklas Eriksson in Ihrem Haus und nicht im Haus Ihrer Exfrau gefunden haben?»

Juuso lehnte sich wieder über den Tisch.

«Sie wollte eben nicht ihr eigenes Nest beschmutzen, verfluchte Scheiße.»

«Würden Sie bitte erklären, wie Sie das meinen?»

«Wenn man jemanden umbringt, ist man doch nicht so dämlich und versteckt die Leiche in den eigenen vier Wänden!»

«Ihre Exfrau hatte also Zugang zu Ihrem Haus?»

«Sie nicht, aber Sixten. Sie muss seinen Schlüssel genommen haben.»

«Und warum sollte Ihre Exfrau Nicklas Eriksson niederschlagen und ihn anschließend auf Ihren Dachboden schleppen?»

«Was weiß ich, sie war nicht ganz richtig im Kopf. Bei der kleinsten Kleinigkeit flippte sie aus.»

Carl runzelte die Augenbrauen.

«Und trotzdem haben Sie sie geheiratet ... haben sogar ein Kind mit ihr bekommen?»

Juuso warf sich zurück auf seinen Stuhl und verschränkte demonstrativ die Arme vor der Brust.

«Ich habe keinen Bock auf diesen Scheiß hier ...»

«Ich fürchte, Sie haben keine andere Wahl», erwiderte Carl.

Juuso wandte den Blick ab, starrte die Wand an und schwieg.

«Sie hat behauptet, ich hätte versucht, sie zu vergewaltigen ...», sagte er dann.

«Ach ja?» Carl blätterte in den Unterlagen, die Rickard zusammengestellt hatte.

«Gegen Sie liegt keine Anzeige wegen Vergewaltigung vor ...»

Juuso sah ihn wieder an.

«Das war ja auch, als wir zur Schule gegangen sind!»

Carl hob fragend die Augenbrauen.

«Sie hat mich gestalkt!», fuhr Juuso fort. «Hing wie eine Klette an mir. Wie ein verfluchtes Pflaster. Irgendwann bin ich ausgerastet und hab ihr gesagt, sie soll sich verpissen.»

«In der Schule?»

«Sie war in der Achten, ich in der Neunten.»

«Also war sie vierzehn und Sie fünfzehn?»

«Sechzehn. Ich hatte eine Klasse wiederholt.»

«Ich verstehe. Und dann hat Camilla Sander Sie angezeigt ...?»

«Ich hab keine Ahnung, was zum Teufel sie gemacht hat.» Juuso lachte sonderbar. «Aber dann ging das Gerede los ... Als Erstes kam ein Mädchen aus meiner Parallelklasse in der Pause zu mir und warf mir an den Kopf, dass ich ein verdammtes Schwein wäre, das in den Knast gehörte ... Ich hab gar nichts geschnallt. Dann ging es weiter. Ein paar Tage später wurde ich zum Rektor gerufen, der meinte, ich hätte Camilla gezwungen, einen Haufen Sachen zu tun ...»

«Was für ‹Sachen›?»

«Angeblich hätte ich sie in eine Toilette gezerrt und sie gezwungen, sich nackt auszuziehen, und dann ... hätte ich sie angefasst ... ihr an die Muschi gegriffen und versucht ... sie zu vergewaltigen.»

«Und, haben Sie das?»

«Nein! Das war alles gelogen. Ich wollte sie nicht einmal anfassen.»

«Woher hatte Camilla das dann?»

«Was weiß ich. Hat es sich ausgedacht, wahrscheinlich.»

«Und was ist danach passiert?»

«Nichts. Ich dachte, es wäre vorbei. Dann stand sie eines Tages einfach vor mir und hat mich gefragt, wie es mir geht. Ich wurde stinksauer, hab ihr gesagt, dass sie Land gewinnen soll, dass ich sie umbringen würde ...»

Carl wartete schweigend. Jodie änderte ihre Haltung, lehnte sich dann aber doch wieder an den Türrahmen.

«Aber sie hat nur gegrinst ... gesagt, das wäre nur ein Vorgeschmack gewesen, dass mein Leben die reinste Hölle werden würde, wenn ich nicht ...»

«Wenn Sie nicht was?», fragte Carl.

«... täte, was sie sagt.»

«Und haben Sie das?»

Juuso schüttelte den Kopf.

«Am nächsten Tag kam sie wieder zu mir, wollte wissen,

ob ich mir die Sache überlegt hätte, fuhr sich mit der Zunge durch den Mund, Sie wissen schon ... Und dann ...»

«Ja?»

Juuso holte tief Luft.

«... wurden wir ein Paar.»

«Sie wurden ein Paar?», wiederholte Carl.

Juuso nickte.

«Wenn ich tat, was sie sagte, war alles in bester Ordnung. Aber sie hat mir ständig Vorschriften gemacht. Mal durfte ich mich nicht mit meinen Freunden treffen, oder ich musste wieder irgendwas tun, was ihr in den Sinn kam ... und dann war sie ... dann ...»

«Was dann?», fragte Carl.

«Dann brannte bei ihr eine Sicherung durch!» Juuso sah auf. «Wir waren ungefähr ein Jahr zusammen, dann hatte sie mich satt und machte Schluss. Ich war so froh, sie los zu sein!»

Er lachte.

«Und trotzdem haben Sie geheiratet?», fragte Carl.

Juuso sah ihn irritiert an an.

«Das war viel später ... Ich hatte die Schule beendet und ein paar Jahre in der Stadt gewohnt, bei Freunden und so ... Aber dann ist mein alter Herr gestorben, Krebs, hat geraucht wie ein Schlot ... Meine Mutter konnte es sich nicht mehr leisten, in unserem Haus wohnen zu bleiben und wollte es verkaufen ... Ich war damals gerade in die Autobranche eingestiegen, und das Haus hatte Garagen und eine große Auffahrt. Also habe ich meine Mutter ausgezahlt ... und da habe ich Camilla wiedergetroffen. Sie wohnte ja noch immer in unserem alten Viertel.»

«Aber deshalb mussten Sie sie doch nicht heiraten?»

«Ich …»

Juuso fuhr sich mit den Händen über das Gesicht.

«Sie konnte auch superlustig sein, sexy … Es war schwer, sie nicht zu mögen, wenn sie gemocht werden wollte. Und sie sah verdammt gut aus.»

«Sie bekamen einen gemeinsamen Sohn … Sixten.»

Juuso nickte.

«Ab da ging es wirklich den Bach runter. Sie flippte völlig aus, war wegen jeder Kleinigkeit sauer, warf mir vor, ich würde zu viel mit meinen Kumpels abhängen, nicht zu Hause helfen … Als wäre sie der Meinung, es sei meine Schuld, dass wir Sixten bekommen hatten.»

«Und?», fragte Carl. «Was passierte dann?»

«Alles fing wieder von vorne an. Wie damals in der Schule. Sie sagte, sie würde mich wegen Körperverletzung anzeigen. Dabei hatte ich sie gar nicht angefasst!»

«Aber sie hat Sie trotzdem angezeigt?»

«Das war eine ihrer Drohungen! So war sie. Unsere Scheidung war beschlossene Sache, und sie wollte das alleinige Sorgerecht für Sixten. Wenn ich die Papiere unterschrieb, wollte sie ihre Aussage zurückziehen. Wenn nicht, hätte sie dafür gesorgt, dass ich Sixten nur eine Stunde im Monat sehen darf, unter Aufsicht von irgendeinem Jugendamtfuzzi …»

Juuso verbarg das Gesicht in den Händen.

«Sie hätten Ihre Unschuld doch beweisen können», sagte Carl. «Die Anschuldigungen vor Gericht zurückweisen …»

«Sie haben doch keine Ahnung», erwiderte Juuso. «Sie hätte ihnen Fotos von den Verletzungen gezeigt, wie auch immer sie sich die zugefügt hat … Aber sie hatte Fotos davon. Sie ist sogar zu Freunden geflüchtet und hat bei ihnen übernachtet, weil sie angeblich panische Angst vor mir hatte …»

Juuso nahm die Hände vom Gesicht und sah Carl an.

«Und selbst wenn ich einen beschissenen Gerichtsprozess gewonnen hätte. Ihre Anzeige hätte genügt, damit ich Sixten nie wieder gesehen hätte ... So war er wenigstens jedes zweite Wochenende bei mir.»

«Wohnt er jetzt auch noch jedes zweite Wochenende bei Ihnen?»

Juuso nickte. Carl zog einen Strich auf seinem Block.

«Wenden wir uns wieder der Gegenwart zu. Wir konnten Lexa Andersson und Robert Lindström nur kurz befragen, aber sie haben beide ausgesagt, dass Camilla Sander und Sie versucht haben, sie umzubringen. Was haben Sie dazu zu sagen?»

«Das war Camilla ...»

«Aha, schon wieder Camilla ...» Carl seufzte.

«Sie hat gedroht, mir Sixten wegzunehmen, wenn ich nicht tue, was sie sagt. Sie hat mich gezwungen.»

«Wir haben eine Pistole neben Camillas Leiche gefunden und in Ihrem Haus eine Schachtel mit der dazugehörigen Munition. Das Kaliber stimmt mit einem Projektil überein, mit dem am Samstag in einem Bunker in Skogås auf Lexa Andersson geschossen wurde. Haben Sie geschossen?»

«Ja, aber Camilla ...»

«... hat Sie dazu gezwungen. Das haben wir inzwischen verstanden. Und die versuchte Vergewaltigung von Lexa Andersson? Hat Camilla Sie auch dazu gezwungen?»

«Das war keine versuchte Vergewaltigung, verflucht», sagte Juuso mit zusammengebissenen Zähnen. «Wir wollten ihr nur ein bisschen Angst einjagen! Aber ja, das war ich ... oder Camilla. Die Drohbriefe, das war alles Camilla ...»

«Wussten Sie, dass Ihre Exfrau Robert Lindström wegen Vergewaltigung angezeigt hat, in der Nacht von Samstag auf Sonntag?»

Bernt grinste.

«Ja, sie wollte ihn drankriegen ...»

«Also war es gar keine Vergewaltigung?»

Er zuckte mit den Schultern.

«Sie hat gesagt, dass sie ihm was anhängen wollte ...»

Carl saß einen Moment schweigend da. Er wechselte einen Blick mit Jodie, die unverändert am Türrahmen lehnte. Juusos Anwalt, der sich bisher nicht zu Wort gemeldet hatte, sah seinen Mandanten fragend an.

«Und warum wollte Ihre Exfrau Robert Lindström etwas *anhängen* und Sie zwingen, Lexa Andersson anzugreifen?»

Juuso starrte auf den Tisch, holte tief Luft und sagte leise:

«Camilla hat ihren kleinen Bruder umgebracht, als sie vierzehn war ...»

Dann sah er Carl mit einer Mischung aus Angst und Verzweiflung an.

«Ich habe ihr geholfen ... Sie wollte nicht, dass die beiden in der Sache von damals herumschnüffeln ...»

Carl beugte sich vor und legte die Handflächen vor dem Gesicht zusammen. Im Verhörraum war es totenstill geworden, als hätten sie alle Schwierigkeiten zu verstehen, was Juuso gerade gesagt hatte.

«*Camilla Sander* hat Max Sander getötet, ihren eigenen Bruder, ist es das, was Sie sagen?»

Juuso nickte langsam.

«Ich verstehe», erwiderte Carl. «Wir werden noch ausführlicher mit Ihnen über den Max-Sander-Fall reden, aber fürs Erste warten wir damit.»

Erik Oljelund legte Juuso eine Hand auf den Arm und flüsterte ihm etwas ins Ohr. Juuso schüttelte seine Hand ab.

«Lassen Sie uns zu den gestrigen Vorfällen auf dem Dach Ihres Hauses zurückkehren, als Camilla Sander tödlich verunglückte.»

«Ich habe sie davon abgehalten, Robert und diese Journalistin zu erschießen – und da ist sie ausgerutscht ...»

Carl musterte ihn eindringlich, provozierte damit jedoch keine Reaktion.

«Wie haben Sie sie davon abgehalten? Haben Sie sie mit irgendetwas geschlagen, mit einem Dachziegel zum Beispiel?»

Juuso beugte sich vor.

«Hören Sie schlecht? Ich habe Robert und diese Journalistin gerettet! Camilla hätte sie erschossen, verdammt. Und ja, da hab ich zugeschlagen. Ich hatte keine andere Wahl. Das war ... wie heißt das ... ach, scheiße!»

Oljelund legte ihm wieder beruhigend eine Hand auf den Arm.

«Mein Mandant beruft sich auf Notwehr», erklärte er. «Möglicherweise Notwehrexzess.»

«Ich verstehe», sagte Carl. «Wir werden auf diesen Punkt zurückkommen, sobald wir die Berichte der Spurensicherung und die rechtsmedizinischen Befunde vorliegen haben.»

Er schlug eine neue Seite seines Blocks auf.

«Lassen Sie uns ein wenig über Olinda Sikonova, Tony Pavic, Johan Brink und Nicklas Eriksson sprechen. Was ist ihnen zugestoßen?»

Juuso blickte ihn verständnislos an.

«Zugestoßen? Ich hab keine Ahnung ... Ich weiß nicht mal, wer das ist ... Olinda und Nicklas kenne ich. Die sind an den

Wochenenden, an denen Sixten bei mir war, manchmal zu uns gekommen, aber die anderen beiden ... das war Camilla!»

«Und warum sollte Ihre Exfrau diese Kinder getötet haben?»

«Das hab ich doch schon gesagt. Die Frau war krank im Kopf.»

Carl lächelte nachsichtig.

«Es muss ziemlich bequem sein, einer Toten für alles die Schuld geben zu können», bemerkte er. «Aber betrachten Sie das Ganze mal aus unserer Perspektive. Es gibt keinen einzigen konkreten Hinweis, der auf Camilla Sander hindeutet, dafür aber zahlreiche Indizien, die gegen Sie sprechen.»

Juuso schwieg.

«Auf Ihrem Dachboden haben wir neben Nicklas Eriksson beispielsweise einen blauen Aluminiumbaseballschläger gefunden.»

«Da liegt ein Haufen altes Gerümpel rum», sagte Juuso.

Carl nickte.

«Mit diesem Baseballschläger wurde Nicklas Eriksson niedergeschlagen. Und womöglich auch Johan Brink und Tony Pavic. Das macht *Sie* verdächtig, oder etwa nicht?»

«Nein!», widersprach Juuso.

«Und wir haben den Baseballschläger nicht nur auf Ihrem Dachboden gefunden, er ist sogar voll mit Ihren Fingerabdrücken», sagte Carl.

«Haben Sie auch nach Camillas Fingerabdrücken gesucht?» Carl sah, wie sich Juusos Körper verkrampfte.

Dann änderte er plötzlich seinen Kurs.

«Es gab keine, hab ich recht? Die verdammte Schlampe hat natürlich Handschuhe getragen!»

Carl nickte.

«Das ist korrekt. Auf dem Schläger sind keine Spuren von Camilla Sander.»

«Aber sie war es!» Juuso sprang auf.

«Bitte beruhigen Sie sich», sagte Carl.

Juuso setzte sich wieder hin.

«Allerdings befinden sich noch weitere Fingerabdrücke auf dem Baseballschläger», fuhr Carl fort. «Wir haben sie bisher nur noch nicht identifizieren können.»

Gespannt starrte Juuso ihn an.

«Und Nicklas ist mit diesem Baseballschläger niedergeschlagen worden?»

Carl ließ sich mit der Antwort Zeit.

«Mit großer Wahrscheinlichkeit. Der Schläger wurde zur Analyse ins Labor geschickt, wir warten noch auf das endgültige Ergebnis. Aber wir haben Blut an ihm gefunden, das mit Nicklas' Blutgruppe übereinstimmt.»

«Und die anderen Fingerdrücke?», fragte Juuso. «Wissen Sie, von wem die stammen?»

«Wie gesagt, noch nicht.»

Juuso vergrub das Gesicht in den Händen und saß mit auf den Tisch gestützten Ellenbogen stumm da. Carl schwieg ebenfalls. Er hatte das Gefühl, einen Wendepunkt erreicht zu haben, und spürte instinktiv, dass er in diesem Moment einfach nur schweigen sollte. Jodie trat zu ihnen an den Tisch und setzte sich neben ihn. Sie musste dasselbe Gefühl haben.

Als Juuso schließlich aufblickte, war seine Wut wie weggeblasen. Es war, als säße ein Junge vor ihnen.

«Okay», sagte er. «Ich war's. Ich habe sie umgebracht.»

108

«Was ist passiert?», fragte Jodie, als Carl und sie den Flur hinunter zur Teeküche gingen. Carl fuhr sich über das Gesicht und spürte seine Bartstoppeln. Er musste heute Morgen vergessen haben, sich zu rasieren.

«Warum ändert er aus heiterem Himmel seine Story?»

Carl zuckte mit den Schultern.

«Vielleicht dachte er, er wäre überführt ...»

«Nein», widersprach Jodie. «Dieser Sinneswandel kam zu plötzlich.»

Carl drückte auf die Taste für einen normalen schwarzen Kaffee und sah auf das blinkende Lämpchen.

«Diese Geschichte über seine und Camilla Sanders Beziehung», sagte er. «Hältst du die für wahr?»

«Schwer zu sagen ...»

Carl trank einen Schluck Kaffee, der genauso bitter schmeckte wie immer. Was machte diese Maschine, um das Getränk derart zu zerstören?

«Was meinst du, warum hat Juuso seine Geschichte geändert?»

«Vielleicht ist ihm irgendwas über Camilla klargeworden ...» Jodie nahm ebenfalls einen Schluck Kaffee. «Oder, ich weiß auch nicht ... Worüber haben wir gesprochen, als er auf einmal gestanden hat?»

«Über den Baseballschläger. Dass wir darauf Fingerabdrücke von ihm, aber keine von Camilla Sander gefunden haben.»

Jodie nickte.

«Hast du Hunger?», fragte Carl. «Sollen wir uns ein frühes Mittagessen genehmigen? Das Verhör wird den ganzen Nachmittag dauern.»

Ein, zwei Stunden später saßen sie wieder im selben Vernehmungsraum, dieselben Personen, dieselben Plätze. Juusos Anwalt sah ernst aus. Wahrscheinlich missfiel es ihm, dass sein Mandant ohne Rücksprache mit ihm gestanden hatte, dachte Carl.

«Gut», begann er. «Dann machen wir weiter.»

Er schaltete das Aufnahmegerät an.

«Fangen wir mit dem ersten Opfer an, Olinda Sikonova, elf Jahre alt. Sie kannten Olinda durch Ihren Sohn ...»

Bernt Juuso nickte.

«Warum musste Olinda sterben?»

Juuso starrte auf die Tischplatte.

«Sie war gemein zu Sixten ...», sagte er leise.

«Töten Sie generell Kinder, die *gemein* zu Ihrem Sohn sind?»

«Nein ...»

Carl holte tief Luft.

«Gut», sagte er. «Lassen Sie uns am anderen Ende beginnen. Wie ist es passiert?»

«Es war nicht schwer ...»

«Das ist mir klar. Aber wie haben Sie es gemacht?»

«Ich habe sie nach der Schule abgepasst, ihr Süßigkeiten versprochen ...»

«Und dann?»

«Sie ist mitgekommen. Ich habe sie in den Wald am Berg gebracht und erschlagen.»

Carl nickte.

«Wissen Sie noch, wie das Wetter an diesem Tag war?»

«Das Wetter?», fragte Juuso. «Nein, darauf habe ich nicht geachtet ...»

«Erinnern Sie sich an etwas anderes? Womit haben Sie Olinda getötet?»

Juuso fuhr sich über das Gesicht.

«Ich weiß es nicht mehr ...»

«Nehmen Sie sich die Zeit, die Sie brauchen.»

Sie schwiegen, warteten.

«Ich weiß es nicht ...», murmelte Juuso schließlich. «Vielleicht mit dem Baseballschläger ...»

«Ich verstehe. Und dann haben Sie Olindas Leiche in dem alten Verteidigungsbunker versteckt?»

«Ja.»

Juusos Anwalt legte seinem Mandanten eine Hand auf den Arm und schüttelte diskret den Kopf.

«Nein, nicht im Bunker ... Da wollte ich sie zuerst hinbringen, aber ...»

Juuso brach ab und schwieg eine Weile, dann beugte er sich über den Tisch.

«Okay, ich wollte es ihr heimzahlen, zur Abwechslung einmal *ihr* etwas anhängen ...»

Erstaunt sah Carl ihn an.

«Ihrer Exfrau? Wollen Sie sagen, Sie haben Olinda umgebracht, um es Camilla anzuhängen?»

«Ja.»

«Gerade eben sagten Sie noch, sie hätten Olinda getötet, weil sie gemein zu ihrem Sohn war.»

Juuso seufzte.

«Das auch ...»

«Gut, und was ist mit Nicklas Eriksson? Haben Sie das auch getan, um es Ihrer Exfrau anzuhängen?»

«Ja ...»

«Warum haben Sie ihn dann in Ihrem eigenen Haus versteckt?»

«Ich wollte ihn später in Camillas Haus bringen.»

«Haben Sie Zugang zum Haus Ihrer Exfrau?»

«Nicht zum Haupthaus ... aber ins Nebengebäude komme ich, auf der Rückseite ...»

«Ich verstehe. Aber warum haben Sie ausgerechnet Nicklas angegriffen, den Sie ja auch durch Ihren Sohn kannten?»

«Er hat Sixten schikaniert, ihn gemobbt ...»

«Aha, er also auch ...»

«Sixten hatte es schwer in der Schule.»

«Ja, das hat Ihre Exfrau ebenfalls angedeutet.» Carl wartete darauf, dass Juuso noch etwas sagte, doch er schwieg.

«Dann kommen wir zu den beiden Jugendlichen», fuhr Carl fort. «Tony Pavic und Johan Brink. Kannten Sie die beiden auch?»

«Nein.»

«Warum haben Sie die beiden umgebracht?»

«Weil ... Sie haben mich gesehen ... und versucht, mich zu erpressen. Sie wollten Geld. Also habe ich gesagt, dass wir uns bei den Bahngleisen treffen, und habe den Baseballschläger mitgenommen.»

«Erinnern Sie sich, wie oft Sie zugeschlagen haben?»

Juuso schüttelte den Kopf.

«Nein», erwiderte er. «Oft ...»

«Und hinterher? Haben Sie den Baseballschläger abgewischt?»

Juuso schien nachzudenken.

«Nein», sagte er dann.

Carl machte eine resignierte Geste.

«Natürlich. War es derselbe Baseballschläger, mit dem Sie Nicklas Eriksson niedergeschlagen haben?»

«Ja ... Ich hatte ihn zu Hause.»

Carl sah auf die Uhr. Zwanzig nach zwei. Draußen schien vermutlich die Sonne, doch da der Verhörraum keine Fenster hatte, sah man es nicht. Aber die Vernehmung würde ohnehin nicht mehr lange dauern.

Er lächelte Juuso freundlich an.

«Könnten Sie uns jetzt bitte die Wahrheit sagen.»

Juuso setzte sich aufrecht hin.

«Das ist die Wahrheit!»

Resigniert blickte Carl ihn an.

«Ich kann Ihnen versichern, dass Tony Pavic und Johan Brink nicht mit dem Baseballschläger aus Ihrer Dachkammer erschlagen wurden. Ihre Kopfverletzungen stimmen nicht mit der Form des Schlägers überein.»

Juuso sah Carl und Jodie an, presste die Kiefer aufeinander.

«Vielleicht habe ich doch nicht den Baseballschläger genommen», sagte er. «Vielleicht erinnere ich mich falsch, aber ich habe sie umgebracht!»

Carl schüttelte den Kopf.

«Die Vernehmung von Bernt Stefan Juuso ist beendet. Es ist 14:24 Uhr.»

Fünf Minuten später betraten Carl und Jodie den Einsatzraum. Dort saßen nur eine Handvoll Kollegen, und Carl begriff, dass dies die gesamte Besetzung war. Der Fall um die ermordeten Kinder aus Skogås galt als so gut wie abgeschlossen. Die meisten Beamten waren schon für andere Ermittlungen abgezogen worden.

Er trat an das Whiteboard und räusperte sich. Jodie lehnte sich an einen Schreibtisch. Bolander saß mit vor der Brust verschränkten Armen auf seinem üblichen Platz weiter hinten im Raum.

«Bernt Juuso hat heute Morgen alle Morde gestanden», sagte Carl.

Euphorische «Yes!»-Rufe und ein paar in die Luft gereckte Fäuste waren die Folge. Er hob die Hand.

«Leider glauben wir, dass er ein falsches Geständnis abgelegt hat.»

Diesmal löste seine Ankündigung enttäuschtes Gemurmel aus.

«Allerdings besteht die Möglichkeit, dass er weiß, wer die Morde begangen hat. Deshalb müssen wir Bernt Juusos Umfeld gründlich durchleuchten und mit allen Leuten sprechen, die in irgendeiner Weise mit ihm zu tun haben. Eine Nachbarin hat regelmäßig Autos vor seinem Haus gesehen.»

Rickard nickte.

«Wie läuft es mit der Auswertung seiner Handy-Daten?»

«Bisher noch nichts ...»

«Haben wir Robert Lindström jetzt komplett als Täter abgeschrieben?», meldete Bolander sich zu Wort, der unverändert die Arme vor der Brust verschränkt hielt.

«Ja», antwortete Carl.

«Ist das nicht ein bisschen übereilt, wenn wir Juuso sein Geständnis nicht abkaufen?»

«Nein, Robert Lindström ist für unsere Ermittlungen im Prinzip nicht mehr relevant.»

Bolander murmelte irgendetwas Unverständliches.

«Ja?», fragte Carl. «Möchtest du etwas hinzufügen?»

«Er hat sich zum Zeitpunkt der Morde an sämtlichen Tatorten aufgehalten ...»

«Das ist richtig, aber Nicklas Eriksson wurde auf Juusos Dachboden gefunden, wo Camilla Sander und Juuso versucht haben, Robert Lindström und Lexa Andersson umzubringen.»

Bolander schüttelte den Kopf.

«Das spricht ihn nicht frei, im Gegenteil. Es bringt ihn mit dem Fundort eines weiteren Opfers in Verbindung.»

«Lindström und Andersson haben beide ausgesagt ...», begann Carl.

Bolander schnaubte.

«Sie haben sich abgesprochen.»

Carl holte tief Luft und dachte daran, was Gert Uwe vor einigen Tagen gesagt hatte, doch gerade kümmerte ihn das herzlich wenig.

«Robert Lindström steht bezüglich der Kindermorde nicht mehr unter Verdacht», sagte er mit fester Stimme. «Daniel Sandén sieht keinen Grund, noch weiter gegen ihn zu ermitteln, und er wird vermutlich auch die Voruntersuchung wegen Vergewaltigung gegen ihn einstellen. Hast du ein Problem damit?»

Bolander sah ihn trotzig an.

«Nein», sagte er schließlich.

«Gut, dann fangen wir an. Durchleuchtet Bernt Juusos Umfeld, tragt alles zusammen, was ihr finden könnt. Jodie, du führst weiter mit mir die Verhöre durch.»

Als Carl nach dem Briefing den Flur in Richtung Fahrstühle hinunterging, hastete Jodie ihm nach.

«Sollen wir Juusos Vernehmung nicht fortsetzen?», fragte sie verblüfft.

Carl schüttelte lächelnd den Kopf.

«Noch nicht. Mir will eine Sache nicht aus dem Kopf, die Mikael Roslund gesagt hat.»

109

«Ist schon wieder etwas passiert?», fragte Josefine Underberg.

Sie stand in Schuhen und Mantel im Flur, offenbar wollte sie gerade weg.

«Nein, wir haben nur eine Frage, die wir gestern vergessen haben», erwiderte Carl.

«Ich muss Charlie und Ella aus der Kita abholen ...», sagte sie.

«Sie haben verschiedene Leute erwähnt, die häufiger bei Bernt Juuso sind», fuhr Carl fort, «darunter seinen Sohn, der übrigens Sixten heißt.»

«Ja, aber ich meinte diese Gangtypen. Mit dem Jungen ... Sixten ... hatten wir nie Probleme.»

«Nein, das wissen wir.» Carl lächelte. «Das ist vielleicht eine merkwürdige Frage, aber wie oft ist Sixten bei seinem Vater?»

Josefine Underberg überlegte einen Moment.

«Wir sehen ihn ab und zu ... Aber unsere Kinder sind jünger als er, sie spielen nicht zusammen. Ich weiß es nicht.»

«Kommt er öfter als jedes zweite Wochenende?», fragte Carl.

Josefine Underberg lachte.

«Sehr viel öfter. Ich sehe ihn ein-, zweimal in der Woche. Manchmal häufiger.»

«Sind Sie sicher, dass Sixten so oft hier ist?»

«Ja ...», erwiderte Josefine Underberg plötzlich zögernd. «Aber das ist doch nicht ungewöhnlich. Schließlich wohnt er bei seinem Vater, jedenfalls jede zweite Woche.»

«Ist er allein, wenn er kommt?», fragte Jodie. «Oder ist sein Vater bei ihm?»

«Manchmal ist sein Vater dabei, aber meistens ist er allein. Soweit ich weiß, arbeitet sein Vater ... Und er kann allein von der Schule nach Hause gehen. Warum fragen Sie das alles? Ist dem Jungen etwas zugestoßen?»

«Haben Sie gesehen, ob er Freunde dabeihatte?»

«Hin und wieder ...»

«Würden Sie sie wiedererkennen?»

«Nein, das glaube ich nicht ...»

Carl nickte, als würde es keine Rolle spielen.

«War in den letzten Tagen ein Freund bei ihm?»

Josefine Underberg zuckte mit den Schultern.

«Ich weiß es nicht. Wir sind Nachbarn. Man grüßt sich und denkt dann nicht weiter darüber nach.»

«Ich verstehe. Natürlich.»

«Warum lügt Juuso, wenn es um seinen Sohn geht?», fragte Jodie, als sie kurz darauf wieder im Auto saßen und ins Polizeirevier zurückfuhren. «Und noch dazu wegen so einer Sache?»

«Vielleicht lügt er gar nicht», wandte Carl ein. «Vielleicht weiß er nicht, dass Sixten so oft bei ihm ist. Aber warum geht Sixten so oft zu ihm?»

«Um eine Auszeit von seiner Mutter zu haben?», schlug Jodie vor.

Carl nickte.

«Also, was?», sagte Jodie. «Glaubst du, dass Sixten bei seinem Vater etwas gesehen haben könnte? Irgendeinen dieser Motorradgang-Typen? Dass er deshalb bedroht wurde?»

«Ich weiß nicht ... Ich muss nachdenken.»

Den Rest der Fahrt schwiegen sie. Carl betrachtete die Fahrbahnmarkierungen, die am Fenster vorbeizogen, ließ seinen Gedanken freien Lauf.

Doch als Jodie nach rechts blinkte, sagte er:

«Warte.»

«Was ist?»

«Ich glaube, wir sollten noch einmal mit Robert Lindström sprechen.»

110

Das Erste, was ich sehe, ist das schmerzende Licht der Neonröhren an der Decke. Das Metallgestänge über meinem Kopf. Und die Krankenschwester, die sich über mich beugt.

«Wie geht es Ihnen?», erkundigt sie sich.

«Mein Kopf ...», murmele ich mit spröden Lippen, die beim Reden aufplatzen.

Sie nickt wissend, greift nach dem Schlauch, der in einer Kanüle in meiner Armbeuge endet, betrachtet etwas darin und klopft mit dem Finger dagegen.

«Fühlen Sie sich in der Lage, Besuch zu empfangen ...?», fragt sie.

Ich weiß, dass ich im Karolinska-Krankenhaus in Huddinge bin. Aber ich erinnere mich nicht, wie ich hergekommen bin, nur dass ich in diesem Bett aufgewacht bin. Ich glaube, irgendjemand hat gesagt, ich könnte heute Abend nach Hause. Dass kein Grund zur Sorge besteht, dass ich mich nur ausruhen müsste.

«Zwei Polizeibeamte möchten mit Ihnen sprechen», sagt die Krankenschwester. «Soll ich sie bitten zu gehen?»

Langsam bewege ich den Kopf auf dem Kissen von links nach rechts. Sie verschwindet aus meinem Blickfeld. Als ich die Augen aufmache (habe ich geschlafen?), sitzen die Beamten auf Stühlen an meinem Bett. Ich erkenne sie wieder, erinnere mich an ihre Namen. Carl Edson und Jodie Söderberg. Ich drehe den Kopf in ihre Richtung, sehr langsam, damit es nicht weh tut. Sie lächeln mich an.

«Hallo, Robert, können Sie sprechen?», sagt Carl Edson.

Ich ziehe meine Lippen auseinander und mime «Ja».

«Wir wissen, dass Sie zum Zeitpunkt von Olinda Sikonovas Verschwinden an der Schule waren, ebenso wie an den Bahngleisen, als Johan Brink und Tony Pavic ermordet wurden», fährt Edson fort und sieht mich an.

«Wo ist Lexa?», frage ich (oder höre mich fragen).

«Sie liegt in einem anderen Zimmer», antwortet die Polizistin, die mich vernommen hat, Jodie Söderberg. Sie ist in Ordnung.

Ich schließe die Augen und sage leise:

«Ich war es nicht ... Ich habe Max nicht umgebracht.»

«Deswegen sind wir nicht hier. Es geht nicht um den Max-Sander-Fall.»

Ich nicke stumm.

«Aber wir stellen uns eine Frage», fährt Edson fort. «Haben Sie jemanden gesehen, als Sie am zweiten November, am Tag von Olinda Sikonovas Verschwinden, vor der Lycksätraschule standen?»

Ich bewege meinen Kopf fast unmerklich von links nach rechts.

«In einer früheren Befragung haben Sie ausgesagt, dass etliche Schüler an Ihnen vorbeigelaufen seien.»

«Ja, es war Unterrichtsschluss ...»

Carl Edson nickt.

«Ist Ihnen unter den Schülern jemand aufgefallen? Jemand, der sich, ja, irgendwie merkwürdig verhalten hat?»

Ich mache die Augen wieder zu, sehe den Jungen, der alleine auf dem Schulhof steht.

«Da war ein Junge», sage ich. «Er hat mich angeschaut.»

«Ein Junge? Haben Sie gesehen, ob er sich auf dem Schulhof mit jemandem getroffen hat?»

«Nein.»

«Haben Sie gesehen, wo er hingegangen ist?»

«Ich habe ihn im Rückspiegel gesehen, als ich weggefahren bin ...»

«Was hat er gemacht?»

«Er ist den Pfad zu den Bahngleisen runtergegangen ... oder gerannt.»

«Würden Sie ihn wiedererkennen?»

Ich antworte nicht. Mein Kopf tut weh, und ich fixiere einen Fleck an der Decke.

«Wenn wir Ihnen Fotos zeigen?»

«Vielleicht ...»

«Haben Sie noch etwas gesehen?» Jodie Söderberg beugt sich vor. «War jemand bei ihm, als er zu den Bahngleisen gerannt ist?»

Ich versuche, mich an den Tag zu erinnern, den Regen, die Scheibenwischer, die ...

«Ich glaube, er ist jemandem nachgelaufen», sage ich.

«Versuchen Sie, sich zu erinnern.»

«Ich habe gesehen, dass irgendwer vor ihm auf dem Pfad war und dass er in dieselbe Richtung gelaufen ist ...»

«Konnten Sie die Person erkennen?»

Ohne den Kopf zu bewegen, schaue ich die beiden Beamten an. Sie sind aufgeregt, versuchen, es sich nicht anmerken zu lassen. Aber es ist offensichtlich.

«Nein», sage ich fast tonlos.

Sie sacken zusammen, wirken enttäuscht.

«Nur dass sie eine rote Regenjacke trug.»

111

Mittwoch, 11. November

Jodie bot ihm einen Kaffee an, doch Bernt Juuso lehnte kopfschüttelnd ab.

«Was passiert jetzt mit ihm?», fragte er.

«Mit wem?», fragte Carl.

«Sixten. Was passiert mit ihm, wenn ich ins Gefängnis komme? Jetzt, wo Camilla ... tot ist?»

«Dazu können wir nichts sagen. Das Jugendamt wird dafür sorgen, dass er gut untergebracht wird.»

Die Worte hinterließen einen faden Geschmack in Carls Mund, aber so war es nun einmal.

«Ich will ihn sehen», verlangte Juuso.

Carl schüttelte den Kopf.

«Noch nicht. Später, aber nicht jetzt.»

Jodie hatte bisher schräg hinter ihm an der Wand gelehnt. Jetzt kam sie zu ihnen, setzte sich neben Carl und stellte ihren Kaffeebecher auf den Tisch.

«Halten Sie an Ihrem gestrigen Geständnis fest?», fragte sie.

Juuso nickte.

«Würden Sie es bitte laut sagen?»

«Ja», sagte Juuso und beugte sich dabei über das Mikrophon, das auf dem Tisch stand.

Er war blasser als gestern, verschlossener. Aber er wirkte ausgeruht, ausgeglichen.

«Wie oft ist Sixten bei Ihnen?», fragte Jodie.

«Was?»

«Sie haben die Frage verstanden.»

«Jedes zweite Wochenende. Wenn nicht irgendwas außerhalb der Reihe anfällt. Aber das wisst ihr doch schon.»

«Und er könnte nicht bei Ihnen gewesen sein, ohne dass Sie davon gewusst haben?»

Juuso zögerte, blickte fragend von Carl zu Jodie.

«Nein … das glaube ich nicht.»

«Zeugen haben ausgesagt, Sixten sehr viel häufiger als jedes zweite Wochenende bei Ihnen gesehen zu haben.»

«Aha, okay. Und? Wenn es nach mir geht, kann er so oft bei mir sein, wie er will.»

«Gut. Und warum glauben Sie, geht er so oft zu Ihnen?»

Juuso zuckte mit den Schultern.

«Vielleicht will er einfach nur seine Ruhe haben … vor seiner Mutter. Ich hab ja erzählt, wie sie ist … oder war.»

«Wir haben Hinweise erhalten, dass Sixten auch Freunde mit zu Ihnen genommen hat», sagte Carl.

Juuso lehnte sich nach vorne, wirkte jetzt zunehmend gereizt.

«Er kann so viele Freunde mit zu mir bringen, wie er will. Worauf zum Teufel wollt ihr eigentlich hinaus?»

Carl stützte die Handflächen auf den Tisch und beugte sich seinerseits vor.

«Wir haben noch einen Zeugen», sagte er. «Einen Zeugen, der Sixten an dem Nachmittag, an dem Olinda ermordet wurde, mit ihr zusammen gesehen hat.»

«Na und? Sie waren in derselben Klasse. Manchmal haben sie nach der Schule zusammen gespielt …»

«Wir glauben Folgendes», erwiderte Carl ruhig. «Sixten ist Olinda nachgelaufen, hat sie überredet, mit ihm auf den Berg zu klettern, und sie dort mit einem Stein erschlagen.»

112

Sixten saß auf der Vorderkante seines Stuhls am Vernehmungstisch. Ulrica Wälgård, eine etwa fünfunddreißigjährige Jugendamtsmitarbeiterin, saß neben ihm und blickte ihn mitleidig an. Ihre Bobfrisur fiel ihr permanent in die Augen, und jedes Mal strich sie die Haare mit einer irritierend weit ausholenden Geste zurück. Ihre ganze Erscheinung war irritierend, dachte Jodie. Ein Outfit, das den Eindruck erweckte, sie käme vom Zirkus, und eine kindliche Stimme, die sie noch heller klingen ließ, wenn sie mit Sixten sprach. Jodie merkte, dass auch Sixtens Anwalt, ein korrekter Mann im Anzug, der Patrik Gideonson hieß, sich an Ulrica Wälgårds Art störte. Aber Carl hatte auf ihrer Anwesenheit bestanden, da von Rechts wegen ein Mitarbeiter des Jugendamts bei der Befragung dabei sein musste.

«Ja», sagte Sixten leise und starrte auf den Tisch. «Ich habe Nicklas mit dem Baseballschläger geschlagen. Aber ich musste es tun …»

«Warum?», fragte Jodie, so freundlich, wie sie konnte. «Warum musstest du es tun?»

Carl hatte sie darum gebeten, das Verhör zu führen, da sie dafür am besten geeignet war.

«Es war seine Schuld», antwortete Sixten schulterzuckend. «Nicklas hat gesagt, er würde das von Olinda erzählen, und da musste ich es tun …»

«Was wollte Nicklas von Olinda erzählen?», fragte Jodie.

Sixten starrte schweigend auf den Tisch. Ulrica Wälgård wandte sich an Jodie:

«Dieses Verhör ist absolut unangebracht. Der Junge steht nach dem Verlust seiner Mutter ganz offensichtlich unter Schock, und dass er jetzt mit derartigen Anschuldigungen konfrontiert wird …»

Sixten schüttelte den Kopf.

«Ich vermisse Camilla nicht», widersprach er.

Ulrica Wälgård sah ihn liebevoll an. Als hätte sie nicht gehört, was er gesagt hatte, dachte Jodie.

«Du musst dich für deine Gefühle nicht schämen … Sie war deine Mutter. Natürlich …»

«Hören Sie nicht, was ich sage?! Ich bin froh, dass ich sie los bin …!»

Sixtens Stimme brach, wie ein Lautsprecher, der kaputtgeht und die Töne bis zur Unkenntlichkeit zerhackt. Er sah aus, als bräche er jeden Moment in Tränen aus, doch stattdessen sackte er auf seinem Stuhl zusammen.

«Du hast alles Recht, wütend zu sein», fuhr Ulrica Wälgård fort. «Jeder Mensch trauert anders.»

Störrisch starrte Sixten auf den Tisch und wiegte seinen Oberkörper langsam vor und zurück.

«Könnten wir zum Verhör zurückkehren …», bat Jodie.

Ulrica Wälgård, die den Mund schon zu einer Erwiderung geöffnet hatte, nickte schweigend.

«Sixten», sagte Jodie. «Ich weiß, dass es nicht leicht ist, aber können wir ganz von vorne beginnen? Vielleicht fangen wir bei Olinda an, deiner Klassenkameradin? Willst du erzählen, was an dem Nachmittag passiert ist?»

Sixten blickte auf.

«Sie hat versprochen, dass wir uns treffen», sagte er. «Nach der Schule. Das hatten wir abgemacht. Aber sie ist nicht gekommen. Und als ich ihr nachgelaufen bin, hat sie gesagt, dass sie sich mit Nicklas treffen würde! Dass die beiden etwas zusammen machen würden. Ohne mich.»

«Okay», sagte Jodie behutsam. «Bist du wütend geworden, weil die beiden dich nicht dabeihaben wollten?»

«Kapieren Sie es nicht? Er ist eklig! Alles an ihm ist eklig. Seine Mutter holt ihn in Jogginghosen von der Schule ab. Wenn er in der Schulmensa isst, kann man nicht neben ihm sitzen. Und im Unterricht ... Er rafft einfach gar nichts ... Ich bin in jedem Fach besser als er. Trotzdem wollte sie mit *ihm* zusammen sein.»

Jodie beugte sich vor.

«Du bist Olinda also nachgelaufen, auf dem Pfad, der zu den Bahngleisen führt ... Es hat geregnet ... Olinda hatte eine rote Regenjacke an ... Was ist dann passiert?»

«Ich wollte nur, dass sie es begreift ...», sagte Sixten, als redete er mit sich selbst.

«Was sollte Olinda begreifen?»

Sixten sah sie an. Jodie glaubte, Erleichterung in seinem Blick zu erkennen.

«Sie war so dumm!», sagte er. «Ich hab es ihr in den Kopf geprügelt, aber sie hat es trotzdem nicht kapiert ...»

«Wart ihr da in der Höhle?»

«Ja, ich habe gesagt, dass ich ihr da was zeigen wollte.»

«Und in der Höhle? Was ist da passiert?»

«Sie ist gestorben. Hat so komisch gezuckt ...»

«Sie ist gestorben, nachdem du ihr einen Stein gegen den Kopf geschlagen hast?», fragte Jodie.

Sixten nickte. Jodie wartete darauf, dass er noch etwas sagte, aber er schwieg.

«Als wir sie gefunden haben, war sie teilweise nackt», sagte Jodie langsam. «Wieso?»

Sixten starrte auf seine Hände.

«Das will ich nicht sagen», erwiderte er.

«Es ist wichtig, dass du uns ganz genau erzählst, was passiert ist. Damit wir es verstehen und dir helfen können.»

Jodie sah Ulrica Wälgård an, die nickte. Sixten saß unverändert mit gesenktem Kopf da.

«Sie ...», begann er.

Und dann ganz leise, ohne jemanden anzusehen:

«... wollte es.»

«Sie wollte es?», wiederholte Jodie aggressiver, als sie beabsichtigt hatte, und ergänzte mit neutralerer Stimme: «Aber sie war doch tot ...»

Sixten blickte auf und wirkte zum ersten Mal verängstigt, dachte Jodie. Keine Reue oder Scham, Angst.

«Ich hatte Angst vor Camilla ...»

«Ich verstehe nicht, was du meinst. Hast du Olinda deswegen die Kleidung ausgezogen?»

Sixten begann erneut damit, seinen Oberkörper vor und zurück zu wiegen.

«Warum hattest du Angst vor deiner Mutter? Was hätte sie getan?»

Er sah sie verblüfft an.

«Sie hätte mich umgebracht.»

«Natürlich hätte sie das nicht», sagte Ulrica Wälgård, der plötzlich zu dämmern schien, was für einen Jungen sie da vor sich hatte.

Jodie wünschte, sie hätte weiter ihren Mund gehalten und das Verhör ebenso schweigend beobachtet wie Sixtens Anwalt. Wütend wandte sich Sixten an Ulrica Wälgård:

«Halt deine dämliche Klappe, du hast ja keine Scheißahnung, wie Camilla war!»

Ulrica Wälgård sah Sixten weiter freundlich an, doch Jodie registrierte, dass sie sich auf dem Stuhl zurücklehnte, weg von Sixten, als hätte sie Angst vor ihm.

«Hat deine Mutter dich geschlagen?», fragte Ulrica Wälgård.

Sixten lachte.

«Nie so, dass man es sah. Sie mochte andere Sachen. Den Verschlag im Keller zum Beispiel. Wenn ich was gemacht habe, was ihr nicht gefiel, hat sie mich da nackt eingesperrt. Vor ein paar Wochen musste ich eine ganze Nacht lang da unten im Dunkeln zwischen den Spinnen sitzen, um *nachzudenken* ... Nur weil mir mein Handy runtergefallen war und das Display einen Sprung bekommen hatte. Was glaubst du, hätte sie getan, nachdem ... nach Olinda?»

Ulrica Wälgård gab keine Antwort. Jodie räusperte sich.

«Und das Auto?», fragte sie, um das Gespräch wieder auf den Nachmittag des zweiten November zu lenken. «Das weiße Auto, das du an der Schule gesehen hast, und das andere, mit dem jemand versucht hat, dich zu entführen?»

«Das Auto, das neben mir angehalten hat, habe ich mir nur ausgedacht, aber den Wagen auf dem Schulhof habe ich wirklich gesehen.»

Jodie nickte.

«Aber das hatte nichts mit Olinda zu tun?», fragte sie nach.

Sixten schüttelte den Kopf.

«Ich verstehe.»

Jodie blätterte in ihrem Notizblock, um sich eine kurze Auszeit zu verschaffen.

«Und Nicklas?», fuhr sie dann fort. «Willst du erzählen, was mit ihm war?»

«Er hat mich gesehen, als ich mit Olinda verschwunden

bin … Und er war dabei, als ich sie gefunden habe. Da habe ich gemerkt, dass er es kapiert hat.»

«Weil du derjenige warst, der Olinda gefunden hat?»

Sixten nickte.

«Ich musste sie doch finden …»

Jodie schüttelte den Kopf. Es fiel ihr schwer, Sixtens Schilderung und seinen ständigen Gedankensprüngen zu folgen.

«Warum musstest du Olinda finden?»

Wieder sah er sie mit diesem verblüfften Gesichtsausdruck an, den sie im Verlauf des Verhörs schon häufiger an ihm registriert hatte.

«Sonst hättet ihr doch meine Spuren gefunden», sagte er, als wäre das sonnenklar. «Das habe ich im Fernsehen gesehen. Die Polizei findet alles …»

Jodie antwortete nicht. Sixten war ein gut aussehender Junge, der in einem Werbespot für irgendwelche Kinderprodukte mitmachen könnte. Stattdessen saß er in einem Vernehmungsraum und erzählte, wie er eine Klassenkameradin getötet hatte.

«Also, was ist passiert?»

«Ich habe vor Nicklas' Haus gewartet.»

«Und dann?»

«Habe ich ihn mit zu meinem Vater genommen.»

«Wie …»

«Ich hatte ein Messer.»

«Du hast ihn also bedroht?»

«Nicht direkt. Er hatte so eine dämliche Plastikfigur, die er immer in seiner Tasche mit sich herumgeschleppt hat. Ich hab ihr den Kopf abgeschnitten … und gesagt, dass ich dasselbe mit ihm machen würde.»

«Und dann ist er mit zum Haus deines Vaters gekommen?», fragte Jodie.

Sixten nickte, zeichnete mit den Fingern Striche auf seine Jeans.

«Und bei deinem Vater? Was ist da passiert?» Jodie spürte, dass sie unfreiwillig den Körper anspannte.

«Ich wollte nur sichergehen, dass er die Klappe hält.» Sixten verkrampfte die Hände ineinander. «Er hätte einfach lügen können. Sagen, dass er nichts weiß, keinen Schimmer hat, wovon ich rede ... aber er ...»

Sixten sah auf.

«... er hat geschworen, niemals irgendwas zu erzählen. Er hat es immer und immer wieder versprochen ... Genau das macht man doch, weil man es erzählen wird, oder? So läuft das doch ... Man verspricht was, aber dann ... Also habe ich ihn mit dem Baseballschläger geschlagen.»

Es blieb eine Weile still. Ulrica Wälgård sah aus dem Augenwinkel zu Sixten hinüber.

«Und dann?», fragte Jodie. «Hast du ihn dann auf dem Dachboden versteckt?»

«Ich wusste nicht richtig, was ich mit ihm machen sollte ...»

«Okay, ich verstehe», sagte Jodie. «Du weißt, dass Nicklas nicht tot ist, oder?»

Sixten wirkte erstaunt.

«Er ist nicht tot ...?»

«Er kommt durch, und die Ärzte glauben, dass er sich wieder vollständig erholt.»

Sixten antwortete nicht. Er stützte die Ellenbogen auf die Oberschenkel und wiegte sich vor und zurück.

Jodie blätterte in ihren Unterlagen.

«Wir werden noch weiter mit dir über Olinda und Nicklas sprechen müssen», sagte sie sanft. «Aber lass uns jetzt kurz über Johan Brink und Tony Pavic reden. Glaubst du, du schaffst das ...?»

Verblüfft sah Sixten sie an.

«Warum wollen Sie über die beiden reden?»

Dann lachte er.

«Glauben Sie etwa ... dass ich das war? Dass ich sie umgebracht habe?»

Jodie wartete, bis er weitersprach.

«Aber das war ich nicht. Wieso hätte ich ...?»

«Vielleicht haben sie dich gesehen? So wie Nicklas?»

Sixten schüttelte den Kopf.

«Das war ich nicht, ehrlich ... Die waren doch in der Neunten. Im Ernst, was glaubt ihr, dass ich *Superman* bin ...?»

Jodie sah, dass sowohl Patrik Gideonson als auch Ulrica Wälgård zu einer Geste ansetzten, um die nächste Frage zu unterbinden.

«Gut», erwiderte Jodie. «Ich verstehe. Wie ich schon sagte, wir werden noch mal mit dir sprechen, aber ich denke, für heute ist es genug.»

Sixten zuckte mit den Schultern.

«Das Verhör mit Sixten Sander ist beendet», sagte sie abschließend. «Es ist 11:28 Uhr, Mittwoch, der 11. November.»

Sixtens Anwalt hatte während des Verhörs kein einziges Wort von sich hören lassen. Vielleicht gab es auch nicht viel zu sagen, dachte Jodie. Sie beobachtete Ulrica Wälgård, die sich zu Sixten vorbeugte und ihn fragte, wie es ihm ging.

Es würde nie zu einem Gerichtsverfahren kommen. Man würde Sixten in die Kinder- und Jugendpsychiatrie einweisen und ihn anschließend in einer Betreuungseinrichtung für Jugendliche unterbringen. Vielleicht würde er irgendwann bei seinem Vater wohnen dürfen, aber wenn, dann lag das noch in weiter Ferne.

113

Carl eilte Jodie auf dem Flur vor dem Verhörraum nach.

«Befragungen mit Kindern sind immer schwer», sagte er. «Aber du hast das gut gemacht dadrinnen.»

Jodie nickte.

«Ich bin völlig k. o.»

«Wie wär's mit einem Kaffee? Ich wollte mir gerade einen holen ...»

Schweigend gingen sie in die Teeküche.

«Wie ist es mit Juuso gelaufen?», fragte Jodie und drückte auf die Taste für Caffè Latte.

«Bolander hat die Verhöre übernommen», erwiderte Carl. «Die meiste Zeit will Juuso über Sixten reden. Aber bisher hat er immerhin schon den Angriff auf Lexa Andersson im Pålsundspark und den Mordversuch an ihr und Lindström in seinem Haus gestanden.»

«Was ist mit dem Tod von Camilla Sander?»

Carl drückte seinerseits auf die Taste für Caffè Latte und sah resigniert zu, wie die Maschine gurgelnd eine wässrig braune Flüssigkeit produzierte.

«Er gibt zu, ihr einen Dachziegel gegen den Kopf geschlagen zu haben, als er sie daran hindern wollte, auf Lindström und Andersson zu schießen ... Er behauptet, es sei Notwehr gewesen.»

Als Carl nach seinem Becher greifen wollte, hielt Jodie ihn zurück.

«Warte, ich zeige dir mal was ...» Sie drückte auf die Espresso-Taste.

Carl wartete geduldig, während eine weitere Portion Flüssigkeit in seinen Becher rann.

«Was ist mit Tony Pavic und Johan Brink?», fragte er.

Jodie seufzte.

«Sixten sagt, dass er es nicht gewesen ist. Und ich glaube ihm. Er hat keinen Grund zu lügen ...»

Carl griff nach seinem Becher.

«Wer hat sie dann ermordet?», fragte er.

«Wenn es nicht mit dem Mord an Olinda Sikonova zusammenhängt, könnte es jeder gewesen sein», antwortete Jodie. «Und dann müssen wir wieder ganz von vorn beginnen, ihr Umfeld durchleuchten, Drogendealer, Hehler, mögliche Gangverbindungen ...»

Carl nickte.

«Ich wollte vorschlagen, dass wir diese Sache komplett Bolander und seinem Team überlassen.» Er probierte einen Schluck Kaffee.

Erstaunlicherweise das beste Getränk, das diese Maschine bisher zubereitet hatte. Er wandte sich in Richtung Einsatzraum.

«Eins noch», sagte Jodie, die neben ihm herging. «Was hat Mikael Roslund eigentlich gesagt, das dir nicht aus dem Kopf gehen wollte?»

«Dass Eltern ihren Kindern gegenüber übermäßig loyal sein können ... Er hatte es nur auf die falschen Eltern bezogen.»

«Ja, und das falsche Kind.»

114

Freitag, 13. November

Lexa serviert indisches Takeaway in ihrer Küche und gießt uns ein Glas Wein ein. Das war ihre Idee. Um zu feiern.

An ihrer Schulter sieht man nichts, aber da, wo die Ärzte ihre Lunge operiert haben, wölbt sich ein Verband unter ihrem Pullover. Sie bewegt sich ein wenig träge, nicht so flink wie sonst.

«Du bist frei», sagt sie. «Ich weiß nicht, ob der Staatsanwalt die Ermittlung neu aufrollen lässt, aber das ist vielleicht auch gar nicht so wichtig …»

Ich nicke, ringe mir ein Lächeln ab. Carl Edson hat sie heute Nachmittag angerufen. Bernt hat gestanden, Max gemeinsam mit Camilla getötet zu haben. Lexa sieht mich erwartungsvoll an, als müsste ich mich freuen. Dabei ist es ein seltsames Gefühl, nicht mehr zu wissen, wer ich bin.

Sie hebt ihr Glas.

«Prost!», sagt sie. «Auf unser zukünftiges Buch.»

Wir stoßen an. Sie isst mit der linken Hand, langsam und ein bisschen unbeholfen. Meine Übelkeit ist zwar verflogen, aber ab und zu wird mir noch schwindelig. Die Ärzte sagen, dass diese Anfälle bald vorübergehen und dass ich wieder völlig gesund werde.

«Eine Sache will mir nicht aus dem Kopf», sagt Lexa und legt ihr Besteck zur Seite.

Ich sehe sie an.

«Erinnerst du dich, dass wir darüber gesprochen haben, warum du bei einer Pflegefamilie untergebracht wurdest?

Dass es keine Strafe war, sondern mit deinen Eltern zusammenhing?»

Ich nicke.

«Lag es an deinem Bruder?»

Ehe ich antworten kann, fährt sie fort:

«Ich weiß, dass du nicht darüber sprechen willst, deine Eltern wollten es auch nicht.»

Ich höre auf zu essen und starre auf den Tisch. Jetzt spielt es keine Rolle mehr.

«Er ist gestorben», sage ich.

Dann erzähle ich von Dan.

Dan war mein älterer Bruder. Ich kann nicht sagen, dass ich ihn mochte. Er war, wie ältere Brüder sein können, schlug mich, wenn ich mit seinen Sachen spielen wollte (und unsere Mutter nicht in der Nähe war), und hat dafür gesorgt, dass ich am Wochenende weniger Süßigkeiten bekam als er. Er gewann alle Wettkämpfe, änderte sogar die Regeln, damit ich verlor.

Dann starb er, und alles veränderte sich.

Er war neun. Ich sieben. Niemand war schuld, nicht einmal er selbst. Er war im zweiten Stock, im Schlafzimmer unserer Eltern. Ich stand draußen auf dem Hof und guckte zu, wie Papa die Wand mauerte. Im Zementmischer drehten sich Wasser, Zement und Sand. In regelmäßigen Abständen füllte Papa den Mörtel in einen Eimer ab und verstrich ihn mit einer Kelle auf der Mauer, legte einen Stein neben den anderen.

Es war ein Samstag, ein ganz normaler Nachmittag. Hin und wieder blickte Papa auf, winkte mir zu. Hielt mir einen Ziegelstein hin, den ich auf die Mauer legen durfte. Lächelte.

Über uns öffnete Dan das Schlafzimmerfenster, lehnte

sich nach draußen, um nachzusehen, was wir machten, und hielt sich am Fensterhaken fest. Als wäre er eifersüchtig und wollte sagen: *Guck her, was ich mache!* Dann brach der Fensterhaken ab. Und Dan stürzte kopfüber aus dem zweiten Stock, überschlug sich in einem Vorwärtssalto. Keinem gelang es zu reagieren, bevor sein Körper auf den Pflastersteinen der Garageneinfahrt aufschlug. Während des Sturzes hatte er geschrien, dann erklang ein dumpfer Aufprall, und es wurde still. Als die Rettungssanitäter ihn auf die Trage legten und in den Krankenwagen schoben, hing die Öse des Fensterhakens noch an seinem Zeigefinger.

Woran ich mich am deutlichsten erinnere, ist die Stille. Wie unerträglich still es danach wurde. Und wie zu Hause alles erstarrte. Der Zementmischer und das Auto in der Einfahrt, das halb renovierte Wohnzimmer – alles blieb, wie es war, eingefroren in dem Moment, in dem Dans Körper auf dem Boden aufschlug.

115

Sie saßen in einer kleinen Nische im Restaurant Pelikan auf Södermalm, umgeben von Holzpaneelen und der altmodischen braunen Einrichtung. Jodie hatte das Restaurant vorgeschlagen. Carl war seit Jahren nicht mehr dort gewesen. Beide hatten sie Fleischklößchen mit Kartoffelpüree und ein Leichtbier bestellt. Jodie hatte ihre Portion kaum angerührt, Carls Teller hingegen war schon fast leer. Er legte sein Besteck zur Seite, zwang sich, langsam zu essen. Erinnerte sich daran, was seine Exfrau immer gesagt hatte: «Du schlingst das Essen einfach nur runter, ohne es zu schmecken.»

Jodie und er hatten sich gestern freigenommen. Er hatte im Prinzip nur geschlafen. In seinem Körper steckte so viel Müdigkeit, dass er es kaum geschafft hatte aufzustehen, um auf die Toilette zu gehen. Am Nachmittag hatte Gert Uwe angerufen und gefragt, wo er sich herumtrieb und warum er nicht am Brink-Pavic-Fall arbeitete. Als Carl ihm mitteilte, dass er den Fall abgeben wolle, hatte Gert frustriert gefragt, was das für ein Unsinn sei, und verlangt, dass Jodie und er gemeinsam mit dem restlichen Team den Fall heute mit frischem Blick angingen. Unvoreingenommen und mit neuen Kräften.

Das hatten sie getan. Hatten alle bekannten Kontakte von Johan und Tony aufgelistet, versucht, ihren Drogendealer ausfindig zu machen, einen möglichen Hehler, und hatten damit begonnen, sämtliche Zeugen noch einmal zu vernehmen. Doch alle waren ausgepowert, und sie waren keinen Schritt weitergekommen.

Jodie trank einen Schluck Bier, dann legte sie den Kopf auf die Seite und sah Carl unter ihrem Pony hervor an:

«Wusstest du, dass Rickard und ich ein paar Dates hatten?»

Carl nickte.

«Ich hab's vermutet.»

«Na klar.» Jodie lachte.

«‹Dates›?», fragte Carl.

«Wir ... ach, da war nichts ... Ich bin noch nicht bereit ... nicht mit einem Kollegen. Und außerdem ist er so jung ... jedenfalls gefühlt.»

Carl nickte, leerte seinen Teller und wischte sich mit der dicken Leinenserviette gründlich den Mund ab. Jodie zeichnete mit der Gabel Muster in ihr Kartoffelpüree.

«Wenn das Ganze hier abgeschlossen ist, fliege ich in die USA», sagte sie, ohne aufzublicken. «Nehme Urlaub und besuche meinen Vater.»

Carl sah sie fragend an.

«Ich habe gemacht, was du gesagt hast», fuhr sie fort. «Ich habe ihn gestern gegoogelt und ihm eine E-Mail geschickt.»

«Und?»

«Er hat direkt geantwortet und mich eingeladen, ihn zu besuchen.»

In Situationen wie diesen wusste Carl nie, was er sagen sollte. Es war ihm immer unangenehm, wenn man von ihm ein Feuerwerk an Emotionen erwartete.

«Das ist toll», rang er sich ab.

Jodie schwieg, zog mit ihrer Gabel eine liegende Acht ins Kartoffelpüree. Das Unendlichkeitszeichen.

«Du hattest recht», sagte sie leise.

«Womit?»

«Er hat versucht, mit mir Kontakt zu halten, aber meine Mutter muss die Briefe versteckt haben.»

«Vielleicht wollte sie verhindern, dass du ihn vermisst …», erwiderte Carl.

Jodie schüttelte den Kopf.

«Du drehst immer alles um. Wie ein Therapeut.»

Carl hob die Augenbrauen, so würde Linda ihn ganz sicher nicht beschreiben.

«Ich bin während meiner Schulzeit zu einem Therapeuten gegangen», erklärte Jodie. «Und er hat immer alles umgedreht, endlos. Wie du.»

«Entschuldige, ich wollte dir nicht zu …»

Sie legte rasch ihre Hand auf seine.

«Das ist in Ordnung, Carl. Du hast mir damit geholfen … Danke.»

«Hat es geschmeckt?» Wie aus dem Nichts tauchte ein Kellner in weißem Hemd und schwarzer Weste an ihrem Tisch auf.

Er beugte sich lächelnd über sie und räumte Carls Teller ab. Jodie zog ihre Hand weg und schob ihren noch halbvollen Teller von sich.

«Sehr gut», sagte sie aufrichtig.

«Darf ich Ihnen noch etwas bringen? Kaffee? Tee?»

«Einen Kaffee», sagte Carl.

Jodie nickte.

«Für mich auch, bitte.»

«Zwei Kaffee, gerne.» Der Kellner verschwand mit ihren Tellern.

Sie schwiegen eine Weile.

«Wo in den USA wohnt dein Vater?», fragte Carl.

«An der Westküste, in Oregon. Er arbeitet da als Angelguide. Ich denke also, dass wir zum Angeln rausfahren werden ...»

«Das klingt doch ... nett», erwiderte Carl. «Du siehst glücklich aus.»

Jodie lächelte.

«Ich habe nicht mehr geangelt, seit ich klein war ... und da hat er immer alles gemacht, die Angel ausgeworfen, den Fisch vom Haken genommen, ihn getötet ... Ich musste nur an der Kurbel drehen und den Fisch an Land ziehen.»

Sie lachte.

«So wird es jetzt immer noch sein.»

«Sag das nicht ...», erwiderte Carl.

Jodie lächelte.

«Doch», beharrte sie. «Ich finde das eklig. Den Fisch festzuhalten, wenn er zappelt, und ihn auf den Kopf zu schlagen ...»

Sie schnitt eine Grimasse.

«Weißt du, wie das Ding heißt, mit dem man Fische tötet?», fragte sie.

«Nein, keine Ahnung.»

Carl angelte nur auf dem Land vom Steg aus, und da fing er bloß kleine Flussbarsche, denen man nicht mit irgendeinem Gegenstand auf den Kopf schlagen musste.

«Priest», sagte Jodie. «Priester. Als würde man den Fischen die letzte Ölung geben ...»

«Ein Priest?», fragte Carl.

«Das ist ein kurzer Schlagstock mit einem schweren Metallende.»

«Ja, ich glaube, so was habe ich schon mal gesehen», erwiderte er.

Erneut erschien der Kellner wie aus dem Nichts.

«Bitte sehr, zwei Kaffee», sagte er und servierte ihnen die Tassen.

Jodie sah Carl, der nachdenklich vor sich hin starrte und sich die Nasenwurzel rieb, fragend an.

«Woran denkst du?»

Er zuckte mit den Schultern und trank einen Schluck Kaffee.

«Beatrice Lundmark meinte, dass Tony Pavic und Johan Brink mit einem schmalen Gegenstand erschlagen wurden, einem Eisenrohr zum Beispiel, und ... das ist nur so eine Idee ...»

Er schüttelte den Kopf.

«Raus mit der Sprache», forderte Jodie ihn auf.

«Ich musste an Ivan Sikonovas Reaktion auf dem Schulhof denken, nachdem Nicklas Eriksson verschwunden war. Er schrie und war untröstlich, kannst du dich noch daran erinnern?»

«Ja, aber das ist doch nicht merkwürdig, wenn man bedenkt ...?»

Jodie machte eine unbestimmte Geste.

«Nein, vielleicht nicht», erwiderte Carl. «Aber dass ihn das so mitgenommen hat? Er kannte den Jungen doch kaum ...»

«Bestimmt hat es ihn an das Verschwinden seiner Tochter erinnert ...», vermutete Jodie.

«Jedenfalls habe ich über ihn nachgedacht», fuhr Carl fort. «Und als du gerade diesen Priest erwähnt hast ...»

«Was willst du damit sagen?»

«Ich glaube, ich weiß, warum er so aufgewühlt war.»

116

Der Mann, der ihnen fünfundzwanzig Minuten später, ein paar hundert Meter von Bernt Juusos Haus entfernt, die Tür öffnete, war nur noch ein Schatten seiner selbst. In den letzten Tagen schien er mindestens um zehn Jahre gealtert zu sein, dachte Carl. Ivan Sikonova war auch vorher schon mager gewesen, doch jetzt war er geradezu ausgemergelt, sein Haar klebte ihm in fettigen Strähnen am Kopf.

«Hallo, mein Name ist Jodie Söderberg. Wir sind uns schon begegnet, wir sind von der Polizei.»

Ivan Sikonova wandte sich wortlos um. Jodie und Carl folgten ihm zögernd ins Haus. Im Flur musste Carl sich beherrschen, um sich nicht den Arm vor die Nase zu halten und durch den Mund zu atmen. Der Gestank war unbeschreiblich. Verschimmelte Lebensmittel, Schweiß, Dreck, Urin …

Carl deutete mit dem Kopf auf die beige Kunststoffbox, die unverändert neben zwei Angelruten im Flur auf dem Boden stand.

In der Küche stapelten sich Gläser, Teller und Besteck im Spülbecken. Mülltüten und Essensreste lagen auf dem Boden verstreut. Der beißende Geruch von Katzenurin hing in der Luft, an diversen Stellen hatte die Katze ihr Geschäft auf dem Fußboden verrichtet. Carl blieb stehen und sah sich um. Schräg gegenüber von der Küchentür befand sich eine Badezimmertür. Sie war geschlossen. Als er sie öffnete, entdeckte er das Katzenklo links neben der Toilette. Er ließ die Tür offen und ging ins Wohnzimmer.

Ivan Sikonova saß in eine Decke gehüllt auf dem Sofa, als würde er frieren. Der Fernseher lief. Eine Naturdokumentation, aber der Ton war ausgeschaltet.

«Wie geht es Ihnen?», fragte Jodie. «Sollen wir jemanden anrufen?»

Erstaunt sah Ivan Sikonova sie an, als hätte er vergessen, dass er sie gerade eben ins Haus gelassen hatte, doch dann schüttelte er den Kopf.

«Und Ihre Frau? Wie geht es ihr?»

Er sah Jodie mit dunklen, schmerzerfüllten Augen an.

«Sie ist noch im Krankenhaus. Die Ärzte glauben, dass sie aus dem Koma aufwachen wird, aber ... sie wird nie wieder dieselbe sein.»

Jodie schwieg.

«Irgendjemand hat vergessen, ihr die Schnürsenkel abzunehmen ...», sagte Ivan Sikonova leise mit aufgesprungenen, spröden Lippen. «Als man sie gefunden hat, hatte ihr Herz ausgesetzt ...»

«Das tut mir leid ...»

Ivan Sikonova machte eine erschöpfte Geste mit der Hand, holte tief Luft und sah sie an.

«Ich weiß, warum Sie hier sind», sagte er lächelnd.

Carl schob ein Fotoalbum zur Seite und setzte sich neben ihn aufs Sofa.

«Sie waren unschuldig ... Sie hatten nichts getan», fuhr Ivan Sikonova fort.

«Tony und Johan?», fragte Jodie vorsichtig.

«Ich war so sicher ... Sie haben gelacht ... *gegrinst*, als sie aus dem Wald kamen. Als hätten sie es getan.»

Er blickte Jodie verzweifelt an, schien aber vor allem mit sich selbst zu sprechen.

«Ich war so sicher, dass sie sich an ihr vergriffen hatten … und dann …»

Carl nickte.

«Aber warum haben Sie die beiden auf die Bahngleise gelegt?»

Ivan Sikonova holte tief Luft.

«Ich hatte sie unter ein paar Sträuchern versteckt, aber dann bekam ich Angst, Sie und Ihre Kollegen würden herausfinden, dass ich es war.»

Er schüttelte den Kopf, verbarg das Gesicht in den Händen.

«Ich konnte nicht mehr klar denken …», flüsterte er.

«Der Zug sollte die Leichen überfahren, um zu vertuschen, dass die beiden erschlagen wurden?»

Ivan Sikonova nickte.

«Ich dachte, der Zug würde dafür sorgen, dass Sie die Todesursache nicht mehr feststellen können.»

Sie schwiegen eine Weile.

«Was passiert, wenn wir die Angelkiste in Ihrem Flur öffnen? Finden wir da die Tatwaffe?», fragte Carl schließlich.

Ivan Sikonova sah sie an.

«Ja», erwiderte er leise.

«Wir müssen Sie mit aufs Revier nehmen. Dort können Sie schlafen und mit einem Arzt sprechen … Danach werden wir uns weiter mit Ihnen über Tony Pavic und Johan Brink unterhalten.»

Ivan Sikonova stand erschöpft vom Sofa auf, ließ die Decke auf den Boden fallen.

«Kann sich jemand um Cilla kümmern?»

«Wer ist Cilla?»

«Olindas Katze. Sie ist hier irgendwo …»

Er blickte sich besorgt um. Jodie legte ihm sanft eine Hand auf die Schulter.

«Wir kümmern uns um sie. Ziehen Sie sich einfach nur an, wir erledigen alles andere.»

117

Montag, 16. November

Ich habe mir diesen Moment viele Jahre lang vorgestellt. Doch als jetzt scharenweise Schüler aus dem Haupteingang der Schule strömen, zögere ich. Ich sage mir, dass ich kein Kindermörder mehr bin. Doch es ändert nichts. Es sitzt in mir, ist mir in Fleisch und Blut übergegangen.

Ich kann mich kaum an ihn erinnern, nur an sein Lachen, ein gluckerndes Lachen, das im Bauch begann. Vielleicht lachen alle Kinder so (während Erwachsene mit dem Hals und dem Gesicht lachen, als hätten sie ihre Körper irgendwo unterwegs verloren). Vielleicht ist es nicht einmal sein Lachen, sondern nur ein Lachen, das ich irgendwo gehört und dann zu seinem gemacht habe. Ich weiß es nicht, aber ich höre es tief in mir. Kann nicht aufhören, es zu hören.

Damals war er knapp zwei Jahre alt. Heute ist er fünfzehn.

Ich mustere die älteren Schüler, höre, wie sie über irgendeinen Witz lachen, sich lebhaft und laut unterhalten, während ich nach ihm Ausschau halte, ihn suche.

Die Sonne geht schon unter, aber es ist angenehm, fast windstill. Das gelbe Schulgebäude leuchtet warm im langsam schwindenden Licht. Ich stehe am Rand des Schulhofs, lehne an dem schwarzen Eisengeländer neben einer der kurzen Steintreppen, die zum Vitabergspark hinunterführen. Der Sofia-Friedhof liegt ganz in der Nähe. Es riecht nach feuchter Erde, Laub. Ich mag diesen Geruch. Ich habe den Herbst schon immer gemocht.

Aus irgendeinem Grund denke ich, dass ich ihn erkenne.

Einfach so. Aber ich habe ihn noch nicht gesehen. Nur ein Kribbeln im Magen gespürt, wenn ich glaube, ihn entdeckt zu haben, gefolgt von der Enttäuschung (und Erleichterung), sobald ich einsehe, dass ich mich irre.

Lexa sitzt auf einer Bank unterhalb des Schulhofs. Hierher zu laufen war anstrengend für sie. Ihre Lunge ist noch nicht verheilt, aber die Ärzte sagen, dass Spaziergänge gut für sie sind. Sie hat das Gesicht in die Sonne gedreht und die Augen geschlossen, sie ruht sich aus.

Es ist kurz nach drei Uhr nachmittags. Eine Schülertraube nach der anderen läuft die kurzen Steintreppen hinunter und verschwindet in Richtung Vitabergspark und Skånegatan. Schließlich ist der Schulhof leer, nur noch ein paar vereinzelte Nachzügler schlendern über den Asphalt.

Da sehe ich ihn.

Er ist mit zwei Freunden zusammen. Alle drei haben Schultertaschen. Emil Lindström geht in der Mitte. Er trägt noch meinen Nachnamen. Ich war mir immer sicher, dass Ingrid ihm ihren Nachnamen geben, mich auslöschen würde. Aber das hat sie nicht getan.

Emil kommt direkt auf mich zu. Ich höre ihn mit einer rauen Teenagerstimme laut und enthusiastisch sagen:

«Mein neuer Charakter gefällt mir total gut. Ich mag, dass er nicht so viele Kräfte hat, dafür aber clever ist ...»

Ingrid hat gesagt, dass er sich für Rollenspiele interessiert. Ich nehme an, dass es darum geht.

Einen Moment lang glaube ich, dass er wie in meiner Phantasie auf mich zukommt, mich festhält, mir sagt, dass ich sein Vater bin und er mich vermisst hat. Doch stattdessen stößt er einen seiner Freunde in die Seite, lacht über irgendwas und läuft mit drei Schritten die Treppe hinunter.

Ich drehe mich um und sehe ihn in Richtung Bondegatan verschwinden.

«Warum hast du nichts gesagt?», fragt Lexa, die plötzlich neben mir steht. Ich habe es gar nicht gemerkt. «Warum hast du ihn nicht angesprochen?»

«Ich wollte nicht ... nicht vor seinen Freunden.»

Sie legt die Arme um mich, zieht mich an sich und umarmt mich vorsichtig.

«Au!» Sie schiebt mich weg und betrachtet mich mit einer Armlänge Abstand (fast wie Elise):

«Du bist kein Kindermörder mehr. Bist es nie gewesen.»

Sie öffnet ihre Handtasche und zieht eine Mappe heraus, die sie mir vorsichtig gibt. Irgendetwas an ihrem Gesichtsausdruck und ihrem Verhalten sagt mir, dass diese Mappe wichtig ist, nahezu kostbar.

«Was ist das?»

«Dieser Polizist hat sie mir gegeben, Carl Edson. Er hat mich angerufen und sie mir persönlich vorbeigebracht. Er meinte, wir könnten sie vielleicht für unser Buch gebrauchen. Das sind Kopien von Camillas Tagebuch. Oder von Sachen, die sie geschrieben hat. Die Originale hat er der Staatsanwaltschaft übergeben. Vielleicht wird die Ermittlung neu aufgerollt ...»

Zu Hause setze ich mich aufs Sofa. Bevor ich die Mappe aufschlage, fahre ich mit dem Zeigefinger darüber, als hätte ich Angst vor dem, was darin stehen könnte. Dann ziehe ich die fleckigen Kopien heraus und fange an zu lesen.

118

Donnerstag, 16. August, 28 Jahre zuvor

Gestern habe ich meinen Bruder umgebracht. Ich habe mit einem Stein auf seinen Kopf eingeschlagen, bis seine klebrigen Gedanken den Beton verschmiert haben. *Bam, bam, spritz, spritz …* Ich habe sein Grinsen vernichtet, dieses starre, ausdruckslose Grinsen, das immer auf seinem Gesicht lag, wenn er dabei zusah, wie Papa so fest auf mich eintrat, dass meine Rippen knackten und ich keine Luft mehr bekam.

Ich hätte ihn gerne noch länger geschlagen, wieder und wieder und wieder, bis von seinem kranken Hirn nur noch Brei übrig geblieben wäre. Aber ich konnte nicht. Die Stelle, wo Papa mich getreten hat, tat so weh, dass ich einfach keine Kraft mehr hatte.

Jedenfalls muss ich seine heuchlerische Stimme jetzt nie wieder hören: *Camilla hat heute die Schule geschwänzt. Camilla hat geraucht, darf sie das? Camilla hat Robert nackt im Partykeller festgebunden und Sachen mit ihm gemacht, mit seinem Pimmel, ich hab's gesehen …*

Das Letzte hat er vor einer Woche gepetzt, vor dem Fernseher, als wir Nachrichten geguckt haben, einfach so. Und Papa hat wie ein Wahnsinniger getobt. Ich meine, er ist ja sonst auch wahnsinnig, die ganze Zeit, aber diesmal … *Fuck!*

Er ist hinter mir her in den Flur gerannt und hat mich mit voller Wucht ins Gesicht geschlagen. *Klatsch!* Ich hatte es gerade geschafft, die Tür aufzuschließen und die Klinke nach unten zu drücken, doch dann stolperte ich rückwärts die

Vordertreppe runter. Ich habe so laut geschrien, wie ich nur konnte, aber er hat mich einfach am Arm gepackt.

Er ist stark, brutal stark. Ich habe gesehen, wie er schwere Zement- und Erdsäcke durch die Luft wirft, als wäre es Baumwolle. Als er mich zurück in den Flur schleuderte, kam es mir vor, als würde ich nichts wiegen. Ich bin über den Boden geschlittert und habe versucht, aufzustehen und wegzulaufen, während er die Haustür zustieß, damit die Nachbarn nichts mitbekommen. Darauf achtet er immer, es soll ja niemand erfahren, was er mit mir macht.

«Papa», sagte ich. «Ich kann es erklären. Es ist nicht, wie ...»

Aber seine Augen waren pechschwarz. Als hätte jemand in seinem Gehirn eine Tür zugeschlagen. Er packte mich an den Haaren, zerrte mich in mein Zimmer und stieß mich auf den Boden. Dann hat er auf mich eingetreten, Bauch, Brüste, Beine, Kopf, jeden Teil meines Körpers, den er erreichen konnte. Diesmal scherte er sich nicht darum, ob die blauen Flecken zu sehen sein würden. Ich wusste, diesmal bringt er mich um.

Die ganze Zeit keuchte er: «Ist das der Dank? Für all das, was Mama und ich für dich getan haben? Du dreckiges Flittchen! Mal sehen, wie geil du jetzt noch bist ...»

Max stand in meiner Zimmertür und starrte uns an, den Mund voll mit diesen roten Karamellbonbons, die er ständig futterte. Ich sah, wie er förmlich mitfieberte, bei jedem Tritt, der mich traf, zuckte er zusammen. Als würde er Fernsehen gucken.

Es war so ungerecht. Max sah aus wie Mama, klein, rund und hässlich. Ich komme nach Papa, dunkelhaarig, groß, athletisch und stark. Papa ist der Attraktive in unserer Familie.

Mit seinem Aussehen könnte er in die Werbung gehen. Er kann alles, macht alles. Und ich bin wie er.

Aber für sie spielte es keine Rolle. Es spielte keine Rolle, dass dieses widerliche Scheißblag in allem schlechter war. Dass er nicht mal aufs Klo gehen konnte, ohne hinterher nach Scheiße zu stinken. Ich war diejenige, die Prügel kassierte, weil ich meine saubere Hose bekleckert oder einen Kratzer auf meinen Schuhen hatte. *Habe ich dir nicht gesagt, dass du auf deine Sachen achtgeben sollst?! Ist das so schwer zu kapieren?!*

Er nahm seinen Gürtel immer langsam ab, wie in einer verfluchten Zeitlupe, als würde er es genießen, die Angst in mir aufsteigen zu sehen.

Und er schlug mich immer nur dort, wo niemand in der Schule es sehen konnte, auf den Hintern, die Fußsohlen, in den Schritt.

Außer bei diesem letzten Mal.

Es war Mama, die mich rettete. Ich kann nicht ohnmächtig gewesen sein, noch nicht, denn ich hörte, wie sie schrie: *Kenneth! Beruhige dich! Hör auf! Du schlägst sie tot!* Ich sah, wie sie seinen Arm umklammerte und durch das Zimmer flog, wie eine Jacke, die er abschüttelte.

Aber irgendwie brachte sie ihn dazu aufzuhören. Denn als ich aufwachte, war er weg, und ich lag in meinem Bett. Auf meine Frage, ob wir ins Krankenhaus fahren würden, antwortete Mama nur, dass ich mich ausruhen sollte, dann würde alles wieder gut werden. Dass es jetzt vorbei wäre.

Aber sie hat gelogen. Es war nicht vorbei. Da nicht.

Jetzt ist es vorbei.

Weitere Titel

Kommissar Carl Edson

Opfer